Os lobos da invernia

Anne Rice

Os lobos da invernia

Tradução de Alexandre D'Elia

Título original
THE WOLVES OF MIDWINTER
The Wolf Gift Chronicles

Copyright © 2013 *by* Anne O´Brien Rice

Todos os direitos reservados.
Nenhuma parte desta obra pode ser reproduzida
no todo ou em parte sob qualquer forma.

Esta é uma obra de ficção. Todos os personagens, incidentes
são produtos da imaginação da autora e foram usados de
forma ficcional. Qualquer semelhança com pessoas reais,
vivas ou não, acontecimentos ou locais é mera coincidência

Direitos para a língua portuguesa reservados
com exclusividade para o Brasil à
EDITORA ROCCO LTDA.
Av. Presidente Wilson, 231 – 8º andar
20030-021 – Rio de Janeiro – RJ
Tel.: (21) 3525-2000 - Fax: (21) 3525-2001
rocco@rocco.com.br
www.rocco.com.br

Printed in Brazil/Impresso no Brasil

CIP-Brasil. Catalogação na fonte.
Sindicato Nacional dos Editores de Livros, RJ.

R381L	Rice, Anne, 1941-
	Os lobos da invernia / Anne Rice; tradução de Alexandre D'Elia. – 1ª ed. – Rio de Janeiro: Rocco, 2014.
	Tradução de: The wolves of midwinter
	ISBN 978-85-325-2912-1
	1. Ficção norte-americana. I. D'Elia, Alexandre. II. Título.
14-10470	CDD-813
	CDD-821.111(73)-3

*Dedicado
a
Victoria Wilson
Nancy Rice Diamond
Millie Ball
e
Padre Joseph Cocucci*

O que a Ele dar,
Se não tenho posse?
Se rebanho guardasse,
Um cordeiro traria.
Se tivesse sabedoria,
Ofereceria a razão,
Nada mais posso dar,
Só meu coração.

De "In the Bleak Mid-Winter",
Christina Rossetti (1872)

A história até agora

Reuben Golding, um jovem repórter de San Francisco, vê sua vida mudada para sempre por conta de uma visita a Nideck Point, uma enorme mansão no litoral de Mendocino, onde ele é mordido por um misterioso animal depois do assassinato da bela proprietária, Marchent Nideck. Reuben, lastimando-se por Marchent, logo descobre haver herdado a casa e também se tornado uma espécie de lobisomem.

Completamente consciente em sua forma lupina, Reuben sente-se atraído a proteger vítimas inocentes da violência perpetrada por malignos agressores. Logo caçado pela polícia por todos os lados como o Lobo Homem da Califórnia – um popular super-herói –, ele descobre o amor em Laura, uma mulher que o aceita em sua forma de lobo. Eles fazem sua casa em Nideck Point onde um antigo retrato dos Distintos Cavalheiros na parede da biblioteca parece de alguma maneira estar conectado à Dádiva do Lobo que Reuben recebeu.

Surgem então sinistros cientistas que parecem estar querendo controlar Reuben, pressionando seus desconfiados pais, a dra. Grace Golding e seu marido, o poeta e professor universitário Phil Golding, com urgentes demonstrações de preocupação com seu filho "perturbado". O irmão de Reuben, padre Jim Golding, tendo descoberto o segredo de Reuben em confissão feita pelo próprio, sente-se sem poderes para fazer o quer que seja sobre o que sabe.

Enquanto isso, Reuben, o inexperiente super-herói, comete um equívoco que faz com que mais um inocente seja levado a seu domínio quando acidentalmente morde Stuart McIntyre, a vítima adolescente de um criminoso linchamento gay.

Reuben e Stuart são logo encurralados em Nideck Point pelos cientistas que desejam levá-los como prisioneiros, mas a trama é simplesmente desbaratada pela aparição surpresa de um outro Lobo Homem diante de embasbacados oficiais de polícia, paramédicos, familiares e os recém-chegados Distintos Cavalheiros vindos do retrato da biblioteca.

Nideck Point passa a ser o refúgio de Reuben, Stuart, Laura e dos Distintos Cavalheiros, com os anciãos Felix e Margon oferecendo respostas a todas as perguntas de Reuben concernentes à sua nova natureza, aos cientistas derrotados e à origem da antiga tribo dos *Morphenkinder* à qual Reuben e Stuart agora pertencem.

1

Era o começo de dezembro, profundamente frio e cinzento, a chuva batendo como sempre, mas as toras de carvalho jamais haviam queimado com tanta intensidade nos vastos aposentos de Nideck Point. Os distintos cavalheiros, que agora, no jargão de Reuben, haviam se tornado os Distintos Cavalheiros, já estavam falando das festividades natalinas, de tradições antigas e veneráveis, de receitas de hidromel e de comida para um banquete, e de encomendar grandes quantidades de guirlandas recém-colhidas para decorar os umbrais, os consolos das lareiras e as balaustradas das escadarias da antiga casa.

Para Reuben, seria um Natal como nenhum outro, festejado ali naquela casa com Felix Nideck, Margon e Stuart, e todos aqueles que amava. Essas pessoas eram sua nova família. Aquele era o secreto, porém alegre e acolhedor, mundo dos *Morphenkinder* ao qual Reuben agora pertencia, com muito mais propriedade do que ao mundo de sua família humana.

Uma encantadora governanta suíça, de nome Lisa, juntara-se ao restante dos empregados não fazia mais do que dois dias. Uma imponente mulher com um ligeiro sotaque alemão e modos bastante educados, ela já tornara-se a senhora de Nideck Point, cuidando de incontáveis pequenos detalhes automaticamente e com tanta facilidade que deixou todos bem confortáveis. Ela usava uma espécie de uniforme que consistia de vestidos pretos de seda que lhe caíam abaixo do joelho, mantinha os cabelos louros no que se costumava chamar de coque francês e sorria sem esforço.

Os outros, Heddy, a camareira inglesa, e Jean Pierre, o valete de Margon, aparentemente a estavam esperando e faziam-lhe deferência, os três frequentemente sussurrando juntos, quase que furtivamente em alemão, à medida que realizavam suas tarefas.

Todas as tardes, Lisa acendia as Luzes das Três Horas, como ela as chamava, dizendo que era desejo de Felix que jamais fossem esquecidas. Assim, os aposentos principais estavam sempre alegres quando a escuridão invernal chegava, e ela cuidava das lareiras que se tornaram indispensáveis para a paz de espírito de Reuben.

Outrora, em San Francisco, as pequenas lareiras a gás da casa de Reuben eram agradáveis, sim, um luxo certamente, e com muita frequência abandonadas por completo. Mas, ali, as grandes lareiras flamejantes faziam parte da vida, e Reuben dependia delas, de seu calor, de sua fragrância, de seu brilho fantasmagórico e tremeluzente, como se aquilo, Nideck Point, não se tratasse, afinal de contas, de uma casa, mas do coração de uma grande floresta que era o mundo com sua escuridão eternamente usurpadora.

Jean Pierre e Heddy ficaram mais confiantes desde a chegada de Lisa para oferecer a Reuben e Stuart todo o conforto possível e imaginável para levar café ou chá sem que houvessem solicitado e entrar nos quartos para arrumar as camas assim que os grogues residentes saíssem dos aposentos.

Aquilo era um lar, tomando forma cada vez mais completamente ao redor de Reuben, incluindo seus mistérios.

E Reuben não queria de fato responder as frequentes mensagens telefônicas de San Francisco, de sua mãe e de seu pai, ou de Celeste, que nos últimos dias ligava constantemente.

O mero som da voz dela, chamando-o de Menino Luz, o deixava irritado. Sua mãe o chamava de Bebezinho ou de Menininho, de vez em quando. Ele conseguia lidar com isso. Mas Celeste agora usava seu antigo apelido, Menino Luz, sempre que falava com Reuben. Todas as mensagens eram para o Menino Luz, e ela tinha uma maneira de dizê-lo que lhe soava cada vez mais sarcástica ou desabonadora.

A última vez em que haviam conversado pessoalmente, logo após o Dia de Ação de Graças, ela o criticara, como de costume, por haver abandonado sua antiga vida e mudado para aquele canto remoto de Mendocino County, onde aparentemente ele não poderia "fazer nada" ou "tornar-se nada", e por viver de sua aparência e das "lisonjas de todos esses seus novos amigos".

— Não é verdade que eu não esteja fazendo nada – protestava ele suavemente.

Ao que ela retrucava:

— Até mesmo os Meninos Luz têm de fazer algo na vida.

É claro que não havia nenhuma possibilidade de ele um dia contar a Celeste o que realmente acontecera com seu mundo, e, embora dissesse a si mesmo que as intenções dela eram as melhores, com suas intermináveis e queixosas preocupações, ele às vezes imaginava como aquilo era possível. Por que ele um dia amara Celeste ou pensara que a amava? E, talvez ainda mais significativo, por que ela o amara? Parecia impossível eles terem sido noivos por um ano antes de sua vida ter virado de cabeça para baixo, e a coisa que ele mais desejava naquele momento era que ela o deixasse em paz, que o esquecesse, que desfrutasse de seu novo relacionamento com seu melhor amigo, Mort, e fizesse do coitado seu "projeto em andamento". Mort amava Celeste, e Celeste parecia amá-lo. Então, por que isso tudo não chegava ao fim de uma vez por todas?

Ele estava sentindo amargamente a falta de Laura, com quem sempre compartilhara tudo e, desde que ela partira de Nideck Point e voltara para casa, para pensar acerca de sua decisão crucial, ele ainda não tivera notícias dela.

Por puro impulso, Reuben dirigiu para o sul para procurá-la em sua casa no limite da Floresta de Muir.

Durante todo o trajeto, ele meditou a respeito de tudo que vinha acontecendo. Ele queria ouvir música, sonhar acordado, desfrutar do passeio, com ou sem chuva, mas os problemas o cercaram de um modo não muito feliz.

Era de tarde, o céu estava plúmbeo e cintilando, e a chuva não dava trégua. Mas ele já estava acostumado àquilo e agora admirava o cenário como parte do charme invernal de sua nova existência.

Passara a manhã na cidade de Nideck com Felix, enquanto este tomava as providências necessárias para que toda a rua principal fosse decorada para o Natal com folhagens e luzes. Cada árvore seria revestida e receberia luzinhas, e Felix em pessoa financiaria os gastos com a iluminação e com a reforma das fachadas de todas as lojas, contanto que os donos participassem, o que eles se dispuseram a fazer entusiasticamente. Ele preencheu um cheque para o dono da taverna gastar em decorações especiais no salão principal e consultou diversos moradores também ansiosos para decorar suas casas.

Mais comerciantes apareceram para ocupar as velhas lojas vazias na rua principal – um negociante de sabonetes e xampus especiais, um comerciante de roupas vintage e um especialista em artigos de renda, não só antigas como também modernas. Felix adquirira um antigo e raro teatro de projeções de filmes e o estava restaurando, embora não soubesse ao certo para qual propósito.

Reuben teve de sorrir de todo aquele processo de restauração urbana. Felix, porém, não negligenciara aspectos mais práticos de Nideck. Estivera em contato com dois empreiteiros aposentados interessados em abrir uma loja de produtos de informática e outra de consertos gerais, e diversas pessoas tinham interesse na ideia de um café e de uma banca de jornal. Nideck contava com cerca de 300 moradores e 142 residências. A cidade não tinha condições de suportar os negócios que estavam chegando, mas Felix tinha, e o faria até que o lugar se tornasse um destino singular, charmoso e popular. Ele já vendera quatro lotes a pessoas que construiriam prédios de apartamentos nas proximidades do centro da cidade.

O prefeito idoso, Johnny Cronin, estava em êxtase. Felix lhe oferecera algum tipo de garantia financeira para que abandonasse seu "miserável emprego" numa empresa de seguros cem quilômetros distante de Nideck.

Fora acordado que em breve seria realizado um festival chamado Domingo Natalino, para o qual artesãos de toda espécie seriam convidados e anúncios seriam veiculados em diversos jornais locais. Felix e o prefeito ainda estavam conversando durante um almoço prolongado no salão principal da taverna quando Reuben decidiu que já estava na hora de ir embora.

Mesmo que Laura não estivesse pronta para discutir sua decisão, de uma forma ou de outra ele tinha de vê-la, tinha de roubar o abraço que pudesse obter dela. Caso ela não estivesse em casa, ele ficaria feliz só de se sentar na salinha da casa dela por um tempo ou, quem sabe, espreguiçar-se um pouco e tirar uma soneca em sua cama.

Talvez não fosse justo fazer isso com ela, mas talvez fosse. Ele a amava, amava-a mais do que jamais amara qualquer namorada ou amante antes dela. Não conseguia suportar ficar sem Laura e, talvez, devesse lhe dizer isso. Por que não dizê-lo? O que poderia perder? Ele não iria tomar a decisão por ela nem impedir que ela a tomasse. Precisava parar de sentir medo do que pensaria ou sentiria a respeito da decisão que ela escolhesse tomar.

Estava ficando escuro quando Reuben parou o carro na estradinha da casa de Laura.

Outra mensagem urgente de Celeste chegou em seu iPhone. Ele a ignorou.

A pequena casa de telhado íngreme na floresta estava acolhedoramente iluminada, tendo como pano de fundo o grande abismo escuro formado pelas árvores, e ele podia sentir o cheiro da lareira com toras de carvalho. Subitamente, foi acometido pela ideia de que deveria ter trazido um presentinho consigo, flores, talvez ou, inclusive, quem sabe... um anel. Ele não pensara nisso antes e sentiu-se repentinamente arrasado.

E se ela estivesse acompanhada de um homem de quem ele não soubesse nada a respeito? E se não viesse abrir a porta?

Bem, ela veio abrir a porta.

E, no momento em que a viu, Reuben desejou fazer amor com ela, e nada mais. Ela usava uma calça jeans desbotada e um velho suéter cinza que fazia seus olhos parecerem ainda mais esfumaçados e escuros, e estava sem maquiagem, a aparência silenciosamente esplêndida, os cabelos soltos sobre os ombros.

– Venha aqui comigo, seu monstro – disse ela, numa voz baixa e sedutora, abraçando-o com força, beijando-o por todo o rosto e pescoço. – Olhe só esses cabelos escuros, hummm, e esses olhos azuis. Eu estava começando a pensar que não parava de sonhar com você.

Ele segurou-a com tanta força que deve tê-la machucado. Ansiava por um momento em que não fizesse nada a não ser segurá-la.

Ela levou-o para o quarto dos fundos. Estava com as bochechas rosadas e radiante, os cabelos lindamente macios e mais fartos do que o que Reuben se lembrava, certamente também mais louros, cheios de luz, pareceu-lhe, e a expressão pareceu-lhe maliciosa e deliciosamente íntima.

Havia uma chama reconfortante no forno Franklin de ferro preto. E duas pequenas luminárias de vidro fosco iluminavam cada lado da cama de carvalho com suas colchas macias e crespas e os travesseiros de renda.

Ela puxou as cobertas e ajudou-o a tirar a camisa, o paletó e as calças. O ar estava agradável, seco e doce, como sempre fora na casa dela, o seu pequeno covil.

Ele estava fraco devido ao alívio, mas isso durou apenas alguns segundos, e então ele a estava beijando como se jamais houvessem se separado. Sem tanta pressa, sem tanta pressa, ele não parava de dizer a si mesmo, mas não ajudava muita coisa. Aquilo estava bem mais quente, tudo aquilo, mais exuberante e divinamente tosco.

Eles deitaram-se juntos depois, cochilando, enquanto a chuva gotejava nas janelas. Ele acordou com um sobressalto e virou-se para vê-la com os olhos abertos mirando o teto. A única luz vinha da cozinha. E também havia comida sendo preparada. Ele podia sentir o cheiro. Frango assado e vinho tinto. Ele conhecia aquela fragrância, bem o suficiente, e estava subitamente faminto demais para pensar em qualquer outra coisa.

Eles jantaram juntos na mesa redonda de carvalho, Reuben usando um robe de veludo que ela encontrara para ele, e Laura em um daqueles adoráveis vestidinhos brancos de flanela que ela tanto amava. Era adornado com bordados azuis e uma fitinha azul no colarinho, mangas e bolsos, e tinha botões azuis também, um complemento lisonjeador a seu sorriso deslumbrante e reservado, e a sua pele resplandecente.

Eles não disseram nada enquanto comiam, Reuben devorando tudo como sempre, e Laura, para a surpresa dele, comendo de verdade sua comida em vez de ciscá-la no prato.

Uma quietude caiu sobre eles assim que terminaram a refeição. O fogo estava crepitando e farfalhando na lareira da sala de estar. E toda a casinha parecia a salvo e forte contra a chuva que martelava o telhado e as janelas. Como deve ter sido crescer sob aquele teto? Ele não conseguia imaginar. *Morphenkind* ou não, ele se dava conta, as grandes florestas ainda representavam para ele a vastidão selvagem.

Isso era algo que ele amava, o fato de não jogarem conversa fora, de poderem passar horas e horas sem conversar, de falarem sem falar, mas o que eles estavam dizendo um para o outro, sem palavras, naquele exato instante?

Ela estava sentada imóvel na cadeira de carvalho, apenas com a mão esquerda sobre a mesa, a mão direita no colo. Parecia que o estava observando raspar o prato, e ele sentia isso agora e também algo particularmente sedutor em relação a ela, em relação àqueles lábios grossos e à massa de cabelo que lhe emoldurava o rosto.

Então ele percebeu, percebeu como um calafrio percorrendo-lhe o rosto e o pescoço. Por que cargas-d'água ele não percebera de imediato?

– Você fez a coisa – sussurrou ele. – Você tomou a Crisma.

Ela não respondeu. Era como se ele nada tivesse falado.

Os olhos dela estavam mais escuros, e os cabelos mais fartos, bem mais fartos, e até mesmo as sobrancelhas grisalhas haviam escurecido, de modo que ela parecia uma irmã de si mesma, quase idêntica, ainda que totalmente diferente, inclusive com um fulgor mais escuro nas bochechas.

Deus do céu, ele sussurrou sem palavras. E então seu coração começou a bater descontroladamente, e ele pensou que fosse ficar enjoado. Era assim que as outras pessoas o viam naqueles dias que antecediam a transformação, quando as pessoas ao seu redor sabiam que algo lhe havia "acontecido", e ele se sentia tão inteiramente distante e sem medo.

Será que ela estava tão distante dele naquele momento, como ele estivera de toda a sua família? Não, isso não seria possível. Aquela era Laura, Laura que acabara de recebê-lo, Laura que acabara de levá-lo para a cama. Ele enrubesceu. Por que não descobrira antes?

Nada mudara na expressão dela, nada mesmo. Exatamente como acontecera com ele. Ele mirava daquele jeito, ciente de que os outros queriam algo dele, mas sentia-se incapaz de dar. Mas então, nos braços dele, ela fora suave e se derretera como sempre, dando, confiando, estando próxima.

— Felix não contou para você? – perguntou ela. Até sua voz parecia diferente, agora que ele sabia. Apenas um timbre mais rico, e ele podia jurar que os ossos do rosto dela estavam ligeiramente maiores, mas isso podia muito bem ser fruto de seu temor.

Ele não conseguia fazer com que as palavras saíssem de sua boca. Ele não sabia quais eram as palavras. Um lampejo do calor de quando haviam feito amor voltou a dominá-lo, e Reuben sentiu um imediato desejo. Ele a queria novamente e, no entanto, estava se sentindo o quê? Doente? Será que estava doente de medo? Ele estava odiando a si mesmo.

— Como é que está se sentindo? – ele conseguiu dizer. – Está se sentindo mal? Enfim, existe algum efeito colateral?

— Eu fiquei um pouquinho enjoada no início – respondeu ela.

— E você estava sozinha e ninguém...

— Thibault esteve aqui todas as noites – disse ela. – Às vezes Sergei. Às vezes Felix.

— Aqueles demônios – sussurrou ele.

— Reuben, não – disse ela da maneira mais simples e sincera. – Você não deve pensar nem por um minuto que alguma coisa ruim aconteceu. Você não deve.

— Eu sei – murmurou ele. Ele estava sentindo um latejamento no rosto e nas mãos. Dentre todos os lugares, logo nas mãos. O sangue corria em suas veias. – Mas você esteve em alguma espécie de perigo?

— Não, nenhum – respondeu ela. – Isso simplesmente não acontece. Eles explicaram tudo isso. Não quando a Crisma é passada e não há ferimentos reais à pessoa. Os que morrem, morrem quando suas feridas não podem ser alcançadas pela Crisma.

— Foi o que eu imaginei – disse ele. – Mas nós não temos um manual para consultar quando começamos a nos preocupar, temos?

Ela não respondeu.

— Quando foi que você decidiu?

— Eu decidi quase que imediatamente – disse ela. – Eu não consegui resistir. Não fazia nenhum sentido dizer para mim mesma que eu estava avaliando a situação, dando a ela a consideração que ela merecia. – A voz dela ficou mais cálida, bem como sua expressão. Aquela era Laura, a sua Laura. – Eu queria isso, e disse para Felix e para Thibault.

Ele estudou-a, ignorando o impulso de levá-la para a cama novamente. A pele dela parecia estar úmida, jovem, e, embora ela jamais houvesse lhe parecido velha, seu corpo havia recebido um aprimoramento poderoso, não havia a menor dúvida acerca disso. Ele mal conseguia suportar olhar para os lábios dela e não os beijar.

– Eu fui até o cemitério – disse ela. – Falei com meu pai. – Ela baixou os olhos, obviamente achando difícil tocar naquele assunto. – Bem, falei como se pudesse falar com ele – disse ela. – Eles estão todos enterrados lá, você sabe, minha irmã, minha mãe, meu pai. Eu falei com eles. Falei com eles sobre tudo isso. Mas eu tomei a decisão antes mesmo de sair de Nideck Point. Eu sabia que faria isso.

– Todo esse tempo eu estava imaginando que você iria se recusar, que você diria não.

– Por quê? – perguntou ela delicadamente. – Por que você pensaria algo assim?

– Não sei – disse ele. – Talvez porque você tivesse perdido tanto e quisesse bem mais. Porque você tivesse perdido seus filhos, e talvez quisesse ter outro filho, não um filho *Morphenkind,* seja lá o que isso possa significar, mas um filho. Ou porque você acreditasse na vida e pensasse que a vida em si valesse o que nós cedemos para ter o que temos.

– Vale a pena morrer para ter isso? – perguntou ela.

Ele não respondeu.

– Você fala como se estivesse arrependido – disse ela. – Mas eu acho que isso deve acontecer em algum momento.

– Eu não me arrependo de nada – disse ele. – Eu não sei o que sinto, mas podia imaginar você dizendo não. Podia imaginar você querendo outra chance com uma família, um marido, um amante, e filhos.

– Reuben, o que você nunca entendeu... o que você parece ser absolutamente incapaz de entender... é que isso significa que nós não morremos. – Ela disse isso sem drama, mas era cortante para Reuben, e ele sabia que era verdade. – Toda a minha família morreu – disse ela, sua voz baixa e um certo tom de reprimenda. – Toda a minha família! Meu pai, minha mãe, sim, no tempo certo; mas minha irmã foi assassinada num assalto a uma loja de bebidas, e meus filhos foram-se todos, todos mortos, levados do modo mais cruel do mundo. Oh, eu nunca falei dessas coisas com você antes, na realidade; e não devia estar falando agora. Eu odeio quando as pessoas ficam falando de seus sofrimentos e de suas perdas. – Seu rosto endureceu subitamente. Então um olhar distante apoderou-se dela como se ela tivesse sido atraída de volta à mais atroz das dores.

– Eu sei o que você está dizendo – disse ele. – Eu não sei nada sobre a morte. Nada mesmo. Até a noite em que Marchent foi morta, eu conhecia apenas uma pessoa que havia morrido, o irmão de Celeste. Oh, meus avós, sim, eles estão mortos, mas eles se foram quando eu era pequeno demais, e é claro que eram bem velhos. E depois Marchent. Eu conhecia Marchent havia menos de 24 horas, e foi um tremendo choque. Fiquei anestesiado. Não se tratou de morte, tratou-se de uma catástrofe.

– Não se apresse em saber tudo sobre isso – disse ela, um pouco derrotada.

– E eu não deveria? – Ele pensou nas pessoas cujas vidas tirara, os caras maus cujas vidas o Lobo Homem arrancara sem tripudiar. E bateu forte nele a percepção de que logo, logo, Laura também teria aquela força bruta para matar como ele matara, enquanto ela própria seria invulnerável.

Agora não havia palavras para ele.

Imagens inundavam sua mente, preenchendo-o com uma tristeza agourenta e um quase desespero. Ele vizualizou-a num cemitério do interior falando com os mortos. Pensou naquelas fotos dos filhos dela que ele vira. Pensou em sua família, sempre presente, e então pensou em seu próprio poder, naquela força ilimitada que ele desfrutava ao subir nos telhados à medida que as vozes o convocavam a abandonar sua humanidade e a ingressar no puro e simples Lobo Homem que mataria sem arrependimento ou compaixão.

– Mas você ainda não mudou por completo, mudou? Ainda não?

– Não, ainda não – respondeu ela. – Apenas as pequenas mudanças até agora. – Ela desviou o olhar sem mover a cabeça. – Eu consigo ouvir a floresta – disse ela com um sorriso tênue. – Consigo ouvir a chuva de uma maneira que jamais ouvi antes. Percebo as coisas. Percebi quando você estava se aproximando. Eu olho para as flores e juro que consigo vê-las crescer, vê-las desabrochando, vê-las morrendo.

Ele não falou nada. Era bonito o que ela estava dizendo, embora o assustasse. Até mesmo o suave olhar reservado no rosto dela o assustava. Ela estava desviando o olhar.

– Existe um deus norueguês, não existe, Reuben, que consegue ouvir a grama crescendo?

– Heimdall – disse ele. – O guardião do portão. Ele consegue ouvir a grama crescendo e ver centenas de léguas à frente, de dia ou de noite.

Ela riu.

– Exato. Eu vejo as próprias estrelas em meio à neblina, em meio às nuvens; eu vejo o céu que ninguém mais consegue ver dessa floresta mágica.

Ele deveria ter dito, *Espere um pouco, espere um pouco até a mudança total ocorrer em você,* mas sua voz morrera na boca.

– Eu ouço os veados na floresta – disse ela. – Consigo ouvi-los agora. Eu quase consigo... captar-lhes o cheiro. É tênue. Eu não quero imaginar coisas.

– Eles estão lá. Dois, lá fora, pouco depois da clareira – comentou ele.

Ela estava observando-o novamente, observando-o daquele jeito impassível, e ele não conseguia suportar olhá-la nos olhos. Ele pensou nos veados, criaturas tão esplêndidas e suaves, mas se não parasse de pensar neles sentiria desejo de matá-los e devorá-los. Como ela se sentiria quando isso acontecesse com ela, quando ela não conseguisse pensar em nada além de enterrar as presas no pescoço do veado e dilacerar seu coração enquanto ainda batesse?

Ele estava ciente de que ela estava se movendo, contornando a mesa em sua direção. O aroma suave e limpo de sua pele pegou-o de surpresa enquanto a floresta em sua mente se dissipava, desvanecia.

Ele acomodou-se na cadeira vazia, e então ela aproximou-se e pôs a mão na lateral de seu rosto.

Lentamente, ele olhou-a nos olhos.

– Você está com medo – disse ela.

Ele assentiu com a cabeça.

– Estou, sim.

– Você está sendo sincero em relação a isso.

– E isso é bom?

– Eu te amo muito – disse ela. – Muito mesmo. É melhor assim do que dizer todas as coisas corretas, que você percebe agora que nós estaremos juntos nisso, que você jamais me perderá como poderia ter perdido, que eu logo, logo, serei invulnerável às mesmas coisas que não podem feri-lo.

– Isso é o que eu deveria dizer, o que eu deveria pensar.

– Talvez. Mas você não fala mentiras, Reuben, exceto quando precisa, e você não gosta de segredos, e eles lhes são dolorosos.

– São, sim. E agora nós dois somos um segredo, Laura, um segredo muito grande. Nós somos um segredo perigoso.

– Olhe para mim.

– Estou tentando fazer isso.

– Conte-me tudo, simplesmente. Deixe fluir.

– Você sabe do que se trata – disse ele. – Quando eu vim para cá, naquela primeira noite, quando eu estava vagando aí fora, o Lobo Homem, e a vi, você era como um ser inocente, suave, alguma coisa puramente humana e feminina, e maravilhosamente vulnerável, parada naquela varanda, e você era tão...

– Sem medo.

– Exato, mas frágil, intensamente frágil, e, mesmo ao me apaixonar por você, tinha muito medo por você, medo de você abrir a porta daquele jeito para uma coisa como eu. Você não sabia o que eu era de fato. Você não fazia ideia. Você pensava que eu fosse um simples Homem Selvagem, você mesma sabe disso, alguma coisa vinda do interior da floresta e que não pertencia às cidades dos homens, lembra-se disso? Você fez de mim um mito. Eu queria abraçá-la, protegê-la, salvá-la de você mesma, salvá-la de mim mesmo! Da sua imprudência, enfim, da sua falta de noção ao me convidar a entrar em sua casa daquela maneira.

Ela parecia estar sopesando algo. Começou a falar, mas parou.

– Eu queria simplesmente arrancar de você aquela dor – disse ele. – E quanto mais eu aprendia acerca daquela dor, mais eu queria aniquilá-la. Mas, evidentemente, eu não tinha como fazer isso. Tudo o que eu consegui foi comprometê-la, trazê-la comigo até a metade desse segredo.

– Eu queria ir com você – disse ela. – Eu queria o segredo, não queria?

– Mas eu não era nenhuma fera primitiva da floresta – disse ele. – Eu não era nenhum homem cabeludo mitológico. Eu era Reuben Golding, o caçador, o matador, o Lobo Homem.

– Eu sei – disse ela. – E eu o amei em toda sua trajetória em direção ao conhecimento do que você realmente era, não é verdade?

– É verdade. – Ele suspirou. – Então, do que tenho medo?

– De não amar a *Morphenkind* que eu me tornar – disse ela com simplicidade. – E, portanto, de não me amar quando eu ficar tão poderosa quanto você.

Ele não conseguiu responder.

E respirou fundo.

– E quanto a Felix e Thibault, eles sabem como controlar quando a mudança completa ocorre?

– Não. Eles dizem que deve ocorrer logo. – Ela esperou e, como ele não dissesse nada, prosseguiu: – Você está com medo de não me amar mais, de eu deixar de ser aquela coisa suave, rosada e vulnerável que você encontrou nessa casa.

Ele odiou-se por não responder.

– Você não consegue ficar feliz por mim, você não consegue ficar feliz com o fato de que vou compartilhar isso com você, não é mesmo?

– Eu estou tentando. Estou mesmo, juro que estou tentando.

– Desde que começou a me amar, você se sentia infeliz por não poder compartilhar isso comigo, você sabe disso – disse ela. – Nós conversávamos sobre isso, e a coisa estava lá quando não conversávamos a respeito, o fato de que eu podia morrer, e você não podia me conceder esta dádiva por medo de me matar, o fato de que talvez eu jamais viesse a compartilhar isso com você. Nós falávamos sobre isso. Nós falávamos.

– Eu sei disso, Laura. Você tem todo o direito de estar furiosa comigo. De estar decepcionada. Deus é testemunha, eu decepciono as pessoas.

– Não, você não decepciona. Não diga essas coisas. Se está falando da sua mãe e daquela abominável Celeste, bem, está certo, você as decepcionou por ser bem mais sensível do que o que elas podiam imaginar, por não querer participar do mundo cruel delas, com sua ambição gananciosa e seu nauseante autossacrifício. E daí? Decepcione-as!

– Hummm – sussurrou ele. – Eu nunca ouvi você falando desse jeito antes.

– Bem, eu agora não sou mais a Chapeuzinho Vermelho, certo? – Ela riu. – Falando sério agora. Elas não sabem quem você é. Mas eu sei e seu pai sabe, assim como Felix, e você não está me decepcionando. Você me ama. Você ama quem eu era e tem medo de perder aquela pessoa. Isso não é decepcionante.

– Eu acho que devia ser.

– Tudo era muito teórico para você – disse ela. – O fato de você vir a compartilhar a dádiva comigo, de eu vir a morrer se você não fizesse isso. Era muito teórico para você ter essa coisa. Tudo aconteceu rápido demais para você.

– Isso é a mais pura verdade – concordou Reuben.

– Olhe, eu não espero nada de você que você não possa me dar – disse ela. – Permita-me apenas uma coisa. Permita-me que eu faça parte de você como um todo, mesmo que você e eu não possamos mais ser amantes. Permita-me isso, que eu faça parte de você, de Felix, de Thibault e de...

– É claro, é claro. Você acha que eles iriam permitir que eu te levasse para longe? Você acha que eu faria uma coisa dessas? Laura!

– Reuben, não existe nenhum homem vivo que não se sinta possuidor da mulher que ama, que não queira controlar seu acesso a ela e o acesso dela a ele e ao mundo dele.

— Laura, eu sei tudo o que...

— Reuben, você deve estar sentindo alguma coisa em relação ao fato de eles me terem dado a Crisma, gostando ou não que tenham feito isto, do fato de que tomaram esta decisão a meu respeito, e comigo essencialmente, sem que eles me vissem como parte de você. E eu tomei a minha decisão da mesma maneira.

— Como deveria ser, pelo amor do...

Ele parou.

— Eu não gosto do que estou descobrindo sobre mim mesmo — disse ele. — Mas isso aqui é vida e morte, e a escolha é sua. E você acha que eu conseguiria suportar isso se eles deixassem por minha conta, se tivessem tratado você como se fosse uma posse minha?

— Não, eu acho que não — disse ela. — Mas nem sempre nós conseguimos ser racionais com nossos sentimentos.

— Bem, eu te amo. E vou aceitar isto. Vou, sim. Depois disso, eu vou te amar da mesma maneira que te amo agora. Pode ser que meus sentimentos não escutem a razão. Mas eu estou dando a eles uma ordem direta.

Ela riu. E ele também riu, inadvertidamente.

— Agora, diga-me. Por que você está aqui agora, sozinha, quando a mudança pode acontecer a qualquer momento?

— Eu não estou sozinha — disse ela. — Thibault está aqui. Está aqui desde antes de escurecer. Está aí fora, esperando você sair. Ele vai ficar comigo todas as noites até que tudo esteja resolvido.

— Bem, então por que você não volta para casa agora? — perguntou ele.

Ela não respondeu. Estava novamente olhando para o outro lado, como se estivesse escutando os sons da floresta.

— Volte comigo agora. Vamos fazer as malas e sair daqui.

— Você está sendo bem corajoso — disse ela silenciosamente. — Mas eu quero acompanhar o processo aqui. E você sabe que assim é melhor para nós dois.

Ele não podia negar. Não podia negar que estava aterrorizado com a possibilidade da transformação acontecer exatamente naquele momento. A simples hipótese já era mais do que ele conseguia suportar.

– Você está em mãos seguras com Thibault – disse ele.

– É claro – concordou ela.

– Se fosse Frank, eu o mataria com minhas próprias garras.

Ela sorriu, mas não protestou.

Ele estava sendo ridículo, não estava? Afinal de contas, Thibault – no momento em que recebera a dádiva – não fora revigorado por ela? Qual era a diferença prática entre os dois homens? Um parecia um idoso professor de universidade e o outro um Don Juan. Mas eram ambos *Morphenkinder* de corpo e alma, não eram? No entanto, Thibault transmitia a graça da idade, e Frank mantinha-se eternamente na flor da idade. E saltou-lhe aos olhos subitamente, e com toda a força, que ela ficaria para sempre com a beleza que exibia agora; e ele próprio, *ele próprio*, jamais envelheceria, ou pareceria mais velho, ou teria um aspecto de alguém mais velho – jamais tornando-se o sábio e venerável homem que seu pai era –, nunca, jamais envelhecendo além daquele ponto em que se encontrava. Ele poderia muito bem ser o jovem na urna grega de Keats.

Como ele pôde ter deixado de perceber essas coisas e o que elas deviam significar para ela e deveriam significar para ele? Como não fora transformado por essa percepção, por esse conhecimento secreto? Era algo teórico para ele, ela estava certa.

Ela *sabia*. Sempre soubera qual era a importância total de tudo isso. Tentara fazer com que ele percebesse isso, e quando ele permitiu que isso aflorasse agora sentiu-se ainda mais envergonhado do que nunca por temer a mudança nela.

Ele levantou-se e caminhou até o quarto dos fundos. Sentia-se tonto, quase sonolento. A chuva estava pesada agora, batendo com força no telhado da velha varanda em cima do quarto. Ele sentiu uma ânsia de pegar a estrada, de seguir para o norte em meio à escuridão.

– Se Thibault não estivesse aqui, eu não pensaria em ir embora – disse ele. Ele vestiu as roupas, apressadamente abotoando a camisa e vestindo o casaco.

Então virou-se para ela e as lágrimas brotaram-lhe nos olhos.

– Você voltará para casa assim que for possível – disse ele.

Ela abraçou-o e ele a reteve contra si o máximo que ousava reter, esfregando o rosto nos cabelos dela, beijando-a seguidamente nas bochechas.

– Eu te amo, Laura. Eu te amo do fundo do coração, Laura. Eu te amo do fundo da minha alma. Eu sou jovem e tolo e não compreendo tudo isso, mas eu te amo, e quero que você volte para casa. Eu não sei o que tenho a lhe oferecer que os outros não possam oferecer, e eles são mais fortes, melhores e infinitamente mais experientes...

– Pare. – Ela pôs os dedos na frente da boca dele. – Você é o meu amor – sussurrou ela. – Meu único amor.

Ele saiu pela porta dos fundos e desceu os degraus em direção à chuva. A floresta era um invisível paredão escuro; apenas a grama molhada aparecia nas luzes vindas da casa. E a chuva o chicoteava e ele estava odiando aquilo.

– Reuben – chamou ela. Ela estava parada na varanda da mesma maneira que estivera naquela primeira noite. A antiga lamparina estilo Velho Oeste a querosene estava lá no banquinho, mas não estava acesa, e ele não conseguia distinguir as feições do rosto dela.

– O que é?

Ela desceu os degraus em direção à chuva.

Ele não conseguiu resistir e abraçou-a novamente.

– Reuben, aquela noite. Você precisa compreender. Eu não ligava para o que poderia acontecer comigo. Não ligava nem um pouco.

– Eu sei.

– Eu não dava a mínima se vivia ou se morria. Não mesmo. – A chuva estava encharcando os cabelos dela, no rosto voltado para cima.

– Eu sei.

– Eu não sei se você tem como saber – disse ela. – Reuben, nenhum fenômeno paranormal, psíquico ou sobrenatural jamais aconteceu comigo. Nada. Eu nunca tive nenhum pressentimento ou sonho premonitório. Jamais os espíritos do meu pai, da minha irmã, do meu marido ou os dos meus filhos vieram até mim, Reuben. Jamais ocorreu algum momento reconfortante no qual eu senti a presença deles. Jamais tive sequer uma ideia de que eles estavam vivos em algum lugar.

Jamais houve uma brecha, uma brecha que fosse, das regras do mundo natural. Foi assim que eu vivi até você aparecer, no mundo natural.

– Eu compreendo – disse ele.

– Você foi uma espécie de milagre, algo monstruoso apesar de fabuloso, e o rádio, a TV e os jornais falavam sem parar sobre você, essa coisa desse Lobo Homem, esse incrível ser, essa alucinação, essa quimera espetacular. Eu não sei como descrever isso – e aí apareceu você, aí apareceu você – e você era absolutamente real, e eu te vi e toquei em você. E eu não dava a mínima! Eu não ia te entregar de jeito nenhum. Eu não dava a mínima!

– Eu compreendo. Eu sei. Percebi isso naquele momento.

– Reuben, eu quero viver agora. Quero estar viva. Quero estar viva com cada fibra do meu corpo, você não vê, e para você e para mim, isso é estar viva.

Ele estava prestes a levantá-la, a carregá-la de volta a casa, mas ela afastou-se e levantou as mãos. Sua camisola estava encharcada e grudada aos seios, e os cabelos estavam escuros ao redor do rosto. Ele estava enregelado até os ossos e pouco importava.

– Não – disse ela, dando um passo para trás, ainda que segurando com firmeza as lapelas dele. – Escute o que estou dizendo. Eu não acredito em coisa alguma, Reuben. Eu não acredito que alguma vez voltarei a ver meu pai, meus filhos ou a minha irmã. Acho que eles simplesmente se foram. Mas eu quero viver. E isso significa não morrermos.

– Eu compreendo – disse ele.

– Eu agora me importo, você não vê?

– Vejo, sim – respondeu ele. – E eu quero entender mais, Laura. E vou entender. Prometo a você. Eu vou.

– Vá agora, por favor – disse ela. – E eu vou voltar logo, logo, para casa.

Ele passou por Thibault a caminho do carro. Thibault, imponente e majestoso, numa brilhante capa de chuva preta, de pé sob a grande figueira Douglas, com um guarda-chuva, um grande guarda-chuva preto. Talvez Thibault tenha lhe acenado com a cabeça, ele não sabia ao certo. Apenas entrou em seu carro e dirigiu-se ao norte.

2

Reuben chegou em casa às dez horas e o ambiente estava festivo, com muitas das cheirosas guirlandas de sempre-verde já dispostas ao redor das lareiras, os fogos acesos como sempre, e algumas radiantes luminárias espalhadas pelo local iluminavam os salões principais.

Felix estava na sala de jantar, numa animada conversa com Margon e Stuart a respeito dos planos para as festas natalinas, um mapa ou diagrama em papel pardo aberto diante deles e alguns blocos de anotações amarelos com canetas. Os cavalheiros estavam de pijamas e robes com lapela de cetim estilo clássico, ao passo que Stuart usava seu tradicional conjunto de agasalho de moletom e calça jeans. Ele parecia um típico adolescente americano que adentrara um filme de Claude Rains.

Reuben sorriu para si mesmo por conta desse pedacinho de devaneio. Era maravilhoso ver todos eles tão animados, tão felizes à luz do fogo, e sentir o aroma do chá e dos bolos, e todas as fragrâncias que ele agora associava ao lar – cera e verniz e as toras de carvalho queimando na lareira e, é claro, o cheiro de chuva recente que sempre invadia aquela casa grande, aquela casa de cantos úmidos e escuros que cercava tantas pessoas, ainda que jamais abraçasse efetivamente ninguém.

O velho valete francês Jean Pierre pegou a capa de chuva molhada de Reuben e imediatamente colocou uma xícara de chá em cima da mesa para ele.

Reuben sentou-se em silêncio, bebendo o chá, distraído, pensando em Laura, parcialmente ouvindo e balançando a cabeça em concordância com todos os planos natalinos, vagamente ciente de que Felix estava estimulado com tudo aquilo, estranhamente feliz.

– Quer dizer que você chegou, Reuben – disse Felix efusivamente –, e bem a tempo de ouvir nossos grandes projetos, de aprová-los e de nos dar sua permissão e sua bênção. – Ele tinha sua costumeira radiância, olhos escuros preguesados de bom humor, a voz profunda escapando-lhe com um entusiasmo fácil.

– Voltei, mas estou morto de cansaço – confessou Reuben –, embora saiba que não posso dormir. Quem sabe seja essa a noite em que me tornarei um lobo solitário e o flagelo de Mendocino County.

– Não, não, não – sussurrou Margon. – Nós estamos indo tão bem, cooperando mutuamente, não estamos?

– Sendo obedientes a você, é o que você quer dizer – disse Stuart. – De repente, Reuben e eu deveríamos dar uma saída hoje à noite e, sei lá, arrumarmos uma encrenca típica de lobinhos como nós.

Ele cerrou os punhos e deu um soco demasiadamente forte no braço de Margon.

– Meninos, por acaso eu já lhes expliquei – perguntou Margon – que essa casa possui um calabouço?

– Oh, e cheio de correntes e grilhões, e tudo o mais, sem dúvida alguma – disse Stuart.

– Incrivelmente cheia disso tudo – disse Margon, estreitando os olhos enquanto mirava Stuart. – E proverbialmente escuro, úmido e lúgubre. Mas isso nunca impediu que alguns dos moribundos residentes rabiscassem sombrios versos nas paredes. Gostaria de passar um tempo lá?

– Contanto que eu fique com o meu cobertor, com o meu laptop – disse Stuart – e receba as refeições nos horários certos. De repente eu consigo até descansar um pouquinho lá dentro.

Outro rosnado de escárnio escapou da boca de Margon e ele balançou a cabeça.

– "Fogem de mim os que já me procuraram"– sussurrou ele.

– Ah, não, mais uma dessas comunicações poéticas secretas, não – disse Stuart. – Eu não aguento, a poesia está ficando tão densa aqui que eu nem consigo mais respirar.

– Cavalheiros, cavalheiros – disse Felix. – Vamos manter a vivacidade e a leveza que merece a estação na qual estamos.

Ele olhou intensamente para Reuben.

– Por falar em calabouços, quero lhe mostrar as estátuas para o presépio. Essa Invernia será esplêndida, jovem mestre da casa, se nos der a permissão.

Ele começou a explicar rapidamente. Dezesseis de dezembro, dois domingos antes do Natal, era o dia perfeito para o festival natalino em Nideck e para o banquete ali na casa para todas as pessoas do condado. As tendas e lojas no "vilarejo", como Felix – mais frequentemente do que não – chamava a localidade, fechariam suas portas ao escurecer, e todos iriam se dirigir a Nideck Point para as festividades noturnas. É claro que as famílias deveriam aparecer, as de Reuben e de Stuart, e quaisquer velhos amigos que ambos pudessem querer incluir. Essa era a época de se lembrar de todos. E padre Jim deveria trazer os "desafortunados" de sua igreja em San Francisco e ônibus poderiam ser providenciados para isso.

É claro que o xerife seria convidado e todos os oficiais da polícia local que, não fazia muito tempo, vasculharam a propriedade na noite em que o misterioso Lobo Homem perpetrara seu criminoso ataque aos dois médicos russos na sala da frente. E também os repórteres seriam todos convidados.

Eles teriam enormes tendas no terraço, mesas e cadeiras, aquecedores a óleo e luzes cintilantes além da imaginação.

– Visualize toda a floresta de carvalhos – disse Felix fazendo um gesto na direção da floresta além da janela da sala de jantar –, completamente decorada com luzinhas, os galhos das árvores perfeitamente adornados com luzes, e as trilhas cobertas de palha densa, com artistas mascarados zanzando por elas e cantores vagando, mas, naturalmente, o coro dos meninos e a orquestra estarão no terraço da frente junto com o presépio e diversas mesas e cadeiras. Oh, isso vai ser absolutamente esplêndido. – Ele apontou para o tosco diagrama que desenhara no papel de açougueiro. – Evidentemente, o banquete propriamente dito será servido nessa sala, sem cessar, do entardecer às dez da noite. Mas haverá estações adequadamente estacionadas em todos os pontos-chave para o vinho adoçado, o hidromel, as bebidas, a comida, o que quer que as pessoas queiram, e toda a casa estará de portas abertas para que toda e qualquer alma na vizinhança possa ver os salões públicos e quartos da misteriosa Nideck Point de uma vez por todas. Nenhum segredo permanecerá em relação ao "velho local" que o Lobo Homem recentemente percorreu alucinadamente. Não, nós mostraremos ao mundo. "Bem-vindos, juízes, congressistas, oficiais de polícia, professores, banqueiros... boa gente do Norte da Califórnia! Foi através daquela sala da frente que o notório Lobo Homem invadiu a casa, e por aquela janela da biblioteca ele saltou em direção à noite." Diga a palavra, jovem mestre. Temos a permissão para fazer tudo isso?

– Ele se refere a alimentar todo o litoral – disse Margon solenemente –, do sul de San Francisco à fronteira do Oregon.

– Felix, essa casa é sua – disse Reuben. – A ideia me parece maravilhosa! – E realmente era. Também parecia impossível. Ele teve de rir.

Uma lembrança fugidia voltou a Reuben, de Marchent descrevendo com tanta felicidade como "Tio Felix" adorava entreter, e ele sentia quase que uma tentação de compartilhá-la com Felix.

– Eu sei que estamos muito próximos da morte de minha sobrinha – disse Felix, sua voz refletindo uma súbita mudança de humor. – Estou ciente disso. Mas não vejo motivos para ficarmos acabrunhados por conta disso nesse nosso primeiro Natal. Minha adorada Marchent jamais aprovaria isso.

– As pessoas na Califórnia não pranteiam os mortos, Felix – disse Reuben. – Pelo menos eu jamais testemunhei algo parecido. E eu não posso imaginar Marchent perturbada por isso.

– Eu acho que ela aprovaria tudo isso do fundo do coração – disse Margon. – E existe uma grande sabedoria em permitir que a imprensa também trafegue por essa casa durante as festividades.

– Oh, eu não estou fazendo isso apenas pensando nesse detalhe – disse Felix. – Quero uma grande celebração, uma festança. Essa casa deve ter vida nova em seu interior. Ela deve voltar a ser uma luminária brilhante.

– Todavia, certamente esse presépio de que você fala diz respeito a Jesus, Maria e José, correto? Mas você não acredita no Deus cristão, acredita? – perguntou Stuart.

– Não, certamente não – disse Felix –, mas é desse modo que as pessoas celebram a Invernia.

— Mas não se trata tudo de uma mentira? – perguntou Stuart. – Enfim, nós não temos de nos livrar das mentiras e da superstição? Por acaso não é essa a obrigação dos seres inteligentes? E é isso o que nós somos.

— Não, nem tudo é mentira – disse Felix. Ele baixou a voz para enfatizar, como se implorando delicadamente que Stuart avaliasse as coisas de modo diferente. – Tradições raramente são mentiras; tradições refletem as mais profundas crenças e costumes das pessoas. Elas têm sua própria verdade, não têm, por sua própria natureza?

Stuart estava olhando para ele de soslaio com céticos olhos azuis, seu rosto sardento e ameninado como de costume fazendo com que ele parecesse um querubim rebelde.

— Eu acho o mito do Natal eloquente – continuou Felix. – Sempre foi. Pense nisso. O Menino Jesus era desde o princípio um símbolo brilhante do eterno retorno. E é isso o que nós sempre celebramos na Invernia. – Sua voz estava reverente. – O glorioso nascimento do deus na noite mais escura do ano, essa é a essência da coisa.

— Hummm – disse Stuart com um pouco de escárnio. – Bem, você faz isso parecer mais do que as guirlandas de Natal que a gente vê nos shoppings e os cânticos natalinos que se ouvem nas lojas de departamentos.

— Sempre foi mais do que isso – disse Margon. – Até mesmo as mais comerciais armadilhas dos shoppings de hoje em dia refletem os antigos modos pagãos e os modos cristãos entrelaçados.

— Tem alguma coisa enjoativamente otimista em vocês, pessoal – disse Stuart, seriamente.

— Por quê? – perguntou Margon. – Porque nós não nos lastimamos por aí acerca de nossos segredos monstruosos? Por que deveríamos? Nós vivemos em dois mundos. E sempre vivemos.

Stuart estava confuso, frustrado, mas, no geral, concordando.

— Talvez eu não queira mais viver nesse mundo antigo – disse Stuart. – Talvez pense que posso deixá-lo para trás.

— Você não está falando sério – disse Margon. – Você não está pensando.

— Eu estou plenamente de acordo – disse Reuben. – Normalmente isso tudo me deixava triste no passado, cânticos natalinos, hinos, a manjedoura, a coisa toda, porque eu nunca acreditei muito em coisa alguma, mas quando você descreve dessa maneira, bom, eu acho que consigo aceitar. E as pessoas vão adorar, não vão? Enfim, vão adorar tudo isso. Nunca estive numa celebração natalina semelhante à que vocês estão planejando. Na realidade, raramente participo de celebrações natalinas de espécie alguma.

— Sim, eles vão adorar – disse Margon. – Eles sempre adoraram. Felix tem uma maneira de fazê-los adorar e de fazê-los querer voltar ano após ano.

— Tudo será feito de modo correto – disse Felix. – Eu tenho tempo suficiente, tempo suficiente mesmo, e dinheiro não será obstáculo nesse primeiro ano. Deixemos o planejamento mais bem elaborado para o ano que vem. Quem sabe esse ano eu tente utilizar mais de uma orquestra. Nós deveríamos ter uma pequena lá fora perto dos carvalhos. E, é claro, um quarteto de cordas aqui no canto dessa sala. E se eu conseguir ter uma ideia de quantas crianças virão...

— Tudo bem, *noblesse oblige*, eu entendi a coisa – disse Stuart –, mas a minha cabeça está em ser um *Morphenkind*, não em servir gemada aos meus amigos de infância. Enfim, o que tudo isso tem a ver com ser um *Morphenkind*?

— Bem, eu vou lhe contar agora mesmo o que tem a ver – disse Margon com seriedade, os olhos faiscando ferozmente sobre Stuart. – Essa festança será realizada dois domingos antes da véspera de Natal, como Felix explicou. E satisfará os desejos de suas respectivas famílias no que concerne à totalidade das comemorações natalinas. Ela fará mais do que isso. Dará a elas algo esplêndido que jamais esquecerão. E então, no dia 24 de dezembro, não haverá aqui ninguém além de nós, de modo a podermos celebrar o Natal como sempre o fizemos.

— Isso, sim, me parece interessante – retrucou Stuart. – Mas o que a gente faz exatamente?

— Haverá tempo para lhe explicar – disse Felix. – Se você andar na direção nordeste da casa por aproximadamente dez minutos, chegará a uma velha clareira. Ela é cercada por pedras grandes, pedras muito grandes mesmo, na verdade. Existe um pequeno riacho correndo ao lado dela.

– Eu conheço esse lugar – disse Reuben. – É como se fosse uma cidadela tosca. Laura e eu a encontramos. Nós não queríamos saltar sobre os rochedos, a princípio, mas encontramos uma maneira de entrar. Estávamos curiosos demais em relação ao local. – Um lampejo de memória: o sol irrompia em meio à copa das árvores, o grande piso de folhas apodrecidas, e árvores novas erguendo-se de velhos troncos, e os enormes e desnivelados rochedos cinza cobertos de liquens. Eles haviam encontrado uma flauta lá, uma pequena flauta de madeira, uma coisinha adorável. Ele não sabia o que acontecera com ela. Certamente Laura estava de posse do objeto. Ela o lavara no riacho e tocara algumas notas nela. Ele ouviu o som subitamente, tênue, triste, à medida que Felix prosseguia.

– Bem. É lá que nós celebramos nossos ritos por anos e anos – explicou Felix, sua voz, como sempre, paciente e reconfortante enquanto ele olhava de Stuart para Reuben. – Não existe mais nenhum resquício de nossas antigas fogueiras. Mas é lá que nós nos reunimos para fazer nosso círculo, para beber nosso hidromel e para dançar.

– E os cabeludos deverão dançar – disse Margon tristonhamente.

– Eu conheço essa frase – disse Stuart. – De onde é isso? Parece deliciosamente fantasmagórico. Eu adoro.

– Título de um conto – disse Reuben – e palavras assustadoras.

– Volte mais atrás – disse Felix, sorrindo. – Folheie a antiga Bíblia Douay-Rheims.

– Certo – disse Reuben. – É claro. – Reuben citou de memória: – "Mas as feras selvagens permanecerão lá, e suas casas preencher-se-ão de serpentes, e avestruzes lá habitarão, e os cabeludos deverão dançar lá: e as corujas responderão umas às outras, na dita casa, e sereias nos templos de prazer."

Um risinho aprovador veio de Felix, e Margon também riu ligeiramente.

– Oh, você adora quando o gênio aqui reconhece alguma citação ou palavra arcana, não é mesmo? – disse Stuart. – O prodígio literário ataca novamente! Reuben, a estrela do jardim de infância *Morphenkinder*.

— Aprenda uma lição com ele, Stuart – disse Margon. – Ele lê, ele se lembra, ele entende. Ele acumula em si a poesia das eras. Ele pensa. Ele medita. Ele avança!

— Ah, qual é – disse Stuart. – Reuben não é um cara de verdade. Ele saiu da capa da *Gentlemen's Quarterly*.

Reuben suspirou:

— Eu devia ter te deixado lá naquela floresta de Santa Rosa depois que você estropiou o seu padrasto.

— Não, você não devia ter feito isso – disse Stuart –, mas você sabe que eu estou brincando, meu irmão. Qual é. Na boa, qual é o seu segredo para se lembrar de todas essas coisas? Você tem uma enciclopédia na cabeça?

— Eu tenho um computador na cabeça, da mesma maneira que você – disse Reuben. – Meu pai é poeta. E ele costumava ler Isaías em voz alta para mim quando eu era pequeno.

— Isaías! – disse Stuart com uma voz profunda. – Nada de Maurice Sendak ou o Ursinho Pooh? Mas aí é claro que você estava destinado a crescer e se tornar um Lobo Homem para que as regras não se aplicassem.

Reuben sorriu e balançou a cabeça. Margon emitiu um longo resmungo de descontentamento.

— Jardim de infância *Morphenkinder* – disse Margon. – Acho que gosto bastante disso.

Felix não estava prestando a menor atenção. Ele estava olhando novamente para seus diagramas e listas de Natal. Estava começando a ver esse festival e acalentava a ideia da mesma maneira que acalentara a ideia dessa casa assim que passara a conhecê-la.

— Isaías! – continuou a troçar Stuart. – E vocês imortais sem deus dançam num círculo porque Isaías disse que era para fazer isso?

— Não aja como um tolo – alertou Margon. Ele estava irritado. – Você não está entendendo coisa alguma. Nós dançávamos em nosso círculo na Invernia muito antes de Isaías vir a esse mundo. E nessa noite nós pranteraremos Marrok, que não está mais conosco – um dos nossos que perdemos ultimamente – e daremos as boas-vindas a vocês – formalmente –, a você, a Reuben e a Laura em nossa companhia.

– Espere um pouquinho – disse Stuart, fazendo com que Reuben saltasse de seu devaneio. – Então, Laura decidiu? Ela vai ficar com a gente? – Ele estava extasiado. – Reuben, por que você não nos contou?

– Chega por ora – disse Felix delicadamente. Ele levantou-se. – Reuben, venha comigo. Na condição de mestre dessa casa, você precisa ver mais algumas das câmaras do porão situado abaixo da escada.

– Se forem os tais calabouços, eu estou a fim de ver! – disse Stuart.

– Sente-se – disse Margon numa voz baixa e ameaçadora. – Agora preste atenção. Temos mais trabalho a fazer em relação a esses planos.

3

Por mais cansado que estivesse, Reuben estava disposto a fazer a viagem ao porão e seguiu Felix de livre e espontânea vontade escada abaixo. Eles passaram rapidamente pela sala da antiga fornalha e entraram na primeira de muitas passagens que formavam um labirinto antes do último túnel desembocando no mundo exterior.

Na última semana, eletricistas haviam refeito a fiação daqueles corredores de teto baixo e de algumas câmaras misteriosas, mas muita coisa ainda precisava ser feita, e Felix explicou que alguns dos recintos jamais poderiam receber luz elétrica.

Havia lamparinas a óleo e lanternas nos gabinetes aqui e ali, entre portas trancadas, e Reuben percebeu, à medida que seguia Felix sob a penumbra das lâmpadas acima de sua cabeça, que não fazia a menor ideia da extensão da construção sob a casa. Aquelas paredes com reboco tosco cintilavam de umidade em determinadas partes e, conforme seguia Felix em direção a um território completamente estranho, avistou pelo menos dez portas de cada lado do corredor apertado.

Felix portava uma lanterna grande e parou diante de uma porta com uma fechadura com código de segurança.

– O que é? O que está te perturbando? – perguntou Felix. Ele colocou uma mão firme sobre o ombro de Reuben. – Você entrou aqui com a cara mais triste do mundo. O que aconteceu?

– Bem, não aconteceu nada – disse Reuben, parcialmente aliviado por estar falando sobre isso e parcialmente envergonhado. – É só que Laura tomou a decisão, e tenho certeza de que você sabe. E eu não sabia. Eu estava com ela hoje de tarde. Sinto saudade dela e não entendo como posso querer tanto que ela volte para casa e ainda temer o que está acontecendo com ela. Eu queria trazê-la de volta para cá à força e queria fugir.

– Você realmente não entende? – perguntou Felix. Seus olhos escuros estavam cheios de uma preocupação protetora. – Para mim é muito fácil entender. E você não deve condenar-se por isso, nem um pouco.

– Você é sempre gentil, Felix, sempre gentil – disse Reuben –, e existem tantas perguntas na ponta da minha língua sobre quem você é, sobre o que você sabe...

– Eu percebo isso – disse Felix. – Mas de um modo bem real, quem nós somos agora é o que conta. Escute. Eu o amei como se você fosse um filho meu desde o momento em que o conheci. E, se eu pensasse que ajudaria contar a você todas as histórias de minha vida, eu o faria. Mas isso não ajudará em nada. Isso você terá de vivenciar por conta própria.

– Por que eu não estou feliz por ela? – perguntou Reuben –, feliz por compartilhar esse poder, esses segredos? O que há de errado comigo? Desde o primeiro momento, eu soube que a amava. Eu queria dar a ela a Crisma. Eu nem sabia o nome da coisa. Mas eu sabia que se a coisa pudesse ser transmitida, dada, e eu queria...

– É claro que você queria – disse Felix. – Mas ela não é simplesmente uma pessoa em sua mente, ela é uma amante. – Ele hesitou. – Uma mulher. – Ele virou-se para a pequena fechadura de código e, colocando a lanterna debaixo do braço, mexeu no visor com rapidez. – Você sente-se de posse dela, você tem de sentir-se assim – prosseguiu Felix. Ele abriu a porta, mas não entrou. – E agora ela é uma de nós, e está fora de seu controle.

– Foi exatamente isso o que ela disse – comentou Reuben. – E eu sei que deveria estar contente por ela estar fora do meu controle, por ter sido aceita sem condições, por ser vista total e completamente como ela própria...

– Exato, é claro que você deveria, mas ela é sua esposa!

Reuben não replicou. Ele estava vendo Laura novamente, às margens do riacho, segurando aquela pequena flauta de madeira, e depois a tocando, erraticamente, produzindo aquela melodia que se elevava tristonhamente, como se fosse uma pequena oração.

– Eu sei disso – disse Felix. – Você possui uma excepcional capacidade de amar. Eu vi isso, senti isso, percebi quando conversamos pela primeira vez no escritório do advogado. Você ama sua família. Você ama Stuart. E ama Laura profundamente, e se, por algum motivo, você não puder suportar mais estar ao lado dela, bem, você conviverá com isso de forma amorosa.

Reuben não tinha tanta certeza disso e, subitamente, as dificuldades, o potencial de dificuldades, sobrepujou-o. Ele pensou em Thibault embaixo da árvore do lado de fora da casa dela, esperando silenciosamente na escuridão, e um ciúme arrebatador o dominou, ciúme do fato de Thibault haver dado a Crisma a ela, ciúme de que Thibault, que simpatizara com ela desde o início, pudesse talvez estar bem mais próximo dela agora do que ele, Reuben, estava...

– Venha – disse Felix. – Quero que você veja as estátuas.

A lanterna lançou um feixe amarelado diante deles assim que adentraram a sala de ladrilho branco. Até o teto era ladrilhado. E, de imediato, os olhos de Reuben distinguiram um grande ajuntamento de figuras de presépio em mármore branco, finamente esculpidas, robustas e barrocas nas proporções e nos trajes, tão ricas quanto qualquer estátua italiana que ele já tivesse visto. Certamente, aquelas eram provenientes de algum *palazzo* do século XVI ou de alguma igreja do outro lado do Atlântico.

Elas deixaram-no boquiaberto. Felix segurava a lanterna enquanto Reuben as examinava, tirando a poeira dos olhos baixos da Virgem, de seu rosto. Nem mesmo a famosa Villa Borghese havia visto algo com uma plasticidade tão aguda ou tão semelhante a um ser vivo esculpido em pedra. A figura alta do barbado José assomava sobre ele ou tratava-se de algum dos pastores? Bem, ali estavam a ovelha e o boi, sim, finamente detalhados e, subitamente, enquanto Felix movia a lanterna, foram revelados os opulentos e esplêndidos Reis Magos.

– Felix, são tesouros – sussurrou ele. Como eram patéticas as imagens que Reuben fazia de uma manjedoura natalina.

– Bem, elas não são colocadas no terraço durante o Natal há quase cem anos. Minha adorada Marchent jamais pôs os olhos sobre elas. Seu pai detestava tais entretenimentos, e eu passei muitos invernos em outras partes do mundo. Mas elas serão exibidas nesse Natal, e com todos os acessórios adequados. Há carpinteiros preparados para construir uma cerca de estábulo. Ah, você vai ver. – Ele suspirou.

Ele deixou a lanterna passar sobre a imensa figura do camelo ricamente decorado e do burro com seus grandes e ternos olhos... tão parecidos com os olhos dos animais que Reuben encontrara, os inquestionáveis olhos suaves e abertos dos bichos que ele matara. Um choque atravessou-o ao olhar aquilo, pensando novamente em Laura, e no aroma do veado do lado de fora da casa.

Ele aproximou-se para tocar os dedos perfeitos da Virgem. Então a luz fixou-se sobre o Menino Jesus, uma figura sorridente e resplandecente com cabelos bastos e olhos brilhantes e alegres, deitada no leito de feno marmóreo com os braços esticados.

Ele sentiu uma dor ao olhar aquilo, uma dor terrível. Houvera um tempo no passado, bem no passado, em que alguma crença nessas coisas o galvanizara, não houvera? Quando, menininho ainda, ele olhava para uma figura como aquela e sentia o consumado reconhecimento de que ela significava amor incondicional.

– Que história – disse Felix num sussurro baixo –, a de que o Criador do Universo desceria até nós nessa humilde forma, desceria tanto, tanto e tanto dos recônditos de sua criação para nascer entre nós. Por acaso já houve um símbolo mais belo para nossa desesperada esperança na Invernia de que esta que afirmava que o mundo nasceria de uma maneira completamente nova?

Reuben não conseguia falar. Por muito tempo, os antigos símbolos não significaram nada para ele. Aceitara de bom grado todas as rejeições petulantes... uma festa pagã com uma história cristã enxertada nela. Não se tratava por acaso de algo que não só o devoto como também o ateu deveriam rejeitar? Não é de espantar que Stuart estivesse tão desconfiado. O mundo hoje desconfiava de tais coisas.

Quantas vezes ele não se sentara silenciosamente na igreja observando seu adorado irmão, Jim, celebrar a missa e pensara, *Significado algum, significado algum em nada disso*. Ele ansiava por se liberar da igreja e poder sair ao ar livre novamente, por olhar simplesmente para o céu estrelado ou por escutar o som dos pássaros que cantavam até mesmo na escuridão, por estar sozinho com suas mais profundas convicções, por mais simples que fossem.

Mas algum outro sentimento mais profundo e mais puro estava aflorando nele agora, de que nem tudo se tratava de "isto ou aquilo". Uma magnífica possibilidade lhe ocorria; que coisas disparatadas talvez pudessem, de alguma maneira, estar unidas de formas que ainda teríamos de compreender.

Ele gostaria muito de poder conversar com Jim agora, mas Jim viria para aquela festança natalina e eles ficariam parados diante desse presépio, e conversariam como sempre haviam conversado. E Stuart, Stuart passaria a compreender, passaria a ver.

Reuben sentiu um grande alívio pelo fato de Felix estar lá, com sua resolução e com sua visão, para fazer algo para que aquela grandiosa festa natalina funcionasse de verdade.

– Margon não está cansado de Stuart, está? – perguntou ele de repente. – Ele entende que Stuart é simplesmente exageradamente exuberante, não entende?

– Você está falando sério? – Felix riu suavemente. – Margon ama Stuart. – Ele baixou o tom de voz para um sussurro confidencial. – Você deve ter um sono bem pesado, Reuben Golding. Céus, trata-se de Zeus levando Ganimedes noite após noite.

Reuben não conseguiu conter o riso. Na realidade, ele não tinha o sono propriamente pesado ou certamente não o tinha todas as noites.

– E nós teremos os melhores músicos – voltou ao assunto Felix, como se estivesse conversando consigo mesmo. – Eu já fiz algumas ligações para San Francisco e descobri estalagens ao longo do litoral onde eles podem ser alojados. Vozes operísticas, é isso o que eu quero para o coro de adultos. E vou trazer o coro de meninos da Europa, se preciso for. Conheço um jovem regente que entende do assunto. Quero os antigos cânticos natalinos, os cânticos tradicionais, aqueles que captam algo da irresistível profundidade de tudo isso.

Reuben permanecia em silêncio. Estava olhando para Felix, roubando-lhe um longo e lento olhar enquanto Felix olhava amorosamente para aquela família de sentinelas, marmóreas. E Reuben estava pensando, vida eterna, e eu ainda nem comecei a saber... Mas ele sabia que amava Felix, que Felix era a luz que agora brilhava em seu caminho, que era o professor nessa nova escola na qual ele, Reuben, se encontrava.

– Muito tempo atrás – disse Felix –, eu tinha uma casa esplêndida na Europa... – Ele ficou em silêncio, e seu rosto, normalmente entusiasmado e animado, tornou-se sombrio e adquiriu um aspecto quase que soturno. – Você sabe o que nos mata, não sabe, Reuben? Não são os ferimentos, ou a pestilência, mas a imortalidade em si. – Ele fez uma pausa. – Você está vivendo numa época abençoada hoje em dia, Reuben, e continuará vivendo até que todos aqueles que você ama nesse mundo não estiverem mais aqui, até que a sua geração não esteja mais na Terra. Então a imortalidade começará para você. E algum dia, daqui a séculos, você se lembrará desse Natal e de sua adorada família – e de todos nós juntos nessa casa. – Ele empertigou-se, impacientemente, antes que Reuben tivesse uma chance de responder, e fez um gesto no sentido de saírem.

– Essa é a época mais fácil, Felix? – perguntou ele.

– Não. Nem sempre. Nem todos possuem a notável família que você possui. – Ele fez uma pausa. – Você confessou ao seu irmão, Jim, não confessou? Eu me refiro ao fato de que ele tem conhecimento do que você é e do que nós somos.

– No confessionário, Felix – disse Reuben. – Sim, eu pensava que houvesse dito isso a você. Talvez não tenha dito. Mas foi no confessionário, e meu irmão é o tipo de padre católico que morreria antes de romper o selo da confissão. Mas é verdade, ele sabe.

— Eu tive essa sensação desde o início – disse Felix. – Os outros também tiveram, evidentemente. Nós sabemos quando as pessoas sabem. Você descobrirá isso por si mesmo com o passar do tempo. Acho maravilhoso você ter tido tal oportunidade. – Ele estava refletindo. – A minha vida era tão diferente. Mas esse não é o momento para essa história.

— Vocês podem confiar – disse Reuben –, todos vocês, que Jim jamais...

— Meu rapaz, você acha que algum de nós poderia fazer mal a seu irmão?

Quando bem alcançaram a escada, Felix abraçou novamente Reuben e fez uma pausa, a cabeça baixa.

— O que é, Felix? – perguntou Reuben. Ele queria de alguma maneira dizer a Felix o quanto gostava dele, retribuir as cálidas palavras que o homem lhe transmitira.

— Você não deve temer o que acontecerá com Laura – disse Felix. – Nada é para sempre conosco; apenas parece ser. E quando para de parecer, bem, este é o momento em que começamos a morrer. – Ele franziu o cenho. – Eu não tive a intenção de dizer isso. Eu quis dizer que...

— Eu sei – disse Reuben. – Você quis dizer uma coisa e, então, uma outra surgiu.

Felix assentiu com a cabeça.

Reuben olhou-o bem nos olhos.

— Eu acho que eu sei o que está falando. Você está falando, "valorize a dor".

— Sim, talvez seja exatamente isso o que eu esteja falando – disse Felix. – Valorize a dor; valorize o que você tem com ela, incluindo o medo. Valorize o que pode ter, incluindo o fracasso. Valorize porque se nós não vivermos essa vida, se nós não a vivermos integralmente ano após ano e século após século, bem, então nós morremos.

Reuben assentiu com a cabeça.

— É por isso que as estátuas ainda estão aqui, no porão, depois de todos esses anos. É por isso que eu as trouxe para cá de meu país de origem. É por isso que eu construí essa casa. É por isso que voltei a viver sob esse teto, e você e Laura são uma chama essencial! Você e Laura e a promessa do que serão. Hummm. Eu não possuo o seu dom para as palavras, Reuben. Faço isso soar como se eu necessitasse que vocês dois se amassem. Isso não é verdade. Não foi isso o que eu quis dizer, não mesmo. Eu venho aquecer as mãos numa chama e maravilhar-me diante dela. Apenas isso.

Reuben sorriu.

– Eu te amo, Felix – disse ele. Não havia muita emoção em sua voz ou em seus olhos, apenas uma profunda e confortável convicção, e a convicção de que ele estava sendo compreendido e que nenhuma outra palavra era realmente necessária.

Os olhos de ambos se encontraram, e nenhum dos dois precisou pronunciar uma palavra sequer.

Eles subiram a escada.

Na sala de jantar, Margon e Stuart ainda estavam trabalhando. Stuart estava discorrendo acerca da estupidez e da insipidez dos rituais, e Margon protestava suavemente pelo fato de Stuart estar sendo propositalmente uma incorrigível inconveniência como se ele estivesse argumentando com sua mãe ou com seus antigos professores de escola. Stuart estava rindo de maneira demoníaca, e Margon não conseguia parar de rir, apesar dos esforços nesse sentido.

Sergei entrou no recinto, o imenso gigante de cabelos louros com flamejantes olhos azuis. Suas roupas estavam sujas e molhadas de chuva, os cabelos cheios de poeira e com pedacinhos de folhas. Ele parecia estar corado e entontecido. Uma curiosa troca de olhares deu-se em silêncio entre Sergei e Felix, e uma estranha sensação de perturbação apoderou-se de Reuben. Sergei estivera caçando; Sergei agira como o Lobo Homem naquela noite; o sangue estava pululando nele. E o sangue de Reuben percebeu isso, e Felix percebeu tudo. Stuart também sentiu, olhando-o com fascinação e ressentimento, ao que parecia, e em seguida olhando de relance para Margon.

Mas Margon e Felix simplesmente voltaram ao trabalho.

Sergei dirigiu-se à cozinha.

E Reuben subiu para aconchegar-se com seu laptop ao lado do fogo e pesquisar costumes natalinos e costumes pagãos da Invernia, e quem sabe começar uma matéria para o *Observer*. Billie, sua editora, ligava para ele dia sim, dia não. Ela queria mais material da parte dele.

Assim como os leitores, disse ela. E ele gostava da ideia de penetrar nas diferentes atitudes, positivas e negativas, em relação ao Natal, de testar por que nós éramos tão ambivalentes em relação a isso, por que as tradições antigas frequentemente nos perturbavam tanto quanto os gastos e as compras, e como talvez pudéssemos começar a pensar no Natal de um modo renovado e comprometido. Era boa a sensação de pensar em algo que não fossem os velhos e cínicos clichês.

Algo lhe ocorreu. Reuben percebeu que tentava descobrir uma maneira de exprimir o que estava aprendendo agora sem revelar o segredo de como estava aprendendo e como o aprendizado em si para ele havia mudado tão completamente. "É desse jeito que vai ser", sussurrou ele. "Vou colocar aqui o que eu sei, vou, sim, mas sempre haverá um limite." Mesmo assim, ele queria estar ocupado. Costumes natalinos, espírito natalino, ecos da Invernia, sim.

4

Duas da manhã.

A casa adormecida.

Reuben desceu a escada de chinelo e vestindo seu pesado robe de lã.

Jean Pierre, que frequentemente tirava o turno da noite, estava dormindo sobre os braços cruzados encostado na bancada da cozinha.

A lareira na biblioteca não estava bem acesa.

Reuben atiçou a lenha, trouxe-a de volta à vida, tirou um livro da prateleira e fez algo que sempre desejara fazer. Aconchegou-se no sofá encostado à janela fria, confortável o bastante nas almofadas de veludo, com outra almofada entre ele e a friorenta e úmida janela.

A chuva estava inundando o vidro apenas a alguns centímetros de seus olhos.

A luminária em cima da escrivaninha era suficiente para ele ler um pouco. E ler apenas um pouco naquela luzinha fraca e descompromissada era tudo o que desejava.

Era um livro sobre o Oriente Próximo na antiguidade. Reuben tinha a impressão de que se interessava apaixonadamente pelo tema, pela questão geral acerca de onde ocorreram alguns momentosos desenvolvimentos antropológicos, mas perdeu o fio da meada quase que de imediato. Encostou de novo a cabeça no revestimento de madeira e mirou com olhos estreitos as pequenas chamas dançantes na lareira.

Algum vento fortuito açoitou as janelas. A chuva atingiu o vidro dando a sensação de muitas bilhas diminutas sendo despejadas. E então ocorreu aquele suspiro da casa que Reuben ouvia com tanta frequência quando se encontrava sozinho e perfeitamente imóvel como estava naquela noite.

Ele sentia-se seguro e feliz, e ansioso para ver Laura, ansioso para dar o máximo de si. Sua família adoraria a casa de portas abertas no dia 16, simplesmente adoraria. Grace e Phil jamais haviam sido mais do que animadores casuais de seus amigos mais íntimos. Jim acharia a ideia maravilhosa, e eles conversariam. Sim, Jim e Reuben tinham de conversar. Não apenas por ser Jim a única pessoa do grupo que conhecia Reuben, que conhecia seus segredos, que conhecia tudo. Mas também porque ele estava preocupado com Jim, preocupado com o que aquele fardo de segredos poderia estar acarretando ao irmão. O que, em nome de Deus, não estaria Jim sofrendo, um padre preso ao juramento confessional, sabendo tantos segredos que não podia mencionar a nenhum outro ser vivo? Ele sentia muita saudade de Jim. Gostaria de poder ligar para ele agora.

Reuben começou a cochilar. Sacudiu-se para despertar e fechou o macio colarinho sem forma ao redor do pescoço. Teve uma súbita "sensação" de que alguém se encontrava perto dele, alguém, e era como se ele houvesse conversado com essa pessoa, mas agora estava violentamente acordado e certo de que isso era absolutamente impossível.

Ele olhou para cima e para a esquerda. Esperava encontrar a escuridão da noite grudada à janela, já que toda a luz externa extinguira-se havia muito.

Mas ele viu uma figura de pé, olhando para ele, e percebeu que estava olhando para Marchent Nideck, e que ela o estava fitando apenas a alguns centímetros de distância do lado de fora da janela.

Seu terror foi total. No entanto, não se moveu. Ele sentiu o terror, como se houvesse algo irrompendo de toda a extensão de sua pele. Continuou a mirá-la, resistindo com toda a sua força à ânsia de sair de onde estava.

Os olhos claros dela estavam ligeiramente estreitos, com um contorno em vermelho, e fixando-o como se ela estivesse falando com ele, implorando-lhe de alguma maneira desesperada. Os lábios dela estavam ligeiramente separados, bastante frescos, macios e naturais. E as bochechas estavam avermelhadas como se devido ao frio.

O som do coração de Reuben estava ensurdecedor em seus ouvidos, e tão poderoso em suas artérias que ele tinha a sensação de não conseguir respirar.

Ela estava usando o *négligé* na noite em que fora morta. Pérolas, seda branca e a renda, como era bela a renda, tão espessa, pesada, adornada. Mas estava manchada de sangue, empapada de sangue. Uma de suas mãos agarrava a renda na altura do pescoço – e havia uma pulseira naquele pulso, a fina e delicada corrente que ela usara naquele dia – e, com a outra mão, ela fazia um movimento no sentido de ir na direção dele, como se seus dedos pudessem, quem sabe, penetrar o vidro.

Ele levantou-se num átimo e encontrou-se de pé sobre o carpete mirando-a. Ele jamais conhecera pânico similar em toda a sua vida.

Ela continuava a mirá-lo, seus olhos cada vez mais desesperados, os cabelos sujos, mas não molhados de chuva. Havia uma certa cintilância nela. Então a figura simplesmente desapareceu como se jamais tivesse estado ali.

Ele ficou imóvel, mirando o vidro escurecido, tentando encontrar o rosto dela novamente, os olhos dela, a forma dela, qualquer coisa relacionada a ela, mas não havia nada, e ele jamais se sentira tão absolutamente sozinho em toda a sua vida.

Sua pele estava ainda eletrificada, embora ele tivesse começado a suar. E, muito lentamente, ele baixou os olhos em direção às mãos para ver que elas estavam cobertas de pelos, suas unhas estavam alongadas. E, ao tocar o rosto e as mãos, sentiu pelos ali também.

Ele começara a mudar, o medo fizera isso com ele! Mas a transformação havia sido suspensa, estava à espera, à espera talvez de seu sinal pessoal em relação a seguir em frente ou parar o processo. O terror proporcionara isso.

Ele olhou para as palmas das mãos, incapaz de se mexer.

Havia sons característicos atrás dele – uma pisada familiar nas tábuas.

Lentamente, ele virou-se para ver Felix, as roupas amarrotadas, os cabelos desalinhados de quem acabara de sair da cama.

– Qual é o problema? – perguntou Felix. – O que aconteceu?

Felix aproximou-se ainda mais.

Reuben não conseguia falar. Os longos pelos lupinos não estavam recuando. Tampouco o medo dele. Talvez "medo" não fosse exatamente a palavra adequada para expressar aquilo, porque ele jamais temera nada natural daquele jeito em sua vida.

– O que aconteceu? – perguntou mais uma vez Felix, aproximando-se. Ele estava muito preocupado, uma preocupação obviamente protetora.

– Marchent – sussurrou ele. – Eu a vi, ali.

Agora voltava novamente a sensação de formigamento. Ele olhou para baixo e viu seus dedos emergindo dos pelos que recuavam.

Ele podia sentir os pelos recuando no couro cabeludo e no peito.

A expressão no rosto de Felix o sobressaltou. Nunca Felix parecera-lhe tão vulnerável, quase que tão magoado como naquela ocasião.

– Marchent? – disse Felix. Seus olhos estreitaram-se. Aquilo era verdadeiramente doloroso para ele. E não havia a menor dúvida de que ele acreditava no que Reuben lhe contava.

Reuben explicou rapidamente. Ele discorreu acerca de tudo o que acontecera. Estava se dirigindo ao armário de casacos perto da despensa do mordomo enquanto falava, Felix logo atrás dele. Ele vestiu um casaco pesado e pegou a lanterna.

– Mas o que você está fazendo? – perguntou Felix.

– Preciso ir lá fora. Preciso procurá-la.

A chuva estava leve, pouco mais do que uma garoa. Ele desceu às pressas os degraus da frente e contornou a lateral da casa até ficar parado embaixo da grande janela da biblioteca. Jamais estivera naquele ponto exato antes. Passara inclusive pouquíssimas vezes com seu carro pela estradinha de cascalho que dava para os fundos da propriedade. Toda a fundação era elevada, é claro, e não havia nenhuma saliência na qual Marchent, uma Marchent viva e respirando, pudesse ter ficado.

A janela acima dele estava bem iluminada, e a floresta de carvalhos que se estendia à sua direita além da estradinha de cascalho estava impenetravelmente escura e cheia de sons e chuva gotejando, a chuva eternamente abrindo caminho em meio às folhas e galhos.

Ele viu a figura alta e delgada de Felix olhando pela janela, mas Felix não parecia vê-lo ali embaixo olhando para cima. Felix parecia estar olhando para a escuridão.

Reuben ficou absolutamente imóvel, deixando a chuvinha fina molhar seus cabelos e seu rosto, e então virou-se e, tomando coragem, dirigiu o olhar para a floresta de carvalhos. Ele não conseguia enxergar quase nada.

Um terrível pessimismo o acometeu, uma ansiedade no limite do pânico. Será que ele podia sentir a presença dela? Não, não podia. E o fato de ela talvez poder estar – em alguma forma espiritual, alguma forma pessoal – perdida naquela escuridão o aterrorizava.

Lentamente, ele percorreu o caminho de volta à porta da frente, olhando para a impenetrável escuridão que o circundava. Como ela parecia vasta e premonitória, e como o rugido do oceano que ele não conseguia ver parecia distante e hediondamente impessoal.

Apenas a casa estava visível, a casa com seu majestoso desenho e janelas iluminadas, a casa semelhante a um baluarte contra o caos.

Felix estava esperando na porta aberta e ajudou-o com o casaco.

Ele desabou na cadeira ao lado da lareira da biblioteca, na cadeira de braços grandes que Felix normalmente utilizava todos os dias ao anoitecer.

– Mas eu a vi – disse Reuben. – Ela estava ali, vívida, de *négligé*, aquele que ela estava usando na noite em que foi morta. Tinha sangue nele, nele todo. – Era torturante para ele reviver repentinamente tudo aquilo. Sentiu outra vez o mesmo alarme que experimentara quando olhou para o rosto dela pela primeira vez. – Ela estava... infeliz. Estava... me pedindo alguma coisa, querendo alguma coisa.

Felix estava parado em silêncio com os braços cruzados. Mas não fazia nenhum esforço para disfarçar a dor que sentia.

– A chuva – disse Reuben. – Não fazia nenhum efeito nela, na aparição, no que quer que fosse aquilo. Ela estava brilhando, não, estava cintilando. Felix, ela estava olhando aqui para dentro de casa, querendo algo. Ela parecia o Peter Quint em *A outra volta do parafuso*. Estava procurando alguém ou alguma coisa.

Silêncio.

– O que você sentiu quando a viu? – perguntou Felix.

– Terror – disse Reuben. – E eu acho que ela percebeu. Acho que talvez tenha ficado decepcionada.

Novamente, Felix ficou em silêncio. Então, após um momento, falou novamente, sua voz bastante educada e calma.

– Por que você sentiu-se aterrorizado? – perguntou ele.

– Porque era... Marchent – disse Reuben, tentando não gaguejar. – E isso só podia significar que Marchent estava existindo em algum lugar. Só podia significar que Marchent está consciente em algum lugar, e não em algum lugar adorável do outro mundo, mas aqui. Só pode significar isso, não é?

Vergonha. A velha vergonha. Ele a conhecera, amara e fracassara completamente em impedir que fosse assassinada. Contudo, dela herdara a casa.

– Eu não sei o que isso significa – disse Felix. – Nunca vi espíritos. Espíritos aparecem para aqueles que conseguem vê-los.

– Você acredita realmente em mim?

– É claro que acredito – disse ele. – Não se tratava de alguma forma sombria da maneira como você a está descrevendo...

– Totalmente visível. – Mais uma vez, suas palavras saíram como uma torrente. – Eu vi as pérolas no *négligé*. A renda. Vi aquela renda antiga e pesada, tipo uma renda cortada nas pontas ao longo da gola. E a pulseira dela, a corrente de pérola que estava usando quando eu estive com ela, aquela pulseirinha fina com elos de prata e pequenas pérolas.

– Eu dei a ela essa pulseira – disse Felix. Era mais um suspiro do que palavras.

– Eu vi a mão dela. Ela a esticava, como se fosse atravessar o vidro da janela. – Novamente, veio-lhe o formigamento na pele, mas ele lutou contra a sensação. – Deixe-me perguntar uma coisa a você – continuou ele. – Ela foi enterrada aqui, em algum cemitério de família ou algo parecido? Você esteve no túmulo? Tenho vergonha de dizer que nem me passou pela cabeça dar um pulo lá.

– Bem, você não tinha como acompanhar enterro algum, certo? – disse Felix. – Você estava no hospital. Mas eu acho que não houve nenhum funeral. Imaginei que os restos mortais dela haviam sido enviados para a América do Sul. Para ser sincero com você, eu não sei dizer se isso é verdade ou não.

– Pode ser que ela não esteja onde desejava estar?

– Eu não posso imaginar que isso tivesse alguma importância para Marchent – disse Felix. Sua voz estava atipicamente monótona. – Nem um pouco, mas o que sei eu disso?

– Há algo errado, Felix, muito errado, ou ela não teria aparecido. Escute, eu nunca vi um fantasma antes, nunca nem mesmo tive algum pressentimento ou sonho mediúnico. – Ele pensou em Laura dizendo aquelas mesmas palavras, mais ou menos, naquela mesma noite. – Mas eu conheço o folclore a respeito de fantasmas. Meu pai afirma ter visto fantasmas. Ele não gosta de falar a respeito disso no meio de um jantar com muita gente porque as pessoas riem dele. Mas os avós dele eram irlandeses, e ele já viu mais de um fantasma. Se fantasmas olham para você, se eles sabem que você está lá, bem, eles querem alguma coisa.

– Ah, os celtas e seus fantasmas – disse Felix, mas as palavras não foram ditas de maneira irreverente. Ele estava sofrendo e as palavras funcionaram como um aparte. – Eles têm o dom. Eu não fico surpreso de Phil tê-lo. Mas você não pode falar com Phil sobre essas coisas.

– Eu sei disso – disse Reuben. – No entanto, se existe alguém que talvez saiba alguma coisa sobre isso é justamente ele.

– E justamente a pessoa que talvez sinta mais do que você queira que ele sinta, se começar a contar a ele acerca de todas as coisas que o deixam confuso, todas as coisas que aconteceram com você debaixo desse teto.

– Eu sei, Felix, não se preocupe. Eu sei.

Chamou-lhe a atenção a fisionomia sombria e ferida no rosto de Felix. Felix parecia estar estremecendo sob o ataque furioso de seus próprios pensamentos.

Reuben ficou subitamente envergonhado. Ele havia ficado embevecido com a visão, por mais horrível que tivesse sido. Ele havia sido energizado por ela, e não pensara nem por um segundo em Felix e no que Felix deveria certamente estar experimentando naquele exato instante.

Felix criara Marchent; ele conhecera e amara Marchent de maneiras que Reuben mal podia conceber, e ele, Reuben, não parava de discorrer sobre isso, sobre a aparição tendo sido sua, sua possessão brilhante e singular, e sentiu-se subitamente com vergonha de si mesmo.

– Eu não sei do que estou falando, sei? – perguntou ele. – Mas eu sei que a vi.

– Ela morreu de modo violento – disse Felix com aquela mesma voz baixa e áspera. Ele engoliu em seco e segurou a parte traseira dos braços com as mãos, um gesto que Reuben jamais o vira fazer antes. – Às vezes, quando as pessoas morrem dessa maneira, não conseguem seguir em direção a outro estágio.

Nenhum dos dois falou nada por um longo momento, e então Felix afastou-se, ficando de costas para Reuben e mais próximo à janela.

Finalmente, com uma voz áspera, ele falou:

– Oh, por que eu não voltei antes? Por que não entrei em contato com ela? Onde eu estava com a cabeça, deixando-a daquele jeito ano após ano...?

– Por favor, Felix, não se culpe. Você não foi responsável pelo que aconteceu.

– Eu a abandonei ao tempo, da forma que eu sempre os abandono... – disse Felix.

Lentamente, ele voltou ao calor do fogo. Sentou-se na otomana da poltrona em frente a Reuben.

– Você pode me contar de novo como tudo isso aconteceu? – perguntou ele.

– Posso, ela olhou bem para mim – disse Reuben, tentando não ceder novamente a uma torrente de palavras excitadas. – Ela estava bem do outro lado do vidro. Eu não faço ideia de quanto tempo fazia que estava lá observando-me. Eu nunca tinha me sentado naquele sofá da janela antes. Eu sempre quis, você sabe, sempre quis me aconchegar naquelas almofadas de veludo vermelho, mas nunca tinha feito isso.

– Ela fazia isso o tempo todo quando era criança – disse Felix. – Esse era o lugar dela. Eu ficava trabalhando aqui por horas e horas e ela ficava naquele sofá perto da janela lendo. Ela guardava uma pequena coleção de livros bem ali, escondidos atrás da cortina.

– Onde? No lado esquerdo? Ela se sentava de costas para o lado esquerdo da janela?

– Exatamente. O canto à esquerda era o canto dela. Eu costumava implicar com ela quando começava a forçar a vista conforme o sol baixava. Ela lia ali até que praticamente não houvesse mais nenhuma luz. Até no auge do inverno, ela gostava de ler ali. Ela vinha para cá em seu robe com meias grossas e se aconchegava bem ali. E ela não queria luminária de chão. Dizia que conseguia enxergar bem o bastante com a luz da escrivaninha. Ela gostava desse jeito.

– Foi exatamente isso o que eu fiz – disse Reuben com a voz miúda.

Houve um silêncio. O fogo morrera nas brasas.

Por fim, Reuben levantou-se.

– Eu estou exausto. Estou com a sensação de ter corrido vários quilômetros. Todos os músculos do meu corpo estão doendo. Eu nunca senti uma necessidade tão grande de dormir.

Felix levantou-se, relutante.

– Bem, amanhã – disse ele – eu vou dar alguns telefonemas. Vou falar com o homem em Buenos Aires. Deve ser fácil confirmar que ela está enterrada da maneira que queria estar.

Ele e Felix dirigiram-se juntos à escada.

– Tem uma coisa que eu preciso perguntar – disse Reuben enquanto subiam. – O que foi que o motivou a descer? Você ouviu algum barulho ou sentiu alguma coisa?

– Eu não sei – disse Felix. – Eu acordei. Experimentei uma espécie de *frisson*, como dizem os franceses. Havia algo errado. E então, evidentemente, eu o vi, e vi que os pelos de lobo estavam nascendo em você. Nós sinalizamos uns para os outros de uma maneira impalpável quando começamos a mudar, você está ciente disso.

Eles fizeram uma pausa no escuro corredor do andar de cima em frente à porta do quarto de Felix.

– Você não está inquieto por estar sozinho agora, está? – perguntou Felix.

– Não. Nem um pouco – disse Reuben. – Não foi esse tipo de medo que eu senti. Eu não estava com medo dela ou com medo de que ela me causasse algum mal. Era uma coisa totalmente diferente disso.

Felix não se mexeu ou nem mesmo fez menção de levar a mão à maçaneta da porta. Em seguida disse:

– Eu gostaria de tê-la visto.

Reuben assentiu com a cabeça. É claro que Felix gostaria muito de que isso tivesse acontecido. É claro que Felix imaginava o motivo pelo qual ela viria para Reuben. Como podia ele não imaginar isso?

– Mas fantasmas aparecem para aqueles que conseguem vê-los, não é verdade? – perguntou Reuben. – Foi o que você disse. Parece que o meu pai me disse a mesma coisa uma vez, quando a minha mãe estava ridicularizando a ideia em si.

– Exato, é o que eles fazem – disse Felix.

– Felix, nós precisamos considerar o fato de que ela deseja que essa casa seja devolvida a você, não?

– Nós precisamos considerar isso? – perguntou Felix com uma voz desalentada. Ele parecia alquebrado, sua espirituosidade costumeira absolutamente ausente. – Por que ela iria querer que eu tivesse algo, Reuben, depois que eu a abandonei daquela maneira? – perguntou ele.

Reuben não falou nada. Ele pensou nela vividamente, em seu rosto, em sua fisionomia angustiada, na maneira pela qual ela se dirigira à janela. Ele estremeceu. E murmurou:

– Ela está sofrendo.

Ele olhou novamente para Felix, vagamente ciente de que a expressão no rosto dele fazia-o lembrar-se horrivelmente de Marchent.

5

O telefone acordou-o cedo; quando viu o nome de Celeste piscando na tela, não atendeu. Parcialmente adormecido, ouviu-a deixando uma mensagem: "... e eu acho que isso é uma boa notícia para alguém", ela dizia, sua voz estranhamente neutra, "mas não para mim. Conversei com Grace sobre isso e, bem, também estou levando em consideração os sentimentos dela. De uma forma ou de outra, preciso me encontrar com você, porque eu não posso tomar uma decisão desse tipo sem a sua presença."

Do que ela poderia estar falando? Seu interesse era mínimo e sua paciência menor ainda. E uma sensação das mais estranhas e inesperadas acometeu-o: ele não conseguia lembrar-se do motivo pelo qual afirmara no passado amar Celeste. Como era possível que ele já tivesse estado noivo dela? Por que ele já passara tanto tempo na companhia de alguém de quem ele gostava tão pouco? Ela o deixara tão infeliz por tanto tempo que o mero som de sua voz agora o irritava e o magoava um pouco, quando na realidade sua mente deveria estar concentrada em outras coisas.

Provavelmente Celeste precisava de permissão para casar-se com o melhor amigo dele, Mort. Era isso. Só podia ser isso. Fazia apenas dois meses desde que ele e Celeste haviam terminado o noivado e ela estava se sentindo inquieta em relação à urgência. Evidentemente, consultara Grace, porque ela amava Grace. Mort e Celeste eram presenças constantes na casa de Russian Hill. Eles costumavam jantar lá três vezes por semana. Mort sempre adorara Phil. Phil adorava conversar sobre poesia com Mort, e Reuben imaginava como isso se encaixaria em Celeste atualmente, já que ela sempre achara Phil uma figura patética.

Enquanto tomava uma chuveirada, ele refletia que as duas pessoas que realmente desejava ver naquele dia eram seu pai e seu irmão Jim.

Será que não haveria alguma maneira de tocar no assunto dos fantasmas com Phil sem ser obrigado a contar para ele o que havia acontecido?

Phil havia visto espíritos, sim, e teria algum conhecimento do folclore antigo acerca do assunto, indubitavelmente, mas havia um muro agora entre Reuben e todos aqueles que não compartilhavam as verdades de Nideck Point, e ele não podia abrir brechas nesse muro.

Quanto a Jim, ele temia que a desconfiança deste em relação a fantasmas e espíritos fosse algo previsível. Não, Jim não acreditava no diabo, e talvez não acreditasse em Deus. Mas ele era um padre, e frequentemente dizia as coisas que ele imaginava que um padre tivesse de dizer. Reuben percebia que não se abria de fato com Jim desde que os Distintos Cavalheiros haviam entrado em sua vida e sentia-se envergonhado. Se tivesse como refazer todo o processo, Reuben jamais teria confiado a Jim as informações a respeito do Lobo Homem. Fora uma atitude bastante injusta.

Depois de se vestir e tomar café, ele ligou para a única pessoa no mundo com quem poderia compartilhar a visita do fantasma, e esta pessoa era Laura.

— Escute, não se dê ao trabalho de dirigir até aqui — propôs Laura imediatamente. — Vamos nos encontrar em algum lugar afastado do litoral. Está chovendo na região das vinícolas, mas não deve ser uma chuva forte.

Ele topou na hora.

Era meio-dia quando Reuben chegou à praça em Sonoma, e viu o jipe de Laura estacionado em frente ao café. Havia sol, embora as calçadas estivessem molhadas, e o centro da cidade estava movimentado como sempre apesar da friorenta umidade do ar. Ele amava Sonoma, e amava a praça no meio da cidade. Parecia-lhe que nada de ruim pudesse acontecer numa cidade californiana tão delicada e agradável e, por alguns minutos, ele teve a esperança de poder zanzar pela lojas depois do almoço.

Assim que viu Laura esperando por ele numa mesa, Reuben ficou novamente impressionado com as mudanças nela. Sim, os olhos azuis escurecendo, e os exuberantes cabelos louros, e alguma coisa além disso, uma espécie de vitalidade secreta que parecia infectar sua fisionomia e até mesmo seu sorriso.

Depois de pedir o maior sanduíche que o local tinha a oferecer, acompanhado de sopa e salada, ele começou a falar.

Lentamente, ele extravasou a história da assombração, detendo-se em todos os pequenos detalhes. Ele queria que Laura tivesse a visão completa, a sensação da casa em sua quietude e, acima de tudo, da vívida intensidade do aparecimento de Marchent, da eloquência dos seus gestos e de seu semblante preocupado.

O café repleto de gente estava barulhento ao redor deles, mas não demasiado a ponto de ele ser obrigado a falar numa voz cujo registro fosse além do confidencial. Por fim, ele terminara de relatar tudo, incluindo sua conversa com Felix, e pôs-se a tomar a sopa com seus típicos modos lupinos, esquecendo por completo a boa educação e bebendo todo o conteúdo diretamente da tigela. Legumes frescos e doces, caldo espesso.

— Bem, você acredita em mim? — perguntou ele. — Você acredita que eu realmente vi essa coisa? — Ele esfregou a boca com o guardanapo e começou a comer a salada. — Eu estou te dizendo, isso não foi um sonho.

— Sim, eu acho que você a viu — disse ela. — E obviamente Felix também não acha que você inventou tudo isso. Eu imagino que o que me assuste é a possibilidade de você vê-la novamente.

Ele assentiu com a cabeça.

— Mas você acredita que ela está existindo em algum lugar, enfim, a Marchent real e de verdade? Você acredita que ela esteja em alguma espécie de estado purgatório?

— Eu não sei — disse ela com franqueza. — Você ouviu a palavra "terrena", não ouviu? Você conhece as teorias, certo, que afirmam que alguns fantasmas são espíritos atados à terra, pessoas que morreram e simplesmente não conseguem seguir para o outro estágio. Eu não sei se há alguma verdade nisso. Nunca acreditei muito nessas coisas. Mas a pessoa morta permanece por conta de alguma confusão ou de algum envolvimento emocional quando, na verdade, ela deveria estar se movendo em direção à luz.

Ele estremeceu. Ele ouvira essas teorias. Ouvira seu pai falando dos "mortos atados à terra". Phil falava dos mortos atados à terra sofrendo em uma espécie de inferno criado para eles próprios.

Pensamentos vagos vieram-lhe à mente acerca do fantasma de Hamlet e suas horrendas descrições dos fogos tormentosos nos quais ele passava a sua existência. Havia críticos literários que pensavam que o fantasma do pai de Hamlet vinha na verdade do inferno. Mas esses pensamentos eram absurdos. Reuben não acreditava no purgatório. Ele não acreditava no inferno. Na realidade, sempre acreditou que as conversas que giravam em torno do inferno eram altamente ofensivas. Ele sempre sentiu que as pessoas que acreditavam no inferno tinham pouca ou nenhuma simpatia por aqueles que elas imaginavam estar sofrendo lá. Na verdade, tratava-se bem do oposto. Os que acreditavam nos fogos do inferno pareciam deliciar-se com a ideia de que a maior parte da raça humana acabaria em um local tão horripilante.

– Mas o que significa exatamente terreno? – perguntou ele. – Onde está Marchent agora, neste exato momento? O que ela está sentindo?
– Para seu espanto, Laura estava realmente comendo sua comida. Cortando rapidamente diversos pedaços de vitela à moda europeia, ela os devorou e passou de imediato para o prato de escalopinhos sem parar para respirar. Quando a garçonete colocou na mesa o sanduíche de rosbife, ele naturalmente retornou à tarefa que tinha diante de si.

– Eu não sei – disse Laura. – Essas almas, assumindo que elas existam mesmo, estão enredadas, presas ao que podem ver e ouvir de nós e de nosso mundo.

– Isso faz plenamente sentido – sussurrou ele. Novamente, ele estremeceu. Não conseguia evitar.

– Isso é o que eu faria, se fosse você – disse ela de repente, limpando a boca e engolindo metade do refrigerante gelado em seu copo. – Eu ficaria aberta, disposta, ansiosa para descobrir o que o fantasma deseja. Enfim, se essa for a personalidade de Marchent Nideck, se houver alguma coisa coerente, real e sensível ali, bem, abra-se a ela. Eu sei que é fácil para mim dizer isso num pequeno e simpático restaurante lotado de gente em plena luz do dia e, é claro, eu não vi a coisa, mas isso é o que eu tentaria fazer se fosse você.

Ele assentiu com a cabeça.

– Eu não tenho medo dela – disse ele. – Tenho medo dela estar sofrendo, de Marchent estar existindo em algum lugar e esse lugar não ser dos mais agradáveis. Eu quero reconfortá-la, quero fazer o que estiver ao meu alcance para dar a ela o que quer que ela queira.

– É claro.

– Você acha que é concebível ela estar perturbada em relação à casa, em relação ao fato de que Felix está agora de volta, ainda que o dono da casa seja eu? Marchent não sabia que Felix estava vivo quando me deu a casa.

– Eu duvido muito que isso tenha algo a ver com a aparição dela – disse Laura. – Felix é rico. Se ele quisesse Nideck Point, ele se ofereceria para comprar a casa de você. Ele não está morando lá como seu convidado porque lhe faltam meios. – Ela continuava comendo enquanto falava, raspando o prato com facilidade. – Felix é dono de toda a propriedade que margeia Nideck Point. Eu o ouvi falar sobre isso com Galton e com os outros empregados. Isso não é segredo. Ele estava falando sobre isso com eles de modo casual, contratando-os para realizar outros trabalhos. A propriedade Hamilton, mais ao norte, pertence a ele há cinco anos. E a propriedade Drexel, a leste, foi comprada por ele bem antes disso. Os homens de Galton estão trabalhando nessas casas atualmente. Felix é dono das terras ao sul de Nideck Point, desde o litoral até a cidade de Nideck. Existem antigas residências ao longo de todas essas áreas, residências como a casa de Galton, mas Felix está preparado para comprar cada uma delas assim que os proprietários estiverem dispostos a vendê-las.

– Então ele tinha planos de voltar – disse Reuben. – O tempo todo ele tinha planos de voltar. E quer efetivamente a casa. Só pode querer.

– Não, Reuben, você entendeu errado – disse ela. – Sim, ele tinha planos de algum dia voltar. Mas não enquanto Marchent estivesse ligada à propriedade. Depois que ela se mudou para a América do Sul, os agentes dele fizeram repetidas ofertas, utilizando vários nomes diferentes para comprar a casa, mas Marchent sempre as recusava. Felix me contou isso ele próprio numa conversa comum. Não há nada secreto sobre isso. Ele estava esperando que ela saísse. Então os eventos o pegaram completamente de surpresa.

– O ponto é que ele quer a casa agora – disse Reuben. – É claro que ele a quer. Ele mesmo a construiu.

– Mas ele não tem nenhuma pressa – disse ela.

– Eu vou dar a casa para ele. Ela não me custou um centavo sequer.

– Mas você acha que esse fantasma sabe de todas essas coisas? – perguntou Laura. – Por acaso esse fantasma se importa com isso?

– Não – disse ele. Ele balançou a cabeça. Pensou no rosto contorcido de Marchent, pensou em sua mão estendida, como se para atravessar o vidro. – Talvez eu esteja na pista errada. Talvez sejam os planos de Natal o que está perturbando o espírito dela, planos para uma festa tão próxima à morte dela. Mas talvez não tenha nada a ver com isso.

Mais uma vez, ele voltou a ter uma forte sensação da presença de Marchent, como se a aparição tivesse acarretado uma nova e lúgubre intimidade, e a tristeza que ele sentira parecia milhares de vezes mais profundamente enraizada na Marchent que ele conhecia.

– Não, os planos da festa não a ofenderiam. Isso não seria suficiente para trazê-la de volta de seja lá onde ela se encontra, fazê-la visitá-lo dessa maneira.

A mente de Reuben divagava. Ele ficou em silêncio. Percebia que nada mais poderia ser conhecido até que aquele espírito aparecesse para ele novamente.

– Fantasmas frequentemente aparecem na Invernia, não é? – perguntou Laura. – Enfim, pense em todas as histórias de fantasmas que ocorrem durante o Natal na língua inglesa. Isso sempre foi uma questão de tradição, o fato de que os fantasmas surgem nessa época do ano; eles ficam fortes nesse período, como se o véu entre os vivos e os mortos se tornasse frágil nessa época.

– Exato, Phil sempre disse a mesma coisa – disse Reuben. – É por isso que *Um conto de Natal*, de Dickens, nos pega com tanta intensidade. Trata-se de toda aquela tradição antiga acerca de espíritos aparecendo nessa época do ano.

– Volte para mim – disse Laura tomando-lhe a mão. – Pare de pensar nisso por enquanto. – Ela fez um gesto pedindo a conta. – Tem um hotelzinho bem agradável aqui perto. – Ela sorriu para ele, o mais incandescente e delicado sorriso de quem sabe das coisas. – É sempre divertido, não é, uma cama diferente, um telhado diferente acima de nossas cabeças.

– Vamos – disse ele.

Dois quarteirões depois, num charmoso chalé estilo Craftsman aninhado em um jardim, eles fizeram amor numa antiga cama de metal sob um teto curvo. Flores amarelas no papel de parede. Vela sobre a antiga viga de ferro fundido. Pétalas de rosa no lençol.

Laura estava bruta, insistente, inflamando-o com sua sofreguidão. Subitamente, ela parou e afastou-se.

– Você consegue operar a transformação agora? – sussurrou ela. – Por favor, faça isso. Seja o Lobo Homem para mim.

O quarto estava tomado de sombras, quieto, as venezianas brancas fechadas contra a evanescente luz da tarde.

Antes que ele pudesse responder, a metamorfose começara.

Ele encontrou-se de pé ao lado da cama, seu corpo produzindo a cobertura lupina, as garras, as ondulações, alongando os tendões de seus braços e pernas. Era como se pudesse ouvir sua juba crescendo, ouvir os sedosos pelos cobrindo-lhe o rosto. Ele olhou ao redor de si com novos olhos para o mobiliário exótico e frágil do quarto.

– E isso é o que você deseja, madame? – perguntou ele com a costumeira voz baixa de barítono do Lobo Homem, tão mais obscura e densa do que sua voz normal. – Nós estamos nos arriscando a sermos descobertos fazendo isso, não estamos?

Ela sorriu.

Ela o estudava como jamais fizera antes. Passou as mãos sobre a pelagem da testa dele, seus dedos agarrando os pelos compridos e ásperos da cabeça de Reuben.

Ele puxou-a para si e então para baixo, em direção às tábuas nuas do quarto. Ela empurrava e puxava como se quisesse provocá-lo, batendo no peito dele com os punhos mesmo enquanto o beijava, pressionando a língua nas presas dele.

6

Era o fim da tarde quando Reuben voltou de Sonoma. A chuva estava fininha, mas constante, e a luz quase tão ínfima quanto o crepúsculo.

Quando avistou a casa, sentiu um imediato alívio. Trabalhadores haviam terminado de decorar todas as janelas da fachada com luzinhas natalinas amarelas e brilhantes em linhas perfeitamente arrumadas, e a porta da frente estava emoldurada com espessas guirlandas também entrelaçadas com luzinhas.

Como aquilo tudo parecia alegre e reconfortante. Os trabalhadores estavam prestes a terminar o serviço, e os caminhões saíram da área do terraço logo depois que Reuben parou seu carro. Apenas um caminhão permaneceu para servir à equipe que estava trabalhando na casa de hóspedes abaixo da encosta, mas também deixariam o local em pouco tempo.

As salas principais também estavam com uma atmosfera extremamente festiva, com as costumeiras lareiras acesas, e uma grande árvore de Natal ainda não decorada encontrava-se à direita das portas da estufa. Mais guirlandas verdes espessas e belas haviam sido adicionadas às lareiras e suas correspondentes vigas. E a deliciosa e doce fragrância das sempre-vivas estava em toda parte.

Mas a casa estava vazia, e isso era estranho. Reuben não ficava sozinho naquela casa desde que os Distintos Cavalheiros haviam chegado. Bilhetes na bancada da cozinha comunicavam-lhe que Felix levara Lisa para fazer compras no litoral; Heddy estava cochilando; e Jean Pierre levara Stuart e Margon até a cidade de Napa para jantar.

Por mais estranho que lhe parecesse aquela situação, Reuben não ficou preocupado. Estava profundamente imerso em seus pensamentos a respeito de Marchent. Estivera pensando nela durante o longo percurso de Sonoma até Nideck Point, e somente agora lhe ocorria, enquanto preparava uma xícara de café, que sua tarde com Laura fora deliciosa – o almoço, fazer amor com ela no hotelzinho – porque ele deixara de sentir medo das mudanças que estavam ocorrendo nela.

Ele tomou uma rápida chuveirada, vestiu seu blazer azul e a calça de veludo cinza que frequentemente vestia para o jantar, e estava percorrendo o corredor na direção da escada quando ouviu o som tênue e baixo de um rádio vindo de algum lugar na ala oeste da casa, seu lado da casa.

Foi-lhe necessário apenas um instante no corredor para localizar a origem do som. Tratava-se do antigo quarto de Marchent.

O corredor estava lúgubre e sombrio como de costume, já que era desprovido de janelas, e havia apenas uns poucos castiçais com quebra-luzes de pergaminho e pequenas lâmpadas espalhados nas paredes. E ele podia ver um feixe de luz sob a porta dela.

Reuben voltou a sentir aquele sinistro latejar aterrorizante, mas lentamente. Sentiu a transformação ocorrendo, mas fez tudo ao seu alcance para interrompê-la enquanto permanecia imóvel onde estava, trêmulo, e sem certeza do que fazer.

Uma dezena de explicações poderia dar conta da luz e do rádio. Felix podia muito bem ter esquecido ambos ligados após procurar algo no closet ou na escrivaninha de Marchent.

Reuben encontrava-se incapaz de se mover. Ele lutava contra o formigamento em seu rosto e mãos, mas não conseguia arrefecê-lo por completo. Suas mãos estavam agora o que alguém talvez chamasse de hirsutas, e um rápido exame de seu rosto dizia a ele que ali ocorria o mesmo. Então, que seja. Mas qual seria a serventia daquele sutil aprimoramento contra a possibilidade de um fantasma?

O rádio estava tocando uma antiga canção sonhadora e melódica da década de 1990. Ele conhecia aquela canção, conhecia aquela batida lenta e hipnótica e aquela profunda voz feminina. "Take Me As I Am", era isso. Mary Fahl com o October Project. Ele dançara aquela música com Charlotte, sua namorada do ensino médio. Já naquela época ela não passava de uma canção velha. Aquilo era muito palpável, muito real.

De repente, ele estava tão enraivecido com seu próprio pânico que bateu na porta.

A maçaneta girou lentamente e a porta abriu-se, e ele viu a figura escurecida de Marchent olhando para ele, a luminária atrás dela iluminando apenas parcialmente o cômodo.

Reuben ficou absolutamente imóvel olhando a figura escura, e lentamente as feições dela tornaram-se visíveis, os ângulos familiares do rosto e os olhos grandes, infelizes e suplicantes.

Ela vestia o mesmo *négligé* manchado de sangue, e ele conseguia ver a luz cintilando nas inúmeras pérolas diminutas.

Ele tentou falar, mas os músculos de seu rosto e de sua mandíbula estavam paralisados, assim como estavam seus braços e pernas.

Eles não estavam nem a uma distância de meio metro um do outro. Seu coração parecia prestes a explodir.

Ele sentiu que estava se afastando da figura, e então a cena inteira ficou escura. Reuben estava de pé no corredor vazio e silencioso, tremendo, suando, e a porta do quarto de Marchent estava fechada.

Num acesso de fúria, ele abriu a porta e entrou no recinto escurecido. Tateando em busca do interruptor, encontrou-o e acendeu uma coleção de pequenas luminárias espalhadas.

O suor escorria por todo o seu peito e braços. Seus dedos estavam escorregadios devido à umidade. A mudança lupina fora interrompida. Os pelos lupinos haviam desaparecido. Mas ele ainda sentia o formigamento e os tremores nas mãos e pés. E forçou-se a respirar lentamente por diversas vezes.

Nenhum som de rádio, nem um sinal sequer da existência de um rádio, e todo o quarto estava como ele se lembrava da última vez em que o inspecionara antes de Felix, Margon e os outros haverem chegado.

As janelas estavam fechadas com sofisticadas cortinas de renda branca, bem como o dossel da pesada cama de metal. Uma ultrapassada penteadeira no canto norte havia recebido uma aba com a mesma renda branca engomada. A roupa de cama era de algodão rosa, e a poltrona dupla hiperacolchoada ao lado do fogo estava coberta com o mesmo tecido. Havia uma escrivaninha, ultrafeminina como todo o resto, com pernas Queen Anne e estantes brancas parcialmente cheias com alguns volumes encadernados.

A porta do closet estava escancarada. Nada em seu interior além de meia dúzia de cabides forrados de tecido. Bonitinhos. Alguns estavam cobertos de tela, outros de seda tom pastel. Perfumados. Bem ali no closet, cabides vazios – um símbolo para ele, subitamente de perda, da horrenda realidade de Marchent tendo desaparecido em direção à morte.

Poeira nas prateleiras acima. Poeira no piso de tábuas. Nada a ser encontrado, nada a que um espírito errante pudesse haver tristemente se ligado, se é que era isso o que espíritos errantes faziam.

– Marchent – sussurrou ele. Ele colocou a mão na testa e então tirou o lenço e enxugou o suor. – Marchent, por favor – sussurrou novamente. Ele não conseguia se lembrar das lendas que ouvira durante toda a vida no que dizia respeito a se um fantasma podia ou não ler a sua mente. – Marchent, ajude-me – suplicou, mas seu sussurro soava imenso no quarto vazio e, subitamente, tão enervante para ele quanto todo o resto.

O banheiro estava vazio e imaculado, com armários vazios. Nenhum rádio visível. Cheiro de branqueador.

Como era bonito o papel de parede, uma antiga padronagem em tela com figuras pastorais em azul e branco. Aquele era o mesmo padrão encontrado nos cabides forrados.

Ele imaginou-a tomando banho na longa banheira oval com pés de garra, e uma onda de sua presença íntima pegou-o de surpresa, fragmentos dos momentos que haviam compartilhado nos braços um do outro naquela noite hedionda, fragmentos do rosto cálido dela de encontro ao seu, e de sua voz suave e tranquilizadora.

Ele virou-se e inspecionou a cena diante de si, e então dirigiu-se lentamente à cama. Não era, absolutamente, uma cama alta, e ele sentou-se na lateral, de cara para as janelas, e fechou os olhos.

– Marchent, ajude-me – disse ele baixinho. – Ajude-me. O que é isso, Marchent? – Se alguma vez no passado ele conhecera tristeza scmelhante, não conseguia lembrar-se. Sua alma estava abalada. E subitamente ele começou a chorar. O mundo inteiro parecia-lhe vazio, desprovido de qualquer esperança, de qualquer possibilidade de sonhos. – Eu sinto muito pelo que aconteceu – disse ele com a voz encorpada. – Marchent, eu vim assim que ouvi você gritando. Eu juro por Deus, eu vim, mas eram muitos para mim, eles dois e, além disso, eu cheguei tarde demais.

Ele baixou a cabeça.

– Diga-me o que você quer de mim, por favor – disse ele. Reuben agora estava chorando como uma criança. Ele pensou em Felix lá embaixo na biblioteca na noite anterior, perguntando a si mesmo por que jamais viera para casa durante todos aqueles anos, sentindo um arrependimento tão horrendo. Ele pensou em Felix no corredor na noite anterior dizendo de modo tão desanimado: "Por que ela iria querer que eu tivesse algo... depois que eu a abandonei daquela maneira?"

Ele tirou o lenço, que agora era um bolo de linho molhado, e enxugou o nariz e a boca.

– Eu não posso responder por Felix – disse ele. – Eu não sei por que ele fez o que fez. Ou, se eu sei, não posso dizer. Mas posso dizer a você que eu te amo. Eu teria dado a vida para impedi-los de lhe fazer mal. Teria feito isso sem pensar duas vezes.

Uma espécie de alívio atravessou-lhe o corpo, mas ele sentiu que era um alívio barato e sem merecimento. A finalidade da morte dela merecia algo melhor. No entanto, às pressas, ele disse tantas coisas que ansiava dizer, e isto lhe proporcionou uma sensação agradável, embora talvez não tivesse a menor importância para ela. Ele não fazia a menor ideia se Marchent de fato existia em algum domínio onde ela pudesse vê-lo ou ouvi-lo ou o que havia sido a aparição na porta.

– Mas tudo isso é verdade, Marchent – disse ele. – E você me deixou essa dádiva de sua casa, e eu não fiz nada para merecê-la, nada, e estou vivo aqui, e não sei o que aconteceu com você, Marchent. Eu não entendo.

Ele não tinha mais nenhuma palavra para falar em voz alta. Em seu coração, ele disse, *Eu te amava muito.*

Reuben pensou no quanto ficara infeliz quando a conhecera. Pensou no quanto desejara desesperadamente livrar-se não apenas de sua adorável família mas também de sua deplorável ligação com Celeste. Celeste não o amava. Ela nem mesmo gostava dele. E ele tampouco gostava dela. Essa era a verdade. Tudo não passara de vaidade, pensou ele de súbito, ela desejar "o namorado atraente", como ela o chamava com frequência na frente dos outros naquele tom de troça, e ele acreditando que devesse desejar uma mulher tão inteligente e adorável de quem sua mãe gostava muito. A verdade era que Celeste o deixara infeliz, e quanto à sua família, bem, ele precisava mesmo escapar deles por um tempo, se quisesse de fato encontrar o que queria fazer da vida.

– E agora, graças a você – sussurrou ele –, eu vivo nesse mundo.

E, lembrando-se subitamente do amor que Marchent tinha por Felix, do pesar que tinha por ele, de sua convicção enfastiada de que ele estava morto e enterrado, ele percebeu uma dor que mal conseguia suportar. Que direito tinha ele ao Felix a quem ela pranteara? A injustiça de tudo isso e o horror de tudo isso paralisaram-no.

Por um longo momento, Reuben ficou sentado tremendo, tremendo como se estivesse com frio, quando não estava com frio, seus olhos fechados, imaginando tudo aquilo, e agora bem distante do terror e do choque que sentira apenas alguns momentos antes. Havia coisas piores nesse mundo do que o medo.

Um som veio da cama, o som das molas e do colchão rangendo, e ele sentiu o colchão mexendo um pouquinho para a sua direita.

O sangue sumiu de seu rosto, e seu coração começou a bater descompassadamente.

Ela estava sentada perto dele! Ele sabia disso. Ele sentiu a mão dela de repente em sua mão, carne maleável aquela, e a pressão dos seios dela de encontro ao seu braço.

Lentamente, ele abriu os olhos e mirou os olhos dela.

– Oh, Deus do céu – sussurrou Reuben. Ele não conseguia impedir que as palavras saíssem de sua boca, embora viessem arrastadas e baixas. – Deus do céu – disse ele enquanto forçava-se a olhar para ela, a olhar verdadeiramente para ela, para seus pálidos lábios rosados e para as finas linhas desenhadas a lápis de seu rosto. Seus cabelos louros cintilavam à luz. A seda de seu *négligé* branco, bem encostada em seu braço, subia e descia com a respiração dela. Ele conseguia sentir a respiração dela. Ela aproximou-se ainda mais, sua mão fria cobrindo a mão direita dele enquanto a apertava com mais força, e sua outra mão fechando-se sobre o ombro esquerdo dele.

Reuben olhou fixamente para os suaves olhos úmidos dela. Ele obrigou-se a isso. Mas sua mão direita afastou-se da dela num súbito movimento de repúdio que não teve como controlar, e com ela ele fez o sinal da cruz. A ação ocorrera como um espasmo, e ele ficou subitamente vermelho de vergonha.

Um pequeno suspiro escapou dela. Suas sobrancelhas franziram-se e o suspiro tornou-se um gemido.

– Eu sinto muitíssimo! – disse ele. – Diga-me... Ele estava gaguejando, cerrando os dentes em seu pânico. – Diga-me... O que eu posso fazer?

A expressão no rosto dela era de um tormento impronunciável. Lentamente, ela baixou os olhos e desviou o olhar, seus cabelos curtos caindo-lhe sobre o rosto. Ele queria tocar os cabelos dela, tocar a pele, tocá-la inteira. Então os olhos dela voltaram-se para ele, cheios de tristeza até a borda, e parecia que ela estava prestes a falar; ela estava lutando desesperadamente para falar.

De imediato a visão iluminou-se como se estivesse se enchendo de luz e em seguida dissolveu-se.

Desapareceu como se jamais tivesse existido. E ele encontrou-se sozinho em cima da cama, sozinho no quarto dela, sozinho na casa. Os minutos passavam enquanto permanecia sentado lá, incapaz de mover-se.

Ela não voltaria, ele sabia disso. O que quer que ela fosse agora, em nome de Deus – fantasma, espírito, coisa terrena –, esgotara o limite de seus poderes, e ela não voltaria. E ele estava novamente suando, o coração martelando nos ouvidos. As palmas das mãos e as solas dos pés queimando. Ele podia sentir os pelos lupinos sob a pele como se fossem miríades de agulhas. Era torturante deter o processo.

Sem decidir fazê-lo, ele se levantou, desceu correndo a escada e passou pela porta dos fundos.

A escuridão fria estava caindo, as nuvens densas baixando e a floresta transformando-se em sombras por todos os lados. A chuva invisível suspirava como um ente vivo nas árvores.

Reuben entrou no carro e pôs-se a dirigir. Não sabia para onde estava indo, sabia apenas que tinha de se afastar de Nideck Point, se afastar do medo, do desamparo, da desolação. A desolação é como um punho de encontro à sua garganta, pensou ele. A desolação o estrangula. A desolação era algo mais hediondo do que qualquer coisa que ele jamais experimentara antes.

Ele seguia pelas estradas vicinais, vagamente ciente de que estava se dirigindo para o interior e que a floresta encontrava-se de ambos os lados dele para onde quer que fosse. Ele não estava pensando, estava, isto sim, sentindo, arrefecendo a poderosa transformação, sentindo e sentindo o diminuto crescimento dos pelos como se fossem agulhas penetrando sua pele por todo o corpo à medida que ele lutava para deter o processo. Estava ouvindo vozes, vozes do Jardim das Dores, ouvindo o inevitável som de alguém chorando freneticamente, alguém que conseguia falar, alguém que ainda estava vivo, alguém que chorava para ele, embora ele ou ela não tivesse como sabê-lo, alguém a quem ele conseguia alcançar.

Dor em algum lugar, como um cheiro ao vento. Uma criancinha ameaçando, chutando, soluçando.

Ele saiu da estrada e entrou num bosque e, cruzando os braços defensivamente sobre o peito, ouviu as vozes surgindo-lhe com clareza. Novamente os pelos lupinos forçavam a passagem como se fossem agulhas. Sua pele estava viva com eles. Seu couro cabeludo estava pinicando e suas mãos tremiam enquanto ele lutava para conter o processo.

– E onde é que você ficaria sem mim? – rosnou o homem. – Você pensa que eles não te colocariam numa cela? Claro que te colocariam numa cela.

– Eu te odeio – soluçou a criança. – Você está me machucando. Eu quero ir para casa.

E a voz do homem rolava sobre a voz dela, em xingamentos guturais e ameaças – ah, o sinistro e previsível som do mal, a ganância do mais completo egoísmo! Dê-me o cheiro!

Reuben sentiu que estava irrompendo de suas roupas cada centímetro de seu couro cabeludo e de seu rosto queimando, enquanto os pelos nasciam, suas garras estendiam-se, seus grossos pés peludos quase arrebentando os sapatos. A juba vinha até os ombros. *Quem eu sou de verdade. O que eu sou de verdade.* Como a pelagem cobria rapidamente todo o seu corpo, e como ele se sentia poderoso por estar sozinho com ela, sozinho e caçando, como caçara naquelas primeiras e emocionantes noites antes dos *Morphenkinder* mais velhos aparecerem, quando ele estava bem no limite de tudo o que podia compreender, imaginar, definir – em busca daquele poder luxuriante.

Ele partiu para a floresta com toda a pelagem lupina revestindo-lhe o corpo, correndo em quatro patas em direção à criança, seus músculos cantando, seus olhos encontrando os caminhos recortados e quebrados em meio à floresta sem que um contratempo sequer ocorresse. *E eu pertenço a isso, eu sou isso.*

Ele estava num velho e decrépito trailer parcialmente oculto por um matagal de carvalhos quebrados e gigantescos abetos. Pequenas janelas fantasmagóricas piscando com uma azulada luz de TV brilhavam diante dele num apertado canteiro molhado formado por tanques de butano, latas de lixo e pneus velhos, com um caminhão enferrujado e amassado estacionado ao lado.

Ele pairou, sem muita certeza, determinado a não fazer besteira como fizera no passado. Mas estava medonhamente faminto pelo homem mau apenas a alguns centímetros de suas garras. Vozes de televisão proporcionavam um blá-blá-blá no interior do trailer. A criança agora estava sendo sufocada e o homem a espancava. Ele ouviu o barulho do cinto de couro. O aroma da criança elevou-se doce e penetrante. E surgiu o cheiro acre e pestilento do homem, em onda após onda, o fedor se misturando à voz do homem e o fedor do suor seco em suas roupas imundas.

A raiva subiu-lhe à garganta conforme deixou escapar um rosnado longo e baixo.

A porta cedeu muito facilmente quando ele a puxou, e ele jogou-a para o lado. Uma torrente de ar fétido assaltou-lhe as narinas. No pequeno e estreito espaço, ele parecia um gigante, a cabeça abaixada sob o teto baixo, o trailer inteiro balançando sob seu peso, a TV ruidosa chocando-se contra o chão enquanto ele agarrava o esquelético valentão de cara vermelha que berrava sem parar pela camisa de flanela e arremessava-o em direção às latas e garrafas no canteiro que se quebraram fazendo um estrondo.

Como Reuben estava calmo ao levantar o homem – *Deus nos abençoe, pois estas são suas dádivas!* – como ele se sentia bem natural. O homem chutou-o e socou-o, o rosto selvagem de terror, como o terror que Reuben sentira quando Marchent o abraçara, e então, lenta e deliberadamente, Reuben mordeu o pescoço do homem. *Alimente a fera que existe em mim!*

Oh, muito rico isso, muito rico em sal e nas artérias se rompendo e nos batimentos cardíacos acelerados, muito doce a própria vida viscosa do ente malévolo, muito além do que a memória poderia jamais se recordar. Fazia muito tempo desde que caçara sozinho pela última vez, refestelando-se de sua vítima escolhida, de sua presa escolhida, de seus inimigos escolhidos.

Ele engoliu uma grande quantidade de carne do homem, sua língua lambendo o pescoço do homem e a lateral de seu rosto.

Ele gostava dos ossos da mandíbula, gostava de mordê-los, gostava de sentir seus dentes enganchando-se no osso da mandíbula enquanto mordia o que restava do rosto do homem.

Não havia nenhum som em todo o mundo agora, exceto o som dele mastigando e engolindo aquela carne morna e ensanguentada.

Somente o que restava de chuva cantava na floresta cintilante ao redor dele como se tivesse agora sido despojada de todos os pequenos olhos que haviam visto aquela eucaristia profana e fugida. Ele abandonou-se à refeição, devorando a cabeça inteira do homem, seus ombros e seus braços. Agora as costelas eram dele, e ele prosseguiu deliciando-se com os sons dos ossos ocos estalando, até que subitamente não conseguiu mais comer.

Ele lambeu as patas, lambeu as almofadas das palmas das patas, esfregou o rosto e lambeu a pata novamente, enquanto se limpava com ela como se fosse um gato. O que restava do homem, a pélvis e duas pernas? Ele jogou os restos no fundo da floresta, ouvindo uma suave coleção de sons de coisas se mexendo enquanto eles caíam na terra.

Então ele teve uma ideia melhor. Moveu-se rapidamente através das árvores até recuperar o corpo, ou o que restara dele, e carregou-o consigo para um local mais distante do trailer até chegar a uma pequena clareira enlameada perto de um riacho. Lá ele escavou rapidamente a terra úmida e enterrou o cadáver, cobrindo-o da melhor forma possível. Ali talvez o mundo jamais o encontrasse.

Então ele começou a lavar as patas no riacho, jogando água gelada no rosto peludo, mas ouviu a criança chamando-o. Sua voz era um assobio estridente:

– Lobo Homem, Lobo Homem – chamava ela seguidamente.

– Lobo Homem! – sussurrou ele.

Ele correu de volta e encontrou-a à beira da histeria na porta do trailer.

Dolorosamente magra, uma criança de sete ou oito anos no máximo, os cabelos louros despenteados, ela implorava para que ele não a deixasse. Ela usava calça jeans e uma camiseta imunda. Estava ficando azul devido ao frio. Seu rostinho estava manchado de lágrimas e sujeira.

– Eu rezei para você vir! – soluçou ela. – Eu rezei para você me salvar e você me salvou.

– Sim, minha querida – disse ele, com sua voz baixa e áspera de lobo. – Eu vim.

– Ele me roubou da mamãe – soluçou ela. Ela estendeu os pulsos, arranhados pelas cordas com as quais ele a mantinha amarrada. – Ele disse que a mamãe estava morta. Eu sei que ela não está.

– Ele agora foi embora, lindinha – disse ele. – Ele nunca mais vai te machucar. Agora fique aqui até eu encontrar um cobertor lá dentro para te cobrir. E eu vou te levar para um lugar onde você estará segura. – Ele acariciou a cabecinha dela com o máximo de delicadeza que conseguia. Como ela lhe parecia inacreditavelmente frágil, ainda que tão impressionantemente forte.

Havia uma cobertor de exército na cama bolorenta no interior do trailer.

Ele enrolou-a delicadamente nele, como se ela fosse um recém-nascido, seus olhos grandes fixos sobre ele com uma total confiança.

Em seguida ele a levantou com o braço esquerdo e mergulhou com rapidez na floresta.

Ele não saberia dizer a distância que percorreram. Era emocionante para ele tê-la em segurança em seus braços. Ela estava em silêncio, aconchegada nele, um tesouro.

Ele seguiu em frente até avistar as luzes de uma cidade.

– Eles vão atirar em você! – gritou ela quando viu as luzes. – Lobo Homem – implorou ela –, eles vão atirar em você, vão atirar!

– Você acha que eu permitiria que alguém te machucasse? – perguntou ele. – Fique quietinha, lindinha.

Ela aconchegou-se ainda mais nele.

Nos limites da cidade, ele rastejou, lentamente, seguro em meio à vegetação rasteira e às árvores esparsas, até avistar uma igreja de tijolos com os fundos voltados para a floresta. Havia luzes num pequeno prédio estilo reitoria ao lado dela, e um velho balanço de metal no jardim pavimentado. Na grande placa retangular com moldura de madeira disposta na estrada estava escrito em gigantescas letras pretas móveis: Igreja do bom pastor. Pastora Corrie George. Culto: domingos ao meio-dia. Havia um número de telefone em numerais quadrados.

Ele acomodou a criança nos dois braços enquanto se aproximou da janela, reconfortando-a porque ela estava novamente assustada. A menina estava chorando.

– Lobo Homem, não deixe eles te verem – disse ela.

No interior da reitoria, ele viu uma mulher corpulenta numa mesa de cozinha marrom. Ela usava calça azul-escura e uma blusa simples, e segurava um livro em posição de leitura enquanto realizava sua refeição solitária. Seus cabelos grisalhos cacheados eram curtos, e ela tinha um rosto simples e sério. Por um longo momento, ele observou-a enquanto absorvia o aroma da mulher, limpo e bom. Ele não tinha a menor dúvida quanto a isso.

Ele baixou a criança, retirando cuidadosamente o cobertor manchado de sangue, e fez um gesto em direção à porta da cozinha.

– Você sabe o seu nome, querida? – perguntou ele.

– Susie. Susie Blakcly. E eu moro em Eureka. Eu também sei o telefone da minha casa.

Ele assentiu com a cabeça.

– Você pode ir até aquela moça, Susie, e peça para ela vir falar comigo. Vá lá.

– Não, Lobo Homem, vá embora, por favor! – disse ela. – Ela vai chamar a polícia e eles vão te matar.

Mas, como ele se recusasse a ir embora, ela virou-se e fez o que lhe havia sido solicitado.

Quando a mulher chegou, Reuben estava parado mirando-a, imaginando o que ela estava realmente vendo na parca luminosidade que vinha da janela – aquele monstro alto e peludo que ele era, mais fera do que homem, mas com um rosto bestial. A chuva agora não passava de uma névoa. Ele mal a sentia. A mulher não estava com medo.

– Bem, então é *você* mesmo! – disse ela. Uma voz de concordância. E a criancinha ao lado dela, grudada a ela, apontava e balançava a cabeça positivamente.

– Ajude-a – disse Reuben à mulher, consciente do quanto sua voz soava bestial. – O homem que a machucava se foi. Ele jamais será encontrado. Nem pele ou pelo dele será encontrado. Ajude-a. Ela passou por coisas terríveis, mas sabe o nome e sabe também onde mora.

– Eu sei quem ela é – disse a mulher baixinho. Ela aproximou-se um pouco mais dele, levantando os pequenos olhos claros para ele. – Ela é a menininha Blakely. Está desaparecida desde o verão.

– Cuide disso, então...

– Você precisa sair daqui – disse ela balançando um dedo na frente dele como se estivesse falando com uma criança de proporções gigantescas. – Eles vão te matar se o avistarem. Essa floresta aí fora ficou repleta de todo tipo de malucos desse país armados até os dentes depois que você apareceu. Chegou gente até de outros estados para caçar você. Dê o fora daqui agora mesmo.

Ele começou a rir, lastimavelmente ciente de como tudo aquilo deveria parecer estranho para ambos, aquela fera descomunal de pelagem escura rindo baixinho como se fosse um homem.

– Por favor, vá embora, Lobo Homem – disse a menininha, suas bochechas pálidas adquirindo um tom rosado. – Eu não vou contar para ninguém que te vi. Eu vou falar que fugi. Vá embora, por favor, corra!

– Você vai contar para eles o que deve contar para eles – disse ele. – Você vai contar o que foi que a libertou.

Ele virou-se para ir embora.

– Você salvou a minha vida, Lobo Homem! – gritou ela.

Ele voltou-se para ela. Por um longo momento, olhou fixamente para a menina, para seu rosto forte virado para cima, o fogo quieto e constante em seus olhos. – Vai ficar tudo bem com você, Susie – disse ele. – Eu te amo, lindinha.

E então ele partiu.

Correndo em direção ao rico e fragrante volume da floresta, o cobertor ensanguentado sobre o ombro, fazendo túneis numa velocidade incalculável em meio às sarças e aos galhos quebrados, e às farfalhantes folhas molhadas, sua alma pairando enquanto ele distanciava-se quilômetros e quilômetros da pequena igreja.

Uma hora e meia depois, ele caiu exausto na cama. Estava certo de que entrara sem que ninguém houvesse notado. Sentia-se culpado, culpado por ter saído sem permissão de Felix ou de Margon e por ter feito exatamente o que os Distintos Cavalheiros não queriam que ele e Stuart fizessem. Mas estava exultante, e exausto. E, culpado ou não, por enquanto não estava se importando com isso. E estava quase dormindo quando ouviu um uivo pesaroso em algum lugar do lado de fora da casa.

Talvez estivesse apenas sonhando, mas então ouviu o uivo mais uma vez.

Para o mundo inteiro aquilo talvez fosse o uivo de um lobo, mas ele sabia tratar-se de outra coisa. Ele podia ouvir o *Morphenkind* naquele uivo, e o som possuía uma nota queixosa que nenhum animal poderia exprimir.

Ele sentou-se na cama. Não conseguia conceber qual dos *Morphenkinder* estava produzindo aquele som ou mesmo por quê.

O uivo voltou, um uivo longo e baixo que fez com que os pelos surgissem novamente nas costas de suas mãos e braços.

Lobos na natureza uivam para sinalizar uns aos outros, não é verdade? Mas nós não somos exatamente lobos, somos? Nós somos alguma coisa que não é nem humana nem animal. E quem dentre nós produziria um som tão estranho e triste?

Ele recostou-se no travesseiro, forçando os pelos em todo o seu corpo a recuar e deixá-lo em paz.

O uivo voltou, um uivo quase pesaroso, cheio de dor e súplica, ao que parecia.

Ele estava mais do que quase adormecido, e imerso em sonhos, quando ouviu o som pela última vez.

Ele teve um sonho. Era confuso mesmo para um sonho. Marchent estava lá, na casa na floresta, uma casa antiga cheia de gente e de cômodos iluminados, e figuras indo e vindo. Marchent chorava e chorava enquanto conversava com as pessoas ao redor dela. Ela chorava e chorava e ele não conseguia suportar o som agonizante da voz dela, a visão do rosto dela virado para o alto enquanto ela gesticulava e discutia com aquelas pessoas. As pessoas não pareciam ouvi-la, não pareciam prestar atenção nela, ou respondê-la. Ele não conseguia ver claramente as pessoas. Ele não conseguia ver nada claramente. Em determinado ponto, Marchent levantou-se e saiu correndo da casa e, de pés descalços e com as roupas rasgadas, correu pela floresta fria e úmida. Os galhos pontudos arranhavam suas pernas nuas. Havia figuras indistintas na escuridão ao redor dela, figuras ensombrecidas que pareciam tentar se aproximar dela enquanto ela corria. Ele não conseguia suportar aquela visão. Estava aterrorizado enquanto corria atrás dela. A cena mudou. Ela estava sentada na lateral da cama de Felix, a cama que ela e Reuben haviam compartilhado, e estava chorando novamente e ele dizia coisas para ela, mas ele não sabia que coisas eram essas. Tudo estava acontecendo muito rapidamente, muito confusamente, e ela disse: "Eu sei, eu sei, mas não sei como!" E ele sentiu que não conseguia suportar aquela dor.

Ele acordou com a luz matinal gélida e cinza. O sonho desfez-se como se fosse feito de gelo derretido nas janelas. A imagem da menininha surgiu-lhe, a pequena Susie Blakely, e com ela a triste percepção de que ele teria de dar uma resposta aos Distintos Cavalheiros por ter feito o que fizera. Será que a notícia já chegara aos jornais? "Lobo Homem Ataca Novamente." Ele levantou-se com esforço e estava pensando novamente em Marchent ao entrar no box para tomar uma chuveirada.

7

Ele só checou o telefone a caminho da escada. Encontrou mensagens de texto de sua mãe, do pai e do irmão, todas elas dizendo essencialmente: "Ligue para Celeste".

Em nome de Deus, o que essa criatura poderia estar querendo com ele?

Um som incrível saudou-o quando ele se dirigiu à cozinha, o de Felix e Margon obviamente discutindo. Eles estavam falando aquela língua arcaica deles, e a discussão estava acalorada.

Reuben hesitou na porta da cozinha tempo suficiente para confirmar que eles estavam realmente tendo um entrevero, com Margon inclusive com o rosto vermelho enquanto vituperava baixinho para um Felix visivelmente enfurecido.

Assustador. Ele não fazia a menor ideia do que aquilo significava, mas girou sobre os calcanhares e saiu de lá. Jamais fora capaz de suportar quando Phil e Grace brigavam de fato ou, francamente, quando presenciava qualquer discussão violenta entre duas pessoas.

Foi para a biblioteca, sentou-se à escrivaninha e teclou o número de Celeste, pensando enraivecidamente que ela era a última pessoa no mundo cuja voz ele desejava ouvir. Talvez, se ele não tivesse tanto pavor de discussões e de vozes elevadas, tivesse se livrado de Celeste muito tempo atrás e de uma vez por todas.

Quando a ligação foi diretamente para a caixa de mensagens, ele disse:

– Aqui é o Reuben. Você quer conversar? – Em seguida desligou.

Ele levantou os olhos e viu Felix lá parado com uma caneca de café na mão. Felix parecia estar agora totalmente calmo e tranquilo.

– Para você – disse ele, depositando o café em cima da escrivaninha.
– Você ligou para o seu antigo amor?

– Deus do céu, ela também deixou recado com você? O que está acontecendo?

– É uma coisa importante – disse Felix. – Criticamente importante.

– Alguém morreu?

– Exatamente o oposto – disse Felix. Ele deu uma piscadela, e pareceu incapaz de suprimir um sorriso.

Ele estava formalmente vestido como sempre, num casaco de lã feito sob medida e calça de lã, os cabelos escuros muito bem penteados, como se estivesse pronto para o que quer que viesse acontecer durante o dia.

– Não era sobre isso que você e Margon estavam discutindo, era? – perguntou Reuben erraticamente.

– Oh, não, nada a ver com isso. Tire isso de sua cabeça. Deixe-me lidar com o inimitável Margon. Ligue para Celeste, por favor.

O telefone tocou e Reuben atendeu de imediato. Assim que Celeste falou seu nome, ele percebeu que ela chorara havia pouco.

– O que aconteceu? – perguntou ele, dando o tom mais simpático e gentil que conseguia. – Celeste, diga!

– Bem, você bem que podia ter atendido o telefone, Menino Luz – disse ela. – Eu tenho ligado para você há dias.

Mais e mais pessoas diziam isso a ele, e mais e mais ele era obrigado a fornecer justificativas cheias de culpa, o que não desejava nenhum pouco fazer naquele instante.

– Eu sinto muito, Celeste, o que houve?

– Bem, de certa maneira, a crise acabou porque eu já me decidi.

– Em relação a quê, especificamente?

– Em relação a me casar com Mort – disse ela. – Porque, independentemente do que você fizer, Menino Luz, naquela torre de marfim na qual você vive, a sua mãe vai ficar com o bebê. Isso foi devidamente acertado, isso e a minha recusa em fazer um aborto do meu primeiro filho, mesmo que ele seja filho de um sujeito com a cabeça no mundo da lua.

Ele estava chocado demais para dizer uma palavra sequer. Algo se acendeu nele, algo tão próximo de uma pura felicidade que ele mal sabia do que se tratava, mas ele não ousava ter esperanças, ainda não.

Ela continuou falando:

— Eu pensei que o pior já tivesse passado. Foi por isso que nem me preocupei em falar com você. Bem, não passou de um alarme falso. O pior ainda não tinha passado. O fato é que eu já estou com quatro meses agora. E é um *menino*, e é absolutamente saudável. – Ela continuou falando, sobre o casamento, e agora sobre como Mort estava sendo legal com tudo aquilo, e como Grace já estava se candidatando para tirar um ano de folga do hospital para cuidar da criança. Grace estava sendo a pessoa mais maravilhosa do mundo, decidindo parar tudo em sua vida para fazer isso, e Grace era uma cirurgiã brilhante, e Reuben jamais teria como saber de fato o quanto ele tinha sorte de ter uma mãe como Grace. Reuben não era grato a nada, na realidade, e nunca foi. Só assim mesmo para ele ignorar as mensagens telefônicas e os e-mails das pessoas e isolar-se no norte da Califórnia numa "mansão", como se o mundo real não existisse... – Você é a pessoa mais egoísta e mimada que eu já conheci até hoje – disse ela elevando o tom de voz –, e, francamente, você me dá nojo, com essa coisa de tudo cair no seu colo de mão beijada, essa coisa dessa mansão lá nas montanhas caindo no seu colo sem você ter movido um dedo, essa coisa de, não importa o que aconteça, alguém sempre vai fazer o trabalho sujo para você e depois limpar a bagunça...

A torrente prosseguiu.

Ele percebeu que estava olhando fixamente para Felix, e Felix estava olhando para ele com a tradicional afeição protetora, como se esperasse ouvir, sem pedir explicações, o que Reuben tinha a dizer.

— Celeste, eu não fazia a menor ideia – disse ele, interrompendo-a subitamente.

— Bem, é claro que você não fazia. Nem eu fazia. Eu estava na pílula, pelo amor de Deus. Imaginei que talvez estivesse, pouco antes de você ir para aquela casa, e aí, como eu disse, pensei que não estava. Então, bem, eu fiz a ultrassonografia ontem. Eu não faria um aborto agora nem que você tentasse me convencer. Esse bebê vai vir ao mundo. A verdade, Menino Luz, é que não estou muito a fim de falar com você. – Ela desligou.

Ele recolocou o aparelho no gancho. Estava mirando o nada e pensando em uma multiplicidade de coisas, e aquela felicidade era agora flamejante, deixando-o positivamente atordoado, e então ele ouviu a voz de Felix, gentil e demonstrando confiança.

– Reuben, você não vê? Esse é o único filho normal que você terá.

Ele olhou para Felix. Ele estava sorrindo de modo tolo, estava ciente disso. Estava quase rindo de pura felicidade. Mas estava sem palavras.

O telefone tocou novamente, mas ele mal o ouviu. Imagens cascateavam em sua mente. E, em meio ao caos de suas emoções conflitantes, uma resolução se formou.

Felix atendeu o telefone e estendeu o aparelho para ele.

– Sua mãe.

– Querido, espero que você tenha ficado feliz com a notícia. Ouça, eu disse para ela que nós vamos cuidar de tudo. Vamos ficar com o bebê. Eu vou ficar com o bebê. Vou cuidar desse bebê.

– Mamãe, eu quero o meu filho.– Eu estou feliz, mamãe, muito feliz mesmo. Nem sei direito o que dizer. Tentei dizer isso a Celeste, mas ela não ouvia, ela não queria ouvir. Mamãe, eu estou muito feliz. Meu Deus, estou imensamente feliz.

As palavras mordazes de Celeste estavam voltando a ele, confundindo-o. O que, em nome de Deus, ela estava querendo dizer com todas aquelas invectivas? Isso simplesmente não importava, de fato. O que importava era o bebê.

– Eu sabia que você ficaria, Reuben – disse Grace. – Eu sabia que você não nos decepcionaria. Ela já estava com o aborto marcado quando me contou! Mas eu disse: "Celeste, você não pode fazer uma coisa dessas, por favor." Ela não queria fazer, Reuben. Ela não teria contado para ninguém se realmente quisesse fazer o aborto. Nós jamais ficaríamos sabendo. Ela cedeu na hora. Escute, Reuben, ela só está irritadíssima agora.

– Mas, mamãe, enfim, eu simplesmente não entendo a Celeste. Vamos apenas fazer tudo o que for possível para que ela fique feliz.

– Bem, nós vamos fazer isso, Reuben. Mas ter um bebê é doloroso. Ela já solicitou uma dispensa do escritório de promotoria e está falando em se mudar para o sul da Califórnia depois que o bebê nascer. Mort está se candidatando a emprego na Universidade da Califórnia em Riverside. E parece bom. E eu estou falando em dar a ela o que quer que ela necessite para se assentar por lá e recomeçar a vida dela. Você entende, uma casa, um apartamento, seja lá o que for que nós pudermos fazer por ela. Ela vai dar a volta por cima, Reuben. Mas ela é louca. Então, que ela seja louca e que nós sejamos felizes.

– Mamãe, você não vai ter que parar de trabalhar por um ano – disse Reuben. – Você não precisa fazer isso. – Ele olhou para Felix. Este assentiu com a cabeça. – Esse menino vai crescer aqui com o pai dele. Você não vai abandonar a sua carreira por ele, mamãe. Ele vai chegar ao mundo para viver, e eu vou levá-lo aí todos os finais de semana para que ele se encontre com vocês, entendido? Ora, o quarto perto do meu é o escritório de Laura, mas eu vou transformá-lo num quarto de bebê. Há cômodos suficientes aqui para o escritório de Laura. Ela vai ficar entusiasmada quando eu contar para ela tudo isso.

Sua mãe estava chorando. Phil pegou o aparelho e disse:

– Parabéns, filho. Eu estou muito feliz por você. Quando você segurar seu filho nos braços, bem, Reuben, nesse momento você vai entender toda a sua vida pela primeira vez. Eu sei que isso parece uma coisa banal, mas é verdade. Espere só para ver.

– Obrigado, papai – disse Reuben. Ele estava surpreso por descobrir-se tão contente ao ouvir a voz do pai.

Eles falaram e falaram por vários minutos, e então Grace disse que precisava desligar para ligar para Jim. Jim estava assustadíssimo com a possibilidade de Celeste mudar de ideia e voltar a entrar em contato com a clínica de aborto, e Grace precisava avisar a Jim que estava tudo bem. Celeste estava vindo para o almoço, e, se Reuben ligasse para a floricultura na Columbus Avenue, eles poderiam ter flores em casa por volta de uma da tarde. Será que Reuben faria a gentileza?

Sim, ele faria isso, disse ele, faria isso naquele exato momento.

– Escute, mamãe, eu vou pagar tudo – disse Reuben. – Eu mesmo vou ligar para Simon Oliver. Deixe-me fazer isso. Deixe-me cuidar de tudo.

– Não, não, eu vou cuidar disso – disse Grace. – Reuben, você é nosso único filho, na verdade. Jim nunca vai ser mais nada além de padre. Ele nunca se casará ou terá filhos. Eu estou resignada com isso há muito tempo. Quando nós não estivermos mais aqui, o que é nosso será seu. É trocar seis por meia dúzia quem vai acertar as contas com Celeste.

Finalmente ela desligou.

Ele ligou para a floricultura imediatamente.

– Algo que seja grande, bonito e alegre, só isso – disse ele para o atendente. – Tipo, essa moça adora rosas de todas as cores, mas o que você tem que possa dar um clima de primavera? – Ele estava olhando para a luz acinzentada que vinha das janelas.

Por fim, conseguiu pegar a caneca de café, dar um bom gole e recostar-se à cadeira para pensar. Realmente não fazia a menor ideia de como Laura encararia aquilo, mas ela saberia com tanta certeza quanto ele sabia que o que Felix acabara de dizer era verdade.

O destino dera a ele um presente extraordinário.

Esse era o único filho natural do qual ele jamais poderia ser pai nesse mundo. Assustou-o subitamente perceber que isso quase deixara de acontecer. Mas acontecera. Ele seria pai. Ele "daria" a Grace e Phil um neto, e ele seria um neto totalmente humano que poderia crescer diante dos olhos deles. Ele não sabia o que o mundo estava reservando para ele nesse sentido, mas aquilo mudava tudo. Ele sentia-se grato, grato a quem ele não tinha muita certeza – a Deus, ao destino, à sorte –, a Grace, que convencera Celeste, e a Celeste, que lhe daria um filho, e a Celeste por existir e ao Destino por ter possibilitado que ele tivesse feito o que fizera com ela. E então as palavras esgotaram-se.

Felix estava parado com as costas voltadas para o fogo, observando-o. Ele estava sorrindo, mas seus olhos estavam vidrados e ligeiramente vermelhos e ele parecia estar terrivelmente triste subitamente, com aquele seu sorriso que as pessoas chamavam de filosófico.

– Estou feliz por você – sussurrou ele. – Tão feliz por você que nem consigo dizer.

– Deus do céu – disse Reuben. – Eu daria a ela tudo o que tenho nesse mundo por esse filho. E ela me odeia.

– Ela não te odeia, filho – disse Felix suavemente. – Ela simplesmente não te ama, e nunca amou, e se sente bastante culpada e desconfortável com isso.

– Você acha?

– É claro – disse ele. – Percebi desde a primeira vez que me encontrei com ela e que ouvi suas intermináveis falas a respeito de sua "vida charmosa" e de seu "comportamento irresponsável" e todos os conselhos dela sobre como você deveria planejar toda a sua existência.

– Todo mundo sabia disso – disse Reuben. – Todo mundo. Eu era o único que não sabia. Mas então por que cargas-d'água nós ficamos noivos?

– Difícil dizer – respondeu Felix. – Mas ela não quer um filho agora, e então dará a criança a você, e eu cuidaria disso imediatamente se fosse você. E ela se casará toda feliz com seu melhor amigo, Mort, de quem ela aparentemente não se ressente mortalmente, e poderá, quem sabe, ter um filho com ele mais tarde. Ela é uma mulher prática, e bela, e bastante inteligente.

– Concordo com tudo isso – disse Reuben.

Sua mente estava sendo assolada pelos mais inesperados pensamentos, pensamentos acerca das roupas do bebê, berços e babás, livros ilustrados e suaves imagens fugidias de um menininho sentado na poltrona próxima à janela encostado no vidro em forma de diamante e ele, Reuben, lendo um livro para essa criança. Ora, todos os livros infantis favoritos de Reuben ainda estavam no sótão em Russian Hill, não estavam? *A ilha do tesouro* e *Sequestrado*, exuberantemente ilustrados, e os veneráveis livros antigos de poesia os quais Phil tanto amava ler.

Uma certa sensação enevoada do futuro emergiu na qual um menino estava passando às pressas pela porta da frente com uma mochila cheia de livros, e então parecia que se transformara num adulto. E o futuro mudou, ficou nublado, tornando-se uma bruma na qual Reuben teria de abandonar o acolhedor círculo de sua família, e seu filho – teria de, teria de fugir – não mais capaz de disfarçar o fato de que não envelhecia, que nada mudava nele – mas então esse menino, esse jovem, esse filho, estaria com eles, com Grace Phil, Jim e com Celeste também, e talvez com Mort, uma parte deles, depois de Reuben ter partido.

Ele olhou para as janelas, e subitamente aquele pequeno mundo que construíra desabou. Em sua memória, ele viu Marchent do outro lado do vidro, e ele estava novamente tremendo.

Parecia que um longo tempo havia se passado no qual Reuben estava sentado ali em silêncio, e Felix estava de pé quieto ao lado do fogo.

– Meu rapaz – disse Felix suavemente. – Eu odeio me intrometer em sua felicidade nesse exato momento, mas estava aqui imaginando. Será que você me acompanharia, quem sabe, ao cemitério de Nideck? Pensei que talvez você pudesse estar interessado em ir comigo. Conversei com nosso advogado hoje de manhã, você sabe, Arthur Hammermill. E, bem, parece que Marchent foi de fato enterrada lá.

– Ah, claro, eu quero ir com você com certeza – disse Reuben. – Mas tem uma coisa que eu preciso lhe contar antes. Eu a vi novamente. Na noite passada.

E lentamente, bem metódico, ele reviveu os arrepiantes detalhes.

8

Eles dirigiram-se ao cemitério de Nideck sob um céu plúmbeo, a chuva reduzida a uma garoa na floresta circundante. Felix estava ao volante de seu pesado sedã Mercedes.

Arthur Hammermill vira Marchent ser enterrada no mausoléu da família, Felix explicara, de acordo com instruções claras contidas no testamento de Marchent. Hammermill em pessoa assistira à pequena cerimônia para a qual uns poucos residentes de Nideck haviam se reunido, incluindo os Galtons e seus primos, embora nenhum anúncio público houvesse sido feito. Quanto aos irmãos assassinos, estes haviam sido cremados com base em suas próprias instruções a "amigos".

– Eu me sinto envergonhado por jamais haver pensado em visitar o seu túmulo – disse Reuben. – Envergonhado mesmo. Não pode haver a menor dúvida de que, independentemente do que a esteja fazendo aparecer na forma de fantasma, ela está se sentindo infeliz.

Felix não tirava os olhos da estrada nem por um segundo.

– Eu também não visitei o túmulo dela – disse Felix numa voz torturada. – Tinha uma certa noção conveniente de que ela havia sido enterrada na América do Sul. Mas isso não é nenhuma desculpa. – Sua voz ficou seca como se ele estivesse à beira de ter um colapso nervoso. – E ela era a última representante da minha linhagem de descendentes.

Reuben olhou para ele, querendo muito perguntar que papel isso desempenhara em toda aquela história.

– A última mesmo de todos os meus parentes de sangue nesse mundo, até de onde tenho notícia, já que cada descendente de minha família definhou ou desapareceu muito tempo atrás. Eu não visitei o túmulo dela, não visitei. E é por isso que nós estamos fazendo isso agora, não é verdade? Nós dois iremos visitar o túmulo dela.

O cemitério ficava atrás da cidade e ocupava mais ou menos dois quarteirões dela, margeado por casas esparsas de ambos os quatro lados. A estrada ali estava desigual, bastante necessitada de reparos, mas as casas eram todas em estilo vintage da era vitoriana, casas pequenas, simples, mas bem construídas com telhados pontiagudos e bem semelhantes às casas vitorianas que Reuben sempre amara em incontáveis outras cidades antigas da Califórnia. O fato de diversas dessas casas estarem exibindo pinturas recentes em tom pastel e remates brancos chamou-lhe a atenção como algo positivo para a cidade de Nideck. Havia luzes natalinas multicoloridas piscando nas janelas aqui e ali. E o cemitério propriamente dito, rodeado por uma cerca de ferro com portões abertos, era, para falar a verdade, um lugar bem pitoresco com um gramado bem cuidado e uma vistosa coleção de velhos monumentos.

A chuva arrefecera, e eles não tinham necessidade dos guarda-chuvas que haviam levado, embora Reuben estivesse com o cachecol em volta do pescoço para prevenir-se contra a eterna friagem. O céu estava escuro e sem forma, e uma névoa branca envolvia o topo da floresta.

A maior parte do cemitério consistia de pequenos túmulos arredondados, muitos dos quais possuíam ricos arabescos e dizeres bem entalhados, e aqui e ali Reuben avistava um epitáfio poético. Havia um pequeno mausoléu, uma casa de blocos de pedra com um telhado horizontal e uma porta de ferro, e este exibia o nome NIDECK em letras maiúsculas, enquanto diversos outros túmulos dos Nideck estavam espalhados à esquerda e à direita dele.

Felix tinha uma chave para a porta de ferro.

Reuben ficou bastante inquieto ao ouvir a chave rangendo na antiga fechadura, mas eles logo se encontraram parados numa pequenina passagem bastante empoeirada iluminada por uma única janela de vidro revestida com chumbo nos fundos da pequena construção, com evidências do que teriam sido criptas do tamanho de caixões em cada um dos lados.

Marchent havia sido colocada para descansar à direita, e uma pedra retangular fora encaixada perto da cabeceira ou dos pés do caixão, Reuben não conseguia dizer qual dos dois com exatidão. Lá estava escrito o nome dela, Marchent Sophia Nideck, as datas com o período de sua vida e uma estrofe de poesia que surpreendeu Reuben. Estava escrito: DEVEMOS NOS AMAR OU MORRER. O poeta era W. H. Auden, e seu nome estava escrito em pequenas letras abaixo da citação.

Reuben sentiu uma leveza na cabeça. Sentiu-se preso numa armadilha e enjoado, e quase prestes a desmaiar naquele espaço pequeno.

Rapidamente, ele correu para fora do mausoléu em direção ao ar úmido e deixou Felix sozinho no interior da pequena construção. Ele estava trêmulo e ficou imóvel, lutando contra a náusea.

Parecia-lhe cada vez mais medonho, absolutamente medonho o fato de Marchent estar morta. Ele viu o rosto de Celeste, viu uma certa imagem docemente iluminada da criança com a qual ele estava sonhando, viu todos os rostos daqueles que amava, incluindo Laura, a bela Laura, e sentiu o pesar por Marchent como um enjoo que o transformaria por completo.

Então esse é um dos grandes segredos da vida, não é? Você lida com a perda cedo ou tarde, e então uma perda após a outra muito provavelmente, e com toda a certeza isso nunca melhorará, e sempre estará olhando para o que vai acontecer com você, só que isso nunca vai acontecer comigo. Nunca. E eu não sei exatamente como fazer para que isso seja real.

Ele mirou à sua frente com desânimo e teve a vaga noção de que um homem estava atravessando o gramado vindo de um caminhão estacionado na estrada, e que ele estava levando um grande buquê de rosas brancas num arranjo de folhas verdes encaixadas no que parecia ser um vaso de pedra.

Ele pensou nas rosas que enviara para Celeste. Sentiu vontade de chorar. Viu o rosto atormentado de Marchent novamente próximo de si, muito próximo. Sentiu que ficaria louco naquele lugar.

Ele afastou-se dali à medida que o homem se aproximava do pequeno mausoléu, mas não conseguiu ouvir Felix agradecendo ao homem e dizendo para ele que as flores deveriam ser colocadas do lado de fora. Ouviu o rangido da chave na fechadura. Então, o homem foi embora, e Reuben estava mirando uma longa fileira de teixos, excessivamente crescidos para ainda possuírem um aspecto pitoresco, que dividia o jardim das casinhas bonitas e exóticas ao longo do caminho. Janelas muito graciosas ornadas com luzes vermelhas e verdes. Remates bem ostentosos. Uma massa de pinheiros escuros erguia-se atrás das casas. Na realidade, a floresta escura transbordava de todos os lados, e as casas em todas as direções pareciam pequenas e ousadas em contraste com os gigantescos pinheiros. As árvores eram horrivelmente desproporcionais em relação à pequena rua e à comunidade de pequenos túmulos que praticamente desaparecia ali em meio à relva verde aveludada.

Ele queria voltar, encontrar Felix, dizer alguma coisa reconfortante, mas encontrava-se agora tão profundamente imerso na visão da noite anterior, na visão do rosto de Marchent, em sentir sua mão fria em sua própria mão, que não conseguia se mover ou falar.

Quando Felix apareceu ao seu lado, disse:

– Ela não está aqui, está? Você não está tendo nenhuma sensação de presença dela aqui.

– Não – disse Reuben. Ela não está aqui. O sofrimento estampado no rosto dela ficará impresso em minha alma para sempre. Mas ela não está aqui, e não pode ser reconfortada aqui.

Mas onde ela está? Onde se encontra agora?

Eles se encaminharam para casa, rodando pela rua principal de Nideck, onde as decorações oficiais de Natal da cidade estavam sendo feitas numa velocidade impressionante. Que transformação, ver os três andares da Nideck Inn já adornados com pequeninas luzes até o telhado, e ver as guirlandas verdes sobre as portas das lojas e as guirlandas verdes entrelaçadas ao redor dos exóticos postes de luz antigos. Havia trabalhadores ocupados em diversos pontos. Eles usavam capas de chuva amarelas e botas. Pessoas paravam e acenavam. Galton e sua mulher, Bess, estavam entrando na pousada naquele exato momento, provavelmente para almoçar, e ambos pararam e acenaram.

Tudo aquilo encheu Felix de entusiasmo, obviamente.

– Reuben – disse ele. – Eu acho que essa pequena festividade de inverno vai funcionar efetivamente!

Somente depois de estarem novamente na estradinha vicinal, Felix resolveu dizer numa voz baixa e delicada, sua voz mais protetora, o seguinte:

– Reuben, você quer me dizer onde esteve ontem à noite?

Reuben engoliu em seco. Ele queria responder, mas não conseguia imaginar o que dizer.

– Escute, eu compreendo – disse Felix. – Você viu Marchent novamente. Isso foi profundamente desconcertante, evidentemente. E você saiu depois disso, mas eu gostaria muito que você não tivesse saído.

Silêncio. Reuben sentia-se como um mau aluno, mas nem ele próprio sabia o motivo pelo qual saíra. Sim, ele vira Marchent, e obviamente isso teve a ver com a saída. Mas por que será que isso desencadeara a necessidade de sair para caçar? Ele não conseguia pensar em nada além do sangrento triunfo da matança e naquele mergulho em meio às árvores que se sucedeu a ela, após haver deixado a pequena Susie Blakely. E parecia que ele voara como Goodman Brown em meio à mais escura selva do mundo. Ele sabia que agora estava enrubescendo, enrubescendo de vergonha.

O carro estava seguindo a estreita Nideck Road encosta acima através de falanges de árvores gigantescas.

— Reuben, você sabe perfeitamente bem o que estamos tentando fazer – disse Felix, sua paciência confiável como sempre. – Nós estamos tentando levar você e Stuart a lugares onde vocês podem caçar sem serem vistos ou reconhecidos. Mas, se vocês saírem por conta própria e se aventurarem no interior das cidades circunvizinhas, a imprensa voltará a estar em nosso encalço. Repórteres infestarão mais uma vez a nossa casa, pedindo pronunciamentos de você sobre o Lobo Homem. Você é a principal referência no concernente ao Lobo Homem, a pessoa que foi mordida pelo Lobo Homem, a pessoa que viu o Lobo Homem, não uma, mas duas vezes, o repórter que escreve sobre o Lobo Homem. Escute, meu filho, trata-se de uma questão de sobrevivência em Nideck Point para todos nós.

— Eu sei, Felix. Sinto muito, eu sinto muito. Eu nem li os jornais ainda.

— Bem, tampouco eu, mas a questão é que você deixou as suas roupas rasgadas e ensanguentadas, e um cobertor com manchas de sangue, como se não bastasse, na sala da fornalha, Reuben, e qualquer *Morphenkind* consegue sentir o cheiro de sangue humano. Você certamente fez de alguém a sua refeição noturna, e isso não passará despercebido.

Reuben sentiu o rosto queimando. Muitas e muitas imagens da caçada amontoavam-se em sua mente. Ele pensou no rostinho flamejante da pequena Susie de encontro a seu peito. Ele estava desorientado, como se aquele seu corpo normal fosse agora uma espécie de ilusão. Ele ansiava pelo outro corpo, pelos outros músculos, pelos outros olhos.

— Felix, o que nos impede de morar sempre na floresta, sob nossos pelos, vivendo como as feras que somos?

— Você sabe o que nos impede – disse Felix. – Nós somos seres humanos, Reuben. Seres humanos. E logo, logo, você terá um filho.

— Eu tive a sensação de que deveria ir – disse Reuben baixinho. – Simplesmente tive. Eu não sei. Eu tinha de repelir a vontade e sei que foi uma bobagem da minha parte. Mas a verdade é que eu queria ir. Eu queria ir sozinho. – Ele expeliu em acessos e sobressaltos a historinha da criança no trailer. Contou como enterrara os restos do cadáver. – Felix, eu estou preso entre dois mundos, e tinha de dar de cara com aquele outro mundo, eu tinha.

Felix ficou em silêncio por um tempo. Em seguida aventurou-se a dizer:

– Eu sei que tudo isso é bastante sedutor, Reuben, essas pessoas nos tratando como se fôssemos o Deus ungido.

– Felix, quantas pessoas estão por aí sofrendo desse jeito? Aquela menininha não estava nem a sessenta quilômetros daqui. Elas estão por toda parte, não estão?

– Isso é parte do fardo, Reuben. É parte da Crisma. Nós não podemos salvar todos eles. E qualquer tentativa de fazê-lo acabará em fracasso e em nossa ruína. Nós não podemos transformar nosso território em nosso reino. Já passou o tempo em que isso era possível. E eu não quero perder Nideck Point tão cedo novamente, meu filho. Eu não quero que você saia, que Laura saia ou qualquer um de nós saia daqui! Reuben, não queime a sua vida mortal ainda, não apague todos os laços que você tem com ela. Escute, isso é tudo culpa minha e de Margon. Nós não deixamos vocês, jovens, caçarem o suficiente. Nós não estamos nos lembrando de como eram os primeiros anos. Isso vai mudar, Reuben. Eu prometo a você.

– Eu sinto muito, Felix. Mas você sabe como é, aqueles primeiros dias, aqueles primeiros e impetuosos dias, quando eu não sabia o que eu era, o que aconteceria em seguida ou se eu era a única fera homem em todo o mundo, havia naqueles dias uma liberdade hedonista. E eu preciso superar isso, preciso botar na cabeça que não posso sair quando bem quero e me tornar o Lobo Homem. Eu estou trabalhando nesse sentido, Felix.

– Eu sei que está – disse Felix com um risinho triste. – É claro que você está. Reuben, Nideck Point vale o sacrifício. O que quer que nós nos tornemos, para onde formos, precisaremos de um abrigo, de um refúgio. Eu preciso disso. Nós todos precisamos disso.

– Eu sei – disse Reuben.

– Eu imagino se você sabe mesmo – disse Felix. – Como um homem que não envelhece, que não fica velho, como um homem assim mantém uma casa de família, um pedaço de terra que é dele? Você não pode imaginar o que significa abandonar tudo o que lhe é mais sagrado porque precisa fazê-lo. Você tem de esconder o fato de que não muda ao longo da vida, você tem de aniquilar a pessoa que é a todos aqueles a quem ama. Você tem de abandonar sua casa e sua família e retornar décadas mais tarde em algum disfarce para os estranhos, fingindo ser aquele tio há muito tido como desaparecido, o filho bastardo...

Reuben assentiu com a cabeça.

Ele jamais ouvira a voz de Felix tão cheia de dor antes, nem mesmo quando ele falava de Marchent.

– Eu nasci na mais linda terra imaginável – disse Felix –, perto do rio Reno acima de um vale alpino celestial. Eu já te disse isso antes, não disse? Perdi essa terra muito tempo atrás. Perdi-a para sempre. O fato é que agora eu sou novamente proprietário dessa terra, dessa mesma terra, daquelas construções antigas. Eu comprei tudo de volta, e com tudo o que tinha dentro. Mas aquilo não é a minha casa ou o meu santuário. Isso jamais poderá voltar a ser reivindicado. Agora se trata de um lugar novo para mim, com toda a promessa de um novo lar, quem sabe em uma nova época, e isso é o melhor que pode ocorrer. Mas ser o meu lar verdadeiro? Já se foi o tempo.

– Eu entendo – disse Reuben. – Entendo realmente. Eu entendo até onde tenho condições de entender. Eu não sei como, mas entendo.

– Mas o tempo não engoliu Nideck Point para mim – disse Felix com aquele mesmo calor tênue e emotivo. – Não, ainda não. Nós temos tempo com Nideck Point antes de sermos obrigados a sair de lá. E você tem tempo, tempo de sobra, com Nideck Point. Você e Laura, e agora o seu filho também poderá crescer em Nideck Point. Nós temos tempo para viver um capítulo muito rico lá.

Felix interrompeu seu discurso como se estivesse deliberadamente puxando suas próprias rédeas.

Reuben esperava, desesperado em busca de uma maneira de exprimir o que sentia.

– Eu vou me comportar, Felix – disse ele. – Eu juro. Eu não vou arruinar isso.

– Você mesmo não quer arruinar isso, Reuben – disse Felix. – Esqueça-se de mim, de Margon ou de Frank ou Sergei. Esqueça Thibault.

Você não quer arruinar isso por você mesmo e por Laura. Reuben, você vai perder tudo isso aqui em pouco tempo; não jogue no lixo o que possui agora.

– Eu não quero arruinar isso também por sua causa – disse Reuben. – Eu sei o que Nideck Point significa para você.

Felix não respondeu.

Um estranho pensamento ocorreu a Reuben.

O pensamento tomou forma à medida que eles subiam a estrada íngreme que ia dos portões ao terraço.

– E se ela precisar de Nideck Point? – perguntou ele numa voz suave. – E se a propriedade for o santuário de Marchent? E se ela enxergou o além, Felix, e não deseja ir para lá? E se ela quiser permanecer aqui também?

– Nesse caso, ela não estaria sofrendo quando aparece para você, estaria?

Reuben suspirou.

– Verdade. Por que ela estaria sofrendo?

– Pode ser que o mundo esteja cheio de fantasmas, até onde todos nós sabemos. Pode ser que eles tenham encontrado seus santuários ao redor de todos nós. Mas eles não nos mostram suas dores, mostram? Eles não nos assustam como ela o assusta.

Reuben balançou a cabeça.

– Ela está aqui, e não consegue romper a barreira que a prende. Ela está vagando, sozinha, desesperada para que eu a veja e a ouça. – Ele pensou novamente no sonho que tivera, o sonho no qual ele vira Marchent em salas cheias de pessoas que não reparavam na presença dela, o sonho no qual ele a vira correndo sozinha em meio à escuridão. Ele pensou naquelas curiosas figuras sombreadas que vira vagamente na floresta penumbrosa do sonho. Será que elas estavam tentando alcançá-la?

Numa voz baixa, ele descreveu o sonho a Felix.

– Mas havia mais coisas – confessou ele –, e agora eu esqueci.

– Isso sempre ocorre com os sonhos – disse Felix.

Eles ficaram parados no carro diante da casa. O fim do terraço ao longo do penhasco estava parcamente visível na névoa. No entanto, eles podiam ouvir os sons dos martelos e serras dos trabalhadores encosta abaixo na casa de hóspedes.

Felix estremeceu. Ele respirou fundo e então, após uma longa pausa, colocou a mão no ombro de Reuben. Como sempre, o ato teve um efeito calmante sobre Reuben.

– Você é um rapaz corajoso – disse ele.

– Você acha?

– Ah, sim, muito – disse Felix. – É por isso que ela aparece para você.

Reuben ficou desnorteado, subitamente perdido em um excesso de imagens mutantes em sua mente e sensações parcialmente lembradas, incapaz de raciocinar. Para piorar ainda mais as coisas, ele ouvia aquela sonhadora e obsessiva canção novamente, aquela que o rádio fantasma tocara dentro do quarto fantasma, e aquela batida mesmerizante o paralisava.

– Felix, essa casa deveria ser sua – disse ele. – Nós não sabemos o que Marchent quer, por que ela assombra. Mas se eu sou um rapaz corajoso, então eu tenho de dizer isso. Essa casa é sua, Felix. Não minha.

– Não – disse Felix. Ele sorriu ligeiramente, pesarosamente.

– Felix, eu sei que você é dono de todas as terras ao redor dessa propriedade, de todas as terras até a cidade, de norte a sul, de leste a oeste. A casa também deveria ser sua.

– Não – disse Felix, delicada, porém resolutamente.

– Se eu lhe der a casa, bem, não há como você me impedir de fazer isso...

– Não – disse Felix.

– Por que não?

– Porque, se você fizesse isso – disse Felix, seus olhos cheios de lágrimas –, ela não seria mais o seu lar. E então você e Laura talvez pudessem partir. E você e Laura são a chama que brilha no coração de Nideck Point. E eu não posso suportar a ideia de vê-los partir. Eu não posso fazer de Nideck Point o meu lar novamente sem a presença de vocês. Deixe as coisas como estão. Minha sobrinha lhe deu a casa para livrar-se dela, livrar-se de seu pesar e de sua dor. Deixe isso como ela gostaria que fosse. E você trouxe-me de volta a esta casa. Num certo sentido, já me deu a propriedade. Ser dono de um grande aglomerado de cômodos vazios poderia ter pouco ou nenhum significado sem vocês.

Felix abriu a porta.

– Agora, venha – disse ele. – Vamos dar uma olhadinha no progresso da casa de hóspedes. Nós queremos que ela esteja pronta quando o seu pai resolver nos fazer uma visita.

Sim, a casa de hóspedes, e a promessa de Phil aparecer para passar longas estadas prazerosas com ele. Phil fizera de fato essa promessa. E Reuben queria muito que isso acontecesse.

9

Como ele pôde perceber no dia seguinte, não havia nada no noticiário a respeito do aparecimento do Lobo Homem no norte da Califórnia. Reuben deu uma busca na internet e em todas as fontes de notícias locais que conhecia. Os jornais, a TV, toda a mídia mantinha um silêncio acerca do assunto. Mas havia uma grande história chamando bastante a atenção no *San Francisco Chronicle*.

Susie Blakely, uma menina de oito anos de idade, desaparecida de sua casa em Eureka, Califórnia, desde junho, fora encontrada vagando nas proximidades da cidade de Mountainville ao norte de Mendocino County. Autoridades confirmaram que um carpinteiro, há muito suspeito do crime, havia de fato sequestrado a criança, mantendo-a prisioneira, frequentemente a espancando e deixando passar fome até sua fuga do trailer na noite anterior.

O carpinteiro era tido como morto em consequência do ataque de um animal, fato que a criança, excessivamente traumatizada em função de seus sofrimentos, testemunhara, mas não pudera descrever.

Havia uma foto de Susie, tirada na época que ela desaparecera. E havia aquela diminuta chama radiante em seu rosto.

Reuben pesquisou no Google as histórias antigas. Os pais dela, obviamente, eram pessoas extremamente boas que haviam feito inúmeros apelos à mídia. Quanto à senhora idosa, a pastora Corrie George, que pegara a criança das mãos de Reuben, não havia nenhuma menção a ela no noticiário.

Será que não só a ministra como também a criancinha haviam concordado em não mencionar a intervenção do Lobo Homem? Reuben estava perplexo. Mas preocupado. Como os ombros de pessoas tão inocentes poderiam suportar tamanho segredo? Mais do que nunca, ele sentia-se envergonhado, ainda que, não fosse por sua presença na floresta, não era certo que aquela preciosa vida seria extinta naquele trailer imundo mais dia, menos dia?

Ao longo do almoço tardio, na companhia apenas da governanta Lisa, Reuben assegurou aos Distintos Cavalheiros que jamais arriscaria novamente a segurança do grupo com esse tipo de comportamento descuidado. Stuart fez algumas observações mal-humoradas no sentido de que Reuben deveria tê-lo levado consigo, mas Margon cortou-o com um gesto rápido e imperioso, e continuou comentando as "maravilhosas notícias" concernentes a Celeste.

Isso não impediu Sergei de dar uma lição de moral em Reuben acerca dos riscos do que ele fizera, e Thibault também se juntou a ele nos questionamentos. Ficou combinado que no sábado eles viajariam por alguns dias, dessa vez para as "selvas" da América do Sul, e lá caçariam juntos antes de retornarem para casa. Stuart ficou extático diante da perspectiva. E Reuben sentiu uma excitação bastante semelhante ao desejo sexual. Ele já podia ver e sentir a selva ao seu redor, um grande tecido ruidoso de umidade e verde, fragrante, tropical, delicioso, tão diferente da lúgubre frieza de Nideck Point, e a ideia de espreitar um universo tão denso e desprovido de lei em busca das "mais perigosas caças" fez com que se aquietasse.

Na hora da ceia, Reuben já havia participado as novidades a Laura, que ficou genuinamente enlevada em relação ao desenrolar dos fatos, e ele e Lisa estavam retirando todos os pertences dela e transferindo-os para um novo escritório na ala leste da casa. Isso serviria a Laura esplendidamente, já que o cômodo era inundado pela luz matinal e também bem mais cálido do que qualquer lugar dos lados do oceano em Nideck Point.

Reuben andou pelo cômodo agora vago por mais ou menos meia hora, imaginando o quarto da criança, e eles foram pesquisar na internet todos os acessórios necessários. Lisa falou rapidamente sobre a necessidade de uma babá alemã que dormiria no quarto durante a infância do pequenino, sobre todas as maravilhosas lojas suíças nas quais poderiam encomendar os mais finos artigos para bebês e sobre a necessidade de cercar um bebê sensível de belos móveis, cores tranquilizadoras, a música de Mozart e Bach, além de quadros atraentes desde o início de sua vida.

– Você pode deixar a babá por minha conta – disse Lisa vigorosamente enquanto alisava as cortinas brancas do novo escritório. – Eu encontrarei a mulher mais maravilhosa para desempenhar essa função para você. Tenho alguém em mente. Uma amiga querida, sim, muito querida. Pergunte a mestre Felix. E deixe isso comigo.

Reuben estava de acordo, ainda que algo relacionado a ela subitamente lhe parecesse estranho. Houve um momento em que Lisa virou-se e sorriu, provocando nele uma sensação de inquietude em relação a ela, de que alguma coisa não estava devidamente certa em relação a ela e ao que estava dizendo, mas ele ignorou isso.

Reuben sorriu para Lisa enquanto ela tirava o pó da escrivaninha de Laura. Seu modo de vestir-se era cerimonioso, antiquado, até mesmo anacrônico. Mas ela era ágil em seus movimentos e bastante econômica nas ações. O comportamento dela como um todo o perturbava de algum modo, mas ele não conseguia entender exatamente o motivo.

Lisa era delgada a um ponto que beirava a magreza, mas estranhamente forte. Reuben percebera isso quando ela fizera força para abrir a janela que estava presa devido à tinta fresca. E havia outras coisas estranhas nela.

Como agora, quando se sentou diante do computador de Laura, ligou-o e rapidamente se certificou de que estava online como deveria.

Reuben Golding, você é um sexista, disse ele para si mesmo em silêncio. Por que acha surpreendente que uma senhora suíça de quarenta e cinco anos saiba quando um computador encontra-se online? Ele via Lisa frequentemente usando o computador da casa no antigo escritório de Marchent. E ela não estava meramente passando tempo.

Ela pareceu ter percebido que ele a estudava e lhe ofereceu um surpreendente sorriso seco. Então, dando-lhe um aperto no braço enquanto passava, Lisa saiu do recinto.

Por maior que fosse sua atratividade, de que Reuben realmente gostava muito, havia algo masculino em Lisa e, enquanto ele escutava os passos dela ecoando no corredor, estes lhe soavam como os de um homem. Mais sexismo vergonhoso, pensou ele. Ela possuía os mais belos olhos cinzentos, e a pele tinha um suave aspecto empoado. O que ele estava pensando?

Reuben se deu conta de que jamais prestara muita atenção a Heddy ou a Jean Pierre. Na realidade, sentia-se um pouco tímido perto deles, desacostumado à presença de "serviçais", como Felix os chamava com tanta facilidade. Mas havia algo um pouco estranho neles, na maneira como sussurravam, seus movimentos quase que sigilosos, e o modo como nunca o olhavam nos olhos.

Nenhuma dessas pessoas demonstrava o mais leve interesse no que quer que fosse dito na sua presença, e isso era esquisito, pensava Reuben, porque os Distintos Cavalheiros conversavam tão abertamente na frente delas durante as refeições, acerca das diversas atividades nas quais se envolviam, que o provável seria que uma ou outra pelo menos erguesse uma sobrancelha, mas jamais algo semelhante ocorreu. Na verdade, ninguém jamais baixava a voz ao falar o que quer que fosse simplesmente porque algum serviçal poderia escutar.

Bem, Felix e Margon conheciam bem aqueles serviçais, então quem era ele para ficar questionando-os, e eles eram muitíssimo agradáveis com todos. Portanto, ele deveria esquecer essas ideias. Mas a criança estava chegando e, com a sua chegada, ele teria de se preocupar com várias pequenas coisas com as quais, talvez, não houvesse se preocupado no passado.

À noite, Celeste já mudara ligeiramente os termos de seu acordo.

Mort, após algumas reflexões angustiadas, não via absolutamente nenhuma razão para agir como se fosse um marido apenas para fins legais, nem ela. Foi acordado que Reuben iria até San Francisco na sexta-feira e se casaria com Celeste numa simples cerimônia legal na prefeitura. Nenhum teste sanguíneo ou período de espera era requerido pelas leis californianas, graças a Deus, e um pequeno contrato pré-nupcial estava sendo alinhavado por Simon Oliver no sentido de garantir um simples acordo de divórcio consensual sem culpados assim que a criança nascesse. Grace estava cuidando da parte financeira envolvida.

Celeste e Mort já haviam se mudado para o quarto de hóspedes na casa de Russian Hill. Eles morariam com Grace e Phil até que o bebê viesse ao mundo e fosse viver com o pai. Mas Mort não queria estar por perto por ocasião do casamento.

Sim, Grace admitiu, Celeste estava irritada, irritada com o mundo inteiro. Prepare-se para um pouco de reclamações. Ela estava irritada, estava grávida e, de algum modo, Reuben tornara-se um arquivilão, mas "Nós temos de pensar no bebê". Reuben concordava.

Um pouquinho atordoado e irritado, ele próprio, Reuben, ligou para Laura. Ela não colocava empecilhos ao casamento. O filho de Reuben seria seu herdeiro legítimo. Por que não?

– Você concordaria em ir comigo? – perguntou Reuben.

– É claro, eu vou com você – disse ela.

10

Ele acordou no meio da noite com o uivo, a mesma voz *Morphenkind* solitária que ouvira na noite anterior.

Eram mais ou menos duas da manhã. Ele não sabia desde quando o uivo estava ocorrendo, apenas que havia finalmente penetrado seus sonhos tênues e caóticos e lhe dado uma cutucada na direção da consciência. Ele se sentou na cama escurecida e pôs-se a escutar.

O uivo seguiu por um longo tempo, mas foi tornando-se gradativamente mais tênue, como se o *Morphenkind* estivesse se afastando lenta e regularmente de Nideck Point. O som possuía uma qualidade trágica e lamentosa como antes. Tratava-se de algo positivamente funesto. E, então, ele não conseguia mais ouvi-lo.

Uma hora depois, como não conseguisse voltar a dormir, Reuben vestiu o robe e deu uma caminhada pelos corredores do segundo andar. Sentia-se inquieto. Ele sabia o que estava fazendo. Estava procurando Marchent. E achava uma agonia esperar que ela o encontrasse.

Na realidade, esperar por ela era como esperar pela transformação lupina naqueles dias iniciais após a primeira mudança, e a sensação encheu-o de horror. Mas fazer o circuito dos corredores do segundo andar sossegou seus nervos. Eles estavam iluminados apenas por um ou outro castiçal, pouco melhor do que luzes noturnas, mas Reuben conseguia ver o belo polimento no piso de madeira.

O cheiro da cera no chão era quase doce.

Ele gostava da amplidão, a madeira firme que mal rangia sob suas chinelas, e o vislumbre dos cômodos abertos onde ele conseguia apenas distinguir os quadrados claros das janelas com as cortinas abertas revelando o tênue brilho de um céu noturno cinzento e úmido.

Percorreu o corredor dos fundos, e então retornou para o interior de um dos quartos, jamais ocupado por ninguém desde que ele passara a residir na casa, e tentou olhar pela janela na direção da floresta atrás da casa.

Ficou novamente atento ao uivo, mas não o ouviu. Conseguia distinguir uma luz bastante tênue no segundo andar do prédio de serviço à sua esquerda. Ele pensou que se tratava do quarto de Heddy, mas não tinha certeza.

Mas conseguia ver pouca coisa além da floresta escura propriamente dita.

Um calafrio percorreu-lhe o corpo, um formigamento na superfície da pele. Ele ficou rígido, ciente dos pelos lupinos eriçando-se dentro dele, cutucando-o, mas não sabia por que estavam surgindo.

Então, muito lentamente, à medida que sentia o formigamento por todo o rosto e couro cabeludo, ele ouviu ruídos lá fora na escuridão, o enfadonho atrito de galhos e os sons de grunhidos e rosnados. Estreitou os olhos, sentindo o sangue lupino pulsar nas artérias, sentindo os dedos alongando-se, e mal conseguiu distinguir duas figuras além da cabana, na clareira, antes das árvores se fecharem entre si, duas figuras lupinas que pareciam estar se empurrando e se atracando, rechaçando-se mutuamente, e em seguida gesticulando como seres humanos. *Morphenkinder* com toda certeza, mas quais *Morphenkinder*?

Até aquele momento, Reuben tinha certeza de conhecer todos os outros ao avistá-los com suas pelagens lupinas. Mas agora ele não tinha certeza nenhuma de quem poderiam ser aqueles dois. Estava testemunhando uma discussão violenta, isto sim estava bastante claro. De repente, o mais alto dos dois lançou o *Morphenkind* mais baixo de encontro às portas da cabana. Uma reverberação surda ergueu-se da floresta como se fosse a superfície de um tambor.

Um raivoso e altissonante acorde de sílabas irrompeu da figura menor, e então a figura maior, dando as costas ao outro, levantou os braços e deixou escapar um longo, pesaroso, ainda que cuidadosamente modulado uivo.

A figura menor voou em direção à maior; mas o *Morphenkind* alto rechaçou-o e novamente pareceu levantar a cabeça enquanto uivava.

A cena deixou Reuben petrificado. A transformação estava agora vindo de maneira feroz, e ele lutou desesperadamente para detê-la.

Um som o interrompeu, uma passada pesada logo atrás dele, e ele sobressaltou-se violentamente, virando-se para ver a figura familiar de Sergei em contraste com a luz pálida do corredor.

– Deixe-os em paz, lobinho – disse ele com sua voz gravemente profunda. – Deixe-os decidir isso na luta.

O corpo inteiro de Reuben estremeceu. Ele foi acometido por um violento calafrio após o outro enquanto lutava para deter a transformação e venceu. Sua pele dava-lhe a sensação de estar nua e fria, e ele estava trêmulo.

Sergei postara-se ao lado dele e olhava para o jardim.

– Eles vão decidir a coisa na luta, e depois tudo estará terminado – disse ele. – E eu sei que não existe alternativa com aqueles dois a não ser deixá-los em paz.

– Margon e Felix, não são eles?

Sergei olhou para Reuben com indisfarçada surpresa.

— Eu não sei dizer — confessou Reuben.

— Sim, Margon e Felix — afirmou Sergei. — E não tem importância. Os Nobres da Floresta acabariam aparecendo em algum momento, tendo sido ou não chamados por Felix.

— Os Nobres da Floresta? — perguntou Reuben. — Mas quem são esses Nobres da Floresta?

— Pouco importa, lobinho. Venha comigo, deixe-os em paz. Os Nobres da Floresta sempre aparecem na Invernia. Quando nós dançamos na véspera do Natal, os Nobres da Floresta nos cercam. Eles tocam suas flautas e tambores para nós. Eles não podem nos fazer mal algum.

— Mas eu não compreendo — disse Reuben. Ele olhou de relance para a clareira além da cabana.

Felix estava parado, sozinho, agora de frente para a floresta e, levantando a cabeça, deu mais um daqueles uivos lastimosos.

Sergei estava indo embora.

— Mas espere um pouco, por favor, diga-me — insistiu Reuben. — Eles estão lutando por qual motivo?

— Eles estarem lutando é assim tão perturbador para você? — perguntou Sergei. — Acostume-se com isso, Reuben. Eles fazem esse tipo de coisa. Sempre fizeram. Foi Margon quem trouxe a família humana de Felix ao nosso mundo. Nada jamais poderá dividir Margon e Felix.

Sergei deixou-o. Ele ouviu a porta do quarto dele se fechando.

O som do uivo veio de bem longe.

Quatro da manhã.

Reuben caíra no sono na biblioteca. Estava sentado na cadeira de couro de Felix ao lado do fogo, os pés no guarda-fogo. Ele fizera algumas pesquisas no computador, tentando rastrear as palavras "Nobres da Floresta", porém não conseguiu encontrar coisa alguma de relevante. E, então, sentara-se perto do fogo, os olhos fechados, implorando a Marchent que viesse até ele, implorando a ela que lhe dissesse por que estava sofrendo. O sono viera, mas não Marchent.

Agora ele estava acordado e de imediato sentia que alguma mudança particular nas coisas ao seu redor o acordara de fato.

O fogo baixara de intensidade, mas ainda estava brilhante nas sombras porque uma nova tora de madeira havia sido acrescentada a ele; uma grossa e espessa tora de carvalho havia sido aninhada nas brasas do fogo que ele construíra duas horas antes. Apenas sombras o cercavam em sua cadeira diante do brilho do fogo.

Mas alguém estava entrando no recinto.

Lentamente, ele virou a cabeça para a esquerda, olhando por sobre o braço da cadeira de couro. Ele viu a delgada figura de Lisa movendo-se. Com destreza, ela endireitou a cortina de veludo à esquerda da imensa janela. Curvando-se com facilidade, empilhou os livros que estavam ali no chão.

E, no assento da janela, mirando-a com um olhar de feroz e lacrimoso ressentimento, encontrava-se sentada Marchent.

Reuben não conseguia mover-se. Não conseguia respirar. A cena deixou-o num estado de perfeito terror, muito mais óbvio e intenso do que em qualquer das visitas anteriores – o espetáculo da viva Lisa e o fantasma de Marchent em hedionda proximidade uma da outra. Ele abriu a boca mas nenhum som escapou dela.

Os olhos trêmulos de Marchent seguiam os mais ínfimos gestos de Lisa. Agonia. Agora Lisa movia-se na direção da figura fantasmagórica, alisando a almofada de veludo do assento da janela. Conforme ela se aproximava da figura sentada, as duas mulheres entreolharam-se.

Reuben arquejou; ele sentiu que estava ficando sufocado.

Marchent olhou furiosa e amargamente para a figura que a trespassava literalmente, e parecia que a obstinada Lisa estava olhando fixamente para Marchent.

Reuben gritou:

– Não a perturbe! – disse ele antes que pudesse pensar em deter-se. – Não a torture! – Ele estava de pé, tremendo violentamente.

Marchent virou a cabeça, bem como Lisa, e Marchent ergueu os braços, indo em direção a Reuben, e então desapareceu.

Reuben sentiu uma pressão de encontro a ele, sentiu a pressão de mãos em seus braços, e então a suave sensação de cabelos pinicando sua pele de lábios tocando-o, e então tudo acabou, acabou totalmente. O fogo crepitava e estalava como se um vento o tivesse tocado. Papéis em cima da escrivaninha farfalharam e em seguida ficaram inertes.

— Oh, meu Deus — disse ele parcialmente soluçando. — Você não podia vê-la! — gaguejou ele. — Ela estava ali, bem ali no assento da janela, ela tocou em mim. Oh, meu Deus! — Ele sentiu os olhos lacrimejando, e sua respiração vinha com esforço.

Silêncio.

Ele levantou os olhos.

Lisa estava parada atrás do sofá Chesterfield com aquele mesmo sorriso frio que ele vira em suas feições finas e delicadas uma vez antes, parecendo de certa forma não só idosa como também jovem, com seus cabelos muito bem presos atrás, e o vestido preto de seda muito rígido nos tornozelos.

— É claro que eu a vi — disse ela.

O inevitável suor irrompeu por todo o corpo de Reuben. Ele o sentiu percorrendo-lhe o peito.

A voz dela retornou, nem um pouco intrometida e bem solícita enquanto se aproximava dele.

— Eu a tenho visto desde que cheguei aqui — disse ela. Sua fisionomia estava ligeiramente desdenhosa ou, na melhor das hipóteses, condescendente.

— Mas você atravessou-a como se ela não estivesse lá — disse Reuben, as lágrimas escorrendo-lhe pelo rosto. — Você não deveria tê-la tratado dessa maneira.

— E o que eu deveria ter feito? — disse a mulher, suavizando deliberadamente suas maneiras. Ela suspirou. — Ela não sabe que está morta! Eu disse isso a ela, mas ela recusa-se a aceitar! Será que eu deveria tratá-la como se ela fosse um ser vivente nessa casa? Será que isso a ajudaria?

Reuben estava perplexo.

— Pare com isso — disse ele. — Fale mais devagar. Como assim ela não sabe que está morta?

— Ela não sabe — repetiu a mulher com um leve dar de ombros.

— Isso é... Isso é horrível demais — sussurrou Reuben. — Eu não posso acreditar numa coisa dessas, que uma pessoa não saiba que está morta. Eu não posso...

Ela aproximou-se dele e instou-o com firmeza a voltar para a cadeira.

— Sente-se aí. E deixe-me trazer uma xícara de café, já que você está acordado e vai ser inútil voltar para a cama agora.

— Por favor, deixe-me em paz – disse Reuben. Ele sentiu uma fortíssima dor de cabeça chegando.

Olhou bem nos olhos dela. Havia algo errado com aquela mulher, muito errado, mas ele não conseguia identificar o quê.

No que ele vira de seus movimentos deliberados, o estranho comportamento dela fora tão horripilante quanto a visão de Marchent chorando ali, Marchent com raiva, Marchent perdida.

— Como é possível que ela não saiba que está morta? – perguntou ele com veemência.

— Eu lhe disse – disse a mulher numa voz baixa e ferrenha. – Ela recusa-se a aceitar o fato. Isso é bastante comum, eu lhe garanto.

Reuben afundou na cadeira.

— Não me traga nada. Deixe-me sozinho agora – disse ele.

— O que você quer dizer é que não quer nada das minhas mãos – disse ela – porque você está com raiva de mim.

Uma voz masculina falou de trás de Reuben. Era Margon.

A voz exprimia-se rispidamente em alemão, e Lisa, baixando a cabeça, saiu imediatamente do recinto.

Margon dirigiu-se ao sofá Chesterfield do lado oposto à lareira e sentou-se. Seus longos cabelos castanhos estavam soltos na altura dos ombros. Ele vestia apenas uma camisa de brim, calça jeans e chinelas. Seus cabelos estavam despenteados e o rosto exibia uma candura imediata e uma expressão simpática.

— Não preste atenção em Lisa – disse ele. – Ela está aqui para fazer o trabalho dela, nada mais, nada menos.

— Eu não gosto dela – confessou Reuben. – Sinto vergonha de dizer, mas é verdade. Entretanto, essa é a menor parte do que me preocupa nesse exato momento.

— Eu sei o que o preocupa – disse Margon. – Mas Reuben, se fantasmas são ignorados, eles frequentemente vão para outra parte. Não ajuda em nada a eles nós olharmos, reconhecermos ou mesmo mantê-los aqui por muito tempo. A coisa natural é eles irem para outra parte.

– Então você sabe tudo sobre o que está acontecendo?

– Eu sei que você tem visto Marchent – disse Margon. – Felix me contou. E Felix está sofrendo muito com isso.

– Eu tinha de contar para ele, não tinha?

– É claro que tinha. Eu não o estou culpando por ter contado a ele ou a qualquer outra pessoa. Mas, por favor, ouça-me. A melhor resposta é ignorar as aparições dela.

– Isso parece tão frio, tão cruel – disse Reuben. – Se você pudesse vê-la, se pudesse ver o rosto dela.

– Eu a vi de fato agora há pouco – disse Margon. – Eu não a vira antes, mas a vi no assento da janela. Eu a vi levantar-se e ir na sua direção. Mas Reuben, você não entende? Ela não pode realmente ouvi-lo ou entendê-lo e não pode falar com você. Ela não é um espírito suficientemente forte e, por favor, acredite em mim, a última coisa que você poderia desejar é que ela se torne forte, porque, se ela se tornar forte, pode permanecer aqui para sempre.

Reuben arquejou. Ele sentiu o mais louco impulso de fazer o sinal da cruz, mas conteve-se. Suas mãos estavam tremendo.

Lisa retornara com uma bandeja, que depositara na otomana de couro em frente a Margon. A fragrância de café impregnou o recinto. Havia na bandeja dois bules, duas xícaras, pires e os costumeiros guardanapos de linho e talheres de prata.

Margon deixou escapar uma longa corrente de palavras em alemão, obviamente alguma espécie de reprovação, já que olhava para Lisa. Suas palavras em momento algum tornaram-se apressadas ou duras, mas havia, entretanto, um tom frio de castigo no que dizia, e a mulher baixou novamente a cabeça em assentimento, como já fizera.

– Eu sinto muitíssimo, Reuben – disse Lisa com suave sinceridade. – Sinto muitíssimo mesmo. Eu sou tão tosca, tão perfunctória às vezes. O meu mundo é um mundo de eficiência. Eu sinto muitíssimo. Queira, por favor, me dar mais uma chance de você poder, quem sabe, ter uma opinião melhor a meu respeito.

– Ah, sim, é claro – disse Reuben. – Eu não sabia o que estava dizendo. – Ele sentiu imediatamente pena da mulher.

— Fui eu quem falou de maneira desastrada – disse ela, sua voz agora um sussurro suplicante. – Eu lhe trarei algo para comer. Seus nervos estão despedaçados e você precisa comer. – Ela saiu.

Eles ficaram lá sentados em silêncio, e então Margon disse:

— Você vai se acostumar com ela e com os outros. Chegarão mais uns dois. Acredite em mim, eles são especialistas em nos servir. Do contrário, eu não os traria para cá.

— Tem alguma coisa estranha nela – confessou Reuben. – Eu não consigo detalhar o quê. Eu não sei como descrever o que é. Mas ela tem sido bastante útil, não resta dúvida. Eu não sei qual é o problema comigo.

Ele tirou do bolso do robe um lenço de papel dobrado e esfregou os olhos e o nariz.

— Há muitas coisas estranhas em relação a nós todos – disse Margon –, mas eu trabalho com eles há anos. Eles são muito bons conosco.

Reuben assentiu com a cabeça.

— É Marchent que me preocupa, você sabe disso, porque ela está sofrendo. E Lisa disse a coisa mais horrível do mundo! Enfim, é mesmo possível que Marchent não saiba que está morta? Por acaso é concebível que a alma de um ser humano possa ficar atada a esse lugar, desconhecendo o fato de que está morta, desconhecendo o fato de que nós estamos vivos e lutando para se comunicar conosco sem conseguir? Isso me é quase impossível de acreditar. Eu não posso acreditar que a vida possa ser tão cruel conosco. Enfim, eu sei que coisas terríveis acontecem nesse mundo, sempre, em todos os lugares, mas eu pensava que após a morte, após a corda se partir, como se diz por aí, eu pensava que houvesse...

— Respostas? – ofereceu Margon.

— Sim, respostas, clareza, revelação – disse Reuben. – Ou isso, ou um misericordioso nada.

Margon assentiu com a cabeça.

— Bem, talvez as coisas não sejam assim tão certinhas. Nós não temos como saber, temos? Somos atados a esses poderosos corpos nossos, não somos? E não sabemos o que os mortos sabem ou não sabem.

Mas uma coisa eu posso dizer a você. Eles movem-se para um outro estágio mais dia, menos dia. Eles podem fazer isso. Eles têm essa opção, eu estou convencido disso.

O rosto de Margon exibia apenas gentileza.

Como Reuben não respondesse ou falasse, Margon serviu-lhe uma xícara de café e, sem perguntar, colocou dois cubinhos de adoçante artificial dentro, o que Reuben sempre colocava em seu café e, depois de mexer o conteúdo, ofereceu-lhe a xícara.

Ouviu-se um suave farfalhar de seda anunciando a presença de Lisa, além do pungente aroma de biscoitos recentemente assados. Ela trazia nas mãos o prato fumegante e em seguida depositou-o em cima da bandeja.

– Coma um pouquinho agora – disse ela. – Açúcar acorda a todos nas primeiras horas da manhã. Ele desperta o sangue adormecido.

Reuben deu um gole profundo no café. O sabor era delicioso. Mas foi subitamente acometido pelo horrível e terrível pensamento de que Marchent talvez não pudesse sentir sabor de coisa alguma. Talvez ela não pudesse sentir o cheiro de coisa alguma, não pudesse saborear nada. Talvez ela pudesse apenas ver e ouvir, e isso parecia ter um aspecto ao mesmo tempo de penitência e horror.

Quando ele olhou novamente para Margon, a compaixão que viu no rosto do companheiro quase o fez chorar. Margon e Felix tinham muitas coisas em comum além da escura tez asiática, dos olhos escuros. Eles pareciam tão semelhantes a ponto de até pertencerem talvez a uma tribo comum, mas Reuben sabia que isso não era possível, não se Margon estivesse falando a verdade em suas histórias antigas, e tudo em relação a Margon sugeria que ele sempre dizia a verdade, mesmo que outras pessoas não gostassem ou não quisessem aceitar isso. Naquele exato momento, ele parecia um amigo sério e preocupado, jovem, simpático, genuíno.

– Diga-me uma coisa – disse Reuben.

– Se eu puder – disse Margon com um sorrisinho.

– Os *Morphenkinder* mais velhos são como você, Felix, Sergei e os outros? Todos eles são gentis e delicados como vocês? Não existe por acaso algum *Morphenkind* salafrário em algum lugar que seja grosseiro e odioso por natureza?

Margon riu com pesar.

— Você nos lisonjeia. Confesso que existem alguns *Morphenkinder* bastante desagradáveis compartilhando esse mundo conosco. Eu gostaria muito de dizer que eles não são desagradáveis.

— Mas quem são eles?

— Ah, eu sabia que você perguntaria isso imediatamente. Você aceitaria que seria melhor para todos nós se eles nos deixassem em paz aqui e ficassem em seus próprios territórios vivendo de acordo com suas próprias regras? É possível seguir vivendo por muito tempo sem ter contato com eles.

— Sim, eu aceito isso. Você está dizendo que não há o que temer da parte deles.

— Temer, não. Não há o que temer. Mas eu posso dizer a você que existem *Morphenkinder* nesse mundo que eu desprezo pessoalmente. Mas é muito pouco provável que você venha a se encontrar com algum deles, pelo menos não enquanto eu estiver por aqui.

— A definição que eles têm do mal é diferente da nossa definição?

— Toda alma desse mundo tem sua própria definição do mal – disse Margon. – Você sabe disso. Eu não preciso lhe dizer. Porém todos os *Morphenkinder* sentem-se ofendidos pelo mal e procuram destruí-lo nos seres humanos.

— Mas e nos outros *Morphenkinder*?

— É infinitamente mais complexo, como você mesmo descobriu com o pobre Marrok. Ele queria matar você, sentiu que deveria, sentiu que não tinha direito de transmitir a Crisma para você, sentiu que precisava aniquilar seu erro, mas você sabe o quanto isso foi difícil para ele, você e Laura sendo absolutamente inocentes. E você, você não teve nenhuma dificuldade para matá-lo simplesmente porque ele estava tentando matar você. Bem, aí você tem toda a moral da história da raça humana e de todas as raças imortais em poucas palavras, não tem?

— Todas as raças imortais?

— Você e Stuart. Se nós respondêssemos toda e qualquer pergunta de vocês dois, nós os deixaríamos aturdidos. Deixe que a coisa siga um ritmo gradual, por favor. E dessa maneira nós podemos adiar a inevitável revelação de que nós sabemos todas as respostas.

Reuben sorriu. Mas ele não iria deixar aquela oportunidade passar em branco, não com a dor que estava sentindo naquele momento.

– Existe uma ciência dos espíritos? – perguntou Reuben. Ele sentiu novamente lágrimas surgindo-lhe nos olhos. Pegou um dos biscoitos, que ainda estavam quentinhos, e comeu-o facilmente de uma vez. Delicioso biscoito de farinha de aveia, seu favorito, bem espesso e mastigável. Bebeu o resto do café, e Margon encheu-lhe novamente a xícara.

– Não, não existe de fato – disse Margon. – Embora as pessoas provavelmente lhe digam que existe. Eu lhe contei o que sei, que espíritos podem e vão sair desse mundo. a menos, evidentemente, que não queiram mudar. A menos, evidentemente, que tenham se estabelecido aqui.

– Mas o que você quer dizer é que eles desaparecem de vista, certo? – Reuben suspirou. – Enfim, o que você está dizendo é que eles se afastam de você, sim, mas você não tem como saber que eles se foram.

– Existem evidências de que eles se foram. Eles mudam, eles desaparecem. Algumas pessoas conseguem vê-los mais claramente do que outras. Você consegue vê-los. Você adquiriu o poder a partir do lado paterno de sua família. Você adquiriu isso de seu sangue celta. – Parecia que ele tinha mais a dizer e então acrescentou: – Por favor, ouça-me. Não procure se comunicar com ela. Deixe-a ir, para o próprio bem dela.

Reuben não conseguiu responder.

Margon levantou-se para partir.

– Espere, Margon, por favor – disse Reuben.

Margon ficou lá parado, os olhos baixos, preparando-se para algo desagradável.

– Margon, quem são os Nobres da Floresta? – perguntou Reuben. O rosto de Margon mudou de feição. Ele ficou subitamente exasperado.

– Você quer dizer que Felix não lhe contou? – perguntou ele. – Na minha concepção, ele teria lhe contado.

– Não, ele não me contou. Eu sei que vocês estavam discutindo a respeito deles, Margon. Eu vi vocês. Eu ouvi vocês.

– Bem, deixe Felix explicar para você quem eles são e, enquanto ele estiver fazendo isso, talvez possa explicar para você toda a filosofia de vida dele, a insistência dele no sentido de que todos os seres conscientes podem viver em harmonia.

– Você não acredita que eles possam? – perguntou Reuben. Ele estava lutando para manter Margon ali, para manter Margon falando.

Margon suspirou.

– Bem, coloquemos a coisa da seguinte maneira. Eu preferiria viver em harmonia nesse mundo sem os Nobres da Floresta, sem espíritos em geral. Eu preferiria povoar o meu mundo com aquelas criaturas que são de carne e osso, independentemente do quanto elas possam ser mutantes, imprevisíveis ou ilegítimas. Tenho um respeito profundo e permanente pela matéria. – Ele repetiu a palavra. – Matéria!

– Como Teilhard de Chardin – disse Reuben. Ele pensou no livrinho que encontrara antes mesmo de conhecer Margon ou Felix, o livrinho contendo as reflexões teológicas de Teilhard com uma dedicatória de Margon a Felix. Teilhard dizia na obra que era apaixonado pela matéria.

– Bem, é isso, sim – disse Margon com um tênue sorriso. – Bem como Teilhard. Mas Teilhard era padre, como seu irmão. Teilhard acreditava em coisas nas quais jamais acreditei. Eu não tenho uma ortodoxia, lembre-se.

– Eu acho que você tem – disse Reuben. – Mas é a sua própria ortodoxia desprovida de um Deus.

– Você tem razão, é claro – disse Margon. – E talvez eu esteja errado em argumentar em favor da superioridade dela. Digamos apenas que acredito na superioridade do biológico sobre o espiritual. Eu procuro o espiritual no biológico e em nenhum outro lugar.

E ele saiu sem dizer mais nenhuma palavra.

Reuben recostou-se à cadeira, mirando enfadonhamente a janela ao longe. As vidraças estavam molhadas e límpidas, e formavam os múltiplos quadrados emoldurados em bronze de um espelho perfeito.

Após um longo tempo mirando o distante reflexo do fogo no vidro – uma pequenina chama que parecia flutuar no nada –, ele sussurrou:

– Você está aí, Marchent?

Lentamente, encostada ao espelho, a forma dela apareceu e, conforme ele a olhava fixamente, a forma adquiriu cor, tornou-se sólida, plástica e tridimensional. Ela sentou-se novamente no assento próximo à janela, mas sua aparência estava diferente. Usava o vestido marrom daquele dia em que haviam se conhecido. Seu rosto estava vividamente úmido e afogueado, como se com vida, mas triste, muito triste. Os suaves cabelos curtos pareciam estar penteados. As lágrimas cintilavam nas bochechas.

– Diga-me o que você quer – disse ele, tentando desesperadamente arrefecer seu medo. Ele começou a se levantar para ir até ela.

Mas a imagem já estava se dissolvendo. Parecia uma rajada de movimento, sua forma fugidia aproximando-se, mas afinando, desaparecendo, como se feita de pixels, cor e luz. Ela sumira. E ele estava lá parado, tão abalado quanto antes, coração na garganta, mirando seu próprio reflexo na janela.

11

Reuben dormiu até a tarde, quando uma chamada telefônica de Grace o despertou. Seria melhor ele descer agora, disse ela, para assinar os documentos do casamento e realizar a cerimônia na manhã do dia seguinte.

Ao sair, ele parou apenas para procurar Felix, mas este não estava em nenhum lugar por perto, e Lisa pensou que talvez ele tivesse ido a Nideck supervisionar os planos para as festividades natalinas.

– Estamos todos muito ocupados – disse ela, seus olhos brilhando, mas insistiu para que Reuben almoçasse. Ela, Heddy e Jean Pierre haviam disposto na longa mesa de jantar pratos, tigelas e travessas de prata aquecidos. As portas da despensa estavam abertas, e uma pilha de baús de talheres de prata encontrava-se no chão ao lado da mesa.

– Agora, ouça-me, você precisa comer – disse ela, rapidamente se encaminhando para a cozinha.

Ele disse para ela que não, que jantaria com a família em San Francisco.

– Mas é engraçado ver todos esses preparativos.

E era mesmo. Ele percebeu que a festança iria se realizar dali a apenas sete dias.

A floresta de carvalho do lado de fora estava repleta de trabalhadores, que cobriam os grossos galhos cinzas das árvores com diminutas luzes natalinas. E tendas já estavam sendo montadas no terraço em frente à casa. Galton e seus primos andavam de um lado para o outro. As magníficas estátuas de mármore para o presépio haviam sido transportadas para os fundos do terraço e encontravam-se num agrupamento confuso e molhado, esperando para serem apropriadamente abrigadas, e havia uma leva de trabalhadores construindo algo, apesar da chuva fina, que poderia muito bem ser um estábulo natalino.

Reuben odiou ter de se ausentar, mas sentia que dispunha de poucas opções no quesito. Quanto à jornada que tinha pela frente, bem, ele não pararia para falar com Laura, mas ela se juntaria aos convidados para o casamento na prefeitura no dia seguinte.

As coisas se desenrolaram de um modo pior do que o esperado.

Pego por uma chuvarada antes de alcançar a ponte Golden Gate, ele levou mais de duas horas para chegar à casa de Russian Hill, e a tempestade não mostrava sinais de trégua. Era o tipo de chuva que deixaria uma pessoa encharcada só de percorrer o trecho do carro à porta de casa, e ele chegou todo desalinhado e tendo de trocar de roupa imediatamente.

Mas este foi o menor de seus problemas.

As assinaturas dos papéis com Simon Oliver deu-se sem atropelos, mas Celeste estava num paroxismo de raiva, que se manifestava em intermináveis comentários recheados de ressentimento e sarcasmo enquanto abdicava do bebê em favor de Reuben. Este arquejou internamente quando viu a quantidade de dinheiro que estava sendo transferida, mas, evidentemente, não disse coisa alguma.

Ele não sabia o que significava carregar consigo uma criança e jamais saberia, e não conseguia entender o que significava abdicar de uma. Estava feliz por Celeste afastar-se de sua vida com dinheiro suficiente para mantê-la em segurança pelo resto da vida, se ela fizesse o planejamento adequado.

Mas, depois dos advogados terem ido embora e o jantar ter sido suportado em silêncio, Celeste explodiu numa torrente de palavras inflamadas, acusando Reuben de ser um dos seres humanos mais desprezíveis e desinteressantes nascidos no planeta.

Ouvir isso não foi nem um pouco fácil para Grace ou Phil, mas eles permaneceram à mesa, Grace gesticulando veladamente para que Reuben tivesse paciência. Quanto a Jim, sua expressão era de compaixão, mas com um olhar estranhamente fixo, como se aquela fosse uma atitude proposital em vez de puramente reflexiva. Ele estava como sempre usando seu traje clerical preto e peitilho com seu colarinho romano, e em todos os sentidos era o padre hollywoodiano, na opinião de Reuben, com os cabelos castanho-escuros encaracolados muito bem penteados e os olhos extremamente agradáveis e convidativos. Jim era um homem bem-apessoado, mas ninguém jamais falava sobre isso, não quando podiam falar sobre a boa aparência de Reuben.

Reuben falou pouco ou quase nada durante os primeiros vinte minutos em que Celeste castigou-o como sendo um menino bonitinho e preguiçoso, um desperdiçador de tempo, alguém que nunca faz nada direito, um vagabundo glorificado, o garotinho insípido e sem nada na cabeça que namorava as líderes de torcida do mundo, e um pirralho sem ambição alguma em cujas mãos tudo chegava com tanta facilidade que ele não tinha a mais leve fibra moral. Nascido belo e rico, ele desperdiçara sua vida.

Depois de um tempo, Reuben desviou o olhar. Se o rosto dela não estivesse vermelho e retorcido de raiva e lágrimas, talvez ele próprio ficasse com raiva. Naquelas condições, ele sentia pena e um certo desprezo por ela.

Reuben jamais fora preguiçoso na vida, e sabia muito bem disso. E tampouco fora "o garotinho insípido e sem nada na cabeça que namorava as líderes de torcida do mundo", mas não tinha a menor intenção de dizê-lo. Ele começou a sentir uma indiferença fria, até mesmo uma leve tristeza. Celeste jamais o conhecera de fato, e talvez ele jamais a tivesse conhecido tampouco, e graças a Deus aquele era um casamento temporário. O que seria deles se tentassem casar-se seriamente?

E, sempre que ela mencionava sua "aparência", ele percebia algo cada vez com mais profundidade. Ela o desprezava como pessoa; ela o desprezava fisicamente. Aquela mulher com quem ele estivera intimamente inúmeras vezes não conseguia suportá-lo fisicamente. E isso fez com que os cabelinhos se eriçassem em seu pescoço ao refletir a respeito, e como teria sido deplorável um casamento de verdade com Celeste.

– E então o mundo simplesmente dá a você um bebê, da mesma maneira que sempre lhe deu todas as outras coisas – disse ela por fim, aparentemente encerrando o assunto, sua fúria exaurida, seus lábios trêmulos. – Eu vou te odiar até o dia da minha morte – acrescentou.

Celeste estava prestes a continuar quando ele se virou e olhou para ela. Ele não sentia mais pena. Sentia desgosto, e olhou-a sem dizer uma palavra sequer. Ela ficou em silêncio olhando-o nos olhos, e então, pela primeira vez em meses, pareceu estar ligeiramente assustada. Ela certamente parecia estar com medo dele, do mesmo jeito que estivera quando ele experimentara pela primeira vez a influência da Crisma e quando ele começara a mudar de tantas maneiras sutis antes da transformação lupina. Na época, ele não compreendera e, é claro, ela também jamais compreendera. Mas sentira medo.

Parecia que os outros haviam sentido uma certa intensificação da tristeza coletiva, e Grace começou a falar, mas Phil instou-a a ficar quieta.

Repentinamente, com a voz baixa e torturada, Celeste disse:

– Eu tive de trabalhar a vida inteira. Tive de trabalhar duro quando pequena. Meus pais me deixaram uma pequena propriedade. Eu trabalhei para ter tudo. – Ela suspirou, obviamente exausta. – Talvez não seja culpa sua você não saber o que isso significa.

– É isso aí – disse Reuben, o tom baixo e ríspido de sua voz surpreendendo-o, mas não o detendo. – Talvez nada disso seja culpa minha. Talvez nada em nosso relacionamento tenha jamais sido culpa minha com exceção de eu não ter reconhecido o seu explícito desprezo por mim em tempo hábil. Mas é necessário coragem para ser indelicado, não é?

Os outros ficaram visivelmente perplexos.

– Não é? – repetiu ele.

Celeste desviou o olhar por um momento e então voltou a fitá-lo. Ela parecia muito pequena e vulnerável em sua cadeira, o rosto branco e repuxado, os belos cabelos desalinhados, os olhos suavizados.

– Bem, você tem mesmo uma voz, afinal de contas – disse ela com amargor. – Se você a tivesse encontrado um pouquinho mais cedo, quem sabe nada disso tivesse acontecido.

– Oh, mentiras e besteiras! – disse Reuben. – Besteiras à vontade. Se você não tem mais nada a dizer, eu tenho coisas a fazer.

– Você não vai nem pedir desculpas? – perguntou ela com exagerada sinceridade. Ela estava à beira das lágrimas novamente. Estava empalidecendo e tremendo diante dos olhos dele.

– Pedir desculpas por quê? Por você ter se esquecido de tomar a pílula? Ou porque as pílulas não funcionaram? Pedir desculpas porque uma nova vida está chegando nesse mundo e por eu querer essa vida e você não? Pedir desculpas por quê?

Jim fez um gesto para que ele fosse mais devagar.

Ele olhou fixamente para o irmão por um momento e então para Celeste.

– Eu lhe sou grato por você querer ter esse bebê – disse ele. – Eu lhe sou grato por estar disposta a dá-lo a mim. Muito grato. Mas eu não peço desculpas por coisa alguma.

Ninguém falou, incluindo Celeste.

– Com relação a todas as mentiras e tolices que você cuspiu durante a última hora, eu suportei tudo isso como sempre suportei a sua indelicadeza e a sua falta de consideração para manter a paz. E, se não se importa, eu agora gostaria de ter um pouco dessa paz. Para mim já chega.

– Reuben – disse Phil suavemente. – Vá com calma, rapaz. Ela é apenas uma criança, exatamente como você.

– Obrigada, mas eu não preciso da sua pena! – disse Celeste dirigindo-se a Phil, os olhos em chama encarando-o com raiva. – E com certeza eu não sou "criança" coisíssima nenhuma.

Houve um arquejo coletivo diante da veemência das palavras.

– Se você tivesse ensinado uma única coisa prática ao seu filho nesse mundo a respeito de ser adulto – prosseguiu Celeste –, talvez as coisas fossem diferentes agora. Ninguém consegue aguentar a sua poesia cansativa.

Reuben ficou subitamente furioso. Ele não estava com muita confiança em si mesmo para continuar falando. Mas Phil nem se mexeu.

Grace levantou-se abrupta e desajeitadamente e contornou a mesa para ajudar Celeste a sair da cadeira, embora isso fosse praticamente desnecessário sob o ponto de vista físico.

– Você está cansada, realmente cansada – disse Grace numa voz doce e solícita. – De certa forma, a exaustão é uma das piores coisas que existem.

Reuben ficou em silêncio, mas impressionado com o fato de Celeste aceitar aquela delicadeza sem uma palavra sequer de gratidão, como se aquilo fosse um direito dela ou como se ela tivesse ficado tão acostumada com isso a ponto de não dar mais valor ao gesto.

Grace conduziu-a para fora da sala e escada acima. Reuben queria desesperadamente falar com o pai, mas Phil estava olhando para o outro lado, o rosto abstraído e pensativo. Ele parecia haver se retirado por completo do tempo e do espaço. Quantas vezes Reuben não vira aquela mesma expressão no rosto de Phil?

O grupo permaneceu sentado em silêncio até Grace reaparecer. Ela olhou para Reuben por um longo tempo e então disse:

– Eu não sabia que você podia ficar tão zangado assim. Uau! Foi meio assustador.

Ela riu intranquila, Phil reagiu com um meio risinho e até Jim forçou-se a dar um sorriso. Grace colocou a mão sobre a mão de Phil e eles trocaram um olhar silencioso e íntimo.

– O que foi assustador? – perguntou Reuben. Ele ainda estava tremendo de raiva. Sua alma estava abalada. – Escute, eu não sou nenhum médico figurão como você, mamãe, e não sou nenhum advogado figurão como ela. Também não sou nenhum padre missionário figurão vivendo nas favelas como você, Jim. Mas eu não tenho nada a ver com o homem que ela descreveu aqui. E ninguém aqui proferiu uma única palavra sequer em minha defesa. Uma única palavra sequer. Bom, eu tenho os meus sonhos, as minhas aspirações e as minhas metas, e pode ser que eles não sejam os de vocês, mas são os meus. E trabalhei a vida inteira para conquistá-los. E eu não sou a pessoa que ela inventou. E vocês podiam muito bem ter defendido o papai contra ela, mesmo que não tivessem coragem de me defender. Ele também não merecia o veneno dela.

– Não, é claro que não – disse Jim rapidamente. – É claro que não. Mas Reuben, ela ainda pode decidir abortar, se mudar de ideia. Você não entende? – Ele baixou a voz. – Esse é o único motivo pelo qual nos sentamos aqui para escutá-la. Ninguém deseja arriscar deixá-la irada a ponto de comprometer a vida do bebê.

– Ah, que ela vá pro inferno – disse Reuben baixando a voz para controlar a raiva que sentia. – Ela não vai abortar, não com todo o dinheiro que trocou de dono agora há pouco. Ela não é maluca. É apenas uma pessoa com o espírito maligno e covarde, como todos que se julgam no direito de atormentar e perseguir os outros. Mas maluca, ela não é. E eu não vou suportar mais os abusos dela. – Ele levantou-se. – Papai, eu sinto muito por tudo aquilo que ela disse. Foi uma coisa horrível e desonesta como tudo que saiu da boca de Celeste essa noite.

– Tire isso da cabeça, Reuben – disse Phil numa voz equilibrada. – Eu sempre tive muita pena dela.

Aquilo também surpreendeu visivelmente Jim e Grace, embora esta última estivesse obviamente lutando com uma infinidade de emoções. Ela ainda segurava com força a mão de Phil.

Ninguém falou nada, e então Phil prosseguiu:

– Eu fui criado da mesma maneira que ela, filho, trabalhando para conseguir tudo o que tenho. Vai demorar ainda um bom tempo até que ela consiga entender o que realmente deseja nesse mundo. Pela criança, Reuben, pela criança, seja paciente com ela. Lembre-se de que essa criança o está libertando de Celeste, e Celeste de você. Isso não é nem um pouco ruim, é?

– Eu sinto muito, papai, você está certo – disse Reuben. E ficou envergonhado; ficou completamente envergonhado.

Reuben abandonou a reunião.

Jim foi atrás dele, seguindo-o silenciosamente escada acima, passou por Reuben e entrou no quarto do irmão.

A pequena lareira a gás estava queimando sob a viga, e Jim sentou-se em sua cadeira estofada favorita ao lado do fogo.

Reuben ficou parado ao lado da porta por um momento, e então suspirou, fechou a porta atrás de si e dirigiu-se à sua velha cadeira de couro em frente à de Jim.

– Deixe-me primeiro falar uma coisa – começou Reuben. – Eu sei o que fiz com você. Sei o fardo que coloquei nos seus ombros, contando para você aquelas coisas hediondas, impronunciáveis, em confissão, e prendendo você aos votos de sigilo. Jim, se eu tivesse de fazer isso de novo, não o faria. Mas quando te procurei precisava de você.

– E agora você não precisa – disse Jim desanimadamente, os lábios trêmulos. – Porque você tem todos aqueles amigos lobisomens em Nideck Point, correto? E Margon, o distinto sacerdote dos ímpios, certo? E você vai criar seu filho naquela casa com eles. Como vai fazer isso?

– Vamos nos preocupar com isso quando a criança nascer – disse Reuben. Ele pensou por um momento. – Você não despreza Margon e os outros. Eu sei que não. Você não pode desprezá-los. Acho que você tentou e isso não funcionou.

– Não, eu não os desprezo – admitiu Jim. – De forma alguma. Esse é o mistério da coisa. Eu não os desprezo. E não vejo muito como alguém poderia desprezá-los, pelo menos não baseado no que eu sei deles, e baseado no tratamento gentil que eles demonstram dedicar a você.

– Fico aliviado ouvindo isso – disse Reuben. – Mais aliviado do que consigo exprimir. E sei o que fiz com você com todos aqueles segredos. Acredite em mim, eu sei.

– Você se importa com o que eu penso? – perguntou Jim. Mas a pergunta não tinha um tom sarcástico ou amargurado. Ele olhava para Reuben como se desejasse seriamente saber.

– Sempre – disse Reuben. – Você sabe que sim. Jim, você foi o meu primeiro herói. Você sempre vai ser o meu herói.

– Eu não sou nenhum herói – disse Jim. – Eu sou um padre. E sou seu irmão. Você confiou em mim. Você confia em mim agora. Estou tentando desesperadamente imaginar o que posso fazer para ajudá-lo! E deixe-me dizer logo uma coisa aqui e agora. Eu não sou nem nunca fui o santo que você acha que sou. Eu não sou a pessoa legal que você é, Reuben. E quem sabe nós devêssemos deixar isso bem claro a partir de agora. Talvez isso seja uma coisa boa para nós dois. Eu já fiz coisas horríveis na minha vida, coisas sobre as quais você nada sabe.

– Eu acho muito difícil acreditar numa coisa dessas – disse Reuben.

Mas a voz de Jim estava ríspida e havia uma expressão em seus olhos que Reuben jamais vira antes.

– Bem, você precisa acreditar nisso – disse Jim – e precisa aliviar essa raiva no que concerne a Celeste. Essa é a minha primeira lição aqui, minha primeira preocupação. E eu quero que você ouça. Ela ainda pode abortar esse bebê a qualquer momento. Ah, eu sei, você não acha que ela vai fazer isso e coisa e tal, mas Reuben, faça o que estou dizendo até esse bebê nascer, certo? – Jim interrompeu sua fala, como se não soubesse muito bem o que diria em seguida. Quando Reuben tentou falar, Jim recomeçou:

– Quero lhe contar algumas coisas a meu respeito, algumas coisas que talvez o ajudem a entender tudo o que está acontecendo. Estou pedindo que me ouça agora. Eu preciso te contar essas coisas. Tudo bem?

Aquilo era muito inesperado. Reuben não sabia exatamente o que dizer. Jim jamais precisara dele!

– É claro, Jim – respondeu ele. – Conte-me o que quiser. Como eu poderia negar a você algo assim?

– Tudo bem, então ouça – disse Jim. – Eu fui pai de uma criança no passado e a matei. Fiz isso com a mulher de outro homem. Fiz isso a uma bela jovem que confiava em mim. E terei esse sangue em minhas mãos a vida inteira. Não, não diga nada, apenas ouça. Quem sabe você venha a confiar em mim novamente, se souber que espécie de pessoa eu sou exatamente e que você sempre foi bem melhor do que eu.

– Eu estou ouvindo, mas isso não é...

– Você tinha mais ou menos onze anos quando eu concluí a faculdade de medicina – disse Jim –, mas você nunca soube de fato o que ocorreu de errado. Eu odiava aquilo, estudar para ser médico, odiava completamente. Mas essa é outra história, como eu permiti a mim mesmo ser arrastado a fazer algo simplesmente por causa da mamãe e do tio Tim, por causa de alguma ideia de que nós éramos uma família de médicos, por causa de vovô Spangler e pelo modo como ele os adorava e também a mim.

– Eu imaginava que você não quisesse fazer isso. De que outra forma...?

– Essa não é a parte importante – disse Jim. – Eu estava bebendo de um jeito quase suicida em Berkeley. Estava realmente exagerando. E estava tendo um caso com a mulher de um dos meus professores, uma bela inglesa. Ah, o marido não estava nem aí. Muito pelo contrário, ele armou a coisa toda. Percebi isso logo de cara. Ele era vinte anos mais velho do que ela e vivia preso a uma cadeira de rodas desde um acidente de motocicleta na Inglaterra, dois anos depois de terem se casado. Sem filhos, apenas ele na cadeira de rodas, dando palestras brilhantes em Berkeley, e Lorraine como uma espécie de anjo cuidando dele como se ele fosse o pai dela. Então ele me convida para estudar com ele, na casa dele ao sul de Berkeley, uma daquelas belas casas antigas de Berkeley com revestimento escuro nas paredes, piso de madeira e aquelas grandes lareiras de pedra antigas, e as árvores perto das janelas, e o professor Maitland aparecendo às oito da noite e me falando para usar a biblioteca até a hora que eu bem entendesse, para passar a noite no quarto de hóspedes, você sabe, e "Aqui está a sua chave" e tudo o mais.

Reuben assentiu com a cabeça.

– Situação confortável.

– Ah, com certeza, e Lorraine, tão doce, você nem faz ideia. Doce, essa é a palavra que sempre me vem à mente quando falo sobre Lorraine. Como ela era doce. Gentil, pensativa, com aquele encantador sotaque britânico, e a geladeira cheia de cerveja, um interminável estoque de cerveja, e o uísque *single malt* no aparador e no quarto de hóspedes, e eu aproveitava aquilo tudo. Praticamente me mudei para lá. E mais ou menos seis meses depois que tudo isso começou apaixonei-me por ela, se é que um sujeito que estava bêbado 24 por dia e sete dias por semana é capaz de se apaixonar. Finalmente admiti o quanto a amava. Eu estava bebendo até perder a consciência, noite após noite naquela casa, e logo, logo, ela estava cuidando tanto de mim quanto cuidava do professor. E começou a lidar com todas as coisas bagunçadas em minha vida.

Reuben assentiu com a cabeça. Como aquilo tudo era novo para ele. Como tudo era absolutamente inimaginável...

– Ela era excepcional, era mesmo – disse Jim. – E eu nunca soube se ela entendia totalmente a maneira pela qual o professor Maitland havia bolado tudo aquilo. Eu sabia, mas ela não. Na mesma época, ela estava certa de que nós jamais o magoaríamos se mantivéssemos aquilo tudo no mais completo segredo e nunca mostrássemos uma partícula sequer de afeição especial um pelo outro quando ele estivesse por perto. Mas ela tentava me ajudar. Ela não ficava apenas enchendo o meu copo. Ela não parava de me falar: "Jamie, o seu problema é a bebida. Você precisa parar." Na verdade, ela me arrastou para duas reuniões do AA até eu ter um ataque de raiva. Frequentemente terminava meus trabalhos de faculdade para mim, colocava em andamento meus pequenos projetos, pegava livros que eu precisava na biblioteca da universidade, esse tipo de coisa. Mas ela não parava de falar: "Você precisa de ajuda." Eu estava faltando às aulas, e ela sabia disso. Às vezes eu acatava o que ela dizia, fazia uma ou outra promessa, fazia amor com ela e depois ficava bêbado. Por fim, ela desistiu. Simplesmente me aceitou do jeito que eu era, da mesma maneira que aceitava o professor.

– Mamãe e papai desconfiavam da bebida?

– Ah, desconfiavam demais. Eu me esquivava deles. Lorraine me ajudava a me esquivar deles. Lorraine dava desculpas para mim quando eles atravessavam a ponte para me ver e eu estava completamente bêbado no quarto de hóspedes da casa dela. Mas eu vou falar sobre papai e mamãe daqui a pouco. Lorraine engravidou. Não era para acontecer, mas aconteceu. E foi aí que a crise aconteceu. Simplesmente pirei. Eu disse a ela que fizesse um aborto, e saí da casa dela furioso.

– Entendo – disse Reuben.

– Não, você não entende. Lorraine foi até o meu apartamento. Ela me disse que jamais faria um aborto, que queria ter aquele bebê mais do que qualquer coisa no mundo. E que abandonaria o professor Maitland imediatamente se eu assim quisesse. Quando o professor Maitland ficasse sabendo do bebê, ele entenderia. Ele lhe concederia o divórcio, sem problema. Lorraine tinha uma pequena renda. Estava preparada para fazer as malas e partir comigo. Fiquei horrorizado, enfim, fiquei em estado de choque.

– Mas você a amava.

– Sim, Reuben. Eu a amava, mas não queria a responsabilidade de alguém ou de alguma coisa ao meu lado. É por isso que o nosso caso era tão atraente. Ela era casada! Se tentasse me responsabilizar por qualquer coisa, eu poderia voltar para a minha casa e nem atender o telefone!

– Compreendo.

– E aí a coisa se transformou num pesadelo. Ela começou a implorar para que eu me casasse com ela, que eu me tornasse um marido, um pai. Isso era a última coisa que eu queria no mundo. Escute, eu bebia tanto naquela época que a única coisa que me passava pela cabeça era ficar deitado perto de uma pilha de cerveja e uísque, trancar a porta e tomar todas. Tentei explicar tudo isso para ela, que eu não prestava mais, que não servia para ela, que ela não podia me querer, que precisava se livrar do bebê imediatamente. Mas ela se recusava a aceitar minhas ponderações. E, quanto mais ela falava, mais bêbado eu ficava. Em determinada ocasião, ela tentou tirar o copo da minha mão. E por conta daquilo tropecei. Começamos a discutir, começamos uma briga de verdade. Comecei jogando coisas nelas, batendo portas, quebrando coisas. Estava totalmente bêbado, dizendo-lhe as maiores baixarias, mas ela não aceitava. E não parava de falar: "Isso é a bebida falando, Jamie. Você não quer dizer essas coisas de verdade." Eu bati nela, Reuben. Comecei a dar tapas na cara dela, depois a bater nela. Eu me lembro do rosto dela coberto de sangue. Bati várias vezes nela, até que ela caiu no chão e eu comecei a dar chutes nela, falando que nunca iria me entender, que ela era uma piranha egoísta, uma puta egoísta. Eu lhe disse coisas que ninguém jamais deveria dizer a outro ser humano. Ela encolheu o corpo, tentando se proteger...

— E isso foi *mesmo* a bebida, Jim – disse Reuben numa voz suave. – Você jamais teria feito isso se não fosse a bebida.

— Eu não estou certo disso, Reuben – disse ele. – Eu era um cara bem egoísta. Ainda hoje eu me considero um cara egoísta. Pensava que o mundo girava em torno de mim, naquela época. Você tinha apenas onze ou doze anos e não fazia a menor ideia de como eu era realmente.

— Ela perdeu o bebê?

Jim assentiu com a cabeça. Ele engoliu em seco. Estava mirando o fogo a gás embaixo da viga.

— Em determinado momento, desmaiei. Ficou tudo escuro. E, quando acordei, Lorraine tinha ido embora. Havia sangue em toda parte, sangue no carpete, sangue nos tacos, sangue nos móveis, nas paredes. Uma coisa horrível. Você não pode imaginar quanto sangue tinha por lá. Segui uma trilha de sangue pela escada abaixo e pelo jardim até a rua. O carro dela não estava mais lá.

Jim parou. E fechou os olhos. Havia um suave bater de chuva nas vidraças. Fora isso, o quarto estava em silêncio. A casa estava em silêncio. Então, ele recomeçou a falar.

— Ali mesmo comecei a pior bebedeira da minha vida. Simplesmente tranquei a porta e bebi. Eu sabia que tinha matado aquele bebê, mas estava aterrorizado com a possibilidade de também tê-la matado. A qualquer momento a polícia apareceria, pensei. A qualquer momento o professor Maitland vai telefonar. A qualquer momento... Eu poderia tê-la matado com facilidade com todos aqueles socos. Do jeito que eu a chutei? É incrível eu não a ter matado. E, por dias e dias, simplesmente fiquei deitado naquele apartamento bebendo. Tinha sempre um bom estoque de bebida como garantia, e não sei exatamente quando foi que a bebida começou a rarear. Eu não estava comendo. Eu não estava tomando banho, nada. Só bebia, bebia e às vezes rastejava pela casa de quatro, procurando garrafas para ver se restara alguma coisa nelas. Bem, você pode imaginar o que aconteceu.

— Mamãe e papai.

— Exato. Alguém bateu na porta, e eram eles. Fazia dez dias que eu estava enfurnado lá, dez dias, e foi o meu senhorio que telefonou para eles. Eu estava devendo o aluguel. E ele estava preocupado. Era um cara legal. Bem, provavelmente o filho da puta salvou a minha vida.

– Graças a Deus – disse Reuben. Ele tentou visualizar aquilo tudo, mas não conseguia. Tudo o que via era o irmão com a aparência equilibrada e forte, com seu colarinho romano e trajes clericais, sentado na cadeira em frente a ele, contando uma história em que mal conseguia acreditar.

– Eu contei tudo para eles – disse Jim. – Meus nervos estavam simplesmente à flor da pele, e eu contei a história toda para eles. Eu estava bêbado, você entende; portanto, não foi tão difícil assim começar a falar baboseiras, chorar, confessar tudo o que eu tinha feito. Confessar coisas quando se está completamente bêbado é mole. Eu sentia pena de mim mesmo! Tinha destruído a minha vida. Tinha batido em Lorraine. Eu estava sendo expulso da faculdade. Contei tudo isso para mamãe e papai. Simplesmente soltei o verbo. E quando mamãe ouviu como eu tinha batido em Lorraine, como eu a chutara, como eu acabara com a vida de meu filho a chutes, bem, você pode imaginar a fisionomia dela. Quando ela viu as manchas de sangue por todo aquele carpete, no chão, nas paredes... E então mamãe e papai me colocaram debaixo do chuveiro, me limparam e me levaram diretamente para o Betty Ford Center em Rancho Mirage, no sul da Califórnia, onde fiquei por três meses.

– Jim, eu sinto muitíssimo.

– Reuben, eu tive muita sorte. Lorraine poderia ter me colocado atrás das grades pelo que fiz com ela. Mas as coisas aconteceram da seguinte maneira: ela e o professor Maitland voltaram para a Inglaterra antes mesmo de mamãe e papai terem batido na minha porta. Mamãe descobriu isso. A mãe do professor em Cheltenham havia sofrido um derrame grave. Lorraine acertara tudo junto à universidade. Portanto, ela estava bem, pelo visto. Mamãe conseguiu verificar isso também. E a casa no sul de Berkeley estava à venda. Se Lorraine dera entrada em algum hospital por conta própria depois da surra que levara de mim, bem, isso jamais tivemos condições de descobrir.

– Eu estou te ouvindo, Jim. E entendo o que você está me contando. Compreendo.

— Reuben, eu não sou herói de ninguém, não sou santo de ninguém. Se não fosse por mamãe e papai, se eles não tivessem me levado para o Betty Ford, se não tivessem ficado ao meu lado durante todo aquele episódio, não sei onde eu estaria agora. Eu não sei se estaria vivo. Mas escute, escute o que estou te dizendo. Fique do lado de Celeste pelo bem do bebê. Essa é a lição número um. Deixe-a ter esse bebê, Reuben, porque você não sabe o quanto pode vir a lamentar até o seu último dia de vida se por acaso ela se livrar dele por causa de algo que você disse! Reuben, há momentos em que é doloroso demais para mim sequer olhar para crianças, olhar para criancinhas com seus pais, eu... eu digo a você, não sei se eu conseguiria trabalhar numa paróquia católica tradicional, Reuben, com uma escola e crianças. Simplesmente não conseguiria. Existe um motivo pelo qual eu me entrego por inteiro no Tenderloin. Existe um motivo pelo qual a minha missão é trabalhar com drogados. Existe um motivo, com certeza existe.

— Eu entendo. Escute, vou falar agora mesmo com ela, vou pedir desculpas.

— Faça isso, por favor – disse Jim. – E quem sabe, Reuben, quem sabe se essa criança não pode manter você conectado a nós, a mamãe e papai, a sua família de carne e sangue, a coisas que importam para todos nós nessa vida.

Reuben foi imediatamente bater à porta de Celeste. A casa estava quieta. Mas ele podia ver que havia luz acesa no quarto.

Ela estava de camisola, mas o convidou de imediato a entrar. Mostrou-se gélida, porém educada. Reuben ficou lá parado, desculpando-se com ela da maneira mais sincera possível.

— Ah, eu entendo – disse ela com um sutil tom de escárnio. – Não se preocupe com isso. Tudo estará acabado para nós dois logo, logo.

— Quero que você seja feliz, Celeste – disse ele.

— Eu sei disso, Reuben, sei que você vai ser um bom pai para esse bebê. Mesmo que Grace e Phil não estejam presentes para fazer o trabalho sujo. E nunca tive nenhuma dúvida a esse respeito. Às vezes os homens mais infantis e imaturos tornam-se os melhores pais.

— Obrigado, Celeste – disse ele, forçando um sorriso glacial. E beijou-a no rosto.

Nenhuma necessidade de repetir a Jim o teor da retaliação ao retornar ao quarto do irmão.

Jim ainda estava sentado ao lado do fogo e obviamente imerso nos mais profundos pensamentos. Reuben sentou-se em sua cadeira como antes.

– Diga-me – disse Reuben –, esse é o verdadeiro motivo pelo qual você se tornou padre?

Por um longo momento, Jim não reagiu. Então levantou os olhos como se estivesse ligeiramente tonto. Com a voz baixa, ele disse:

– Eu me tornei padre porque era o que eu queria ser, Reuben.

– Eu sei disso, Jim, mas você sentia que precisava compensar seus erros pelo resto da vida?

– Você não entende – disse Jim. Sua voz exprimia cansaço, desalento. – Levei um tempo decidindo o que fazer. Viajei. Passei meses numa missão católica no Amazonas. Passei um ano estudando filosofia em Roma.

– Eu me lembro disso – disse Reuben. – A gente recebia uns pacotes enormes vindos da Itália. E eu não conseguia entender por que você não voltava para casa.

– Eu tinha muitas opções, Reuben. Quem sabe, pela primeira vez na minha vida, eu tivesse opções reais. E o arcebispo me fez exatamente a mesma pergunta, na verdade, quando eu pedi para ingressar no sacerdócio. Nós discutimos toda a questão. Contei tudo para ele. Conversamos sobre a reparação e sobre o que significa tornar-se padre, viver como padre ano após ano pelo resto da vida. Ele insistiu em mais um ano de sobriedade no mundo antes de aceitar a minha candidatura para o seminário. Normalmente ele exigia cinco anos de uma vida sóbria, mas, é preciso admitir, o meu período de bebedeira fora relativamente curto. E também havia a doação do vovô Spangler e o apoio contínuo de mamãe. Trabalhei todos os dias na St. Francis at Gubbio como voluntário durante esse ano. Quando entrei no seminário, eu já estava sóbrio havia três anos e vivia um período de provação estrita. Um drinque e eu seria expulso. Passei por tudo isso porque eu queria, Reuben. Eu me tornei padre porque era isso o que queria ser na vida.

— E a fé? — perguntou Reuben. Ele estava se lembrando do que Margon havia dito, que Jim era um padre que não acreditava em Deus.

— Ah, tem a ver com fé — disse Jim. Sua voz estava baixa agora e mais confidencial. — É claro que tem a ver com fé, fé que esse é o mundo de Deus e que somos filhos de Deus. Como isso não teria a ver com fé? Acho que se alguém ama a Deus de verdade, do fundo do coração, então esse alguém *precisa* amar todos os outros. Não se trata de uma escolha. E você não os ama porque isso vai lhe dar pontos junto a Deus. Você os ama porque está tentando vê-los e abraçá-los como Deus os vê e os abraça. Você os está amando porque eles estão vivos.

Reuben sentia-se incapaz de pronunciar uma palavra sequer. Apenas balançou a cabeça.

— Pense nisso — disse Jim num sussurro. — Olhando para cada pessoa e pensando: "Deus fez esse ser; Deus pôs uma alma nesse ser!" Ele recostou-se na cadeira e suspirou. — Eu tento. Eu tropeço. Eu me levanto. E tento novamente.

— Amém — disse Reuben num sussurro reverente.

— Eu queria trabalhar com viciados, com bêbados, com pessoas cujas fraquezas eu compreendia. Acima de tudo, eu queria fazer alguma coisa que tivesse importância, e estava convencido de que na condição de padre eu poderia fazê-lo. Eu poderia fazer a diferença na vida das pessoas. Quem sabe pudesse, inclusive, salvar uma vida aqui e ali, salvar a vida de alguém, imagine isso! Quem sabe eu pudesse fazer uma espécie de compensação pelas vidas que destruíra. Você poderia dizer que o AA e o programa dos Doze Passos salvaram a minha vida juntamente com papai e mamãe. E, evidentemente, eles me conduziram até a minha decisão. Mas eu tinha opções. E a fé faz parte disso. Escapei de todo o pesadelo tendo fé. E uma espécie de gratidão louca por não ter sido obrigado a me transformar num médico! Eu nem tenho como dizer a você o quanto a ideia de ser médico me desagradava! A medicina não precisa de mais nenhum filho da puta egoísta e frio. Graças a Deus, eu saí dessa.

— Eu não consigo entender muito bem isso — disse Reuben. — Mas eu também nunca tive muita fé em Deus.

– Eu sei – disse Jim, olhando para a pequena lareira a gás. – Percebi isso desde que você era bem pequeno. Mas eu sempre tive fé em Deus. A criação fala para mim de Deus. Vejo Deus no céu e nas folhas que caem. Sempre foi assim comigo.

– Acho que sei o que está querendo dizer – disse Reuben em voz baixa. Ele queria que Jim prosseguisse.

– Eu vejo Deus nas pequenas gentilezas que as pessoas demonstram ter umas com as outras. Vejo Deus nos olhos dos piores indigentes com quem costumo lidar... – Jim interrompeu sua fala subitamente, balançando a cabeça. – A fé não é uma decisão, é? Ela é algo que você admite ter ou algo que admite não ter.

– Eu acho que você tem razão em relação a isso.

– É por isso que eu nunca prego para as pessoas acerca do suposto pecado de não acreditar – disse Jim. – Você nunca vai me ouvir condenando um não crente como pecador. Isso não faz o menor sentido para mim.

Reuben sorriu.

– E quem sabe seja por isso que as pessoas às vezes tenham a impressão errada de você. Elas pensam que você não acredita, quando na verdade você acredita.

– Exato, isso acontece de vez em quando – disse Jim com um sorriso suave. – Mas isso não tem importância. A maneira como as pessoas acreditam em Deus é um assunto vasto, não é?

Um silêncio caiu sobre eles. Havia muitas coisas que Reuben queria perguntar.

– Você já se encontrou ou teve notícias de Lorraine depois de tudo aquilo? – perguntou ele.

– Já. Escrevi uma carta pedindo perdão mais ou menos um ano depois que saí do Betty Ford. Escrevi várias cartas, na verdade. Mas elas retornaram a mim do endereço que ela deixara em Berkeley. Então eu pedi para Simon Oliver confirmar que ela estava de fato em Cheltenham e residindo naquele endereço. Eu não podia culpá-la por devolver as cartas. Escrevi para ela mais uma vez, detalhando tudo em termos mais sinceros. Contei a ela o quanto eu sentia, como eu me sentia culpado de assassinato pelo que fizera com o bebê, como temia tê-la ferido irremediavelmente a ponto de ela não ser mais capaz de ter filhos daquele momento em diante. Recebi um bilhete curto, porém repleto de compaixão: ela estava bem; estava ótima; eu não tinha com o que me preocupar. Eu não lhe fizera nenhum mal duradouro; eu deveria seguir com a minha vida.

"Então, antes de entrar para o seminário, escrevi novamente para ela, perguntando como estava de saúde e contando-lhe a minha decisão de me tornar padre. Contei a ela que o tempo apenas aprofundara tudo o que eu sentia haver feito de errado com ela. Contei a ela como os Doze Passos e a minha fé haviam mudado a minha vida. Descrevi muitos dos meus planos, sonhos e o meu ego naquela carta. Foi bem egoísta da minha parte, para falar a verdade, agora que relembro as palavras que usei. Mas aquela também era uma carta de perdão, evidentemente. E ela escreveu de volta uma carta extraordinária. Simplesmente extraordinária."

– Como assim?

– Ela me contou, se é que você vai conseguir acreditar, que eu lhe havia proporcionado os únicos momentos de felicidade que conhecera em anos recentes. E continuou falando sobre como ela era infeliz antes de eu ter entrado na vida dela, como sentia-se desamparada até que o professor Maitland me levou para a casa deles. Ela disse alguma coisa sobre a vida dela ter mudado inteiramente para melhor ao me conhecer. E que ela não queria que eu jamais me preocupasse por ter feito qualquer mal a ela. Disse que imaginava que eu seria um padre maravilhoso. Encontrar uma vocação tão significativa nesse mundo era efetivamente uma coisa "admirável". Eu me lembro de ela ter usado essa palavra, "admirável". Ela e o professor estavam vivendo "esplendidamente" bem, afirmou. Ela me desejou todas as bênçãos do mundo.

– Isso deve ter deixado o arcebispo bastante impressionado – comentou Reuben.

– Na verdade, deixou mesmo.

Jim deu um risinho curto como quem dispensa o elogio.

– Essa era a Lorraine. Eternamente gentil, eternamente atenciosa, eternamente generosa. Lorraine sempre foi uma pessoa muito doce.

– Ele fechou os olhos por um momento e então prosseguiu. – Mais ou menos dois anos atrás, eu não me lembro exatamente da data, eu li um breve obituário em homenagem ao professor no *New York Times*. Espero que Lorraine tenha se casado novamente. Rezo por isso.

– Parece que você fez tudo ao seu alcance – disse Reuben.

– Sinto-me constantemente assolado por ela e por essa criança – disse Jim. – Quando penso em todas as coisas que eu poderia ter feito por essa criança... Independentemente de desejá-la ou não, penso no que poderia ter feito por ela. Às vezes simplesmente não consigo ficar perto de crianças. Eu não quero ficar em lugar nenhum onde haja crianças. E agradeço a Deus por estar em St. Francis no Tenderloin e pelo fato de não ter de lidar com famílias com filhos. Isso me devora por dentro, imaginar o que eu poderia ter proporcionado àquela criança.

Reuben assentiu com a cabeça.

– Mas você vai amar esse seu sobrinhozinho que está chegando por aí.

– Ah, com toda certeza, do fundo do meu coração. Sim, com certeza. Sinto muito. Eu não tinha a intenção de dizer essas coisas em relação a crianças. É só que...

– Acredite em mim, eu entendo – disse Reuben. – Talvez eu não devesse ter dito dessa maneira.

Jim olhou para o fogo novamente por um longo momento, como se não houvesse ouvido.

– Mas a minha vida inteira eu serei assolado por Lorraine e por essa criança – disse ele. – E pelo que essa criança poderia ter sido. Eu não espero deixar de ser assolado por essas lembranças, em momento algum da minha vida. Eu mereço que perdurem.

Reuben não respondeu. Ele não tinha certeza se Jim estava certo em relação a todas aquelas coisas. A vida de Jim parecia talhada pela culpa, pelo remorso, pela dor. Havia tantas perguntas que ele desejava fazer, mas não estava conseguindo descobrir uma maneira de fazê-las. Sentia-se mais próximo a Jim, incomensuravelmente mais próximo, e sem saber o que dizer. Também estava bastante ciente de que ele próprio prosperava em um domínio no qual tirava vidas humanas sem uma partícula sequer de arrependimento. Estava ciente disso. Via tudo isso. E isso não lhe provocava nenhuma emoção efetivamente limitadora.

– E várias vezes nos últimos anos – continuou Jim – eu vi Lorraine. De qualquer modo, imagino tê-la visto. Eu vi Lorraine na igreja. Nunca algo mais do que um simples vislumbre, e sempre durante a missa, quando não posso ausentar-me do altar jamais. Eu a vejo, bem lá atrás, e então, é claro, quando termino de dar a última bênção, ela já não está mais lá.

– Você não acha que está imaginando isso?

– Bem, acho que estaria imaginando não fosse pelos chapéus.

– Os chapéus?

– Lorraine adorava chapéus. Adorava roupas e chapéus *vintage*. Eu não sei se isso é uma coisa britânica ou sei lá o quê, mas Lorraine sempre foi uma pessoa bem estilosa e amava chapéus sem dúvida nenhuma. Em qualquer evento universitário durante o dia, costumava usar algum chapéu com aba, normalmente com flores. E de noite usava aqueles chapéus pretos de coquetel, com véus, você sabe, que as mulheres costumavam usar anos atrás. Na realidade, provavelmente você nem saiba do que estou falando. Ela colecionava roupas e chapéus *vintage*.

– E a mulher que você vê na igreja usa um chapéu.

– Sempre, e é um verdadeiro chapéu Lorraine Maitland. Enfim, você sabe, um chapéu estilo Bette Davis ou Barbara Stanwyck. E também tem os cabelos longos e louros de Lorraine , cabelos lisos, o mesmo rosto, o formato da cabeça e dos ombros. Você me reconheceria de longe. Eu o reconheceria de longe. Tenho certeza de que era Lorraine. De repente está morando aqui agora. Ou, então, pode ser que tudo isso seja coisa da minha imaginação.

Ele fez uma pausa, olhando para as chamas do fogo a gás, e então prosseguiu:

– Eu não sou mais apaixonado por Lorraine. Acho que já fui, com ou sem bebida. Sim, eu era apaixonado por ela. Mas não mais. E realmente não tenho nenhum direito de ir atrás dela se ela estiver morando aqui, não tenho direito de me meter na vida dela, de trazer de volta todas aquelas lembranças ruins para ela. Mas, de modo egoísta, eu adoraria saber que ela está feliz, novamente casada, e quem sabe com filhos. Se ao menos eu pudesse ter certeza disso! Ela queria tanto aquele bebê! Ela queria aquele bebê mais do que a mim.

– Eu gostaria muito de saber o que dizer a você – disse Reuben. – É de partir o coração imaginar que esteja passando por isso. E, acredite em mim, vou sair atrás de abacaxi à meia-noite para Celeste, se for preciso.

Jim riu.

– Acho que vai dar tudo certo com ela, basta você não a desafiar. Deixe-a acreditar em todas as sandices nas quais precisa acreditar.

– Estou com você.

– É necessário mais coragem para Celeste desistir desse bebê do que o que ela admite. Então, deixe que ela despeje a raiva dela em cima de você.

– Seguirei o programa – disse Reuben, levantando as mãos.

Jim estava novamente olhando para o fogo, para as chamas azuis e laranjas lambendo o ar.

– Quando foi a última vez que você imagina ter visto Lorraine?

– Não faz muito tempo – disse Jim. – Seis meses talvez? E um dia desses eu vou acertar as contas com ela em frente à igreja. E isso vai acontecer quando ela decidir que é o momento certo para tal. E se ela me disser que eu a machuquei tanto a ponto de ela não poder mais ter filhos, bem, isso vai ser exatamente o que mereço ouvir.

– Jim, se ela tivesse se machucado tanto, talvez dissesse isso por conta própria. Ela poderia, mesmo agora, deixar você numa situação ruim pelo que aconteceu, não poderia?

– Poderia – afirmou Jim. Ele assentiu com a cabeça e olhou para Reuben. – Ela certamente poderia. Eu fui bem claro com meus superiores em relação a tudo isso, sempre fui, como contei a você. Mas eles também foram muito claros comigo. Eles sabiam que o que eu havia feito acontecera no meio de um tumulto no qual me encontrava bêbado. Eu era um alcóolatra debilitado. Eles não viam a coisa como um assassinato premeditado. Um homem que mata alguém não pode ser padre. Mas qualquer escândalo a qualquer momento pode me trazer desvantagens. Uma carta ao arcebispo, uma ameaça de divulgação dos fatos junto à imprensa já seriam suficientes. Lorraine poderia de fato atrapalhar a minha vida, e a grande missão pessoal de Jim nas favelas de San Francisco acabaria num piscar de olhos.

– Bem, ela provavelmente sabe disso – disse Reuben. – Pode ser que queira apenas conversar com você e esteja preparando seu estado de espírito para isso.

Jim estava refletindo.

– É possível – concordou ele.

– Ou, então, você se sente tão culpado por tudo o que aconteceu que pensa que qualquer mulher bonita que vê usando um chapéu é Lorraine.

Jim sorriu e assentiu com a cabeça.

– Isso pode ser verdade – concedeu ele. – Se for mesmo Lorraine, provavelmente tentará me proteger de toda a verdade em relação ao que eu lhe fiz. Esse era o tom das cartas dela. Ela é doce, muito doce mesmo. Era a pessoa mais delicada que eu já conheci na vida. Eu só posso imaginar como ela estava se sentindo quando me deixou naquele último dia. Como foi que suportou tudo aquilo? Voltar para casa machucada daquele jeito, com uma hemorragia, perder o bebê e ter de contar para Maitland tudo o que havia acontecido. – Ele balançou a cabeça. – Você nem imagina como ela mantinha uma atitude protetora em relação a Maitland. Não é de espantar que ele a tenha tirado daquele lugar e a levado de volta à Inglaterra. Derrame. Eu não acredito que a mãe dele tenha tido um derrame. Rapaz, eu o tratei muito mal. Ele me levou para a casa dele para que eu reconfortasse sua esposa, e eu vou lá e a espanco daquela maneira covarde, deixando-a entre a vida e a morte.

Reuben estava sentindo um desamparo absoluto.

– Bem, escute, aqui está a segunda lição – disse Jim. – Eu não sou nenhum santo. Nunca fui. Tenho um lado malévolo em mim e sempre tive, sobre o qual você nada sabe. Trabalho com viciados em minha igreja porque sou um viciado. E eu os entendo e entendo as coisas que fizeram. Então, pare de pensar que você precisa me proteger das coisas que estão acontecendo com você agora. Você pode me procurar e me contar o que está acontecendo com você! Eu tenho como lidar com isso, Reuben. Eu juro para você.

Reuben sentiu que estava mirando Jim do outro lado da imensa divisória.

– Mas não há muito o que você possa fazer para ajudar – disse Reuben. – Eu não estou fugindo do que eu sou agora.

– Você já pensou em fugir disso? – perguntou Jim.

– Não. Eu não quero – disse Reuben.

– Você já pensou em tentar reverter o processo?

– Não.

– Você jamais perguntou a seus augustos membros se reverter o processo é possível ou não?

– Não – admitiu Reuben. – Eles nos teriam dito, a mim e a Stuart, se a reversão fosse possível.

– Teriam mesmo?

– Jim, isso... isso não é possível. Isso está fora de discussão. Você não está alcançando o poder da Crisma. Você viu um Lobo Homem com seus próprios olhos, mas jamais viu um de nós experimentando a mudança. Isso não é algo que pode ser revertido em mim. Não mesmo.

Desistir da vida eterna? Desistir de ser imune às doenças, ao envelhecimento, a...?

– Mas, por favor – disse Reuben. – Por favor, saiba que eu estou me empenhando ao máximo para usar a Dádiva do Lobo da melhor maneira possível.

– A Dádiva do Lobo – disse Jim com um sorriso tênue. – Que expressão mais adorável. – A afirmação não continha sarcasmo. Ele parecia, por um momento, estar sonhando, seus olhos movendo-se pelo recinto sombreado e fixando-se, quem sabe, nas vidraças molhadas de chuva. Reuben não sabia ao certo.

– Lembre-se, Jim – disse Reuben. – Felix e Margon estão fazendo tudo o que podem para orientar a mim e a Stuart. Este não é um domínio desprovido de lei, Jim. Nós também temos nossas leis e regras, nossa própria consciência! Lembre-se, temos a capacidade de sentir o mal. Podemos sentir o cheiro do mal. Podemos identificar o aroma da inocência e do sofrimento. E, se algum dia eu vier a entender a fundo o que nós somos, quais são os nossos poderes, o que eles significam, bem, será por intermédio de outros como Margon e Felix. O mundo não vai me ajudar em nada disso. Ele não pode. Você sabe que não pode. Você não pode. É impossível.

Jim deu a impressão de estar avaliando as palavras por um longo tempo, e então assentiu com a cabeça.

– Eu entendo por que você tem essa sensação – murmurou ele. E então ele deu a impressão de submergir em seus pensamentos. – Deus sabe que eu não tenho sido de nenhuma ajuda até agora.

– Você sabe muito bem que isso não é verdade. Mas sabe como é a minha vida em Nideck Point.

– Ah, sim. Ela é fantástica, é maravilhosa. É diferente de tudo o que jamais imaginei, aquela casa e aqueles seus amigos. Você foi abraçado por uma espécie de aristocracia monstruosa, não é mesmo? É como se fosse uma corte, não é? Vocês são todos Príncipes do Sangue. E como a "vida normal" pode competir com algo assim?

– Jim, você se lembra do filme *Tombstone?* Lembra-se do que Doc Holliday fala para Wyatt Earp quando está morrendo? Você e eu vimos esse filme juntos, lembra-se? Doc fala para Wyatt: "Essa história de vida normal não existe, Wyatt. Só existe a vida."

Jim riu suavemente. Fechou os olhos por um breve momento e então olhou mais uma vez para o fogo.

– Jim, seja lá o que for, eu estou vivo. Total e verdadeiramente vivo. Eu sou parte da vida.

Jim mirou-o com mais um daqueles suaves sorrisos cativantes.

Lentamente, Reuben contou ao irmão a história do que acontecera com Susie Blakely. Ele não a apresentou de um jeito orgulhoso e exuberante. Ao ocultar toda e qualquer menção ao fantasma de Marchent, Reuben explicou que estava caçando, necessitado de que estava de caçar, desobedecendo as regras estabelecidas pela realeza formada por Felix e Margon, e como ele acabara resgatando Susie e a levado para a pequena igreja da pastora George. Susie estava agora com seus pais.

– Esse é o tipo de coisa que nós fazemos, Jim – comentou ele. – Os *Morphenkinder* são seres assim. Essa é a nossa vida.

– Eu sei – respondeu Jim. – Entendo. Sempre entendi. Eu li tudo a respeito dessa menininha. Você acha que sinto muito por você ter salvado a vida dela? Que inferno, você salvou um ônibus inteiro de crianças sequestradas. Estou a par dessas coisas, Reuben. Você se esquece de onde trabalho, de onde moro. Eu não sou nenhum padre de paróquia de subúrbio que fica aconselhando casais acerca de padrões de moralidade. Eu sei o que é o mal. Sou capaz de identificá-lo quando o vejo. E, à minha própria maneira, também consigo sentir o cheiro dele. Assim como consigo sentir o cheiro da inocência, do desamparo e da necessidade desesperada. Mas eu conheço o desafio que é confrontar o mal sem bancar Deus! – Ele interrompeu sua fala, franzindo ligeiramente as sobrancelhas, refletindo, e então acrescentou: – Eu quero amar como Deus, mas não tenho direito de tirar a vida como Deus. Esse direito pertence a Ele e somente a Ele.

– Escute, eu lhe disse quando fui me confessar pela primeira vez que você tinha todo o direito de me ligar para falar a respeito disso a qualquer momento. Você tem o direito de tocar nesse assunto sempre que desejar. Quando precisar falar comigo...

– Precisamos mesmo discutir as minhas necessidades? Eu estou pensando em você. Estou pensando em você escapando cada vez mais da vida *normal*. E agora você quer levar esse filho seu lá para Nideck Point. Nem o milagre de uma criança é capaz de trazê-lo de volta para nós, Reuben. Talvez nem isso seja capaz de trazê-lo.

– Jim, é lá que eu moro. E esse vai ser o único filho humano que terei.

Jim estremeceu.

– Como assim?

Reuben explicou. Quaisquer filhos que ele viesse a ter a partir de agora teriam de ser com uma *Morphenkind*, e que também eles seriam *Morphenkinder*, quase que sem exceção.

– Quer dizer então que Laura não poderá ter um filho seu – disse Jim.

– Bem, ela poderá em pouco tempo. Ela está se tornando uma de nós. Escute, Jim, eu sinto muito. Sinto muito por ter lhe contado tudo isso, porque não há nada que você possa fazer para me ajudar, exceto guardar os meus segredos e continuar sendo meu irmão.

– Laura tomou a decisão? De livre e espontânea vontade?

– É claro que sim. Jim, olhe o que a Crisma oferece. Nós não envelhecemos. Somos invulneráveis a doenças e à degeneração. Podemos ser mortos, é verdade, mas a maioria dos ferimentos não nos afeta. Tirando acidentes e percalços, podemos viver para sempre. Você não consegue adivinhar a idade de Margon, de Sergei ou de qualquer um dos outros. Você sabe do que estou falando. Você conhece Felix. Passou horas conversando com esses homens. Achava mesmo que Laura recusaria a possibilidade de ter vida eterna? Quem possui força para fazer isso?

Silêncio. A questão óbvia era: será que Jim recusaria a oferta se esta lhe fosse feita? Mas Reuben não tocaria nesse ponto.

Seu irmão parecia aturdido, abatido.

– Escute, eu quero um tempo com meu menininho – disse Reuben. – Alguns anos, de qualquer modo. E quem sabe depois disso ele vá para uma escola em San Francisco e more com mamãe e papai, ou então possa ir para alguma escola na Inglaterra ou na Suíça. Você e eu jamais quisemos isso, mas poderíamos ter tido. E meu menininho vai poder ter. Eu vou protegê-lo do que sou. Os pais sempre tentam proteger seus filhos de... alguma coisa, de muitas coisas.

– Eu compreendo o que você está dizendo – murmurou Jim. – Como poderia não compreender? Penso naquela criança, o filho de Lorraine, meu filho, o tempo todo. Imagino que ele deva ter, o quê, doze anos agora, eu não sei...

Jim parecia cansado e velho, mas não parecia derrotado. De algum modo, estava, como sempre, bastante arrumado em seu colarinho romano e nos trajes clericais pretos, mas aquilo parecia uma forma de armadura, como sempre pareceu. Reuben teve uma súbita sensação de pânico ao olhar para o irmão. Ele não conseguia imaginar o que aquele conhecimento de fato lhe proporcionara. Tentava imaginar. Tentava se colocar no lugar de Jim. Mas isso simplesmente não funcionava. E a história a respeito de Lorraine e o bebê só fizera com que ele sofresse ainda mais pelo bem-estar de Jim.

Como aquilo era diferente da noite em que, em sua forma lupina, Reuben entrara no confessionário da igreja de St. Francis tão desesperadamente necessitado de Jim em sua dor e confusão. Agora ele queria apenas proteger Jim de tudo aquilo e não sabia como fazer isso. Queria contar a ele sobre o fantasma de Marchent, mas não podia fazer uma coisa dessas. Ele não podia acrescentar isso ao fardo que já depositara nos ombros do irmão.

Quando Jim finalmente se levantou para partir, Reuben não o impediu. Ficou sobressaltado quando Jim aproximou-se dele e beijou-o na testa. Jim murmurou algo suavemente, algo sobre amor, e então saiu do quarto fechando a porta atrás de si.

Reuben ficou sentado em silêncio por um longo tempo. Estava lutando contra a necessidade de chorar. Gostaria muito de estar em Nideck Point. E uma imensidão de preocupações desceu sobre ele. E se Celeste fizesse o aborto? E como Phil poderia viver sob o mesmo teto que Celeste naquela casa, Celeste que não conseguia esconder seu mais absoluto desdém por ele? Que inferno, aquela era a casa de seu pai, não era? Reuben tinha de dar apoio ao pai. Ele tinha de telefonar, de visitar, de passar algum tempo com Phil. Se ao menos a casa de hóspedes de Nideck Point já estivesse pronta! Assim que estivesse, ele chamaria o pai e o instaria a subir a serra para uma estadia indefinida. Ele precisava encontrar alguma maneira de mostrar a Phil o quanto o amava e o quanto sempre o amara.

Finalmente, Reuben deitou-se e caiu no sono, exausto pelas reviravoltas e guinadas das corridas que estava disputando em sua mente, e somente agora as imagens submersas de Nideck Point chegavam à tona; somente agora ele ouvia a voz reconfortante de Felix, e refletia, naquele mundo parcial antes do sono e dos sonhos, a respeito do fato de que seu tempo naquela casa estava de fato encerrado e de que o futuro traria coisas belas e brilhantes. E quem sabe seria assim para Celeste também. Quem sabe o futuro lhe trouxesse felicidade. E ele a conhecia bem o bastante para saber que, se ela sacrificasse mesmo aquela criança, sua vida se tornaria um horror.

O casamento estava marcado para as onze da manhã na sala do juiz. Laura aguardava sob a rotunda da prefeitura quando eles chegaram. Ela beijou imediatamente Celeste e lhe disse que sua aparência estava ótima. Celeste demonstrou simpatia por ela e lhe contou que estava contente por revê-la, tudo isso um pouquinho exagerado, previsível e ridículo, pensou Reuben.

Eles foram diretamente para a sala do juiz e, no decorrer de vinte minutos, tudo estava acabado. Todo o encontro foi desprovido de qualquer entusiasmo, e bastante sombrio até, no entender de Reuben, e Celeste ignorou-o como se ele não existisse, inclusive no momento em que disse: "Sim." Jim encontrava-se no canto do recinto com os braços cruzados e os olhos baixos.

Eles estavam quase na entrada do edifício quando Celeste anunciou que tinha algo a dizer e pediu que todos dessem um passo para o lado.

– Sinto muito por tudo o que falei ontem – disse ela. Sua voz estava equilibrada e sem qualquer sentimento. – Você tem razão. Nada disso foi culpa sua, Reuben. Foi culpa minha. Eu sinto muito. E sinto muito pelas coisas que disse a Phil. Eu nunca deveria ter detonado Phil daquela maneira.

Reuben sorriu e assentiu com a cabeça, expressando gratidão e, mais uma vez, como fizera na noite anterior, beijou-a no rosto.

Laura ficou visivelmente confusa e um pouquinho ansiosa, olhando de relance para um ou outro dos presentes. Grace e Phil, no entanto, estavam notavelmente calmos, como se houvessem sido mais ou menos alertados para o fato de que aquilo ocorreria.

– Nós todos compreendemos – disse Grace. – Você está carregando consigo um filho e os seus nervos estão no limite. E todos sabem disso. Reuben sabe disso.

– Qualquer coisa que eu possa fazer para tornar toda essa situação mais fácil, eu farei – declarou Reuben. – Se você quiser a minha presença no momento do parto, eu estarei lá.

– Oh, não precisa ser também tão obsequioso – respondeu Celeste de maneira aguda. – Eu não vou realizar um aborto só porque a gravidez é um incômodo para mim. Ninguém precisa me pagar para que eu tenha esse bebê. Se eu tivesse coragem para abortar, o bebê já não existiria há muito tempo.

Jim deu um passo à frente imediatamente e pôs o braço nos ombros de Celeste. Ele apertou a mão de Grace com a mão esquerda.

– Santo Agostinho escreveu algo certa vez, , algo sobre o qual sempre reflito – disse ele. – "Deus triunfa sobre as ruínas de nossos planos."

E quem sabe não seja exatamente isso o que está acontecendo aqui? Nós cometemos equívocos, cometemos erros e, de um jeito ou de outro, novas portas se abrem, novas possibilidades surgem, oportunidades com as quais jamais teríamos sonhado. Vamos confiar que o que está acontecendo aqui com cada um de nós seja exatamente isso.

Celeste beijou Jim rapidamente e, então, abraçou-o e encostou a cabeça em seu peito.

– Nós estaremos com você em cada passo de sua caminhada, querida – disse Jim. Ele permaneceu onde estava como se fosse um carvalho. – Nós todos.

Foi uma performance de mestre e feita com convicção, pensou Reuben. Estava visivelmente óbvio para ele que Jim odiava Celeste. Mas, por outro lado, quem sabe Jim não a estivesse simplesmente amando, amando-a de verdade como tentava amar a todos. Quem sou eu para saber, pensou Reuben.

Sem mais uma palavra sequer, o pequeno grupo dissolveu-se. Grace e Phil istando Celeste a partir, Jim a voltar para a igreja de St. Francis, e Reuben a levar Laura para almoçar.

Quando eles se sentaram no restaurante italiano parcamente iluminado, finalmente conversaram, e Reuben contou a Laura brevemente, e numa voz desalentada, o que acontecera na noite anterior e como ele magoara Celeste.

– Eu não deveria ter feito aquilo – disse ele, subitamente abatido. – Mas senti que precisava, simplesmente precisava dizer alguma coisa. E digo a você: acho que ser odiado é doloroso, mas ser profundamente antipatizado é ainda mais doloroso, e é isso o que eu sinto vindo da parte dela. Uma intensa antipatia. E é como uma chama. E sempre tive essa sensação quando estava com ela, e isso fazia a minha alma definhar. Eu sei disso agora porque sei que antipatizo com ela. E, Deus me ajude, mas quem sabe eu sempre soubesse. E seja tão culpado de desonestidade quanto ela.

O que ele queria era falar sobre Marchent. Precisava falar sobre Marchent. Queria voltar ao mundo de Nideck Point, mas estava preso ali, fora de seu elemento, em seu antigo mundo, e ansioso para escapar de tudo aquilo.

– Reuben, Celeste nunca te amou – disse Laura. – Ela saía com você por dois motivos: sua família e seu dinheiro. Ela amava as duas coisas e não conseguia admitir isso.

Reuben não respondeu. A verdade era que ele não conseguia acreditar que Celeste fosse capaz de tal coisa.

– Compreendi isso assim que passei um tempinho com ela – disse Laura. – Ela sentia-se intimidada por você, pela sua formação intelectual, pelas sua viagens, pelo seu jeito com as palavras, pelo seu refinamento. Ela queria todas essas coisas para si mesma, e estava ardendo de culpa, ardendo mesmo. Isso transparecia no sarcasmo dela, nas constantes investidas, na maneira pela qual continuava por perto mesmo quando vocês não estavam mais noivos, na maneira pela qual ela simplesmente não conseguia se afastar de você. Ela nunca te amou. E agora, você não vê? Ela está grávida e odeia essa situação, mas está morando na linda casa dos seus pais e recebendo dinheiro pela criança, muito dinheiro, imagino eu, e está com vergonha e mal consegue suportar isso.

Aquilo fazia *muito* sentido. Na realidade, aquilo passou subitamente a fazer um enorme sentido, e parecia que uma luz se acendera em sua mente através da qual ele conseguia enxergar com clareza seu estranho passado com Celeste pela primeira vez.

– Provavelmente isso tudo é como se fosse um pesadelo para ela – disse Laura. – Reuben, o dinheiro confunde as pessoas. Confunde, sim. Isso é um fato da vida. Ele confunde as pessoas. Sua família tem dinheiro de sobra. E eles não agem como se tivessem. Sua mãe trabalha o tempo todo como se fosse uma mulher independente altamente empenhada em sua profissão, seu pai é um poeta idealista que usa roupas que comprou há mais de vinte anos, e Jim também é do mesmo jeito, voltado para o outro mundo, espiritual, dedicando-se à pregação a outras pessoas, de modo que está perpetuamente exausto. Seu pai está sempre lutando com seu antigo trabalho ou fazendo anotações num livro como se fosse dar uma palestra na manhã seguinte. Sua mãe raramente tem uma boa noite de sono. E você acaba sendo do mesmo jeito, trabalhando noite e dia em seus artigos para Billie, digitando freneticamente naquele computador até praticamente cair de sono em cima dele. Mas vocês têm dinheiro, e realmente não fazem a menor ideia do que é não ter.

– Você tem razão – concordou Reuben.

– Escute, ela não planejou tudo isso, não. Ela simplesmente não sabia o que estava fazendo. Mas por que você escutava o que ela dizia é o que eu nunca consegui entender!

Aquilo fez soar um sininho nele. Marchent dissera-lhe algo bastante similar, mas agora as palavras lhe escapavam, algo sobre o mistério dizer respeito ao fato de que ele escutava aqueles que o criticavam e o colocavam para baixo. E sua família certamente fazia muito isso, e fizera muito no passado antes de Celeste juntar-se ao coro. Talvez eles tenham inadvertidamente convidado Celeste a juntar-se ao coro. Talvez isso tenha sido o bilhete de entrada dela na família, embora ele e Celeste jamais tenham se dado conta disso. Uma vez que ela tivesse assumido o incessante escrutínio do Menino Luz, do Bebezinho, do Menininho, bem, aí sim estaria estabelecido que ela falava a linguagem comum da família. Talvez ele tenha se sentido confortável com ela justamente por ela falar essa linguagem comum.

– No começo eu gostava muito dela – disse ele em voz baixa. – Eu me divertia muito com ela. Eu a achava bonitinha. Gostava do fato de ela ser inteligente. Gosto de mulheres inteligentes. Gostava de estar perto dela, e aí as coisas começaram a dar errado. Eu devia ter me pronunciado. Devia ter dito a ela o quanto me sentia desconfortável.

– E você teria dito isso com o passar do tempo – disse Laura. – A coisa teria acabado de uma maneira completamente natural e inevitável se você não tivesse ido para Nideck Point. A coisa acabou *realmente* de uma maneira natural, só que agora existe um bebê.

Ele não respondeu.

O restaurante estava ficando cheio, mas eles estavam sentados a uma mesa de canto localizada numa pequena área com privacidade, na penumbra, e as cortinas pesadas e os quadros emoldurados ao redor deles absorviam o barulho.

– É assim tão difícil para alguém me amar? – perguntou ele.

– Você sabe muito bem que não – disse ela sorrindo. – É fácil te amar, tão fácil que praticamente todo mundo que você conhece acaba te amando. Felix te ama. Thibault te ama. Todos eles te amam. Até o Stuart te ama! E o Stuart é o menino que deveria estar apaixonado por si mesmo na idade em que se encontra. Você é um cara simpático, Reuben. Simpático e gentil. E eu vou te dizer mais uma coisa. Você tem uma espécie de humildade, Reuben. E algumas pessoas simplesmente não entendem a humildade. Você tem um jeito de se abrir para as coisas que te interessam, de se abrir a outras pessoas, como Felix, por exemplo, para poder aprender com elas. Você consegue sentar-se à mesa em Nideck Point e escutar calmamente toda aquela tribo de *Morphenkinder* idosos com uma impressionante humildade. Stuart não consegue fazer isso. Stuart precisa flexionar os músculos, desafiar, provocar, atiçar. Mas você apenas segue seu aprendizado. Infelizmente, algumas pessoas acham que isso é uma fraqueza.

– Essa é uma avaliação excessivamente generosa da sua parte, Laura – disse ele. E sorriu. – Mas eu gosto do jeito como você vê as coisas.

Laura suspirou.

– Reuben, Celeste não faz mais parte de você, de fato. Ela não tem como. – Laura franziu o cenho, sua boca contorcendo-se um pouco como se achasse aquilo algo particularmente doloroso de se dizer, e então prosseguiu numa voz baixa: – Ela vai viver e morrer como outros seres humanos. A estrada dela sempre será dura. Ela logo descobrirá como o dinheiro pouco fará para mudar essa situação. Você tem como perdoar tudo isso nela, não tem?

Ele olhou fixamente para os suaves olhos azuis de Laura.

– Por favor? – disse ela. – Ela nunca vai fazer a menor ideia do tipo de vida que agora está se abrindo para nós dois.

Reuben conhecia o significado gramatical daquelas palavras, mas não sabia o que significavam emocionalmente. Mas uma coisa ele sabia com certeza: o que deveria fazer.

Ele pegou o telefone e digitou para Celeste uma mensagem de texto. Escreveu com todas letras: "Eu sinto muito. Sinto muitíssimo. Quero que você seja feliz. Quando tudo isso estiver acabado, eu quero que você seja feliz."

Que coisa mais covarde de se fazer, digitar aquelas palavras em seu iPhone, já que não era capaz de dizê-las pessoalmente a ela.

Em questão de instantes, ela responderia. As palavras apareceram: "Você sempre vai ser o meu Menino Luz."

Ele mirou o iPhone com olhos impiedosos e em seguida deletou a mensagem.

Eles saíram de San Francisco às 15:30, livrando-se com facilidade do tráfego do fim de tarde.

Mas foi um percurso lento em meio à chuva, e Reuben só chegou a Nideck Point após as 22 horas.

Mais uma vez, as esfuziantes luzes natalinas da casa imediatamente o reconfortaram. Elas decoravam harmoniosamente todas as janelas na fachada de três andares, e o terraço estava muito bem arrumado. As tendas estavam dobradas e viradas de lado na extremidade voltada para o oceano. E um grande e bem construído estábulo tomara forma ao redor da Sagrada Família. As estátuas haviam sido apressadamente dispostas sob ele e, embora ainda não houvesse feno ou grama, a beleza das estátuas era de impressionar. Elas tinham uma aparência estoica e graciosa ali postadas sob o sombreado telhado de madeira, os rostos cintilando com as luzes da casa, a fria escuridão pairando ao redor delas. Reuben teve um indício de como a festa de Natal seria esplêndida.

Seu choque maior veio, entretanto, ao olhar para a direita da casa e ver a miríade de luzinhas brilhantes que haviam transformado a floresta de carvalhos.

– Invernia! – sussurrou ele.

Se não estivesse tão úmido e frio, ele teria ido dar um passeio a pé por lá. Mal podia esperar para fazer isso. Vagou ao redor da parte direita da casa, seus pés esmagando o cascalho da estradinha, e viu que uma boa quantidade de palha fora espalhada debaixo das árvores, formando trilhas, que, suavemente iluminadas pelas luzes engrinaldadas, pareciam seguir infinitamente.

Na realidade, Reuben não fazia a menor ideia até onde ia a floresta de carvalhos na direção leste. Laura e ele caminharam muitas vezes naquela floresta, mas jamais até o limite leste. E o escopo daquele empreendimento, a iluminação da floresta em honra aos dias mais escuros do ano, o deixava um pouco sem fôlego.

Ele sentiu uma dor aguda quando pensou no precipício que agora o separava daqueles que amava, mas depois pensou: eles virão para o baile de gala de Natal e estarão aqui conosco para o banquete e para as cantorias. Até Jim viria. Ele prometeu. E também Mort e Celeste; ele iria certificar-se disso. Então por que sentir aquela dor, por que permiti-la? Por que não pensar no que compartilhariam enquanto pudessem? Ele pensou novamente no bebê; então retornou à frente da casa e correu até chegar ao estábulo. Estava escuro no local, e o Menino Jesus de mármore mal podia ser visto. Ainda assim, ele conseguiu distinguir as bochechas gorduchas, o sorriso em seu rosto e os dedinhos das mãos estendidas.

O vento do oceano deixou-o enregelado. Um densa névoa o açoitou subitamente, atacando seus olhos com tanta ferocidade que eles lacrimejaram. Ele pensou em todas as coisas que tinha de fazer para seu filho, todas as coisas que teria de assegurar, e uma coisa parecia absolutamente certa: jamais permitiria que o segredo da Crisma entrasse na vida do filho, ele o protegeria desse segredo mesmo que isso significasse ter de afastá-lo de Nideck Point quando chegasse a hora. Mas o futuro era um tanto vasto demais e bastante povoado de gente para que ele pudesse vislumbrá-lo repentinamente.

Ele sentia frio e sono, e não sabia se Marchent estava esperando por ele.

Será que Marchent podia sentir frio? Seria concebível que tudo o que ela sentia fosse frio, um frio funesto e terrivelmente emocional que era bem pior do que o frio que ele agora sentia?

Uma alegria feroz tomou conta dele.

Ele voltou ao Porsche e tirou sua Burberry do porta-malas. Era uma Burberry inteiriça, e ele jamais se preocupara em mandar fazer a bainha. Odiava o frio e gostava da capa comprida. Abotoou-a de cima a baixo, levantou o colarinho e foi caminhar.

Penetrou nas vastas sombras etéreas da floresta de carvalhos olhando para o milagre das luzes acima e à sua volta. Ele andava e andava, ciente, porém despreocupado, do fato de que a névoa estava adensando e que seu rosto e suas mãos estavam agora úmidos. Ele enfiou as mãos nos bolsos.

Os galhos leves pareciam seguir interminavelmente, e em todos os lados a palha estava espessa e segura para se caminhar. Quando olhou de relance para trás, a casa estava distante. As janelas iluminadas estavam parcamente visíveis, um tremeluzir sem forma além das árvores.

Reuben se virou e continuou seguindo para o leste. Ele não chegara à extremidade daquela floresta deslumbrantemente iluminada. Mas a névoa densa ocultava os galhos à sua frente e atrás dele.

Melhor voltar.

Muito subitamente, as luzes apagaram-se.

Ele ficou absolutamente imóvel. Estava imerso na mais completa escuridão. É claro que percebia o que acontecera. As luzes de Natal haviam sido conectadas com todas as luzes externas da propriedade, com os fluxos da frente e dos fundos. E, às 23:30, as luzes externas sempre eram apagadas, bem como haviam sido as luzes natalinas daquele mundo maravilhoso.

Ele virou-se abruptamente e tomou o caminho de volta, imediatamente dando de cara com o tronco de uma árvore quando seu pé ficou preso numa raiz. Praticamente não conseguia enxergar coisa alguma ao seu redor.

Bem ao longe, a luz fulgurante das janelas da biblioteca e da sala de jantar lhe revelou efetivamente o percurso a seguir, mas a luminosidade era tênue e a qualquer momento alguém poderia muito bem apagar aquelas luzes, sem imaginar sequer que ele estivesse lá.

Ele tentou apertar o passo, mas subitamente tropeçou e caiu com toda a força sobre as palmas das mãos em cima da palha.

Aquele era um apuro ridículo. Mesmo com a visão apurada, não conseguia enxergar coisa alguma.

Ele se pôs de pé e seguiu em frente com cuidado, os pés percorrendo o chão lentamente. Havia espaço de sobra para caminhar, ele precisava apenas se manter na trilha. Mas caiu mais uma vez, e quando tentou se colocar de pé percebeu que não conseguia mais ver nenhuma luz em qualquer direção.

O que deveria fazer?

Evidentemente, poderia operar a mudança, disso ele tinha certeza, arrancar aquelas roupas e transformar-se, e então veria o caminho até a casa com clareza, é claro que veria. Como um *Morphenkind,* ele não teria problemas nem mesmo naquela horrorosa escuridão.

Mas e se Lisa ou Heddy estivessem acordadas? E se algum deles estivesse lá fora apagando as luzes? Bem, Jean Pierre estaria na cozinha como sempre estava.

Seria ridículo para ele arriscar ser visto, e a ideia de ter de suportar a mudança por motivos tão mundanos e, em seguida, esconder-se rapidamente em sua pele humana e vestir-se apressadamente naquela temperatura gélida, parecia-lhe absurda.

Não, ele andaria com cuidado.

Retomou o percurso, suas mãos à frente do corpo, e imediatamente seu dedo ficou mais uma vez preso em uma raiz e ele foi à frente. Mas dessa vez alguma coisa o impediu de ir ao chão. Alguma coisa o tocara, tocara seu braço direito e inclusive o segurara, permitindo que se equilibrasse e pulasse as raízes para seguir em frente.

Será que havia sido um arbusto de sarça ou alguma árvore nova que brotara no meio das raízes? Ele não sabia. E permaneceu imóvel. Algo se mexia perto dele. Talvez um veado tivesse se bandeado para aquela floresta, mas ele não conseguia sentir nenhum aroma de veado. Gradativamente, começou a perceber que havia movimento em torno dele. Sem o mais leve estalo de uma folha ou galho, havia movimento virtualmente ao redor dele.

Mais uma vez Reuben sentiu um toque no braço, e então o que lhe deu a sensação de ser uma mão, uma mão firme de encontro às suas costas. Essa coisa, o que quer que fosse, o instava a avançar.

– Marchent! – sussurrou ele. Ele permanecia imóvel, recusando-se a se mexer. – Marchent, é você? – Nenhuma resposta veio do silêncio. A escuridão rural era tão impenetrável que ele não conseguia ver as próprias mãos quando as levantou, mas o que quer que fosse aquilo, aquela coisa, aquela pessoa, o que quer que fosse aproximou-se rapidamente dele e novamente o instou a avançar.

A mudança o alcançou com tal rapidez que ele nem teve tempo para tomar uma decisão. Estava arrancando as roupas antes mesmo de conseguir desabotoá-las ou abri-las. Tirou a capa de chuva e deixou-a cair. Ouviu o couro dos sapatos se rompendo e explodindo, e, enquanto crescia até assumir sua completa altura *Morphenkind*, enxergou em meio à escuridão, enxergou as formas características das árvores, seus aglomerados de folhas, até mesmo as diminutas luzinhas de vidro presas nelas por fios.

A coisa que o estava segurando afastara-se dele, mas, virando-se, ele agora via a figura, a pálida figura de um homem, praticamente indiscernível na névoa movente e, enquanto lentamente o observava, ele viu outras figuras. Homens, mulheres, até mesmo figuras menores que deviam se tratar de crianças; mas o que quer que fossem estavam se afastando, movendo-se sem um som sequer, e finalmente ele não mais pôde enxergá-los.

Reuben dirigiu-se a casa, disparando facilmente através das árvores com os restos rasgados de suas roupas sobre o ombro.

Embaixo das janelas escuras e vazias da cozinha, ele tentou convencer a mudança a retroagir, lutando violentamente com ela, mas ela não o escutava. Ele fechou os olhos, desejando do fundo de sua alma que a mudança retroagisse, mas a pelagem lupina recusava-se a abandonar seu corpo. Ele curvou-se novamente de encontro às pedras e mirou a floresta de carvalhos. Conseguiu ver novamente aquelas figuras. Muito lentamente começou a distinguir a mais próxima das figuras, um homem, ao que parecia, que olhava para ele. O homem era delgado, tinha olhos grandes, cabelos bem compridos e escuros e um leve sorriso nos lábios. Suas roupas pareciam simples, leves, alguma espécie de camisa bastante fora de moda com mangas bufantes, mas a figura já estava empalidecendo.

– Tudo bem, vocês não pretendem me fazer nenhum mal, certo? – disse ele.

Um suave som farfalhante veio da floresta, mas não da vegetação rasteira ou dos galhos acima. Tratava-se do riso das criaturas. Ele captou o contorno bastante pálido de um perfil, de cabelos compridos. E mais uma vez eles se afastavam dele.

Reuben respirou bem fundo.

Houve um ruído de estalo bem alto. Alguém em algum lugar acendera um fósforo. Reze para que não seja Lisa ou algum dos serviçais!

Luz irrompeu atrás da extremidade norte da casa e pareceu penetrar na névoa como se ela fosse feita de pequeninas partículas douradas. E lá estavam eles novamente, os homens, as mulheres e aquelas figuras pequenas, e então todos desapareceram.

Ele lutava com a mudança, cerrando os dentes. A luz ficou mais intensa e, então, concentrou-se à sua esquerda. Era Lisa. Deus do céu, não. Ela segurava a lamparina de querosene no alto.

– Entre, mestre Reuben – disse ela, nem um pouco perturbada por estar olhando para ele em sua forma lupina, mas meramente se aproximando dele. – Venha! – disse ela.

Ele sentiu uma emoção das mais curiosas enquanto olhava para ela. Era algo semelhante a vergonha ou o mais próximo da vergonha que ele jamais sentira por ela o estar vendo nu e monstruoso e por conhecê-lo pelo nome, por ela saber quem ele era, por saber tudo sobre ele e poder vê-lo daquele jeito, sem seu consentimento, sem seu desejo de que o visse daquele jeito. Ele estava dolorosamente ciente de seu tamanho e da maneira como devia estar a aparência de seu rosto, coberto de pelos, sua boca um focinho desprovido de lábios.

– Saia daqui, por favor – disse ele. – Eu vou entrar assim que estiver pronto.

– Muito bem – disse ela. – Mas você não precisa temê-los. De qualquer modo, eles já se foram. – Ela depositou a lamparina no chão, e deixou-o. Que raiva.

Mais ou menos quinze minutos devem ter se passado até ele conseguir fazer com que a mudança retroagisse. Ficou enregelado e trêmulo à medida que a espessa pelagem lupina o abandonava. Apressadamente, vestiu sua camisa rasgada e o que restava da calça. Seus sapatos e a capa de chuva estavam em algum lugar na floresta.

Ele entrou às pressas e tinha a intenção de subir a escada correndo até chegar em seu quarto quando viu Margon sentado na cozinha escura, à mesa, sozinho, a cabeça repousando sobre as mãos. Seus cabelos estavam presos na nuca, e seus ombros estavam baixos.

Reuben ficou lá parado querendo falar com Margon, desesperado para falar com ele, para contar a ele o que havia visto nos carvalhos, mas Margon bastante deliberadamente o dispensou. Não se tratou de um gesto hostil, meramente um sutil gesto de dispensa, sua cabeça baixa, como se estivesse dizendo: *Por favor, não me veja, por favor, não fale comigo agora.*

Reuben suspirou e balançou a cabeça.

No andar de cima, ele encontrou o fogo aceso em seu quarto e a cama arrumada. Seus pijamas haviam sido dispostos para ele. Havia um pequeno bule de porcelana com chocolate quente em cima da mesa com xícaras igualmente de porcelana.

Lisa emergiu do banheiro com o ar de quem estava ocupada com uma infinidade de tarefas. Colocou em cima da cama o roupão felpudo de veludo branco de Reuben.

– Gostaria que eu lhe preparasse um banho, jovem mestre?

– Eu tomo banho de chuveiro – disse Reuben –, obrigado assim mesmo.

– Muito bem, mestre – respondeu ela. – Gostaria de uma ceia?

– Não, madame – respondeu ele. Ele estava lívido pelo fato dela estar ali. Vestido naquelas indumentárias rasgadas e imundas, ele esperou, mordendo a língua.

Ela passou por ele e ao redor dele e dirigiu-se à porta.

– Quem eram aquelas criaturas na floresta? – perguntou ele. – Eram os tais Nobres da Floresta? Era isso o que eles eram?

Ela parou. Estava com uma aparência estranhamente formal em seu vestido de lã preta, suas mãos parecendo bastante brancas em contraste com as barras das mangas pretas. Ela pareceu estar refletindo por um momento até que:

– Mas certamente você deveria fazer essas perguntas ao mestre, meu jovem senhor, mas não essa noite. – Ela levantou um enfático dedo como se fosse uma freira. – O mestre encontra-se essa noite um pouquinho irritado, e não é o momento de perguntar a ele sobre os Nobres da Floresta.

– Então foram eles mesmos que eu vi – disse Reuben. – E quem é essa gente exatamente, esses tais Nobres da Floresta?

Ela baixou os olhos, visivelmente refletindo antes de falar, e então levantou as sobrancelhas enquanto olhava para ele.

– E quem você pensa que eles são, jovem mestre? – perguntou ela.

– Com certeza não são os espíritos da floresta! – disse ele.

Ela balançou a cabeça gravemente em concordância e novamente baixou o olhar. Ela suspirou. Pela primeira vez, ele notou o grande camafeu em seu pescoço e notou também que o marfim das figuras eretas no camafeu combinava com suas mãos finas, que ela mantinha unidas à frente do corpo como se postadas em posição de atenção. Alguma coisa nela dava-lhe calafrios. Sempre dera.

– Essa é uma maneira elegante de descrevê-los – concedeu ela –, espíritos da floresta, já que é na floresta que eles são mais felizes, e sempre foram.

– E por que Margon está tão irritado pelo fato deles terem aparecido? O que eles fazem para deixá-lo tão irritado?

Ela suspirou novamente e, baixando a voz ainda mais até transformá-la num sussurro, disse:

– Ele não gosta deles, por isso está chateado. Mas... eles sempre aparecem na Invernia. Eu não estou surpresa de terem chegado tão cedo. Eles amam as brumas e a chuva. Eles amam a água. Portanto, aqui estão. Eles chegam na Invernia, quando os *Morphenkinder* estão aqui.

– Você já esteve nessa casa antes? – perguntou ele.

Ela esperou antes de responder, e então disse com um leve sorriso glacial:

– Muito tempo atrás.

Ele engoliu em seco. Ela estava congelando o sangue dele, com certeza estava. Mas ele não tinha medo dela e sentia que ela não queria que ele sentisse medo. Mas havia algo orgulhoso e empedernido na maneira dela se portar.

– Ah – disse ele –, eu entendo.

– Entende? – perguntou ela, mas sua voz e seu rosto estavam ligeiramente tristes. – Eu acho que não – disse ela. – Com toda certeza, jovem mestre, você não acha que os *Morphenkinder* são os únicos Imutáveis sob o céu, acha? Com toda certeza, você sabe que existem muitas outras espécies de Imutáveis atadas a esta Terra e que possuem um destino secreto.

Um silêncio caiu sobre eles, mas ela não fez menção de ir embora. Ela olhou para ele como se das profundezas de seus próprios pensamentos, paciente, à espera.

– Eu não sei o que você é – disse ele. Reuben estava lutando para parecer confiante e educado. – Eu realmente não sei o que *eles* são. Mas você não precisa me servir o tempo todo. Eu não solicito esse tipo de coisa e não estou acostumado a isso.

– Mas esse é o meu propósito, mestre – respondeu ela. – Esse sempre foi o meu lugar. Meu povo cuida de seu povo e dos outros Imutáveis como você. E é assim há séculos. Vocês são os nossos protetores e nós somos seus serviçais, e é assim que seguimos nesse mundo e é assim que sempre foi. Mas venha, você está cansado. Suas roupas estão esfarrapadas.

Ela virou-se para o chocolate quente e encheu a xícara com o conteúdo do bule.

– Você precisa beber isso. Precisa ficar próximo ao fogo.

Ele pegou a xícara da mão dela, e de fato bebeu o espesso chocolate de um gole só.

– Gostoso – disse ele. Estranhamente, ele agora estava menos ressabiado com ela do que estivera no passado, e também mais curioso. E estava infinitamente aliviado pelo fato dela saber o que ele era e o que todos eles eram. O fardo de ter de ocultar isso dela e dos outros não mais existia, mas ele não conseguia deixar de imaginar por que Margon não o aliviara desse fardo antes.

– Não há nada a temer, mestre – disse ela. – Não de mim ou dos meus, jamais, pois nós sempre os servimos. E tampouco há algo a temer dos Nobres da Floresta, porque eles são inofensivos.

– O povo encantado, é isso o que eles são? – perguntou ele. – Os elfos da floresta?

– Oh, disso eu *não* os chamaria – disse ela, seu sotaque germânico acentuando-se ligeiramente. – Dessas palavras eles não gostam, isso eu posso lhe dizer. E você jamais os verá aparecer com capas pontudas e com sapatos pontudos – continuou ela com um risinho. – Nem são eles seres diminutos com pequeninas asas a bater. Não, eu esqueceria tais palavras como o "povo encantado". Aqui, por favor, deixe-me ajudá-lo a tirar essas roupas.

– Bem, isso eu consigo entender – disse Reuben. – E, para falar a verdade, é até um certo consolo. Você se importaria de me dizer se existem anões e trolls aí fora?

Ela não respondeu.

Ele estava num estado suficientemente deplorável naquela camisa e calças rasgadas e molhadas para permitir que ela o ajudasse, lembrando-se apenas, quando já era tarde, de que não usava nenhuma roupa de baixo, evidentemente. Mas ela estava com seu robe felpudo de veludo instantaneamente sobre seus ombros, rapidamente o vestindo enquanto ele deslizava os braços para dentro, e amarrando a tira para ele como se ele fosse um menininho.

Ela era quase tão alta quanto ele. E os seus gestos resolutos novamente lhe soaram bem estranhos, independentemente daquilo que ela fosse.

– Agora, quando a irritação do mestre estiver encerrada, quem sabe ele lhe explique tudo – disse ela, seu tom suavizando-se ainda mais. Ela baixou a voz, rindo baixinho. – Se, na véspera de Natal eles não aparecessem, ele ficaria desapontado – disse ela. – Seria uma coisa terrível, na realidade, se eles não aparecessem nessa época. Mas ele não gosta nem um pouco da presença deles agora e deles terem sido convidados. Quando são convidados, eles se tornam ousados. E isso o deixa consideravelmente irritado.

– Você quer dizer convidados por Felix – disse Reuben. – Foi isso o que aconteceu. Aqueles uivos de Felix...

– Sim, convidados por mestre Felix, e é prerrogativa dele contar-lhe o motivo, não minha.

Ela juntou as roupas rasgadas e cheias de terra e fez uma trouxa com elas, obviamente para jogar tudo fora.

– Mas até que os augustos mestres escolham para dar a você e a seu jovem companheiro Stuart as explicações acerca deles, deixe-me assegurá-lo de que os Nobres da Floresta não lhe podem fazer nem uma espécie de mal. E você não deve permitir que eles forcem o seu... o seu sangue a se elevar, tal como o que parece ter acontecido essa noite.

– Eu compreendo – disse ele. – Eles me pegaram completamente de surpresa. E eu os achei irritantes.

– Bem, se você desejar retribuir a irritação, o que, a propósito, eu não aconselharia em nenhuma circunstância, basta se referir a eles como o "povo encantado" ou "elfos" ou "trolls", e estará feito. Mal de verdade eles não podem fazer a você, mas podem se tornar uma inconveniência incrível!

Com um riso agudo e alto, ela virou-se para ir embora, mas então:

– Sua capa – disse ela. – Você a deixou na floresta. Vou providenciar para que seja escovada e limpa. Agora durma.

Ela saiu e bateu a porta atrás de si, deixando-o com todas as perguntas na ponta da língua.

12

A casa estava imersa num agradável tumulto com pessoas indo e vindo de todos os lugares.

Thibault e Stuart decoravam a gigantesca árvore de Natal e davam ordens para que Reuben os ajudasse. Thibault usava terno e gravata, como quase sempre, e, com seu rosto enrugado e as sobrancelhas musgosas, mais parecia um diretor de escola perto de Stuart que, de calça jeans e camiseta, escalava a escada rangente, como um musculoso querubim jovem, até o último degrau, para decorar os galhos mais altos.

Thibault colocara para tocar uma gravação com antigos cânticos natalinos entoados pelo coro do St. John's College de Cambridge, e a música era ao mesmo tempo tranquilizadora e obsessiva.

A intricada iluminação de cada galho da árvore já havia sido feita, e o que se necessitava naquele momento era de pendurar as inúmeras maçãs de ouro e prata, pequenos ornamentos levíssimos que resplandeciam magnificamente em meio às agulhas de pinheiro verdes e grossas. Aqui e ali, biscoitos de pão de mel comestíveis em formato de homenzinhos e casas de pão de mel estavam sendo adicionados, e o pão de mel tinha um aroma delicioso.

Stuart queria comê-los, assim como Reuben, mas Thibault disse-lhes severamente que era proibido até mesmo pensar no assunto. Lisa decorara ela própria cada um deles, e parecia que a quantidade não era suficiente. Os "meninos" deveriam se "comportar".

Um são Nicolau alto e elegante com um rosto de porcelana macilento, porém benevolente, e vestes de veludo num suave tom verde havia sido colocado bem no alto da árvore. E os galhos de cima a baixo haviam sido polvilhados levemente com uma espécie de pó de ouro sintético. O efeito total era grandioso e impressionante.

Stuart exibia seu costumeiro semblante animado, eternamente sorridente, as sardas escurecendo quando ria, e explicava a Reuben que conseguira convidar "todo mundo" para a festa de Natal de gala, incluindo as freiras de sua escola e todos os seus amigos, além das enfermeiras que conhecera no hospital.

Thibault ofereceu-se para ajudar Reuben a adicionar algum amigo da faculdade ou do trabalho que ele porventura tivesse omitido da lista, mas Reuben cuidara de tudo isso anteriormente quando Felix batera em sua porta oferecendo-se para ajudá-lo. Inúmeros telefonemas haviam sido feitos. A editora de Reuben do *San Francisco Observer* estava vindo com toda a equipe do jornal. Três amigos de faculdade estariam presentes. Seus primos de Hillsborough também participariam da festa; e o irmão de Grace, tio Tim, do Rio de Janeiro, voaria para lá com sua bela esposa, Helen, já que ambos queriam muito conhecer aquela fabulosa casa. Até mesmo a irmã mais velha de Phil, Josie, que morava num hospital em Pasadena, faria a viagem. Reuben adorava sua tia Josie. Jim traria algumas pessoas da paróquia de St. Francis e vários dos voluntários que ajudavam regularmente na cozinha para preparar a sopa servida no local.

Enquanto isso, as atividades prosseguiam em toda parte ao redor deles. Lisa e os encarregados da organização da festa haviam arrastado todos os pratos e bandejas de prata até a gigantesca mesa da sala de jantar, e Galton e seus homens eram vistos por todos os lados na área do jardim dos fundos abrindo um antigo espaço de estacionamento atrás dos aposentos dos serviçais para os caminhões de frigorífico que viriam no dia do banquete. Um grupo de adolescentes sob a tutela de Jean Pierre e Lisa – todos trabalhavam sob a tutela de Lisa – estavam decorando todas as portas internas e molduras de janelas com guirlandas.

Isso poderia muito bem parecer absurdo numa casa pequena, o excesso de verde, mas funcionava à perfeição ali naqueles vastos cômodos, pensou Reuben. Massas de grossas velas vermelhas estavam sendo adicionadas às vigas, e Frank Vandover trouxe, em uma caixa de papelão, antigos brinquedos de madeira da era vitoriana a serem colocados debaixo da árvore quando a arrumação estivesse terminada.

Reuben adorava tudo aquilo. Tratava-se de algo que não apenas distraía como também restaurava as energias. Ele tentava não estudar Heddy e Jean Pierre quando estes passavam por ele, em busca de pistas de seja lá qual natureza que eles pudessem compartilhar com a temível Lisa.

E de todos os lugares do lado de fora vinham os ruídos de martelos e serras.

Quanto a Felix, este saíra antes do meio-dia para pegar um avião em direção a Los Angeles, com o intuito de fazer os "arranjos finais" com a trupe de pantomineiros e outras pessoas com trajes típicos que trabalhariam na feira de Natal em Nideck ou na festa da casa após o encerramento da feira natalina. Ele faria uma parada em San Francisco antes de voltar para casa para acertar tudo com a orquestra que estava reunindo.

Margon fora receber o coro de meninos vindos da Áustria e que cantaria na festa. Eles haviam recebido a promessa de uma semana nos Estados Unidos como parte do cachê. Depois de cuidar de tudo em relação à acomodação do grupo nos hotéis no litoral, Margon fora realizar outras aquisições necessárias de aquecedores a óleo adicionais para o exterior da casa, ou pelo menos foi isso o relatado a Reuben e a Stuart.

Frank e Sergei, ambos homens bastante grandes, iam e vinham constantemente com caixas de porcelana e prataria e outras decorações guardadas nas salas de baixo da casa. Frank estava, como sempre, elegantemente vestido, com uma camisa polo e uma calça jeans limpa e bem passada, e mantinha aquele verniz hollywoodiano no semblante ao carregar, pegar e levantar os objetos. Sergei, o gigante da casa, seus cabelos louros completamente despenteados, suava em sua amarrotada camisa de brim e dava a impressão de estar ligeiramente entediado, embora com um ar eternamente agradável.

Uma equipe de camareiras profissionais inspecionava todos os banheiros extras no segundo andar, aqueles no interior dos corredores, para garantir que cada um deles estivesse adequadamente equipado para os convidados do banquete. As camareiras ficariam postadas do lado de fora dos banheiros para orientar os convidados no domingo.

Entregadores apertavam a campainha mais ou menos de vinte em vinte minutos; e alguns repórteres rondavam do lado de fora da casa, enfrentando a chuvinha fina, para fotografar as estátuas do presépio e a incessante atividade.

Na realidade, era tudo muito fascinante e reconfortante, principalmente porque nem Felix nem Margon poderiam ser localizados para responder quaisquer perguntas a respeito do que quer que fosse.

– Pode esperar que a semana inteira vai ser assim – disse Thibault casualmente enquanto tirava os ornamentos da caixa e entregava-os a Reuben. – Está assim desde ontem.

Por fim, eles fizeram uma pausa para o almoço na estufa, o único lugar onde nenhuma decoração estava sendo feita, suas florações tropicais parecendo pesarosamente incongruentes com o espírito natalino.

Lisa trouxe travessas para eles com pilhas de *prime rib* feitos na hora e imensas batatas já com molho de manteiga e *sour cream*, além de fumegantes tigelas de cenoura e abobrinha. O pão fora assado na hora. Ela abriu o guardanapo de Stuart e o colocou em seu colo, e teria feito o mesmo com Reuben se tivesse tido a chance. Ela serviu o café a Reuben, pôs na xícara dois pacotinhos de adoçante, serviu vinho a Thibault e cerveja a Sergei.

Reuben sentiu nela uma delicadeza que não havia sentido antes, mas os gestos e os movimentos da mulher ainda eram esquisitos e, não fazia muito tempo, ele a vira subir numa escada de cinco degraus, diante das janelas da frente, sem se apoiar em nada para tirar algumas manchas do vidro.

Agora ela mexia nas brasas do pequeno forno Franklin e mantinha-se por perto enchendo copos de bebida sem dar uma palavra enquanto Sergei caía de cara em sua comida como se fosse um cão, usando apenas a faca vez por outra, enfiando pedaços de carne na boca com os dedos e partindo a batata do mesmo jeito. Thibault comia como um diretor de escola dando exemplo aos seus alunos.

– E é assim que eles comiam na época em que você nasceu, certo? – disse Stuart a Sergei. Ele adorava implicar com Sergei em qualquer oportunidade que surgisse. Somente ao lado do gigante Sergei, o musculoso e alto Stuart parecia pequeno, e Stuart, com certa frequência, fazia seus grandes olhos azuis moverem-se lentamente ao longo do corpo de Sergei como se estivesse deleitando-se com a visão.

– Oh, você está louco para saber com precisão quando foi que eu vim para esse mundo, não está, filhotinho de lobo? – disse Sergei. Ele cutucou Stuart no peito, e este manteve-se firme deliberadamente, seus olhos estreitos e cheios de uma condescendência alegre e zombeteira.

– Eu aposto que foi numa fazenda na região dos Appalachia em 1952 – disse Stuart. – Você cuidava dos porcos até fugir e se alistar no Exército.

Sergei deu um riso selvagem e sarcástico.

– Oh, até que você é uma ferinha bem esperta. E se eu te dissesse que fui o grande são Bonifácio em pessoa que trouxe a primeira árvore de Natal para os pagãos da Alemanha?

– Nem a pau – retrucou Stuart. – Essa é uma história ridícula, e você sabe muito bem disso. Depois você vai me dizer que é George Washington e que derrubou de verdade a cerejeira.

Sergei riu novamente.

– E se eu for são Patrício em pessoa – perguntou Sergei –, que tirou todas as serpentes da Irlanda?

— Se você tivesse vivido mesmo nessa época, você teria sido um remador de escaler de pescoço grosso – disse Stuart –, que passava o tempo atacando as aldeias do litoral.

— Não está muito distante da verdade – disse Sergei, ainda rindo. – Agora falando bem seriamente, eu fui o primeiro Romanov a governar a Rússia. Foi quando aprendi a ler e a escrever, e cultivei meu gosto pela alta literatura. Eu estava por aí há séculos antes disso. Eu também fui Pedro, o Grande, o que foi incrivelmente divertido, principalmente construir são Petersburgo. E, antes disso, fui são Jorge, que matou o dragão.

Stuart estava atormentado pelo tom zombeteiro de Sergei.

— Não, eu ainda estou apostando em West Virginia – disse Stuart –, pelo menos por uma encarnação, e antes disso você foi despachado para cá na condição de servo. E você, Thibault, onde acha que Sergei nasceu?

Thibault balançou a cabeça e limpou a boca com seu guardanapo. Com o rosto profundamente enrugado e os cabelos grisalhos, ele parecia décadas mais velho do que Sergei, mas isso não significava nada.

— Isso ocorreu muito antes de meu tempo, jovem – disse Thibault. – Eu sou o neófito do bando, devo confessar. Até Frank já viu mundos sobre os quais eu nada sei. Mas é inútil pedir a verdade a esses cavalheiros. Apenas Margon fala de suas origens, e todos o ridicularizam quando ele o faz, incluindo a mim mesmo, devo confessar.

— Eu não o ridicularizei – disse Reuben. – Retenho cada palavra que ele disse. E gostaria muito que cada um de vocês nos abençoasse algum dia com suas histórias.

— Abençoar-nos! – disse Stuart com um grunhido. – Isso pode muito bem ser a morte da inocência tanto para você quanto para mim. E pode muito bem ser a nossa morte literal em virtude do tédio. Acrescente a isso o fato de que eu às vezes sou acometido de uma alergia fatal quando as pessoas começam a contar uma mentira atrás da outra.

— Deixe-me tentar adivinhar com você, Thibault – aventurou-se Reuben. – É possível?

— É claro, com toda certeza – respondeu Thibault.

— Século XIX, essa foi a sua época, e o local do nascimento foi a Inglaterra.

— Só um pouquinho errado – disse Thibault com um sorriso de quem sabe das coisas. – Mas eu não nasci *Morphenkind* na Inglaterra. Eu estava viajando pelos Alpes naquela época. – Ele interrompeu sua fala como se as palavras houvessem despertado nele algum pensamento profundo e não inteiramente agradável. Ficou absolutamente imóvel, e então pareceu acordar de sua imobilidade, pegou seu café e bebeu-o.

Sergei soltou uma longa citação, soando suspeitamente como poesia, mas era latim. E Thibault sorriu e balançou a cabeça em concordância.

— Aí vai ele novamente, o acadêmico que come com as mãos – disse Stuart. – Vou ser sincero com você, eu só vou ser feliz se crescer até ficar do seu tamanho, Sergei.

— Você vai crescer – disse Sergei. – Você é um Filhote Prodígio, como Frank sempre diz. Tenha paciência.

— Mas por que você não pode falar sobre quando e onde você nasceu de uma maneira casual – disse Stuart –, da maneira que todo mundo falaria?

— Porque não se fala disso! – respondeu Sergei rispidamente. – E quando se fala disso de uma maneira casual, a história parece ridícula!

— Bem, Margon evidentemente teve a decência de responder imediatamente as nossas perguntas.

— Margon contou para vocês um antigo mito – disse Thibault –, que ele alega ser verdade, porque vocês precisavam de mito, precisavam saber de onde nós vínhamos.

— Como é que é? Você está falando que aquilo tudo é mentira? – perguntou Stuart.

— Certamente que não – disse Thibault. – Como eu poderia saber se é ou não? Mas o professor adora contar histórias. E as histórias mudam de tempos em tempos. Nós não temos a dádiva da memória perfeita. Histórias têm uma vida própria, principalmente as histórias da vida de Margon.

– Ah, não, por favor, não me fala uma coisa dessas – disse Stuart. Ele parecia estar genuinamente chateado pela ideia, seus olhos azuis piscando quase que com raiva. – Margon é a única influência estabilizadora na minha nova existência.

– E nós precisamos efetivamente de influências estabilizadoras – disse Reuben baixinho. – Principalmente influências estabilizadoras que nos contam coisas.

– Vocês dois estão em excelentes mãos – disse Thibault silenciosamente. – E eu estou implicando com os dois em relação ao mentor de vocês.

– O que ele contou para nós a respeito dos *Morphenkinder* era tudo verdade, não era? – perguntou Stuart.

– Quantas vezes você já nos fez essa pergunta? – perguntou Sergei. Sua voz estava tão profunda quanto a de Thibault e um pouco mais áspera. – O que ele contou para vocês continua sendo a verdade sobre o que ele conhece. O que mais vocês querem saber? Se eu venho da tribo que ele descreveu? Eu não sei se venho ou não. Como posso saber? Existem *Morphenkinder* pelo mundo todo. Mas eu vou dizer uma coisa. Nunca conheci um que não reverenciasse Margon, o Sem Deus.

Aquilo amoleceu Stuart.

– Margon é uma lenda entre imortais – continuou Sergei. – Há imortais em todas as partes que não desejariam nada além de se sentar aos pés de Margon por metade de um dia. Você vai descobrir isso. Você vai ver isso logo, logo. Não subestime Margon.

– Não é o momento para esse tipo de conversa – disse Thibault com um pequeno sarcasmo. – Temos muitas coisas a fazer, coisas práticas, coisas pequenas, as coisas da vida que realmente importam.

– Tipo dobrar milhares de guardanapos – disse Stuart. – E polir colherinhas de café, pendurar adornos e ligar para a minha mãe.

Thibault riu baixinho.

– O que seria do mundo sem guardanapos? O que seria da civilização ocidental sem guardanapos? Será que o Ocidente consegue funcionar sem guardanapos? E o que você seria, Stuart, sem a sua mãe?

Sergei deu uma portentosa gargalhada.

— Bem, eu sei que consigo existir sem guardanapos – disse ele, e lambeu os dedos. – E a evolução do guardanapo vai do linho ao papel, e eu sei que o Ocidente não pode existir sem papel. Essa é uma impossibilidade insofismável. E você, Stuart, é jovem demais para tentar existir sem a sua mãe. Eu gosto da sua mãe.

Sergei empurrou a cadeira para trás, bebeu sua cerveja em um longo gole e saiu para procurar Frank e "colocar aquelas mesas embaixo dos carvalhos".

Thibault disse que estava na hora de voltar ao trabalho, e levantou-se para seguir na frente. Mas nem Reuben nem Stuart se mexeram. Stuart piscou para Reuben. E Reuben olhou sugestivamente na direção de Lisa, que se encontrava atrás de seus ombros.

Thibault hesitou, e então deu de ombros e foi sem eles.

— Lisa, é melhor nos dar um minutinho agora – disse Reuben, olhando de relance para ela.

Com um tênue olhar de reprovação, ela saiu, fechando as portas da estufa atrás de si.

Imediatamente, Stuart deixou escapar:

— Afinal de contas, o que é que está acontecendo? Por que Margon está enfurecido? Ele e Felix não estão nem se falando. E qual é a dessa Lisa? O que está acontecendo nessa casa?

— Eu não sei por onde começar – disse Reuben. – Se eu não tiver oportunidade de conversar com Felix até hoje à noite, vou acabar enlouquecendo. Mas como assim qual é a de Lisa? O que foi que você reparou nela?

— Você só pode estar brincando! Aquilo ali não é uma mulher, aquilo ali é um homem – disse Stuart. – Olha só o jeito como "ela" anda e se movimenta.

— Ah, então é isso – disse Reuben. – É claro.

— Por mim, tudo bem, é claro – disse Stuart. – Quem sou eu para criticá-la se ela quer usar um vestido de baile por aqui. Eu sou gay; sou um defensor dos direitos humanos. Se ela quer ser o Albert Nobbs, qual é o problema? Mas tem outras coisas esquisitas nela, e também em Heddy e Jean Pierre. Eles não... – Ele parou.

— Diga!

— Eles não usam luvas para pegar coisas quentes — disse Stuart, agora sussurrando embora não houvesse necessidade. — Eles se queimam quando estão fazendo café e chá, você já viu? Eles deixam água fervendo espirrar em cima deles ou nos dedos e não ficam queimados. E ninguém se importa em ser discreto com coisa alguma quando eles estão por perto. Margon fala que a gente vai entender tudo isso com o passar do tempo. Mas quanto tempo deve ser isso? E tem outra coisa acontecendo nessa casa. Eu não sei exatamente como descrever isso. Mas há uns ruídos, como se houvesse pessoas nessa casa que não são visíveis. Não comece a pensar que eu estou maluco.

— Por que eu pensaria uma coisa dessas? — perguntou Reuben.

Stuart deu uma gargalhada.

— Pode crer! — disse ele. Suas sardas escureceram novamente, seu rosto ficou um pouquinho vermelho, e ele balançou a cabeça.

— O que mais você tem percebido? — disse Reuben, instigando-o a falar.

— Eu não me refiro ao espírito da Marchent — disse Stuart. — Deus que me perdoe, eu nem a vi. Eu sei que você viu, mas eu não. Mas eu vou te dizer uma coisa, tem mais alguma coisa circulando nessa casa durante a noite. Coisas se movendo, se mexendo, e Margon sabe o que é e está enfurecido com isso. Ele disse que é tudo culpa do Felix, que o Felix era supersticioso e louco, que isso só podia ter relação com Marchent e que o Felix estava cometendo um erro devastador.

Stuart recostou-se à cadeira como se aquilo fosse tudo o que tinha a relatar. Ele pareceu subitamente tão inocente a Reuben, exatamente como era quando o vira pela primeira vez naquela noite horrível em que os bandidos haviam matado o companheiro e amante de Stuart, e Reuben, no meio da confusão, mordera Stuart acidentalmente e lhe transmitira a Crisma.

— Bem, eu posso lhe contar o que eu sei a respeito de tudo isso — disse Reuben. Ele se convencera finalmente a abrir-se com o amigo.

Ele não iria tratar Stuart do jeito que eles o estavam tratando. Ele não iria esconder coisas dele, fazer joguinhos e fornecer declarações vagas acerca da necessidade de esperar que o chefe falasse. Ele contou tudo para Stuart.

Em detalhes, Reuben descreveu as visitas de Marchent, e como Lisa era capaz de vê-la. Os olhos de Stuart se arregalaram enquanto Reuben recontava tudo aquilo.

Então Reuben relatou o que lhe acontecera na noite anterior. Ele descreveu os Nobres da Floresta, como eles haviam sido gentis tentando ajudá-lo na escuridão e como ele se assustara e se transformara. Descreveu Margon sentado na cozinha em total desânimo e as estranhas palavras de Lisa a respeito do povo da floresta. Ele contou novamente o que Sergei havia dito. E, então, confidenciou-lhe toda a revelação acerca de Lisa.

— Meu Deus, eu sabia disso – disse Stuart. – Eles sabem tudo sobre a gente. É por isso que ninguém se preocupa em ser "discreto" quando eles estão servindo o jantar! E você está querendo dizer que eles mesmos são uma espécie de tribo de imortais que existem para servir outros imortais?

— Imutáveis, foi assim que ela se referiu a esses seres – disse Reuben. – Eu entendi que ela dizia a palavra como se fosse uma expressão em letras maiúsculas. Mas eu não estou preocupado com ela ou com eles, seja lá o que possam ser. Eu me preocupo é com esses Nobres da Floresta.

— Isso só pode ter relação com o fantasma de Marchent – disse Stuart. – Eu tenho quase certeza.

— Bom, eu também fiquei com essa impressão, mas que relação exatamente? Essa é a questão. O que eles podem ter a ver com Marchent? – Ele pensou mais uma vez em seu sonho com Marchent correndo pela escuridão e aquelas formas ao seu redor tentando se aproximar dela. Ele não conseguia juntar todas aquelas coisas.

Stuart parecia estar realmente abalado. Parecia estar prestes a chorar, prestes a se transformar num menininho bem diante dos olhos de Reuben, do mesmo jeito que acontecera no passado, seu rosto enrugando. Mas o pequeno *tête-à-tête* dos dois encerrou-se repentinamente.

Thibault retornara.

— Cavalheiros, preciso de ambos – disse ele. Ele estava com uma lista de tarefas a serem executadas por eles individualmente. E a mãe de Stuart estava ligando novamente para falar sobre a roupa que usaria na festa.

– Droga – disse Stuart. – Eu disse para ela umas cinquenta vezes. Use o que bem entender! Ninguém se importa. Isso aqui não vai ser nenhum evento hollywoodiano.

– Não, meu jovem, não é assim que se lida com uma mulher – disse Thibault com delicadeza. – Pegue o telefone, ouça tudo o que ela tem a dizer, diga que a ideia lhe parece particularmente esplêndida, faça alguma observação acerca de alguma cor ou de algum artigo de roupa que ela tenha descrito, diga a ela que a escolha é realmente magnífica e siga nessa toada da melhor forma possível. Com certeza ela ficará maravilhosamente satisfeita.

– Genial – disse Stuart. – Você se importaria de falar com ela?

– Se é o que você deseja, certamente o farei – disse Thibault pacientemente. – Ela é uma garotinha, você sabe muito bem disso.

– Agora me diga! – disse Stuart com um grunhido. – Buffy Longstreet! – Ele debochou do nome artístico da mãe. – Quem em sã consciência passa pela vida com o nome de Buffy?

Frank estava na porta.

– Vamos, Filhotes Prodígios – disse ele. – Há trabalho a ser feito. Se vocês já terminaram de zanzar ao redor da árvore de Natal como um casalzinho de espíritos da floresta, podem vir ajudar com essas caixas aqui.

Só no fim da tarde Reuben conseguiu encontrar Thibault sozinho. Este vestira sua capa de chuva preta e se encaminhava para seu carro. A propriedade inteira ainda estava infestada de trabalhadores.

– E Laura? – perguntou Reuben. – Estive com ela ontem, mas ela não quis me dizer nada.

– Não há muito o que dizer – disse Thibault. – Acalme-se. Estou indo para lá agora mesmo. A Crisma está demorando um pouco com Laura. Isso às vezes acontece com mulheres. Não há ciência na Crisma, Reuben.

– Foi o que me disseram – disse Reuben, mas arrependeu-se imediatamente. – Não há ciência para nós; não há ciência para os fantasmas e provavelmente não há ciência para os espíritos da floresta.

– Bem, há muita pseudociência, Reuben. Mas você não ia gostar de se envolver com tudo isso, ia? Laura está indo bem. Nós estamos indo bem. O baile de gala do Natal vai ser esplêndido, e nossa celebração da Invernia será mais festiva e alegre do que normalmente é, porque temos você e Stuart e teremos Laura. Mas eu preciso pegar a estrada. Estou ficando atrasado.

13

Manhã de quarta-feira; primeiras horas da manhã. A casa dormia.

Reuben dormia. Nu debaixo da espessa coberta e das colchas, ele dormia, o rosto encostado ao travesseiro frio. Vá embora, casa. Vá embora, medo. Vá embora, mundo.

Ele sonhava.

Era a Floresta de Muir, e Laura e ele andavam sozinhos em seu sonho em meio às gigantescas sequoias. O sol caía em suaves feixes poeirentos no piso escuro da floresta. Eles estavam tão próximos um do outro que era como se fossem um, seu braço direito sobre os ombros dela, o braço esquerdo dela sobre os ombros dele, e o perfume dos cabelos dela inebriando-o delicadamente.

Bem ao longe, nas árvores, eles viram uma clareira onde a luz do sol penetrava violenta e calidamente a terra, e eles foram até lá abraçados. No sonho, pouco importava se alguém aparecia, se alguém os via. A Floresta de Muir era deles, a floresta deles. Eles tiraram as roupas; suas roupas desapareceram. Como Reuben sentia-se maravilhosamente livre, como se estivesse em sua pelagem lupina, tão livre assim, tão estupendamente nu. Ali estava Laura embaixo dele, seus opalescentes olhos azuis fixos nos olhos dele, os cabelos soltos encostados na terra escura, cabelos louros tão belos eram aqueles, e ele curvou-se para beijá-la. *Laura.* Ela possuía uma maneira de beijar como ninguém mais possuía, faminta ainda que paciente, submissa ainda que expectante. Ele sentiu o calor dos seios dela de encontro ao seu peito nu, a umidade de seus pelos pubianos de encontro à perna dele. Ele levantou-se o suficiente para guiar seu órgão para dentro dela. Êxtase, esse pequeno santuário. O ar estava dourado com o sol, deslumbrante sobre a folhosa samambaia que os cercava naquele templo de altas sequoias. Os quadris dela elevaram-se apenas um pouco, e então seu peso fez com que ela descesse firmemente de encontro à doce e fragrante terra, e ele caiu no interior de um ritmo grandioso e delicioso cavalgando-a, amando-a, beijando-a, beijando sua boca deliciosa e suave enquanto a tomava, enquanto se entregava a ela. *Eu te amo, minha divina Laura.* Ele gozou, seus olhos fechados, a onda de prazer elevando-se e elevando-se até que mal podia suportá-la, e ele abriu os olhos.

Marchent.

Ela estava deitada embaixo dele na cama, seus olhos atormentados implorando a ele, sua boca trêmula, seu rosto encharcado de lágrimas.

Ele rosnou.

Saiu às pressas da cama e bateu o corpo de encontro à parede. Ele estava rosnando, rosnando de horror.

Ela sentou-se na cama, agarrando o lençol para cobrir os seios nus – o lençol dele, os seios dela – mirando-o em pânico. Sua boca estava aberta, mas as palavras não saíam. Ela estendeu o braço. Os cabelos embaraçados e molhados.

Ele estava sufocando, soluçando.

Alguém bateu na porta, e então a porta abriu-se violentamente.

Ele sentou-se encostado à parede, chorando. A cama estava vazia. Stuart estava lá parado.

– Cara, o que foi que houve?

Da escada vieram passos firmes. Jean Pierre estava parado atrás de Stuart.

– Oh, Mãe de Deus! – soluçou Reuben. Ele não conseguia conter os gritos que escapavam de sua boca. – Deus do céu. – Ele lutou para se levantar, então caiu no chão, batendo a cabeça na parede.

– Pare com isso, Reuben! – gritou Stuart. – Pare com isso! Nós estamos aqui agora, está tudo bem.

– Mestre, aqui – disse Jean Pierre, levando-lhe o robe e cobrindo os ombros dele.

Lisa apareceu na porta usando uma longa camisola branca.

– Vou acabar enlouquecendo – gaguejou Reuben, as palavras presas, a garganta contraída. – Vou acabar enlouquecendo. – Ele gritou alto e bom som: – Marchent!

Ele cobriu o rosto com as mãos.

– O que você quer, o que eu posso fazer, o que você quer! Eu sinto muito, sinto muito, sinto muito, Marchent. Marchent, perdoe-me!

Ele virou-se e socou a parede como se pudesse atravessá-la. Bateu mais uma vez a cabeça de encontro a ela.

Mãos firmes seguraram-no.

– Calma, mestre, calma – disse Lisa. – Jean Pierre, troque esses lençóis! Stuart, ajude-me aqui.

Mas Reuben mantinha-se encolhido ao lado da parede, inconsolável. Seu corpo cerrado como um punho. Seus olhos fechados.

Momentos se passaram.

Finalmente, ele abriu os olhos e permitiu que eles o ajudassem a se levantar. Ele abraçou o robe de encontro ao corpo como se estivesse sentindo frio. Lampejos do sonho retornaram: sol, cheiro de terra, perfume de Laura; o rosto de Marchent, lágrimas, seus lábios, seus lábios, seus lábios, o tempo todo foram seus lábios, não os de Laura. Aquele fora o beijo singular de Marchent.

Ele estava sentado à mesa. Como chegara lá?

– Onde está Felix? – perguntou ele. Ele olhou para Lisa. – Quando Felix vai voltar? Eu preciso falar com ele.

– Em questão de horas, mestre – disse Lisa, reconfortando-o. – Ele estará aqui. Eu vou ligar para ele. Vou cuidar para que ele esteja aqui.

– Eu sinto muito – sussurrou Reuben. Ele recostou-se à cadeira, tonto, observando Jean Pierre arrumar a cama. – Sinto muito mesmo.

– Íncubo! – sussurrou Lisa.

– Não diga essa palavra! – retrucou Reuben. – Não diga essa palavra demoníaca. Ela não sabe o que está fazendo! Ela não sabe, eu te garanto! Ela não é um demônio. Ela é um fantasma. Está perdida e está lutando, e eu não consigo salvá-la. Não a chame de íncubo. Não use essa linguagem demoníaca.

– Meu irmão, está tudo bem – disse Stuart. – Nós estamos aqui agora. Você não a está mais vendo, está?

– Ela não está aqui agora – disse Lisa de modo direto.

– Ela está aqui – disse Reuben suavemente. – Ela está sempre aqui. Eu sei que está aqui. Eu a senti na noite passada. Sabia que ela estava aqui. Ela não tinha a força necessária para atravessar o mundo dela. Ela queria, mas não conseguia. Ela está aqui agora e está chorando.

– Bem, você precisa voltar para cama e dormir.

– Eu não quero – disse Reuben.

– Escuta, cara, eu vou ficar aqui – disse Stuart. – Preciso de um travesseiro e um cobertor. Eu já volto. Vou deitar bem aqui ao lado da lareira.

– É isso aí, fique aqui por favor, Stuart! – disse Reuben.

– Pegue o travesseiro e o cobertor para ele, Jean Pierre – ordenou Lisa. Ela permanecia atrás de Reuben segurando-lhe os ombros, massageando-lhe os ombros, seus dedos como ferro. Mas a sensação era boa para ele.

Não me abandone, ele pensou. Não me abandone. Ele pegou a mão dela, a mão firme e fria de Lisa.

– Você vai ficar comigo?

– É claro que eu vou – respondeu ela. – Agora você, Stuart, deite-se ali ao lado do fogo e durma ali. E eu vou me sentar aqui nessa cadeira e ficar de vigia para que ele possa dormir.

Ele deitou-se de costas na cama recentemente feita. Estava com medo de, caso tentasse dormir, virasse o corpo e desse de cara com ela deitada bem ao seu lado.

Mas também estava cansado, muito cansado.

Gradualmente, foi apagando.

Ele podia ouvir Stuart roncando suavemente.

E, quando olhou para Lisa, ela estava sentada com o corpo reto e imóvel, mirando a janela distante. Seus cabelos estavam soltos e caídos sobre os ombros. Ele jamais a vira daquela maneira antes. Sua camisola branca estava engomada e passada, com flores desbotadas bordadas no pescoço. Ele conseguia ver com clareza que ela era um homem, um homem magro e de ossos delicados, com uma pele impecável e agudos, além de distantes olhos cinza. E ela olhava para a janela sem se mover, imóvel como uma estátua.

14

Eles estavam reunidos na mesa da sala de jantar, o local de encontro, o local para a história, o local para as decisões.

O fogo na grelha e as velas de cera pura eram as únicas fontes de iluminação, um candelabro em cima da mesa e outro em cima de cada um dos aparadores de carvalho.

Frank saíra para encontrar-se com "uma amiga" e só estaria de volta na festa de gala de Natal no domingo. Thibault saíra cedo para encontrar-se com Laura.

Então havia Stuart, o rosto branco, e absoluta e assustadoramente fascinado por todos aqueles procedimentos; e Sergei, o gigante parecendo estar surpreendentemente interessado; Felix, triste e tenso, ansioso para que a reunião começasse; Margon, obviamente de mau humor e desgostoso; e Reuben, ainda desgastado em função da visita matutina. Todos usavam roupas casuais, suéteres, jeans de um ou outro tipo.

Eles fizeram a ceia, e os serviçais "sumiram", e agora somente Lisa, em seu costumeiro vestido formal de seda preta com o camafeu na altura da garganta, encontrava-se com os braços cruzados ao lado da lareira. O café fora servido, os bules foram dispostos, o pão de mel e o creme passados um para o outro junto com as maçãs frescas e as ameixas, e o suave e cremoso queijo francês.

Um tênue aroma de cera, semelhante a incenso e, é claro, o fogo, o sempre reconfortante fogo das toras de carvalho, e a duradoura fragrância de vinho agora misturada ao café.

Felix estava sentado de costas para o fogo; Reuben no lado oposto, Stuart ao lado de Felix. E Margon, como sempre, à esquerda de Reuben na cabeceira da mesa. Sergei estava à direita de Reuben. Era a disposição costumeira.

Uma ventania batia nas janelas. E a previsão era que pioraria ainda mais até o amanhecer. Contudo, um tempo melhor era esperado para a festa de domingo.

O vento berrava nas chaminés, e a chuva no vidro soava como um granizo.

As luzes nos carvalhos foram apagadas. Mas todas as outras luzes externas continuavam acesas. Os trabalhadores foram embora da propriedade; e até o momento, pelo menos, tudo estava "feito" para a festa de gala natalina. Massas de azevinhos e viscos, bem como guirlandas de pinheiro estavam amarradas ao redor da viga, nas laterais da lareira e nas janelas e portas, e o doce aroma impregnava o ar, ora desaparecia por completo, como se as folhas vez por outra prendessem a respiração.

Margon limpou a garganta.

– Eu quero falar – disse ele. – Quero dizer o que sei a respeito desse audacioso plano e por que sou contra ele. Quero ser ouvido acerca desse assunto. – Seus cabelos longos caíam emoldurando-lhe o rosto, um pouco mais penteados e escovados do que o usual, talvez porque Stuart insistisse para que ele os penteasse, e ele estava com a aparência mais ou menos semelhante à de um príncipe renascentista de tez escura. Até seu suéter aveludado cor de vinho ampliava o efeito, assim como os anéis de pedras preciosas nos dedos escuros e delgados.

– Não, por favor, eu lhe imploro. Fique calado – disse Felix com um pequeno gesto de súplica. Sua pele dourada normalmente não exibia muita cor, mas Reuben podia ver a vermelhidão agora em suas bochechas, e os olhos castanhos estavam afiados com o que obviamente só podia ser raiva. Ele parecia agora um homem bem mais jovem do que o sofisticado cavalheiro que Reuben sabia que ele era.

Sem esperar que Margon falasse, Felix olhou para Reuben e disse:

– Eu convidei os Nobres da Floresta por um motivo. – Ele olhou de relance para Stuart e novamente para Reuben. – Eles sempre foram nossos amigos. Chamei-os aqui porque podem abordar o espírito de

Marchent, convidá-la a ficar na companhia deles e confortar-lhe o espírito para que ela perceba o que lhe aconteceu.

Margon rolou os olhos e recostou-se na cadeira, cruzando os braços, a raiva exsudando de cada poro.

– Nossos amigos! – Ele cuspiu as palavras com desprezo.

Felix prosseguiu:

– Eles podem fazer isso – disse ele –, e eles o farão se eu lhes pedir. Eles a levarão para a companhia deles e, se permitirem, ela pode escolher juntar-se a eles.

– Deus do céu! – disse Margon. – Que destino! E você vai fazer uma coisa dessas com uma pessoa de seu próprio sangue!

– Pessoal, por favor, não comecem a brigar de novo! – disse Stuart. Estava absolutamente chocado. Também ele penteara a farta cabeleira encaracolada para a reunião, inclusive cortara um pouco dela, o que fazia com que parecesse ainda mais um gigantesco menino sardento de seis anos de idade.

– Desde tempos imemoriais eles vivem nas florestas – disse Felix, olhando de relance novamente para Reuben. – Estavam nas florestas do Novo Mundo antes mesmo do *Homo sapiens* chegar aqui.

– Não, eles não estavam – falou Margon com irritação. – Vieram para cá pelas mesmas razões que nós.

– Eles sempre estiveram nas florestas – retrucou Felix. Ele mantinha os olhos fixos em Reuben. – As florestas da Ásia e da África, as florestas da Europa, as florestas do Novo Mundo. Eles têm suas histórias de origem e suas crenças a respeito de quando chegaram aqui.

– Ênfase na palavra "histórias" – disse Margon. – Melhor colocar que eles têm suas fábulas ridículas e suas superstições descabidas como todos nós. Todos os Imutáveis possuem suas histórias. Nem mesmo os Imutáveis podem viver sem histórias, assim como a espécie humana tampouco pode viver sem elas, porque todos os Imutáveis desse mundo vieram da espécie humana.

– Nós não sabemos disso – disse Felix pacientemente. – Sabemos que já fomos humanos. Isso é tudo o que sabemos. E, finalmente, isso não importa, principalmente com os Nobres da Floresta, porque sabemos o que eles podem fazer. O que eles podem fazer é o que importa.

— Não importa se os Nobres da Floresta contam mentiras? – perguntou Margon.

Felix estava ficando cada vez mais agitado.

— Eles estão aqui, são reais e vão poder ver Marchent nessa casa, ouvi-la, falar com ela e convidá-la a ir com eles.

— Ir com eles para onde?! – quis saber Margon. – Para ficar atada à Terra para sempre?

— Por favor! – disse Reuben. – Margon, deixe Felix falar. Deixe que ele explique a respeito dos Nobres da Floresta. Por favor! Eu não tenho como ajudar o espírito de Marchent. Eu não sei como. – Ele começara a tremer, mas não desistiria daquele ponto. – Essa tarde andei pela casa inteira. Andei pela propriedade na chuva. Conversei com Marchent. Conversei, conversei e conversei. E sei que ela não consegue me ouvir. E sempre que eu a vejo está mais triste do que da vez anterior!

— Escute aqui, cara, isso é verdade mesmo – disse Stuart. – Margon, você sabe que eu considero sagrado o chão em que você pisa, cara. Eu não quero te deixar irritado. E não suporto quando você fica irritado comigo. Você sabe muito bem disso. – A voz dele estava ficando rouca e quase entrecortada. – Mas, por favor. Você precisa entender o perrengue que o Reuben está passando. Você não estava aqui ontem à noite.

Margon começou a interromper, mas Stuart fez um gesto no sentido de demovê-lo da ideia.

— E galera, vocês precisam começar a confiar em nós! – disse Stuart. – Nós confiamos em vocês, mas vocês não confiam em nós. Vocês não contam para nós o que acontece à nossa volta. – Ele olhou de relance para Lisa, que estava atrás dele. E ela o olhou com indiferença.

Margon levantou as mãos, e em seguida cruzou os braços de novo, desviando o olhar para o fogo. Seus olhos faiscaram raivosamente para Stuart e então para Felix.

— Tudo bem – sussurrou ele. E fez um gesto para que Felix falasse. – Explique. Vá em frente.

— Os Nobres da Floresta são antigos – disse Felix, agora tentando assumir sua costumeira postura sensata. – Vocês dois já ouviram falar deles. Ouviram sobre eles nos contos de fadas que aprenderam na infância, mas os contos de fadas os domesticaram, os tornaram graciosos. Esqueçam os contos de fadas, as visões de elfos.

– Pode crer, a coisa é mais tipo Tolkien.

– Isso aqui não é Tolkien! – disse Margon, espumando de raiva. – Isso aqui é realidade. Não mencione Tolkien novamente na minha presença, Stuart. Não mencione nenhum de seus nobres e reverenciados escritores de livros de fantasia! Nada de Tolkien, nada de George R. R. Martin, nada de C. S. Lewis, está entendendo? Eles são maravilhosamente inventivos e geniais, e até mesmo divinos no modo como dominam seus mundos imaginativos, mas isso aqui é realidade!

Felix levantou as mãos para pedir silêncio.

– Escute, eu os vi – disse Reuben com delicadeza. – Eles pareciam ser homens, mulheres e crianças.

– E é o que eles são – confirmou Felix. – Eles têm o que nós chamamos de corpos sutis. Podem atravessar qualquer barreira, qualquer parede, e se deslocar instantaneamente a qualquer distância. E podem assumir formas visíveis, formas tão sólidas quanto as nossas formas, e quando estão na forma sólida comem, bebem e fazem amor como nós fazemos.

– Não, eles não fazem nada disso – disse Margon, com irritação. – Eles *fingem* fazer essas coisas!

– O fato é que eles acreditam que podem fazer essas coisas – disse Felix. – E podem ficar inteiramente visíveis para qualquer um! – Ele parou, tomou um gole de café e limpou os lábios com o guardanapo. Em seguida retomou seu discurso, a voz voltando a rolar com facilidade e calma. – Eles são personalidades distintas, têm linhagens e histórias. Mas o mais importante de tudo é que eles têm a capacidade de amar. – Ele enfatizou a última palavra. – De amar. E são amáveis. – Lágrimas escorreram-lhe pelos olhos enquanto ele olhava para Reuben. – E é por isso que eu os convidei.

– Eles viriam de qualquer maneira, não viriam? – disse Sergei em voz alta, gesticulando impacientemente com ambas as mãos. Ele olhava fixamente para Margon. – Por acaso, eles não vão estar aqui na noite de Natal? Eles sempre estão aqui nessa data. Se nós acendermos a lareira, se nossos músicos tocarem, se tocarmos os tambores e as flautas e dançarmos, eles vêm! Eles tocam para nós e dançam conosco.

– Sim, eles vêm e podem partir com a mesma rapidez com que chegam – disse Felix. – Mas eu implorei a eles que chegassem cedo para que eu pudesse lhes suplicar que nos ajudassem.

– Muito bem – disse Sergei –, então qual é o perigo disso? Você acha que os trabalhadores sabem que eles estão aqui? Eles não sabem. Ninguém sabe, exceto nós, e sabemos apenas quando eles querem que saibamos.

– Precisamente, quando eles querem que saibamos – disse Margon. – Eles têm entrado e saído dessa casa há dias. Provavelmente estão aqui nessa sala neste exato momento. – Ele estava ficando cada vez mais afogueado. – Estão escutando o que estamos dizendo. Você acha que assim que estalar o dedo eles vão embora? Bem, eles não vão, não. Eles partirão quando estiverem dispostos a partir. E se estiverem dispostos a nos pregar peças, vão nos levar à loucura. Reuben, você acha que um espírito inquieto é uma cruz que se tem de suportar? Espere até eles começarem a realizar seus truques.

– Eu acho que eles estão aqui – disse Stuart suavemente. – Na boa, Felix, eu acho que estão, sim. Eles podem mexer nas coisas quando estão invisíveis, não podem? Enfim, coisas leves tipo cortinas. E eles apagam velas ou acendem o fogo na grelha.

– Sim, eles podem fazer tudo isso – disse Felix causticamente –, mas normalmente isso ocorre apenas quando se sentem ofendidos, insultados, desprezados ou renegados. Eu não tenho nenhuma intenção de ofendê-los. A minha intenção é dar-lhes as boas-vindas agora, dar-lhes as boas-vindas aqui nessa casa essa noite mesmo. A capacidade que têm para fazer diabruras é um pequeno preço a pagar se conseguirem reunir em seu grupo o espírito agonizante de minha sobrinha. – Agora ele estava choramingando e não se importava em esconder o fato.

Aquilo também estava trazendo lágrimas aos olhos de Reuben. Ele tirou o lenço e colocou-o em cima da mesa. Fez um gesto para que Felix o pegasse, mas este sacudiu a cabeça em negativa e pegou seu próprio lenço.

Felix assoou o nariz e prosseguiu:

— Eu quero convidá-los formalmente a entrar aqui. Vocês sabem o que isso significa para eles. Eles querem comida à disposição, as oferendas adequadas.

— Está tudo preparado – disse Lisa suavemente de perto da lareira. – Eu disponibilizei na cozinha o creme de que eles gostam e os bolos de manteiga, as coisas que adoram. Está tudo lá à disposição.

— Eles são um bando de fantasmas mentirosos – disse Margon baixinho. Ele fixou os olhos em Stuart e depois em Felix. – Eles não passam disso e nunca passaram disso. São espíritos dos mortos e não sabem disso. Construíram uma mitologia para si mesmos desde os tempos antigos, mentira atrás de mentira, conforme iam se tornando mais fortes. Eles não passam de fantasmas mentirosos, fantasmas fortes cujo poder tem evoluído desde a aurora do intelecto e da memória registrada.

— Eu não entendo isso – disse Stuart.

— Stuart, tudo está evoluindo nesse planeta – comentou Margon. – E fantasmas não constituem uma exceção. É verdade que seres humanos morrem a cada minuto e suas almas ascendem ou tropeçam em direção ao interior da esfera terrena e vagam numa vastidão autoconstruída por anos do tempo da Terra. Mas, coletivamente, os habitantes da esfera terrena têm evoluído. Os atados à Terra têm seus Imutáveis; os atados à Terra têm sua aristocracia; eles têm seus mitos, suas "crenças" e suas superstições. E, acima de tudo, eles têm suas personalidades poderosas e brilhantes que ficaram ainda mais fortes ao longo dos séculos ao manterem seus corpos etéreos unidos e concentrando seu foco de modo a manipular a matéria de maneiras que os fantasmas do passado jamais sonharam em fazer.

— Você quer dizer que eles aprenderam a ser fantasmas? – perguntou Reuben.

— Eles aprenderam a parar de ser meros fantasmas e a se transformar em sofisticadas personalidades desencarnadas – disse Margon. – E finalmente, e isso é muito importante, eles aprenderam a se tornar visíveis.

— Mas como eles fazem isso? – perguntou Stuart.

– Força da mente, energia – disse Margon. – Concentração, foco. Eles atraem a seus corpos sutis, esses corpos etéreos que possuem, partículas materiais. E os mais fortes desses fantasmas, os de maior nobreza, se você preferir, podem se tornar tão visíveis e sólidos que nenhum ser humano olhando para eles, tocando-os, fazendo amor com eles, teria qualquer possibilidade de saber que eles eram espíritos.

– Deus do céu, eles poderiam estar andando ao nosso redor e entre nós – disse Stuart.

– Eles *estão* andando ao nosso redor – disse Margon. – Eu os vejo o tempo todo. Mas o que estou tentando dizer a vocês é que esses Nobres da Floresta são meramente uma tribo desses velhos fantasmas em evolução e, evidentemente, eles estão entre os mais astutos, os mais experientes e os mais formidáveis.

– Então, por que eles se importam com fábulas a respeito deles? – perguntou Stuart.

Felix interveio.

– Eles não consideram suas histórias de origem meras fábulas – explicou. – Em hipótese alguma, e é ofensivo sugerir a eles que suas crenças são meras fábulas.

Margon exibiu um discreto sorrisinho sarcástico. Seu rosto estava cordial demais para que aquilo fosse um sarcasmo maldoso, e este desapareceu imediatamente.

– Não existe coisa alguma entre o céu e a terra – disse Margon –, nenhuma entidade de intelecto que não tenha de acreditar em alguma coisa sobre si mesma, alguma coisa sobre seu propósito, a razão de seu sofrimento, de seu destino.

– Então o que você está dizendo – disse Reuben – é que Marchent é um fantasma novo, um fantasma bebê, um fantasma que não sabe aparecer ou desaparecer...

– Exatamente – disse Margon. – Ela está confusa, lutando, e o que conseguiu conquistar dependeu da intensidade de seus sentimentos, seu desesperado desejo de se comunicar com você, Reuben. E, até certo ponto, o sucesso dela até o presente momento dependeu de sua sensibilidade em ver sua presença etérea.

– O sangue celta? – perguntou Reuben.

– Sim, mas existem muitos videntes sensíveis nesse mundo. Sangue celta é apenas um ingrediente facilitador. Eu vejo espíritos. Eu não via no início de minha vida, mas, em determinado ponto, comecei a vê-los. E agora consigo vê-los, às vezes antes mesmo de eles estarem concentrados e com intenção de se comunicar.

– Vamos logo ao ponto importante – disse Felix delicadamente. – Nós não sabemos o que de fato acontece quando uma pessoa morre. Sabemos que algumas almas ou espíritos soltam-se de seus corpos, ou são liberados pelo corpo e seguem adiante e nunca mais se tem notícia deles. Sabemos que alguns se tornam fantasmas. Sabemos que parecem confusos e frequentemente incapazes de nos enxergar ou de enxergarem-se a si próprios. Mas os Nobres da Floresta conseguem enxergar todos os fantasmas, todas as almas, todos os espíritos, e conseguem se comunicar com eles.

– Eles precisam vir para cá, então – disse Reuben. – Eles precisam ajudá-la.

– É mesmo? – perguntou Margon. – E se existe algum Criador do Universo por aí que projetou a vida e a morte? E se ele não quiser que essas entidades terrenas circulem por aqui, aumentando seu poder, mentindo para si mesmos, privilegiando suas sobrevivências pessoais em detrimento do grande esquema das coisas?

– Bem, agora você acabou de nos descrever, não é mesmo? – disse Felix. Sua voz ainda estava tensa, mas ele permanecia calmo. – Você acabou de nos descrever pessoalmente. E quem pode garantir que, no esquema das coisas ordenado pelo Criador de Todas as Coisas, esses espíritos atados à Terra não estejam preenchendo um destino divino?

– Ah, sim, tudo bem, tudo bem – disse Margon com a voz cansada.

– Mas quem os Nobres da Floresta pensam que são? – perguntou Stuart.

– Eu não tenho feito essa pergunta a eles ultimamente – disse Margon.

– Em alguma parte do mundo – disse Felix –, eles afirmam descender de anjos decaídos. Em outras partes, eles são a prole de Adão antes de seu casamento com Eva. O curioso é que a humanidade tem inúmeras histórias como essas acerca deles ao redor de todo o mundo; mas um único fio percorre todas elas. Eles não são descendentes de seres humanos. Eles são outra espécie de ser.

– Paracelsus escreveu sobre isso – disse Reuben.

– Certo, ele escreveu – disse Felix. Ele exibiu um sorriso triste para Reuben. – Você está certo nesse ponto.

– Mas seja lá qual for a verdade dessa questão, eles podem abraçar Marchent.

– Podem – disse Margon. – Eles fazem isso o tempo todo; convidar os recentemente mortos a se juntar às suas fileiras quando eles os consideram fortes, distintos e interessantes.

– Normalmente são necessários séculos para que eles reparem numa alma terrena persistente – disse Felix. – Mas eles vieram porque eu lhes pedi que viessem, e eu os convidarei a dar as boas-vindas a Marchent.

– Acho que os vi num sonho – disse Reuben. – Eu tive um sonho. Eu vi Marchent e ela estava correndo em meio a uma floresta escura, e havia esses espíritos no sonho e eles tentavam alcançá-la, confortá-la. Acho que era isso o que estava acontecendo.

– Bem, como não posso impedir que isso venha a acontecer – disse Margon com ares de cansaço –, dou o meu consentimento.

Felix levantou-se.

– Mas aonde vocês estão indo? – perguntou Margon. – Eles estão aqui agora. Peça a eles que se mostrem.

– Bem, não é de bom tom que eu permaneça de pé ao dar as boas-vindas aos Nobres da Floresta à casa de Reuben?

Felix juntou as mãos em reverência como se estivesse rezando.

– Elthram, bem-vindo à casa de Reuben – disse numa voz suave.
– Elthram, bem-vindo à casa do novo mestre dessa floresta.

15

Houve uma mudança na atmosfera, uma tênue corrente de ar que fez as chamas das velas tremer. Lisa esticou o corpo encostada à parede revestida e olhou fixamente em direção à extremidade da mesa. Sergei recostou-se pesadamente na cadeira, suspirando, com um sorriso nos lábios, como se estivesse se divertindo com tudo aquilo.

Reuben seguiu a direção do olhar de Lisa, e então Stuart fez o mesmo.

Das sombras ali localizadas, algo indistinto tomou forma. Era como se a própria escuridão tivesse adquirido uma espessura. As chamas das velas ficaram imóveis nos pavios. E uma figura foi surgindo gradualmente, parecendo, a princípio, uma leve projeção de uma imagem para então iluminar-se e tornar-se finalmente tridimensional e vívida.

Tratava-se da figura de um homem grande, um homem ligeiramente mais alto do que Reuben, ossudo, uma cabeça enorme com cintilantes cabelos pretos. A estrutura do homem era imensa, e os ossos do rosto eram proeminentes e de uma beleza simétrica. Sua pele era escura, escura como caramelo, mas ele tinha grandes olhos levemente amendoados, olhos verdes. Esses olhos brilhando naquele rosto escuro davam a ele uma aparência ligeiramente maníaca, acentuada pelas espessas sobrancelhas retas e pelo leve sorriso estampado em sua boca grande e sensual. Tinha uma testa alta e lisa da qual irrompiam os cabelos desgrenhados em ondas escuras e lustrosas.

Seus cabelos eram tão fartos que uma parte deles estava afastada do rosto, a grande massa descaindo por todos os lados em direção aos ombros. Ele parecia estar usando uma leve camisa de camurça bege e calças compridas. O cinto que usava era bem largo e escuro e tinha uma grande fivela de bronze no formato de um rosto.

Ele tinha mãos muito grandes.

Na visão de Reuben, não havia como classificar a raça à qual pertencia. Ele podia muito bem ter vindo da Índia. Era impossível dizer.

O homem olhou para Reuben pensativamente e fez uma pequena mesura. Em seguida olhou para cada um dos outros da mesma maneira, seu rosto iluminando-se dramaticamente quando os olhos fixaram-se sobre Felix.

Ele contornou a mesa e postou-se atrás de Stuart para cumprimentar Felix, que havia se levantado.

– Felix, meu velho amigo – disse ele num inglês claro e sem sotaque. – Como estou contente em vê-lo e como estou contente por você haver retornado à floresta de Nideck.

Eles se abraçaram.

Seu corpo parecia tão real e sólido quanto o de Felix, e Reuben ficou maravilhado com o fato de que não havia nada em sua figura que pudesse lhe parecer assustador ou horripilante. Na realidade, sua fantástica materialização parecia alguma revelação natural, ou seja, o desvelamento de alguém sólido que já se encontrava ali, obediente à gravidade e respirando exatamente como qualquer um dos outros presentes.

Os olhos do homem fixaram-se em Reuben. Este se levantou rapidamente e estendeu a mão.

– Bem-vindo, jovem mestre dessa floresta – disse Elthram. – Você ama tanto a floresta como nós.

– Eu a amo, certamente – confirmou Reuben. Ele estava tremendo e tentando esconder o fato. A mão que apertara a dele era quente e firme. – Perdoe-me – gaguejou. – Tudo isso aqui é bastante poderoso. – O aroma que se erguia da figura era o aroma do exterior, de folhas, de coisas vivas, mas também de poeira, fortemente de poeira. Mas a poeira exala um aroma de limpeza, não é mesmo?, pensou Reuben.

– Certamente, e também para mim é algo emocionante ser convidado à sua casa – disse Elthram, sorrindo. – Muitas foram as vezes que o meu povo avistou você e sua senhora caminhando aqui, e nenhum ser humano nessas paragens ama a floresta mais do que a sua adorada senhora.

– Ela vai ficar encantada ao ouvir isso – disse Reuben. – Eu gostaria muito que ela estivesse aqui para conhecê-lo.

– Mas ela se encontrou comigo – disse Elthram. – Embora não saiba disso. Ela me conhece desde que está viva e a conheço, eu a conheci quando ela era uma criança percorrendo a Floresta Muir com o pai dela. Os Nobres da Floresta conhecem aqueles que pertencem à floresta. Eles nunca se esquecem daqueles que são gentis com a floresta.

– Eu vou compartilhar tudo isso com ela – disse Reuben. – Assim que puder.

Um pequeno som de deboche escapou da boca de Margon.

Os olhos do homem fixaram-se em Margon. Afirmar que a aparência de animação foi sugada do homem seria afirmar pouco. Ele ficou imediatamente oprimido e silenciado. E pareceu que toda a figura tornou-se mais pálida por um instante, menos reflexiva, a pele lisa e resplandecente esvaecendo até se tornar uma superfície fosca, mas isto foi corrigido de imediato, embora seus olhos tivessem ficado estreitos e tremessem ligeiramente como se desviassem de golpes invisíveis.

Margon levantou-se e saiu da sala de jantar.

Aquele foi um momento visivelmente terrível para Stuart, e ele olhou com tristeza para Margon e começou a se levantar. Mas Felix pôs a mão direita no ombro de Stuart, dizendo: "Fique conosco", numa voz baixa e autoritária. Ele virou-se para o homem.

– Sente-se, por favor, Elthram – disse Felix, e fez um gesto indicando a cadeira de Margon. Era a escolha lógica de cadeira, é claro, mas o gesto pareceu um pouco abrasivo, para dizer o mínimo.

– Agora, Stuart, esse aqui é nosso grande amigo, o Elthram dos Nobres da Floresta, e eu sei que você se juntará a mim em lhe dar as boas-vindas a essa casa.

– Com certeza! – respondeu Stuart. Seu rosto estava ruborizado.

Elthram sentou-se e imediatamente cumprimentou Sergei, a quem se dirigiu como um "velho amigo".

Sergei riu baixinho e balançou a cabeça em concordância.

– Você está com uma aparência esplêndida, caro amigo – disse Sergei. – Simplesmente esplêndida. Você sempre me faz voltar no tempo a épocas as mais deliciosas e as mais tempestuosas!

Elthram reconheceu as palavras com aqueles intensos olhos flamejando espetacularmente. Em seguida olhou fixamente para Reuben.

– Deixe-me assegurá-lo, Reuben – disse ele –, de que não tivemos nenhuma intenção de sobressaltá-lo na floresta. Nossa intenção era ajudá-lo. Você estava confuso na escuridão. E nós não sabíamos que sentiria a nossa presença tão rapidamente. De modo que nossas tentativas foram infrutíferas. – A voz dele tinha um timbre médio, mais ou menos como a de Reuben ou a de Stuart.

– Oh, não se preocupe – disse Reuben. – Eu sabia que vocês estavam tentando ajudar. Entendi isso. Só que eu não sabia o que vocês eram.

– Sim – disse ele. – Frequentemente, quando nós assistimos alguém que está perdido, esta pessoa não percebe com tanta rapidez que somos nós que estamos fazendo isso, entenda bem. Nós nos orgulhamos de nossa sutileza. Mas você é talentoso, Reuben, e nós não percebemos o quanto você era talentoso, de modo que o desentendimento acabou sendo o resultado.

Certamente os olhos verdes no rosto escuro eram a característica mais impressionante daquele homem, e mesmo que fossem pequenos seriam impressionantes. Da maneira que eram, bem grandes com pupilas igualmente grandes, parecia impossível que tais olhos fossem mera ilusão, mas, pensando bem, nada daquilo era mera ilusão, era?

E tudo isso são partículas, pensou Reuben, atraídas a um corpo etéreo? E tudo isso pode ser disperso? Agora, isso sim parecia impossível. Nenhuma revelação de uma presença poderia se comparar em choque com a noção de que algo tão sólido e vital quanto aquele homem pudesse simplesmente desaparecer.

Felix sentara-se novamente, e Lisa depositara uma caneca grande diante de Elthram e a enchia com o que parecia leite oriundo de um bule de prata.

Elthram deu a Lisa o que certamente foi um sorrisinho malicioso e lhe agradeceu. Grato, de fato, com um prazer notavelmente óbvio, ele olhou para o leite. Levou a caneca aos lábios, mas não bebeu realmente o leite.

– Agora, Elthram – disse Felix –, você sabe por que eu pedi que você viesse...

– Sim, eu sei – disse Elthram, atropelando as palavras de Felix. – E ela está aqui, sim, definitivamente está aqui, permanecendo aqui e não querendo ir para nenhum outro lugar. Mas ainda não consegue nos ver ou nos ouvir, mas conseguirá.

– Por que ela está assombrando? – perguntou Reuben.

– Ela está pesarosa, e confusa – disse Elthram. A grandeza de seu rosto era ligeiramente desorientadora para Reuben, possivelmente porque eles estavam sentados tão próximos um do outro, e o homem era ligeiramente mais alto inclusive do que Sergei, que era o mais alto dos Distintos Cavalheiros. – Ela sabe que faleceu, sim, ela sabe disso. Mas não consegue captar que eles lhe tiraram a vida de fato. E ela procura respostas e teme o portal dos céus quando o vê.

– Mas por quê, por que temer o portal dos céus? – assim perguntou Reuben.

– Porque ela não acredita na vida após a morte – explicou Elthram. – Ela não acredita em coisas invisíveis.

A fala dele soava mais facilmente contemporânea do que a fala dos Distintos Cavalheiros, e suas maneiras delicadas e convidativas eram extremamente atraentes.

– Reuben, quando os recentemente mortos veem o portal dos céus, eles veem uma luz branca. Às vezes nessa luz branca eles veem ancestrais ou pais ou mães que já se foram. Às vezes eles veem apenas luz. Nós frequentemente vemos o que pensamos que veem, mas não temos como ter certeza. Essa luz não está mais se abrindo para ela ou convidando-a a seguir em direção ao outro estágio. Mas está claro que ela não sabe por que ainda está existindo como tal, como Marchent, já que acreditava tão firmemente que a morte seria o fim do que fora antes.

– O que ela está tentando me dizer? – perguntou Reuben. – O que ela quer de mim?

– Ela está se apegando a você porque consegue vê-lo – disse Elthram –; portanto, no fundo, no fundo, o que ela quer é que você saiba que está aqui. Quer perguntar a você o que aconteceu com ela e por que isso aconteceu, e o que aconteceu com você. Ela sabe que você não é mais um ser humano, Reuben. Ela consegue ver isso, sentir isso, provavelmente testemunhou você se transformando na fera. Estou quase certo de que ela testemunhou isso. Isso a assusta. Ela é um fantasma cheio de terror e pesar.

– Isso precisa parar – disse Reuben. Ele estava tremendo novamente e odiava quando isso acontecia. – Ela não pode continuar sofrendo. Ela não fez nada para merecer isso.

– Você tem razão, com certeza – disse Elthram. – Mas compreenda que nesse mundo, em seu mundo e em nosso mundo, o mundo que nós compartilhamos, o sofrimento quase nunca tem a ver com merecimento.

– Mas você vai ajudá-la – disse Reuben.

– Nós vamos. Nós a cercamos agora; nós a cercamos quando ela está sonhando, desconcentrada e desprevenida. Tentamos despertar o espírito dela, provocá-lo a se concentrar para que ela possa reunir seu espírito e seu corpo numa coisa só e se torne novamente uma aluna.

– Como assim uma "aluna"? – perguntou Reuben.

– Os espíritos aprendem quando estão focados. O foco tem a ver com a concentração do corpo espiritual, com a concentração da mente. Quando os recentemente mortos atravessam a passagem pela primeira vez, a maior tentação deles no estado terreno é se difundirem, se espalharem, se tornarem soltos como se fossem ar e sonharem. Um espírito pode flutuar em tal estado para sempre, e a mente, em tal estado, não pensa tanto quanto sonha, se é que existe mesmo alguma atração na mente.

– Ah, foi exatamente o que eu pensei – disse Stuart subitamente, mas em seguida afundou na cadeira novamente e fez um gesto como quem se desculpa.

– Você estudou isso – disse Elthram a Stuart num jeito bastante afável. – Você e Reuben estudaram isso em seus computadores, na internet, vocês leram tudo o que puderam encontrar acerca de fantasmas e espíritos.

– É verdade, um montão de teorias confusas – disse Stuart.

– Eu não as estudei suficientemente – disse Reuben. – Tenho estado focado demais em mim mesmo, em meu próprio sofrimento. Eu devia ter estudado mais.

— Mas existem verdades em muitas dessas teorias confusas – continuou Elthram.

— Então, quando um espírito sonhador se recompõe – disse Stuart –, quando ele foca, aí sim ele começa realmente a pensar.

— Exato – disse Elthram. – Ele pensa, ele se lembra, e a memória é tudo para o aprendizado e para a fibra moral de um espírito. E, conforme ela se fortalece, também se fortalecem seus sentidos; ele consegue ver o mundo físico novamente da maneira antiga, embora não perfeitamente. E consegue ouvir sons físicos novamente da maneira antiga e até sentir cheiros e tocar coisas.

— E, à medida que se fortalece, ele pode aparecer – afirmou Reuben voluntariamente.

— Exato. Ele pode aparecer para alguém com talentos para enxergar tais coisas mais prontamente do que para outras pessoas, mas é verdade, à medida que ele condensa sua energia, à medida que vislumbra sua própria energia na forma de seu antigo corpo físico, ele consegue não só acidentalmente como também propositalmente aparecer para qualquer um.

— Entendo. Eu estou sacando a coisa – disse Stuart.

— Agora, tenham em mente que o espírito de Marchent não sabe essas coisas. Está reagindo quando vê ou sente a presença de Reuben. E ela reage quando Reuben reage a ela. E o ato de se concentrar, de focar, de se recompor acontece sem que ela entenda completamente que é isso o que está fazendo. É assim que os fantasmas aprendem.

— E, se nós deixarmos que ela siga seus próprios desígnios – perguntou Felix –, ela vai continuar aprendendo?

— Não necessariamente – disse Elthram. – Ela pode permanecer como está por anos e anos.

— Isso é horrível demais – disse Reuben.

— Realmente horrível – disse Felix.

— Confie em nós, velho amigo – disse Elthram. – Nós não a abandonaremos. Ela é sua parente, e você foi o senhor dessa grande floresta por muitas décadas. Assim que ela nos reconhecer, assim que parar de nos evitar para se enclausurar em seus sonhos, assim que ela permitir a si mesma focar em nós, nós poderemos ensinar-lhe mais do que o que posso explicar agora para vocês todos em palavras.

– Mas ela poderia ignorar vocês por muitos anos, não poderia? – perguntou Felix.

Elthram sorriu. Um sorriso cheio de compaixão. Ele estendeu sua mão esquerda e então, virando-se, colocou as mãos sobre a mão direita de Felix.

– Ela não vai nos ignorar – disse ele. – Eu não vou permitir que ela me ignore. Você sabe como eu posso ser persistente.

– Então você está dizendo – perguntou Reuben – que ela deu as costas à luz branca, ao portal, como você chama, porque não acreditava na vida após a morte?

– Podem existir muitos motivos emaranhados pelos quais os espíritos não veem o portal – disse Elthram. – Tenho a sensação de que esse é o motivo no caso dela. E estava misturado ao fato de que ela temia as noções do mundo do além por outros motivos, como o fato de que ela encontraria esses espíritos que não desejava encontrar, os espíritos dos pais dela, por exemplo, a quem ela já odiava no fim de suas vidas.

– Por que ela os odiava? – perguntou Reuben.

– Porque ela sabia que eles haviam sido traiçoeiros com Felix – disse Elthram. – Ela sabia.

– E tudo isso você consegue extrair simplesmente estando aqui onde se encontra o espírito dela? – perguntou Stuart.

– Nós estamos aqui há muito tempo. Estávamos aqui quando ela ainda era uma criança, é claro. Estávamos por aqui durante muitos momentos da vida dela. Poderíamos dizer que nós sempre a conhecemos, porque nós conhecemos Felix e conhecemos a casa de Felix e a família de Felix, e sabemos muito do que aconteceu com ela.

Aquilo estava entristecendo Felix, quase o deixando arrasado. Ele colocou as mãos na cabeça.

– Não tema – disse Elthram. – Nós estamos aqui agora para fazer o que você nos pediu que fizéssemos.

– E quanto aos espíritos dos irmãos? – perguntou Reuben. – Os homens que a esfaquearam até a morte?

– Sumidos da terra – disse Elthram.

– Eles viram o portal e subiram?

– Eu não sei – disse Elthram.

– E quanto ao espírito de Marrok? – perguntou Reuben.

Elthram ficou quieto por um instante.

– Não está aqui. Mas espíritos de *Morphenkinder* quase nunca permanecem.

– Por que não?

Elthram sorriu como se a pergunta fosse surpreendente e até mesmo ingênua.

– Eles sabem muitas coisas sobre a vida e a morte – ofereceu ele. – Os que não sabem muito a respeito da vida e da morte são os que permanecem, aqueles que não estão preparados para a transição.

– Você ajuda outros espíritos, espíritos que permanecem vagando por aí? – perguntou Stuart.

– Nós ajudamos. Temos de ajudar. Nossa sociedade é como muitas sociedades da Terra. Nós nos reunimos, nós nos conhecemos, nós convidamos, nós aprendemos uns com os outros. E assim por diante.

– E essa sua empresa, os Nobres da Floresta, leva os espíritos que vagam por aí sem rumo.

– Nós levamos. Temos de levar. – Elthram parecia estar ponderando por um momento.

– Nem todos querem se juntar a nós – disse Elthram. – Afinal de contas, somos os Nobres da Floresta. Mas somos apenas um grupo de espíritos nesse mundo. Existem outros. E existem vários espíritos que não necessitam de companhia e evoluem de virtude a virtude por conta própria.

– Esse portal para os céus – perguntou Reuben –, ele se abre para você?

– Eu não sou um fantasma – disse Elthram. – Sempre fui o que eu sou. Eu escolhi esse corpo físico; eu o construí para mim mesmo, e o aperfeiçoei, e vez por outra o altero e o sofistico. Porque jamais tive um corpo humano etéreo, mas apenas um corpo espiritual etéreo. Eu sempre fui um espírito. E a resposta é não, não existe nenhum portal para os céus que se abra para seres como eu.

Ouviu-se o suave som de alguém entrando na sala novamente, e da penumbra Margon apareceu e sentou-se na cadeira na extremidade da mesa.

O rosto de Elthram ficou abatido. Seus olhos tremeram novamente como se alguém o estivesse ferindo. Mas, apesar disso, ele olhou com firmeza para Margon.

– Se eu o ofendo, sinto muito – disse ele a Margon.

– Você não me ofende – retrucou Margon. – Mas você já foi de carne e osso no passado, Elthram. Todos você Nobres da Floresta já foram de carne e osso. Vocês deixaram seus ossos na Terra como todas as coisas viventes.

Essas palavras estavam lacerando Elthram e ele estava estremecendo. Sua estrutura inteira enrijeceu como se para abaixar-se em função de um ataque.

– E então você vai dar suas lições inteligentes a Marchent, estou certo? – demandou Margon. – Você vai ensiná-la a ter domínio na esfera astral como você tem domínio. Você usará o intelecto e a memória dela para ajudá-la a se transformar num fantasma inigualável!

Stuart dava a impressão de que começaria a chorar.

– Por favor, não diga mais nada – disse Felix suavemente.

Margon mantinha os olhos fixos em Elthram, que se levantara, suas mãos abertas pairando à frente do rosto.

– Bem, quando você falar com Marchent – disse Margon –, pelo bem da verdade, lembre a ela do portal. Não insista para que ela permaneça com vocês.

– E se não houver nada além do portal? – perguntou Stuart. – E se for um portal para a aniquilação? E se a existência continuar apenas para os atados à Terra?

– Se for assim, então provavelmente essa é a maneira que deve ser – disse Margon.

– Como você sabe o que deve ser? – perguntou Elthram. Ele estava se torturando para se manter cortês. – Nós somos os Nobres da Floresta – disse ele delicadamente. – Estávamos aqui antes de você passar a existir, Margon. E nós não sabemos o que deve ser. Então, como você pode saber? Oh, a tirania daqueles que não acreditam em coisa alguma.

– Existem aqueles que vêm do outro lado do portal, Elthram – disse Margon.

Elthram deu a impressão de ter ficado chocado.

– Você sabe que existem aqueles que vêm do outro lado do portal – disse Margon.

– Você acredita nisso e, no entanto, afirma que nós não viemos do outro lado do portal? – perguntou Elthram. – Seu espírito nasceu da matéria, Margon, e se desenvolve na matéria agora. Nossos espíritos jamais tiveram raízes no mundo físico. E, sim, nós podemos ter vindo do outro lado do portal, mas só sabemos de nossa existência aqui.

– A cada dia que passa vocês ficam mais astutos, não é mesmo? E cada vez mais poderosos.

– E por que não deveríamos ficar? – perguntou Elthram.

– Independentemente do quanto fiquem mais astutos, vocês jamais serão capazes de efetivamente beber aquele leite. Vocês não podem comer as oferendas de comida que tanto prezam. Você sabe que não.

– Você acha que sabe o que nós somos, mas...

– Eu sei o que vocês *não* são – disse Margon. – Mentiras têm consequências.

Silêncio, ambos se encarando mutuamente.

– Algum dia, quem sabe – disse Elthram em voz baixa –, nós também seremos capazes de comer e beber.

Margon balançou a cabeça.

– Os povos antigos sabiam que os deuses ou fantasmas – como eles os chamavam – saboreavam a fragrância das oferendas queimadas – disse Margon. – Os povos antigos sabiam que fantasmas ou deuses – como eles os chamavam – prosperavam na umidade, prosperavam na chuva que caía e amavam os riachos das florestas ou dos campos, ou os líquidos que se transformavam em córregos. Isso alimenta a sua energia elétrica, não é verdade? A chuva, as águas de um ribeirão ou de uma cachoeira. Você pode mergulhar até a cintura na umidade de uma libação servida sobre um túmulo.

– Eu não sou fantasma – sussurrou Elthram.

– Mas nenhum espírito, fantasma ou deus – insistiu Margon – pode de fato comer ou beber.

Os olhos de Elthram flamejaram com uma raiva dolorosa. Ele não respondeu.

— Seres como este aí, Stuart – disse Margon enquanto olhava de relance para Stuart –, enganam os seres humanos desde tempos imemoriais, fingindo uma onisciência que não possuem, uma divindade sobre a qual nada sabem.

— Por favor, Margon, eu lhe imploro – disse Felix delicadamente. – Não prossiga.

Margon fez um gesto no ar indicando aceitação, mas balançou a cabeça. Em seguida dirigiu o olhar para o fogo.

Reuben encontrou-se olhando para Lisa, que estava em pé e absolutamente imóvel perto da lareira, mirando Elthram. Ela não tinha nenhuma expressão real, exceto um ar de vigilância. Até onde ele sabia, a mente dela podia muito bem estar vagando.

— Margon – disse Elthram. – Eu direi a Marchent o que eu sei.

— Você vai ensinar a ela como evocar a memória de seu eu físico – disse Margon. – Ou seja, como andar para trás, como fortalecer seu corpo etéreo para que se assemelhe ao seu corpo físico perdido, como ir em busca de uma existência material.

— Não é material! – disse Elthram erguendo a voz apenas ligeiramente. – Nós não somos materiais. Assumimos corpos para que possamos nos assemelhar a vocês porque nós os vemos e os conhecemos, e visitamos às vezes o seu mundo, o mundo que vocês fizeram da matéria, mas não somos materiais. Nós somos o povo invisível e podemos ir e vir.

— Sim, vocês são materiais. Trata-se simplesmente de outra espécie de matéria – disse Margon. – Só isso! – Ele estava ficando nervoso. – E vocês estão loucos para ficar visíveis em nosso mundo; vocês querem isso mais do que qualquer coisa.

— Não, isso não é verdade – disse Elthram. – Como você sabe pouco de nossa verdadeira existência.

— E olhe como o seu rosto fica vermelho – disse Margon. – Oh, vocês ficam melhores a cada dia que passa.

— Nós todos devemos ficar melhores no que fazemos – disse Elthram com um ar de resignação, seus olhos apelando a Margon. – Por que deveríamos ser diferentes de vocês nesse quesito?

Felix baixou os olhos, nem resignado com a situação nem aceitando, mas apenas infeliz.

— Então, e aí? É melhor deixar Marchent sofrer na confusão? – perguntou Reuben. – E esperar que ela escorregue permanentemente para dentro de sonhos? – Ele não conseguia mais ficar calado. – O que importa como isso é chamado ou o que a ciência sabe a respeito disso? O intelecto dela sobrevive, não sobrevive? Ela é Marchent, está aqui e está sofrendo.

Feliz assentiu com a cabeça.

— Nos sonhos talvez ela possa ver o portal para os céus – disse Margon. – Se ela ficar focada no aspecto físico, talvez jamais volte a vê-lo.

— E se for o portal para a inexistência? – perguntou Reuben.

— É exatamente isso o que me parece ser – disse Stuart. – A luz branca brilha quando a energia do espírito se desintegra. É isso o que acho desse portal para os céus. Isso é tudo o que imagino que ele possa ser.

Reuben estremeceu.

Margon olhou para o outro lado da imensa mesa na direção de Elthram. Os grandes olhos deste estreitaram-se como se tentando sondar algo a respeito de Margon que não mais podia descrever em palavras.

Sergei, que ficara o tempo todo sentado e quieto, respirou bem fundo e de maneira eloquente.

— Vocês querem saber o que eu acho? – disse Sergei. – Eu acho que vamos sair daqui essa noite, Margon, eu e esses lobinhos vamos sair para caçar. E vamos deixar Felix aqui para dar continuidade aos preparativos da festa natalina. E vamos deixar Elthram e os Nobres da Floresta com a tarefa que têm pela frente.

— Isso me parece uma ótima ideia – disse Felix. – Você e Thibault, tirem esses meninos daqui. Satisfaçam a necessidade que eles têm de caçar. E Elthram, se houver algo que eu possa fazer para cooperar com você, eu o farei, você sabe disso.

— Você sabe as coisas que eu amo – disse Elthram, sorrindo. – Deixe-me cear com vocês, Felix. Traga-nos para a sua mesa. Receba-nos em sua casa.

— Ceia – debochou Margon.

Felix assentiu com a cabeça.

– As portas estão abertas, meu amigo.

– E eu acho que levar os meninos para longe daqui é uma ideia excelente – disse Elthram. – Tire Reuben daqui. E isso me dará a minha melhor chance com Marchent.

Ele ergueu-se lentamente, empurrando para trás a cadeira e levantando-se sem usar os braços ou as mãos. Reuben notou isso e novamente notou sua tremenda estatura. Dois metros e dez de altura, ele calculou aproximadamente, dado que ele próprio media 1,92m. Stuart era mais alto do que ele, e Sergei, ligeiramente mais alto do que isso.

– Eu lhe agradeço por nos convidar – disse Elthram. – Você não pode imaginar como valorizamos as suas boas-vindas, a sua hospitalidade, o seu convite para vir aqui.

– E quantos mais de seus Nobres da Floresta encontram-se aqui nesta sala neste exato momento? – perguntou Margon. – Quantos mais de vocês estão vagando nesta casa? – As palavras tinham intenção de ser acusatórias, provocativas. – Você consegue enxergar melhor depois de reunir para si esse corpo físico, depois de carregar as partículas desse corpo com a sua sutil eletricidade, depois de estreitar a sua visão para poder olhar através desses arrebatadores olhos verdes?

Elthram deu a impressão de estar perplexo. Ele afastou-se ainda mais da cadeira, piscando para Margon como se este fosse uma luz intensa. As mãos de Elthram estavam aparentemente unidas atrás dele.

Ele pareceu dizer alguma coisa baixinho, mas não foi audível.

Ouviu-se mais uma vez uma série de sons suaves, a textura do ar ameaçando as velas e o fogo, e então um grande escurecimento da penumbra ao redor deles, como se uma grande massa de figuras começasse a aparecer gradualmente. Reuben piscou, tentando limpar a visão, tentando torná-los mais visíveis, mas eles tornavam-se visíveis por conta própria, inúmeras mulheres de cabelos compridos, crianças e homens, todos vestidos em trajes de couro suave como Elthram, literalmente de todos os tamanhos e preenchendo toda a sala ao redor deles naquele momento, ao longo, atrás e na frente deles, ao redor da mesa e nos cantos.

Reuben estava deslumbrado, ciente de movimentos de mudança, gestos e sussurros aparentes ao redor das flores, tentando se concentrar nesse ou naquele detalhe – cabelos ruivos e longos, cabelos louros, cabelos grisalhos, pálpebras se mexendo sobre ele, dançando sobre a mesa, as velas tremeluzindo tresloucadamente, e até mesmo mãos tocando-o, tocando-lhe os ombros, roçando sua bochecha, acariciando sua cabeça. Ele sentiu que estava perdendo a consciência. Tudo o que via parecia material, vital, ainda que parecesse a cada momento estar pulsando cada vez mais rapidamente, como se evoluindo em direção a um pináculo de algum tipo, enquanto Stuart em frente a ele olhava freneticamente da direita para a esquerda, suas sobrancelhas unidas, a boca aberta no que parecia um gemido.

Margon levantou-se num salto e olhou com raiva para eles como se não estivesse nem um pouco preparado para aquela quantidade de pessoas. Reuben não conseguia ver Lisa, já que muitos aglomeraram-se na frente dela, e Felix apenas olhava para eles, parecendo estar sorrindo para muitos deles e balançando a cabeça em assentimento. A multidão ficou ainda mais densa como se outros estivessem pressionando as linhas de frente e avançassem lentamente, de modo que os rostos estavam agora visíveis na luminosidade total das velas, rostos humanos de todos os formatos e tamanhos, nórdicos, asiáticos, africanos, mediterrâneos – Reuben não tinha rótulos para eles, apenas as associações –, todos rústicos no vestir e nas maneiras, ainda que benignas. Nem um único rosto era desagradável, ou mesmo curioso, ou exibia o menor indício de intromissão. Eram em sua maioria passivos e demonstravam estar vagamente contentes. Ligeiras ondas de riso eram ouvidas, como alguma coisa desenhada com finas canetadas, e novamente uma sensação daqueles ao redor dele acotovelando-se sem emitir um som sequer. Então ele viu do outro lado da sala duas figuras curvando-se para beijar Stuart no rosto.

De repente, com um sopro de vento que sacudiu os próprios caibros do telhado, a companhia inteira desapareceu de vista.

As paredes rangeram. O fogo rugiu na chaminé e as janelas chiaram como se prestes a se quebrar. Um ronco profundo e ameaçador percorreu a estrutura em torno deles; travessas e copos no aparador tilintaram e retiniram, e, dos cristais resplandecentes, um zumbido em cima da mesa.

Todos se foram, desmaterializados. Num piscar de olhos.

As velas foram apagadas.

Lisa estava grudada à parede como se estivesse num barco sacolejante, os olhos parcialmente fechados. Stuart ficara branco de pavor. Reuben resistia à ânsia de fazer o sinal da cruz.

– Bastante impressionante – sussurrou Margon com sarcasmo.

Subitamente, camadas de chuva foram arremessadas de encontro às janelas com tal força que o vidro rangeu e se retesou nas molduras. A casa inteira estava rangendo, retorcendo-se, e o altissonante assobio do vento nas chaminés vinha de todos os lados. A chuva açoitava os telhados e as paredes. As janelas chiavam e ribombavam como se fossem explodir.

E então o mundo, o suave e familiar mundo ao redor deles, ficou quieto.

Stuart deixou escapar um longo arquejo. Suas mãos foram até o rosto, olhos azuis espiando Reuben através dos dedos. Ele estava obviamente deliciado.

Reuben mal conseguia reprimir um sorriso.

Margon, de pé com os braços cruzados, tinha um estranho olhar de satisfação no rosto, como se houvesse provado sua tese. Mas qual era essa tese precisamente, Reuben não conseguia entender.

– Nunca esqueçam aquilo com que vocês estão lidando – disse Margon a Stuart e Reuben. – É muito fácil seduzi-los a exibir seus poderes. Eu sempre fico extasiado diante disso. E nunca se esqueçam de que pode haver uma multidão em torno de vocês a qualquer momento, miríades de fantasmas inquietos e sem lar vagando por aí.

Felix estava sentado, calmo e tranquilo, olhando para a madeira envernizada à sua frente, onde Reuben podia ver o brilho do fogo refletido.

– Escute-os, minha querida Marchent – disse Felix com sentimento. – Escute-os e permita que eles enxuguem suas lágrimas.

16

Onde eles estavam? Isso importava? Reuben e Stuart estavam tão famintos que nem se importavam. Eles também estavam exaustos. A decrépita *villa* caindo aos pedaços ficava na encosta da montanha, a retorcida floresta equatorial estava se apossando dela, as janelas arqueadas sem vidro, as colunas gregas descascando, os pisos entulhados de folhas mortas e sujeira. Uma horda de criaturas carnívoras rastejava pelos fétidos escombros e pela vegetação rasteira despedaçada e definhada que entupia as passagens e a escada.

O anfitrião, Hugo, era o único *Morphenkind* fora do grupo dos Distintos Cavalheiros que eles haviam visto até aquela data, um homem corpulento e gigantesco com cabelos castanhos compridos e embaraçados e maníacos olhos pretos, vestido em andrajos que poderiam muito bem ter sido, no passado, uma camisa e uma bermuda cáqui. Descalço e sujo da cabeça aos pés.

E, depois que ele os conduziu às imundas salas nas quais eles poderiam dormir em colchões cobertos de terra e em estado de decomposição, Sergei disse baixinho:

— Isso é o que acontece quando um *Morphenkind* vive o tempo todo como uma fera.

A *villa* tinha o cheiro de um zoológico urbano no meio do verão. De fato estava abafado, mas a sensação era reconfortante depois do incessante frio do norte da Califórnia. No entanto, parecia uma toxina, exaurindo e enfraquecendo Reuben a cada passo.

Em voz baixa, Stuart perguntou:

— A gente tem de ficar aqui? Tipo, que tal um motel estilo americano? Um hotelzinho discreto? Ou então uma acomodação simpática com alguns nativos idosos em alguma cabana?

— Nós não viemos pelo conforto da casa — disse Margon. — Agora escutem o que eu vou falar, vocês dois. Nós não passamos todas as nossas horas lupinas caçando seres humanos, e nunca houve nenhuma lei dizendo que deveríamos fazê-lo. Viemos para cá para espreitar as antigas ruínas dessas selvas – templos, tumbas, as ruínas de uma cidade – de um modo que homens e mulheres não teriam condições de fazer; como *Morphenkind* e, durante o processo, nós vamos nos alimentar dos roedores que habitam a selva. Veremos coisas que nenhum olho vê há séculos.

– Isso é um sonho – disse Reuben. – Por que eu não pensei nessas coisas antes? – Mil possibilidades estavam se abrindo diante dele.

– Primeiro, encham as suas barrigas – disse Margon. – Nada pode lhes fazer mal aqui, nenhuma fera, serpente, inseto ou nativo, se é que terão a ousadia de se aproximar. Deixem as roupas onde estão. Respirem e vivam como *Morphenkinder*.

De imediato, eles lhe obedeceram, despindo-se das camisas e calças que já estavam empapadas de suor.

A pelagem lupina cobriu toda a extensão do corpo de Reuben, protegendo-o do calor, como sempre o protegia do frio. A enervante fraqueza em seus membros evaporou num acesso de poder. De imediato, os sons de zumbido, de suspiro e de ondas oriundos da selva tomaram conta dele. Sobre as colinas e vales ao redor deles, a selva fervilhava como um grande e ondulante ser fungiforme.

Sem esforço, eles desceram o penhasco e adentraram a estrepitosa rede de folhas afiadas e trepadeiras pontudas, o céu noturno rosa e luminescente acima deles, deslizando sem medo pela encosta da montanha.

Os nocivos roedores rastejantes de pelo castanho deslizavam seus corpos, fugindo deles em todas as direções. A caçada foi fácil, as presas grandes e pungentes, arfando impotentemente diante de dentes afiados à medida que os *Morphenkinder* arrebentavam pelos e tendões até o sangue jorrar.

Eles se refestelaram em conjunto, debatendo-se e rolando ruidosamente na vegetação rasteira, a selva em torno deles irrompendo com os alertas dos seres viventes que os temiam, grandes e pequenos. Os macacos noturnos berravam no alto das árvores. Galhos podres e decadentes e troncos de árvores decrépitas despedaçavam-se embaixo deles, as duras e fibrosas trepadeiras envergadas e rasgadas pelos seus mais simples movimentos, cobras debatendo-se tresloucadamente em meio à folhagem enquanto os insetos aglomeravam-se ao redor deles, procurando cegá-los ou detê-los sem sucesso.

Seguidamente, Reuben abatia gordos e suculentos ratos, grandes como guaxinins, arrancando a trêmula pelagem sedosa para morder a carne. Sempre a carne. a mesma carne salgada empapada de sangue. O mundo devora o mundo para fazer o mundo.

Por fim, todos ficaram satisfeitos e deitaram-se num caramanchão formado por folhas de palmeiras e galhos em forma de garra, preguiçosos e à beira do cochilo. Como era receptivo o ar quente e imóvel, o profundo ribombar de vidas malignas ao redor deles.

– Vamos – disse Margon.

Eles o seguiram através de um túnel aberto por Margon na densa vegetação, movendo-se graciosamente em quatro patas, saltando de tempos em tempos para indicar uma rápida passagem em meio à selva bem acima da terra.

Chegaram a um vale profundo, dormitando sob seu retorcido colchão de verde.

Bem ao longe, eles puderam sentir o aroma do mar e, por um momento, Reuben pensou tê-lo ouvido, o subir e descer das ondas, ondas equatoriais, sem vento, e caindo, eternamente caindo numa praia imaginária.

Não havia nenhum cheiro de seres humanos ali, nem mais nem menos do que havia ao redor da *villa*. A quietude enganadora, ainda que tranquilizante, do mundo natural reinava, com o som fervilhante e abafante da morte, a morte no alto das árvores, a morte no solo da selva, inquebrável por alguma voz humana.

Reuben sentiu um súbito calafrio ao pensar por quanto tempo o mundo todo havia sido daquele jeito, desprovido de olhos e ouvidos humanos ou de uma linguagem humana. Será que Margon estava pensando nessas mesmas coisas? Margon, que havia nascido num tempo em que o mundo ainda não detinha um pedigree selvagem de milhões e milhões de anos de evolução biológica.

Uma terrível solidão e uma sensação de fatalidade tomaram conta de Reuben. Contudo, aquela era uma percepção que não tinha preço, um momento que não tinha preço. E ele sentia-se esplendidamente alerta, maravilhando-se diante do universo de formas e movimentos variantes que conseguia captar na escuridão do ar. Ele sabia que era humano e *Morphenkind* no mesmo corpo. Sergei levantou-se nas pernas traseiras e jogou a cabeça para trás, a boca escancarada, as presas cintilando como se estivessem engolindo a brisa. Até mesmo a grande e sombria figura lupina de pelagem castanha que era Stuart, quase tão grande quanto Sergei, parecia estar contente por um momento, agachada, mas não para atacar, apenas observando com cintilantes olhos azuis o vale abaixo deles e os distantes despenhadeiros adiante.

Será que Margon estava sonhando? Ele oscilava ligeiramente de um pé a outro, grandes braços peludos pendentes nas laterais do corpo, como se a brisa o estivesse levando.

– Por aqui – sinalizou Margon por fim. E eles mergulharam com ele no que, para seres humanos, seria um intransponível emaranhado de trepadeiras nodosas e folhas afiadas, pontiagudas e ameaçadoras. Avançando ruidosamente em meio a um bolsão atrás do outro de plantas rasteiras molhadas e fétidas, eles seguiram em frente, inexoravelmente, pássaros grasnando acima, lagartixas esquivando-se deles.

À frente, Reuben viu uma imensa pirâmide. De quatro, eles percorreram sua enorme base, e então escalaram seus degraus altos, arrancando os colmos viventes que a cobriam como se fossem papel de embrulho.

Como eram visíveis sob o céu rosado aquelas curiosas e retorcidas figuras maias, tão espetacularmente entalhadas, seus membros parecendo se contorcer como as serpentes e as trepadeiras da selva em torno deles, rostos solenes de perfil com olhos parcialmente fechados e narizes semelhantes a bicos de grandes aves. Cabeças encontravam-se cobertas de penas. Corpos estavam envolvidos em misteriosas configurações e padronagens, como se aprisionados no próprio tecido do mundo tropical.

Eles continuavam a seguir, passando as patas sobre aquelas imagens de pedra à medida que iam puxando o véu de folhagem.

Como aqueles momentos pareciam particulares, íntimos. No distante mundo da rotina diária, tais relíquias encontravam-se encapsuladas em museus, intocáveis e fora de contexto, sem nenhuma conexão com uma noite como aquela.

No entanto, ali, encostado àquele monumento, Reuben pressionava as almofadas de suas patas, e a testa, saboreando a superfície áspera e até mesmo o profundo cheiro da pedra que respirava e se desintegrava.

Ele se afastou dos outros e disparou em direção ao topo da pirâmide, pés com garras ganhando fácil tração enquanto ascendia, até encontrar-se sob as infinitamente tênues e tremeluzentes estrelas.

A névoa que soprava, preenchida com a luz da lua, procurava engolir as lamparinas dos céus. Ou, pelo menos, é o que talvez imaginasse um poeta, quando na verdade todo o mundo odorífero e trêmulo ao redor dele, da terra e da flora e da indefesa fauna, das nuvens gasosas e do ar úmido – tudo isso suspirava e cantava com um milhão de propósitos entrecruzados e, por fim, com nenhum propósito confesso –, um caos acidental cegamente exibindo a inexplicável beleza que ele agora via.

O que somos nós para conseguirmos testemunhar tamanha beleza? O que somos nós para termos agora o poder de leões e nada temermos, ainda que possamos enxergar isso com os olhos e os corações de seres pensantes, fazedores de música, fazedores de história, fazedores de arte? Fazedores de serpenteantes entalhes que cobrem essa velha estrutura encharcada de sangue? *O que somos nós para conseguirmos sentir tais coisas como estou sentindo agora?*

Viu os outros espreitando, correndo, parando e avançando. Desceu novamente para juntar-se a eles.

Por horas eles ficaram à espreita, sobre paredes quebradas, construções baixas de teto achatado, e nas próprias pirâmides, em constante busca de rostos, formas, desenhos geométricos, até que finalmente Reuben ficou cansado e quis apenas sentar-se sob o céu, sorvendo com todos os seus sentidos a inequívoca ambiência daquele lugar secreto e abandonado.

Mas o pequeno bando continuou avançando, na direção do aroma do mar. Reuben também queria ver o litoral. Sonhou subitamente estar correndo em intermináveis areias de deserto.

Margon estava na frente, com Sergei movendo-se rapidamente atrás dele. Reuben alcançou Stuart e eles seguiram em frente num ritmo fácil até que Margon parou repentinamente. Ele ficou totalmente de pé.

Reuben sabia o porquê. Ele também avistara a coisa.

Vozes na noite onde não deveria haver nenhuma.

Eles subiram em um pequeno penhasco.

O grande oceano cálido esticava-se adiante, resplandecendo maravilhosamente sob as brilhantes nuvens incandescentes. Tão diferente do frio oceano nortista, aquele convidativo mar tropical.

Bem abaixo eles viram uma estrada serpenteante que levava a uma praia recortada adiante. A areia parecia branca, e as ondas pretas com espuma branca assim que eles aterrissaram com força nas rochas.

As vozes vinham do sul. Margon moveu-se para o sul. Por quê? O que ele estava ouvindo?

Então, todos eles ouviram conforme o seguiam. Reuben viu a mudança em Stuart enquanto ele próprio sentia o delicioso enrijecimento de seu corpo, a aparente expansão do peito.

Vozes chorando na noite, vozes de criança.

Margon começou a correr e todos eles tentaram freneticamente manter seu ritmo.

Mais para o sul eles se moveram e mais para cima em direção a um cinturão de penhascos onde a vegetação desaparecia, deixando apenas um promontório rochoso.

O vento quente vinha forte e renovado, inundando todos ali reunidos.

Bem abaixo e à esquerda, enfiado na encosta da montanha, eles viram o nítido contorno de uma casa eletricamente iluminada e, próximo a ela, jardins vastos e bem cuidados, piscinas iluminadas e estacionamentos pavimentados. A casa era um conglomerado de telhados de ladrilho e amplos terraços. Reuben podia ouvir o leve zumbido e o rugido de máquinas. Carros infestavam o estacionamento como exóticos besouros.

As vozes elevaram-se num suave coro de gritos e desesperadas palavras abafadas. Crianças naquela casa. Meninos e meninas, assustados, agitados e desesperançados. E sobre o aterrador coro de miséria vieram as vozes mais profundas de homens. Homens anglófonos, misturados uns com os outros em fácil camaradagem. E a batida baixa de vozes femininas em outra língua, falando de disciplina e dor.

– Os melhores aqui, os melhores mesmo – disse uma voz masculina. – Você não vai encontrar nada como isso aqui em nenhum lugar do mundo, nem mesmo na Ásia.

Uma menininha chorava sem palavras. Uma zangada e agressiva voz feminina em língua estrangeira ordenou obediência, tão transparentes a adulação e a perseguição reunidas em uma coisa só.

Aromas de inocência e sofrimento, aromas de maldade e outros aromas, estranhamente ambíguos e inclassificáveis, odiosos e horrendos, elevavam-se ao redor deles.

Margon desceu do limite do penhasco, os braços erguidos, caindo e caindo até aterrissar pesadamente no telhado de ladrilho. Todos o seguiram, aterrissando silenciosamente em seus pés almofadados. Como poderiam não o seguir? Um ruído baixo, nem rosnado nem rugido, escapou do peito de Stuart. Sergei respondeu.

Mais uma vez eles desceram, dessa vez em direção a um amplo e espaçoso terraço. Ah, que lugar celestial, com suaves canteiros de flores brilhando à delicada luz elétrica, e as piscinas tremeluzindo e refulgindo como se fossem raras joias. As palmeiras sacolejando ao vento acariciante.

As paredes da *villa* erguiam-se diante deles, com janelas de vidro e sutis luzes tranquilizadoras, cortinas transparentes desfraldadas na noite e se contorcendo na brisa.

Sussurro de uma criança rezando.

Com um rosnado, Margon entrou no cômodo enquanto berros e gritos elevaram-se ao redor dele.

As crianças saltaram da cama de cabeceira alta e correram para os cantos enquanto a mulher e o homem semidespido fugiam para salvar suas vidas.

– *Chupacabra!* – rosnou a mulher. Cheiro de maldade, velha e habitual maldade. Ela jogou uma luminária nos *Morphenkinder* que se aproximavam. Uma torrente de impropérios escapava dela como um fluido pestilento.

Margon agarrou a mulher pelos cabelos, e Stuart agarrou o homem que estava com ela, o lamuriante e soluçante homem. Instantaneamente, ambos morreram, restos arrastados pelo quarto e arremessados sobre a parede do terraço.

Despidos, um menino e uma menina se abaixaram, rostos e membros escuros e contorcidos de terror, cabelos pretos brilhando. Vamos em frente.

Mas havia algo confuso para Reuben, algo que o apoquentava enquanto eles corriam através dos vastos corredores, entrando num aposento atrás do outro. Havia homens fugindo que não exalavam nenhum aroma maligno, somente o cheiro acre de medo abandonando-os, o fedor de intestinos soltando-se e urina esguichando. E algo mais que poderia muito bem ser vergonha.

De encontro a uma parede, dois homens encontravam-se de pé, homens de estatura comum e roupas comuns, absolutamente aterrorizados, rostos molhados e pálidos, bocas abertas e salivando. Quantas vezes Reuben não vira aquela mesma atitude antes, aquele desamparo, aquele olhar vazio de um ser humano despedaçado à beira da insanidade? Mas faltava algo ali, algo estava confuso, algo não estava certo.

Onde estava o claro imperativo? Onde estava o aroma decisivo? Onde estava a inegável evidência do mal que sempre o incitara a matar instantaneamente no passado?

Margon estava ao lado dele.

– Eu não posso fazer isso – sussurrou Reuben. – Eles são covardes – sussurrou ele. – Mas eu não posso...

– Sim, a clientela ignorante e demente desses traficantes de escravos – disse Margon baixinho –, a própria onda de apetite que sustenta todo esse negócio pestilento. Eles estão por toda parte nessa casa.

– Mas o que fazemos? – perguntou Reuben.

Stuart estava lá parado, um olhar de desamparo, à espera da ordem.

Embaixo, pessoas estavam correndo e gritando. Ah, agora havia o aroma, havia o velho fedor que galvanizou Reuben e fez com que voasse escada abaixo. Maldade, eu te odeio, eu te mato, maldade total, fedendo como uma planta carnívora. Como era fácil abatê-los, os durões, a escória, um atrás do outro. Seriam aqueles os velhos predadores habituais ou seus serviçais? Ele não sabia. Ele não se importava.

Tiros espocaram nas salas com paredes de argamassa.

– *Chupacabra, chupacabra.* – Selvagens voleios de espanhol explodiam como um ataque de artilharia.

Havia um carro dando partida no exterior da casa e o rugido do motor de um carro acelerando.

Através das amplas portas abertas do terraço, Reuben viu a gigantesca figura de Sergei disparando atrás do carro e facilmente o ultrapassando, avançando primeiro na capota e, em seguida, descendo na frente do para-brisa enquanto o veículo perdia o controle, derrapava num círculo e parava, o vidro explodindo.

Mais um daqueles covardes ajoelhou-se bem diante de Reuben com os braços erguidos, a cabeça careca abaixada, óculos cintilando, orações escapando-lhe da boca, orações católicas, palavras saltando-lhe da boca desprovidas de qualquer significado e semelhantes aos murmúrios de um maníaco.

– Santa Maria Mãe de Deus, Jesus, José e todos os santos, meu Deus, por favor, Mãe de Deus, Deus, por favor, eu juro, não, por favor, por favor, não...

E, novamente, nenhum fedor nítido e inequívoco de maldade, nenhum aroma que comandasse isso, que tornasse isso claro, que tornasse isso possível.

Pessoas estavam morrendo lá em cima.

Aqueles homens estavam morrendo lá em cima, aqueles homens que Reuben deixara com vida. Por sobre a balaustrada da escada caiu um daqueles corpos, aterrissando de cara no chão, ou o que sobrara de sua cara, sangue escorrendo dela.

– Faça isso! – sussurrou Margon.

Reuben sentiu que não conseguiria. Culpados, quem sabe, soterrados em vergonha, sim, e medo, indizível medo. Mas totalmente malignos, em hipótese alguma. Esse era o horror. Isso era algo diferente, algo mais repelente, hediondo e frustrante a seu próprio modo do que o mal proposital, o rompimento proposital de todas as coisas humanas, isso era algo que fervilhava numa fome desamparada, numa negação agonizante.

– Eu não posso.

Margon matou o homem. Ele matou outros.

Sergei apareceu. Sangue, sangue e mais sangue.

Outros corriam pelos jardins. Outros saíam às pressas pelas portas. Sergei foi atrás deles, e Margon fez o mesmo.

Reuben ouviu a voz torturada de Stuart:

– O que a gente pode fazer com essas crianças?

Soluços, soluços em toda parte ao redor deles.

E os aglomerados de mulheres, cúmplices, sim, aterrorizadas, estragadas, derrotadas, ajoelhadas também.

– *Chupacabra!* – Ele ouviu a palavra encaixada em meio aos gritos suplicantes eivados de orações das mulheres. – *Ten piedad de nosotros*.

Margon e Sergei retornaram, o sangue gotejante grudado em suas pelagens.

Sergei andava à frente do aterrorizado grupo ajoelhado, murmurando em espanhol palavras que Reuben não conseguia captar ou entender.

Mulheres balançavam a cabeça em concordância; as crianças rezavam. Em algum lugar o telefone tocou.

– Venham, vamos embora daqui. Fizemos o que estava ao nosso alcance – disse Margon.

– Mas as crianças?! – disse Stuart.

– Pessoas chegarão – retrucou Margon. – Virão pegar as crianças. E a história se espalhará. E o medo fará seu trabalho. Agora vamos.

De volta à arruinada *villa*, eles se deitaram em seus colchões, suando, ossos fatigados, e atormentados.

Reuben mirava o teto de argamassa manchado e quebrado. Oh, ele sabia que esse momento viria. Sabia que tudo havia sido simples demais antes, a Irmandade do Aroma, a irmandade que agia como a mão direita de Deus, incapaz de erros.

Margon estava sentado de pernas cruzadas encostado à parede, os cabelos escuros soltos sobre os ombros nus, os olhos fechados, perdido em meditações ou em orações.

Stuart saiu do colchão e começou a perambular de um lado para o outro, incapaz de parar.

– Haverá momentos como esse – disse Margon finalmente. – Vocês os encontrarão, sim, e situações ainda mais desconcertantes e frustrantes. Pelo mundo todo, dia após dia e noite após noite, vítimas tombando no abismo com os culpados, e os fracos e os corruptos que não merecem a morte pagam com suas vidas, de um jeito ou de outro, pelo que fazem e pelo que não fazem.

– E nós vamos embora – gritou Stuart. – Vamos embora e deixamos as crianças?

– Está acabado – disse Margon. – Você leva consigo as lições.

– Alguma coisa foi conquistada – disse Sergei –, não tenha dúvidas quanto a isso. O local está despedaçado. Todos eles sairão de lá; as crianças terão alguma chance de fuga. As crianças se lembrarão. Lembrar-se-ão de que alguém chacinou os homens que vieram para explorá-las. Elas se lembrarão disso.

– Ou vão ser mandadas para outro bordel – disse Stuart de maneira sombria. – Jesus Cristo! Não dá para declararmos guerra a esse pessoal, uma guerra consistente?

Sergei riu baixinho.

– Nós somos caçadores, lobinho, e eles são as presas. Não se trata de guerra.

Reuben ficou calado. Mas ele vira algo que não lhe sairia da cabeça e maravilhou-se com o fato de que isso não o surpreendia. Ele vira Margon e Sergei chacinarem de livre e espontânea vontade aqueles que não exalavam o aroma fatal, aquelas almas horrorosas, comprometidas, dominadas por apetites pecaminosos e por uma fraqueza inveterada.

Se podemos fazer isso, pensou ele, então podemos lutar uns contra os outros. O aroma do mal não faz de nós o que somos, e, assim que nos transformamos em feras, podemos matar como feras, e temos apenas a parte humana de nós, a falível parte humana, para nos guiar.

Mas essas ideias eram abstratas e remotas. Apenas as lembranças eram imediatas – meninos e meninas correndo em estado de terror, e as mulheres, as mulheres gritando por misericórdia.

Em alguma parte daquela *villa* imunda, Margon conversava com o misterioso Hugo.

Será que fora feito um plano para destruir o bordel à beira-mar?

Não havia dúvidas de que o local estava deserto agora. Quem em seu juízo perfeito teria permanecido lá?

Ele caiu no sono, odiando a sujeira e a areia em seu colchão, esperando pelo carro que chegaria antes do nascer do sol para levá-los ao luxuoso hotel onde tomariam banho e jantariam antes de pegar o voo para casa.

17

Eles chegaram na noite de sábado, mais ou menos às 21 horas, e nunca a propriedade lhes parecera mais cálida, mais receptiva, mais bela. Em meio à névoa chuvosa, à medida que subiam a estrada, puderam distinguir as empenas iluminadas ao longo da fachada e os bem traçados quadrados e retângulos dos três andares de janelas.

Felix saiu pela porta da frente para saudá-los a todos na estradinha com um afetuoso abraço e para mostrar-lhes os preparativos para o banquete do dia seguinte. Sua exuberância era positivamente contagiosa.

O terraço inteiro era agora um grande e iluminado pavilhão com as gigantescas tendas fluindo umas nas outras de ambos os lados de um grande corredor coberto que levava ao imenso estábulo natalino.

Este encontrava-se de costas para o mar, cercado por uma floresta de densas e belas coníferas norte-americanas, todas esplendidamente iluminadas como tudo o mais. As figuras marmóreas do presépio estavam artisticamente iluminadas e perfeitamente dispostas em meio a um leito de folhas verdes de pinheiro e o mais esplêndido agrupamento de peças natalinas que Reuben jamais vira em sua vida. Até mesmo Stuart ficou melancólico e quase tristonho ao olhar para a decoração. Reuben ficou terrivelmente entusiasmado ao imaginar que toda a sua família veria aquilo. E ele poderia ter ficado em pé sozinho ao lado daquele presépio por um longo tempo, apenas olhando para os rostos marmóreos de Maria e José e para o resplandecente Menino Jesus. Em cima do frontão triangular do estábulo havia sido afixado, com suportes e pinos, um grande anjo de mármore que, banhado em luz dourada, olhava para baixo em direção à Sagrada Família.

A floresta de altas coníferas norte-americanas dispostas em vasos estendia-se à direita e à esquerda do estábulo, encostada a uma parede de madeira recentemente construída, e isso funcionava como um excelente quebra-vento. De qualquer maneira, depois do anoitecer ninguém veria o oceano.

À esquerda do estábulo no vasto espaço das tendas encontrava-se um gigantesco agrupamento de cadeirinhas para músicos pintadas a ouro, prontas e à espera, com estantes para partituras em arame preto para a orquestra, ao passo que na extrema direita estavam as cadeiras para o coro adulto e para o de meninos, que se revezariam e às vezes cantariam juntos.

Havia outros coros também, Felix acrescentou rapidamente, e eles iriam cantar dentro da casa e nos carvalhos. Ele conferira com todos mais cedo e cuidara de tudo.

O resto do pavilhão estava lindamente mobiliado com centenas de mesinhas brancas cortinadas e cadeiras brancas igualmente revestidas, todas com fitas douradas. Cada mesa possuía seu trio de velas num abajur de vidro, cercadas de azevinhos.

A cada metro parecia haver mesas ou bares já estocados com urnas prateadas para café, porcelanas e estojos de utensílios de vidro, bem como estojos de bebidas leves e tubos para gelo que seriam entregues no dia seguinte. Montanhas de guardanapos de linho encontravam-se prontas para o uso, junto com pilhas de colheres de prata e garfos de sobremesa.

A moldura de metal abaixo dos altos tetos brancos das tendas encontrava-se lacrada com guirlandas de pinheiro recentemente colhidas, atadas aqui e ali com fitas de veludo vermelho; uma boa quantidade de azevinho fora adicionada a eles também. E a laje do terraço inteiro fora limpa e polida até adquirir um alto grau de lustre.

Aquecedores a óleo de grandes dimensões em formato de árvore estavam dispostos em todos os lugares, e alguns já estavam acesos para manter o ar não apenas cálido como também seco. Diminutas luzinhas multicoloridas encontravam-se amarradas em todos os lugares. Mas a verdadeira iluminação era fornecida por suaves holofotes de luz branca.

O pavilhão abria-se em três lugares ao longo da ala leste para acomodar os convidados que chegavam da estradinha e aqueles que perambulavam pela floresta de carvalho, e a porta da casa em si abria-se em direção ao pavilhão.

Em suma, o local tornara-se uma imensa e esparramada extensão da casa, e Reuben confessou jamais haver visto nada daquela escala antes, nem mesmo nas maiores cerimônias de casamento.

A chuva caía apenas levemente agora, e Felix tinha muita esperança de que daria uma pequena trégua no dia seguinte.

– Ainda assim, vai ser totalmente possível caminhar na floresta – disse ele –, já que os galhos são bem espessos. Bem, esperemos e, caso não seja possível, bem, vai ser esplêndido simplesmente ficar olhando daqui.

Sim, com toda certeza.

– Você devia ver como está a cidade – disse Felix. – Tudo está pronto para a feira. A pousada está lotada e as pessoas estão alugando quartos vagos em suas casas para os comerciantes. Nós estamos com uma maravilhosa gama de artigos artesanais. Espere só para ver. E pense no que poderemos fazer para o próximo ano, quando realmente tivermos tempo para fazer as coisas adequadamente.

Ele levou o grupo para o interior da sala principal e ficou parado com os braços cruzados enquanto eles mostravam seu reconhecimento pela perfeição de tudo.

Tudo havia sido "feito" ou pelo menos eles pensavam que havia sido, quando partiram, mas parecia que uma infinidade de refinamentos havia sido acrescentada.

– Aquelas velas em cima de todas as vigas são de árvores da cera purinhas – disse Felix – e os azevinhos. Repare bem nos azevinhos. – Eles estavam por toda parte, com escuras folhas afiadas e cintilantes e frutinhas vermelhas bem vívidas aninhadas no interior da guirlanda em volta das lareiras, dos umbrais e das janelas.

À gigantesca árvore, já uma obra-prima antes deles terem partido, inúmeros pequenos ornamentos de ouro haviam sido acrescentados, a maioria representando nozes ou tâmaras, e também uma abundância de anjos de ouro.

E, à direita da porta da frente, encontrava-se um gigantesco relógio de pêndulo alemão, escuro e pesadamente entalhado.

– Para dar as badaladas na véspera do Ano-Novo – disse Felix.

Na sala de jantar, a grande mesa estava coberta de renda Battenberg, e arrumada, a exemplo do aparador, com pratos de prata e pesadas peças de serviço de jantar. No canto, havia um comprido bar montado com um deslumbrante sortimento de destilados das melhores marcas e vinhos, assim como mesas redondas espalhadas com urnas de prata para café e pilhas de resplandecentes xícaras e pires de porcelana.

Pratos de porcelana em pelo menos dez ou mais padrões estavam empilhados nas extremidades da comprida mesa, junto com pilhas de pesados garfos de prata para jantar. *Chefs* cortariam o peru e o presunto para uma "refeição de garfo", disse Felix, e algumas pessoas teriam de equilibrar uma travessa em seus joelhos, e ele queria que elas estivessem totalmente confortáveis.

Reuben estava completamente imbuído daquele espírito, mas a ausência de Laura o magoava e também a preocupação com Marchent. Mas, a se julgar pelo entusiasmo de Felix, talvez não houvesse motivo agora para preocupações com Marchent. Contudo, a ideia de Marchent aqui ou de Marchent morta aterrorizava igualmente o coração de Reuben. Mas ele não queria admitir isso.

Eles cearam na cozinha, amontoados ao redor da mesa retangular ao lado da janela, Lisa servindo um pungente cozido de carne em suas tigelas, enquanto os homens serviam-se de bebidas e Jean Pierre oferecia-lhes uma salada verde crocante. Stuart devorou metade de um pão francês antes mesmo de tocar no cozido.

– Não se preocupem com a cozinha – disse Felix. – Ela será transformada como tudo o mais. E não fiquem chocados com todas as guirlandas no segundo andar. Podemos trazê-las aqui para baixo pelas portas depois da festa.

– Eu estou meio que amando tudo isso – comentou Stuart. E ele realmente parecia deslumbrado enquanto olhava ao redor para as decorações na janela da cozinha que não estavam lá antes e para a quantidade de velas no aparador. – É uma pena não poder ser Natal o ano inteiro.

– Oh, mas a primavera trará seus festivais – disse Felix. – Agora devemos descansar. Temos de estar na aldeia amanhã às dez para a feira. É claro que poderemos fazer intervalos. Não precisamos ficar lá o dia inteiro; bem, eu terei de ficar lá o dia inteiro e, Reuben, seria bom se você pudesse ficar comigo.

Reuben concordou imediatamente. Ele estava sorrindo para a grandiosidade de todo aquele empreendimento e imaginava quem seria o primeiro de sua família a perguntar quanto aquilo havia custado e quem estava pagando. Talvez Celeste fizesse a pergunta, mas, pensando bem, talvez não ousasse tanto.

Agora era Stuart quem estava fazendo essa mesma pergunta.

Estava claro que Felix não queria responder, e Sergei disse:

– Um banquete como esse é um presente a todos os que comparecem, espere e verá; é assim. Você não pode medir em dólares e centavos. Trata-se de uma experiência. E as pessoas falarão sobre o evento por anos e anos. Você lhes dá algo inestimável oferecendo-lhes tudo isso.

– Certo, mas também elas nos dão algo inestimável – disse Felix –, ao comparecerem. Elas fazem parte disso, e o que seria desse evento sem todas elas?

– Verdade – concordou Sergei, e então, olhando para Stuart, disse com seriedade: – No meu tempo, é claro, nós comíamos os cativos de outras tribos na Invernia, mas, antes de cozinhá-los, nós os colocávamos para morrer sem dor.

Felix riu bem alto antes de conseguir parar.

E Stuart rebateu:

– Ah, sim, pode acreditar! Você é um fazendeiro de West Virginia e sabe muito bem disso. Provavelmente trabalhou um tempo numa mina de carvão. Ei, não estou criticando nada disso, só estou comentando.

Sergei riu e sacudiu a cabeça.

Margon e Felix trocaram olhares furtivos, mas nada disseram.

Após a ceia, Reuben e Felix encaminharam-se para a escada juntos.

– Você precisa me dizer se a vir – disse Felix. – Mas eu acho que não a verá. Acho que Elthram e seu povo obtiveram sucesso.

– Elthram lhe contou isso?

– Mais ou menos – disse Felix. – Espero que você durma bem essa noite, e agradeço bastante o fato de me acompanhar à aldeia amanhã, porque você é o senhor da mansão, sabe muito bem disso, e todos eles querem muito vê-lo. Será um dia e uma noite longos, mas é apenas uma vez por ano, e todos eles adorarão a experiência.

– Eu também vou adorar – disse Reuben. – E quanto a Laura?

– Bem, ela estará conosco amanhã na aldeia durante um certo tempo... e depois mais tarde, na véspera de Natal, é claro. Isso é tudo o que eu sei. Reuben, nós devemos deixar que ela faça as coisas da maneira dela. É isso o que Thibault está fazendo, deixando que ela decida as coisas.

– Sim, senhor – concordou Reuben com um sorriso. Ele beijou Felix rapidamente ao estilo europeu, nas duas bochechas, e então foi para a cama.

Dormiu assim que encostou a cabeça no travesseiro.

18

O dia amanheceu cinzento, porém sem chuva. O ar estava úmido, como se a qualquer momento o céu sem forma fosse dissolver-se em chuva, mas às dez da manhã isso ainda não havia acontecido.

Reuben acordara maravilhosamente restaurado, sem sonhos ou indícios da presença de Marchent. E estava no térreo às nove para um rápido desjejum.

Grandes caminhões frigoríficos já estavam chegando, e os encarregados do bufê infestavam a cozinha e o jardim dos fundos, descarregando fornos portáteis, máquinas de fazer sorvete e outros equipamentos, enquanto os adolescentes que funcionariam como guias por toda a casa e pela floresta estavam lá para serem "orientados" por Lisa.

Todos os Distintos Cavalheiros estavam presentes e muito bem-vestidos em ternos escuros e, às 9:30, Felix, Reuben, Stuart e Margon encaminharam-se à "aldeia", enquanto Thibault, Sergei e Frank permaneceram na casa a fim de se prepararem para o banquete.

A cidade estava renascida. Ou isso, ou Reuben simplesmente jamais a vira antes. Agora com todas as fachadas desenhadas com luzes decorativas, pela primeira vez ele apreciava as lojas em estilo Velho Oeste com seus telhados inclinados que protegiam as calçadas, e como a pousada de três pavimentos dominava gloriosamente a rua principal, assentada bem no meio do espaço formado por três quarteirões e voltada para o antigo teatro.

O antigo teatro, embora no meio de sua restauração, fora aberto apenas para um dos muitos mercados de artesanato, e as barracas já estavam fazendo negócios com uma animada multidão de famílias com crianças que havia chegado cedo para o evento.

Havia carros encostados uns nos outros no espaço de três quarteirões que era o centro da cidade, e eram direcionados às ruas laterais onde se encontravam estacionamentos vários quarteirões adiante.

Cada loja estava ocupada e com movimento, e um grupo de músicos em trajes da Renascença já estava tocando ao lado das portas da pousada enquanto outro grupo, um quarteirão e meio adiante, cantava canções natalinas perto do único posto de gasolina da cidade. Diversas pessoas vendiam guarda-chuvas leves e transparentes, e ambulantes ofereciam biscoitos de gengibre e tortinhas doces dispostos em tabuleiros quentes ou em bandejas que eles carregavam em meio à multidão.

Várias pessoas abordaram Felix logo que desceu do carro. Reuben também estava sendo cumprimentado por todos os lados. Margon foi ver como as coisas estavam indo lá na pousada. Mas Reuben, Stuart e Felix fizeram seu lento e deliberado progresso ao longo de um dos lados da rua com o objetivo de chegar ao outro lado.

— Ah, os Nobres da Floresta vão amar tudo isso — comentou Felix.
— Eles estão aqui agora? — perguntou Stuart.
— Eu ainda não os vejo, mas eles virão. Eles amam completamente esse tipo de coisa, pessoas descendo em direção à floresta e em suas abandonadas cidadezinhas, pessoas gentis, pessoas que amam o ar frio e penetrante com cheiro de pinheiro. Você verá. Eles virão.

Mais de uma loja imensa e vazia havia sido transformada em uma verdadeira galeria de barracas. Reuben vislumbrava colchas à venda, junto com marionetes de tecido feitas à mão, bonecas de pano, roupas de bebê e toda uma variedade de linhos e rendas. Mas era impossível se concentrar em alguma barraca específica porque muitas e muitas pessoas queriam simplesmente balançar a mão e agradecer-lhe pelo festival. Seguidamente, ele explicava que Felix fora o gênio por trás do evento. Mas logo ficou claro que as pessoas o viam como o jovem senhor do castelo, e até diziam isso, exatamente com esses termos.

Por volta das 11 da manhã, os carros começaram a ser orientados a sair da rua, que se tornou uma rua de pedestres.

— Deveríamos ter feito isso de imediato — disse Felix. — E certamente o faremos ano que vem.

As multidões aumentavam equilibradamente enquanto a chuva ia e vinha. O frio não estava impedindo ninguém de aparecer. Crianças usavam bonés e luvas; e havia bonés e luvas em abundância à venda. Os vendedores de chocolate quente estavam fazendo um grande negócio, e, sempre que a chuva dava uma trégua, a multidão fluía de volta ao meio da rua.

Eles levaram mais de duas horas para completar o circuito do centro da cidade — quanto mais com as paradas para um espetáculo de marionetes e diversos coros de "Deck the Halls" e não havia nada a fazer além de começar tudo de novo à medida que outras pessoas chegavam a todo momento.

Apenas uns poucos curiosos perguntaram a Reuben acerca do famoso ataque do Lobo Homem na casa grande e se ele vira ou ouvira mais alguma coisa sobre a criatura. Reuben teve a distinta sensação de que muitas outras pessoas queriam fazer perguntas, mas não achava que isso teria cabimento em meio às festividades. Ele foi rápido em responder que ninguém no norte da Califórnia, até onde sabia, jamais havia visto novamente o Lobo Homem depois daquela "noite horrível" e, no que dizia respeito ao que acontecera, bem, ele mal conseguia se lembrar. O velho clichê, "tudo aconteceu muito rápido", veio a calhar.

Quando Laura chegou, caiu nos braços de Reuben. Suas bochechas estavam adoravelmente rosadas e ela usava um cachecol de cashmere rosa com seu longo e elegantemente cortado casaco azul-marinho. Estava entusiasmada com o festival, e abraçou Felix com ardor. Ela queria ver os vendedores de bonecas de pano e, evidentemente, os vendedores de colcha, e ouvira falar que também havia alguém vendendo antigas bonecas francesas e alemãs.

– E como foi que você conseguiu fazer isso em apenas algumas semanas? – perguntou ela a Felix.

– Bem, entrada grátis, nenhuma necessidade de alvará, nenhuma regra, nenhuma restrição e alguns incentivos financeiros – disse Felix exuberantemente. – E vários convites pessoais por telefone e e-mail repetidos à exaustão, e redes de ajudantes com os telefonemas e, *voilà*, eles vieram. Mas pense no ano que vem, querida, o que nós vamos poder fazer.

Pararam para um breve almoço na pousada, onde uma mesa estava preparada para eles. Margon estava numa rápida conversa com uma mesa de corretores imobiliários e potenciais investidores, e levantou-se ansiosamente para cumprimentar Felix e apresentar as pessoas presentes. Stuart, com dois antigos colegas de escola, conversava em outra mesa.

Um senador estava em busca de Reuben, e dois representantes do estado e diversas pessoas queriam saber o que Felix pensava sobre ampliar e aprimorar a estrada para o litoral ou se era verdade que ele iria construir uma comunidade planejada atrás do cemitério e se podia falar um pouco sobre o tema arquitetônico que tinha em mente.

Repórteres iam e vinham. Perguntavam de cara sobre o ataque do Lobo Homem à casa com as mesmas perguntas velhas, e Reuben lhes dava as mesmas respostas velhas. Havia uns poucos cinegrafistas de telejornais das cidades circunvizinhas passando por lá. Mas o festival de Natal era a notícia do momento, assim como o banquete mais tarde no "castelo". Será que aquilo se transformaria numa tradição anual? Sim, certamente.

Laura disse a Margon:

– E pensar que ele fez isso acontecer, que reuniu toda essa vida onde essencialmente não havia vida nenhuma...

Margon assentiu com a cabeça, bebendo lentamente seu chocolate quente.

– É o que ele adora fazer. É aqui que se sente em casa. Ele era assim anos atrás. Aqui era a cidade dele, e agora está de volta e livre mais uma vez para ser o mentor e o anjo criativo por mais algumas décadas e então... – Ele interrompeu sua fala. – E então – repetiu ele olhando ao redor – o que faremos?

Após o almoço, Laura e Reuben encontraram a mesa de bonecas antigas e duas mesas de colchas, e Reuben carregou todas as mercadorias para Laura até o jipe. Ela estacionara exatamente no limite do cemitério e, para a surpresa de Reuben, ele encontrou o cemitério abarrotado de pessoas que fotografavam o mausoléu e os antigos túmulos.

O local parecia pitoresco o bastante, como sempre, ainda que ele não pudesse impedir que um calafrio o paralisasse ao olhar para os túmulos. Um enorme arranjo de flores recém-colhidas encontrava-se diante dos portões de ferro do mausoléu Nideck. Reuben fechou os olhos por um momento e sussurrou uma espécie de prece silenciosa para Marchent, um reconhecimento de quê? De que ela não podia estar ali, não podia ver, saborear, sentir ou fazer parte daquele mundo vibrante e mutante?

Ele e Laura permitiram-se uns poucos momentos silenciosos no jipe antes dela dar a partida. Essa foi a primeira chance que Reuben teve para lhe contar sobre os Nobres da Floresta, sobre as coisas estranhas e comoventes que Elthram dissera a respeito dela e sobre tê-la conhecido quando caminhava na floresta com seu pai. Ela ficou sem fala. Então, após uma longa pausa, confessou que sempre sentira a presença dos espíritos da floresta.

– Mas também todo mundo sente, eu acho, todo mundo que passa algum tempo sozinho na floresta sente. E costumamos dizer para nós mesmos que é a nossa imaginação, da mesma forma que fazemos quando sentimos a presença de fantasmas. Fico imaginando se nós os ofendemos, se ofendemos os espíritos, os mortos quando não acreditamos neles.

– Eu não sei, mas você vai acreditar nesse espírito – disse ele. – Ele parecia tão real quanto você parece real para mim ou eu para você. Ele era sólido. O piso rangeu quando ele andou. A cadeira rangeu quando se sentou. E tinha um aroma que vinha dele; era como, não sei, tipo madressilva e folhas, e poeira, mas você sabe que a poeira às vezes tem um cheiro de limpeza, tipo a primeira chuva quando faz subir a poeira da terra.

– Eu sei – disse ela. – Reuben, por que essas coisas estão deixando você triste?

– Mas não estão – protestou ele.

– Estão, sim. Elas estão deixando você triste. A sua voz mudou agorinha mesmo quando você falou sobre essas coisas.

– Oh, eu não sei, se estou triste, é uma tristeza doce. O que acontece é que o meu mundo está mudando, e eu estou preso entre um e outro, ou faço parte dos dois, mas o mundo real, o mundo dos meus pais, de meus antigos amigos, esse mundo não pode saber desse meu novo mundo, e então ele não pode saber dessa minha parte que está tão mudada.

– Mas eu sei dela – disse Laura. E o beijou.

Ele sabia que se a abraçasse não conseguiria suportar, não conseguiria suportar não tê-la, não conseguiria suportar estar ali com ela no jipe, com pessoas passando a caminho de seus carros. Aquilo era doloroso.

– Você e eu, nós fizemos um novo acordo, não fizemos? – perguntou ele. – Enfim, nós fizemos um novo acordo nesse novo mundo.

– Sim – confirmou ela. – E quando eu me encontrar com você na véspera de Natal quero que você saiba que eu sou sua, que eu sou a sua noiva nesse mundo, se você me quiser.

– Se eu te quiser? Eu não consigo existir sem você. – Ele estava sendo sincero. Independentemente do medo que sentisse dela se transformar numa loba, estava sendo sincero. Superaria o medo. O amor por ela faria com que superasse o medo, e não havia dúvidas de que ele a amava. A cada dia que passava sem ela, mais certeza tinha de que a amava.

– Eu serei o seu marido na véspera de Natal – disse ele. – E você será a minha noiva, e sim, isso será a coroação de nosso acordo.

Aquela era a mais dura separação de Laura que ele vivenciara até o momento. Mas, por fim, depois de beijá-la rapidamente em ambas as bochechas, ele deslizou para fora do jipe e ficou parado ao lado da estrada para observá-la partir.

Eram duas da tarde quando Laura encaminhou-se para a autoestrada.

Reuben voltou para a pousada.

Ele permaneceu no quarto particular reservado para ele e seus convidados o tempo suficiente para usar o banheiro, e então completou um rápido artigo sobre o festival para o *Observer* e enviou por e-mail à sua editora, Billie Kale, com um bilhete dizendo que teria mais coisas a dizer num outro texto, se ela quisesse.

Billie já saíra para o banquete, mas ele sabia que ela contratara um carro com motorista para ela e para a equipe de modo que poderia avaliar o artigo na estrada.

De fato a resposta chegou cedo, "Sim e sim", enquanto ele estava saindo novamente da pousada com Felix e os outros no único momento de sol daquela tarde. Ela lhe enviara uma mensagem de texto dizendo que o artigo que ele fizera sobre as tradições natalinas estava sendo o artigo mais requisitado por e-mail na página eletrônica do jornal. Mas ela gostaria de acrescentar um curto parágrafo à história de hoje, sobre o Lobo Homem não ter sido visto em parte alguma durante a feira na aldeia. "Sim", disse Reuben, e digitou o parágrafo exatamente como ela havia solicitado.

Depois de cumprimentarem o grupo de repórteres da TV, Reuben e Felix afastaram-se de Stuart e Margon para inspecionar todas as barracas detalhadamente, já que Felix queria ouvir dos artesãos e comerciantes como estavam indo as vendas e o que ele poderia fazer para melhorar a feira ainda mais nos anos vindouros.

Reuben ficou quase grogue enquanto se movia de mesa a mesa, inspecionando os vasos incrivelmente lustrosos, as tigelas, canecas e travessas singulares e, em seguida, as bonecas de maçã seca e novamente as colchas, sempre as colchas. Havia comerciantes de couro vendendo cintos e bolsas, comerciantes de artigos de metal e fivelas de feltro para cintos, ourivesaria e prataria, os inevitáveis profissionais dos mercados de pulga comercializando mercadorias obviamente industrializadas e até um comerciante vendendo pela metade do preço o que talvez fossem bestsellers em capa dura roubados.

Felix passou um tempo com todos, balançando a cabeça aqui e ali para esse ou para aquele cumprimento ou reclamação. Estava com os bolsos cheios de cartões. Aceitava canecas de hidromel e de cerveja dos vendedores, mas raramente tomava mais do que um gole.

E, ao longo de tudo isso, Felix parecia estar delirantemente feliz, até mesmo um pouco alucinado, necessitando de tempos em tempos escapar para uma sala nos fundos ou algum banheiro ou um beco, onde ele e Reuben se encontravam na companhia de culpados fumantes desgarrados que fumavam furtivamente e com as tradicionais desculpas antes de voltar e se juntar aos "salvos".

Havia momentos em que Reuben se sentia tonto, mas era uma bela espécie de tonteira com todos aqueles cânticos natalinos subindo e descendo no rebuliço geral de vozes, as grandes grinaldas de Natal nas molduras das portas ao redor dele, o cheiro de agulhas de pinheiro e a brisa fresca e úmida.

Finalmente, ele perdeu Felix. Ele perdeu todo mundo.

Mas estava tudo bem. Ele parava aqui e ali para fazer anotações para o próximo artigo, polegares martelando o iPhone, mas no geral vagava, tranquilo e fascinado com o movimento e a cor, os gritinhos e as gargalhadas das crianças, o movimento lento e hesitante, ainda que incessante, dos vendedores que parecia às vezes um tipo de dança.

Arcadas e artesãos corriam juntos em sua mente. Ele via mesa após mesa de ornamentos natalinos representando pequenas fadas, elfos e anjos, e uma exposição de fascinantes brinquedos de madeira feitos à mão. Havia vendedores de sabonetes perfumados e óleos de banho em todos os lugares para onde olhava, havia barracas de botões, fios tingidos, fitas e rendas, e outras de chapéus de fantasia. Ou será que se tratava de chapéus *vintage*? Alguém falara recentemente alguma coisa sobre chapéus, daquele tipo com abas grandes e flores. Ele não conseguia se lembrar exatamente de quem. Velas natalinas feitas à mão estavam à venda em grande quantidade, ao que parecia, bem como incenso e papéis de carta também artesanais.

Estava lá também um raro e excepcional artesão apresentando uma mostra de singulares animais e estatuetas entalhados em madeira que não pareciam as criaturas de floresta encantada, de olhos imensos, com apelo mais comercial da mesa ao lado, ou o joalheiro cujos broches de ouro e prata eram criações verdadeiramente espetaculares, ou o homem que pintava seus cachecóis de seda e veludo com figuras originais e totalmente excêntricas.

E então havia o pintor que não exibia nada além de suas telas originais e fascinantes sem dar nenhuma satisfação ou explicação, e a mulher que montava enormes ornamentos barrocos a partir de pedaços de renda, fios de ouro e figuras intensamente coloridas recortadas de antigas gravuras vitorianas. Havia flautas de madeira à venda, sininhos de metal tibetanos e conchas cantantes, cítaras e tambores. Um comerciante vendia antigas partituras e outro oferecia um tabuleiro repleto de livros infantis antigos rasgados e puídos. E uma mulher oferecia belas presilhas para guardanapos e pulseiras que confeccionara a partir de velhas colheres de prata.

O céu estava branco, e o vento arrefecera.

As pessoas estavam comprando, diziam os comerciantes. Alguns dos vendedores de comida esgotaram seu estoque. Uma ceramista confessou que gostaria muito de ter levado todas as suas canecas e tigelas novas, já que não lhe restava agora praticamente nada.

Havia pelo menos um comerciante fazendo um grande negócio com sapatos de couro feitos à mão.

Por fim, Reuben fez uma pausa em frente a uma loja e, parado em meio à multidão, tentava obter uma perspectiva acerca do clima do festival. As pessoas estavam mesmo se divertindo tanto quanto parecia? Estavam, sem dúvida nenhuma. Artistas de balões faziam um negócio animado com as crianças pequenas. Algodão-doce estava sendo vendido e até mesmo puxa-puxa de sal marinho. E também havia artistas que pintavam rostos para as crianças.

À sua direita encontravam-se uma cartomante de tarô com seu tabuleiro de cartas aveludado e, alguns metros adiante, uma quiromante que tinha em sua frente um cliente sentado numa cadeira dobrável.

Uma loja no outro lado da rua vendia trajes renascentistas, e as pessoas riam deliciadas diante das camisas de renda vendidas por "preços fantásticos". Ao lado da loja, havia um vendedor de livros usados cuidando de mesas de livros sobre a Califórnia e sua história, a história das sequoias e a geologia da costa.

Reuben sentia-se entorpecido e confortável, despercebido no momento, e quase pronto para fechar os olhos. Então ele distinguiu duas figuras familiares na sombreada porta aberta da loja renascentista. Uma figura era quase que certamente o alto e ossudo Elthram em sua familiar camisa de camurça e calças compridas, os cabelos pretos longos e fartos e até um pouco desgrenhados com pedacinhos de folhas secas; a outra figura, a delgada e graciosa mulher que se encontrava bem ao lado dele, penteada e aparentemente equilibrada, era Marchent.

Por um momento Reuben não conseguiu acreditar naquilo, mas então percebeu que se tratava da mais pura verdade. Nada os distinguia das pessoas ao redor deles, exceto o que os teria distinguido caso estivessem vivos.

Elthram assomava sobre Marchent, seus olhos grandes cintilando enquanto ele sorria, sussurrando para ela, ao que parecia, sussurrando com lábios úmidos e sorridentes, o braço direito abraçando-a com firmeza, e ela, virada apenas ligeiramente na direção de Elthram, seus cabelos primorosamente penteados, olhava diretamente para Reuben enquanto balançava a cabeça em sinal de reconhecimento.

O mundo ficou em silêncio. Parecia estar vazio, exceto pelos dois, Elthram agora lançando um lento olhar em direção a Reuben, e os olhos de Marchent fixos sobre ele enquanto ela continuava a ouvir, a balançar a cabeça.

A multidão se mexeu, se moveu, preencheu o espaço através do qual Reuben os vira. O ruído ao redor dele ficou repentinamente ensurdecedor. Reuben correu para o meio da rua. Lá estavam eles, os dois, sólidos e vívidos até os mínimos detalhes, mas agora eles lhe davam as costas e pareciam estar andando em direção à envolvente escuridão da loja.

A visão e os sons da feira tornaram-se imperceptíveis. Alguém deu um encontrão em Reuben, e ele cedeu sem pensar ou reagir, praticamente sem se dar conta de uma mão em seu braço. Houve uma estocada em suas entranhas, e um calor subiu-lhe pelo corpo e ameaçou transformar-se em dor.

Outra pessoa aproximara-se dele. Mas ele apenas mirava a inevitável penumbra da loja, procurando-os, esperando por eles, o coração batendo como sempre batia quando avistava Marchent, e ele tentava reconstruir os detalhes do que vira. Não houvera nenhuma indicação clara de que Marchent realmente o vira; talvez ela apenas estivesse olhando para a frente. O rosto dela estava calmo, pensativo, passivo. Ele não tinha como saber.

De repente, ele sentiu uma mão em seu braço e ouviu uma voz bem familiar dizer:

– Bem, esse é um homem de aparência bem interessante.

Ele acordou como se de um sonho.

Era seu pai de pé ao lado dele. Era Phil, e estava olhando para a loja.

– Realmente há muitas pessoas bem interessantes aqui – disse Phil num murmúrio. Reuben ficou atordoado ao ver que, das sombras, as duas figuras emergiram mais uma vez; Elthram ainda sorrindo, firmemente abraçado a Marchent, e Marchent com uma aparência delicada no vestido de lã marrom e botas marrons, uma figura tão fina e frágil, no mesmo vestido longo que usara no dia em que morrera. Dessa vez seus olhos claros fixaram-se em Reuben, e ela ofereceu um discreto sorriso de reconhecimento. Um sorriso distante e encantador.

E então eles se foram.

Simplesmente se foram. Subtraídos do mundo mutante ao redor deles, subtraídos como se jamais houvessem estado ali.

Phil suspirou.

Reuben virou-se para Phil, lançando-lhe um olhar penetrante, incapaz de dizer o que queria dizer. Phil ainda estava olhando para a porta da loja. Phil certamente os teria visto desaparecer.

Mas Phil não falava nada com Reuben. Estava apenas lá, parado com seu pesado paletó cinza de tweed, o cachecol cinza enrolado no pescoço, os cabelos levemente esvoaçantes na brisa, olhando para a porta aberta da loja como antes.

A dor na barriga de Reuben acentuou-se, e seu coração doía. Se ao menos ele pudesse contar tudo ao pai, absolutamente tudo, se ao menos pudesse levar o pai para aquele mundo no qual ele, Reuben, estava lutando, se ao menos pudesse acessar a sabedoria que sempre estivera lá para ele e a qual ele desperdiçara tão frequentemente em sua vida.

Mas como ele poderia sequer começar? E meias medidas eram tão intoleráveis quanto o silêncio.

Um sonho brilhou em seu coração. Phil algum dia se mudaria para a casa de hóspedes em Nideck Point. Eles certamente já haviam conversado acerca de sua visita com bastante frequência.

E depois que Phil se mudasse para a casa de hóspedes, e ele certamente o faria, eles se sentariam juntos e Reuben iria, com a bênção dos Distintos Cavalheiros, extravasar toda a história. Eles se sentariam à luz de velas com o mar batendo nos penhascos abaixo e conversariam sem parar.

Mas à medida que o sonho brilhava, uma vista arrebatadora e aterrorizante abriu-se para ele a respeito dos anos vindouros. A partilha só podia crescer entre ele e o pai. Sua solidão dava-lhe a sensação de estar dentro de uma concha na qual ele sufocava. Uma grande tristeza o dominou. Ele sentiu um bolo na garganta.

Desviou o olhar, mais para dentro de seus pensamentos do que para qualquer lugar em particular e, conforme seus olhos se moviam ao longo da rua, ele os via em todos os lugares, as figuras desgrenhadas vestidas com roupas de couro que eram os Nobres da Floresta, algumas em tons verde-escuros, outras em tons variáveis de marrom, algumas inclusive em cores vivas, mas todas distintas naqueles trajes macios de camurça, com seus cabelos abundantes, cabelos emaranhados e esvoaçantes. A pele delas era radiante e seus olhos cintilavam. Eles exsudavam felicidade e entusiasmo. Era tão fácil vê-los enquanto passavam, enquanto caminhavam em meio aos seres humanos, tão fácil saber quem eles eram. Aqui e ali Reuben reconhecia mulheres e crianças que vislumbrara naquele fantasmagórico momento na sala de jantar em que todos eles haviam se aglomerado à mesa antes de desaparecerem na noite.

E eles também o estavam observando, não estavam? Balançavam a cabeça para ele em sinal de reconhecimento. Uma mulher com cabelos compridos e ruivos fez uma pequena mesura para ele antes de desaparecer atrás de uma multidão de outros. E eles olhavam também para Phil.

Phil estava tão passivo e silencioso quanto antes, as mãos nos bolsos do paletó apenas observando o grande desfile passar.

– Olhe aquela mulher – disse ele airosamente – com aquele belo chapéu antigo.

Reuben olhou de relance naquela direção e avistou a mulher, uma figura delgada com os braços estendidos, guiando toda uma tropa de jovens em meio à multidão. E era um lindo chapéu, feito de feltro verde com flores de seda prensadas. Alguma coisa com chapéus. Sim, é claro. Como podia ter esquecido? Lorraine, e a hedionda história de dor e sofrimento com Lorraine contada por Jim. Lorraine adorava chapéus *vintage*. A mulher desaparecera agora com seu grupo de crianças. Poderia ser Lorraine? Provavelmente não.

A chuva começou a cair com força.

A princípio as pessoas a ignoraram, mas então começaram a se dirigir às sacadas cobertas e às pequenas arcadas. O céu escureceu, e mais luzes piscaram nas lojas e janelas, e os postes da rua, os antigos e exóticos postes de ferro preto, foram acesos.

Em questão de instantes um novo ar de festividade tomou de assalto o local, e parecia que o ruído da multidão estava mais alto do que nunca. Os cordões de luzes coloridas acima da rua brilhavam com uma intensidade renovada.

Stuart e Margon apareceram subitamente e informaram que eram quase quatro horas, que teriam de voltar para casa para trocar de roupa.

– *Black-tie* para todos nós essa noite, já que somos os anfitriões – disse Margon.

– *Black-tie?* – perguntou Reuben, praticamente gaguejando.

– Oh, não há com o que se preocupar. Lisa preparou tudo para nós. Mas é melhor irmos para casa agora para estarmos prontos quando as primeiras pessoas começarem a deixar a feira.

Felix acenou para Reuben de um ponto mais abaixo na rua, mas acabou sendo bloqueado inevitavelmente por mais cumprimentos e mais agradecimentos, embora continuasse se movendo.

Por fim, estavam todos juntos. Phil encaminhou-se para seu carro, já que dirigira até lá sozinho, chegando antes do resto da família.

Reuben deu uma última olhada na feira antes de se virar para partir. Os cantores entoavam os temas natalinos com suas vozes belas e cristalinas em frente à pousada, como se a escuridão os tivesse deixado entusiasmados e os instado a se reunir novamente, e dessa vez havia um violinista lá com eles e um rapaz tocando uma flauta de madeira. Reuben mirou a distante figura daquele rapaz, cabelos longos, todo vestido de camurça marrom, tocando aquela flauta de madeira. E bem à direita, nas sombras, ele viu Elthram com Marchent, a cabeça dela quase tocando o ombro de Elthram, seus olhos fixos no mesmo músico jovem.

19

O pavilhão do terraço estava flamejante de luz e sons, e repleto de gente, quando eles saíram do carro. A orquestra ensaiva com o coro de meninos numa mistura sonora absolutamente gloriosa. Phil já estava lá, parado e com os braços cruzados, escutando a música, obviamente embevecido, enquanto repórteres e fotógrafos dos jornais locais tiravam fotos, e grupos de artistas em trajes medievais – na maior parte adolescentes – vinham saudá-los, até que Felix apresentou-se e lhes disse o quanto estava satisfeito, e os instruiu a assumir uma posição junto aos carvalhos próximos.

Reuben subiu a escada às pressas para se trocar. Tomou o banho mais rápido da história da humanidade, e Lisa ajudou-o a se vestir, entregando-lhe os abotoadores da camisa de peitilho e dando o nó na gravata-borboleta de seda preta. O paletó fora "medido à perfeição" para ele, Lisa tinha certeza disso. E ele estava contente pelo fato de ela haver arranjado um colete preto e não uma faixa, que ele odiava. Os brilhantes sapatos de couro legítimo também estavam no tamanho correto.

Ele teve de rir quando viu Stuart, porque este parecia bastante desconfortável em seu elegante traje a rigor, mas, ao mesmo tempo, sua aparência era sensacional, sardas e cabelos encaracolados e tudo o mais.

– Você está crescendo a olhos vistos – disse Reuben. – Deve estar da altura de Sergei.

– Divisão celular galopante – murmurou Stuart. – Não existe nada como isso. – Ele estava ansioso, inquieto. – Tenho de encontrar os meus amigos, as freiras da escola e as enfermeiras. E a minha antiga namorada que ameaçou se matar quando eu saí do armário.

– Quer saber? Esse lugar está tão magnificamente decorado e tudo vai ser tão divertido que você não vai precisar fazer nenhum esforço. E a sua antiga namorada, está tudo bem com ela agora, não está?

– Ah, sim – respondeu Stuart. – Ela vai se casar em junho. Nós nos falamos por e-mail. Eu estou ajudando-a a escolher o vestido de noiva. De repente, você está certo. Isso aqui vai ser a maior diversão, não é?

– Bem, vamos tornar tudo isso uma diversão – disse Reuben.

O térreo estava repleto de pessoas.

Os responsáveis pelo bufê iam e vinham da cozinha à sala de jantar. A mesa, de uma ponta à outra, estava totalmente tomada pelo que parecia ser o primeiro prato da noite – *hors d'ouvres* quentes de inúmeros tipos, almôndegas ao molho, *fondue*, pratos com legumes crus, nozes, rodas com queijos franceses, tâmaras açucaradas e uma enorme terrina de porcelana com sopa de abóbora a ser servida em canecas, de acordo com solicitações efetuadas a um jovem garçom que esperava com as mãos nas costas.

O som rústico e belo de um quarteto de cordas subitamente invadiu o burburinho da multidão ao redor dele, e Reuben captou as suaves e pungentes notas de "Greensleeves". A música o atraiu tanto quanto a comida – ele tomou uma caneca da densa sopa imediatamente –, mas queria ver a orquestra do lado de fora. Fazia muito tempo desde a última vez em que vira uma orquestra daquele porte ao vivo, e ele se encaminhou para a porta abrindo caminho em meio à turba do salão principal.

Para sua surpresa, Thibault apareceu e explicou que levaria Reuben lá para fora para que ficasse com Felix na grande entrada leste do pavilhão.

– Você o ajudará a receber os convidados, certo? – Thibault parecia estar totalmente confortável em suas roupas formais.

– Mas e a Laura? – sussurrou Reuben, enquanto eles se acotovelavam em meio à multidão. – Por que você não está com a Laura?

– Laura quer ficar sozinha hoje à noite – disse Thibault. – E ela vai ficar bem, eu lhe asseguro. Eu não a deixaria se esse não fosse o caso.

– Mas Thibault, então você quer dizer que a mudança aconteceu.

Thibault assentiu com a cabeça.

Reuben ficou imóvel. Talvez tivesse tido alguma esperança vã e infantil de que Laura jamais mudasse, que a Crisma, de algum modo, não funcionasse, que Laura jamais deixasse de ser Laura! Mas a mudança acontecera. Finalmente acontecera! De súbito, ele sentiu-se poderosamente excitado. E queria estar com Laura.

Thibault abraçou-o do mesmo modo que um pai talvez o abraçasse e disse:

– Ela está fazendo exatamente o que quer. E nós devemos deixar que faça as coisas do jeito dela. Agora venha. Felix está com esperança de que você se junte a ele.

Eles se dirigiram ao pavilhão abarrotado de gente. Dezenas de pessoas já estavam circulando pelo local, e a equipe do bufê servia não só café como também drinques para aqueles já sentados em suas mesas.

Margon, com seus cabelos castanhos compridos amarrados na nuca por um fino fio de couro, levava a pequenina mãe de Stuart, Buffy

Longstreet, para ver o presépio. Buffy, de salto agulha e um vestido curto branco, sem manga e de gola rulê, com diamantes no pescoço, era a própria estrela de cinema, e não demonstrava ter idade suficiente para ser mãe de Stuart, que lhe dava as boas-vindas de braços abertos. Frank Vandover fazia-lhe uma mesura pomposa e acendia aquele charme hollywoodiano para ela, que, aparentemente, estava extasiada.

Muito subitamente, as vozes do coro de meninos irromperam com a espirituosa letra de "The Holly and the Ivy", afogando o burburinho das conversas em todos os cantos. Reuben parou apenas para saborear o som, vagamente consciente de que outras pessoas também viravam suas cabeças para escutar a canção. As vozes do coro de adultos logo se juntaram, e toda a gloriosa onda sonora fluiu sem necessidade da orquestra que estava à espera. Na extremidade e bem perto do coro, Reuben podia ver Phil sozinho à mesa, visivelmente embevecido como estivera quando Reuben chegara.

Mas não havia tempo agora para ir até Phil.

Felix encontrava-se na entrada maior a leste do pavilhão cumprimentando cada um dos convidados que chegava, e Reuben rapidamente assumiu seu posto ao lado dele.

Felix estava radiante, seus ansiosos olhos escuros fixados em todos os rostos.

– Como está, sra. Malone? Bem-vinda à nossa casa. Estou muito contente por ter vindo. Esse aqui é Reuben Golding, nosso anfitrião, que eu tenho certeza de que a senhora já conhece. Entre, por favor. As meninas a conduzirão ao vestíbulo.

Reuben logo estava apertando mãos, repetindo mais ou menos as mesmas palavras de boas-vindas e descobrindo que estava sendo sincero.

Com o canto do olho, podia ver Sergei e Thibault estacionados nos degraus que levavam à porta da casa, também apertando mãos, respondendo perguntas, talvez dando boas-vindas. Havia uma mulher notavelmente alta e bonita bem ao lado de Sergei, uma mulher de cabelos escuros num arrebatador vestido de veludo vermelho que dirigiu a Reuben um suave e afetuoso sorriso.

Todos os moradores locais estavam chegando, Johnny Cronin, o prefeito, as três pessoas que formavam a Câmara Municipal da cidade e principalmente os comerciantes que haviam estado na aldeia mais cedo, todos absolutamente curiosos e ansiosos pela experiência de participar do banquete. Logo se formou uma longa fila do lado de fora da entrada, e Thibault chegou na companhia de Stuart para ajudar a apressar o processo.

As pessoas anunciavam-se entusiasticamente, afirmando de onde vinham e agradecendo a Reuben ou a Felix pelo convite. Um grupo inteiro de padres chegou ao local, todos em trajes clericais pretos e colarinhos romanos, tendo sido convidados pela arquidiocese de San Francisco, assim como dezenas de pessoas que vieram de Mendocino, no litoral, e de outras cidades na região dos vinhedos.

As freiras do hospital de Stuart chegaram e, intensamente entusiasmado, Stuart abraçou cada uma delas. Em seguida apareceu a bonitinha dra. Cutler, que tratara de seus ferimentos, felicíssima por vê-lo em um estado de saúde tão maravilhoso, e perguntando quando Grace chegaria. Havia cinco ou seis médicos com ela, e outras pessoas de Santa Rosa. Chegaram padres católicos de Humboldt County, agradecendo a Felix por incluí-los, e também havia ministros chegando de igrejas do litoral norte e sul, expressando os mesmos ardentes agradecimentos.

Empregadas uniformizadas e voluntários adolescentes pegavam casacos e mantas pesados e levavam as pessoas às mesas ou convidavam-nas a entrar na casa, já que o pavilhão estava enchendo rapidamente. Outros meninos e meninas passavam com bandejas de *hors d'ouvres*. Frank aparecia e reaparecia para acompanhar convidados a diversas destinações.

As vozes puras e sublimes do coro estavam cantando "Coventry Carol" e havia momentos em que Reuben cedia subitamente à sedução da música, vergonhosamente se desligando das apresentações que mal conseguia ouvir, mas apertando vigorosamente as mãos e instando os convidados a entrar.

Seguidamente, Felix chamava a atenção dele para este ou para aquele convidado, "Juiz Fleming, deixe-me apresentá-lo Reuben Golding, nosso anfitrião", e Reuben respondia, contente. O senador que ele conhecera na aldeia logo chegou, e outras pessoas de Sacramento.

Mais clérigos chegaram, além de dois rabinos, ambos com barbas pretas e solidéus pretos. Frank obviamente conhecia os rabinos, a quem cumprimentou pelo nome, e ele ansiosamente os conduziu até o cerne da festa.

A excitação estava contagiosa, Reuben tinha de admitir, e agora que a orquestra começava a tocar com o coro, ele sentiu que aquela era talvez uma das mais fantásticas experiências de toda a sua vida.

As pessoas estavam vestidas de todas as maneiras, de trajes a rigor a ternos e até mesmo jeans e jaquetas, meninos em suas melhores roupas de domingo e meninas de vestido longo. Phil não parecia estar nem um pouco fora de contexto em seu paletó de tweed e camisa aberta no colarinho. E havia diversas mulheres de chapéu, chapéus de fantasia e chapéus *vintage*, e aqueles chapéus formais com véus que Jim descrevera.

O xerife chegou num terno azul com a esposa, vestida com roupas da moda, e seus bem-apessoados filhos em idade universitária, e havia outros assistentes de seu escritório, alguns dos quais uniformizados e outros em trajes civis com esposas e filhos.

Subitamente veio a informação de que o jantar estava sendo servido e houve um rebuliço na multidão, já que muitos procuravam entrar na casa enquanto uma longa fila de pessoas vinha em direção contrária com pratos repletos de comida em busca de mesas.

Por fim Grace apareceu, acompanhada de Celeste e Mort, seus rostos radiantes, curiosos e simpáticos como se a festa já os tivesse afetado enquanto esperavam para entrar. Grace, em um de seus tipicamente bonitos vestidos de cashmere branco, tinha os cabelos ruivos soltos e caindo-lhe pelos ombros num estilo deliciosamente juvenil.

– Deus do céu – disse ela. – Isso aqui está simplesmente fabuloso. – Ela acenava para um casal de médicos que conhecia e pronunciava baixinho seus nomes. – E o arcebispo está aqui, que incrível!

Celeste estava estupendamente bela em seu vestido preto de seda com lantejoulas. Parecia verdadeiramente feliz ao misturar-se à multidão na companhia de Mort.

De fato, o esplendor do pavilhão arrebatava as pessoas já na entrada, atraindo-as em direção a todo o resto.

Imediatamente, Rosie, a governanta da família, chegou, com a aparência bem bonita e juvenil, num vestido vermelho vívido e com os fartos cabelos pretos penteados e soltos. O marido, Isaac, e suas quatro filhas estavam com ela. Reuben abraçou Rosie. Havia poucas pessoas no mundo que ele amava tanto quanto Rosie. Ele estava morrendo de vontade de mostrar-lhe a casa inteira, mas observou-a desaparecer no interior da festa com Grace e Celeste.

Os primos de Reuben de Hillsborough surgiram subitamente com gritinhos, abraços e perguntas de tirar o fôlego a respeito da casa.

– Você realmente viu essa tal coisa, esse tal Lobo Homem? – sussurrou a prima Shelby no ouvido de Reuben, mas, como ele ficasse rígido, imediatamente se desculpou. – Eu tinha de fazer essa pergunta! – confessou ela.

Reuben disse que não se importava. E não se importava mesmo. Ele sempre adorara Shelby. Era a filha mais velha de seu tio Tim, ruiva como Tim e Grace, e costumava cuidar de Reuben quando ele era criança. Reuben adorava o ruivinho Clifford, o filho de onze anos de Shelby, nascido fora do casamento quando a prima ainda estava no ensino médio. Clifford, um menininho bonito e solene, mantinha o olhar radiante na direção de Reuben, visivelmente impressionado com o escopo da festa. Reuben sempre admirara Shelby por criar Clifford, embora ela jamais houvesse revelado a ninguém a identidade do pai do menino. Vovô Spangler ficara furioso em relação ao ocorrido na época, e o irmão de Grace, Tim, recentemente viúvo na ocasião, ficara magoadíssimo. Shelby tornara-se uma mãe modelo para Clifford. E é claro que todos passaram a adorá-lo, principalmente vovô Spangler. Grace retornou de imediato para tomar a mão de Shelby, de Clifford e dos outros primos. E então, quando Josie, a irmã de cabelos grisalhos de Phil, chegou em sua cadeira de rodas com uma enfermeira idosa bastante simpática como acompanhante, Phil veio recebê-la para levá-la a um local onde talvez ela tivesse melhores condições de escutar o coro.

Por fim, Felix disse que eles estavam cumprimentando pessoas havia uma hora e meia e que já podiam fazer uma interrupção para eles próprios cearem.

As pessoas se moviam livremente de um lado para o outro através da entrada. Algumas, principalmente aquelas que haviam trabalhado na feira durante o dia inteiro, estavam inclusive voltando para casa.

Reuben queria, mais do que qualquer outra coisa no mundo, vagar na direção dos carvalhos para ver como estava sendo a experiência dos convidados naquele local, mas também ele estava faminto.

Thibault e Frank assumiram a porta.

Várias mulheres excepcionalmente belas estavam entrando, claramente amigas de Frank. Hummm. Também amigas de Thibault. Usando vestidos vistosos e reveladores, e compridos casacos de noite, possuíam o verniz de atrizes de cinema ou de modelos, mas Reuben não fazia exatamente ideia de quem eram. Talvez uma das beldades fosse a mulher de Frank.

Por toda a biblioteca, pelo salão principal e pela estufa, pessoas comiam, muitas com a ajuda de pequenas bandejas dobráveis forradas com descansos para pratos brancos, e a jovem equipe do bufê enchia as taças de vinho e retirava taças usadas e xícaras de café. Os fogos queimavam em todas as lareiras.

É claro que havia sussurros furtivos acerca do "Lobo Homem" e "a janela", as pessoas apontando aqui e ali a janela pela qual a notória criatura saltara na noite em que aparecera nessa casa e chacinara dois misteriosos e detestáveis médicos russos. Mas ninguém fazia perguntas sobre o Lobo Homem em voz alta, pelo menos não ainda, e Reuben estava grato por isso.

Reuben podia ouvir o trovejar de pés sobre a velha escada de carvalho e o rugido baixo dos que caminhavam no andar de cima.

Ele pegou um prato cheio de peru, presunto e rosbife, molho à base de passas e purê de batatas e dirigiu-se às janelas da sala de jantar para olhar a vista da floresta transformada em terra encantada.

Estava exatamente como ele imaginava que estaria, com famílias seguindo as trilhas e um grupo de músicos tocando logo abaixo dele na estradinha de cascalho.

Os artistas em trajes medievais apresentavam uma dança serpenteante em meio à multidão. Como eram notáveis, seus trajes verdes cobertos de hera e folhas; um deles usava uma cabeça de cavalo, outro uma máscara de caveira, e ainda havia um com a máscara de um demônio. Um homem usava uma capa com pele de lobo e, encimando a própria cabeça, trazia uma cabeça de lobo. Também havia aquele que trajava pele e cabeça de urso. Dois tocavam violinos e um deles estava tocando uma flauta, enquanto o "demônio" tocava uma concertina. Os outros tocavam tamborins e pequenos tambores atados às suas cinturas. O último da fila estava distribuindo o que se tratava aparentemente de grandes moedas de ouro, quem sabe alguma espécie de brinde da festa.

Outros homens e mulheres com trajes típicos passavam adiante xícaras com vinho adoçado; e uma alta figura representando são Nicolau, ou Papai Noel, de cabelos brancos e usando um manto de veludo verde, movia-se de um lado para o outro, entregando pequenos brinquedos de madeira às crianças. Estes pareciam ser barquinhos, cavalos e locomotivas de madeira, pequenos o bastante para caber nos bolsos dos pais das crianças. Mas, de seu grande saco de veludo verde, ele também tirava diminutos livrinhos e pequenas bonecas de porcelana com braços e pernas moles. As crianças ficavam encantadas e se amontoavam em torno dele, e os adultos também estavam visivelmente satisfeitos. Havia aquela mulher que ele avistara na aldeia, com toda a sua trupe de jovens, mas ela não estava mais usando o chapéu. Será que podia mesmo ser a Lorraine de Jim? Reuben não faria a pergunta. De qualquer modo, ele jamais encontraria Jim a tempo de questioná-lo a respeito. Umas mil pessoas deviam estar circulando pela casa e pela floresta naquela noite.

Reuben não tinha muito tempo para engolir sua comida, o que ele estava justamente fazendo naquele momento. Diversos amigos antigos de Berkeley o encontraram e tinham milhares de perguntas acerca da casa e do que cargas d'água havia acontecido com ele. Eles falavam tangencialmente sobre o Lobo Homem da melhor forma possível, sem jamais mencioná-lo diretamente. Reuben mostrava-se vago, seguro, mas não bastante acessível.

Ele conduziu a turma de volta à mesa, dessa vez para experimentar diferentes molhos, perdizes assadas e inhames grandes e doces, e continuou comendo independentemente do que fosse falado. Na realidade, estava contente por ver seus amigos, e por vê-los se divertindo tanto, e não era nem um pouco difícil desviar-se de suas perguntas fazendo ele próprio as perguntas.

Em determinado ponto Reuben ouviu Frank, que sussurrava ao seu lado:

— Não se esqueça de olhar em volta, Filhote Prodígio. Não se esqueça de desfrutar de tudo isso. — Ele próprio parecia estar maravilhosamente vivo, como se tivesse nascido para eventos semelhantes. Certamente ele era o *Morphenkind* do século XX; mas era bem verdade que Thibault descrevera a si mesmo como o neófito, não era? Ah, era impossível entender todos eles. E ele tinha tempo de sobra para fazer isso, essa era a parte mais estranha. Ainda não começara a pensar no tempo como algo que se estenderia além do tempo de vida normal de uma pessoa.

Mas, por falar em tempo, será que ele estava aproveitando o tempo para desfrutar de tudo o que estava acontecendo em torno dele?

Estivera olhando para a extensão da enorme mesa, deslumbrado diante da variedade de legumes cozidos e dos grandes e cintilantes assados. Pratos de prata aquecidos e travessas de porcelana cobriam cada centímetro da superfície revestida de linho. A equipe do bufê não parava de encher os pratos de ervilhas, couve-de-bruxelas, batata-doce, arroz e molho à base de *croutons*, e travessas de peru, carne de boi e de porco recentemente fatiadas. Havia tigelas fumegantes de molho de frutas vermelhas e douradas, e até fatias de laranja frescas resplandecendo sobre folhas de alface, além de uma egrégia ambrosia de creme batido recheada com todo tipo de fruta picada. Todos os tipos de pratos à base de arroz possíveis e imagináveis eram oferecidos, e pilhas de cenouras, brócolis e tomates crus, com os quais adeptos da comida saudável estavam ansiosamente enchendo seus pratos.

Os artistas mascarados estavam agora dentro da casa, percorrendo a sala de jantar, e Reuben estendeu a mão para receber uma das moedas douradas que eles distribuíam. Eles não estavam cantando agora, apenas tocando seus pequenos tambores e tamborins, e se deliciando particularmente com as crianças que se divertiam. Havia muitas crianças.

A moeda não era, evidentemente, de ouro, mas uma grande imitação de moeda, leve e com uma inscrição em letras antiquadas com as palavras NATAL EM NIDECK POINT de um lado e uma impressionante imagem da casa do outro com a data embaixo. Onde Reuben vira uma bugiganga como aquela antes? Ele não conseguia se lembrar, mas era uma maravilhosa lembrança. Certamente Felix pensara em tudo.

Bem à esquerda, a mãe de Reuben e a dra. Cutler conversavam *tête-à-tête*, e logo adiante delas ele podia ver Celeste, sua condição esplendidamente disfarçada em seu fluido vestido preto, em animada conversa com um dos políticos de Sacramento. Repentinamente, o irmão de Grace, Tim, apareceu com sua nova esposa brasileira, Helena.

Grace teve um acesso de choro. Reuben foi de imediato cumprimentar o tio. Era sempre um pouquinho perturbador ver Tim, porque ele parecia gêmeo de sua mãe, com a mesma cabeleira ruiva e os mesmos olhos azuis assaz ferozes. Era como ver sua mãe no corpo de um homem, e ele não gostava inteiramente dessa sensação, mas tampouco podia desviar o olhar. Tim também era médico e cirurgião, e tinha aquele mesmo olhar duro e direto de Grace, e isso fascinava e repelia Reuben ao mesmo tempo. Tim tinha o hábito de questionar. "O que você está fazendo com a sua vida?" Mas dessa vez ele não fez isso. Só falava sobre a casa. "E eu ouvi falar sobre todas essas histórias malucas", confessou ele. "Mas não é o momento para isso. Olha só para esse lugar." Sua esposa brasileira, Helena, era pequena e radiante com seu entusiasmo generoso. Reuben jamais a vira antes. Sim, ele vira Shelby e Clifford, disse Tim, e, sim, eles ficariam em Hillsborough com a família durante o Natal.

Mort, em sussurros ansiosos, ordenou que Reuben lhe dissesse o quanto estava feliz com a chegada do bebê, mas seu rosto indicava que estava ansioso, e Reuben lhe disse que todos fariam tudo o que fosse possível no mundo para que Celeste se sentisse confortável.

— Bem, ela diz que mal pode esperar para entregar o bebê a Grace, mas eu simplesmente não sei se ela está sendo realista – disse Mort –, mas uma coisa eu posso te dizer: esse lugar aqui é fantástico para se criar uma criança, fantástico mesmo.

Novamente, aquelas mulheres espetaculares chamaram a atenção de Reuben. Duas delas – encantadoras em seus vestidos esplendidamente bem cortados – estavam abraçando Margon, que tinha no rosto um sorriso cínico, e outra mulher de pele morena com cabelos intensamente pretos e seios enormes ainda estava na companhia de Thibault, que a cumprimentara ao vê-la chegar.

Os olhos da mulher eram grandes e pretos, e quase ternos. Ela sorriu generosamente para Reuben, e, quando Thibault virou-se para olhar para Reuben, este enrubesceu e saiu de lá.

Bem, é claro que os Distintos Cavalheiros tinham amizades femininas, não tinham? Mas será que elas eram *Morphenkinder?* A ideia em si provocou-lhe calafrios. Ele não queria olhar fixamente, mas acontece que todos estavam olhando para elas. As mulheres eram robustas, extremamente bem-feitas de corpo e estavam bastante bem-vestidas e cheias de joias, precisamente para causar admiração nos outros. Então, por que não olhar para elas?

Margon fez um gesto para Reuben e rapidamente o apresentou a suas misteriosas companheiras – Catrin e Fiona.

De perto, elas estavam bem perfumadas e tinham uma postura provocativa – nenhum aroma além do costumeiro aroma humano misturado a uma doçura artificial. Reuben tentava não mirar os seios parcialmente expostos das mulheres, mas era difícil. Seus vestidos diminutos eram na verdade camisolas deslumbrantes.

– É um prazer finalmente conhecê-lo – disse Fiona, uma loura arrebatadora e obviamente natural, com cabelos longos e ondulados até a altura dos ombros e sobrancelhas claras, quase brancas. Tinha uma aparência nórdica, como Sergei, com ossos grandes e ombros e quadris esplendidamente angulares, mas sua voz era simples e contemporânea. Ela usava os maiores diamantes que Reuben já vira em uma mulher, um numa gargantilha, outros dois nos pulsos e dois outros nos dedos.

Reuben sabia que se olhasse de perto o bastante para o corpete de corte baixo e sem forma da mulher conseguiria ver seus mamilos. Portanto, tentou se concentrar nos diamantes. A pele dela era tão clara que ele podia ver as veias azuis por baixo, mas era uma pele jovem e saudável, e a boca era grande e extremamente bonita.

– Ouvimos falar muito de você – disse a outra, Catrin, que parecia um pouquinho menos ousada do que Fiona, e não lhe estendeu a mão como fizera Fiona. Os cabelos compridos de Catrin eram castanhos, perfeitamente lisos, arrebatadoramente simples. Como Fiona, ela estava praticamente nua, com correias diminutas segurando o vestidinho preto no qual ela parecia pronta para ser esmagada e devorada. Ela olhava de relance para Fiona enquanto falava, como se para observar as reações da outra, mas seus olhos castanhos eram cálidos e o sorriso quase de menina. Seu queixo tinha uma covinha.

– Uma casa muito incomum e bastante impressionante – disse Catrin – e que lugar mais remoto e belo. Você deve amar isso aqui.

– De fato, eu amo, amo muito – confirmou Reuben.

– E você é mesmo tão bonito quanto todos disseram que era – disse Fiona com seu jeito mais direto. – E eu que pensava que certamente as pessoas tinham exagerado. – Ela falou aquilo como se fosse uma crítica.

E o que eu digo agora, pensou Reuben, como sempre. Não se retribui um elogio com um elogio, não, mas qual seria a resposta adequada? Ele não sabia muito mais sobre isso agora do que o que sempre soubera.

– E nós conhecemos o seu pai – disse Catrin de repente –, e ele é um homem absolutamente encantador. E que nome, Philip Emanuel Golding!

– Ele disse para vocês o nome inteiro dele? – perguntou Reuben. – Estou surpreso. Normalmente não faz esse tipo de coisa.

– Bem, eu o pressionei a fazê-lo – disse Fiona. – Ele é bem diferente de muita gente aqui. Tem um olhar distante e solitário, conversa sozinho e não dá a mínima se alguém percebe ou não.

Reuben riu alto.

– Talvez ele esteja apenas cantando com o coro.

– É verdade que é provável que ele passe a morar aqui com você? – perguntou Fiona. – Sob esse teto? Esse é o seu plano e também o dele?

Aquilo deixou Margon visivelmente sobressaltado. Ele olhou fixamente para ela, mas a mulher apenas manteve o olhar em Reuben, que honestamente não sabia o que dizer e não via por que, de fato, deveria dizer alguma coisa.

– Eu ouvi falar que esse homem viria morar aqui – disse Fiona novamente. – Isso é verdade?

– Eu gosto dele – disse Catrin, dando um passo para se aproximar de Reuben. – E gosto de você também. Você se parece com ele, sabia? Mas com uma cor um pouco mais escura. Você deve gostar muito dele.

– Obrigado – gaguejou Reuben. – Estou lisonjeado, enfim, estou satisfeito. – Ele estava se sentindo estranho, idiota e um pouquinho ofendido. O que aquelas mulheres sabiam a respeito dos planos de Phil? Que interesse elas poderiam ter nisso?

Havia algo positivamente sombrio na expressão de Margon, algo desconfiado, inquieto, indecifrável para Reuben. Os olhos de Fiona moveram-se friamente para Margon, um pouco como se ela o estivesse dispensando, e então voltaram para Reuben.

Subitamente, Margon instigou as mulheres a se afastarem. Ele pegou o braço de Fiona de maneira quase grosseira. Fiona olhou para ele com desprezo, mas seguiu-o, ou permitiu que ele a puxasse.

Reuben tentou não olhar para Fiona enquanto ela se afastava, mas tampouco queria perder por inteiro a cena, o modo como os quadris e os flancos da mulher se mexiam naquele pequenino vestido. Ela o deixava desconcertado ainda que o fascinasse.

Frank estava na janela mais ao longe com mais uma das mulheres espetaculares. Seria aquela sua esposa? E seria ela também uma *Morphenkind*? Era impressionante como ela se parecia com Frank, com os mesmos cabelos pretos e lustrosos e a pele perfeita. Ela usava uma conservadora jaqueta de veludo e uma saia longa com muita renda franzida, mas tinha a mesma presença que as outras, e era visível que Frank estava conversando com ela com mais intimidade. Será que Frank estava irritado enquanto falava com ela, e será que ela estava implorando a ele que tivesse paciência em relação a algo com o pequenos gestos e olhos suplicantes? Reuben provavelmente estava imaginando isso.

Subitamente, Frank olhou de relance para ele e antes que Reuben pudesse lhe dar as costas aproximou-se e apresentou-lhe sua companheira.

— Minha adorada Berenice – ele a chamou. Eles eram arrebatadoramente semelhantes na aparência – mesma pele clara e mesmos olhos escuros brincalhões, até mesmo alguma coisa dos mesmos gestos, embora ela fosse, evidentemente, delicada e formosa, ao passo que Frank tinha o queixo quadrado e a cabeleira de um artista de cinema. Lá se foram eles, enquanto Berenice, com um olhar de relance quase afetuoso, seguia em frente para ver mais da casa, com Frank obviamente ansioso para mostrá-la a ela.

Uma onda de músicos e de membros do coro entrou para o intervalo do jantar, os meninos com uma aparência proverbialmente angelical em suas vestes, e os músicos apressando-se para dizer a Reuben o quanto estavam adorando tudo aquilo, e estariam dispostos a vir de San Francisco para participar de eventos ali sempre que fossem requisitados.

Subitamente, Grace abordou-o e lhe disse que precisava fazer um prato para Phil, que não se afastaria de seu local privilegiado ao lado do coro por nada.

— Eu acho que ele trouxe as malas dele e vai ficar por aqui essa noite.

Reuben não sabia o que falar, mas Grace não demonstrava infelicidade:

— Eu não quero que ele seja um estorvo para você, é só isso, realmente não acho isso justo com você e com os seus amigos aqui.

— Mamãe, ele não é estorvo algum – disse Reuben –, mas *você* está preparada para que ele passe a morar aqui?

— Oh, ele não vai ficar aqui para sempre, Reuben. Embora eu tenha de avisar a você que ele acha que vai. Ele vai passar algumas semanas, talvez, na pior das hipóteses, alguns meses, depois vai voltar. Ele não pode viver longe de San Francisco. O que ele faria sem suas caminhadas em North Beach? Eu só não quero que ele seja um estorvo. Tentei conversar com ele sobre isso, mas é inútil. E com Celeste lá em casa, a coisa fica ainda pior. Ela tenta ser simpática com ele, mas não consegue suportá-lo.

— Eu sei – disse Reuben, aborrecido. – Escute, fico contente dele ficar aqui, contanto que você esteja de acordo com isso.

Uma pequena orquestra de cordas acabara de entrar na sala de jantar, agora que a multidão ao redor da mesa diminuíra, e os músicos começaram a tocar junto com uma adorável soprano que cantava um cântico natalino elizabetano que ele decididamente jamais ouvira, sua voz propositalmente triste e lamuriosa.

Reuben ficou extasiado ao ouvi-la. Toda a sua vida Reuben amara ouvir música ao vivo, e tinha tão poucas oportunidades para isso, vivendo, como a maioria de seus amigos, num luxuoso mundo de gravações de todo tipo de música possível e imaginável. Aquilo ali era o céu para ele, ouvir a soprano, e até mesmo observá-la, observar a expressão em seu rosto ao cantar e também a graciosa atitude dos violinistas ao tocar.

Ele relutou um pouco para sair dali e correu até a sua editora Billie Kale e a turma do *Observer*. Billie desculpou-se pelo fato de seu fotógrafo ter tirado tantas fotos. Reuben não via problema algum nisso. Felix tampouco via. Havia companheiros jornalistas do *Chronicle* lá também e diversas pessoas da televisão que haviam estado mais cedo na aldeia.

– Escute, nós precisamos de uma foto daquela janela da biblioteca – disse Billie. – Enfim, precisamos falar alguma coisa sobre o Lobo Homem ter estado aqui!

– Certo, vá em frente – disse Reuben. – É a janela grande do lado leste. Pode tirar todas as fotos que quiser.

Sua mente estava em outras coisas.

Qual era a história por trás daquelas mulheres fantásticas? Ele viu outra, uma beldade de pele escura com uma massa de cabelos pretíssimos e brilhantes e ombros nus, numa rápida conversa com Stuart. Como ela parecia intensa, e como Stuart parecia estar fascinado, aparentemente a levando consigo para ver a estufa, desaparecendo na multidão. Talvez Reuben estivesse imaginando coisas. Havia diversas mulheres bonitas na festa, ele lembrou a si mesmo. O que fazia aquelas moças se destacarem particularmente?

Mais pessoas estavam indo embora, o longo dia na aldeia e o extenso percurso de carro até suas casas apresentando a fatura. Mas parecia que outras pessoas estavam chegando. Reuben aceitava agradecimentos pela festa à direita e à esquerda. Fazia um bom tempo que ele deixara de murmurar que Felix era o responsável pelo evento. E percebia que não tinha de se obrigar a sorrir e a apertar mãos. Isso estava acontecendo naturalmente para ele, a felicidade ao seu redor contagiante.

Lá estava novamente aquela mulher, a que usava aquele adorável chapéu na aldeia. Ela se sentara no sofá ao lado de uma jovenzinha que estava chorando. A garota parecia ter onze ou doze anos. A mulher fazia-lhe um carinho e sussurrava algo para ela. Um menino sentou-se do outro lado, os braços cruzados, rolando os olhos e mirando o teto com um ar mortificado. Céus, o que poderia haver de errado com a menininha? Reuben começou a se dirigir até eles, mas algumas pessoas o interromperam com perguntas e agradecimentos. Alguém estava lhe contando uma longa história sobre uma casa velha lembrada da infância. Seu corpo girara. Onde estava agora a mulher com a menininha? Ela sumira.

Vários amigos antigos do ensino médio aproximaram-se dele, incluindo uma antiga namorada, Charlotte, seu primeiro amor. Ela já tinha dois filhos. Reuben flagrou-se estudando o bebezinho bochechudo em seus braços, uma vívida massa de carne rosada que não parava de se contorcer, de se debater, de se esticar e de chutar para tentar escapar dos braços pacientes da mãe. Sua filha mais velha, agora com três anos de idade, estava grudada no vestido da mãe e mirava Reuben com uma expressão de espanto.

Meu filho está a caminho, pensou Reuben, e ele vai ser assim, feito de chiclete rosado com olhos semelhantes a grandes opalas. E vai crescer nessa casa, debaixo desse teto, vagando por esse mundo e inevitavelmente indiferente a tudo isso, o que será algo maravilhoso.

Ele não estava conseguindo encontrar em Charlotte seu antigo amor da escola. Mas uma canção o estava cutucando, que canção era essa? Sim, aquela estranha canção sobrenatural "Take me As I Am", do October Project. Misturadas subitamente às lembranças de Charlotte encontravam-se as lembranças daquela canção escapando de um rádio espectral no quarto de Marchent.

Novamente, Reuben foi em direção à janela do leste, dessa vez na biblioteca, e, embora o assento ali perto estivesse ocupado de ponta a ponta, conseguiu mais uma vez focalizar a vista da floresta resplandecente. Certamente as pessoas o estavam observando, imaginando coisas a respeito do Lobo Homem, querendo fazer perguntas. Ele ouviu um tênue sussurro dessas palavras atrás dele e "bem por essa janela".

A música tornara-se ruído à medida que os sons da sala de jantar encontravam-se com a grande algaravia vinda do pavilhão, e Reuben sentiu aquele velho e familiar torpor, que tão frequentemente se apresentava quando ele estava em eventos importantes e cheios de gente, tomar conta de si.

Mas a floresta parecia efetivamente fantástica.

As multidões estavam mais densas do que nunca, muito embora caísse uma chuva leve. E, gradualmente, Reuben percebia que havia pessoas nos altos das árvores em todos os lugares. Havia homens e mulheres desgrenhados e criancinhas pálidas e magricelas nas árvores, muitas das quais sorrindo para as pessoas que estavam embaixo e algumas delas conversando com as pessoas, e todos esses misteriosos seres, evidentemente, usavam o familiar traje suave de camurça. E os convidados, os inocentes convidados, pensavam que eles faziam parte do quadro. Pois, até onde ele podia ver, os Nobres da Floresta estavam lá, empoeirados, sujos e cobertos de folhas e, até vestidos de hera, sentados ou de pé nos pesados galhos cinza. Quanto mais Reuben olhava, mais detalhados, bizarros e vívidos eles se tornavam. A miríade de luzes tremeluzia na chuva que caía, e ele podia quase ouvir as gargalhadas e vozes misturadas enquanto olhava para eles.

Reuben sacudiu-se e mirou novamente. Por que estava tonto? Por que havia um rugido em seus ouvidos? Nada mudara na cena. Ele não via Elthram. Ele não via Marchent. Mas podia ver um constante mexer e remexer em meio aos Nobres da Floresta porque inúmeros membros da tribo estavam desaparecendo e outros aparecendo bem diante de seus olhos deslumbrados. Ele ficou fascinado com aquilo, tentando captar essa ou aquela figura magricela que desaparecia ou surgia num átimo, mas isso estava fazendo com que ficasse ainda mais tonto. Ele tinha de quebrar o encanto. Aquilo tinha de parar.

Reuben virou-se e começou a vagar em meio à festa como vagara pela feira da aldeia. A música irrompeu. Vozes de verdade invadiam seus ouvidos. Risos, sorrisos. A sensação do bizarro, do horror do bizarro, abandonou-o. Em todos os lugares, ele via pessoas em animadas conversas, impregnadas pelo entusiasmo da festa, e encontros incomuns de residentes locais com amigos que conhecia. Mais de uma vez ele estudou Celeste de longe e notou o quanto estava se divertindo, quantas vezes ria.

E seguidamente ele se maravilhava com os Distintos Cavalheiros e com a maneira pela qual eles colaboravam para que a festa prosseguisse. Sergei apresentava pessoas umas às outras, direcionava os músicos da orquestra à mesa de jantar, respondia perguntas e acompanhava pessoas à escada.

Thibault e Frank estavam sempre em alguma conversação ou em movimento, com ou sem suas companheiras femininas, e até mesmo Lisa, ocupada com o gerenciamento da festança em todos os níveis, tirava um tempo para conversar com os meninos do coro e apontar uma ou outra coisa a eles sobre a casa.

Um jovem aproximou-se dela, sussurrando em seu ouvido, ao que ela respondeu:

– Eu não sei. Ninguém me disse onde a mulher morreu! – E ela deu as costas ao homem.

Quantos não estariam fazendo essa pergunta, pensou Reuben. Certamente estavam imaginando. Onde Marchent caíra quando foi esfaqueada? Onde Reuben fora descoberto após o ataque?

Um constante desfile subia a escada de carvalho em direção aos andares superiores. Parado ao pé da escada, Reuben podia ouvir os jovens docentes descrevendo o papel de parede estilo William Morris e o mobiliário do século XIX estilo Grand Rapids, e até mesmo coisas tais como o tipo de carvalho usado nas tábuas do piso e como ele fora seco antes da construção, coisas sobre as quais nem mesmo Reuben conhecia algo a respeito. Ele captou uma voz feminina dizendo:

– Marchent Nideck, sim. Esse quarto.

Pessoas sorriam para Reuben enquanto subiam a escada.

– Sim, por favor, subam sim – disse ele seriamente.

E atrás de tudo isso encontrava-se o idealizador, o eternamente encantador Felix, movendo-se tão rapidamente que parecia estar em dois lugares ao mesmo tempo. Sempre sorridente, sempre receptivo, ele flamejava de boa vontade.

Em determinado ponto, Reuben percebeu, percebeu lentamente que os Nobres da Floresta também estavam dentro da casa. Primeiro ele reparou as crianças, criaturinhas magras e pálidas com as mesmas roupas empoeiradas e cobertas de folhas dos pais, disparando em meio às multidões por quais caminhos fossem, como se estivessem brincando em algum jogo pessoal. Rostos tão famintos, rostos tão sujos, rostos de diabretes! Aquela visão era como uma punhalada em seu coração. E então ele viu um ou outro homem ou mulher, os olhos em chama ainda que sigilosos, vagando à deriva como ele mesmo estivera vagando, estudando os convidados humanos como se estes fossem os esquisitos, indiferentes àqueles que lhes dirigiam olhares.

Era perturbador para Reuben constatar que aquelas crianças pequenas e emaciadas pudessem talvez ser os mortos atados à Terra. Isso fazia com que seu coração positivamente tremesse. Deixava-o ligeiramente enjoado. Ele não conseguia suportar a ideia súbita de que aqueles meninos lourinhos rindo, sorrindo e se esquivando entre os convidados aqui e ali fossem fantasmas. Fantasmas. Ele não conseguia imaginar o que aquilo significava, ter aquele tamanho e aquele formato para sempre. Ele não conseguia entender como aquilo poderia ser desejável ou inevitável. E tudo aquilo que não sabia a respeito do novo mundo ao seu redor o assustava. E também o atormentava. Ele vislumbrou uma daquelas mulheres incomuns, uma daquelas mulheres estranhamente sedutoras, cravejada de joias e lantejoulas e passando pelo meio da multidão lentamente, com olhares longos e duradouros à direita e à esquerda. Ela parecia uma deusa de algum modo brutal ainda que indefinível.

Suas ansiedades subitamente se reuniram ao redor dele, amontoaram-se sobre ele, diminuindo a radiância da festa e tornando-o ciente do quanto as emoções e experiências de sua nova vida eram na verdade agudas e estranhas. O que já conhecera de preocupação antes? Que contato o Menino Luz já tivera com o horror?

Mas tudo o que tinha a fazer, pensou ele, era não olhar para os Nobres da Floresta. Não olhar para aquela estranha mulher. Não especular. Em vez disso, olhar para as pessoas reais e substanciosas desse mundo que estavam em todas as partes divertindo-se bastante. Reuben ficou subitamente desesperado para fazer exatamente isso: não ver os convidados sobrenaturais.

Mas ele estava fazendo outra coisa. Estava procurando da esquerda para a direita e à sua frente a figura que ele mais abominava em todo o mundo, a figura de Marchent.

Alguém atrás dele simplesmente disse:

– Sim, na cozinha, foi lá que eles a encontraram.

Ele passou pela gigantesca árvore de Natal e foi na direção das portas abertas da estufa, que estava lotada de gente como todos os outros cômodos da casa. Sob as inúmeras bolas de Natal e luzinhas douradas, as enormes massas de folhagem tropical ali pareciam quase grotescas; convidados encontravam-se por toda parte em meio a treliças e potes, mas onde estava ela?

Havia uma mulher esguia perto da mesa redonda de tampo de mármore em frente à fonte onde Reuben e Laura haviam feito juntos tantas refeições. Sua pele pinicava e zunia conforme ele se movia na direção daquela figura delgada de cabelos louros, daquela delicada figura, mas, repentinamente, enquanto ele se postava sob os galhos arqueados das orquidáceas, a mulher virou-se e sorriu para ele, carne e osso como incontáveis outras pessoas, mais uma convidada anônima e feliz.

– Que casa mais linda – disse ela. – Ninguém jamais poderia imaginar que uma coisa tão terrível aconteceu aqui.

– É verdade, você tem razão – disse ele.

Tantas palavras pareciam estar na ponta da língua dela, mas a mulher disse apenas que era uma grande alegria estar ali, e foi embora.

Erguendo os olhos, Reuben olhou para as florações púrpuras das árvores. O barulho acentuou-se ao seu redor, mas ele sentia-se distante e solitário. Ouvia a voz de Marchent quando eles conversaram sobre orquidáceas, belas orquidáceas, e fora Marchent quem encomendara aquelas árvores para a casa e para ele. Aquelas árvores haviam sido trazidas até ali depois de percorrerem centenas e centenas de quilômetros por causa da Marchent viva, e elas estavam vivas agora, curvadas para baixo com florações trêmulas, e Marchent estava morta.

Alguém se aproximara, e ele deveria se virar, sabia disso, e retribuir o cumprimento ou a despedida. Um casal estava ali, com pratos e copos na mão, obviamente na esperança de se servir da mesa, é claro, e por que não?

E, assim que se virou, ele viu na extremidade oposta da gigantesca sala a pessoa que estava procurando, a inconfundível Marchent, quase invisível nas sombras, em contraste com os vidros escuros e brilhantes da parede.

Seu rosto estava maravilhosamente perceptivo, contudo, e os olhos claros fixos nele exatamente como haviam estado na aldeia, quando ela lá estava semiperfilada ouvindo o sorridente Elthram que se encontrava ao seu lado. Uma luz sobrenatural parecia distingui-la na penumbra artificial, sutil porém desprovida de fonte e, naquela luz, ele viu o lustre de sua testa lisa, o brilho de seus olhos, o fulgor das pérolas em volta de seu pescoço.

Ele abriu a boca para chamar o nome dela, e nenhum som saiu. À medida que seu coração retumbava, a figura pareceu ficar ainda mais brilhante, pareceu cintilar, e então esvaeceu até desaparecer por completo. Um voleio de gotas de chuva atingiu o telhado de vidro. Uma chuva prateada deslizou pelos muitos vidros ao redor dele, e as próprias paredes tremeluziram em todos os pontos para onde ele olhava. *Marchent*. O pesar e a saudade eram como uma dor trespassando-lhe as têmporas.

Seu coração parou.

Não havia nenhuma tristeza, nenhuma lágrima, nenhuma tentativa desesperada de se aproximar no rosto dela. Mas o que aquela expressão naqueles olhos sérios, naqueles olhos pensativos, significava de fato? *O que os mortos sabem? O que os mortos sentem?*

Ele pôs as mãos acima da cabeça. E estremeceu. Sua pele estava quente sob as roupas, terrivelmente quente, e o coração não parava de dar saltos. Alguém lhe perguntou se estava tudo bem.

Oh, sim, muito obrigado, respondeu, virou-se e saiu da sala.

O ar no salão principal estava mais fresco e doce devido ao aroma de agulhas de pinheiro. Uma música suave e envolvente vinha da orquestra do outro lado das janelas abertas. Sua pulsação retornava ao normal. Sua pele estava ficando mais fria. Uma turba cintilante de adolescentes passou por ele, rindo e gargalhando e em seguida correndo em direção à sala de jantar, obviamente numa missão exploratória.

Frank apareceu, o sempre cordial Frank com sua elevada polidez estilo Cary Grant e, sem dizer uma palavra sequer, colocou uma taça de vinho na mão de Reuben.

– Quer algo mais forte? – perguntou Frank, sobrancelhas erguidas. Reuben balançou a cabeça. Agradecido, Reuben bebeu o vinho, um Riesling de boa qualidade, frio, delicioso, e encontrou-se a sós ao lado do fogo.

Por que fora atrás dela? Por que fizera isso? Por que ele a procurara no meio de todo aquele clima festivo? Por quê? Será que queria que ela estivesse lá? E, se ele se retirasse agora para o interior de algum cômodo fechado, presumindo que pudesse encontrar um, será que ela atenderia o convite dele? Será que os dois conseguiriam sentar-se e conversar?

Em determinado ponto, Reuben viu seu pai em meio à multidão. Era Phil, com certeza, aquele cavalheiro idoso com o paletó de tweed e as calças cinza. Como ele parecia bem mais velho do que Grace. Ele não era pesado, não, e tampouco frágil. Mas seu rosto, nunca enrijecido por intervenções cirúrgicas, era macio, natural e tinha rugas acentuadas como as de Thibault, e sua farta cabeleira, loura no passado, agora era branca.

Phil estava de pé na biblioteca, bastante solitário em meio às pessoas que entravam e saíam, e olhava fixamente para a grande foto dos Distintos Cavalheiros sobre a viga da lareira.

Reuben quase podia ver os mecanismos da mente de Phil entrando em movimento à medida que ele estudava a fotografia, e um horror súbito acometeu-o: ele descobriria tudo.

Afinal de contas, não era óbvio que o Felix de hoje era a imagem cuspida e escarrada, como costumam dizer, do homem na fotografia, e que os homens ao redor dele, os homens que deveriam agora ter uns vinte anos ou mais do que tinham quando a foto foi tirada, tinham exatamente a mesma aparência hoje que no momento da foto? Felix voltara na condição de seu filho ilegítimo. Mas como explicar Sergei ou Frank ou Margon não terem envelhecido nada nas últimas duas décadas? E quanto a Thibault? Conceder-se-ia a homens no auge da forma mais uns vinte anos de vigor notável, e os jovens pareciam ser efetivamente homens no auge da forma. Mas Thibault aparentava sessenta e cinco anos, ou quem sabe setenta, na fotografia, e sua aparência era exatamente a mesma agora. Como tal coisa poderia ser possível? Como alguém com a idade tão avançada quando a foto foi tirada poderia ter a mesma aparência agora?

Mas talvez Phil não estivesse reparando em todas essas coisas. Talvez nem mesmo soubesse a data da foto. Por que deveria saber? Eles jamais haviam falado sobre isso antes, haviam? Talvez Phil estivesse estudando a vegetação na fotografia e pensando em coisas mundanas, tais como onde a foto poderia ter sido tirada, ou observando detalhes acerca das roupas e das armas dos homens.

Algumas pessoas interromperam Reuben, querendo agradecer, evidentemente, antes de ir embora.

Quando ele finalmente alcançou a biblioteca, Phil não estava mais lá. E quem estaria sentado no assento da janela sobre a almofada de veludo vermelho, olhando para a floresta, senão o inimitável Elthram, sua pele escura em tom de caramelo e os selvagens olhos verdes resplandecendo verdadeiramente à luz do fogo, como se fosse um demônio alimentado por chamas que ninguém naquele recinto poderia ver. Ele nem levantou os olhos para Reuben quando este se aproximou dele. Então, finalmente, se virou e lançou na direção de Reuben um sorriso confidencial e radiante antes de desaparecer como fizera na aldeia, sem dar a mínima importância às pessoas que talvez o estivessem observando, como se tais coisas realmente não tivessem nenhuma importância. E, conforme Reuben olhava de relance para as pessoas ao seu redor, conversando, rindo e beliscando os acepipes em seus pratos, ele percebeu que ninguém reparara, ninguém mesmo.

Subitamente, e sem nenhum som, Elthram apareceu ao lado dele. Reuben se virou e olhou fixamente para os seus olhos verdes enquanto sentia a pressão do braço do homem em seu ombro.

– Tem alguém aqui que precisa falar com você – disse Elthram.

– Será um prazer, basta me dizer quem – disse Reuben.

– Olhe aqui – disse ele, fazendo um gesto em direção à grande sala da frente. – Ao lado do fogo. A menininha com a mulher ao lado.

Reuben virou-se, cheio de expectativas de ver a mulher e a menina que ele vira chorando. Mas aquelas eram pessoas diferentes, na realidade.

De imediato, Reuben percebeu que estava olhando para a pequena Susie Blakely, para seu rostinho grave com os olhos fixos sobre ele. E a mulher ao lado dela era a pastora Corrie George, com quem Reuben deixara a menina na igreja. Susie usava um adorável vestido antiquado em forma de bata, com mangas curtas bufantes, e seus cabelos estavam com um penteado lindo. No pescoço, uma corrente de ouro com uma cruz pendurada. A pastora George usava um terninho preto com muita renda branca na gola e também olhava fixamente para Reuben.

– Você precisa agir de maneira sábia – sussurrou Elthram. – Mas ela precisa falar com você.

O rosto de Reuben estava queimando. As palmas das mãos latejavam. Mas ele foi diretamente até elas.

Curvou-se para acariciar o topo da cabeça de Susie.

– Você é Susie Blakely – disse ele. – Eu vi a sua foto no jornal. Eu sou Reuben Golding. Sou repórter. Você é bem mais bonitinha pessoalmente do que na foto, Susie. – Era verdade. Ela estava com uma aparência renovada, radiante, sem estragos visíveis. – E seu vestidinho rosa é lindo. Você parece uma personagem de livro infantil.

Ela sorriu.

O coração dele estava acelerado, e ele ficou impressionado com o som calmo da própria voz.

– Você está se divertindo? – Ele sorriu para a pastora George. – E você? Gostariam de comer ou beber alguma coisa?

– Posso falar com o senhor, sr. Golding? – perguntou Susie. A mesma vozinha límpida e aguda. – Só um minutinho, se der. É importante mesmo.

– É claro que pode – disse Reuben.

– Ela realmente precisa falar com você, sr. Golding – disse a pastora George. – Você precisa nos desculpar por fazermos esse tipo de pedido, mas nós viemos de muito longe essa noite só para vê-lo, e eu prometo que isso só vai levar uns minutinhos.

Onde ele poderia ficar com elas em privacidade? A festa estava mais cheia do que nunca.

Rapidamente, ele as tirou do grande salão, percorreu com elas o corredor e a escada de carvalho até o andar de cima.

Seu quarto estava aberto a todos os convidados, mas, felizmente, apenas um casal tomava uma gemada na mesa redonda e rapidamente saiu quando ele entrou com a menininha e a mulher.

Reuben fechou a porta e trancou-a, certificando-se de que o banheiro estava vazio.

– Sentem-se, por favor. O que posso fazer por vocês? – Ele fez um gesto para que elas se sentassem à mesa redonda.

O couro cabeludo de Susie parecia tão rosado quanto seu vestido, e ela ficou subitamente enrubescida ao sentar-se na cadeira de espaldar reto. A pastora George tomou-lhe a mão direita em suas duas mãos enquanto se sentava perto da criança.

– Sr. Golding, eu preciso lhe contar um segredo – disse Susie. – Um segredo que eu não posso contar para mais ninguém.

– Pode me contar – disse Reuben, assentindo com a cabeça. – Eu prometo a você que posso manter isso em segredo. Alguns repórteres não podem, mas eu posso.

– Eu sei que você viu o Lobo Homem – disse Susie. – Você o viu nessa casa. E antes disso ele te mordeu. Eu ouvi tudo sobre isso. – Seu rosto ficou enrugado como se ela estivesse prestes a chorar.

– Sim, Susie – disse Reuben. – Eu o vi, sim. Tudo isso aconteceu de verdade. – Ele imaginou se estava enrubescendo da mesma maneira que ela. Seu rosto estava quente. E o restante do corpo também. Seu coração estava concentrado nela. Ele faria qualquer coisa naquele momento para deixá-la confortável, para ajudá-la, para protegê-la.

– Eu também vi o Lobo Homem – disse Susie. – Vi de verdade. Minha mãe e meu pai não acreditam em mim. – Havia um lampejo de raiva em seu rostinho, e ela olhava inquieta para a pastora George, que balançava a cabeça para ela em concordância.

– Ah, foi assim que você foi resgatada – disse Reuben. – Foi assim que você conseguiu escapar daquele homem.

– Sim, foi isso que aconteceu, sr. Golding – disse a pastora George. Ela baixou a voz olhando ansiosamente para a porta. – Foi o Lobo Homem que a resgatou. Eu também o vi. E falei com ele. Nós duas falamos com ele.

– Eu entendo – disse Reuben. – Mas não saiu nada sobre isso nos jornais. Eu não vi nada sobre isso na TV.

– Foi porque a gente não queria que ninguém soubesse – disse Susie. – A gente não queria que ele fosse capturado e colocado na prisão ou que alguém machucasse ele.

– Sim, está certo, eu entendo. Eu compreendo – disse Reuben.

– Queríamos dar a ele tempo de escapar – disse a pastora George. – De dar o fora dessa parte da Califórnia. Queríamos descobrir uma maneira de jamais termos de contar isso para ninguém. Mas Susie precisa contar para as pessoas, sr. Golding. Ela precisa falar sobre o que aconteceu com ela. E quando nós tentamos contar aos pais dela, bem, eles não acreditaram em nós! Em nenhuma das duas!

– É claro que ela precisa falar sobre isso – disse Reuben. – Vocês duas precisam. Eu compreendo. Se existe alguém que deveria compreender isso, esse alguém sou eu.

– Ele é real, não é, sr. Golding? – perguntou Susie. Ela engoliu em seco e novamente as lágrimas surgiram-lhe no rosto e, subitamente, havia um desânimo em seu rosto, como se ela houvesse perdido o fio da meada.

Reuben colocou as mãos nos ombros dela.

– Sim, ele é real, querida – confirmou ele. – Eu o vi, assim como várias pessoas também o viram lá embaixo no salão. Muitas pessoas viram o Lobo Homem. Ele é bem real. Jamais deixe de confiar em seus sentidos.

– Eles não acreditam em nada do que eu digo – disse a menina com uma voz fraquinha.

– Eles acreditam no homem mau que levou você, não acreditam? – perguntou ele.

– Sim, eles acreditam – disse a pastora. – O DNA dele estava em todo o trailer. Eles também o ligaram a outros desaparecimentos.

O Lobo Homem salvou a vida de Susie, isso é absolutamente óbvio. Aquele homem matou duas outras menininhas. – Ela parou de repente e olhou de relance para Susie com preocupação. – Mas veja bem, como os pais não acreditavam na conversa dela sobre o Lobo Homem, e outras pessoas também não... Bem, ela não quer falar mais sobre nada disso, não quer mesmo.

– Ele me salvou de verdade, sr. Golding – disse Susie.

– Eu sei que ele fez isso – disse Reuben. – Enfim, eu acredito em cada palavra que você está me dizendo. Deixe-me lhe dizer uma coisa, Susie. Muitas pessoas não acreditam no Lobo Homem. Elas não acreditam em mim. Elas não acreditam nas pessoas que estiveram comigo aqui, as outras pessoas que o viram. Nós temos de conviver com isso, com o fato de que elas não acreditam em nós. Mas nós temos de falar o que vimos. Não podemos deixar os segredos nos envenenando por dentro. Você sabe o que isso significa?

– Sim, eu sei o que isso significa – disse a pastora George. – Mas veja bem, nós também não queremos sair por aí trombeteando tudo isso para a mídia. Nós não queremos que ele seja caçado por aí, que ele seja morto.

– Não – disse Susie. – E isso vai acontecer. Meu pai disse que mais cedo ou mais tarde eles vão pegar ele e vão matar ele.

– Bem, escute, querida – disse Reuben. – Eu sei que você está dizendo a verdade, vocês duas estão. E nunca esqueça que eu também o vi. Escute, Susie, eu gostaria muito que você fosse crescida o suficiente para mandar e-mails. Eu gostaria muito que...

– Eu sou crescida o suficiente – disse Susie. – Posso usar o computador da mamãe. Posso dar o meu e-mail para você agora mesmo.

A pastora George tirou uma caneta do bolso. Já havia em cima da mesa um bloco pronto para ser usado.

Rapidamente, Susie começou a desenhar as letras de seu e-mail, seus dentes mordendo o lábio inferior enquanto escrevia. Reuben observava, rapidamente salvando o e-mail em seu iPhone.

– Eu estou mandando um e-mail para você agora mesmo, Susie – disse ele, seus polegares trabalhando. – Eu não vou dizer nada que alguma outra pessoa pudesse entender.

– Beleza. Minha mãe não sabe o meu e-mail – disse Susie. – Só quem sabe é você e a pastora George.

A pastora George escreveu seu e-mail para Reuben. De imediato ele salvou a informação e mandou um e-mail para o endereço dela.

– Tudo bem. Nós vamos nos falar por e-mail, você e eu. E qualquer hora que você quiser falar sobre o que viu basta me escrever, e olhe. – Ele pegou a caneta. – Esse é o número do meu telefone, o número desse telefone aqui. Eu vou mandar isso por e-mail para você também. Pode me ligar quando quiser. Está entendendo? E você também, pastora George. – Ele arrancou a folha de papel e a entregou à mulher. – As pessoas que viram essas coisas precisam se manter unidas, em contato.

– Muito obrigada mesmo – disse Susie. – Eu falei para o padre na confissão e ele também não acreditou em mim. Ele disse que de repente eu imaginei tudo isso.

A pastora George balançou a cabeça.

– Ela simplesmente não quer mais falar sobre nada disso, entende? E isso não é nada bom. Isso não é nem um pouco bom.

– Verdade. Bem, eu conheço um padre que vai acreditar em você – disse Reuben. Ele ainda estava segurando o iPhone com a mão esquerda. Rapidamente, teclou um texto para Jim. – Meu quarto aqui em cima, agora. Confissão. – Mas e se Jim não conseguisse ouvir seu telefone com o som alto lá embaixo? E se o telefone dele estivesse desligado? Ele estava a quatro horas de distância de sua paróquia. Poderia muito bem ter desligado o aparelho.

– Ela precisa que outras pessoas acreditem nela – disse a pastora George. – Eu posso viver com o ceticismo dos outros. De qualquer maneira, a última coisa que eu quero é que a imprensa toque a campainha da minha casa. Mas ela precisa falar sobre tudo o que aconteceu com ela, e precisa muito, e vai ser assim por um bom tempo.

– Você está certa – concordou Reuben. – E, quando você é católico, você quer falar com o seu padre sobre as coisas que são importantes para você. Bem, alguns de nós fazem isso.

A pastora George deu de ombros ligeiramente e fez um gesto de aceitação com a mão.

Alguém bateu na porta. Não poderia ser Jim, pensou ele, não com essa rapidez toda.

Mas, quando ele abriu a porta, Jim estava lá em pessoa e, atrás dele, encontrava-se Elthram encostado à parede do corredor.

– Disseram que você queria me ver – disse Jim.

Reuben balançou a cabeça para Elthram em sinal de agradecimento e deixou Jim entrar no quarto.

– Essa menininha aqui precisa conversar com você. Será que essa senhora pode ficar com ela enquanto ela se confessa?

– Se a menininha quiser que a senhora fique, não vejo problema – disse Jim. Ele olhou intensamente para a menininha, e então balançou a cabeça para a pastora em sinal de concordância, exibindo um discreto sorriso formal. Ele parecia tão gentil, tão capaz, tão tranquilamente reconfortante.

Susie levantou-se em respeito a Jim.

– Obrigada, padre – disse ela.

– Susie, você pode contar ao padre Jim Golding o que quiser – disse Reuben. – E eu prometo a você que ele vai acreditar. E ele também vai manter tudo isso em segredo, e você vai poder falar com ele sempre que desejar, da mesma maneira que pode conversar comigo.

Jim sentou-se na cadeira em frente a ele, fazendo um gesto para Susie sentar-se.

– Eu vou deixar vocês agora – disse Reuben. – E, Susie, pode me enviar e-mails sempre que sentir vontade, querida, ou pode me telefonar também. Se entrar em caixa postal, eu prometo que retorno a ligação assim que for possível.

– Eu sabia que você ia acreditar em mim – disse Susie. – Eu sabia.

– E você pode falar com o padre Jim sobre tudo isso, Susie, sobre tudo o que aconteceu lá naquela floresta com aquele homem mau. E qualquer coisa sobre o Lobo Homem. Querida, você pode confiar nele. Ele é padre, e um ótimo padre, diga-se de passagem. Eu sei disso porque ele é o meu irmão mais velho.

Ela exibiu um sorriso radiante para Reuben. Que criatura mais bela e encantadora ela era. E quando ele pensou na menina chorando no trailer naquela noite, quando pensou nela com o rosto cheio de terra enquanto chorava e implorava para que ele não a abandonasse, ficou silenciosamente realizado.

Ela se virou e olhou ansiosa e silenciosamente para Jim.

E Reuben disse, sem pensar:

– Eu te amo, lindinha.

Susie virou a cabeça como se puxada por uma corrente. A pastora George também virou a cabeça. Ambas olhavam para ele.

E, então, veio-lhe à mente, veio-lhe à mente aquele momento na floresta do lado de fora da igreja, em que ele deixara Susie com a pastora George e dissera naquele mesmo tom de voz: "Eu te amo, lindinha."

Seu rosto ficou vermelho. Ele ficou lá parado em silêncio olhando para Susie. O rosto dela pareceu subitamente não ter nenhuma idade, como o rosto de um espírito, estampado com algo profundo e ao mesmo tempo simples. Ela o estava mirando, sem choque, confusão ou reconhecimento.

– Tchau, querida – disse ele e saiu, fechando a porta atrás de si.

Ao pé da escada, a editora de Reuben, Billie, abordou-o. Por acaso aquela não era Susie Blakely? Ele obtivera uma exclusiva com Susie Blakely? Reuben não se dava conta do que aquilo significava? Nenhum repórter fora capaz de conversar com aquela menininha desde que ela voltara ao convívio dos pais. Aquilo era sensacional.

– Não, Billie, e não, e não – disse Reuben, baixando a voz para suavizar sua indignação. – Ela é convidada da festa e eu não tenho nenhum direito e nenhuma intenção de entrevistar aquela criança. Agora, escute, eu quero voltar para o pavilhão e ouvir um pouco de música antes da festa acabar. Venha comigo, vamos lá.

Eles mergulharam no meio da densa multidão na sala de jantar e, misericordiosamente, ele não conseguia mais ouvir Billie ou qualquer outra pessoa. Billie afastou-se aos poucos. Ele apertava mãos aqui, balançava a cabeça para agradecer ali, mas seguia calculadamente em direção à música que vinha através da porta da frente. Somente agora começava a pensar em Jim e em seu ódio de ficar perto de crianças, em seu ódio até de vê-las, mas certamente era obrigação dele estabelecer o contato entre Susie e Jim. Seu irmão compreenderia. Jim era, em primeiro lugar e acima de tudo, padre, independentemente das dores pessoais que pudesse vir a sentir.

O pavilhão não estava menos abarrotado de gente. Mas foi mais fácil andar através das mesas, trocando cumprimentos, recebendo agradecimentos, meramente balançando a cabeça àqueles que não conhecia e àqueles que não o conheciam, até se aproximar do solene e engenhosamente iluminado presépio.

A corrente de artistas em trajes medievais estava passando por lá, distribuindo suas moedas douradas comemorativas. Garçonetes e garçons em todas as partes enchiam pratos ou os recolhiam, oferecendo novas taças de vinho ou xícaras de café. Mas tudo aquilo esvaeceu à medida que Reuben adentrou o local onde se encontrava a manjedoura, com sua luz suave e sonhadora. Aquele era seu destino desde o início. Ele sentiu o cheiro de cera das velas; as vozes do coro estavam misturadas e tinham uma sonoridade pungente ainda que suavemente estridente.

Ele perdeu a noção do tempo parado ali, a música próxima, bela e envolvente. O coro agora começava um pesaroso hino a ser acompanhado por toda a orquestra:

> *No sombrio inverno*
> *O vento gélido fez gemer,*
> *A Terra ficou rígida como ferro,*
> *A água dura como pedra.*

Reuben fechou os olhos por um longo momento, e quando os abriu olhou para baixo em direção ao radiante rosto do Menino Jesus e rezou: "Por favor, mostre-me como ser bom", sussurrou ele. "Por favor, independentemente de quem eu seja, mostre-me como ser bom."

Uma tristeza tomou conta dele, um terrível desencorajamento – um temor acerca de todos os desafios que se encontravam adiante. Ele amava Susie Blakely. Ele a amava. E queria apenas tudo de bom para ela, e para sempre. Queria tudo de bom para todas as pessoas que conhecera na vida. E não conseguia pensar agora na crueldade que percebera naqueles a quem julgara malignos, aqueles que tirara desse mundo com uma implacácel crueldade de fera. Silenciosamente, com os olhos fechados, ele repetiu a oração de uma maneira profunda e calada.

O silêncio interior, a canção envolvente, parecia prosseguir para sempre e, gradualmente, ele começou a sentir uma paz silenciosa.

Ao redor dele as pessoas pareciam extasiadas pela música. Nas proximidades à sua esquerda, encontravam-se Shelby com seu filho, Clifford, e o pai dela. E outras pessoas aglomeravam-se, pessoas que ele não conhecia.

O coro prosseguia naquele hino suave e belo.

O bastante para Ele, venerado
Noite e dia por querubins.
Um seio cheio de leite
Uma manjedoura cheia de feno.
O bastante para Ele,
Protegido por anjos,
Pelo boi, o burro e o camelo
Que o adoram.

Em determinado ponto, ele ouviu uma voz de tenor, uma voz familiar, cantando ao lado dele, e, quando abriu os olhos, viu que se tratava de Jim. Jim estava com Susie, parado ao lado dele. As mãos de Jim nos ombros dela, e ao lado de Jim estava a pastora Corrie George. Parecia que séculos haviam se passado desde que ele os deixara. Agora eles estavam todos cantando o hino juntos, e Reuben cantava com eles também.

O que posso dar a Ele,
Pobre que sou?
Se fosse uma ovelha
Levaria um carneiro.
Se fosse um sábio
Faria a minha parte,
Mas o que posso dar a Ele,
Dou o meu coração.

Reunidos ao redor deles estavam os voluntários que preparavam a sopa na paróquia de Jim e que Reuben conhecia de refeições que fizera lá no passado, quando trabalhara com eles no último Natal e no Natal anterior. Jim estava imóvel, apenas olhando para baixo na direção do Menino Jesus de mármore na manjedoura com feno de verdade, com uma expressão de curioso espanto no rosto, uma sobrancelha erguida e exibindo uma tristeza em seu semblante, algo muito semelhante ao que Reuben estava sentindo.

Reuben não falou nada. Pegou um copo de água com gás numa bandeja que passou por ali e bebericou-o silenciosamente, e o coro recomeçou. *"Que criança é essa que se deitou para descansar nos braços de Maria e agora dorme..."*

Uma das voluntárias chorava suavemente, e duas outras cantavam junto com o coro. Susie cantava com clareza e alto e bom som, bem como a pastora George. Pessoas iam e vinham ao redor deles, como se visitando o altar. Jim permaneceu, a Susie e a pastora também, e então, lentamente, os olhos de Jim elevaram-se em direção ao sereno rosto do anjo sobre o frontão triangular do estábulo e sobre as árvores concentradas atrás dele.

Ele se virou e viu Reuben como se sacudido de um sonho. Jim sorriu, abraçou o irmão e o beijou na testa.

Lágrimas escorreram dos olhos de Reuben.

– Eu estou feliz por você – disse Jim, numa voz íntima sob o som do coro. – Estou feliz por seu filho estar chegando. Estou feliz por você estar aqui com seus notáveis amigos. Talvez eles saibam coisas que eu desconheço. Talvez saibam mais coisas do que eu jamais sonhei que pudessem ser conhecidas.

– Jim, seja lá o que acontecer – disse Reuben numa voz baixa e confidencial –, esses são nossos anos, nossos anos para sermos irmãos. – Sua voz ficou embargada e ele não teve como continuar. De qualquer maneira, ele não sabia o que dizer além daquilo. – E em relação à menininha, enfim, sei o que você disse sobre a dor que você sente, essa dor horrível que você sente quando está perto de crianças, mas eu precisava...

– Bobagem, não fale mais nada – interrompeu-o Jim com um sorriso. – Está entendido.

Ambos se viraram, permitindo que outras pessoas se posicionassem entre eles e o presépio. A pastora George levou Susie a um par de cadeiras vazias em uma das mesas, e Susie acenou para Jim e para Reuben e, é claro, os dois sorriram.

Eles ficaram juntos encarando o enorme pavilhão. À direita deles, a orquestra executava a antiga melodia de "Greensleeves" de maneira particularmente bela, e a voz do coro era uma só voz: *"O Rei dos Reis traz a salvação; Que os corações que amam o entronizem."*

– Estão todos muito felizes – disse Jim, enquanto olhava para as mesinhas repletas de gente, para os garçons e garçonetes circulando para dentro e para fora com suas bandejas de bebidas. – Todos muito felizes.

– Você está feliz, Jim? – perguntou Reuben.

Jim abriu de súbito um sorriso.

– Quando foi que eu estive feliz na minha vida, Reuben? – Ele sorriu, e talvez essa tenha sido a primeira vez que ria daquele jeito, seu jeito antigo, com Reuben, desde que a vida de Reuben mudara para sempre. – Olhe lá o papai. Eu acho que aquele homem conversando com ele o prendeu numa armadilha. Já está na hora de o resgatarmos.

Será que o homem tinha mesmo prendido Phil numa armadilha? Reuben não vira aquele homem antes. Era alto e tinha cabelos compridos inteiramente brancos caindo-lhe pelos ombros, tais como os cabelos de Margon, algo semelhante a uma juba de leão, e vestia um paletó de camurça cinturado bastante usado com revestimentos de couro escuro nos cotovelos. Ele estava balançando a cabeça enquanto Phil falava, e seus olhos escuros olhavam serenamente para Reuben. Ao lado dele estava sentada uma linda, porém excessivamente musculosa loura com olhos ligeiramente virados para cima e maxilares pronunciados. Seus cabelos cor de palha estavam soltos como os de um homem, uma pequena torrente caindo-lhe nos ombros. Também ela estava olhando para Reuben. Seus olhos pareciam desprovidos de cor.

– Esse homem aqui já viajou o mundo todo – disse Phil, depois de apresentar seus dois filhos. – Ele está me presenteando com histórias e costumes da Invernia ao redor do mundo, de tempos antigos e de sacrifícios humanos! – Reuben ouviu o homem dizer seu nome, Hockan

Crost, numa voz suave e profunda, uma voz arrebatadora, mas ouviu também a palavra *Morphenkind*.

– Helena – disse a mulher, estendendo a mão. – Uma festa maravilhosa. – Sotaque obviamente eslavo, e o sorriso bem doce, mas havia algo ligeiramente grotesco em relação a ela, em relação a suas proporções fortes, aos ossos muito grandes de seu rosto muito bem maquiado, ao seu pescoço longo e aos ombros firmes. Seu vestido sem mangas estava repleto de lantejoulas e continhas. Parecia pesado como uma carapaça.

Morphenkinder, os dois.

Quem sabe existisse um aroma daqueles de sua própria espécie, homens e mulheres, que seu corpo reconhecia mesmo quando sua mente não reconhecia. O homem olhava para Jim e Reuben quase com frieza de sob as pesadas sobrancelhas pretas. Tinha um rosto de traços duros, mas não era feio. Parecia desgastado pelo tempo, com lábios sem cor e ombros maciços.

Ele e a moça se levantaram, fizeram uma mesura e partiram.

– Muitas pessoas fascinantes aqui essa noite – disse Phil. – E por que elas não param de se apresentar a mim? Eu não faço a menor ideia. Eu me sentei aqui para escutar a música. Mas isso aqui está muito divertido, Reuben. Eu tenho de dar a mão à palmatória; seus amigos fizeram uma festança, e a comida é espetacular. Aquele tal de Crost é um sujeito incrível. Você não vai encontrar por aí muitas pessoas que afirmem com todas as letras compreender e demonstrar simpatia pelos sacrifícios humanos da Invernia. – Phil riu. – Ele é um baita filósofo.

O serviço de sobremesa começou, e as pessoas estavam mais uma vez se dirigindo à grande sala de jantar, o ar impregnado com o aroma de café e de tortas de frutas e abóbora recentemente saídas do forno. Mais uma vez os garçons levavam bandejas de sobremesas àqueles que permaneciam no pavilhão. Phil adorou a torta de pecan com creme de leite batido. Reuben nunca experimentara "torta de vísceras", e adorou.

Na mesa adiante, a pequena Susie estava comendo de maneira saudável e a pastora George deu a Reuben um discreto e reconfortante meneio de cabeça e um sorriso.

Mais e mais pessoas estavam indo embora. Felix percorria as mesas instando todos a que, por favor, esperassem o fim da música. Alguns visivelmente não tinham condições para tal. Havia conversas a respeito da distância até os mais variados destinos e como comparecer à festa havia valido muito a pena. Pessoas exibiam as moedas douradas comemorativas com agradecimentos, dizendo que as guardariam de lembrança. Pessoas diziam que adoravam muito "aquela casa".

A equipe do bufê distribuía pequenas velas brancas, cada qual acomodada dentro de um pequeno castiçal de papel, e direcionava todos ao pavilhão para a "música final".

O que estava acontecendo? A "música final"? Reuben não fazia a menor ideia do que se tratava aquilo.

O pavilhão ficou subitamente repleto de gente. As pessoas no salão principal da casa ficaram amontoadas de encontro às janelas abertas que davam para o pavilhão, e as portas duplas da estufa estavam escancaradas, com muitas pessoas também aglomeradas ali.

As luzes do teto estavam sendo apagadas, reduzindo a luminosidade em todo o local a uma bela penumbra. Velas estavam sendo acesas em todos os cantos, as pessoas oferecendo suas velas umas às outras. Logo a velinha de Reuben foi acesa e ele a protegia com a mão.

Ele se levantou e disparou novamente em direção à orquestra, e finalmente encontrou um lugar confortável em frente, encostado à própria parede de pedra da casa, logo abaixo da janela mais à direita da sala da frente. Susie e a pastora George também foram para mais perto do presépio e da orquestra.

Felix estava ao microfone de um dos lados do presépio e, numa voz suave e cordial, anunciou que a orquestra, o coro de adultos e o coro de meninos tocariam e cantariam naquele momento "os cânticos natalinos mais adorados de nossa tradição", e que todos eram muito bem-vindos a se juntar a eles.

Reuben entendeu. Muitos hinos e canções antigos e adoráveis haviam sido executados até aquele momento, e grandes temas musicais eclesiásticos, mas não os grandes sucessos pesados e vigorosos. E quando a orquestra e os coros explodiram com "Joy to the World" em alto vigor, ele ficou emocionado.

Em todos os lugares em volta dele, pessoas cantavam, até mesmo aquelas mais improváveis, como Celeste, e inclusive seu pai. Na realidade, ele mal conseguia acreditar que Phil estivesse lá parado, com uma velinha acesa, cantando alto e bom som, e a mesma coisa acontecia com Grace. Sua mãe estava cantando de fato. Até seu tio Tim cantava junto com a esposa, Helena, Shelby e Clifford. E tia Josie cantava em sua cadeira de rodas. É claro que Susie estava cantando, e também a pastora George. E também cantavam Thibault e todos os Distintos Cavalheiros que ele conseguia enxergar. Até Stuart estava cantando na companhia dos amigos.

Estava acontecendo alguma coisa de caráter comunal que ele jamais poderia ter esperado, jamais imaginara possível, não ali naquele lugar ou naquele momento. Ele imaginava que a temperatura emocional de seu mundo fosse fria demais para tal coisa.

A orquestra e os coros entraram diretamente em "Hark! The Herald Angels Sing" com o mesmo vigor, e após isso "God Rest Ye, Merry Gentlemen". Toda uma corrente de cânticos natalinos ingleses se seguiu a estes, cada qual mais exuberante do que o outro. Havia uma jubilante autoridade naquela música e um espírito que parecia envolver todos os presentes.

Quando uma única soprano executou "O Holy Night", as pessoas começaram verdadeiramente a chorar. Tão poderosa era a voz dela, e tão lustrosa e bela a canção em si que os olhos de Reuben encheram-se de lágrimas. Susie curvou-se em direção à pastora George, que a manteve grudada a si. Jim estava ao lado da pastora.

Stuart postara-se ao lado de Reuben, e também ele estava cantando enquanto a orquestra dava início a um solene e urgente "O Come, All Ye Faithful", com o coro pairando por sobre as cordas enlevadas e as trompas profundas e latejantes.

Um silêncio caiu com o farfalhar dos pequenos castiçais de papel e umas poucas tosses e espirros que talvez se ouvissem numa igreja lotada.

Uma voz com sotaque densamente alemão falou ao microfone:
– E agora, com prazer, dou a batuta a nosso anfitrião, Felix Nideck.
Felix pegou a batuta e segurou-a bem no alto.

Então a orquestra deu início às primeiras e famosas notas do "Coro de Aleluia", de Handel, e as pessoas que estavam sentadas ao longo de todo o gigantesco pavilhão levantaram-se. Até aquelas ligeiramente confusas com a situação punham-se de pé a exemplo dos outros. Tia Josie lutou para levantar-se com a ajuda de sua enfermeira.

Quando o coro executou o primeiro "Aleluia", foi como a explosão de um trompete, e as vozes subiam e desciam continuamente, entoando com a orquestra, que irrompia abaixo delas os belíssimos hinos do coro.

Em todas as partes ao redor de Reuben havia pessoas cantando, entrando e saindo dos *riffs* das letras que conheciam e solfejando com aquelas que não conheciam. As vozes ascendiam: *"E Ele reinará para todo o sempre!"*

Reuben começou a avançar. Foi aproximando-se cada vez mais dos sons arrebatadores até ficar perto de Felix, entre a orquestra e o coro, conduzindo vigorosamente com a mão direita, a batuta na mão esquerda.

"Rei dos reis. Para todo o sempre!"

Num frenesi contínuo, a música seguia seu curso em direção a seu inevitável clímax até que se ouviu o último e grandioso: "Ha Le Lu Jah!"

Os braços de Felix caíram para o lado, e ele baixou a cabeça.

O pavilhão ribombou em aplausos. Vozes irromperam de todas as partes num delírio de conviviais agradecimentos e cumprimentos.

Felix endireitou a postura e virou-se, seu rosto positivamente resplandecendo enquanto sorria. De imediato ele saiu correndo para abraçar o regente, os mestres de coro, o primeiro violino e em seguida todos os músicos e cantores. Os aplausos eram incessantes conforme eles baixavam a cabeça em agradecimento.

Reuben abriu caminho em direção a ele. Quando seus olhos se encontraram, Felix abraçou-o.

– Meu caro, para você, esse Natal, seu primeiro em Nideck Point – sussurrou Felix no ouvido dele.

Outros se aproximavam de Felix, chamando-o pelo nome.

Thibault segurou o braço de Reuben.

– A coisa mais fácil agora é ficar parado ao lado da porta, senão todo mundo vai começar a tropeçar pela casa tentando encontrá-lo para se despedir.

E ele estava certo.

Todos assumiram suas posições ao lado da entrada principal, incluindo Felix. Os artistas em trajes medievais e o alto e macilento são Nicolau também estavam lá, enfiando as mãos em sacos verdes em busca de moedas e brinquedos para dar a todos.

No decorrer dos quarenta e cinco minutos seguintes, as pessoas foram saindo, proferindo seus agradecimentos. Algumas das crianças queriam beijar são Nicolau e sentir seu bigode e barba brancos e naturais, e ele as atendia alegremente, oferecendo seus brinquedos aos adultos, quando não havia mais crianças.

Todos os músicos e cantores logo se foram, alguns declarando ser aquela a melhor festa de Natal na qual haviam tocado ou participado até aquela data. A noite foi preenchida pelos ruídos e pelos sacolejos dos ônibus dando partida em seus motores a diesel.

A mãe de Stuart, Buffy Longstreet, estava chorando. Queria que Stuart voltasse com ela para Los Angeles. Enquanto a conduzia até seu carro, Stuart a confortava, explicando com delicadeza que não podia fazer aquilo.

As mulheres excepcionais também foram se despedir juntas, e com o singular Hockan Crost, e Reuben teve certeza. *Morphenkinder*, só podiam ser. Outra mulher de cabelos escuros que Reuben não havia conhecido confidenciou ser seu nome Clarice, enquanto apertava a mão de Reuben e lhe dizia o quanto havia desfrutado de toda a festividade. Tinha a altura dele com suas sapatilhas sem salto e usava um casaco branco de pele de raposa, politicamente incorreto.

– Você prospera aos olhos do público, não é mesmo? – disse ela, seu discurso tão pesadamente cheio de sotaque que ele se flagrou curvando para a frente com o intuito de melhor ouvi-la. – Eu sou russa – explicou, sentindo a dificuldade dele. – Vivo aprendendo inglês, mas nunca dominando a língua. Isso tudo é tão inocente, tão normal! – Ela emitiu um suave som de escárnio. – Quem jamais sonharia que isso aqui fosse a Invernia? – Os outros estavam esperando um pouco impacientemente para se despedir, ao que parecia, e, sentindo isso, ela deu de ombros de maneira petulante e abraçou Felix com firmeza, confidenciando-lhe, num sussurro, algo que o fez sorrir um pouco constrangido enquanto a soltava.

As outras senhoras o abraçaram uma a uma. Berenice, a bela morena que se parecia tanto com Frank, deu-lhe beijos demorados e pareceu ter ficado subitamente triste, as lágrimas surgindo-lhe visivelmente nos olhos. A mulher que ele vira com Thibault apresentou-se como Dorchell e ofereceu seus agradecimentos eivados de simpatia ao se retirar. A alta e clara Fiona dos diamantes pareceu estar apressando as outras. Ela beijou Reuben bruscamente no rosto.

– Você traz uma estranha vida nova a essa grandiosa casa – sussurrou ela. – Você e toda a sua família. Você não sente medo?

– Medo de quê? – perguntou ele.

– Você não sabe? – perguntou ela. – Ah, a juventude e seu eterno otimismo.

– Eu não estou entendendo – disse Reuben. – Do que eu tenho de sentir medo?

– Da atenção, evidentemente – disse ela rapidamente. – Do que mais?

Mas, antes que ele pudesse responder, ela virou-se para Felix.

– Fico impressionada com o fato de você imaginar que vai escapar impune de tudo isso – disse ela. – Você não aprende com a experiência, não é mesmo?

– Estou sempre aprendendo, Fiona – retrucou Felix. – Nós nascemos nesse mundo para aprender, para amar e para servir.

– Essa é a coisa mais deplorável que eu já ouvi até hoje – disse Fiona.

Ele olhou para ela com o mais perfeito e brilhante sorriso.

– Foi muita gentileza sua ter comparecido, jovem Fiona – disse ele com sinceridade. – Será um prazer tê-la como convidada sob esse teto sempre que desejar. Você não concorda comigo, Reuben?

– Sim, com certeza – disse Reuben. – Muitíssimo obrigado por ter vindo.

Uma raiva profunda escureceu o semblante de Fiona, seus olhos movendo-se rapidamente sobre ambos. A raiva tem um aroma? E qual seria o aroma de Fiona se ela não fosse uma *Morphenkind*? Atrás dela, a mulher chamada Helena aproximou-se e colocou uma das mãos em seu ombro.

— Você acha que consegue escapar impune de qualquer coisa, Felix — disse Fiona, a voz mais horrorosa do que antes, um rubor surgindo-lhe no rosto. — Penso que gosta de corações partidos.

— Boa-noite, minha cara — disse Felix com a mesma cortesia equilibrada. — Tenha uma viagem segura de volta. — As duas mulheres retiraram-se sem mais palavras. Catrin foi com elas, irradiando um sorriso para Felix e Reuben.

Sim, *Morphenkinder*, porque algum aroma maligno teria escapado de tudo aquilo, mas nada ocorrera.

Os olhos de Hockan Crost fixaram-se em Reuben por um longo momento, mas Felix de imediato falou em seu costumeiro jeito convivial:

— É sempre bom vê-lo, Hockan, você sabe disso.

— Ah, certamente, meu velho — disse Hockan em sua voz profunda e melodiosa. Havia algo tristonho em sua expressão. — Precisamos nos encontrar, precisamos conversar — disse ele, enfatizando a palavra *precisamos* em ambas as vezes.

— Estou mais do que disposto — disse Felix seriamente. — Quando foi que eu lhe fechei alguma porta? E durante a Invernia? Jamais. Espero que possamos nos rever logo, logo.

— Nós nos veremos, nós nos veremos — disse o homem. Ele parecia perturbado, e havia algo imediatamente sedutor em relação a ele, na maneira pela qual deixava seus sentimentos aflorarem, na maneira suplicante pela qual falava. — Há coisas que eu preciso dizer, adorado Felix. — Ele estava implorando com dignidade. — Quero que você me ouça.

— Certamente, e nós teremos a chance de conversar, não teremos? — disse Felix. A Reuben, ele disse: — Esse aqui é o meu velho e querido amigo, Reuben. Hockan Crost. Ele sempre será bem-vindo aqui, de dia ou de noite.

Reuben assentiu com a cabeça e murmurou sua aprovação.

Então o homem, olhando de relance para os convidados aglomerando-se em direção à saída, e sentindo que aquela não era a hora nem o lugar para dar prosseguimento à conversa, foi embora.

E eles se foram, os misteriosos, toda aquela conversa confusa e desconcertante tendo durado não mais do que dois ou três minutos. Felix dirigiu a Reuben um olhar de relance agudo e cheio de significados, e então suspirou sonoramente demonstrando um eloquente alívio.

– Você reconheceu os membros de sua espécie, certo? – perguntou ele.

– Sim – disse Reuben. – Reconheci certamente.

– E por enquanto esqueça-se deles – disse Felix, e voltou às despedidas com espírito renovado.

Susie Blakely deu um abraço em Reuben ao se despedir. A pastora George sussurrou:

– Você não pode imaginar a mudança nela! Não dá nem para dizer. Ela realmente se divertiu muito!

– Eu percebi. Fico muito feliz por ela. E, por favor, fique em contato comigo.

E lá se foram elas.

Evidentemente, a família e os amigos mais próximos permaneceram um pouco mais, junto com Galton, o prefeito Cronin e a dra. Cutler, e ainda alguns antigos namorados gays de Stuart. Mas então, até Celeste e Mort disseram que estavam cansados e precisavam ir embora, e Grace, após abraçar cada um dos Distintos Cavalheiros, beijou Reuben e se despediu, deixando tia Josie, prima Shelby, Clifford, tio Tim e sua esposa.

Por fim, os amigos de Stuart também seguiram em direção à noite, um deles cantando o "Coro de Aleluia" a plenos pulmões, o prefeito e Galton saíram discutindo um com o outro a respeito de algo relativo ao festival da aldeia, e as gigantescas abas de plástico das portas das tendas desceram sobre a úmida e tempestuosa escuridão. As janelas do salão principal estavam sendo fechadas e trancadas.

Faltava, então, a cozinha, onde Felix queria agradecer pessoalmente as empregadas e toda a equipe do bufê. Reuben poderia, por favor, juntar-se a ele? E ele mostraria a Reuben exatamente como gostava de fazer esse tipo de coisa.

Reuben estava ansioso para aprender. Dar gorjeta sempre o deixava nervoso.

Lisa apareceu bem ao lado dele com uma grande bolsa de couro da qual Felix tirou um envelope branco atrás do outro para presentear cada cozinheiro, servente, garçom, garçonete, ou empregada, enquanto agradecia a cada um individualmente. Logo ele se dirigiu a Reuben e entregou-lhe os envelopes para que ele mesmo fizesse a distribuição aos trabalhadores, e Reuben esforçou-se ao máximo para assumir a mesma postura graciosa, descobrindo o quanto era fácil lidar com a questão das gorjetas se apenas olhasse as pessoas nos olhos.

Por fim, eles entregaram envelopes aos surpresos voluntários adolescentes que haviam trabalhado como instrutores e guias no andar de cima e que não estavam esperando nenhuma espécie de consideração especial para com eles. Ficaram encantados.

Os outros Distintos Cavalheiros haviam partido. Logo, logo, apenas Lisa, Jean Pierre e Heddy ficaram lá para colocar esta ou aquela coisa no lugar, e Felix desabara na cadeira ao lado da lareira da biblioteca, chutando os sapatos de couro legítimo.

Reuben estava lá parado bebendo uma xícara de chocolate quente e olhando para as chamas. Ele queria muito contar a Felix que vira Marchent, mas ainda não conseguia achar uma maneira de confidenciar a história. Isso alteraria o humor de Felix de maneira assaz dramática e talvez até alterasse também seu próprio humor.

– É aqui que eu revivo secreta e silenciosamente cada minuto da noite – disse Felix com alegria –, e pergunto a mim mesmo o que poderia ter feito de melhor e o que poderia fazer no ano seguinte.

– Você sabe que a maioria dessas pessoas jamais participou de nada parecido – disse Reuben. – Acho que meus pais jamais contemplaram a possibilidade de dar uma festa dessa magnitude, quanto mais algo que fosse ao menos remotamente semelhante a isso. – Ele sentou-se na poltrona e confessou como ele próprio só estivera num teatro para ouvir uma orquestra sinfônica talvez umas quatro vezes em toda a sua vida, e só ouvira o "Messias" de Handel em uma oportunidade, durante a qual caíra no sono. O fato era que festas sempre foram uma chatice para ele, e no geral envolviam diminutos *hors d'ouvres* em pratinhos de plástico, vinho branco em copos de plástico que não manchariam o tapete ou os guardanapos de linho de ninguém, e pessoas que mal podiam esperar a hora de ir embora. A última vez em que se divertira daquela maneira havia sido numa festa em Berkeley do tipo "traga a sua bebida", na qual a única comida era pizza e ainda por cima em pouquíssima quantidade.

Então, repentinamente, e num violento sobressalto, ele lembrou-se de Phil. Será que Phil ainda estava lá?

– Deus do céu, onde está o meu pai?

– Alguém cuidou dele, meu caro – disse Felix. – Ele está no melhor quarto no meio da ala leste da casa. Lisa levou-o lá para cima e cuidou para que tivesse à disposição tudo do que precisava. Acho que ele veio para ficar, mas não deseja ser ousado.

Reuben recostou-se na poltrona.

– Mas Felix, o que isso significa em relação ao nosso próprio festival da Invernia? – perguntou ele. Pouco importava a tristeza que ele sentia pelo fato de que seus pais estavam na realidade se separando, se separando bastante. Isso não era nenhuma novidade afinal de contas.

– Bem, Reuben, nós vamos pedir a indulgência dele na noite em que entrarmos na floresta. Chamaremos isso de um hábito europeu, entende? Algo assim. Eu falarei com ele sobre isso. Tenho certeza de que ele permitirá sem maiores problemas que nós cultivemos nossos costumes do Velho Mundo. Ele sabe tanto sobre história, seu pai. Sabe tanto sobre os antigos hábitos pagãos na Europa. Ele é um leitor de grande amplitude acadêmica. E possui aquela dádiva celta.

Reuben sentiu-se inquieto.

– Essa dádiva é poderosa? – perguntou ele.

– Bem, eu acho que sim – disse Felix –, mas você não sabe?

– Nós nunca falamos sobre isso, Phil e eu – disse ele. – Mas eu me lembro com certeza dele dizendo que o avô dele via fantasmas e que ele também os vira, mas isso foi tudo o que disse a respeito. Na nossa casa as pessoas não eram assim tão receptivas a esse tipo de conversa.

— Bem, há muito mais do que isso, tenho certeza. Mas o principal é que você não precisa ficar nem um pouco preocupado. Eu explicarei que na véspera de Natal nós temos nossos costumes privados.

— Claro, com certeza – disse Reuben. Lisa estava novamente enchendo a xícara com chocolate quente. – É assim que nós vamos resolver isso, com certeza.

— Escute, há algo que eu preciso confessar – disse Reuben. Ele esperou que Lisa saísse da biblioteca. – Havia uma menininha aqui essa noite...

— Eu sei, meu caro. Eu a vi. Eu a reconheci dos jornais. Eu a cumprimentei e também a amiga dela quando entraram. Elas não esperavam ser admitidas com tanta facilidade. Pediram para falar com você. Eu disse a elas que todos eram bem-vindos. Insisti para que participassem da festa. Disse também que você poderia ser encontrado no salão principal. E eu o vi mais tarde com elas no presépio. Você causou um efeito muito bom no espírito da menininha.

— Você sabe que eu não revelei nada para ela, não liberei deliberadamente nenhuma informação sobre evento algum. Apenas tentei assegurá-la de que sim, de que o Lobo Homem era real e que o que ela vira era real...

— Não se preocupe. Eu sabia que você faria exatamente isso. Estava confiante de que você lidaria com isso de modo esplêndido e constatei que você o fez.

— Felix, eu acho que de repente ela desconfiou... Porque posso ter dito uma coisa, uma coisinha apenas que poderia fazer com que me identificasse. Enfim, por um segundo apenas, de qualquer maneira. Não tenho muita certeza.

— Não se preocupe, Reuben. Você se dá conta de como pouquíssimas pessoas essa noite nem mencionaram o Lobo Homem ou perguntaram sobre a cena aqui na casa? Sim, havia muitos sussurros, mas o que importou mesmo nessa noite foi a festa em si. Vamos desfrutar de nossas lembranças prazerosas da festa. E, se a menininha ficar perturbada, bem, nós cuidaremos disso no momento certo.

Houve um momento de silêncio e então Felix disse:

– Eu sei que você ficou bastante aturdido com Hockan Crost e com inúmeras outras pessoas essa noite – disse ele. – Sem dúvida nenhuma, também Stuart sentiu-se confuso com elas.

O coração de Reuben deixou de bater um segundo.

– *Morphenkinder*, obviamente.

Felix suspirou.

– Ah, se você soubesse a pouca importância que eu dou à companhia deles.

– Acho que entendo. Eles me deixaram curiosos, só isso. Imagino que isso seja uma coisa natural.

– Eles nunca aprovaram muito o meu jeito de viver – disse Felix. – Essa casa, minha antiga família. E a aldeia, eles nunca entenderam o meu amor pela aldeia. Eles não entendem as coisas que faço. E me culpam por alguns de meus próprios infortúnios.

– Foi o que intuí – disse Reuben.

– Mas *Morphenkind* na Invernia nunca dão as costas à sua própria espécie. E jamais foi um procedimento que eu acatasse, dar as costas aos outros em qualquer momento, na verdade. Há maneiras de se viver essa vida, e a minha maneira sempre foi a da inclusão, de nossa espécie, de toda a humanidade, de todos os espíritos, de todas as coisas sob o céu. Não se trata de uma virtude minha. Desconheço qualquer outra maneira de estar nesse mundo.

– Mas você não os convidou de fato.

– Eu não os convidei, mas todo mundo estava convidado. E eles sabiam disso. E não estou surpreso pelo fato de terem vindo, e está entendido que podem se juntar a nós para a celebração natalina. E, se vierem, nós evidentemente os incluiremos. Mas, com toda a franqueza, acho que não virão. Eles têm a sua maneira própria de celebrar a Invernia.

– Aquele homem, Hockan Crost, você parecia gostar dele – aventurou-se Reuben.

– E você? Gostou dele?

– Ele é bastante impressionante – disse Reuben. – A voz dele é linda, não resta dúvida.

– Ele sempre foi uma espécie de poeta e orador – disse Felix –, e tem um magnetismo, e ousaria dizer que é imensamente atraente.

Aquelas suas sobrancelhas pretas, aqueles olhos pretos, e a juba grisalha; ele é um ser inesquecível.

– E ele é velho e experiente? – perguntou Reuben

– É, sim – afirmou Felix. – Não tão velho quanto Margon. Não há ninguém tão velho quanto Margon, e ninguém tão amplamente respeitado quanto Margon. E Hockan é nosso parente, enfim, ele é literalmente nosso parente. Temos as nossas diferenças, mas eu não tenho como não gostar dele. Houve momentos em que apreciei Hockan profundamente. É com Helena que precisamos ser cautelosos e com Fiona.

– Eu percebi isso, mas por quê? O que tanto as ofende?

– Toda e qualquer coisa que eu faça – disse ele. – Elas têm o hábito de interferir nos negócios dos outros, mas apenas quando lhes interessa. – Ele parecia estar chateado. – Helena é vigorosa, orgulhosa de sua idade, de sua experiência. Mas a verdade é que ela é muito jovem em nosso mundo, assim como Fiona, e certamente jovens demais na nossa companhia.

Reuben lembrou-se da pergunta estranhamente intrometida de Fiona a respeito de Phil vir morar ou não em Nideck Point. Ele reproduziu a conversa para Felix.

– Eu não consegui imaginar por que isso poderia interessar a ela.

– Ela está interessada porque ele não é um de nós – disse Felix. – E ela pode muito bem ficar fora disso. Eu sempre vivi entre seres humanos, sempre. Meus descendentes viveram aqui por várias gerações. E esse é o meu lar, e esse é o seu lar. Ela pode manter as malditas ideias dela para si mesma. – Ele suspirou.

A cabeça de Reuben estava em polvorosa.

– Sinto muito – disse Felix. – Eu não tive a intenção de ser tão desagradável. Fiona tem o hábito de me provocar. – Ele estendeu sua mão subitamente. – Reuben, não deixe que eu o alarme com tudo isso. Eles não são um bando de parentes particularmente assustador. Eles são um pouco mais, bem, um pouco mais brutais do que nós. Só que nesse exato momento eles compartilham as Américas conosco, por assim dizer. Podia ser ainda pior. As Américas são enormes, não são? – Ele riu baixinho. – Podia haver bem mais de nós, certo?

– Então eles são um bando? Um bando com um líder na figura de Hockan?

– Não exatamente. Se existe um bando ali, são as mulheres sob a liderança de Helena, e excluindo Berenice. Berenice costumava passar muito tempo conosco, embora não ultimamente. Mas Hockan já está com eles há muito tempo, mesmo que não o tempo todo. Ele sofreu suas próprias perdas, teve suas próprias tragédias. Acho que está sob o encanto de Helena. Eles costumavam confinar-se ao continente europeu, esse bando, porém está simplesmente difícil demais agora para os *Morphenkinder* na Europa, especialmente para os *Morphenkinder* que acreditam no sacrifício humano nas festividades da Invernia.
– Ele riu debochadamente. – E os *Morphenkinder* da Ásia são mais ciumentos de seu território do que nós tendemos a ser. De modo que eles estão aqui, nas Américas, agora, estão aqui já faz décadas na realidade, em busca talvez de algum local especial para se estabelecerem. Eu não sei. Eu não estimulo a confiança deles. E, francamente, gostaria muito de que Berenice os abandonasse e viesse morar conosco, se Frank conseguisse suportar isso.

– Sacrifício humano! – Reuben estremeceu.

– Ah, não é algo assim tão horripilante, na realidade. Eles selecionam um ser maligno, algum salafrário absolutamente repreensível e irredimível, algum assassino, e drogam o pobre canalha até que ele esteja em um perfeito estado de estupor, e, então, refestelam-se dele à meia-noite na véspera de Natal. Parece pior do que realmente é, considerando-se tudo de que somos capazes. Eu não gosto disso. Não farei da matança de criminosos uma cerimônia. Eu me recuso a incorporar esse tipo de coisa a um ritual. Eu me recuso.

– Estou ouvindo.

– Tire isso da cabeça. Eles falam alto, mas lhes falta uma certa resolução coletiva ou pessoal.

– Acho que entendo o que aconteceu – disse Reuben. – Você ficou afastado daqui por vinte anos. E agora está de volta, todos vocês estão de volta, e eles vieram inspecionar o lugar novamente.

– É exatamente isso – disse Felix com um sorriso amargo. – E onde eles estavam quando nós estávamos cativos e lutando para sobreviver?

– A voz dele ficou acalorada. – Eu não vi nenhum sinal deles nessa época. É claro que eles não sabiam onde nós estávamos ou pelo menos foi isso o que disseram. E disseram. E disseram. E é verdade, sim, nós estamos de volta à América do Norte e eles estão, como diríamos, curiosos? Eles me fazem pensar em mariposas se juntando ao redor de uma fonte de luz intensa.

– E existem outros, outros além desses que poderiam talvez aparecer na véspera de Natal?

– Improvável.

– Mas e quanto a Hugo, aquele *Morphenkind* esquisito que nós conhecemos nas selvas?

– Ah, Hugo nunca sai daquele lugar hediondo. Tenho a impressão de que Hugo não sai daquelas selvas há mais de quinhentos anos. Hugo muda de um posto a outro na selva. Quando seu abrigo atual por fim desaba, ele procura outro. Esqueça Hugo. Mas, com relação à pergunta se outros talvez aparecessem, bem, honestamente não sei dizer. Não há um senso universal referente aos *Morphenkinder*. E eu vou lhe dizer outra coisa, se você prometer tirá-la da cabeça imediatamente.

– Vou tentar.

– Nós tampouco fazemos parte todos da mesma espécie.

– Deus do céu!

– Por que eu sabia que você ficaria da cor das cinzas quando eu lhe dissesse isso? Escute. Verdadeiramente, isso não importa. Não fique agitado. É por isso que eu odeio tanto inundá-lo de informações. Deixe os outros para mim por enquanto. Deixe o mundo para mim e toda a miríade de predadores imortais que nele habita.

– Toda a miríade de predadores imortais?

Felix riu.

– Estou brincando com você.

– Fico imaginando se está mesmo.

– Não, é verdade, é muito fácil implicar com você, Reuben. Você sempre reage.

– Mas Felix, existem regras universalmente aceitas em relação a tudo isso? Enfim, todos os *Morphenkinder* estão de acordo nessa ou naquela lei, ou...?

– Dificilmente! – disse ele, com um desgosto oculto apenas por um tênue fio. – Mas há costumes entre os da nossa espécie. Era a isso que eu estava me referindo anteriormente, os costumes referentes à festa da Invernia. Nós recebemos uns aos outros nessa celebração com cortesia, e ficamos desgostosos em relação àquele de nós que rompe esses costumes. – Ele fez uma pausa por um momento. – Nem todos os *Morphenkinder* possuem um local para celebrar essa data como nós possuímos. Portanto, se outros se juntarem a nós na *Modranicht*, bem, nós lhes daremos as boas-vindas.

– *Modranicht* – disse Reuben com um sorriso. – Jamais ouvi esse nome sendo proferido para a festa de Natal.

– Mas você conhece a palavra, não conhece?

– Noite da Mãe – disse Reuben. – Do Venerável Bede ao descrever os anglo-saxões.

Felix riu suavemente.

– Você nunca me decepciona, meu adorado erudito.

– Noite da Mãe Terra – disse Reuben saboreando as palavras, o pensamento e o prazer de Felix.

Felix ficou em silêncio por um momento, e então prosseguiu.

– Nos velhos tempos, quer dizer, nos velhos tempos para Margon, a celebração da Invernia era a época de se reunir, de jurar fidelidade, de jurar viver em paz, de reafirmar as resoluções para amar, aprender e servir. Foi isso que o professor me ensinou há muito tempo. Foi isso que ele ensinou a Frank, a Sergei e a Thibault também. E é isso o que a celebração da Invernia ainda significa para nós, para *nós* – enfatizou ele –, uma época de renovação e renascimento, independentemente do que diabos isso signifique para Helena e para os outros.

Reuben repetiu:

– Amar, aprender e servir.

– Bem, não é tão pavoroso quanto eu fiz parecer – disse Felix. – Nós não fazemos discursos, nós não rezamos. Não mesmo.

– Isso não parece nem um pouco pavoroso. Isso parece uma dessas fórmulas concisas que eu tenho procurado a vida inteira. E eu a vi essa noite. Eu a vi na festa, eu a vi infectando os convidados como alguma espécie de tóxico maravilhoso. Vi tantas pessoas se comportando e reagindo das mais diversas maneiras. Acho que a minha família nunca foi muito inclinada a cerimônias, eventos festivos ou quaisquer celebrações de renovação. É como se o mundo tivesse passado ao largo de tudo isso.

– Ah, mas o mundo nunca passa de fato ao largo de tudo isso – disse Felix. – E para aqueles dentre nós que não podem envelhecer devemos encontrar um modo de marcar a passagem dos anos. De celebrar nossa própria determinação para renovar nossos espíritos e nossos ideais. Nós somos presos ao tempo, mas o tempo não nos afeta. E, se não observarmos isso, se vivermos como se não houvesse tempo, bem, o tempo pode nos matar. Droga, a festa da Invernia é quando decidimos tentar fazer melhor do que fizemos no passado, é só isso.

– As resoluções da alma do Ano-Novo – disse Reuben.

– Amém. Venha, vamos esquecer os outros. Vamos pegar nossos casacos e dar uma volta pelos carvalhos. A chuva parou. Eu não tive chance de dar uma volta pelos carvalhos enquanto a festa estava no auge.

– Nem eu, e quero muito fazer isso – disse Reuben.

Pegando rapidamente os casacos, eles foram juntos percorrer a maravilhosa floresta iluminada.

Como ela estava quieta e parada na suave e linda iluminação, bem semelhante ao local encantado que fora quando ele vagara por lá sozinho pela primeira vez.

Reuben olhou ao redor para o sombrio emaranhado de ramos cinza, imaginando se os Nobres da Floresta estavam em torno deles, se estavam bem alto nos galhos acima deles.

Eles continuaram andando, passaram pelas mesas esparsas que haviam sobrado da festa e adentraram ainda mais o crepúsculo de contos de fadas.

Felix estava quieto, imerso nos próprios pensamentos. Reuben odiava ter de perturbá-lo, ter de arruinar seu contentamento e sua óbvia felicidade.

Mas sentia que precisava fazer isso. Não tinha escolha. Ele adiara isso por um tempo mais do que suficiente. Deveria se tratar de notícias boas, pensou ele, então por que estava hesitante? Por que estava compungido?

— Eu vi Marchent hoje — confessou. — Eu a vi mais de uma vez, e foram duas situações marcadamente diferentes.

— Viu mesmo? — Felix ficou obviamente sobressaltado. — Onde? Conte-me. Conte-me tudo. — Aquela inquietude imediata que era tão completamente estranha a Felix reapareceu. Mesmo durante toda a conversa sobre os outros *Morphenkinder*, ele não ficara tão repentinamente angustiado.

Reuben explicou aquele longo vislumbre na aldeia quando a vira na companhia de Elthram, zanzando com ele como se fosse inteiramente formada de matéria, e em seguida o momento no canto escuro da estufa como se ela tivesse respondido suas evocações.

— Sinto muito não ter lhe revelado isso de imediato. Eu não sei explicar exatamente. Foi algo muito intenso.

— Entendo — disse Felix. — Isso não tem importância. Você a viu. Isso é o que importa. Eu não poderia tê-la visto, você tendo me contado a respeito ou não.

Felix suspirou.

Ele segurava a parte de trás dos braços com as mãos, aquele gesto que Reuben vira nele quando falaram pela primeira vez sobre o espírito de Marchent.

— Eles invadiram — disse ele em tom de tristeza. — Exatamente como eu esperava que fizessem. E agora eles vão poder levá-la daqui quando ela estiver disposta a ir. Eles podem fornecer o caminho deles, as respostas deles.

— Mas para onde eles vão, Felix? Onde estavam quando você os convocou?

— Eu não sei — respondeu ele. — Alguns deles estão sempre aqui. Alguns estão sempre vagando. Eles estão onde quer que as florestas sejam mais densas e mais escuras e mais quietas e intocadas. Eu os chamei a todos. Chamei Elthram, foi isso o que fiz. Se eles alguma vez viajam grandes distâncias, não sei dizer. Mas não é costume deles reunirem-se em um único lugar ou mostrarem-se repetidamente.

— E ela vai se tornar um deles?

— Você viu o que viu – disse ele. – Eu diria que isso já aconteceu.

— Haverá um momento em que vou poder efetivamente conversar com ela? – perguntou Reuben. Ele baixara a voz até transformá-la num sussurro, não porque temia que os Nobres da Floresta o pudessem ouvir, mas porque estava abrindo sua alma para Felix. – Eu tinha pensado que talvez houvesse algum momento. No entanto, quando eu a vi na estufa, não pedi por isso. Senti uma espécie de paralisia, uma ausência de qualquer pensamento racional. Eu não deixei que ela soubesse o quanto eu estava morrendo de vontade de conversar com ela.

— Foi ela que veio até você, lembre-se – disse Felix. – Foi ela que tentou falar; era ela quem tinha as perguntas. E quem sabe agora elas tenham sido respondidas.

— Rezo para que isso seja verdade – disse Reuben. – Ela parecia estar contente. Parecia estar inteira.

Felix ficou parado em silêncio por um momento, meramente refletindo, os olhos movendo-se delicadamente pelo rosto de Reuben. Ele sorriu ligeiramente.

— Venha, estou ficando cada vez mais enregelado – disse ele. – Vamos voltar. Ela tem tempo para falar com você. Muito tempo. Tenha em mente que os Nobres da Floresta só sairão daqui depois do dia de Natal, e provavelmente só depois do Ano-Novo. É muito importante para eles estarem aqui quando fizermos o nosso círculo. Os Nobres da Floresta cantarão conosco e tocarão suas rabecas, suas flautas e seus tambores.

Reuben tentou visualizar a cena.

— Isso vai ser indescritível.

— Varia de tempos em tempos o que eles trazem para a cerimônia. Mas eles são sempre gentis, sempre bons, sempre repletos do verdadeiro significado da renovação. Eles são a essência do amor por essa terra e por seus ciclos, seus processos, sua eterna autorrenovação. Eles não gostam de sacrifícios humanos na Invernia, isso eu posso lhe dizer. Nada os afastaria mais rápido daqui do que isso. E, é claro, eles gostam de você, Reuben, gostam muito.

— Foi o que Elthram falou – disse Reuben. – Mas eu desconfio que tenha sido Laura na floresta a responsável por lhes roubar os corações.

— Ah, sim, bem, eles o chamam o Guardião da Floresta – disse Felix. – E a chamam a Dama da Floresta. E Elthram sabe o que você sofreu com Marchent. Eu não acho que ele tenha intenção de abandoná-lo sem alguma resolução com Marchent. Mesmo que o espírito dela siga seu caminho, Elthram terá algo a dizer a você antes do Ano-Novo, estou certo disso.

— E qual é a sua esperança no que concerne a Marchent, Felix?

— Que ela logo estará em paz – disse ele. – A mesma esperança que você tem, e que ela tenha me perdoado por todas as coisas que eu fiz e que foram erradas, estúpidas e tolas. Mas tenha em mente que os Nobres da Floresta são distraíveis.

— Como assim?

— Todos os espíritos, os fantasmas, os incorpóreos, todos são distraíveis – disse Felix. – Eles não têm raízes no mundo físico e, portanto, não ficam presos ao tempo. Perdem o rastro das coisas que nos causam muita dor. Isso não se trata de infidelidade da parte deles. Trata-se da natureza etérea de seus espíritos. Eles mantêm-se focados apenas no mundo físico.

— Eu me lembro de Elthram usando essa palavra.

— Sim, é uma palavra importante. É uma teoria de Margon que eles não conseguem verdadeiramente crescer em estatura moral, esses espíritos, a menos que estejam no mundo físico. Mas nós estamos muito no fundo dessa floresta para ficar pronunciando o nome de Margon. – Ele riu. – Não estou disposto a irritar ninguém desnecessariamente.

A chuva estava voltando. Reuben podia ver os pingos rodopiando nas luzes como se fossem leves demais para cair no chão.

Felix parou. Reuben permaneceu ao lado dele, à espera.

Lentamente, ele viu os Nobres da Floresta se materializando. Eles estavam novamente nos galhos como haviam estado antes. Ele viu seus rostos ficando nítidos, viu suas escuras roupas sem forma, os joelhos torcidos, os suaves pés nas botas sobre os galhos, viu os olhos impassivos olhando-os, viu aqueles rostos de crianças diminutas semelhantes a pétalas de flores.

Na língua antiga, Felix disse-lhes alguma coisa, o que soou como um suave cumprimento. Porém, ele continuou andando. E Reuben também.

Ouviram-se muitos galhos estalando e folhas farfalhando nas árvores, e uma chuva de pequeninas folhas verdes surgiu subitamente, folhas que rodopiavam como as gotas de chuva, gradualmente caindo na terra. Os Nobres da Floresta estavam desaparecendo.

Eles seguiram em frente em silêncio.

– Eles ainda estão à nossa volta, não estão? – perguntou Reuben.

Felix apenas sorriu. Eles seguiram em frente em silêncio.

Sozinho em seu quarto, de pijama e robe, Reuben tentava escrever sobre o dia inteiro.

Ele não queria perder os vívidos retratos mentais amontoando-se em seu cérebro, ou as perguntas, nem as agudas lembranças de momentos especiais.

Listou todas as inúmeras coisas que haviam acontecido, embora numa ordem não muito rígida, e as pessoas que vira e conhecera.

Sua lista parecia não ter fim.

Estava estimulado e aturdido demais para realmente absorver o motivo pelo qual tudo aquilo fora tão divertido e tão diferente de qualquer coisa que jamais tivesse feito ou experimentado. Mas, sem parar, ele registrava detalhes, dos mais simples aos mais complexos. Escreveu numa espécie de código sobre os Nobres da Floresta: "Nossos vizinhos da floresta", e suas crianças "lívidas", e, justamente quando pensou que não conseguiria se lembrar de mais nada, começou a descrever os cânticos natalinos que haviam sido executados, os diversos pratos que vira na mesa e as memoráveis beldades que andavam pelas salas como se fossem deusas.

Levou algum tempo descrevendo as *Morphenkinder* do sexo feminino: Fiona, Catrin, Berenice, Dorchella, Helena, Clarice. E, à medida que tentava se lembrar de cada uma no que dizia respeito a tonalidades de cabelo, feições faciais e vestimentas excessivas, deu-se conta de que nem todas exibiam uma beleza convencional, em hipótese alguma. Mas o que marcava todas elas eram os luxuosos penteados e o que as pessoas chamam de porte. Todas possuíam o que se poderia chamar de porte nobre.

Elas haviam se vestido, e circulado pela festa, com uma confiança excepcional. Uma total ausência de medo as cercava. Mas havia também outra coisa. Uma espécie de calor ameno e sedutor emanava daquelas mulheres, pelo menos da maneira como Reuben entendia. Era impossível revisitar qualquer uma delas em sua imaginação sem sentir esse calor. Até mesmo a dulcíssima Berenice, a esposa de Frank, exalava essa espécie de sexualidade convidativa.

Será que se tratava de um mistério de feras e seres humanos misturados aos *Morphenkinder* onde os hormônios e os feronômios de uma potência nova e misteriosa estavam trabalhando subliminarmente nas espécies? Provavelmente. Como não poderia ser?

Ele descreveu Hockan Crost: os profundos olhos pretos do homem, suas mãos grandes e a maneira pela qual o homem o examinara tão obviamente antes de identificá-lo. Ele notou o quanto o homem lhe parecera diferente ao se despedir de Felix, o quanto estava simpático, o quanto sua postura lhe parecera quase suplicante. E também era digna de menção aquela sua voz baixa e contínua, a esplêndida maneira pela qual pronunciava as palavras, uma maneira tão persuasiva.

Tinha de haver algum modo dos *Morphenkinder* do sexo masculino também se conhecerem mutuamente, ele imaginou, independentemente dos sinais eróticos estarem disponíveis ou não. Por acaso ele não sentira um semelhante conjunto de sininhos diminutos retinindo quando se encontrara pela primeira vez com Felix? Ele não tinha certeza. Então, o que dizer daqueles primeiros momentos do desastroso encontro com o condenado Marrok? Era como se o mundo ficasse reduzido a pena e tinta quando um *Morphenkind* está na cena, e o *Morphenkind* está pintado em ricos tons de tinta a óleo.

Reuben não escreveu a palavra *"Morphenkind"*. Jamais a escreveria, não em seu mais secreto diário no computador. Ele escreveu: "As questões costumeiras continuam abundantes." E então perguntou: "É possível nós nos desprezarmos uns aos outros?"

E escreveu sobre Marchent. Descreveu as aparições em detalhe, vasculhando sua memória em busca das coisas mais ínfimas de que pudesse talvez se lembrar. Mas as aparições eram como sonhos. Um grande número de detalhes cruciais esvaecera. Mais uma vez, ele foi cuidadoso demais com as palavras. O que escrevera poderia muito bem ser entendido como um poema exprimindo saudade de alguém. Mas estava reconfortado com o fato de que o aspecto total de Marchent mudara, de que não vira nela nenhum sofrimento ou dor. Mas vira algo mais, e não sabia o que era. E não fora algo totalmente consolador. Mas por acaso era concebível que ele e esse fantasma pudessem de fato falar um com o outro? Ele desejava isso com sua alma, ainda que temesse.

Reuben estava parcialmente adormecido no travesseiro quando despertou pensando em Laura, Laura sozinha na floresta ao sul, Laura tendo mudado inimaginavelmente, tendo se transformado numa completa e misteriosa *Morphenkind*, Laura, sua preciosa Laura, e flagrou-se proferindo uma oração para ela e imaginando se havia um Deus que escutasse as orações dos *Morphenkinder*. Bem, se houvesse um Deus, talvez ele escutasse a todos, e se não houvesse, bem, que esperança poderia haver? Mantenha-a a salvo, rezou ele, mantenha-a a salvo de homens e feras, e mantenha-a a salvo de outros *Morphenkinder*. Ele não podia pensar nela e pensar naquela estranha e despótica Fiona. Não. Ela era a *sua* Laura, e eles percorreriam juntos essa estrada bizarra em direção à revelação e à experiência.

20

Aquela foi uma das semanas mais rápidas da vida de Reuben. Ter seu pai na mansão era infinitamente mais divertido do que ele jamais imaginara, principalmente levando-se em conta que todos na casa receberam Phil muito bem, e todos estavam achando que Phil viera para ficar. A presença do pai tirou da mente de Reuben, de modo contundente, qualquer outra coisa.

Enquanto isso, a casa recuperava-se do banquete e movimentava-se rumo à véspera de Natal.

Na noite de terça-feira, o pavilhão já havia sido completamente esvaziado: as barreiras de madeira contra o vento, as tendas e os móveis alugados haviam sido despachados. O grande presépio de mármore e o estábulo, com todas as luzinhas e abetos, haviam sido imediatamente transferidos para a aldeia de Nideck onde foram montados para visitação pública no antigo teatro em frente à pousada.

A bela iluminação da casa – de todas as suas janelas e empenas – e a iluminação da floresta de carvalhos permaneceram como antes. Felix disse que as luzes ficariam lá até o dia 6 de janeiro, ou dia da Epifania, ou Dia de Reis, como era a tradição, e pessoas apareceriam vez por outra para passear na floresta.

– Mas não na véspera de Natal – disse Felix. – Essa noite a propriedade estará escura para nós e para a nossa celebração da Invernia.

Os livros de Phil chegaram na quarta-feira, bem como um venerável baú antigo que o avô de Phil, Edward O'Connell, trouxera da Irlanda. De imediato, Phil começou a contar a Reuben tudo sobre o velho, e o tempo que passaram juntos quando Phil era menino. Quando completou doze anos, Phil já havia perdido ambos os avós, mas lembrava-se deles vividamente. Reuben jamais em sua vida ouvira Phil falar sobre eles. Ele queria perguntar tudo sobre os avós. Queria perguntar sobre a dádiva de ver fantasmas, mas não ousava tocar no assunto. Não agora, não tão cedo, não tão perto da véspera de Natal, quando um véu teria de descer entre ele e o pai.

Tudo isso afastou a mente de Reuben da lembrança levemente perturbadora dos *Morphenkinder* na festa e de sua exasperada expectativa em torno do encontro com Laura por ocasião da festa da Invernia.

Na quinta-feira, durante o café da manhã, Margon dissera bruscamente que ninguém deveria prestar muita atenção aos "estranhos hóspedes penetras" que vieram para o banquete. À rápida e imediata sucessão de perguntas de Stuart, ele respondeu: – Nossa espécie é antiga. Você sabe disso. Você sabe que existem *Morphenkinder* ao redor do mundo. Por que não existiriam? E você pode ver muito bem como nos reunimos em bandos à semelhança dos lobos, e bandos têm seus territórios, não têm? Mas nós não somos lobos, e não lutamos com aqueles que vez por outra visitam nosso território. Nós suportamos sua presença até que que eles partam. Essa sempre foi a nossa maneira de agir.

– Mas eu consigo ver muito bem que você não vai com a cara daqueles outros – disse Stuart. – E aquela tal de Helena, que mulher assustadora. Ela é amante daquele cara, daquele Hockan? E quando você fala sobre o nosso sentido inerente do bem e do mal, bom, eu não consigo ligar isso ao fato de você não ir com a cara deles. O que acontece quando você odeia um sujeito *Morphenkind* absolutamente inocente e correto?

– É justamente isso, nós não odiamos! – disse Sergei. – Estamos decididos a jamais odiar, a jamais agir agressivamente. E, sim, de tempos em tempos, problemas ocorrem. Sim, eu admito que problemas podem vir a ocorrer. Mas eles logo acabam, como acontece com os lobos, e então nós partimos, partimos em busca de nossos próprios pedaços pacíficos do mundo. E os reivindicamos.

– Talvez seja isso o que mais os esteja aborrecendo – disse Thibault suavemente. Ele olhou de relance para Margon, e como Margon não interrompesse, continuou: – Nós reivindicamos mais uma vez esse pedaço do mundo, e temos uma força duradoura que outros consideram algo, digamos, invejável.

– Pouco importa – disse Margon erguendo a voz. – Trata-se da celebração da Invernia, e nós recebemos todos os outros como sempre o fizemos, inclusive Helena e Fiona.

Foi Felix o responsável por levar a discussão a seu decisivo termo, anunciando que a casa de hóspedes já estava totalmente pronta para Phil, e que ele queria levar pai e filho para vê-la. Confessou estar ligeiramente irritado com o fato dos trabalhadores não terem entregue a obra antes do banquete. Mas acontece que ele os tinha tirado da casa para trabalhar na festa e, bem, a casa simplesmente não ficou pronta.

– Ela agora está pronta para o seu pai – disse ele a Reuben –, e mal posso esperar para mostrar a ele o lugar.

De imediato, eles subiram para pegar Phil, que acabara de terminar seu café da manhã, e os três puseram-se a descer o penhasco na chuvinha fraca.

Os trabalhadores já haviam ido embora, toda a cobertura de plástico e o entulho já haviam sido removidos, e a "pequena obra-prima" de Felix, como ele a chamava, estava pronta para ser inspecionada.

Era um espaçoso chalé de telhas cinza, com um telhado alto e uma chaminé de pedra. Treliças na frente flanqueavam suas portas duplas, onde, segundo Felix, trepadeiras seriam replantadas na primavera e o jardim estaria cheio de flores.

– Disseram-me que ela era assim antigamente – disse Felix –, um dos locais mais charmosos de toda a propriedade. – Havia um pátio minúsculo, agora restaurado, na frente do chalé, com lajes antigas descobertas e remendadas, onde Phil poderia sentar-se na primavera e no verão, e também este local estaria repleto de flores primaveris. Aquele era o lugar ideal para gerânios, Felix afirmou. Gerânios adoram o ar oceânico. E ele prometeu que ficaria espetacular. Rododendros velhos e gigantescos cresciam além das treliças em ambas as direções, e quando florescessem, disse Felix, Phil teria uma vista de puras flores púrpuras. Em tempos idos, lhe disseram que a casa estava sempre coberta de madressilvas, buganvílias e heras, e assim voltaria a ficar.

Um gigantesco carvalho com as raízes espalhadas pelo chão encontrava-se logo abaixo da casa, no limite do pátio, e havia um velho banco de ferro circulando o imenso tronco acinzentado.

Reuben vira realmente pouca coisa da construção quando se aventurara ali pela primeira vez, com Marchent. Chegara até uma ruína parcialmente queimada e cercada por pinheiros de Monterey e escondida por ervas e samambaias.

A pequena casa de hóspedes encontrava-se bem na encosta do penhasco com vista para o oceano, suas grandes janelas com painéis de vidros pequenos tendo uma vista obstruída do mar cor de ardósia. Grossos tapetes espalhados cobriam os pisos de tábuas largas e altamente lustrosas, e o banheiro recebera um *upgrade* que consistia de uma banheira de mármore com chuveiro digna da realeza, ou pelo menos foi assim que definiu Phil.

Havia bastante espaço no quarto para uma cadeira de balanço de carvalho ao lado da grande lareira estilo Craftsman, em frente a uma espreguiçadeira de couro, e uma mesa de carvalho retangular embaixo da janela. A cama ficava no fim da parede norte, do lado oposto à lareira, com uma luminária curvada para leitura na cabeceira. E uma escrivaninha de carvalho de boas proporções virada para o salão encaixava-se confortavelmente no canto mais à direita.

Uma escada de madeira em caracol, à esquerda da porta da frente, levava a um imenso sótão, cuja janela tinha a melhor vista do mar e dos penhascos circunvizinhos, na opinião de Reuben. Phil considerava bastante provável vir a trabalhar lá em cima com o passar do tempo, mas a princípio o aconchego da casa propriamente dita estava perfeito para ele.

Felix escolhera a decoração e a disposição dos móveis, mas garantiu ao pai que ele deveria fazer do local sua própria casa e recolocar ou retirar qualquer coisa que não estivesse a seu gosto.

Phil estava grato por tudo aquilo. E, ao cair da noite, já estava confortavelmente abrigado.

Em cima da escrivaninha, ele colocou seu computador e sua velha e predileta luminária de metal, e tolerou o aparelho telefônico recentemente instalado, embora dissesse que jamais o atenderia.

Estantes montáveis flanqueando a grande lareira de pedra logo foram preenchidas com itens retirados das caixas de papelão vindas de San Francisco. Havia lenha à vontade empilhada nas proximidades, e a pequena cozinha estava equipada com a máquina de café expresso especial de Phil e um micro-ondas, tudo de que ele precisava, afirmou, para viver a vida de eremita de seus sonhos. Havia uma mesinha embaixo da janela, grande o suficiente para duas pessoas no máximo.

Lisa encheu para ele a geladeira com iogurte, frutas frescas, abacates, tomates e todo tipo de coisas cruas que ele comia todos os dias. Mas ela não tinha a menor intenção, declarou mais de uma vez, de deixá-lo sem assistência.

Uma colcha de retalhos desbotada apareceu na cama na manhã seguinte, e Phil explicou haver sido feita por sua avó Alice O'Connell. Reuben jamais a vira antes e ficou fascinado com o fato de que tantas relíquias familiares pudessem ao menos existir. Phil disse que a colcha tinha o padrão do anel de noivado e que sua avó a fizera antes de se casar. Mais algumas coisas saíram do baú, inclusive um pequeno jarro branco que pertencera a vovó Alice e diversas colheres de prata velhas com as iniciais O'C nos cabos.

E ele tira esses tesouros antigos, pensou Reuben, que guarda há tantos anos, e coloca a colcha na cama aqui porque sente que pode fazer isso agora.

Embora Phil afirmasse não necessitar de uma imensa TV de tela plana em cima da lareira, logo começou a mantê-la constantemente ligada com o som baixo enquanto assistia a sucessivos DVDs da filmoteca de seus endeusados "grandes filmes".

As trilhas rochosas da casa de hóspedes ao terraço ou à estrada não representavam problema algum para Phil, que desenterrara também outro tesouro familiar de seu baú, um velho bordão irlandês que pertencera a seu avô irlandês, Edward O'Connell. Era um espesso e lindamente polido bastão, em cuja extremidade do cabo havia um contrapeso para bater na cabeça das pessoas, presumivelmente, e funcionava perfeitamente como apoio para longas caminhadas, durante as quais Phil usava um macio boné de lã cinza que, no passado, também pertencera ao velho Edward O'Connell.

Com o boné e o bastão, Phil desaparecia por horas a fio, chovesse ou fizesse sol, no interior das extensas florestas Nideck, frequentemente reaparecendo apenas bem depois da ceia, quando Lisa o forçava a sentar-se à mesa da cozinha para fazer uma refeição que consistia de cozido de carne e pão francês. Lisa descia todas as manhãs, também, com o desjejum, embora frequentemente ele já tivesse saído antes que ela pisasse na casa de hóspedes. Ela deixava a refeição em cima da bancada de sua pequena cozinha, enquanto limpava a casa e arrumava a cama.

Inúmeras vezes Reuben descia para falar com ele, mas ao encontrá-lo digitando furiosamente no computador, ele permanecia do lado de fora por um tempo e então subia de novo a encosta. Com a aproximação dos fins de semana, Sergei ou Felix podiam eventualmente ser vistos visitando Phil, em rápidas conversas acerca de alguma questão histórica ou sobre história da poesia ou do teatro. Felix pegou emprestado com Phil os dois volumes de *Mediaeval Stage*, de E. K. Chambers, e sentou-se por horas na biblioteca, debruçado sobre a obra, maravilhando-se diante das anotações cuidadosamente escritas por Phil.

Tudo funcionaria a contento, essa era a questão, e Felix alertou Reuben no sentido de não dedicar nem mais um minuto sequer a qualquer tipo de preocupação com Phil.

O fato era que todos os Distintos Cavalheiros adoravam Phil e ficaram obviamente contentes na noite em que ele efetivamente compartilhou com eles a grande mesa da casa para uma refeição.

Lisa só faltou arrastar Phil para a mesa, e a conversa foi esplêndida, girando em torno das peculiaridades de Shakespeare que as pessoas erroneamente assumiam como representativas do modo como se escrevia em sua época, mas que não eram nem um pouco típicas e, inclusive, um pouco misteriosas, como Phil tanto amava explorar. Margon conhecia de cor vastos trechos de Shakespeare, e eles se divertiram lendo e relendo capítulos e versos de *Otelo*. Mas era *Rei Lear* o que fascinava Phil acima de tudo.

– Eu devia estar louco e delirando no urzal – disse Phil. – Para todos os efeitos, era exatamente lá que eu devia estar, mas não estou. Estou aqui, e mais feliz do que estive em muitos anos.

É claro que Stuart despejou todas as perguntas clássicas de estudantes acerca da peça. O rei não era maluco? E, se era, como a peça podia ser uma tragédia? E por que ele agira de maneira tão tola a ponto de dar todas as suas propriedades às filhas?

Phil ria e ria, e nunca dava uma resposta direta, dizendo por fim:

– Bem, talvez a genialidade da peça, meu filho, seja que tudo isso é mesmo verdade, mas nós não damos a mínima.

Cada um dos Distintos Cavalheiros, inclusive Stuart, disseram a Reuben individualmente o quanto gostavam de Phil e o quanto desejavam que ele viesse jantar com eles todas as noites. Stuart resumiu tudo com:

– Reuben, você é um cara tão sortudo que até o seu pai é total e excepcionalmente legal.

Que distância gigantesca da casa em Russian Hill onde ninguém prestava a mínima atenção a Phil, e Celeste frequentemente observava em segredo que ele era uma pessoa quase insuportável. *Como eu sinto pena da sua mãe.*

Havia evidências de que determinadas outras pessoas misteriosas também amavam Phil. Na noite de sexta-feira, Phil caminhou até o chalé após ter sido picado seriamente por abelhas, no rosto e na mão. Reuben ficou imediatamente alarmado e chamou Lisa na casa principal, pedindo que trouxesse Benadryl. Mas Phil dispensou o medicamento. Poderia ter sido muito pior do que de fato fora.

– Elas estavam num carvalho oco – disse ele –, e eu tropecei e caí de encontro à árvore. Estava infestado de abelhas, mas, para a minha sorte, seus amigos apareceram, aquele pessoal da floresta, você sabe, aquele pessoal que estava na feira e na festa.

– Certo. Que pessoal exatamente? – perguntou Felix.

– Oh, você sabe, o homem de olhos verdes e pele escura, aquele homem incrível, Elthram. Esse é o nome dele, Elthram. Eu vou te dizer uma coisa, o camarada é forte. Ele me levou para longe daquelas abelhas, simplesmente me pegou e me levou. A coisa poderia ter sido muito pior. Elas me pegaram três vezes aqui – e ele colocou a mão nas picadas –, e eu vou te dizer uma coisa, ele tem uma dádiva qualquer. Estava inchando mesmo, e agora nem dói mais.

– Melhor tomar o Benadryl, ainda assim – disse Reuben.

– Bem, vou te dizer, esse pessoal é muito bacana, muito mesmo. Onde é que eles moram exatamente?

– Por toda a floresta, mais ou menos isso – disse Reuben.

– Não, eu estou querendo saber onde eles moram de fato – disse Phil. – Onde fica a casa deles? Eles foram muito simpáticos comigo. Eu gostaria de convidá-los para tomar um café. Adoraria ter a companhia deles.

Lisa chegou correndo.

Reuben já estava com um copo de água preparado.

– Você precisa se afastar daquela área – disse ela. – Aquelas abelhas são africanas e bastante agressivas.

Phil riu.

– Bem, como é que você pode saber por onde eu andei, Lisa?

– Eu sei porque Elthram me contou. Foi uma boa coisa ele estar cuidando de você.

– Eu estava justamente falando para o Reuben que eles são gente muito boa, aquela família. Ele e aquela linda ruiva chamada Mara.

– Acho que nunca conheci essa Mara – disse Reuben, lutando para manter a voz normal e crível.

— Bem, ela estava na feira na cidadezinha — disse Phil. — Não sei se veio para a festa. Lindos cabelos ruivos e pele clara, como a sua mãe.

— Bem, fique longe dessa parte da floresta, Philip — disse Lisa rispidamente. — E tome essas pílulas agora antes que você comece a ter febre.

No sábado, Reuben foi a San Francisco pegar os presentes para a família e para os amigos. Tudo havia sido comprado por telefone ou pela internet por intermédio de um vendedor de livros raros, e Reuben inspecionou pessoalmente cada seleção antes de mandar embrulhar com o cartão apropriado. Para Grace, ele descobrira um livro de memórias lá do século XIX, escrito por um obscuro médico que descrevia uma longa e heroica vida de médico na fronteira. Para Laura, as *Elegias de Duino* e os *Sonetos a Orfeu*, de Rilke, em primeira edição. Para Margon, ele selecionara uma das primeiras edições especiais da autobiografia de T. E. Lawrence e, para Felix, Thibault e Stuart edições antigas e belas, em capa dura, de diversos livros de histórias de fantasmas por escritores ingleses — Amelia Edwards, Sheridan Le Fanu e Algernon Blackwood — que Reuben endeusava em especial. Ele comprara antigas memórias de viajantes para Sergei, para Frank e para Lisa; e livros de poesia em inglês e francês para Heddy e Jean Pierre. Para Celeste, ele tinha um exemplar especial em capa de couro da autobiografia de Clarence Darrow; e para Mort, uma edição *vintage* de *A casa das sete empenas*, de Hawthorne, que ele sabia que Mort adorava.

Para Jim, ele comprara livros sobre os cineastas Robert Bresson e Luis Buñuel e uma primeira edição dos ensaios de Lord Acton. Para Stuart, alguns bons livros sobre J.R.R. Tolkien, C.S. Lewis e os Inklings, bem como uma nova tradução em versos de *Sir Gawain e o Cavaleiro Verde*.

Para terminar, Reuben conseguira finalmente reunir para Phil todos os volumes individuais em capa dura das peças de Shakespeare editadas por George Lyman Kittredge — os livrinhos da Ginn and Company que Phil tanto adorara em seus dias de estudante. Tratava-se de uma caixa de livros, todos sem o menor indício de rasuras e em excelente condição, em papel de qualidade e com boa impressão.

Depois disso, ele reuniu alguns livros mais recentes a serem acrescentados ao mix – livros de Teilhard de Chardin, Sam Keen, Brian Greene e outros – e então comprou alguns presentes pessoais para sua adorada empregada doméstica Rosie – perfume, uma carteira, algumas coisinhas bonitinhas. Para Lisa, ele descobrira um camafeu particularmente refinado numa loja de San Francisco e, para Jean Pierre e Heddy, cachecóis de cashmere. E finalmente deu por encerrado o processo de aquisições.

A casa de Russian Hill estava vazia quando ele chegou. Depois de colocar todos os presentes da família silenciosamente debaixo da árvore, encaminhou-se para casa.

No domingo, Reuben passou a manhã inteira escrevendo um longo artigo para Billie sobre a evolução do conceito de Natal e de Ano-Novo nos Estados Unidos, desde a proibição a todas as comemorações natalinas nas primeiras colônias às condenações atuais da natureza comercial da festa. Ele percebeu o quanto estava feliz por escrever aquela espécie de pequeno ensaio e o quanto preferia aquilo a qualquer tipo de reportagem. Tinha em mente fazer uma história dos costumes natalinos. Não parava de pensar naqueles artistas em trajes medievais que Felix contratara para a festa, imaginando quantas pessoas sabiam que tais artistas eram, no passado, parte integrante da festa de Natal.

Billie não estava pedindo que Reuben assumisse nenhum compromisso. (Ela disse muitas vezes que compreendia a situação de Susie Blakely. Leves cutucadas, leves lembranças, que ele veio a ignorar com o passar do tempo.) Estava satisfeita com os artigos que ele enviava, e lhe dizia isso em qualquer oportunidade que tinha. Os artigos davam peso ao *Observer*, afirmava ela. E quando ele encontrou antigos esboços vitorianos a bico de pena para acompanhar seus textos, ela ficou mais satisfeita ainda. Mas Billie imaginava o que Reuben poderia achar de cobrir a cena artística do norte da Califórnia, quem sabe fazendo resenhas de pequenas produções teatrais em diversas cidades ou eventos musicais na região vinícola. Isso pareceu uma ótima ideia a Reuben. Que tal o Shakespeare Festival em Ashland, Oregon? Sim, Reuben adoraria fazer a cobertura do evento. Imediatamente, Reuben pensou em Phil. Será que ele não gostaria de acompanhá-lo até lá?

Dois outros "empregados" haviam chegado da Europa na sexta-feira, uma jovem e um jovem, os quais foram designados para trabalhar como secretários e assistentes de Felix – Henrietta e Peter –, mas no dia seguinte já estava claro que eles trabalhavam sob o comando de Lisa, realizando simplesmente qualquer tarefa por ela indicada. Eles tinham cabelos claros, eram possivelmente irmãos, suíços de nascimento, ou assim disseram, e falavam muito pouco a respeito do que quer que fosse, movendo-se pela casa sem emitir um som sequer, atendendo os pedidos de todos sob aquele teto. Henrietta passava horas na antiga cozinha de Marchent, trabalhando em receitas para a equipe de empregados da casa. Stuart e Reuben trocavam olhares furtivos enquanto estudavam os movimentos do par e a maneira pela qual eles pareciam estar se comunicando entre si sem pronunciar nenhuma palavra em voz alta.

Reuben recebeu um breve e-mail escrito por Susie Blakely dizendo: "Eu adorei a festa e me lembrarei dela pelo resto da vida." Ele imaginou que devia ter sido uma tarefa e tanto para a menina escrever todas aquelas palavras corretamente. Ele lhe escreveu de volta, dizendo que esperava que ela tivesse o melhor Natal de sua vida e que ele estava lá à disposição dela, caso desejasse escrever ou telefonar. A pastora George enviou a ele um e-mail mais longo, explicando que Susie estava agora muito melhor e disposta a confiar em seus pais novamente, embora eles ainda não acreditassem que a menina tivesse sido mesmo resgatada pelo famoso Lobo Homem. A pastora George estava indo para San Francisco almoçar com o padre Jim e para ver sua igreja no Tenderloin.

Noite após noite, Reuben acordava de madrugada. Noite após noite, ele dava uma longa e lenta caminhada pelos corredores dos andares superior e inferior, abrindo-se silenciosamente para a visita de Marchent. Mas jamais houve o mais tênue indício de sua presença.

Na tarde de domingo, quando a chuva arrefeceu, Phil e Reuben deram uma longa caminhada juntos na floresta. Reuben confessou que jamais percorrera toda a extensão da propriedade. Felix explicara durante o almoço que estava mandando cercar toda a propriedade, incluindo os acres referentes às casas de Drexel e Hamilton. Tratava-se de um empreendimento imenso, mas Felix sentia que isso, na idade em que se encontrava, era algo que desejava muito fazer e, evidentemente, Reuben estava de pleno acordo.

Felix prometeu que depois do Natal levaria Reuben e Phil para ver as antigas casas de Drexel e Hamilton, ambas enormes residências campestres em estilo vitoriano que poderiam ser remodeladas e aprimoradas sem que perdessem seu charme original.

A cerca era de aço e tinha 1,80m de altura. Mas haveria inúmeros portões; e Felix iria certificar-se de que cada centímetro de feiura da cerca fosse coberto de hera e de outras trepadeiras atraentes. É claro que as pessoas poderiam continuar a caminhar pela floresta, sim, com toda certeza. Mas entrariam pelo portão da frente, e Reuben e Felix teriam alguma ideia de quem estava visitando sua propriedade. E, bem, haveria momentos em que ele abriria todos os portões e as pessoas poderiam circular livremente pelo local. Era errado "ser dono" daquela floresta, mas ele queria perservá-la e voltar a conhecê-la.

– Bem, isso não vai impedir que Elthram e sua família circulem pela floresta, vai? – perguntou Phil.

Felix ficou sobressaltado, mas recuperou-se rapidamente.

– Oh, não, eles serão sempre bem-vindos à floresta. Eu jamais sonharia em tentar impedir seu acesso à floresta. Essa floresta é a floresta deles.

– É bom saber disso – disse Phil.

Naquela noite, Reuben subiu ao andar superior e encontrou um comprido roupão de veludo verde-escuro em cima de sua cama e um par de pesadas chinelas de veludo verde. O roupão possuía um capuz e ia até os pés.

Margon explicou que aquilo era para a véspera de Natal, para ele usar na floresta. A peça era bastante similar ao hábito de um monge, longa, solta no corpo, com as mangas longas, exceto pelo fato de que era almofadada, forrada de seda e não possuía cintura ou cinto. Era um roupão fechado na frente com laços e botões dourados. Havia pequeninos bordados a ouro ao longo da bainha e nas extremidades das mangas, numa curiosa padronagem. Podia também se tratar de uma escrita, semelhante à misteriosa escrita que os Distintos Cavalheiros compartilhavam, a escrita que parecia árabe em sua origem. Ela transmitia um ar de mistério e até mesmo de santidade.

A utilidade desse traje era óbvia. Os membros do grupo iriam se transformar em lobos na floresta, e os roupões cairiam facilmente aos pés deles, e esta seria uma maneira simples de vesti-los depois do evento. Reuben estava tão ansioso para o Natal que mal conseguia se conter. Stuart já estava sendo um pouco cínico. Exatamente de que espécie de "cerimônia" eles participariam era o que queria saber. Mas Reuben sabia que aquilo seria maravilhoso. Francamente, ele não se importava com o que pudessem vir a fazer. Ele não estava preocupado com Hockan Crost ou com as misteriosas mulheres. Felix e Margon pareciam estar completamente calmos e tranquilamente ansiosos para a noite absolutamente importante.

E Reuben veria Laura. Por fim, Reuben estaria com Laura. A véspera de Natal assumira para ele o caráter e a solenidade de sua noite de núpcias.

Felix já explicara a Phil tudo sobre eles celebrarem alguns costumes do Velho Mundo na floresta e pediu a Phil que tivesse tolerância. Phil não via problema algum. Ele passaria a véspera de Natal como sempre havia passado, escutando música e lendo, e provavelmente estaria dormindo muito antes das 11 horas. A última coisa que Phil queria era ser um incômodo para o grupo. Phil estava dormindo maravihosamente bem ali, com as janelas abertas para o ar do oceano. Por volta das nove da noite ele já estava adormecendo.

Por fim chegou a manhã da véspera de Natal, um dia frio e claro com um céu azul que poderia muito bem proporcionar um pouco de luz solar antes da aurora. O mar cheio de espuma estava azul-escuro pela primeira vez em dias. E Reuben desceu a sinuosa encosta em direção à casa de hóspedes com sua caixa de presentes para seu pai.

Em casa, em San Francisco, eles sempre trocavam presentes antes de se dirigirem à Missa do Galo; portanto a véspera de Natal era o grande dia na mente de Reuben. O dia de Natal sempre era mais informal e um momento dedicado ao lazer, Phil escapando para assistir a filmes baseados em *Uma história de Natal,* de Dickens, em seu quarto. Já Grace montava um bufê informal para seus amigos do hospital, principalmente o pessoal que estava longe de casa e da família.

Phil estava acordado e escrevendo, e imediatamente serviu uma caneca de café italiano a Reuben. A pequena casa de hóspedes era o epítome da palavra "aconchegante". Cortinas brancas finas e franzidas haviam sido colocadas na janela, um toque notavelmente feminino, pensou Reuben, mas eram bonitinhas e suavizavam a dura visão do interminável mar, que, para Reuben, era até certo ponto desconcertante.

Eles sentaram-se juntos perto do fogo, Phil presenteando Reuben com um livrinho enbrulhado em papel laminado, que o filho abriu primeiro. Phil o fizera ele próprio, ilustrando-o com seus próprios desenhos feitos à mão "ao estilo William Blake", disse ele com um sorriso de autodeboche. E Reuben viu que se tratava de uma coleção dos poemas que Phil escrevera ao longo dos anos expressamente para seus filhos, alguns dos quais foram publicados antes, sendo que a maioria deles jamais fora lida por alguém.

Para meus filhos era o título simples.

Reuben ficou profundamente emocionado. Os desenhos compridos e finos de Phil cercavam cada página, tecendo imagens como se fossem iluminações num manuscrito medieval e parecendo molduras de folhagem com simples objetos domésticos embutidos nelas. Aqui e ali nos densos e ondulados desenhos se podiam ver uma caneca de café ou uma bicicleta, ou uma pequena máquina de escrever ou uma bola de basquete. Às vezes havia rostos demoníacos, caricaturas cruas, porém delicadas, de Jim, Reuben e Grace, e do próprio Phil. Havia um desenho primitivo em página inteira da casa de Russian Hill e de todos os seus muitos cômodos, pequenos e cheios de gente, preenchidos com móveis e objetos estimados por todos.

Phil jamais reunira nada como aquela coleção. Reuben adorou.

– Seu irmão vai receber o exemplar dele hoje mesmo, via FedEx. E também mandei um para sua mãe – disse Phil. – Você não deve ler nada no momento. Leve-o para o castelo e leia quando estiver disposto.

Poesia deve ser absorvida em pequenas doses. Ninguém precisa de poesia. Ninguém precisa ser forçado a ler poesia.

Havia dois outros presentes, e Phil assegurou a Reuben que Jim receberia exemplares idênticos. O primeiro era um livro que Phil havia escrito e que se chamava *Nossos ancestrais em San Francisco – Dedicado a meus filhos*. Reuben não poderia ter ficado mais feliz. Pela primeira vez em sua vida, ele realmente queria saber tudo sobre a família de Phil. Ele crescera sob a sombra gargantuesca de seu avô Spangler, o empresário do mercado imobiliário que havia fundado a fortuna dos Spanglers, mas ouvira falar pouco ou quase nada dos Goldings, e aquele livro não era impresso, estava escrito com a letra cursiva antiquada e espetacularmente legível de Phil. Havia antigas fotografias reproduzidas que Reuben jamais vira.

– Leia esse aí também na medida do possível – disse Phil. – Se quiser, pode levar o resto da sua vida lendo esse livro. E passe depois para o seu filho, é claro, embora eu tenha a intenção de contar para essa criança algumas das histórias que nunca contei para você e para o seu irmão.

O último presente era uma boina de tweed macio, ou boina de hera, que pertencera ao vovô O'Connell – exatamente como a boina que Phil usava em suas caminhadas.

– Seu irmão recebeu a mesmíssima coisa. Meu avô nunca saía sem uma dessas boinas. E eu tenho mais um par delas no meu baú para esse menino que está chegando.

– Papai, devo dizer que esses são os melhores presentes que alguém já me deu até hoje. O Natal desse ano está sendo extraordinário. E não para de ficar melhor a cada dia que passa. – Reuben escondeu a dor que lhe queimava por dentro, a dor de ter sido obrigado a perder sua vida para realmente entender o valor dela, a dor de ter de sair do domínio da família humana para querer conhecer e abraçar seus antecedentes.

Phil olhou seriamente para ele.

– Reuben, você sabe que seu irmão Jim está perdido – disse ele. – Ele se enterrou vivo no sacerdócio por todos os motivos equivocados. O mundo no qual ele luta está encolhido e sombrio. Não há mágica lá, não há encanto, não há misticismo. Mas você tem o universo à sua espera.

Se ao menos eu pudesse contar para você um centésimo de tudo isso, se ao menos pudesse confiar em você e procurar a sua orientação. Se ao menos...

– Aqui, papai, meus presentes – disse Reuben. E ele trouxe a caixa grande contendo os pequenos volumes cuidadosamente embrulhados e colocou-a diante de Phil.

Phil tinha lágrimas nos olhos quando abriu o primeiro exemplar, vendo o pequeno volume em capa dura de *Hamlet* editado pela Ginn and Company, a própria versão em texto que ele tanto amara quando estava na faculdade. E, à medida que começou a perceber que as peças completas estavam lá, cada uma delas, ficou perplexo. Aquilo era algo que nem em sonhos lhe passara pela cabeça – a coleção completa. Aqueles livros já estavam fora de catálogo inclusive no momento em que os vira pela primeira vez em sebos, em seus dias de estudante.

Ele conteve as lágrimas, falando suavemente de seu tempo em Berkeley como o mais rico período de sua vida, quando estava lendo Shakespeare, encenando Shakespeare, vivendo Shakespeare todos os dias, passando horas sob as árvores do belo campus antigo, vagando pelas livrarias da Telegraph Avenue em busca de trabalhos acadêmicos sobre o Bardo, emocionado a cada vez que algum crítico sagaz lhe dava um novo insight ou transportava as peças à vida de alguma maneira nova para ele. Na época, pensava que sempre amaria o trabalho acadêmico. Ele queria apenas ficar na atmosfera de livros e poesia para sempre.

Então veio o magistério, a repetição das mesmas palavras ano após ano, as intermináveis reuniões de comitê, as cansativas festas da faculdade e a incessante pressão para publicar teorias críticas ou ideias que nem existiam na sua cabeça. Então surgiu um certo cansaço de tudo aquilo, inclusive um ódio, e sua convicção de sua própria insignificância e mediocridade absolutas. Mas aqueles livrinhos o levavam de volta à parte mais doce de tudo aquilo, quando tudo era uma novidade, e recheada de esperança, antes de se tornar para ele uma fraude.

Mais ou menos nesse momento, Lisa apareceu com um café da manhã completo para os dois – ovos mexidos, salsicha e bacon, panquecas, melaço, manteiga, torradas e geleia. Ela depositara tudo rapidamente na mesinha de jantar e serviu o café quente. Jean Pierre apareceu com a garrafa de suco de laranja e um prato com os biscoitos de gengibre a que Phil não teria como resistir.

Depois que eles detonaram a refeição, Phil ficou parado durante um longo tempo na grande janela retangular com vista para o mar, olhando para o horizonte azul-escuro sob o límpido céu azul-cobalto ainda mais brilhante. Em seguida ele disse como jamais sonhara que pudesse ser tão feliz, jamais sonhara que ainda pudesse ter tanta vida dentro de si.

– Por que as pessoas não fazem o que realmente querem fazer, Reuben? Por que tão frequentemente decidimos fazer o que nos deixa solenemente infelizes? Por que aceitamos que a felicidade é simplesmente impossível? Olhe o que aconteceu. Estou agora dez anos mais jovem do que na semana passada, e a sua mãe? Para ela está tudo bem, tudo perfeito. Tudo absolutamente perfeito! Sempre fui velho demais para a sua mãe, Reuben. Velho demais aqui, em meu coração, e simplesmente velho demais de qualquer outra maneira. Quando tenho a mais leve dúvida a respeito dela estar mais feliz, eu ligo para ela, converso com ela e ouço o timbre da voz dela, você entende, a cadência do discurso dela. Ela está muito aliviada por estar sozinha.

– Eu te entendo, papai. Eu me sinto um pouco do mesmo jeito quando penso em meus anos com Celeste. Eu não sei por que eu acordava todas as manhãs com a ideia de que precisava me ajustar, precisava aceitar, precisava conviver com tudo aquilo.

– É isso, não é? – disse Phil virando-se da janela. Ele deu de ombros e fez um gesto resignado com as mãos. – Obrigado, Reuben, por me deixar vir para cá.

– Papai, eu não quero que você saia nunca daqui – disse Reuben.

A expressão nos olhos de Phil era a única resposta de que ele precisava. Phil dirigiu-se à caixa com os livros de Shakespeare e tirou um exemplar de *Sonhos de uma noite de verão*.

– Você sabe, mal posso esperar para ler trechos disso aqui para Elthram e Mara. Ela me disse que nunca ouviu falar de *Sonhos de uma noite de verão*. Elthram conhecia. Ele consegue recitar partes da peça de cabeça. Reuben, sabia que eu vou dar o meu exemplar velho das comédias para Elthram e Mara? Ele está aqui em algum lugar. Bem, eu tenho dois. E vou dar para eles o que está sem anotações, o que está limpo. Acho que seria um bom presente para eles dois. E olhe só o que eles me deram. – Ele virou-se e apontou para um pequeno buquê de flores silvestres com fios de hera recém-colhidas em cima de sua escrivaninha. – Eu não sabia que havia tantas flores silvestres na floresta nessa época do ano. Eles me deram isso hoje de manhã.

– São lindas, papai – disse Reuben.

Naquela tarde, foram de carro até o litoral e também à cidade de Mendocino para dar uma caminhada ao redor do local, enquanto o tempo se mantivesse firme. E valeu a pena. O pequeno centro da cidade formado por construções praianas em estilo vitoriano estava alegremente decorado como a aldeia de Nideck, e muito movimentado com a presença dos compradores de última hora em busca de presentes de Natal. O mar estava calmo, assim como lindamente azul, e o céu, cheio de nuvens brancas passadiças, estava glorioso.

Mas, às quatro da tarde, enquanto voltavam para casa, o céu cor de ardósia rolava sobre eles, e a penumbra noturna caía em torno deles. Gotinhas de chuva batiam no para-brisa. Reuben ficou imaginando quão pouco importaria uma tempestade cair sobre Nideck Point, caso ele estivesse com sua pelagem lupina, e manteve-se em sua crescente e silenciosa expectativa. Será que eles caçariam esta noite? Eles precisavam caçar. Ele estava faminto por uma caçada e sabia que Stuart sentia-se da mesma forma.

Ele ficou tempo suficiente na casinha de Phil para telefonar para Grace e Jim, e desejar a ambos o Natal mais feliz do mundo. Jim rezaria a Missa do Galo naquela noite na igreja de St. Francis at Gubbio, como sempre o fazia, e Grace, Celeste e Mort estariam lá. No dia seguinte, todos participariam do jantar de Natal na St. Francis dedicado aos sem-teto e aos pobres do Tenderloin.

Finalmente, estava na hora de deixar Phil. Era véspera de Natal, por fim. Estava totalmente escuro, e a chuva tornara-se uma fina névoa do lado de fora das janelas. A floresta acenava, convidativa.

À medida que subia a encosta, Reuben se deu conta de que todas as luzes externas de Nideck Point haviam sido apagadas. A esfuziante casa de três andares tão bem decorada à noite com brilhantes luzes natalinas desaparecera por completo, deixando em seu lugar uma grande aparição escura de janelas cintilantes, apenas com uma tênue luminosidade em seu interior, empenas invisíveis na névoa densa.

Apenas umas poucas velas iluminavam o caminho escada acima. E, em seu quarto, ele encontrou o roupão com capuz de veludo verde-escuro arrumado para ele com as chinelas.

Outro item espetacular fora acrescentado – um chifre, para consumo de bebidas, bem grande, banhado a ouro e lindamente entalhado com pequeninas figuras e símbolos preenchidos com ouro. Havia uma faixa com ouro martelado e decorado abaixo do bocal, uma ponta de ouro na extremidade e uma longa e fina correia de couro para ajustar no ombro. Era uma coisa linda, grande demais para ser um chifre de búfalo ou de carneiro, obviamente.

Uma batida na porta o interrompeu enquanto ele inspecionava o objeto. Ele ouviu a voz ligeiramente abafada de Felix dizer:

– Está na hora.

21

Apenas uma vela iluminava seu caminho escada abaixo, e ele sentiu o vazio e a vastidão da casa.

De muito longe vinha a ominosa batida dos tambores.

Quando pisou nos degraus dos fundos, Reuben mal conseguiu ver as cinco figuras encapuzadas na pesada escuridão. Os tambores distantes soavam numa cadência bizarra e ligeiramente ameaçadora. E logo abaixo do som do vento, ele ouviu a leve melodia de flautas. A chuva não era mais do que uma densa névoa que ele conseguia sentir, mas não ouvir, embora um vento soprasse através das árvores e ouvisse aquele horrível gemido que às vezes acompanha o vento.

Um medo instintivo tomou conta dele. Bem ao longe, viu o lúrido tremeluzir de uma fogueira, uma fogueira tão grande que despertou nele um alerta profundo. Mas a floresta encharcada de chuva não corria riscos de incendiar. Ele sabia disso.

Gradualmente, começou a distinguir mais claramente os contornos daqueles que lhe estavam próximos. Ouviu-se o estalo alto de um fósforo de cozinha, e uma pequena chama surgiu, revelando Margon com uma tocha comprida e fina na mão.

De imediato, a tocha foi acesa e as outras figuras emergiram à luz florescente.

Reuben podia sentir o cheiro da resina ou do alcatrão que emanava da tocha, mas não sabia dizer ao certo qual dos dois.

Eles começaram a caminhar em meio à floresta com Margon, a tocha na mão, liderando-os. Parecia que os tambores ao longe sabiam que estavam chegando. Ouviram-se o latejar profundo e insistente de grandes tambores e o incessante e irritante som de outros pequenos, e então as trombetas pairando acima deles. Uma voz instrumental que poderia muito bem ser uma flauta irlandesa, seu som alto, nasal e quase funesto, juntou-se às outras.

A floresta farfalhava, estalava por todos os lados ao redor deles e movia-se nas sombras. À medida que lutavam para superar as rochas e as samambaias caídas avançando silenciosamente, Reuben ouviu risos abafados e sigilosos. Conseguiu ver os rostos brancos dos Nobres da Floresta na penumbra, meros lampejos dos dois lados da trilha irregular na qual seguiam, e subitamente a mais tênue e lúgubre música elevou-se para acompanhá-los – no ritmo do som maior convocando-os de longe –, as notas tristes e ásperas de flautas de madeira, o batucar e o retinir de tamborins, um zumbido incessante.

Reuben sentiu calafrios subindo pelos braços e pelo pescoço, mas eram calafrios agradáveis. Sua nudez por baixo do roupão dava-lhe uma sensação erótica.

Eles caminhavam sem parar. Reuben começou a sentir o pinicar profundo que significava a chegada da mudança, mas a mão de Felix agarrou-lhe o pulso.

— Espere — disse ele delicadamente, colocando-se no mesmo ritmo da passada de Reuben, equilibrando-o quando ele tropeçava ou quase caía.

Os tambores ao longe tornaram-se mais altissonantes. Os mais profundos diminuíram de intensidade até que adquirissem a sonoridade ominosa e aterrorizante de um dobre de sinos, e o profundo queixume das flautas irlandesas era hipnótico. Acima, os galhos altos e remotos das sequoias grunhiam e rangiam com a presença dos Nobres da Floresta. Sons agudos vinham da vegetação rasteira, semelhantes a trepadeiras sendo arrancadas na escuridão e galhos batendo nos arbustos.

O fogo era uma grande luz vermelha na névoa acima, piscando numa vasta malha de trepadeiras e galhos emaranhados.

Eles viravam à esquerda e à direita enquanto andavam. Reuben agora não fazia a menor ideia da direção que seguia, exceto que estavam se aproximando cada vez mais, sempre mais, daquela luz intensa.

Na frente dele, as figuras encapuzadas pareciam anônimas na luz distante da solitária tocha tremeluzente e, subitamente, pareceu-lhe que apenas Felix era real. Felix que estava ao lado dele, e seu coração dirigiu-se a Stuart. Será que Stuart estava com medo? Será que ele próprio estava com medo?

Não, mesmo com o som dos tambores aumentando em intensidade e com os músicos espectrais em torno dele respondendo e tecendo os fios baixos e duros de melodia em torno da batida dos tambores, ele não estava com medo. O pinicar recomeçou, e ele sentiu os pelos do couro cabeludo querendo se libertar, sentiu sua pelagem lupina enfurecendo-se contra a pele do homem. Será que sua pelagem lupina estava reagindo aos tambores? Será que os tambores exerciam um poder secreto sobre a fera? Um poder que ele desconhecia? Corajosa, porém deliciosamente, ele lutava contra a transformação, ciente de que logo ela explodiria.

O fogo distante ficou mais intenso, e parecia engolir a luz fraca da tocha de Margon. Havia algo tão horrendo em relação ao brilho intenso, trêmulo e latejante do fogo que ele sentiu novamente um alarme profundo e terrível. Mas o fogo os chamava, e Reuben estava ansioso por ele, aproximando-se subitamente e segurando com firmeza o braço de Felix.

Repentinamente, a expectativa que Reuben sentia ficou inebriante, e ele teve a impressão de que estivera se movendo por aquela floresta escura eternamente, e isto era uma fantástica experiência, estar com os outros, encaminhando-se para a chama distante que brilhava e tremeluzia tão alto, tão acima deles, como se proveniente da garganta de um vulcão ou de alguma chaminé escura invisível sob sua luz.

Aromas pungentes atingiram suas narinas, o aroma vivo, profundo e rico do porco selvagem que ele caçara tantas vezes, e a fragrância doce e sedutora de vinho fervilhando. Cravo-da-índia, canela, noz-moscada, o doce aroma do mel, tudo isso ele absorvia com o cheiro de fumaça, o cheiro de pinheiro, o cheiro de névoa úmida. Seus sentidos estavam sendo inundados.

No meio da noite, imaginou ter ouvido o grito do fundo da garganta do javali, um berro gutural, e mais uma vez sua pele estava em chamas. A fome dava nós em seu interior, a fome de carne viva, sim.

Uma vasta canção sem palavras elevou-se dos seres invisíveis em todas as partes ao redor deles à medida que se aproximaram de uma verdadeira parede de pretura acima da qual as fagulhas voavam em direção ao céu do fogo enraivecido que eles não mais podiam ver com clareza.

Subitamente, erguia-se a pequena tocha na mão de Margon e, na penumbra, Reuben via os contornos dos penedos cinza que uma vez avistara à luz do dia e, de imediato, pôs-se a escalar uma encosta íngreme e rochosa até adentrar, seguindo a indicação de Felix, uma passagem estreita e recortada pela qual mal conseguia se mover. Os tambores batiam alto de encontro a seus ouvidos, e as flautas elevavam-se novamente, latejando, instando, chamando-o a se mover com rapidez.

À frente, o mundo explodia em alaranjadas chamas lúridas e dançantes.

A última das figuras escuras na frente dele entrara na clareira, e Reuben agora tropeçava e se reequilibrava na terra compacta, o fogo por um momento cegando-o.

Era um vasto espaço.

Cerca de trinta metros adiante, a grande fogueira explosiva rugia e estalava, seus escuros e pesados andaimes de lenha absolutamente visíveis no interior da fornalha de chamas amarelas e alaranjadas.

Ela parecia definir o centro de uma vasta arena. À direita e à esquerda, ele via os penedos espalhando-se e formando inevitáveis sombras. Até onde, Reuben não tinha como adivinhar.

Bem na entrada da passagem através da qual eles haviam acabado de chegar, encontrava-se a companhia de músicos – todos identificáveis em seus ornamentos de veludo verde com capuzes. Era Lisa batendo no timbale cujo ribombar profundo sacudia até os ossos de Reuben, e ao redor dela encontravam-se reunidos Henrietta e Peter tocando as flautas de madeira, Heddy com um tambor comprido e estreito e Jean Pierre tocando a imensa gaita de foles escocesa. Bem do alto vinham o canto sem palavras dos Nobres da Floresta e o inconfundível som de violinos e flautas de metal, além das notas metálicas dos saltérios.

Tudo conspirava para produzir um som de expectativa e reverência, de inquestionável gravidade.

Entre os penedos e o fogo à frente encontrava-se um gigantesco caldeirão dourado sobre um fogo baixo que brilhava como se feito de brasas, e Reuben percebeu que aquele caldeirão definia o centro do círculo ao redor do qual os *Morphenkinder* agora se reuniam.

Ele deu um passo à frente, assumindo seu lugar, a fumaça da mistura condimentada no interior do caldeirão elevando-se sedutoramente até suas narinas.

A música agora diminuía e suavizava seu ritmo ao redor dele. O ar parecia prender a respiração, com o tambor rolando com a suavidade de um trovão.

Ouviram-se então os berros dos javalis, os grunhidos, os profundos e guturais rosnados, mas esses animais estavam seguros em algum curral nas proximidades, era a sensação que ele tinha. E confiava nisso.

Enquanto isso, os *Morphenkinder* aproximaram-se o máximo do caldeirão, o círculo não suficientemente pequeno para que se tocassem mutuamente, ainda que pequeno o bastante para que cada rosto ficasse visível.

Então, das sombras dançantes além das chamas à sua direita emergiu uma estranha figura que se juntou ao círculo e, quando ela baixou o capuz atrás da cabeça, Reuben viu que se tratava de Laura.

A respiração faltou-lhe. Ela estava em frente a ele, sorrindo para ele em meio à tênue fumaça que subia do enorme caldeirão. Um coro de vivas e saudações murmuradas elevou-se dos outros.

Margon levantou a voz:

– *Modranicht!* – rugiu ele. – A noite da Mãe Terra, e nossa festa da Invernia!

De imediato, os outros levantaram os braços em resposta, Sergei dando um rosnado do fundo da garganta. Reuben levantou os braços, e sofreu para soltar o uivo que estava dentro dele.

De repente, os timbales começaram a soar de modo ensurdecedor, sacudindo Reuben até o âmago, e as flautas elevaram-se numa melodia penetrante.

– Povo da Floresta, juntem-se a nós! – declarou Margon, os braços erguidos. Dos penedos ao redor vieram um clamor de tambores, flautas, rabecas e o choque de trombetas de metal.

– *Morphenkinder!* – gritou Margon. – Sejam bem-vindos.

E da escuridão surgiram mais figuras encapuzadas. Reuben viu claramente o rosto de Hockan, o rosto de Fiona, e as formas femininas mais singelas que só podiam pertencer a Berenice, Catrin, Helena, Dorchella e Clarice. O círculo ampliou-se, admitindo-os um a um.

– Bebam! – gritou Margon.

E todos convergiram para o caldeirão, mergulhando seus chifres no caldo borbulhante e em seguida recuando para engolir bocado após bocado. A temperatura estava perfeita para produzir um fogo na garganta e no coração – para dar partida no circuito do cérebro.

Novamente, eles mergulharam seus chifres e outra vez beberam o caldo.

Repentinamente, Reuben estava balançando, caindo, e Felix, à sua direita, aproximara-se para equilibrá-lo. Sua cabeça vagava e um riso baixo e borbulhante escapou dele. Os olhos de Laura flamejavam ao sorrir para ele. Ela levou o chifre cintilante aos lábios. Saudou-o. E disse o nome dele.

– Esse não é o momento para palavras da espécie humana, para poesia ou sermões – gritou Margon. – Esse não é um encontro para palavra alguma. Porque nós todos conhecemos as palavras. Mas como faremos para prantear a perda de Marrok se não pronunciarmos seu nome?

– Marrok! – gritou Felix. E, subindo no caldeirão, ele mergulhou seu chifre e bebeu. – Marrok – disse Sergei –, velho amigo, adorado amigo. E, um após o outro, todos faziam o mesmo. Finalmente, Reuben teve de fazê-lo e também de erguer seu chifre e pronunciar o nome do *Morphenkind* que matara. – Marrok, perdoe-me! – gritou ele. E ouviu a voz de Laura ecoando as mesmas palavras: – Marrok, perdoe-me.

Sergei rosnou novamente, e dessa vez Thibault e Frank rosnaram com ele, bem como Margon.

– Marrok, nós dançamos para você essa noite – gritou Sergei. – Você adentrou a escuridão ou a luz, nós não sabemos qual das duas. Nós o saudamos.

– E agora, com alegria – gritou Felix –, nós saudamos os jovens entre nós: – Stuart, Laura, Reuben. Essa é a noite de vocês, meus jovens amigos, a primeira *Modranicht* de vocês entre nós!

Ele foi respondido dessa vez com uivos fantásticos de toda a companhia.

Os roupões eram retirados. Felix despira-se e, levantando os braços, estava se transformando no Lobo Homem. E em frente a Reuben, Laura levantou-se subitamente nua e branca, os seios lindamente visíveis através da fumaça que subia do caldeirão. Sergei e Thibault estavam nus, a pelagem lupina brotando em seus corpos à medida que se colocavam ao lado dela.

Reuben deixou escapar um arquejo aterrorizado. Ondas de desejo surgiam nele juntamente com as ondas de uma tonteira embriagada.

Seu roupão estava aos seus pés, e o ar frio tomou conta dele, despertando-o e fortalecendo-o.

Estavam todos se transformando. Uivos erguiam-se agora de todos, irresistivelmente. A música elevava-se a um clamor ensurdecedor. O formigamento gélido cobriu primeiro o rosto e a cabeça de Reuben, então percorreu seu tronco e membros, seus músculos doendo por uma fração de segundo ao expandirem-se até adquirir sua gloriosa força e flexibilidades novas.

Mas era Laura que ele via, como se não houvesse ninguém mais no maravilhoso universo expansivo além de Laura, como se a transformação de Laura fosse a sua.

Um pavor hediondo dominou Reuben, um medo tão terrível quanto o medo que ele sentira quando criança ao ver pela primeira vez a fotografia de um órgão sexual feminino adulto, aquela fantástica e terrível boca secreta, tão úmida, tão crua, tão coberta por um emaranhado de pelos – horrível como o rosto da Medusa, magnetizando-o e ameaçando transformá-lo em pedra. Mas ele não conseguia desviar o olhar de Laura.

Ele estava vendo os cabelos grisalhos escuros brotarem no topo da cabeça dela da mesma maneira que os cabelos brotavam da sua, cabelos caindo até os ombros como a juba caía até os dele. Ele via a macia e brilhante pelagem embainhar as bochechas e o lábio superior dela, a boca se tornando aquela faixa preta e sedosa de carne exatamente como a dele, as cintilantes presas brancas descendo, a bestial pelagem espessa cobrindo-lhe os ombros, engolindo seus seios e seus mamilos.

Agora paralisado, ele viu os olhos de Laura ardendo do maciço rosto da fera, e a viu crescer até adquirir uma altura bem maior, seus poderosos braços lupinos erguidos, sua garras apontando para o céu.

Medo e desejo latejavam nele, enlouquecendo-o infinitamente mais do que o aroma do javali, a batida da música ou as ensurdecedoras rabecas e flautas dos Nobres da Floresta.

Mas o grupo em frente a ele estava se mexendo. Laura trocava de lugar com Thibault, depois com Hockan, depois com Sergei e depois com outro e outro até ficar parada ao lado de Reuben.

Ele estendeu as garras e sentiu a máscara lupina do rosto dela em suas patas, mirando-a bem nos olhos, mirando, determinado a penetrar no mistério completo do monstruoso rosto que via diante de si, hediondamente belo aos olhos dele, com seus cabelos grisalhos e os dentes cintilantes.

De repente ela fechou os poderosos braços ao redor dele, aturdindo-o com sua força, e ele retribuiu o abraço, sua boca abrindo-se sobre a dela, sua língua mergulhando entre os dentes dela. Eles estavam selados um no outro, os dois no glorioso ocultamento e na gloriosa nudez da pelagem lupina, e todos os outros cantavam seus nomes:

– Laura, Reuben, Laura, Reuben.

A música ficava mais suave, borbulhando em uma dança óbvia, e, no fulgor dançante do fogo, Reuben viu os Nobres da Floresta se aproximando, Elthram e os outros, com longas guirlandas de hera e trepadeiras floridas com as quais eles enfeitaram Reuben e Laura, dispondo a hera e a trepadeira em seus ombros. Do ar pareciam cair pétalas de flores sobre eles. Pétalas brancas, amarelas e rosas. Pétalas de rosa, pétalas de corniso, as frágeis quebradiças das flores silvestres. E, por todos os lados, os Nobres da Floresta avançavam cantando, cobrindo-os de beijos leves, etéreos e desprovidos de aroma, beijos que tinham apenas o aroma das flores.

– Laura – sussurrou ele no ouvido dela. – Laura, osso do meu osso, carne da minha carne! – Ele ouviu sua voz profunda e bestial respondendo-o, suas palavras suavizadas e doces:

– Meu adorado Reuben, aonde fores, eu irei; onde te abrigares, eu me abrigarei.

– E eu contigo – respondeu ele. E as palavras brotaram de sua memória em direção à sua língua. – E teu povo será meu povo.

Chifres de vinho foram jogados a eles, e eles os pegaram e com eles beberam, e trocaram de chifres e beberam novamente, o vinho escorrendo de suas bocas e descendo pelas densas pelagens. Como isso tinha pouca importância. Alguém despejara um chifre de vinho sobre a cabeça de Reuben e ele agora via Laura sendo ungida da mesma maneira.

Ele grudou seu rosto de encontro ao dela e sentiu a pressão quente dos seios dela de encontro a seu tórax, o coração batendo através da pelagem.

– E os peludos dançarão! – gritou Margon. – Ao redor do caldeirão.

Os tambores deram início à batida dançante, e as flautas entraram num ritmo dançante.

De imediato eles começaram a oscilar, a balançar, a saltar e a correr para a direita, todos eles, o círculo ganhando velocidade.

Os tambores descreviam a forma rítmica de uma dança, e eles estavam de fato dançando, braços estendidos, joelhos curvados, figuras saltando no ar, rodopiando, girando. Sergei pegou Reuben e girou-o, e então foi em direção a Laura. Seguidamente, outros se reuniam para depois se separarem, o movimento para a direita ao redor do caldeirão continuando.

– Ao redor do fogo! – rugiu o gigante Sergei, cuja rica voz de baixo em forma lupina era inconfundível, e ele saltou para fora do círculo, e os outros dispararam atrás dele, Reuben e Laura juntos correndo atrás deles o mais rápido que podiam.

O grande círculo completo do cercado era deles enquanto corriam a toda velocidade um atrás do outro.

A velocidade palpitante dos que passavam por Reuben incitava-o tanto quanto os tambores, Laura mantendo o ritmo ao lado dele, sob o seu olhar vigilante, os flancos chocando-se contra ele à medida que avançavam juntos.

Reuben reconheceu os rosnados que cortavam o ar, ele reconheceu os uivos de Frank, Thibault, Margon, Felix, Sergei. Ouviu os estranhos gritos selvagens das outras *Morphenkinder* do sexo feminino. E então ouviu a voz de Laura, ao lado dele, do fundo da garganta, mais alta, mais doce do que a dele, e esplendidamente selvagem ao passar rosnando por ele.

Ele disparou atrás dela, perdendo-a de vista à medida que outros moviam-se mais rapidamente do que ele.

Nunca em toda a sua vida ele correra com tanta rapidez, nunca saltara distâncias tão grandes, nunca se sentira alçando voo daquela maneira absoluta enquanto acelerava, nem mesmo naquela noite muito tempo atrás em que correra quilômetros e quilômetros para encontrar Stuart. Obstáculos demais se colocaram em seu caminho; um medo exagerado de se machucar o deixara inibido naquela ocasião. Mas o que vivenciava agora era o êxtase, como se tivesse sido untado com o bálsamo secreto das bruxas e, a exemplo de Goodman Brown, ele estava verdadeiramente viajando pelo ar da noite, liberado do puxão da Mãe Terra, ainda que mantido à tona pelos ventos, não tocando o solo nem mesmo o tempo suficiente para senti-lo sob os pés.

Um novo *riff* gutural de uivos e de gritos ásperos ergueu-se contra o insistente latejar instigante da música.

– *Modranicht!* – vieram os gritos e – Invernia! – As palavras talvez ininteligíveis a ouvidos humanos ao escaparem das gargantas profundas dos *Morphenkinder*. À frente de Reuben, duas figuras em disparada colidiram uma com a outra e começaram a rolar na terra, rosnando, grunhindo, cutucando uma a outra de brincadeira, e então uma delas saiu correndo deixando a outra persegui-la.

Uma figura jogou todo o seu peso em cima de Reuben e ele rolou para longe do fogo e em direção às pedras circundantes, livrando-se do outro, e então avançando em sua garganta com um golpe simulado, enquanto a figura atacava-o como se fosse um monstruoso felino. Ele se virou e saiu correndo, ignorando quem a figura poderia ser, ignorando subitamente qualquer coisa, mas esticando cada tendão de sua poderosa estrutura e disparando com as patas do modo mais selvagem possível, avançando sobre a figura mais lenta à sua frente, contornando a grande fogueira, agora talvez pela quinta ou sexta vez, ele não sabia, e ávido pelo vento no rosto como se estivesse devorando o próprio vento, as sombras ameaçadoras lançadas pela chama gargantuesca, e conduzido pelos tambores profundos e pela canção selvagem e triturante das flautas.

O aroma espesso e almiscarado do javali chegou-lhe com força total. Ele gritou. Não havia mais nenhuma humanidade nele. Subitamente, à frente, ele viu a estrutura corpulenta de um monstruoso macho correndo tão rápida e furiosamente quanto ele. Antes que Reuben pudesse montar sobre ele, outro *Morphenkind* o ultrapassara e enfiara os dentes no imenso pescoço do javali e o cavalgava tenazmente, as pernas voando sobre as costas do animal.

Mais um javali, e outro *Morphenkind* passou zunindo por ele. Atrás deles em alta velocidade foi-se ele, a fome explodindo na barriga.

E mais uma vez, ele viu um javali sendo abatido.

Guinchos horrendos dos animais feridos e furiosos e rosnados dos *Morphenkinder* preencheram a noite.

Reuben seguiu correndo até avistar a figura à frente que reconheceu tratar-se de Laura. Rapidamente ele a ultrapassou, e ambos passaram a correr no mesmo ritmo.

De repente ele ouviu os cascos perto de seus ouvidos e sentiu a dor aguda e penetrante de uma presa na lateral do corpo. Ele girou o corpo, enraivecido e, abrindo bem a boca num rosnado delicioso, enfiou os dentes na lateral do pescoço do animal. Reuben sentiu a espessa pelagem almiscarada sendo rasgada, os músculos sendo triturados, suas garras despedaçando a áspera pelagem eriçada, e o delicioso sabor da carne sobrepujando-o.

Laura, em cima da fera, rasgava seu flanco inferior.

Ele se virava de um lado para o outro com a fera, que não parava de berrar, rosnar e de lutar pela vida, e arrancava um naco de carne viva atrás do outro. Por fim seu rosto encontrou o ventre do animal, suas garras retalhando-o para sua língua faminta. Laura enterrou os dentes no banquete bem ao lado dele.

Ele empanzinou-se da carne quente e sanguinolenta, mordendo o flanco à medida que o último sopro de vida escapava da criatura, seus pés ungulados ainda se mexendo. Laura lambia o sangue, rasgava as tiras de músculo ensanguentado. Ele ficou lá deitado, observando-a.

Parecia que se passara uma eternidade desde que os guinchos e grunhidos cessaram, o bater dos cascos cessara, e somente os característicos rosnados dos *Morphenkinder* penetravam a noite em meio à silenciosa nuvem da música encantatória.

Reuben estava bêbado e saciado com a carne, quase incapaz de se mover. A caçada estava terminada.

Um silêncio caíra sobre a imensa clareira na qual o monstruoso fogo queimava e a música era tocada.

Então um grito foi ouvido:

— Ossos na fogueira de ossos!

Um potente som de algo sendo esmagado irrompeu do coração das chamas, e então outro som similar irrompeu, como se a fogueira fosse um vulcão cuspindo lava.

Reuben levantou-se e, pegando a carcaça destroçada e sanguinolenta do javali na qual se refestelara, arremessou-a em direção ao fogo. Ele podia ver outros fazendo a mesma coisa, e logo o fedor de carne de animal queimada ergue-se por todos os lados ao redor dele, enjoativo, ainda que até certo ponto sedutor. Laura atirou-se de encontro a ele, curvando-se pesadamente nele, respirando em arquejos roucos. Eles estavam conhecendo o calor da pelagem lupina, a sede na pelagem lupina.

A figura de Sergei apareceu ao lado dele, dizendo que voltasse, que ele se juntasse aos outros ao lado do caldeirão. Eles encontraram os outros amontoados nas redondezas, bebendo de seus chifres e trocando chifres. Reuben distinguiu sete deles que não faziam parte de seu bando, mas não conseguia identificar as lobas. Hockan, ele conhecia. Hockan tinha um grande e pesado corpo lupino como o de Frank ou de Stuart, e sua pelagem era quase que totalmente branca, com listras aqui e ali em tons de cinza, realçando poderosamente seus olhos pretos. Outros *Morphenkinder* de olhos escuros não tinham tal vantagem.

Nada distinguia com clareza as fêmeas, exceto o tamanho menor e os movimentos ligeiramente felinos. Seus seios e órgãos íntimos eram cobertos de pelos compridos, a altura variando da mesma maneira que variava a altura dos homens, seus membros obviamente poderosos. Para todos os lados que olhava, ele via rostos peludos com sangue coagulado e pedaços de carne de javali, torsos manchados de sangue, peitos arfando com a respiração profunda. Seguidamente, os chifres eram mergulhados no aparentemente inexaurível caldeirão. Como tudo aquilo parecia natural, mitigar sua sede daquele jeito, com gole após gole, e como era divina a embriaguez que ele sentia, a absoluta segurança do momento.

Sergei recuou, aproximou-se dos músicos reunidos e então, com um terrível rugido, gritou:

– Através do fogo da necessidade!

Ele decolou com um salto feroz, tocando o chão uma vez antes de cair diretamente nas chamas, mas, de imediato, os outros começaram a correr, circulando e correndo para o fogo da mesma maneira, pairando no alto da fogueira, seus poderosos gritos de triunfo elevando-se à medida que saíam do inferno de chamas e aterrissavam de pé.

Reuben ouviu a voz de Laura chamando-o e, num lampejo, ele a viu se separar do grupo e correr em direção aos músicos. Em seguida virou e correu para a frente como Sergei fizera, seu corpo velejando em direção ao céu e ao interior das chamas famintas.

Ele não pôde deixar de segui-la. Por mais que estivesse aterrorizado com as chamas, estava se sentindo vulnerável, ansioso, enlouquecido pelo novo e sedutor desafio.

Ele correu a toda velocidade e então saltou para cima como havia visto os outros fazerem, o fogo cegando-o, o calor engolfando-o, o cheiro de seu próprio pelo queimando preenchendo suas narinas até que ele se soltou no vento frio, bateu com toda força no chão e começou a correr mais uma vez ao redor do círculo.

Laura havia esperado por ele. Ela estava correndo ao lado dele. Ele viu as patas dela voando na frente do corpo, como se fossem dois pés dianteiros, viu seus poderosos ombros sacudindo sob a pelagem lupina cinza-escuro.

Ao redor do caldeirão eles correram e então realizaram a ensandecida disparada mais uma vez, saltando bem alto em direção às chamas.

Quando em seguida se aproximaram do caldeirão, a companhia estava reunida, sobre as pernas traseiras, formando novamente um círculo. De imediato, eles foram se juntar ao grupo.

O que estava acontecendo? Por que o ritmo da música havia diminuído? Por que se transformara num ritmo agourento e sincopado?

A penetrante canção das flautas diminuíra seu andamento da mesma maneira, cada quarta batida mais forte do que as três anteriores. E os outros estavam balançando para a frente e para trás, para a frente e para trás, e Margon cantava alguma coisa naquela língua antiga, à qual Felix acrescentou sua voz, e então veio o tonitruante baixo de Sergei. Thibault cantarolava, a inconfundível figura de Hockan Crost, a coisa mais próxima de um lobo branco no grupo, também cantarolava enquanto balançava o corpo, e uma espécie de gemido em forma de zumbido elevou-se das outras fêmeas.

Subitamente, Hockam passou correndo por Felix e Reuben, tentando agarrar Laura com as duas patas.

Antes que Reuben pudesse ir em sua defesa, Laura empurrou Hockan para trás, bem em direção ao caldeirão que quase virou, o líquido quente espirrando para cima como metal fundido.

Rosnados ferozes irromperam de Sergei, Felix e Margon, todos eles cercando Hockan. Este levantou as patas, as garras estendidas, rosnando para eles à medida que se afastava. E disse com sua profunda e brutal voz lupina:

– É *Modranicht*. – E soltou um grunhido ameaçador.

Margon balançou a cabeça, e deu a resposta gutural mais baixa e ameaçadora que Reuben já ouvira de um *Morphenkind*.

Uma das fêmeas irrompeu em meio ao grupo e empurrou Hockan com as duas patas, com força, mas a título de brincadeira e, assim que ele avançou sobre ela, a fêmea disparou, correndo ao redor do fogo com ele logo atrás.

A tensão desapareceu dos machos protetores.

Outra fêmea bateu com as patas em Frank, e este, aceitando o desafio, foi atrás dela.

Estava acontecendo agora ao redor deles, Felix indo atrás da terceira mulher, e Thibault atrás da quarta. Até Stuart estava sendo subitamente cortejado e seduzido, e disparara numa quente perseguição à sua fêmea.

Laura foi até Reuben, seus poderosos seios batendo de encontro ao peito dele, seus dentes roçando-lhe o pescoço, seus rosnados preenchendo-lhe os ouvidos. Ele tentou levantá-la do chão, mas ela o rechaçou e eles começaram a lutar, rolando em direção às sombras dos penedos.

Ele estava ardendo por ela, abrindo a boca no pescoço dela e lambendo suas orelhas, a pelagem sedosa de seu rosto, a carne preta e macia de sua boca, a língua dele deslizando pela língua de Laura.

Imediatamente, ele estava dentro dela, bombeando o interior de uma bainha molhada e apertada que era mais profunda e mais musculosa do que era o sexo humano dela, fechando-se contra ele com tanta força que quase, quase, mas não de fato, o machucava. Seu cérebro sumira, sumira no interior daquela fera, no interior dos lombos daquela fera, e aquela coisa, aquela coisa que tanto se assemelhava a ele, aquela coisa poderosa e ameaçadora que havia sido Laura era dele com a mesma certeza que ele era dela. O corpo musculoso dela sacudiu em espasmos abaixo dele, suas mandíbulas abrindo-se.

O rosnado rouco escapando de sua boca como se ela não tivesse nenhum controle sobre isso. Ele liberou-se numa torrente de estocadas que o cegou.

Silêncio. A chuvinha prateada caía sem um ruído sequer. Nada além de um sibilo vindo da grande fogueira com suas toras escuras caindo lentamente, suas altas torres flamejantes de lenha.

A música estava baixa, furtiva, paciente, como a respiração de uma fera que estivesse cochilando, e cochilando estavam eles, Laura e Reuben. Envolvidos pelas sombras e encostados às rochas, eles estavam deitados e abraçados. Não havia nudez na pelagem lupina; apenas total liberdade.

Reuben estava grogue, bêbado e quase sonhando. Palavras flutuavam à superfície de sua mente – *te amo, te amo, te amo, amo a inexaurível fera que existe em você, em mim, em nós, te amo* – enquanto sentia o peso de Laura de encontro a seu peito, suas garras enterradas bem fundo na juba emaranhada da cabeça dela, seus seios quentes de encontro a ele, quentes como estavam quando ela era uma mulher, mais quentes do que o resto dela, e ele sentia o calor do sexo dela encostado à sua perna do mesmo jeito antigo. Seu aroma suave e limpo, que não se tratava de fato de um aroma, preenchia suas narinas e seu cérebro. E esse momento pareceu mais inebriante do que a dança, do que a caçada, do que a matança, do que o amor que haviam feito, aquela estranha suspensão de todo o tempo e de toda preocupação, com a fera cedendo tão facilmente àquele entorpecimento desprovido de medo, aquele meio sono de sensações misturadas e consentimento desconcertante. Para sempre, daquela maneira, com o crepitar e o estalar da gigantesca fogueira natalina, com o ar frio e cortante tão próximo, a suave chuva fina pouco mais do que uma névoa, tão próxima, sim, não exatamente chuva, e todas as coisas reveladas, todas as coisas seladas entre ele e Laura.

E ela me amará amanhã?

Seus olhos se abriram.

A música acelerara o ritmo; era novamente uma dança, e os tamborins estavam audíveis, e, assim que deixou a cabeça rolar para o lado, viu entre ele e a imensa chama os saltos, figuras dançando de braços dados, e balançando os corpos em círculos como os velhos camponeses sempre dançaram, seus corpos ágeis e graciosos, lindos na silhueta produzida pelo fogo enquanto corriam ao redor dele para, em seguida, estancar para fazer novamente os elegantes passos circulares, rindo, dando vivas, chamando uns aos outros. A canção deles estava se elevando, caindo, no ritmo dos passos, uma mistura de gloriosas vozes de soprano e profundas vozes de tenor e barítono. Por um momento, pareceu que eles estavam cintilando, tornando-se transparentes como se fossem se dissolver, e então ficaram sólidos mais uma vez, com a batida de seus pés na terra abaixo deles.

Reuben estava rindo com deleite enquanto os observava, seus cabelos voando, as saias das mulheres voando, as criancinhas formando correntes para contornar os mais velhos.

E então vieram os *Morphenkinder* com eles.

Havia Sergei, saltando, virando, com eles, e lá vinha a familiar figura de Thibault.

Lentamente, Reuben se levantou, despertando Laura com carícias no focinho e beijos molhados.

Eles ficaram de pé e juntaram-se aos outros. Como aquela música soava agora antiga e celta, novamente acompanhada de violinos e instrumentos de cordas bem mais profundos e sombrios do que violinos, e as notas límpidas e metálicas do saltério.

Ele agora estava bêbado. Estava terrivelmente bêbado. Bêbado de hidromel, bêbado de fazer amor, bêbado de se fartar da carne viva do javali – bêbado na noite e na agitação fervilhante, chamas sibilantes de encontro a suas pálpebras. Um vento gélido soprou na clareira, renovando a fúria do fogo, e atormentando-o com os leves punhados de chuva.

Hummm. Aroma no vento, aroma misturado à chuva. Aroma de um ser humano? Impossível. Não há com o que se preocupar. Hoje é *Modranicht*.

Ele continuou dançando, virando, rodopiando, movimentando-se, e a música borbulhava, fervilhava, empurrava-o e o carregava adiante, os tambores batendo cada vez com mais força, um *riff* rolante espatifando-se no outro.

Alguém gritou. Era a voz de um macho, uma voz cheia de raiva. Um berro altissonante e estrangulado dilacerou a noite. Jamais ele ouvira um *Morphenkinder* berrar daquele jeito.

A música havia parado. A cantoria dos Nobres da Floresta havia parado. A noite estava vazia, então foi preenchida subitamente pelos estalos e estouros do fogo.

Ele abriu os olhos. Agora estavam todos correndo ao redor do fogo em direção ao local dos músicos e do caldeirão.

Havia aquele aroma, agora mais forte. Um aroma humano, distintivamente humano como nada naquela clareira, como nada que devesse estar na clareira ou naquela floresta naquela noite.

Na meia-luz tremeluzente, todos os *Morphenkinder* estavam amontoados num círculo, mas o caldeirão não era o centro do círculo. Ele estava bem para o lado. Havia alguma outra coisa no centro daquele círculo. Os Nobres da Floresta recuaram sussurrando e murmurando incansavelmente.

Hockan estava rugindo para Margon e, das outras vozes masculinas que ele conhecia, elevou-se um coro de fúria.

– Deus do céu – disse Laura. – É o seu pai.

22

Reuben abriu caminho bem em meio aos *Morphenkinder* que o bloqueavam, com Laura bem a seu lado.

Lá estava Phil encarando o fogo, seus olhos arregalados de choque, o corpo oscilando e tropeçando enquanto tentava manter-se de pé. Estava usando o velho conjunto de calças e moletom cinza que sempre usava para dormir, e seus pés estavam descalços na terra. Ele parecia prestes a desmaiar, e subitamente uma das *Morphenkinder* agarrou-o com rudeza pelo ombro, colocando-o na posição ereta.

– Ele deveria morrer por isso – rugiu ela. – Vir à nossa folia sem ser convidado. Eu digo a vocês, ele deveria morrer! Quem ousa dizer o contrário?

– Pare, Fiona – gritou Felix. Ele avançou da mesma maneira que Reuben, e segurou com firmeza o braço de Fiona, rapidamente sobrepujando-a com sua vantagem masculina e forçando-a a recuar enquanto ela gemia de raiva, lutando contra ele.

Reuben aproximou-se e segurou Phil pelas axilas para equilibrá-lo, mas, em nome de Deus, o que ele poderia dizer a Phil? Como poderia identificar-se a Phil sem com isso despedaçar a sanidade de seu pai, e estava bem claro que Phil estava perdendo tudo o que se assemelhava à sensatez enquanto olhava esgazeado tudo ao seu redor.

Subitamente, à medida que Reuben o soltava, de modo a não o assustar ainda mais, houve um brilho de reconhecimento nos olhos claros de Phil e ele gritou:

– Elthram, Elthram, ajude-me. Eu não sei onde estou. Eu não sei o que é isso! O que está acontecendo comigo?

Das sombras, Elthram foi em direção a ele dizendo em voz alta:

– Estou aqui, meu amigo. E você não corre nenhum perigo, eu juro!

De imediato três das fêmeas *Morphenkinder* começaram a rugir, avançando sobre Phil, Felix e Reuben.

– Recue! Saia daqui! – gritou Fiona. – Os mortos não falam em nossas folias. Os mortos não dizem quem vive ou morre entre nós! – As outras estavam se aproximando também, rugindo para Elthram e ameaçando-o com latidos e rosnados.

– Recuem! – rugiu Felix. Sergei, Thibault e Frank aproximaram-se. A figura mais alta de Stuart avançou e postou-se ao lado de Felix.

Elthram não se moveu. Havia um tênue sorriso em seus lábios.

– Isso é uma questão de carne e osso! – gritou Fiona, uma pata erguida. – Quem não conhecia a absoluta loucura desses *Morphenkinder* para trazer esse ser humano para o meio de sua própria fornalha? Quem não viu isso acontecendo?

Margon assumiu uma posição diretamente atrás de Fiona, invisível para ela, mas não invisível para aquelas que estavam com ela.

Lentamente, uma fêmea começou a afastar-se. Certamente aquela era Berenice. Ela moveu-se silenciosamente para longe das fêmeas e na direção de Frank, assumindo seu posto atrás dele.

– Ninguém vai ferir esse homem! – disse Felix. – E ninguém dirá mais uma palavra sequer sobre morte nessa noite abençoada e nesse terreno abençoado! Vocês querem um sacrifício humano! É isso o que vocês querem. E não terão isso aqui.

As mulheres rugiram em coro.

– Morte sempre fez parte da *Modranicht*! – disse uma das mulheres, certamente a russa, mas Reuben não conseguia visualizá-la com clareza agora ou recordar-se de seu nome. – Sacrifício sempre fez parte da *Modranicht*. – As outras fêmeas manifestaram sua concordância alto e bom som, dando um passo à frente, depois para trás e depois perigosamente à frente mais uma vez.

– *Modranicht!* – sussurrou Phil.

– Não em nossa época! – declarou Sergei. – E não aqui em nossa terra, e não a desse homem que é consanguíneo de um de nós. Não a desse homem que *é um homem inocente!* – Rosnados de concordância vieram da parte dos machos.

Parecia que cada figura presente estava em alguma espécie de movimento, ainda que uma certa tensão dinâmica contivesse o inevitável conflito.

– Você veio às nossas folias secretas – gritou novamente Fiona para Phil, os dedos curtos e grossos de sua mão peluda visíveis quando ela os abriu, garras completamente expostas. – Você ousou vir quando lhe foi dito para não vir. Por que você não deveria ser o sacrifício? Por acaso você não é um presente da sorte, seu tolo disparatado?

– Não! – gritou Phil. – Eu não vim para cá! Eu não sei como fui chegar aqui.

Lisa surgiu de repente em meio ao grupo de fêmeas, jogando para trás seu capuz, o brilho intenso do fogo em cheio no rosto. Margon fez um gesto para que ela ficasse atrás, bem como Sergei, mas ela não lhes atendeu.

– Olhem para Philip – gritou ela, sua voz aguda porém desigual aos outros. – Olhem para os seus pés descalços. Ele não veio para cá por livre e espontânea vontade. Alguém o trouxe para cá.

Fiona avançou em direção a ela, mas Felix e Sergei pegaram-na e a seguraram enquanto Hockan se aproximava, ameaçando-os. Somente com grande esforço os dois machos conseguiram deter Fiona.

Lisa manteve sua posição, seu rosto tão frio e calmo quanto sempre foi.

Ela prosseguiu:

– Vocês estão mentindo. Philip não percorreu essa floresta desse jeito. Como poderia? Eu dei a ele a bebida para fazê-lo dormir. Eu cuidei para que ele bebesse até a última gota. Ele estava dormindo como os mortos quando eu o deixei. Isso é um comportamento traiçoeiro entre os *Morphenkinder*. Onde está a consciência de vocês? Onde está o código de conduta de vocês?

As fêmeas ficaram indignadas.

– E agora na *Modranicht* nós ouvimos a voz de serviçais? – gritou Fiona. – Que direito tem você de falar aqui? Talvez sua serventia esteja chegando ao fim. – Duas das outras fêmeas fizeram ruídos resfolegantes de desprezo e indignação. Os machos protetores aproximaram-se.

– Hockan, fale por nós! – rugiu Fiona. As outras assumiram o mesmo grito. Mas o lobo branco manteve-se à parte, mirando sem emitir um som sequer.

Reuben podia sentir o aroma de medo e de inocência em seu pai. Mas não podia captar nenhum aroma de mal proveniente das fêmeas *Morphenkinder*. Era enloquecedor para ele. Se aquilo não era malignidade, então o que era malignidade? Mas todos os seus sentidos lhe diziam que aquilo terminaria num violento frenesi no qual Phil poderia ser morto instantaneamente.

Lisa recusava-se a se afastar.

Phil tropeçou novamente como se seus jelhos estivessem fracos, e mais uma vez o braço de Reuben circulou suas costas e o equilibrou. Phil estava mirando Lisa e então olhou novamente para Elthram.

– Lisa está dizendo a verdade. Eu não sei como cheguei aqui. Elthram, isso é um pesadelo? Elthram, onde está o meu filho? Meu filho vai me ajudar. Essa terra pertence a ele. Onde está o meu filho?

Elthram começou a ir em direção a Phil com os braços estendidos e de imediato as fêmeas o ameaçaram como haviam ameaçado Lisa,

Fiona contorcendo-se para se libertar de Felix e acertando-lhe um golpe que fez com que ele caísse para trás. Thibault rapidamente veio ajudá-lo. Margon correu em direção a Fiona, mas esta se recusava a recuar. Elthram avançou como antes.

Fiona fez um grande movimento no sentido de socar Elthram, mas o golpe pareceu atravessar seu corpo sólido sem causar muita coisa além de uma ondulação. Um arquejo escapou de Phil ao ver isso, e Lisa permaneceu próxima.

– Mestre, você não corre nenhum perigo – disse Lisa a Phil. – Nós não deixaremos isso acontecer.

Outras figuras sombrias posicionaram-se de ambos os lados de Elthram, insubstanciais, porém visíveis, e parecendo multiplicar-se diante dos próprios olhos de Reuben.

– Você o trouxe até aqui, Fiona! – disse Elthram. – Como espera nos enganar? Como espera enganar quem quer que seja?

– Silêncio. Eu o alerto, espírito impuro! – disse ela numa voz baixa e fervilhante. – Volte para a floresta até ser chamado. Você não tem voz ativa aqui. Quanto ao homem, seu destino está selado. Ele nos viu aqui. Sua morte é inevitável. Você e seus confrades impuros devem sair daqui agora.

– Você o trouxe até aqui – continuou Elthram. – Você planejou isso. Você e suas coortes, Catrin e Helena, foram buscá-lo e o trouxeram até aqui para forçar essa farsa sangrenta. O homem não morrerá em nossa floresta. Eu a aviso.

– Você me avisa? Você? – Fiona estava uivando. Mas, para cada passo adiante dado por qualquer das fêmeas, os machos mantinham-se em oposição ao passo que outros moviam-se para um lado e para o outro atrás delas prontos para atacar.

Ouviram-se rugidos de indignação por todos os lados. Apenas Hockan permanecia imóvel na periferia, sem proferir um som sequer.

Stuart agora se encontrava diretamente atrás de Phil. Laura assumira sua posição do outro lado dele que não aquele onde se encontrava Reuben. Na realidade, as coisas estavam acontecendo tão rapidamente e palavras eram faladas com uma rapidez tal que Reuben mal conseguia seguir o fio da meada.

— O que vocês são agora, Margon e Felix? — perguntou Fiona. — Feiticeiros que convocam espíritos a fim de defender suas ações ímpias? Você acha que esses espíritos insubstanciais têm poder sobre nós? Hockan, fale por nós!

O lobo branco não reagia.

— Você, Felix, isso está na sua cabeça, essa morte — gritou a outra fêmea. — E não pode ser extirpado o que você fez, você com seus sonhos, seus esquemas, seus riscos e sua insanidade.

— Recue, Fiona — gritou Frank. — Saia daqui agora. Saiam desse local, todos vocês. Fiona, tire seu bando daqui. Você enfrentará cada um de nós se persistir nisso. — Berenice permanecia em silêncio ao lado dele.

As outras fêmeas rosnaram.

— E o quê? — rebateu Fiona. — Ficar ociosamente à parte enquanto você nos arrasta para mais uma corrente de fiascos? Você com seu glorioso domínio de Nideck, seus festivais, sua aldeia de servos acanhados, suas esplêndidas exibições de orgulho? A segurança e o sigilo de ninguém são sagrados para você, seu arrogante e ganancioso *Morphenkind*. Mostre-nos a sua lealdade agora, castigando esse humano! Fique do nosso lado e defenda nossos costumes ou haverá guerra. *Modranicht* exige um sacrifício, um sacrifício vindo de você, Felix!

Margon posicionou-se na frente.

— O mundo é grande o suficiente para todos nós — disse ele numa voz baixa e imperativa. — Saiam agora e todos ficarão ilesos.

— Ilesos? — Veio aquele sotaque eslavo da loba ao lado de Fiona. Certamente se tratava de Helena. — Esse homem nos viu como nós somos. Ele viu muito para continuar vivo. Não, você pode ter certeza de uma coisa agora: esse homem não continuará vivo!

Reuben estava enfurecido. Não estavam todos enfurecidos? O que os continha? Isso estava enlouquecendo Reuben. Ao lado dele, Stuart emitiu um rosnado longo e ameaçador enquanto olhava para as mulheres. Quando a explosão finalmente ocorresse, Reuben se lançaria sobre Phil para protegê-lo. O que mais podia fazer?

Margon levantou os braços para pedir calma.

— Vão! — declarou Margon. Sua voz lupina elevou-se com um poder que ele jamais exerceu em sua forma humana. — Fiquem e será até a morte – disse ele, as palavras rolando lenta e vigorosamente. – E não será a morte desse homem inocente, a menos que vocês chacinem cada um de nós.

Phil estava mirando Margon tresloucadamente. Estava claro que ele deveria estar identificando as cadências de tantas vozes, pensou Reuben, que não ousava falar, não ousava confessar que era o monstro ao lado do pai.

– Nós não iremos! – disse Helena, o sotaque agudo mais uma vez a definindo. – Você fez mais coisas para nos prejudicar nessa época do que em qualquer outra em todo o mundo, ainda mais com essa sua paixão pela forma e pela espécie humana. Você atormenta os mais perigosos inimigos de que jamais tivemos notícia, e segue, e segue, e segue, assim como se isso não representasse coisa alguma! Bem, eu digo que basta. Chega de você e de seu mundo de Nideck. Chegou a hora daquela casa ser queimada de cima a baixo.

– Vocês não podem fazer uma coisa dessas! – berrou Laura. Um rugido elevou-se dos machos. – Vocês não ousariam fazer uma coisa dessas! – Houve protestos baixos e debochados de todos os lados. A tensão estava insuportável. Mas Felix pediu silêncio.

– Que prejuízos eu causei, e a quem e quando? – exigiu saber Felix. – Vocês nunca sofreram por minha causa, nenhum de vocês. – Era sua velha e sensata perspectiva, mas o que isso poderia trazer de bom naquele contexto?. – Foram vocês que trouxeram a traição para cá, procurando nos dividir, e vocês sabem disso. Foram vocês que violaram nosso código de conduta!

Como se seguindo a deixa, os machos atacaram as fêmeas.

Fiona e Helena se abaixaram e correram para Phil, seus poderosos braços arrancando-o de Reuben e afastando-o de Laura numa fração de segundo, suas bocas fechando-se no ombro e no peito de Phil com a mesma rapidez que qualquer animal selvagem utilizaria para chacinar sua vítima. Reuben foi jogado vigorosamente no chão, e Laura estava lutando como se por sua própria vida.

De imediato, todos os machos *Morphenkinder* estavam em cima de Fiona e Helena, arrastando-as para trás, enquanto as outras fêmeas – com exceção de Berenice – assaltavam os machos. Reuben, liberto de sua atacante, conseguiu desferir um golpe nas presas sanguinolentas de Fiona. Ele sentiu um bafo quente no rosto e a enlouquecedora punhalada de presas no pescoço. Mas Margon arrancou sua atacante do frenesi.

Phil caíra no chão, rosto pálido e arfando, sangue escorrendo do ombro e flanco dilacerados. Lisa jogara-se em cima dele.

Por todos os pontos vieram os Nobres da Floresta circundando Elthram, deslizando entre os machos *Morphenkinder* e as duas fêmeas rebeldes e cercando as fêmeas com incontáveis corpos e incontáveis abraços, enquanto as duas prisioneiras lutavam em vão com furiosos protestos.

– *Modranicht!* – cantavam os Nobres da Floresta num coro ensurdecedor. – *Modranicht!* – gritou Elthram.

Subitamente, Hockan começou a rosnar em protesto, já que estivera em silêncio durante todo esse tempo. – Detenham-nos! Margon, Felix, detenham-nos!

Cada vez mais alto vinha o canto:

– *Modranicht.*

Margon parecia estar tonto e Felix também se encontrava imóvel.

A grande massa compacta e irresistível dos Nobres da Floresta absorvia os inúteis golpes das frenéticas fêmeas *Morphenkinder* e do desesperado lobo branco Hockan enquanto levavam rapidamente seus indefesos prisioneiros para a fogueira. Até mesmo Berenice, a mulher de Frank, correu atrás deles, tentando abrir caminho entre eles com suas garras; mas eles absorviam os golpes dela e permaneciam intactos. A força esmagadora dos Nobres da Floresta estava repentinamente imensurável, e o canto de *"Modranicht"* abafava todos os outros sons.

E no fogo os Nobres da Floresta jogaram as duas fêmeas lamuriantes e rosnantes, Fiona e Helena.

Um grande uivo elevou-se de Hockan.

As fêmeas rugiram.

O canto cessou.

Reuben jamais ouvira tamanha angústia, de fera ou ser humano, como as lamúrias de Hockan e Berenice e das outras fêmeas.

Ele ficou imóvel como uma rocha, observando tudo horrorizado. Um arquejo baixo irrompeu de Sergei. Tudo isso acontecera em questão de segundos.

Do inferno vinham berros horrendos, mas os Nobres da Floresta mantinham-se firmes. As chamas comiam as figuras dos Nobres da Floresta, mas não podiam queimá-los nem devorá-los enquanto cintilavam, tremiam e ressubstanciavam-se. O grande andaime de lenha escura da fogueira se moveu e estalou, e o fogo arrotou e saltou em direção ao céu.

As outras fêmeas estavam de joelhos choramingando. Hockan ficara quieto. Frank e Sergei estavam em silêncio observando, bem como Margon. Felix estava petrificado, seus grandes braços e patas peludos cruzados sobre o topo da cabeça.

Um som suave e desesperador escapou de Margon.

Os apavorantes gritos vindos da fogueira cessaram.

Reuben olhou para Phil, que estava deitado de costas. Sergei e Thibault permaneciam ao lado dele, lambendo-lhe as feridas encarniçadamente. Lisa ajoelhou-se a uma certa distância, suas mãos juntas em frente ao rosto em oração.

Elthram subitamente apareceu de joelhos ao lado de Phil, entre Sergei e Thibault.

– Mãos, mãos – disse Elthram, e os outros Nobres da Floresta amontoaram-se ao redor de Phil, todos depositando as mãos sobre ele. Elthram pressionava com força a ferida de onde o sangue esguichava na lateral do corpo de Phil e a horrível e profunda ferida em seu ombro.

Reuben lutava para se aproximar de Phil, mas Sergei disse:

– Tenha paciência. Deixe que eles façam o trabalho deles.

Thibault e Margon agacharam-se do outro lado de Phil, onde não havia feridas; e, cuidadosamente virando a cabeça dele, Margon baixou suas presas para morder com cautela o pescoço de Phil e então se afastou, sua longa língua rosa lambendo a diminuta ferida que fizera.

Felix, de joelhos, estava com a mão direita de Phil entre suas grandes patas peludas, e nela enterrou delicadamente seus dentes. Phil entrou em convulsão ao sentir a dor.

Mas os olhos de Phil pareciam estar cegos. Ele estava mirando o céu noturno como se estivesse vendo alguma coisa, alguma coisa bastante específica, que ninguém mais podia ver, e então, suavemente, ele disse:

– Reuben? Você está aí, não está, meu filho?

– Estou, papai. Estou aqui, sim. – Ele ajoelhou-se atrás da cabeça de Phil, o único lugar onde conseguia encontrar espaço, e falou suavemente no ouvido do pai. – Estou aqui com você, papai. Eles estão te dando a Crisma para você ficar curado. Cada um deles está dando-lhe a Crisma.

Elthram levantou-se e outros Nobres da Floresta se afastaram como se fossem sombras derretendo.

– O sangramento cessou – disse Elthram.

Berenice e Frank agora lambiam as feridas de Phil. Então, Felix e Margon se retiraram, como se aquela nova infusão de Crisma tivesse alguma potência a mais.

As fêmeas restantes do outro bando emitiam profundos e roucos soluços lupinos. Hockan mirava o fogo que queimava sem parar, inevitavelmente dissolvendo os restos daquelas que devorara.

– *Modranicht* – disse Phil suavemente, olhos ainda arregalados e aparentemente cegos, as sobrancelhas franzidas, a boca tremendo ligeiramente. Ele parecia tão pálido, tão úmido. Era quase como se estivesse cintilando.

– O espírito permanece muito bem enraizado no corpo – disse Elthram a Reuben. – A Crisma terá sua chance agora.

Reuben viu Lisa dar a volta e postar-se sobre seu pai chorando suavemente nas mãos em concha. Henrietta e Peter trouxeram dois dos mantos de veludo descartados para cobrir Phil e o embrulharam confortavelmente. Lisa murmurava de um jeito antiquado e lastimoso:

– Oh, Philip, meu Philip.

A voz baixa e compassada de Hockan elevou-se repentinamente sobre o choro de Lisa.

– Eu conclamo a todos que me ouçam – disse ele. – Eu não ficarei em silêncio em relação ao que aconteceu aqui.

Ninguém o desafiou. As fêmeas lupinas permaneceram de joelhos, choramingando silenciosamente.

– Cuidado com o que vocês fizeram aqui – disse Hockan, apontando para Margon e para Felix. Sua áspera voz lupina dera lugar a um timbre profundo ainda que mais humano. – Nunca em todo o meu tempo de vida eu vi uma coisa como essa. Espíritos despertados para derramar o sangue dos vivos? Isso é maligno! Isso é inegavelmente maligno. – Ele se virou para olhar para Reuben e para Stuart. – Cuidado, jovens, sua cidadela é feita de vidro, seus líderes são tão cegos quanto vocês!

– Vá embora antes de receber o mesmo destino – disse Elthram, seu rosto e forma fulgurantes. Sua aparência era absolutamente aterrorizante, seus olhos verdes grandes e ameaçadores ao mirar Hockan. O fogo brilhava em sua pele escura, nos cabelos pretos. – Você e suas companheiras trouxeram malignidade e tratos maléficos a essa floresta. Suas companheiras pagaram o preço.

– Destruir-me você pode muito bem – disse Hockan equilibradamente. Sua voz ainda era a voz da fera, mas também tinha muito da voz do homem, com seu característico poder melodioso. – Mas você não pode destruir a verdade. – Ele olhou ao redor, visualizando cada figura individualmente antes de prosseguir: – O que vejo aqui é o mal, o mais terrível mal.

– Basta – disse Margon baixinho.

– Basta? Não basta, não! – retrucou Hockan. – Seus modos, Felix, sempre foram maléficos. Suas casas, suas propriedades, sua gananciosa ligação com seus mortais consanguíneos, sua vaidade diante dos olhos dos vivos. Sua sedução dos vivos. Tudo isso é maléfico.

– Pare – disse Margon com a mesma voz baixa. – Você trouxe traição para cá essa noite, e sabe muito bem disso.

– Ah, mas foram os seus atos pecaminosos que provocaram isso – disse Hockan calmamente, e com óbvia convicção. – Felix, você destruiu sua família mortal com seus segredos imundos. Seus filhos voltaram-se contra você e seus irmãos *Morphenkinder* – vendendo-o por lucro – e você derramou o sangue deles para castigá-los. Mas quem foi que despertou a ganância dos homens da ciência que compraram e pagaram por você e o colocaram detrás das grades? Quem foi que os atraiu aos nossos segredos? No entanto, você derramou o sangue de mortais estúpidos e desastrados.

Um som profundo e raivoso de protesto veio de Sergei. Ele deu um pequeno passo para se aproximar de Hockan. Margon fez um gesto pedindo paciência. Hockan os ignorou.

– Oh, que sombra devastadora você jogou sobre a vida de seus últimos descendentes, Felix – disse ele, a voz rapidamente assumindo uma beleza sinistra. – E como eles encolheram devido ao veneno de seu legado. O fantasma de sua sobrinha assassinada caminha por essa floresta até hoje, em agonia, pagando pelos seus pecados! No entanto, você dá uma folgança na mesma casa onde ela foi apunhalada por seus próprios irmãos!

Margon suspirou, mas não disse nada. Felix estava mirando Hockan, e era impossível decifrar de seu rosto ou atitude lupinos qualquer resposta. A mesma coisa acontecia com todos eles. Apenas uma voz ou um gesto podia revelar uma resposta. E agora somente Hockan estava falando. Até mesmo as fêmeas lamurientes ficaram em silêncio. Para Reuben, escutar aquelas palavras duras e assustadoras faladas com uma voz tão bela era esmagador.

– Que arrogância, que orgulho – disse Hockan –, que ganância por admiração não merecida. E você acha que não encontrará mais médicos ganaciosos e homens do governo que colocariam um preço em suas cabeças e nos caçariam para nos prender em seus laboratórios como se fôssemos vermes?

– Pare – disse Margon. – Você está julgando tudo erroneamente.

– Estou? – perguntou Hockan. – Eu não estou julgando nada erroneamente. Você nos colocou a todos em risco com suas folganças e seus jogos. Fiona estava certa, você não aprendeu nada com seus equívocos.

– Oh, vá embora daqui, seu tolo pomposo – disse Sergei.

Hockan virou-se e olhou para Reuben e Stuart.

– Jovens, eu os alerto – disse ele. – Afastem-se dos vivos; afastem-se daqueles de carne e osso que lhes eram consanguíneos, pelo bem de vocês mesmos. Mães, irmãos, irmãs, amigos, filhos não nascidos, rejeitem-nos. Vocês não têm direito a eles ou à sua afeição. A mentira que estão vivendo pode apenas contaminá-los e destruí-los. Vejam o que a malignidade de Felix já proporcionou ao pai de um de vocês.

Margon produziu um som baixo de desgosto e desprezo. Felix permaneceu imóvel e quieto.

– Oh, sim – afirmou Hockan. Sua voz agora se tornara trêmula. – Fiona e Helena foram insensatas, metediças e imprudentes. Eu não nego isso. Jovens *Morphenkinder*, desprovidas de experiência e pureza, e agora mortas para sempre. Para sempre, quando poderiam muito bem ter continuado vivas até o fim dos tempos. No interior do fogo das necessidades, a fogueira de *Modranicht*! O que é isso agora, esse fogo? O que os seus Nobres da Floresta fizeram dele? Uma pira funerária impura. Mas quem provocou aquelas duas, aquelas nossas irmãs? Quem ofereceu a elas o escândalo? Onde tudo começou, é isso o que vocês devem perguntar a si mesmos.

Ninguém lhe deu resposta.

– Foi Felix quem atraiu esse homem inocente à sua rede – disse Hockan. – Nideck Point é a arapuca dele. Nideck Point é a vergonha pública dele. Nideck Point é a abominação dele. – Sua voz elevou-se. – E foi Felix quem seduziu os espíritos da floresta a exercerem uma violência ímpia e sangrenta jamais testemunhada antes! Foi Felix quem os fortaleceu, quem os encheu de ousadia, quem os alistou como anjos sombrios em seus desígnios ímpios.

Ele estava visivelmente trêmulo, mas manteve-se firme, e recuperou o fôlego para em seguida prosseguir com a mesma voz esplendidamente modulada de antes.

– E agora vocês têm esses espíritos assassinos do lado de vocês – disse ele. – Ah, que maravilha. E você está orgulhoso, Felix? Você está orgulhoso, Margon?

De Elthram ouviu-se um sibilo baixo, e subitamente o mesmo som elevou-se de todos os Nobres da Floresta em todos os cantos da clareira, uma tempestade de sibilos de desprezo.

Hockan permaneceu imóvel olhando todos eles.

– Jovens – disse ele. – Queimem Nideck Point. – Ele apontou para Reuben e depois para Stuart. – Queimem a propriedade até não sobrar pedra sobre pedra! – Sua voz elevou-se novamente até quase transformar-se num rugido. – Queimem a aldeia de Nideck. Apaguem qualquer vestígio dela. Isso deveria ser a sua penitência, de todos vocês, por menor que seja, em relação ao que aconteceu aqui hoje! Que direito vocês têm ao amor humano ou às adulações humanas?! Qual o direito que vocês têm de obscurecer vidas inocentes com sua duplicidade e com seu poder maligno?

– Basta! – gritou Elthram. Ele estava visivelmente enraivecido. Em volta dele, os Nobres da Floresta estavam reunidos em cores vívidas no brilho intenso do fogo.

– Eu não tenho estômago para enfrentá-los numa guerra – disse Hockan –, nenhum de vocês. Mas todos vocês sabem a verdade. Dentre todos os ilegítimos imortais que vagam por essa terra, nós nos orgulhamos de nossa retidão e consciência! – Ele bateu no peito silenciosamente com as patas. – Nós, os protetores dos inocentes, somos conhecidos pela singular dádiva de conseguir distinguir o bem do mal. Bem, vocês debocharam dessa dádiva, todos vocês. Vocês debocharam de *nós*. E o que nós somos agora além de mais um horror?

Ele foi diretamente até Elthram e postou-se diante dele, olhando-o penetrantemente. Era uma imagem assustadora. Elthram cercado por seus pares, olhando com raiva para aquele Lobo Homem branco de constituição física avantajada, e o Lobo Homem preparado como que para atacar, mas não fazendo nada.

Lentamente, Hockan virou-se e se aproximou de Reuben. Sua postura deixou de ser de confronto para se transformar numa postura de cansaço, o corpo tremendo.

– O que você dirá à alma alquebrada e lastimosa de Marchent Nideck que procura seu conforto, Reuben? – perguntou ele. Suas palavras vinham suaves, sedutoras. – É a você que ela revela sua tristeza, não a Felix, seu guardião e seu parente que a destruiu. Como você explicará à assassinada Marchent que compartilha do poder amaldiçoado e pestilento do tio-avô dela, refestelando-se agora com tanta alegria e ganância nesse belo domínio que ela lhe deu?

Reuben não respondeu. Ele não conseguia responder. Queria protestar, com toda a sua alma ele queria protestar, mas as palavras de Hockan o sobrepujavam. A paixão e a convicção de Hockan o sobrepujavam. A voz de Hockan tecera algum encanto ao redor dele que o deixava incapacitado. No entanto ele sabia, garantidamente sabia, que Hockan estava errado.

Desolado, ele olhou para Phil, que estava deitado no chão parcialmente inconsciente, a cabeça virada para o lado, o corpo bem coberto pelo manto de veludo verde, ainda que estivesse visivelmente trêmulo por baixo dele.

– Oh, sim, seu pai – disse Hockan, sua voz mais baixa, as palavras vindo mais lentamente. – Seu pobre pai. O homem que lhe deu a vida. E encontra-se agora arrancado da vida como você também foi arrancado. Você está feliz por ele?

Ninguém se mexia. Ninguém falava. Até as fêmeas estavam agora absolutamente quietas, embora permanecessem de joelhos.

Hockan virou-se e, com uma série de pequenos grunhidos e ruídos eloquentes, fez um gesto para que as fêmeas restantes seguissem com ele, e todas desapareceram na escuridão, com exceção de uma.

Esta era Berenice. Ela permaneceu de joelhos perto de Phil, e agora Frank dirigia-se a ela e a ajudava a se levantar da maneira mais terna e humana possível.

Elthram afastou-se do centro, saindo do fulgor direto da fogueira. Ao redor da grande arena, encostados aos penedos claros, encontravam-se os Nobres da Floresta, observando, esperando.

– Vamos lá, vamos levá-lo de volta para casa – disse Sergei. – Deixe-me carregá-lo.

Delicadamente ele ergueu o corpo de Phil e depositou-o suavemente de encontro a seu ombro. Lisa ajeitou o manto quente no corpo de Phil, caminhando ao lado de Sergei enquanto este movia-se em direção à passagem que levava à saída da clareira.

Os outros *Morphenkinder* estavam todos em movimento, movendo-se à frente e atrás, Laura seguindo com eles.

Os Nobres da Floresta começaram a esvaecer como se jamais tivessem estado lá. Elthram desaparecera.

Reuben queria ir com os outros, mas algo o retinha. Ele os observou percorrerem o caminho em direção à estreita passagem pouco depois do local onde os tambores e as flautas abandonados encontravam-se no chão. Os chifres de bebida com adornos dourados estavam por toda parte. E o caldeirão ainda deixava escapar um pouco de fumaça em seu leito de brasas.

Reuben rosnou. Com toda a sua alma, ele rosnou. Sentiu uma dor na barriga, que foi ficando cada vez mais forte, fazendo que seu coração se contraísse, as têmporas latejassem. O ar frio o lacerava, o machucava, e ele percebeu que os pelos lupinos haviam caído de seu corpo, deixando-o nu.

Ele viu seus dedos brancos nus tremendo diante de si e sentiu o vento açoitar-lhe os olhos.

– Não – sussurrou ele. E desejou que a transformação voltasse a acontecer. – Volte para mim – disse ele num meio sussurro. – Eu não vou permitir que você vá. Seja minha agora. – E de imediato o antigo formigamento avançou por suas mãos e por seu rosto. Os pelos mais uma vez ficaram grossos e macios em seu corpo, espalhando-se com a inexorável força da água. Seus músculos cantavam com a antiga força lupina e o calor tomou conta de seu corpo.

Mas as lágrimas invadiram os seus olhos. A fogueira sibilava, cuspia e farfalhava em seus ouvidos.

À sua direita, Laura se aproximou, aquela graciosa loba grisalha cujo rosto e forma assemelhavam-se aos seus próprios, aquela selvagem monstruosidade de olhos claros que era tão absolutamente bela a seus olhos. Ela voltara para ele. Ele caiu nos braços dela.

– Você o ouviu, você ouviu todas as coisas terríveis que ele disse – sussurrou Reuben.

– Ouvi – disse ela. – Ouvi, sim. Mas você é osso do meu osso e carne da minha carne. Venha. Nós construiremos a nossa verdade juntos.

23

Por dias e dias, Elthram ficou sentado ao lado da cama de Phil no chalé. Seguidamente era dada uma poderosa bebida a Phil, para que ele dormisse, bebida essa preparada por Elthram e Lisa. Phil às vezes cochilava gemendo ou cantando baixinho, suas feridas sarando a olhos vistos, sua febre aumentando e baixando até finalmente ceder.

Lentamente, sutis mudanças começaram a aparecer – seus cabelos tornaram-se mais espessos, suas pernas e braços inquietos devido ao fortalecimento dos músculos. E os olhos, é claro, os olhos castanho-claros estavam agora numa tonalidade verde quando de tempos em tempos ele os abria.

Durante todo esse tempo Reuben dormiu no chão perto da cama de Phil, numa cadeira ao lado do fogo, de vez em quando no espaço do sótão acima ou, ainda, num simples colchonete que Lisa preparara para ele.

Laura levou o laptop de Reuben lá para baixo, e passava as noites no colchonete do sótão ao lado dele ou sozinha, enquanto ele permanecia no andar inferior, na poltrona de couro reclinável ao lado do fogo, dormitando ao ritmo da respiração de Phil. Mas Laura frequentemente estava ausente. Ainda não conseguia controlar a transformação, e Thibault e ela davam escapadas constantes para a floresta.

Felix e os outros visitavam Phil com frequência. Felix foi acometido por um terrível desânimo, mas não demonstrava nenhum desejo de conversar com ninguém acerca disso. Era como se uma alma sombria e torturada tivesse passado a morar em seu corpo, reivindicando o rosto e a voz dele como seus, embora aquilo não pudesse ser Felix.

Reuben saiu com ele e os dois permaneceram em silêncio na chuva, abraçados num pesar compartilhado e mudo em função das terríveis reviravoltas da *Modranicht*. Então Felix foi caminhar sozinho e Reuben retornou a sua vigília.

Margon sussurrou que todos eles deviam deixar Felix em paz por conta das contundentes escoriações deixadas por Hockan. Sergei bufou de desprezo.

– Hockan, o juiz – disse ele. – Ele é o alto sacerdote de palavras, palavras e palavras. Suas palavras se acasalam com suas palavras e reproduzem mais palavras. Suas palavras correm à solta.

Stuart aparecia de tempos em tempos, tão atormentado quanto os outros.

– Quer dizer então que pode haver uma guerra entre nós – disse ele a Reuben em ansiosos sussurros. – Pode ser que aconteça um conflito terrível. Eu sabia. – Stuart precisava falar com Reuben, e Reuben sabia disso, mas ele não podia deixar Phil sozinho naquele momento. Ele não conseguia tirar Phil da cabeça. Ele não conseguia responder as muitas perguntas de Stuart. Além disso, quem era melhor do que Margon para responder aquelas perguntas, se ao menos Margon as respondesse.

Lisa disse a Reuben que a primeira coisa que Felix fizera na terça-feira pela manhã foi dar início a planos para a instalação de um sistema de *sprinkler* para proteger a casa, ligado ao suprimento de água do condado, mas também a um enorme tanque de reserva que seria instalado na área do estacionamento atrás da ala dos serviçais.

– Ninguém jamais vai queimar Nideck Point – disse Felix. – Não enquanto eu tiver ar em meu corpo. – Fora essas poucas palavras, nada mais acerca dos horrores da *Modranicht* saiu da boca de Felix.

– Ele está no antigo quarto de Marchent – disse Lisa. – Ele dorme lá na cama dela. Não mexe em nada. Isso não é nada bom, isso precisa acabar. – Ela balançou a cabeça.

Mas e quanto a Margon?, Reuben perguntou a Lisa em furtivos sussurros. Margon, que era tão contrário aos Nobres da Floresta no geral. Será que ele não estava alarmado pelo fato destes Nobres terem exercido tamanha dominância física na *Modranicht*? Quantas vezes Reuben ouvira que os Nobres da Floresta jamais fizeram mal a alguém?

Lisa dispensou tudo isso com uma resposta tranquila:

– Margon ama seu pai. Ele sabe por que fizeram o que fizeram.

De tempos em tempos, Margon verificava como estava Phil com o escrutínio cuidadoso e a precisão de um médico, com Stuart sempre por perto. Margon não se opunha à presença de Elthram. Eles faziam acenos de cabeça um para o outro como se nada de estranho tivesse ocorrido na história dos Nobres da Floresta, como se eles não tivessem reunido aquele exército todo para matar dois *Morphenkinder* diante dos olhos de todos.

Estava claro que Phil estava fora de perigo.

Vez por outra Phil gritava em seu sono, e Lisa ajoelhava-se ao lado dele sussurrando.

– No começo ele estava com os vivos e os mortos – disse ela a Reuben. – Agora ele está apenas com os vivos.

Elthram não falava com ninguém. Se conseguia dormir em sua forma material, não dava nenhuma evidência disso. Todas as manhãs, membros dos Nobres levavam flores recém-colhidas, que Elthram dispunha em vasos e vidros pelo recinto, nas janelas e nas mesas.

Lisa estava tranquila com a presença de Elthram como sempre estivera. Sergei e Thibault falavam com ele casualmente aqui e ali quando faziam suas visitas à casa de hóspedes, embora Elthram apenas balançasse a cabeça, raramente tirando os olhos de Phil.

Mas certamente a maciça exibição de poder físico por parte dos Nobres da Floresta significara algo aos outros. Muito provavelmente chocara a todos. Isso não saía da cabeça de Reuben. Os Nobres da Floresta podiam de fato fazer mal a outras pessoas quando bem quisessem. Quem poderia negar tal fato?

No entanto, ele sentia-se confortável com Elthram realmente, mais confortável talvez do que jamais se sentira. A presença de Elthram tinha um efeito tranquilizador nele. Se Phil piorasse, Elthram seria o primeiro a ver e a chamar atenção para o fato. Disso Reuben tinha certeza.

Numa determinada manhã, bem cedo, enquanto Laura dormia, Reuben escreveu tudo o que conseguia se lembrar das condenações proferidas por Hockan. Ele não tentou exatamente reconstruir o discurso, mas sim fazer um registro acurado das palavras que ouvira. E quando terminou deitou-se inquieto no conforto tranquilo e seco do sótão, a janela uma faixa de luz branca, sentindo uma tristeza profunda e modorrenta.

Na manhã do quarto dia – 28 de dezembro – Reuben subiu enquanto ainda estava escuro para tomar um banho, fazer a barba e trocar de roupa. Ele e Laura fizeram amor em seu quarto, e Reuben em seguida caiu no sono, inapelavelmente, nos braços de Laura. Contudo, a experiência não foi boa. Não foi suficiente. Reuben a queria sob a forma de fera; queria os dois copulando na floresta, selvagens como estiveram perto da fogueira de Natal. Mas isso teria de esperar.

Eram dez horas da manhã quando ele acordou, sozinho, cheio de culpa e preocupação em relação a Phil. Como ele podia ter deixado Phil daquela maneira? Apressadamente, ele vestiu a calça jeans e sua camisa polo e foi buscar os sapatos e a jaqueta.

Alcançar o chalé pareceu levar uma eternidade a Reuben. Ele entrou e encontrou Phil na escrivaninha escrevendo em seu diário. Lisa estava preparando seu café da manhã na cozinha. Depositando a bandeja e a garrafa de café, com xícaras e pratos para pai e filho, ela saiu silenciosamente do chalé. Elthram não estava lá.

Phil escreveu durante um bom tempo e então, por fim, fechou o diário e se levantou. Estava usando um conjunto de calça e agasalho de moletom preto. Seus olhos verde-escuros olhavam Phil calma, porém abstratamente, como se estivesse lutando para escapar de seus pensamentos mais profundos e cruciais.

– Meu garoto – disse ele. Ele apontou para o café da manhã em cima da mesa diante da janela.

– Você sabe o que lhe aconteceu? – perguntou Reuben. Ele sentou-se à mesa, a janela à sua esquerda. O mar tinha uma tonalidade azul-aço sob um brilhante céu branco, e a inevitável chuva caía com força em silenciosos e resplandecentes lençóis prateados.

Phil assentiu com a cabeça.

– Papai, do que você se lembra?

– Simplesmente de tudo – respondeu Phil. – Se eu me esqueci de alguma coisa, bem, eu não sei dizer o que seria. – Avidamente, ele avançou sobre os ovos fritos, misturando-os com bacon e cereais. – Qual é, você não está com fome? Um homem da sua idade está sempre com fome.

Reuben olhou a comida.

– Papai, do que você se lembra?

– De tudo meu filho, eu falei para você. Exceto de ter sido carregado pela floresta, disso eu não me lembro. Foi o frio que me levou até lá, e não demorou mais do que alguns minutos. Isso e a luz do fogo. Mas eu me lembro de tudo depois disso. Em momento algum eu perdi a consciência. Pensei que fosse perder. Mas em momento algum eu desmaiei completamente.

– Papai, você queria que nós fizéssemos o que fizemos? – perguntou Reuben. – Enfim, o que nós fizemos para salvar a sua vida. Você agora sabe o que aconteceu com você, não sabe?

Phil sorriu.

– Sempre há tempo de sobra para morrer, não há, Reuben? – respondeu ele. – E oportunidades de sobra. Sim, eu sei o que vocês fizeram, e fico feliz por terem feito isso. – Ele estava com um aspecto juvenil, vigoroso apesar das rugas familiares na testa e da ligeira papada de muitos anos.

– Papai, você não tem nenhuma pergunta a fazer sobre o que viu? Você não quer uma explicação acerca do que viu? Ou do que ouviu?

Phil engoliu mais algumas garfadas de comida, recolhendo com a colher uma boa quantidade dos espessos cereais misturados aos ovos. Em seguida recostou-se à cadeira e, com os dedos, comeu o que restava de bacon.

– Bem, filho, você sabe que aquilo não foi nenhum choque para mim, embora ter visto tudo daquela maneira tenha sido de fato um choque. Mas eu não posso dizer que fiquei completamemte surpreso. Sabia que você tinha ido até lá para comemorar a *Modranicht* com os seus amigos, e eu podia imaginar muito bem como tudo isso se daria para você, os velhos costumes da Invernia sendo o que são.

– Mas papai, você está me dizendo que sabia? – perguntou Reuben. – Você sabia o tempo todo o que nós éramos, todos nós?

– Deixe-me contar uma história – disse Phil. Sua voz era a mesma de sempre, mas seus penetrantes olhos verdes continuavam sobressaltando Reuben. – A sua mãe não bebe muito, você sabe disso. Eu nem sei se alguma vez você já viu a sua mãe bêbada. Já viu?

— Uma vez, de repente. Um pilequinho.

— Bem, ela fica longe do álcool porque tem a tendência de ficar meio maluca por causa disso, e sempre foi assim, e depois ela desmaia e não consegue se lembrar do que aconteceu. É ruim para ela, ruim porque ela fica emotiva e coisa e tal, chora e depois não consegue dar sentido ao que aconteceu.

— Eu me lembro dela falando mais ou menos isso.

— E, é claro, ela é cirurgiã. Quando aquele telefone toca, ela quer estar pronta para entrar na sala de cirurgia.

— Certo, papai. Eu sei disso.

— Bom, logo após o Dia de Ação de Graças, Reuben, acho que foi na noite do sábado seguinte, a sua mãe me fica completamente bêbada por conta própria e entra no meu quarto chorando. É claro que ela tem dito aos jornais e à TV 24 horas por dia e sete dias por semana que viu o Lobo Homem com os próprios olhos, viu o Lobo Homem aqui em Nideck Point quando ele invadiu a casa pela porta da frente e matou aqueles dois cientistas russos. Sim, ela tem contado para todo mundo que pergunta que aquilo não era nenhum mito, o tal Lobo Homem da Califórnia, e que era algum tipo de mutante, você sabe, uma anomalia, um ser à parte como ela não parava de falar, uma realidade biológica para a qual nós logo teremos uma explicação. Bom, de uma forma ou de outra, ela entra no meu quarto e se senta na minha cama soluçando, e me conta que sabe, simplesmente sabe, que você e todos os seus amigos daqui fazem parte da mesma espécie. "Eles são todos Lobos Homens", diz ela soluçando, "e Reuben é um deles." E ela começa a explicar que sabe que isso é verdade, simplesmente sabe, e sabe que seu irmão Jim também sabe, porque Jim não pode falar sobre isso, o que só pode significar uma coisa, que Jim não pode revelar o que lhe foi dito em confissão. "Eles estão todos juntos nisso. Você viu aquela foto grande de todos eles em cima da lareira da biblioteca? Eles são monstros, e nosso filho é um deles."

"É claro que eu a ajudei a voltar para a cama, e me deitei com ela até que parasse de chorar e dormisse. E então, de manhã, Reuben, ela não se lembrava de coisa alguma, exceto que havia ficado bêbada e que chorara por causa de alguma coisa. Ela estava humilhada, terrivelmente humilhada como sempre fica quando tem qualquer emoção excessiva, qualquer perda de controle, e ela engole metade de um frasco de aspirina e vai trabalhar como se nada tivesse acontecido. Bom, o que você acha que eu fiz?"

– Você foi falar com o Jim – disse Reuben.

– Exatamente – disse Phil com um sorriso. – Jim estava na missa das seis da manhã como de costume quando eu cheguei lá. Havia o quê, umas cinquenta pessoas na igreja? Provavelmente metade disso. E as pessoas da rua estavam todas enfileiradas do lado de fora para entrar e dormir nos bancos.

– Certo – disse Reuben.

– E vou até Jim logo depois da missa, logo depois dele se despedir das pessoas na porta da frente. Ele estava se encaminhando para a sacristia. E disse a ele o que sua mãe tinha me dito. "Agora você me diz", eu disse a Jim. "Isso é mesmo concebível? O fato dessa criatura, esse tal Lobo Homem não ser uma excrescência da natureza, mas um ser que faz parte de uma tribo e que o seu irmão, na realidade, faz parte dessa tribo? É verdade mesmo que esse ser faz parte de alguma espécie secreta que sempre existiu no mundo e que Reuben, quando foi mordido lá naquela casa no escuro, acabou se tornando um deles?"

Phil parou e deu um gole profundo no café quente.

– E o que Jim disse? – perguntou Reuben.

– Esse é o problema, filho. Ele não disse nada. Ele apenas olhou para mim por um longo tempo, e a expressão no rosto dele, bem, eu não tenho palavras para descrever a expressão que vi no rosto dele. E então ele levantou os olhos em direção ao altar. E eu vi que ele estava olhando para a estátua de são Francisco e para o Lobo de Gubbio. E então ele disse com a voz mais triste e desamparada: "Papai, eu não tenho nenhuma luz para iluminar essa questão."

"E eu disse: 'Tudo bem, filho, deixe para lá, e de qualquer modo a sua mãe não consegue se lembrar de nada disso mesmo.' E eu fui embora, mas sabia. Sabia que era tudo verdade. Eu sabia que era verdade, verdade mesmo, quando a sua mãe começou a me descrever a história. Eu senti que era verdade, senti isso, senti aqui. Mas eu sabia que era verdade quando eu vi Jim voltando para a sacristia atrás do altar, porque havia um milhão de coisas que ele poderia ter dito se aquilo fosse uma insanidade, e ele não disse nada."

Phil limpou a boca com o guardanapo e encheu de novo a caneca com café.

– Sabia que Lisa faz o melhor café do mundo?

Reuben não respondeu. Ele estava sentindo pena de Jim, muita pena por ter colocado tamanho fardo sobre os seus ombros. No entanto, o que seria dele sem Jim? Bem, havia tempo para lidar com Jim, para consertar algumas coisas, para agradecer, para agradecer a ele por ter assumido Susie Blakely.

– Mas, papai, se mamãe sabia – perguntou Reuben –, por que ela deixou que você viesse morar aqui conosco?

– Filho, ela desmaiou naquela noite, eu disse a você. O que ela revelou veio de um lugar muito fundo dentro dela que só se abre para ela quando está bêbada. E no dia seguinte ela não sabia. E não sabe agora.

– Ah, ela sabe, sim – disse Reuben. – Ela sabe. O que a bebida fez foi permitir que ela falasse sobre isso, confessasse isso. E ela também sabe que não pode fazer nada a respeito, que jamais vai poder mencionar isso a mim em voz alta, que jamais vai poder agir como uma cúmplice minha em relação a isso. A única maneira dela conviver com isso é fingir que não faz a menor ideia do que se passa.

– Pode ser. Mas, voltando à sua pergunta, o que eu pensei quando vi todos vocês naquela floresta na véspera de Natal? Bom, eu fiquei chocado, isso eu posso te dizer. Foi o espetáculo mais chocante que testemunhei em toda a minha vida. Mas eu não fiquei surpreso, e sabia o que estava acontecendo. E reconheci aquela astuta Helena, reconheci o sotaque polonês dela quando ela me tirou da cama, quando disse: "Você está disposto a morrer por seu filho, a dar uma lição a ele e aos amigos dele?"

– Ela disse isso para você?

Ele assentiu com a cabeça.

– Ah, sim. Esse era o esquema dela, aparentemente, e eu reconheci a voz de Fiona, que estava com ela. "Homem tolo", disse ela, essa tal de Fiona. "Ter vindo para cá. A maioria dos humanos possui instintos mais apurados."

Ele bebericou o café. Então colocou os cotovelos na mesa e passou as mãos pelos cabelos. Ele agora parecia um homem vinte anos mais jovem, fosse qual fosse a estampa da idade em seu rosto. Seus ombros estavam notavelmente retos e seu peito mais largo. E até suas mãos estavam maiores e mais fortes do que eram.

– Eu desmaiei depois que elas apareceram aqui – disse ele. – Mas quando recobrei a consciência na floresta, entendi o plano maligno delas, daquelas duas: usar a mim como prova viva de que a maneira de Felix administrar Nideck Point, de viver no meio de seres humanos, de seguir sua vida como se fosse um homem vivo, um homem normal, um homem generoso, que tudo isso, para usar as palavras de Fiona, era uma loucura. Eu vi e ouvi tudo isso quando o espetáculo se revelou diante de meus olhos.

– Então você sabe o que aconteceu com Fiona e Helena – disse Reuben.

– Não, a princípio eu não percebi – disse Phil. – Essa é a única parte que não ficou clara para mim, que ficou confusa. Mas, quando eu estava lá deitado naquela cama, às vezes tinha pesadelos, pesadelos de que elas queimariam Nideck Point e queimariam toda a aldeia.

– Ela falou exatamente sobre isso – disse Reuben.

– Certo. Eu ouvi essa parte. Mas o que não ficou claro para mim foi ela e Helena terem morrido. Eu não tinha visto o que aconteceu com elas. Os pesadelos eram terríveis. Eu segurava Lisa e tentava fazer com que ela entendesse que Nideck Point estava correndo risco de ser destruída por aquelas duas. E foi então que Lisa me contou, me contou como Elthram e os Nobres as jogaram no fogo. Ela me explicou quem eram os Nobres ou pelo menos tentou me explicar. Ela disse alguma coisa a respeito deles serem os "espíritos das matas" e não gente como a gente. – Ele riu suavemente, baixinho, sacudindo a cabeça. – Eu devia ter percebido. Bom, Lisa disse que ninguém jamais havia visto os Nobres da Floresta fazerem tal coisa. Mas os Nobres da Floresta jamais teriam feito isso sem que houvesse uma "causa grave". E então Elthram apareceu, enfim, ele apareceu ao lado da minha cama, bem ao lado de Lisa. Eu o vi olhando para mim. E ele me tocou com uma de suas mãos cálidas. E disse para mim: "Vocês estão todos salvos."

— Foi isso o que aconteceu – disse Reuben.

— E então eu soube que elas não viriam fazer mal a ninguém, e entendi melhor todas as outras coisas que ouvira, o que eu ouvira Hockan dizer lá na floresta com aquela voz dele parecida com o famoso Adágio em sol menor de Giazotto.

Reuben deu um risinho amargo.

— Sim, é igualzinho, não é?

— Ah, sim, aquele Hockan tem uma baita voz. Mas também todos eles têm. Felix tem uma voz que parece mais um concerto para piano de Mozart, sempre cheia de luz; e Sergei, bem, Sergei soa mais como Beethoven.

— Não será Wagner?

— Não – disse Phil sorrindo. – Eu prefiro Beethoven. Mas com relação a Hockan senti uma tristeza nele durante o banquete, uma espécie de melancolia profunda, eu diria, e como ele parecia amar aquela Helena apesar dela assustá-lo tanto. Eu via muito bem isso. Na minha opinião, as perguntas que ela fazia o assustavam. – Ele balançou a cabeça. – É isso aí, Hockan, ele é o violino no Adágio em sol menor com toda certeza.

— E você está tranquilo com tudo o que aconteceu – disse Reuben. – Está tranquilo com o fato deles terem usado a Crisma para salvar a sua vida, e que isso significa que agora você é um dos nossos.

— Eu não acabei de dizer que estava? – perguntou Phil.

— Você vai me culpar por eu ter feito uma pergunta dessas duas vezes? – perguntou Reuben.

— Não, é claro que não – disse Phil delicadamente. Ele recostou-se na cadeira e olhou para Reuben com o sorriso mais triste do mundo. – Como você é jovem, e como é ingênuo e bondoso – disse ele.

— Sou mesmo? Eu sempre quis que você ficasse com a gente! – sussurrou Reuben.

— Eu sabia o que eu estava fazendo quando vim para cá – disse Phil.

— Como você poderia realmente saber isso de antemão?

— Não foi o mistério o que me atraiu – explicou Phil. – Não foi uma especulação maluca sobre esses seus amigos terem ou não o segredo da vida eterna. Oh, eu sabia que havia essa possibilidade, sim, sabia. Eu estava juntando os fatos fazia algum tempo, exatamente da mesma maneira que a sua mãe tinha feito antes. Não foi apenas a foto da biblioteca ou as personalidades excêntricas dos homens que estavam morando com você. Não foi apenas o modo de falar estranho e anacrônico deles ou os esquisitos pontos de vista que sustentam. Droga, você sempre teve uma maneira de falar que fazia a gente fazer piada sobre você ser uma criancinha trazida pelas fadas. – Ele balançou a cabeça. – Portanto, não foi nenhuma surpresa para ninguém você passar a cultivar um grupo de amigos sobrenaturais que soavam tão estranhos quanto você mesmo às vezes soava. Não, trata-se de uma coisa sobrepujante e irresistível à imortalidade, com toda certeza. Ela o é de fato. Mas eu não tenho muita certeza se acreditei nessa parte. Eu não sei se acredito agora. É mais fácil acreditar que um ser humano pode se transformar numa fera do que acreditar que ele viverá para sempre.

– Eu entendo isso perfeitamente – disse Reuben. – Sinto exatamente a mesma coisa.

– Não, foi uma coisa mais mundana do que isso, ainda que infinitamente mais profunda e significativa, que me trouxe até aqui. Eu estava vindo morar com você nesse lugar ungido porque eu tinha de fazer isso! Eu simplesmente tinha. Eu tinha de procurar esse refúgio contra o mundo ao qual eu dera toda a minha vida longa, abominável e inconsequente.

– Papai...

– Não, filho. Não discuta comigo. Eu sei quem eu sou. E eu sabia que tinha de vir para cá. Eu tinha de estar aqui. Eu tinha de passar os dias que me restavam em algum lugar onde eu *quisesse* de fato estar, fazendo coisas que eram importantes para mim, independentemente do quanto elas fossem triviais. Andar na floresta, ler meus livros, escrever meus poemas, olhar para o mar, esse interminável mar. Eu tinha de fazer isso. Eu não podia continuar passo a passo em direção ao meu túmulo, asfixiado com tanto arrependimento, asfixiado com tanta amargura e decepção! – Ele respirou fundo, como se estivesse sentindo uma dor. Seus olhos estavam fixos na quase invisível linha do horizonte.

— Eu entendo, papai — disse Reuben serenamente. — Do meu jeito, do meu jeito jovem e ingênuo, eu senti a mesma coisa quando estive aqui pela primeira vez. Eu não posso dizer que estava num caminho abominável em direção ao meu túmulo. Sabia apenas que nunca tinha vivido, que estava evitando viver, como se tivesse aprendido cedo a decidir contra a vida em vez de a favor dela.

— Ah, isso é muito bonito — disse Phil. Seu sorriso resplandeceu novamente ao olhar para Reuben.

— Papai, você entende as coisas que Hockan disse? Você conseguiu seguir o fio da meada?

— Uma boa parte — disse Phil. — Era mais ou menos como um sonho. Eu estava deitado bem em cima da terra e a terra estava fria, mas eu estava aquecido debaixo daquele manto. Eu estava escutando ele falar. Sabia que ele estava apontando suas poderosas flechas para Felix, para você e Stuart. Eu o escutei. E juntei tudo na minha cabeça. E desde então, fico à noite repassando e repassando tudo, com os leves sussurros de Lisa aqui e ali, refazendo tudo como se fosse uma colcha de retalhos.

Reuben vasculhou sua coragem e então perguntou:

— Você acha que havia verdade no que Hockan dizia? Acha que ele estava com a razão?

— O que você acha, Reuben? — perguntou Phil.

— Eu não sei — disse Reuben, mas as palavras não tinham consistência. — Sempre que eu falo sobre isso comigo mesmo, sempre que vejo Felix ou Margon ou Sergei, passo a perceber um pouquinho mais que preciso tomar uma decisão em relação ao que eu sinto sobre as coisas que Hockan nos disse.

— Eu compreendo. E respeito a sua posição.

Reuben enfiou a mão dentro do paletó, retirou um pedaço de papel dobrado e então entregou-o a Phil.

— Tudo o que nos disse está escrito nesse papel — explicou Reuben. — Todas as palavras que usou. Exatamente como eu me recordo.

— Meu filho, o estudante respeitável — disse Phil. Ele desdobrou o papel e leu as palavras lenta e pensativamente, e então fechou o papel de novo.

Ele olhou para Reuben com uma expressão de expectativa.

– Isso produziu um efeito devastador em Felix – disse Reuben. – Ele está profundamente apático.

– Isso é inegável – disse Phil. Ele tinha mais a falar, mas Reuben continuou.

– Margon não parece ter se comovido, de uma forma ou de outra – disse ele –, e Sergei e Stuart parecem ter se esquecido por completo de todo o incidente, parecem ter varrido tudo para debaixo do tapete como se a coisa jamais tivesse ocorrido. Eles certamente não têm medo de Elthram e dos Nobres da Floresta. Parecem estar tão confortáveis com ele quanto sempre estiveram.

– E Laura?

– Laura fez a pergunta óbvia: "Quem é Hockan? Hockan é um oráculo? Ou Hockan é uma criatura falível como o resto de nós?

– Então os que ficaram realmente magoados com tudo isso são você e Felix?

– Eu não sei, papai. Eu não consigo tirar as palavras dele da minha cabeça! Eu nunca consegui tirar da cabeça as vozes negativas da minha vida. Lutei a vida inteira para encontrar a minha própria verdade e acabo sendo asfixiado pelas palavras de outras pessoas. É como se elas sempre estivessem gritando comigo, me perseguindo, levantando a mão contra mim, e na metade das vezes eu não consigo saber o que penso.

– Não desista tão rapidamente, filho – disse Phil. – Eu acho que você sabe o que pensa.

– Papai, saiba de uma coisa – disse Reuben. – Eu adoro aquela casa, esse lugar, a grande floresta dessa parte do mundo. E quero trazer o meu filho para cá. Eu quero ficar aqui com você. Eu adoro eles todos, a minha nova família. Eu os adoro mais do que consigo exprimir. Laura, Felix, Margon, Stuart, Thibault, Sergei, todos eles. Eu adoro Lisa, quem quer que ela seja ou o que quer que ela seja. Eu adoro os Nobres da Floresta.

– Estou te ouvindo, filho – disse Phil, sorrindo. – Eu gosto muitíssimo de Lisa também. – Ele deu um risinho curto e dissimulado. – "Quem quer que ela seja ou o que quer que ela seja."

— A ideia de deixar Nideck Point para trás, de romper todo o contato com minha mãe, de dar meu filho à mamãe para que ela o crie, de jamais voltar a ver Jim... Eu mal consigo suportar pensar em todas essas coisas. Meu coração está sendo despedaçado.

Phil apenas anuiu com a cabeça.

— Eu me sinto maior e mais forte aqui do que jamais me senti em qualquer lugar – disse Reuben. – Aquele dia na feira da aldeia e no banquete aqui, senti uma energia criativa ao meu redor. Senti um espírito criativo que era contagiante. Eu não conheço nenhuma outra palavra que possa descrever essa sensação. Senti que era algo bom, tudo aquilo que Felix havia feito, tudo aquilo que Felix pusera para funcionar. Era como mágica, papai. Ele não parava de fazer coisas a partir do nada. Um inverno soturno, uma cidade moribunda, uma grande casa vazia, um dia que poderia muito bem ter sido igual a milhares de outros dias. Ele transformou tudo isso. E foi uma coisa boa. Eu juro que foi. No entanto, aparece esse julgamento de Hockan, essa sombria leitura que Hockan fez do roteiro para produzir alguma outra história.

— Sim, Reuben, foi exatamente isso o que Hockan fez – disse Phil.

— Hockan chama essa grande casa de arapuca, de uma abominação.

— Sim, filho. Eu o ouvi.

— Qual é o pecado de Felix, papai? Ele querer viver em harmonia com todas as criaturas vivas, com espíritos, fantasmas, *Morphenkinder*, com imutáveis como Lisa, com seres humanos? Isso é realmente algo maléfico? Por acaso é esse o Pecado Original que matou Marchent?

— O que você acha, Reuben? Será isso?

— Papai, eu não faço a menor ideia do que seja a imortalidade. Eu já admiti isso antes. Simplesmente não sei do que se trata. Mas eu sei muito bem que estou lutando aqui pela sensação mais refinada, pela compreensão mais refinada. Seja lá o que eu for, eu tenho uma alma. Eu sempre soube que tinha. E eu não posso acreditar que Marchent esteja aí fora perdida e sofrendo por cauda do abominável segredo do que nós somos, por causa dos pecados de Felix ao amá-la e amar os pais dela e por esconder nossos segredos deles. Felix jamais abandonaria Marchent se aqueles homens perversos não o tivessem levado como prisioneiro.

— Eu sei, filho. Eu conheço a história. Hockan me forneceu todas as peças que faltavam no quebra-cabeça enquanto eu estava lá deitado naquela clareira.

— E eu não posso pôr a culpa em Felix pelo fato dos Nobres da Floresta terem deixado todo mundo atônito. Eles fizeram uma coisa que ninguém sabia que podiam fazer. Isso é mais do que óbvio. Mas é culpa de Felix ele os ter chamado e tê-los convidado a vir aqui?

— Não, eu não acho que seja – disse Phil. – Os Nobres da Floresta sempre tiveram sua própria reserva de poder.

— Se ao menos eu pudesse falar com Marchent! – disse Reuben. – Se ao menos pudesse ouvir a voz dela. Eu a vi, vi as lágrimas dela, vi a tristeza dela. Droga. Até fiz amor com ela, papai, eu a tive em meus braços. Mas nenhuma voz lhe escapa. Nenhuma verdade lhe escapa.

— E o que ela poderia dizer a você, Reuben? – perguntou Phil. – Ela é um fantasma, não uma deidade ou um anjo. Ela é uma alma perdida. Cuidado com o que ela possa vir a falar, da mesma maneira que você deve ter cuidado com Hockan.

Reuben suspirou.

— Eu sei disso. Eu sei disso. Fico querendo perguntar a Elthram. Com certeza ele sabe por que ela assombra. Ele deve saber.

— Elthram sabe o que Elthram sabe – disse Phil. – Não aquilo que Marchent sabe, se é que ela sabe alguma coisa.

Eles ficaram quietos. Phil bebeu mais uma caneca de café. E do lado de fora, a chuva ficou mais forte, cintilando e cantando nas janelas. Que som mais íntimo, a chuva soprando no vidro das janelas. O céu sem cor injustificavelmente brilhante apesar da chuva e, bem ao longe no mar, um navio movia-se no horizonte. Praticamente invisível no deslumbramento acinzentado do oceano.

— Você não vai me dizer o que fazer, vai? – perguntou Reuben.

— Você não quer que eu diga a você o que fazer. Você precisa descobrir isso por si mesmo. Mas uma coisa eu vou dizer: você me fez esquecer as minhas dores e os meus incômodos que estavam sarando rapidamente; você me fez maravilhas. E, seja lá o que aconteça, seja lá o que você decida, seja lá o que Felix decida, ninguém vai separar você de mim ou vai me separar de você e de Laura.

– Isso é verdade. Isso é a mais pura verdade. – Ele olhou para o pai. – Você está feliz, papai, não está?

– Estou – respondeu Phil.

24

Era o primeiro jantar do grupo reunido desde a *Modranicht*. Eles estavam sentados ao redor da mesa da sala de jantar, refestelando-se ansiosamente com peixe assado, galinha grelhada e porco fatiado acompanhados de travessas fumegantes de verduras amanteigadas e cenouras. Lisa assara o pão e as tortas de maçã para a sobremesa. E o Riesling resfriado estava resplandecendo nos recipientes para decantação e nas taças.

Reuben estava em seu lugar costumeiro, à direita de Margon, e Laura sentava-se ao lado de Reuben. Em seguida estavam Berenice, Frank e Sergei, enquanto em frente a eles estava sentado Felix, como sempre com Thibault à sua esquerda, e Stuart, em seguida, com Phil ao lado dele.

A atmosfera estava agradável e tranquila, como se eles tivessem jantado daquela maneira uma centena de vezes antes, e quando a conversação irrompeu girou em torno de assuntos ordinários, tais como a festinha da véspera de Ano-Novo marcada para a pousada da aldeia ou o tempo que não mudava.

Felix estava calado. Absolutamente calado. E Reuben mal podia suportar a expressão no rosto do amigo, a sombra de pavor em seus olhos ao mirar desanimadamente o nada.

Parecia que Margon estava sendo estranhamente gentil com Felix, e mais de uma vez tentou conversar com ele acerca de questões neutras e sem importância, mas, como nenhuma resposta escapasse da boca de Felix, Margon não o pressionava, como se soubesse que essa atitude derrotaria seu gentil propósito.

Em determinado ponto, Berenice disse de um jeito educado e casual que as outras lobas haviam retornado para a Europa e que talvez ela se juntasse a elas logo, logo. Isso obviamente não era nenhuma novidade para Frank, mas era novidade para os outros homens. Contudo, nenhum deles perguntou o que Reuben queria perguntar: Hockan não voltara com elas?

Reuben não proferiria o nome "Hockan" à mesa.

Finalmente, Margon disse:

– Bom, Berenice, você certamente é bem-vinda a permanecer aqui se não estiver disposta a partir. Você com certeza está ciente disso.

Ela apenas fez que sim com a cabeça. Havia uma expressão de deliberada resignação em seu rosto. Frank estava simplesmente olhando para o outro lado, como se aquilo não lhe dissesse respeito.

– Escute, Berenice – disse Thibault. – Eu acho que você deveria ficar conosco. Acho que deveria esquecer seus antigos laços com aquelas criaturas. Não há motivos que nos impeçam de tentar formar um bando de machos e fêmeas novamente. E dessa vez nós deveríamos fazer com que ele funcionasse. Na realidade, minha cara, agora temos Laura conosco.

Berenice ficou sobressaltada, mas não ofendida. E apenas sorriu. Laura estava observando tudo aquilo com uma óbvia preocupação.

Numa voz suave, Laura disse:

– Eu gostaria que você ficasse, mas é claro que isso é problema seu, não meu.

– Todos nós gostaríamos muito que você ficasse – disse Frank, com desalento. – Por que vocês mulheres sempre preferem formar seus próprios bandos? Por que não podemos viver juntos em paz?

Ninguém disse uma palavra.

Pouco antes do fim da refeição, quando todos já haviam provado a torta de maçã e tomado o expresso, e Sergei tomara uma enorme quantidade de brandy, Elthram entrou, vestido com seu familiar traje de camurça bege, e, sem uma palavra sequer, sentou-se na poltrona ao pé da mesa.

Margon deu-lhe as boas-vindas com um agradável aceno de cabeça. Elthram recostou-se, quase se esparramando na poltrona, e sorriu para Margon enquanto fazia um singelo e desamparado movimento de dar de ombros.

Tudo isso era confuso para Reuben. Por que Margon não estava furioso com o fato dos Nobres da Floresta terem feito o que fizeram? Por que não estava afirmando que previra tal possibilidade medonha? Ou que tivera razão ao alertar contra o envolvimento deles? Mas Margon não dissera tais coisas, e agora estava sentado confortavelmente com Elthram ali ao pé da mesa.

Stuart sorvia cada detalhe de Elthram com uma espécie de sobressaltada satisfação. Elthram sorriu delicadamente para ele, mas a companhia permaneceu em seu miserável silêncio.

Um após o outro, começaram a abandonar o recinto. Berenice e Frank encaminharam-se para a aldeia a fim de encerrar a noite na pousada. Stuart foi terminar o livro que estava lendo. Subitamente, Sergei sumiu junto com o brandy. E Thibault perguntou a Laura se ela não poderia ajudá-lo com suas já tradicionais e frustrantes dificuldades em lidar com computadores.

Phil levantou-se para sair, afirmando estar absolutamente exausto, e recusou todas as ofertas de ajuda, dizendo que agora já não tinha a menor dificuldade para caminhar ou para enxergar seu caminho até o chalé na escuridão.

E agora era o "chalé", não era? Não mais a "casa de hóspedes".

Elthram estava olhando fixamente para Margon. Alguma coisa silenciosa parecia estar se passando entre os dois. Margon levantou-se e, dando um rápido e fraternal abraço em Felix, que não exibiu o menor sinal de agradecimento, dirigiu-se à biblioteca.

Silêncio.

Nenhum som vinha de parte alguma, nem do fogo baixo na grelha, nem da cozinha. A chuva parara por completo, e a floresta iluminada do outro lado das janelas era um doce, porém triste, espetáculo.

Reuben levantou os olhos para ver Elthram observando-o.

Apenas Reuben, Felix e Elthram haviam permanecido.

Então, após um longo período de quietude, Elthram disse:

— Vão agora, vocês dois. Vão para a clareira, tentem vê-la.

Felix sobressaltou-se violentamente. Olhou furioso para Elthram. Reuben ficou perplexo.

– Você está falando sério? – perguntou Reuben. – Ela vai estar lá?

– Ela quer a presença de vocês – disse Elthram. – Vão agora, enquanto a chuva deu uma trégua. Há uma fogueira acesa lá. Eu vi. Ela quer fazer a passagem. É na clareira que ela estará mais forte.

Antes que Reuben pudesse dizer mais uma palavra, Elthram desaparecera.

Rápida e silenciosamente, Felix e Reuben dirigiram-se ao closet para pegar seus casacos e cachecóis, e saíram pela porta dos fundos. A floresta cantava com a chuva, mas não havia mais chuva agora, somente os galhos altos liberando as suaves gotas de água que escorriam em direção ao chão.

Felix caminhava à frente com rapidez em meio à escuridão.

Reuben lutava para manter o ritmo, percebendo que, uma vez que eles estivessem além das luzes da casa e das luzes da floresta de carvalho, ele ficaria absolutamente perdido sem Felix.

Parecia que uma eternidade se passava enquanto eles lutavam ao longo de uma trilha estreita e desnivelada após a outra. Reuben conseguiu vestir suas luvas de couro sem diminuir a passada, e enrolou o cachecol no rosto para se proteger do vento.

A floresta profunda tremia e sussurrava com a chuva acumulada, e a terra por baixo dos pés deles estava frequentemente enlameada e escorregadia.

Por fim, Reuben viu um brilho tênue e tremeluzente contra o céu e distinguiu à luz desse brilho a linha dos penedos que se aproximavam.

Através da estreita passagem, eles deslizaram como antes e adentraram a vasta clareira. O forte cheiro de fuligem e cinzas elevou-se ao rosto de Reuben. Mas o ar frio pareceu diluí-lo e espalhá-lo de imediato.

Todo o entulho da *Modranicht* havia sumido – os instrumentos espalhados, os chifres de bebida, as brasas, o caldeirão. Um grande círculo preto era tudo o que restava da fogueira e, no centro dela, encontrava-se uma outra pequena fogueira feita de grossas toras de carvalho, as chamas saltando na névoa rodopiante.

Para esta chama eles se dirigiram, andando através dos pedaços e restos chamuscados e brilhantes da antiga fogueira. Reuben ficou dolorosamente ciente de que Fiona e Helena haviam morrido ali. Mas não havia tempo para prantear as duas mulheres que haviam atacado Phil.

Eles ficaram tão próximos do fogo quanto puderam, e Reuben retirou as luvas e enterrou-as nos bolsos. Ele e Felix ficaram lado a lado aquecendo as mãos. Felix tremia de frio. A pulsação de Reuben estava acelerada.

E se ela não aparecesse, pensou Reuben desesperadamente, mas não ousou proferir as palavras. E se ela aparecer e o que ela nos disser for terrível, mais lacerante, mais doloroso, mais pavoroso do que qualquer palavra que viesse da boca de Hockan?

Reuben balançava a cabeça, mordia o lábio inferior, lutando contra a absoluta miséria da expectativa, quando percebeu que havia outra figura parada exatamente no lado oposto a eles, do outro lado da fogueira, bastante visível acima das chamas saltitantes, olhando fixamente para ele.

– Felix – disse ele, e Felix levantou os olhos e também viu a figura.

Um gemido baixo escapou dos lábios de Felix.

– Marchent.

A figura ficou repentinamente mais brilhante do que estava antes, e Reuben viu seu rosto completamente definido, renovado e maleável como lhe parecera em seu último dia de vida. Suas bochechas estavam rosadas devido ao frio e os lábios ligeiramente róseos. Seus olhos cinza fulguravam à luz do fogo. Ela usava uma vestimenta cinza simples com um capuz e, por baixo do capuz, ele viu seus cabelos louros curtos emoldurando seu rosto oval.

Ela estava a não mais do que alguns metros distante deles.

O único som agudo vinha do fogo vívido e, além, uma suave série de suspiros emanava da grande floresta.

Então veio o som da voz de Marchent pela primeira vez desde a noite de sua morte.

– Como podem imaginar que eu esteja infeliz por vocês estarem aqui juntos? – perguntou ela. Ah, aquela voz, aquela voz que Reuben jamais esquecera, tão límpida, tão distinta, tão delicada. – Reuben, essa casa, essa terra, eu queria muito que tudo isso pertencesse a você;

e Felix, eu queria muito que você estivesse consciente e vivo, e bem, e além do alcance de quem quer que pudesse lhe fazer algum mal. E vocês dois, a quem eu amei com toda a minha alma, vocês dois agora são amigos, vocês dois agora são parentes, vocês dois agora estão juntos.

– Minha querida, minha abençoada querida – disse Felix com a voz mais alquebrada e magoada possível. – Eu te amo tanto. Sempre amei.

Reuben tremia violentamente. As lágrimas escorriam por seu rosto. Desajeitadamente, ele enxugava-as com o cachecol, mas não se importava de verdade com elas. Mantinha os olhos fixos nela enquanto ouvia sua voz emanar novamente com o mesmo poder distinto e mudo.

– Eu sei disso, Felix – disse ela. Ela estava sorrindo. – Eu sempre soube. Você acha que, viva ou morta, alguma vez o culpei por algo? Seu amigo, Hockan, e ele é seu amigo, me alista numa causa pela qual eu não tenho nenhuma simpatia.

O rosto dela estava absolutamente cálido e expressivo enquanto falava, sua voz tão lírica e natural quanto estava naquele último dia.

– Agora, por favor, vocês dois me ouçam. Eu não sei de quanto tempo ainda disponho para falar essas coisas com vocês. Quando o convite vier novamente, eu devo aceitá-lo. Suas lágrimas me mantêm aqui agora, e devo libertá-los para que também eu possa ficar livre.

Ela fez um gesto naturalmente com as mãos enquanto falava, e pareceu que estava se movendo para mais perto do fogo, insensível ao calor.

– Felix, não foi o seu poder secreto que escureceu a minha vida – disse ela com ternura. – Foi a indizível traição de meus pais sem amor. Eu morri nas mãos daqueles que estavam doentes e cegos. Você era a luz do sol da minha vida no jardim que plantou aqui para seus descendentes. E na minha hora mais escura, quando todo o mundo vibrante desafiava o meu paradeiro, foi você, Felix, que enviou os delicados espíritos da floresta para me trazer luz e compreensão.

Felix choramingava suavemente, silenciosamente. Ele queria falar, Reuben podia perceber isso, mas os olhos de Marchent haviam se fixado em Reuben.

— Reuben, seu rosto adorável tem sido a minha luz – disse ela. Era a mesma maneira que ela usara para falar com ele no dia fatal, naturalmente gentil e quase terna. – Deixe-me ser a sua luz agora. Vejo a sua inocência novamente sendo abusada – dessa vez não por sua antiga família –, mas por uma pessoa que fala com amargura e fingida autoridade. Olhe bem para a sombria inteligência que ele lhe oferece. Ele o arrancaria daqueles que você ama e daqueles que te amam em retorno; o arrancaria da mesmíssima escola na qual todas as almas sorvem a grande sabedoria. – Ela baixou a voz, sublinhando sua indignação com um discurso incompleto. – Como ousa uma alma viva consigná-lo ao grau dos condenados ou destinar a você uma trilha lúgubre e penitencial formada por grilhões e circunscrições? Você é o que você é, não o que outros gostariam que fosse. E quem não luta com a vida e a morte? Quem não encara o caos do mundo vivo como você e Felix encaram? Reuben, resista à maldição que afirma o poder da Escritura. Resista às minhas palavras se elas ofendem os anseios mais profundos de seu honesto espírito.

Ela fez uma pausa, mas apenas para incluir os dois agora enquanto prosseguia.

— Felix, você deixou essa casa e essa terra para mim. Eu as dei como presente a Reuben em sua memória. E agora eu os deixo a ambos, ligados pelos laços mais fortes que podem existir sob esse céu. As luzes voltaram a brilhar em Nideck Point. O futuro de vocês estende-se até o infinito. Lembrem-se de mim. E perdoem-me. Perdoem-me pelo que eu não sabia, pelo que não fiz e pelo que fracassei em ver. Eu me lembrarei de vocês aonde quer que eu vá, pelo tempo que a memória em si sobreviver em mim.

Ela sorriu. Havia um diminuto traço de apreensão, de medo no seu rosto e na sua voz.

— Isso é uma despedida, meus queridos. Eu sei que seguirei, mas não sei para o quê, ou para onde, ou mesmo se algum dia voltarei a vê-los. Mas eu agora os vejo, vitais e preciosos, e cheios de um inegável poder. E eu amo vocês dois. Rezem por mim.

Ela ficou imóvel. Tornou-se o retrato da própria, olhos olhando para a frente, lábios suavemente fechados, sua expressão de uma tênue admiração.

Então seu rosto começou a tremer, a evanescer. E logo tudo o que restava dela era o contorno de sua figura desenhada na escuridão. Por fim, também isso desapareceu.

– Adeus, minha querida – sussurrou Felix. – Adeus, minha preciosa menina.

Reuben chorava descontroladamente.

O vento estava zunindo nas escuras árvores invisíveis que assomavam ao redor da clareira.

Felix enxugou as lágrimas com o cachecol e então abraçou Reuben, amparando-o.

– Ela agora se foi, Reuben, foi para casa – disse Felix. – Você não vê? Ela nos libertou, exatamente como disse que queria fazer. – Ele estava sorrindo através das próprias lágrimas. – Eu sei que ela encontrará a luz; seu coração é puro demais, sua coragem forte demais para qualquer outra hipótese.

Reuben assentiu com a cabeça, mas tudo o que conseguia sentir no momento era pesar, pesar pelo fato de ela haver partido, pesar por jamais poder voltar a ouvir a voz dela, e apenas lentamente ele conseguiu perceber que um grande consolo lhe estava sendo dado.

Quando se virou e olhou novamente nos olhos de Felix, ele sentiu uma calma profunda, uma confiança em que, de uma certa forma, o mundo era o lugar bom que ele sempre acreditara ser.

– Venha – disse Felix, abraçando-o com firmeza e então soltando-o, seus olhos agora cheios daquele velho vigor e daquela velha luz. – Todos devem estar esperando por nós, e devem estar com muito medo. Vamos até eles.

– Agora tudo voltou a estar perfeito – disse Reuben.

– Sim, meu caro, voltou – disse Felix. – E nós a decepcionaremos terrivelmente se não percebermos isso.

Lentamente, eles se viraram e seguiram de volta pelo campo de cinzas e detritos em direção à estreita passagem entre os penedos, e começaram a percorrer o longo trajeto até a casa num silêncio ameno.

25

A pastora George chegou à tarde. Ela telefonara para Reuben na noite anterior e pedira para se encontrar com ele em particular. E ele não podia recusar.

Eles se encontraram na biblioteca. Ela estava novamente bem-vestida, como estivera na festa de Natal, dessa vez usando um terninho vermelho com um cachecol branco em volta do pescoço. Seus cabelos curtos e grisalhos tinham belos cachos, e ela usava um pouco de pó de arroz e batom, como se aquela fosse uma visita importante para ela.

Reuben a convidou a se sentar na poltrona com braços ao lado da lareira. Ela se sentou no sofá Chesterfield. O café e o bolo inglês já estavam dispostos, e ele a serviu.

Ela parecia bastante calma e satisfeita e, assim que Reuben perguntou por Susie, explicou que a menina estava indo extraordinariamente bem. Uma vez que o padre Jim acreditara em Susie, ela passara a se sentir disposta a conversar com ele e com os pais acerca das "outras coisas" que lhe haviam acontecido quando fora abduzida, e Susie era agora uma menina feliz.

– Eu nem sei como agradecê-lo por tudo que fez – disse a pastora George. – Os pais dela a levaram para ver o padre Jim duas vezes. Eles assistiram à Missa do Galo na igreja dele.

Reuben não conseguia disfarçar sua satisfação e seu alívio, mas a pastora George só sabia a metade da história. Jim tem sido capaz de fazer alguma coisa para ajudar de um jeito ou de outro, pensou Reuben, em função dos segredos pesados que eu o obriguei a suportar. E certamente isso era algo bom para ele. Quanto a Susie, Reuben estava embevecido com o fato de ela estar na trilha da recuperação, quer dizer, se é que alguma criança tinha mesmo condições de se recuperar da crueldade que Susie experimentara.

A pastora George discorreu um pouco sobre como o padre Jim era uma boa pessoa e revelou que ele era o primeiro sacerdote católico que ela conhecera pessoalmente em toda a sua vida. Ele concordara em dar uma palestra em sua pequena igreja sobre as necessidades dos sem-teto. E ela lhe ficou profundamente grata.

– Eu não sabia que um padre teria interesse em ir a uma pequena igreja não sectária como a minha, mas ele demonstrou toda a disposição do mundo. E nós estamos muito contentes.

– Ele é um cara bem legal – disse Reuben com um rápido sorriso. – E é meu irmão. Sempre pude confiar em Jim.

A pastora ficou em silêncio.

E agora, Reuben estava pensando. Como ela vai entrar na conversa, como vai começar a especular sobre o mistério do Lobo Homem, como vai tocar no assunto e depois sair dele? Ele estava se preparando, ainda sem certeza alguma do que faria e do que diria para distanciar-se do mistério, para manter a conversa abstrata e vaga.

– Foi você quem resgatou Susie, não foi? – perguntou a pastora George.

Ele ficou perplexo.

Ela olhava diretamente para ele, calma como antes.

– Foi você, não foi? – repetiu. – Foi você quem a levou até a minha igreja.

Ele sabia que estava enrubescendo. E podia sentir os tremores nas pernas e na mão. Ele não disse nada.

– Eu sei que foi você – disse ela numa voz baixa e confidencial. – Eu soube quando você se despediu dela daquele jeito, aqui no andar de cima, quando você disse: "Eu te amo, lindinha." Eu soube também por causa de outras coisas, pelo que as pessoas chamam de postura, a maneira pela qual você se movia, a maneira pela qual andava, o som da sua voz. Oh, não era a mesma, não, mas existe uma... existe uma cadência na voz de cada pessoa, uma cadência pessoal. Foi você.

Ele não respondeu. Ele não sabia precisamente o que fazer ou o que dizer, sabia apenas que jamais poderia admitir aquilo. Ele não poderia ser atraído a nenhum tipo de admissão, nem agora nem nunca, e, no entanto, odiava a ideia de mentir para ela, odiava a ideia com todo o seu ser.

— Susie também sabe — disse a pastora George. — Mas ela não precisa vir aqui e perguntar a você sobre isso. Ela sabe e por enquanto para ela isso é o suficiente. Você é o herói dela. Você é o amigo secreto dela. Ela pode contar a seu irmão, Jim, que sabe por que ele é padre e jamais poderá revelar a ninguém o que ouviu dela em confissão. Portanto, ela não precisa contar para mais ninguém quem você é. Nem eu preciso. Nenhuma das duas precisa contar. Mas eu precisava vir aqui. Eu tinha de dizer isso. Eu não sei por que tinha de vir aqui, por que tinha de perguntar a você, mas eu tinha. Talvez porque eu seja uma pastora, uma crente, alguém a quem o misterioso é apenas, bem, apenas algo bastante real. — A voz dela estava equilibrada, quase desprovida de emoção.

Ele continuou olhando fixamente para ela sem dizer uma palavra.

— A polícia entendeu tudo errado, não é verdade? — perguntou ela. — Eles estão vasculhando o litoral de cima a baixo atrás de algum tipo de Yeti ou Sasquatch, quando na verdade o Lobo Homem se transforma no que é e depois se transforma de volta em ser humano. O Lobo Homem é um lobisomem. Eu não sei como ele faz isso. Mas eles não têm nenhuma pista.

O sangue pulsava em suas bochechas. Ele baixou os olhos. Foi em busca da xícara de café, mas sua mão estava tremendo excessivamente para que conseguisse pegá-la, e ele depositou a mão delicadamente sobre o braço do sofá. Lentamente, voltou a olhar para ela.

— Eu simplesmente tinha de saber se estava certa. Eu tinha de saber que aquilo não era apenas uma vaga suposição da minha parte, tinha de saber que a coisa era você. Acredite em mim, eu não lhe quero mal. Eu não posso julgar alguma coisa ou alguém como você. Eu sei que você salvou Susie. Ela estaria morta agora se você não a tivesse salvo. E quando Susie precisou de você, aqui nessa casa, você estava aqui para confortá-la e a conectou a um homem que pode ajudá-la a se curar. Eu não lhe quero mal.

Imagens, mais do que pensamentos, passavam rapidamente pela mente de Reuben, imagens embaralhadas e discordantes do fogo da Invernia, dos Nobres da Floresta, da horrenda imolação das duas *Morphenkinder*, daquele miserável homem que sequestrara Susie, de seu corpo ensanguentado e destroçado nas patas de Reuben. Então sua mente ficou preta. Ele novamente desviou o olhar e agora concentrava-se mais uma vez na pastora George. Sua cabeça estava latejando, mas ele precisava continuar olhando-a bem nos olhos.

Ela estava simplesmente olhando para ele, seu rosto largo, plácido e agradável.

Ela pegou sua xícara de café e bebeu.

– Esse café é muito bom – disse baixinho. Em seguida depositou a xícara novamente na mesinha e olhou para o fogo.

– Quero apenas o que houver de melhor nesse mundo para Susie – disse Reuben, sua voz trêmula enquanto lutava para mantê-la sob controle.

– Eu sei – disse a pastora. Ela balançou a cabeça em concordância, olhos ainda nas chamas. – Eu quero o mesmo. Quero o que houver de melhor nesse mundo para todos. Eu nunca vou querer o mal de quem quer que seja. – As palavras pareciam escolhidas cuidadosamente, e eram faladas lentamente. – Eu vou lhe dizer. A coisa mais radical em relação a uma conversão a Deus é a determinação de amar, de amar de verdade em nome Dele.

– Eu acho que você está certa – disse Reuben.

– Bom, isso é o que o seu irmão Jim também diz.

Quando olhou novamente para ele, ela sorriu.

– Eu desejo a você todas as coisas boas desse mundo, sr. Golding. – Ela se levantou. – Quero lhe agradecer por me deixar vir aqui.

Ele se levantou com ela e acompanhou-a lentamente até a porta.

– Por favor, compreenda, eu tinha de saber – disse ela. – Era como se a minha sanidade dependesse disso.

– Eu compreendo, sim – disse ele.

Ele abraçou-a enquanto a acompanhava até o terraço. O vento estava severo, e as gotinhas de chuva eram como pedacinhos de aço batendo no rosto e nas mãos dele.

Reuben abriu a porta do carro para ela.

– Cuide-se, pastora George – disse ele. Ele podia ouvir o tremor na própria voz, mas esperava que ela não pudesse. – E, por favor, mantenha contato. Por favor, escreva para mim quando puder. E mande-me notícias de Susie.

– Eu farei isso, sr. Golding. – Dessa vez o sorriso dela surgiu brilhante e fácil. – Eu o manterei sempre em minhas orações.

Ele ficou parado observando enquanto ela descia a colina em direção aos portões.

Uma hora mais tarde, Reuben contou todo o ocorrido a Felix e Margon.

Eles estavam sentados na cozinha, tomando o chá da tarde. Gostavam de chá muito mais do que de café, ao que parecia, e todas as tardes às quatro, ao mais tardar, eles tomavam o chá da tarde.

Eles demonstraram uma surpreendente despreocupação, e cada um sugeriu a Reuben uma maneira de lidar com a questão.

– Você fez o melhor que podia fazer – disse Felix.

– Isso não tem realmente importância, tem? – perguntou Reuben. – Ela vai guardar segredo em relação a isso. Vai ter de guardar segredo. Ninguém vai acreditar nela se...

Nenhum deles respondeu, e então Margon disse:

– Ela vai guardar segredo até que alguém que ela conheça e ame sofra uma indescritível violência, alguma maldade terrível. E então você vai ter notícias dela. Ela virá até você em busca de justiça. Vai telefonar para você e lhe contar tudo a respeito do que aconteceu com a amiga dela, com o parente dela ou com alguém do rebanho dela, e vai contar para você quem fez a violência terrível, se ela souber; e não vai pedir que você faça coisa alguma. Simplesmente lhe contará a história e deixará por isso mesmo. E é assim que começa, os telefonemas aqui e ali daqueles que sabem e que querem que nós ajudemos. Ninguém jamais vai explicar por que eles estão lhe contando suas histórias de desgraças. Mas eles ligarão ou aparecerão e lhe contarão. Ela talvez seja a primeira, ou Susie Blakely, talvez. Quem sabe? Talvez Galton seja o primeiro, ou o xerife do condado, ou alguém de quem você não consegue se lembrar de ter conhecido. Repetindo, quem sabe? Mas isso vai começar a acontecer, e, quando começar, você terá de administrar a coisa exatamente da mesma maneira como administrou a conversa essa tarde com a pastora. Jamais admita coisa alguma. Jamais se apresente como voluntário para resolver coisa alguma. Simplesmente pegue a informação e a traga para nós. E nós decidiremos, juntos, você, Felix e eu, o que deverá ser feito.

– Isso é inevitável – disse Felix calmamente. – Não se preocupe. Quanto mais fazemos o que eles nos pedem, mais leais eles se tornam.

26

Véspera de Ano-Novo. Uma grande tempestade atingira o litoral, inundando as estradas de uma extremidade à outra do condado; os ventos sacudiam os caibros de Nideck Point, e gemiam nas chaminés. De todos os lados, uma chuva cegante encharcava as janelas.

Phil subira no fim da tarde para passar a noite na casa, num quarto agradável na sala leste, onde já dormira antes e onde tudo havia sido preparado para que ele se sentisse confortável.

Fagulhas voaram na floresta de carvalho antes da luz acabar. O gerador de emergência foi ligado para alimentar minimamente os circuitos da residência. E, na cozinha, a ceia foi preparada à luz de lamparinas a óleo, com tudo o que havia sido arrumado de antemão com vistas a enfrentar o tempo inclemente.

Mais uma vez a companhia estava em traje a rigor, seguindo a animada sugestão de Felix, e até mesmo Stuart cedera, mas não sem citar Emerson no sentido de que se deve estar ciente de todos os empreendimentos que requerem novas roupas.

Laura descera num vestido longo azul-cobalto com correias adornadas com joias sobre seus ombros nus. E todos os serviçais estavam vestidos a caráter para se juntar à companhia à mesa, como era o costume.

Lisa renunciara a seu costumeiro traje preto em prol de um arrebatador vestido longo feito inteiramente de intricadas rendas em tom marfim, enfeitado com pérolas e diminutos diamantes. E Henrietta, tão quieta, tão tímida, usava um juvenil vestido de tafetá rosa. Até

Heddy, a mais velha de todas, e sempre tão quieta e reservada, colocara um festivo vestido de veludo verde que revelava pela primeira vez seu talhe bem proporcionado.

Berenice ainda não saíra para juntar-se ao outro bando e, na verdade, sua saída agora não parecia nem um pouco certa. E, quando ela apareceu num vestido de chiffon preto, Frank ficou deliciado, sufocando-a de beijos.

Margon cedeu a cabeceira da mesa a Felix, assumindo a antiga cadeira de Felix ao lado de Stuart.

E, assim que a mesa foi posta com faisão, galinha assada com mel e os espessos bifes cozidos na manteiga e no alho, os serviçais vieram e assumiram seus lugares para ouvir a bênção dita por Felix numa voz tranquila.

– Criador do Universo, nós lhe agradecemos quando esse ano chega a seu fim – disse Felix –, pelo fato de mais uma vez podermos estar aqui sob esse teto, e com nossos amigos mais diletos, e lhe agradecemos pelo fato dos *Geliebten Lakaien* estarem mais uma vez aqui conosco. Lisa, Heddy, Henrietta, Peter e Jean Pierre, nós damos o nosso muito obrigado a cada um de vocês.

– Os *Geliebten Lakaien* – repetiu Margon –, e, para aqueles dentre vocês que não compartilham nossa língua alemã, esse é o velho e lendário nome para designar esses "adorados serviçais" que por tanto tempo nos protegeram e mantiveram nossas lareiras acesas. Todo o mundo os conhece pelo nome, e eles são muito requisitados e valorizados. Nós somos gratos, verdadeiramente gratos por termos a confiança e a lealdade deles.

Toda a companhia repetiu a saudação, e um rubor surgiu nas bochechas de Lisa. Se aquilo fosse um homem, pensou Reuben, bem, é o homem mais bem disfarçado que ele já vira na vida. Mas na verdade ele agora pensava em Lisa exclusivamente como um ente feminino. E saboreava o título para aqueles misteriosos Imutáveis e dava as boas-vindas àquele novo pedacinho de interessante inteligência.

– E a vocês, bondosos mestres, jovens e idosos – disse Lisa com a taça erguida –, nunca, em momento algum, esqueceremos o valor de seu amor e de sua proteção.

– Amém – gritou Margon. – E chega de discursos por ora enquanto a comida está quente. O relógio de pêndulo está badalando as dez horas da noite e eu estou faminto. – Ele se sentou imediatamente e pegou uma travessa de carne, dando a todos os outros permissão para que começassem a se servir.

Frank cuidou para que um espirituoso concerto de Vivaldi soasse dos pequenos alto-falantes Bose no aparador e, então, juntou-se ao resto da companhia.

Risos e espirituosas conversas haviam retornado a Nideck Point. E a tempestade inclemente apenas tornava a festa ainda mais recheada de convivialidade e entusiasmo. As conversas rolavam com facilidade ao redor da mesa, frequentemente abrangendo todo o grupo, e outras vezes atingindo apenas pequenos bolsões de vozes animadas e rostos ansiosos.

– Mas o que os Nobres da Floresta fazem numa noite como essa? – perguntou Phil. Eles podiam ouvir a agitação e o barulho nos velhos carvalhos. De bem longe, em algum ponto da escuridão, ouviu-se um violento som de coisas se partindo, como se um galho tivesse quebrado num tronco.

– Ah, bem, eu os convidei para o banquete – disse Margon –, pelo menos Elthram e Mara e quem mais que eles pudessem querer trazer, mas me disseram nos termos mais gentis do mundo que tinham outros centenários de que participar no extremo norte. Portanto, devo supor que não estejam nas redondezas. Mas como eles não possuem corpos reais e existem como elementos no ar, eu não posso imaginar que uma tempestade faça mais do que excitá-los.

– Mas eles vão voltar, não vão? – perguntou Stuart.

– Ah, certamente que sim – disse Felix. – Mas quando, só eles podem dizer, e nunca acredite que a floresta se encontra sem espíritos. Existem outros lá fora, outros que nós não conhecemos de nome e que não nos conhecem de nome, mas que podem vir a se manifestar se em algum momento sentirem necessidade de fazê-lo.

– Eles estão vigiando a casa? – perguntou Laura numa voz miúda.

– Estão, sim – respondeu Felix. – Estão vigiando a casa. E ninguém sob esse teto deverá jamais sentir medo deles por menor que seja. Mas se alguém tentar colocar a casa em risco...

— Mas essa não é a noite para falarmos de tais ameaças ou de tais preocupações, nem de tais rotinas e incômodos de pequena monta – disse Margon. – Vamos, vamos voltar a beber. Vamos fazer um brinde a cada um dos membros dessa rara e inestimável companhia.

E assim a noite prosseguiu, brinde após brinde, à medida que as aves eram devoradas, e finalmente a mesa foi limpa por todas as mãos como sempre era feito ali, e as frutas frescas e os queijos foram depositados junto com as mais egrégias e impressionantes sobremesas à base de chocolate e doces alemães.

Felix só voltou a se levantar às 23:30, e dessa vez a reunião estava abrandada e quem sabe preparada para suas reflexões mais sóbrias. A música cessara havia bastante tempo. Toras novas foram jogadas ao fogo. Todos estavam confortavelmente acomodados com suas respectivas xícaras de cafés e copos de brandy. E o rosto de Felix estava filosófico, embora o sorriso familiar pudesse ser visto nas extremidades da boca como sempre acontecia quando ele estava de bom humor.

— E então mais um ano se acaba – disse ele, desviando o olhar –, e nós perdemos Marrok, Fiona e Helena.

Estava claro que ele ainda não concluíra sua fala, mas Margon falou com tranquilidade:

— Por tudo o que há de bom no mundo – disse ele –, eu não mencionaria nessa noite os nomes daqueles que trouxeram a morte à nossa *Modranicht*. Mas falarei seus nomes para você, Felix, se esse é o seu desejo, e para qualquer outro aqui que deseje prantéa-los.

O sorriso de Felix foi triste, porém pensativo.

— Bem, pela última vez – disse Margon –, vamos dizer seus nomes, e rezar para que eles tenham ido para um lugar de descanso e compreensão.

— Escutem, escutem – disseram Thibault e Sergei depois dele. – E perdoe-nos isso, Philip, por favor – disse Frank.

— Perdoar vocês? – perguntou Phil. – Perdoar o quê? – Ele ergueu seu copo. – Às mães da minha *Modranicht* e à vida que eu agora tenho dentro de mim. Eu não lhes desejo mal e não os insultarei com meus agradecimentos por esse novo capítulo em minha história.

Houve uma rápida e suave rodada de aplausos.

Phil bebeu.

– E a esse ano vindouro e todas as bênçãos nele contidas – disse Felix. – Ao filho de Reuben, e a todos os brilhantes futuros daqueles aqui reunidos. Ao destino e à fortuna, e aos nossos corações para que não se esqueçam das lições aprendidas com tudo o que testemunhamos nessa festividade da Invernia, nossa primeira com nossos novos parentes.

Sergei deu seu costumeiro rugido e balançou a garrafa de brandy acima da cabeça, e Frank bateu na mesa e declarou que a formalidade esgotara as boas-vindas.

– O relógio está se aproximando da meia-noite – disse Frank –, e mais um ano está morrendo, estando nós mais velhos ou não, e os mesmos malditos desafios como sempre diante de nós.

– Bem, isso é formal até demais – disse Berenice com um riso suave. Na realidade, os risos estavam irrompendo espontaneamente de todos os lados por nenhum motivo aparente a não ser os espíritos confortáveis e ébrios do grupo.

– Tantos pensamentos percorrem a minha cabeça – disse Felix –, com relação ao que esse novo ano tem reservado para nós.

– Excesso de pensamento! – gritou Sergei. – Beba, não pense!

– Ah, mas falando sério agora – insistiu Felix. – Uma coisa que nós devemos fazer ano que vem é compartilhar as histórias de nossas vidas com nossos novos irmãos e irmã.

– Agora sim, a isso eu vou beber – disse Stuart. – A verdade e nada além da verdade total.

– Quem disse alguma coisa sobre verdade? – perguntou Berenice.

– Contanto que não tenha de ouvir uma única palavra disso essa noite – disse Sergei. – E vocês, jovens, esperem só até que os *Geliebten Lakaien* comecem a tecer suas narrativas e seus mitos de origem.

– Como assim? O que você está dizendo? – perguntou Stuart. – Quero saber a verdade sobre tudo, droga.

– Eu estou a fim de ouvir tudo – disse Reuben. Phil assentiu com a cabeça e ergueu o copo.

O riso rolava solto como se fosse um discurso.

E Felix desistira por completo de levantar quaisquer assuntos sérios para terminar a noite, optando pelos brindes, por implicar com Stuart e por desviar-se dos leves golpes de Margon.

Reuben estava excitado ante a perspectiva de ouvir todas as histórias que os Distintos Cavalheiros tinham a contar, e se ele conseguisse persuadir os *Geliebten Lakaien* a revelar qualquer coisa seria maravilhoso.

Reuben tomou seu café, adorando o sabor forte e o efeito da cafeína, e empurrou a taça de vinho para longe de si. Mirou Laura de maneira amorosa e sentimental, seus olhos azuis tão vívidos com o vestido azul, e as emoções brotaram perigosamente dentro dele. Sete minutos faltavam, pensou ele, seu relógio em total conformidade com o relógio de pêndulo da sala principal, e então você a pega nos braços e a esmaga com todo o seu poder e toda a sua força enquanto ela o esmaga de volta, e você jamais esquecerá aquela noite, aquela Invernia, aquela *Modranicht*, aquele ano, aquela estação na qual sua vida nova nascera, e com ela seus mais profundos amores e suas mais profundas compreensões.

Subitamente, um ribombar alto soou da porta da frente.

E, por um momento, ninguém se mexeu. Novamente o som foi ouvido, alguém lá fora na chuvarada, batendo na porta da frente.

– Mas quem pode ser numa hora dessas! – exclamou Frank. Ele se levantou como uma sentinela em serviço, atravessou a sala de jantar e entrou na sala principal.

Uma forte corrente de ar irrompeu pela casa quando a porta foi aberta, levantando as frágeis chamas das velas, e então veio o barulho da porta sendo batida com força e mais uma vez trancada, e os sons de duas vozes discutindo.

Felix levantou-se rapidamente na cabeceira da mesa, copo na mão, escutando como se estivesse tendo um pressentimento ou uma percepção de quem havia batido na porta. Os outros estavam escutando, tentando captar a identidade da nova voz, e Berenice emitiu um pequeno som de pesar.

Frank apareceu, afogueado e perturbado.

– Você permite que ele entre?

Felix não respondeu de imediato. Ele estava olhando por cima de Frank para a alcova entre a sala de jantar e a sala de estar.

E então Frank afastou-se e voltou à cadeira. Felix fez um gesto para o recém-chegado.

Um encharcado e enlameado Hockan apareceu, seu rosto e mãos brancos e trêmulos.

– Deus do céu, você está todo molhado – disse Felix. – Lisa, um dos meus agasalhos lá em cima. Heddy, toalhas.

O resto da companhia permaneceu sentado em silêncio ao redor da mesa, e Reuben flagrou-se observando tudo com fascinação.

– Venha, tire esse casaco – disse Felix, desabotoando ele próprio o casaco e deslizando-o dos ombros de Hockan.

Heddy apareceu atrás dele, enxugando os cabelos de Hockan, e em seguida oferecendo-lhe a toalha para que enxugasse o rosto, mas ele apenas mirou a toalha como se não soubesse o significado do objeto.

– Tire esses sapatos molhados, mestre – disse ela.

Hockan estava lá parado com o olhar siderado.

Ele postou-se diante de Felix olhando-o bem nos olhos, seu rosto tremendo e indecifrável.

Um pequeno som escapou dele, algo semelhante a uma palavra estrangulada ou um grunhido, e bem repentinamente Hockan começou a ter uma convulsão, sua mão cobrindo-lhe os olhos enquanto o corpo sacudia com os soluços.

– Elas se foram, elas se foram todas! – disse ele numa voz profunda e agonizante, soluços irrompendo como se fossem acessos de tosse. – Elas se foram, Helena e Fiona e todas as outras.

– Ah, venha – disse Felix delicadamente. Ele abraçou Hockan e levou-o até a mesa. – Eu sei – disse ele. – Mas você tem a nós. Você sempre terá a nós. Estamos aqui para você.

Hockan grudou-se a Felix, chorando em seu ombro.

Margon rolou os olhos, e Thibault balançou a cabeça. De Sergei veio o inevitável e profundo rosnado de desaprovação.

E Frank disse numa voz baixa e dura:

– Meu Deus, Felix, você ultrapassa qualquer noção de paciência, meu amigo.

— Felix — disse Sergei, ominosamente —, por acaso não existe ninguém sob o sol, fada, elfo, demônio, troll ou algum perfeito salafrário que você não tente amar e com quem não tente conviver em paz?

Thibault emitiu um riso curto e amargo.

Mas Hockan não parecia estar ouvindo nada daquilo. Seus engasgados soluços, suaves e desamparados, continuavam.

Felix segurava-o num terno abraço, mas ainda assim conseguiu virar a cabeça e olhar para os outros.

— Invernia, cavalheiros — disse Felix, seus olhos vidrados. — Invernia — repetiu. — E ele é nosso irmão.

Ninguém respondeu. Reuben lançou um olhar de relance em direção a Phil, cujo rosto estava quase que arrasadoramente triste ao mirar os dois homens à mesa. Mas também havia um traço sereno e inquisitivo em sua expressão.

Hockan parecia o homem mais despedaçado da face da Terra, sua alma esvaziando-se em seus soluços particulares, absolutamente oblívio a todos e a tudo com exceção de Felix.

— Não sei para onde ir — disse Hockan numa voz abafada. — Eu não sei o que fazer.

— Invernia — disse Margon por fim. Ele se levantou e colocou a mão direita no ombro de Hockan. — Tudo bem, irmão. Agora você está conosco.

Lisa retornara com o agasalho no braço, mas não era o momento para isso. E ela ficou esperando nas sombras.

Um choro mudo e desamparado escapava de Hockan.

— Invernia — disse Berenice. As lágrimas escorriam por seu rosto.

— Invernia — disse Frank com um suspiro exasperado, e ergueu o copo.

— Invernia — disse Sergei.

E a mesma palavra saía agora da boca de Laura, de Phil, de Lisa e dos outros *Geliebten Lakaien*.

Laura tinha lágrimas nos olhos, e Berenice continuava chorando, balançando a cabeça enquanto olhava com gratidão para os outros.

Reuben levantou-se. E postou-se ao lado de Felix.

— Obrigado — disse Felix num pequeno sussurro confidencial.

— Meia-noite – disse Reuben. – O relógio está batendo. – E ele abraçou Felix e Hockan juntos antes de se virar e abraçar sua adorada Laura.

27

Grace ligou no domingo de manhã, dia 6 de janeiro. Reuben estava trabalhando com afinco num artigo para Billie a respeito da cidadezinha de Nideck e do processo de renascimento pelo qual vinha passando, com novos negócios e novas construções residenciais.

— Seu irmão precisa de você – disse Grace. – E precisa do pai dele também. Você podia pedir para o velho dar um pulinho aqui com você, que tal?

— O que aconteceu? O que você está querendo dizer?

— Reuben, é a paróquia dele. Aquela vizinhança. É o Tenderloin. Uns bandidos atacaram um jovem padre que estava visitando Jim ontem de tarde. Reuben, eles bateram sem dó no pobre coitado e ainda o castraram. Ele morreu na sala de cirurgia ontem à noite, e talvez isso tenha sido até uma bênção. Honestamente, eu nem sei. Mas seu irmão está fora de si.

Reuben ficou horrorizado.

— Eu entendo o motivo. Escute, nós estamos indo. Estarei aí o mais rápido possível.

— Jim chamou a polícia, e eles vieram aqui para o hospital. Seu irmão sabe quem está por trás disso, um traficante, um ser humano desprezível e repugnante. Mas eles disseram que não havia nada que pudessem fazer sem o testemunho do padre. Uma outra testemunha também foi assassinada. Eu não consegui entender o que eles estavam falando. Reuben, Jim simplesmente enlouqueceu quando o padre morreu. E ele está desaparecido desde a noite de ontem.

— Como assim, Jim está desaparecido? – perguntou Reuben. Ele se levantou, tirando a mala da última gaveta do closet.

– É isso mesmo que eu disse. Eu implorei a ele que viesse para cá, que ficasse aqui em casa, pedi pelo amor de Deus que saísse daquele apartamento dele e viesse para cá. Mas o seu irmão simplesmente não me ouve. Agora ele não atende o telefone e ninguém na paróquia sabe onde ele está. Ele não rezou a missa essa manhã, Reuben, dá para imaginar uma coisa dessas? Eles telefonaram para mim!

"Reuben, convença Phil a vir com você. Jim ouve seu pai. Jim ouve você. Mas ele simplesmente não me ouve."

Reuben estava jogando vários itens na mala.

– Eu vou encontrá-lo. Ele está fora de si por causa de tudo isso, e nós vamos chegar aí assim que der.

Phil estava na floresta de carvalhos quando Reuben o encontrou, caminhando e conversando com Hockan Crost. Hockan pediu licença para deixá-los com privacidade, e Phil ouviu a história toda antes de falar qualquer coisa.

– Como eu posso ir para lá, Reuben? – perguntou ele. – Olhe só para mim. Você acha que o seu irmão não vai perceber o que aconteceu?

É claro que Phil estava certo.

– Escute, a mudança ocorreu comigo ontem à noite – disse Phil. – Oh, não precisa ficar preocupado com isso. Eu estava com Lisa e ela chamou Margon imediatamente. Já tinha passado da meia-noite. Uau, que história eu tenho para contar...

– Então você não pode ir – disse Reuben.

– Exatamente. A transformação acontecerá novamente amanhã à noite e ninguém sabe a que horas. Mas isso é apenas uma parte do problema, e você sabe muito bem disso. Olhe para mim, filho. O que você vê?

Phil estava certo. Ele agora parecia um homem vinte anos mais jovem do que ele próprio. Seus cabelos grisalhos estavam mais fartos, mais espessos, as mechas louras mais lustrosas e perceptíveis, e o físico era de um homem no seu apogeu. O rosto ainda exibia as marcas da idade, mas seus olhos, sua expressão, seus movimentos – tudo isso fora aprimorado, e Jim veria isso de imediato. Grace veria também.

– Você tem razão – disse Reuben. – Jim está meio fora de si, obviamente, e vê-lo desse jeito, bem...

– Poderia muito bem enlouquecê-lo de vez – disse Phil. – Você precisa ir sem mim. Tente convencê-lo a voltar para casa. Ou leve-o para algum lugar decente, Reuben, onde ele possa se recuperar de tudo isso. Um hotel aconchegante. Jim não tira férias há cinco anos, e agora acontece uma coisa como essa.

Depois de um rápido telefonema para Laura, que estava na cidade de Nideck trabalhando com Felix e diversos novos comerciantes – e três telefonemas não atendidos para o celular de Jim –, Reuben pegou a estrada às dez horas.

Ele estava quase em Marin County quando recebeu mais uma ligação de Grace.

– Eu registrei uma ocorrência de desaparecimento – disse Grace –, mas a polícia não vai fazer nada a respeito disso. Ainda não se passaram 24 horas. Reuben, eu nunca vi seu irmão do jeito que ele estava. Você devia ter visto a cara dele quando nós dissemos que aquele padre tinha morrido. Enfim, ele começou a se distanciar silenciosamente. Simplesmente saiu do hospital sem falar com ninguém e sumiu. Reuben, nós descobrimos que o carro dele está no estacionamento. Ele está a pé.

– Mamãe, pode ser que ele tenha pego um táxi em algum lugar. Eu vou encontrá-lo. Estarei aí em uma hora e meia.

Ele saiu da estrada o tempo suficiente para ligar para a reitoria de Jim, sem sucesso, para telefonar para o apartamento — onde não obteve resposta — e para deixar mais uma mensagem no celular de Jim.

– Estou praticamente na Golden Gate. Por favor, ligue para mim assim que for possível.

Ele estava em San Francisco, a caminho da Lombard Street, sem saber se passava antes em casa ou no hospital, quando um texto de Jim apareceu em seu celular.

"Huntington Park, Nob Hill. Não diga a ninguém."

"Alguns minutos daqui", digitou Reuben e imediatamente virou à direita. Aquele não era em hipótese alguma o pior lugar para se encontrar com seu irmão. Havia três hotéis no topo da Nob Hill, bem no parque.

Estava chovendo levemente, porém o trânsito não estava ruim. Reuben alcançou o topo da colina em cinco minutos e parou no estacionamento público da Taylor Street. Pegou a mala, atravessou a Taylor em disparada e entrou no parque.

Jim estava sentado sozinho num banquinho com uma pasta no colo. Totalmente vestido com os trajes sacerdotais, ele mirava à frente como se estivesse em transe. Uma chuvinha leve dava um lustre à calçada e salpicara as roupas e os cabelos de Jim com gotinhas prateadas, mas ele não parecia estar sentindo a chuva ou o forte vento frio.

Reuben aproximou-se e pôs a mão com firmeza no ombro do irmão. Nem assim Jim levantou a cabeça.

– Escute, está um frio do cão aqui – disse Reuben. – Que tal a gente tomar um café ali no Fairmont?

Jim levantou os olhos lentamente, como se estivesse despertando de um sonho. E continuou calado.

– Vamos lá – disse Reuben, levando-o firmemente pelo braço. – Lá vai estar quentinho. Vai ser legal.

Ele ainda murmurava trivialidades e futilidades enquanto guiava Jim pelo movimentado e sempre glamoroso saguão do Fairmont. Todas as elaboradas decorações natalinas haviam sido retiradas, mas o saguão estava, de certo modo, sempre vestido para um feriado com seu brilhante piso de mármore, espelhos com molduras banhadas a ouro, colunas douradas e teto com desenhos dourados.

– Vou lhe dizer uma coisa – disse Reuben, dirigindo-se à recepção. – Vou pegar uma suíte para nós dois. Mamãe não quer deixar você voltar para seu antigo apartamento, não sem antes virar a cidade do avesso...

– Não use o seu nome verdadeiro – disse Jim numa voz apática, sem olhar Reuben nos olhos.

– Do que você está falando? Preciso fazer isso. Preciso mostrar a minha identidade.

– Diga para eles não revelarem seu nome verdadeiro – disse Jim num quase murmúrio. – E não diga a ninguém que estamos aqui.

O pessoal da recepção foi inteiramente cooperativo. Eles tinham uma ótima suíte de dois quartos com uma bela vista do parque e da Grace Cathedral do lado oposto. E concordaram em não informar o nome verdadeiro de Reuben a ninguém. É claro que eles o reconheceram. Sabiam que ele era o famoso repórter. E seriam absolutamente discretos. Registraram-no sob o pseudônimo de Creighton Chaney, que Reuben forneceu sem hesitar.

Jim estava aturdido quando eles adentraram a sala de estar da suíte, olhos passando ao largo da decorada lareira e do suntuoso mobiliário como se nada fosse tocante, como se estivesse engajado em alguma contemplação profundamente interior da qual não podia de fato despertar. Sentou-se no sofá de veludo azul e mirou o espelho com moldura dourada acima da viga, e em seguida olhou para Reuben como se não estivesse conseguindo dar muito sentido ao que estava se passando ao redor.

– Vou ligar para a mamãe – disse Reuben –, mas não vou falar onde estamos.

Jim não respondeu.

– Mamãe, escute – disse Reuben no aparelho. – Eu estou com Jim e te ligo assim que der. – E cortou a ligação de imediato.

Jim continuava sentado segurando a pasta, como estava antes no banquinho do parque, mirando a tela dourada da lareira como se houvesse um fogo quando na verdade não havia.

Reuben acomodou-se numa poltrona de veludo dourada à esquerda dele.

– Eu nem consigo imaginar o que você está sentindo – disse ele –, com uma coisa dessas acontecendo com um amigo seu. Mamãe disse que você contou para a polícia tudo que sabia, e que eles disseram que não podiam fazer nada.

Jim não respondeu.

– Você faz alguma ideia de quem é o responsável por isso? Mamãe disse alguma coisa sobre um traficante que você conhecia.

Jim não respondeu.

– Escute, eu sei que você não quer me contar. Você não quer que eu saia correndo daqui e transforme o culpado numa refeição. Eu entendo. Estou aqui como seu irmão. Vai ajudar alguma coisa conversar sobre o que aconteceu com o seu amigo?

– Ele não era meu amigo – disse Jim com aquela mesma voz apática e inexpressiva. – Eu nem gostava dele.

Reuben não sabia o que dizer.

Então:

– Bem, eu imagino que isso também seja uma coisa confusa num momento como esse.

Nenhuma reação.

– Eu quero ligar para o papai e contar para ele que estou aqui com você – disse Reuben, e entrou no quarto à direita. Era tão suntuoso quanto a sala de estar, com uma cama king-size luxuosamente enfeitada e um sofá curvo sob a janela. Certamente Jim ficaria confortável num lugar como aquele se Reuben conseguisse convencê-lo a ficar.

Assim que Phil atendeu, Reuben atualizou-o sobre tudo rapidamente. Aquilo era ruim. Ele iria pegar as coisas de Jim em seu apartamento e ficaria com ele aquela noite, se ao menos Jim lhe desse permissão para isso.

– Ele está em estado de choque – disse Reuben. – É como se não soubesse o que está fazendo. Eu não vou deixá-lo sozinho.

– Eu falei com a sua mãe. Ela está enfurecida por eu não ter ido com você, e estou dando a ela as mais ridículas desculpas como fiz a minha vida inteira por não fazer o que ela queria. Não deixe de ligar para mim mais tarde, não importa o que aconteça.

Reuben encontrou Jim sentado no sofá imóvel, mas ele colocara a pasta ao lado dele em cima do sofá.

Quando Reuben perguntou sobre pegar as coisas de Jim, este levantou novamente os olhos como se estivesse despertando de um sonho.

– Eu não quero que você vá lá – disse ele.

– Ótimo – disse ele. – Tenho comigo uma mala. E sempre ponho coisas demais. Tem uma coisa aqui de que você vai precisar. – Ele continuou falando porque sentiu que, de alguma maneira, isso era melhor do que não falar, imaginando o que aquele choque poderia ter significado para Jim, tendo ocorrido em sua paróquia. E, do fundo do coração, Reuben disse que sentia muito, muito mesmo, em relação ao que acontecera com o jovem padre.

Quando a campainha tocou, Reuben recebeu o serviço de quarto com uma bandeja de frutas e queijo enviada pelo gerente do hotel. E, sim, eles lhe trariam também uma xícara de café, agorinha mesmo.

Reuben depositou a bandeja na mesinha de café.

– Faz muito tempo que você não come?

Nenhuma reação.

Por fim, Reuben ficou em silêncio, tanto por não saber o que fazer quanto por respeito pelo fato de que aquilo talvez fosse o que Jim desejasse.

Quando o café chegou, Jim aceitou uma xícara e bebeu o conteúdo, embora estivesse bem quente.

Então, lentamente, Jim moveu seus olhos em direção a Reuben e mirou-o durante um longo tempo, olhando para ele de um jeito longo e casual, quase do jeito que as crianças costumam olhar para as pessoas, sem inibições ou desculpas.

– Se você tiver alguma ideia de quem fez isso, enfim... – disse Reuben, deixando as palavras dissolverem-se.

– Eu sei exatamente quem fez isso – disse Jim, a voz baixa e um pouquinho mais forte do que antes. – Era para eu ter sido a vítima. E agora eles já devem ter percebido que cometeram um erro.

Os pelos do pescoço de Reuben ficaram eriçados. O velho formigamento teve início e aquele inevitável calor no rosto.

– Eles o chamavam de padre Golding o tempo todo em que o espancavam e o mutilavam – disse Jim, sua voz mais lúgubre com os primeiros indícios de raiva. – Disseram-me isso enquanto ele estava sendo levado para a ambulância. Em momento algum ele disse aos bandidos que eles estavam com o homem errado.

Reuben esperou.

– Eu estou ouvindo – disse ele.

– Está mesmo? – perguntou Jim, sua voz mais forte e mais nítida. – Fico feliz.

Reuben estava perplexo, mas escondeu o sentimento como escondia o calor percorrendo-lhe a pele.

Jim abriu a pasta e tirou de dentro dela um laptop. Abriu-o sobre os joelhos, apertando algumas teclas, e aparentemente o observando conectar-se à rede *wi-fi* do hotel.

Ele depositou o aparelho na mesinha de café e virou-o de modo que Reuben pudesse enxergar a tela.

Uma fotografia colorida e bem nítida de um jovem louro com óculos de sol e uma manchete do *San Francisco Chronicle*: NOVO PATRONO DAS ARTES NA CIDADE.

Reuben engoliu em seco, forçando o formigamento a parar, a esperar.

– Esse é o cara – disse ele.

– Fulton Blankenship – disse Jim. Ele tirou um papel dobrado do paletó e entregou-o a Reuben. – Esse é o endereço. Você conhece a área, Alamo Square. – Ele virou o computador, apertou algumas teclas e então virou de novo de modo que Reuben pudesse enxergar novamente. Grande casa estilo vitoriano, espetacularmente pintada, bastante impressionante, uma espécie de marco estético, uma das residências estilo vitoriano em forma de chapéu de bruxa que se usam em filmes sempre que possível.

– Sim, eu conheço essa casa – disse Reuben. – Sei exatamente onde fica.

– O que aconteceu foi o seguinte – disse Jim. – Ele é um traficante, e o produto dele é o que eles chamam nas ruas de "Super Bo", uma mistura de xarope para tosse com todo tipo de droga de quinta categoria que se possa imaginar, vendida por quase nada no início e agora por mais do que qualquer outra droga que os moleques conseguem. Altamente concentrada. Um tubo de ensaio do produto dá para fazer uma garrafa de refrigerante, mandando a molecada para a lua depois de ingerir. Droga perfeita para o estupro em grandes doses, também. Tem gente vindo dos subúrbios para comprar a coisa em Leavenworth, e ele está recrutando traficantes o mais rapidamente possível. Mais ou menos 15% dos que sofrem overdose por causa da droga morrem em decorrência disso, e outros 5% acabam entrando em coma. Nenhum desses jamais acordou.

Ele fez uma pausa, mas Reuben sabia que era melhor ficar calado.

– Mais ou menos dois meses atrás – prosseguiu Jim –, eu comecei a tratar com dureza esses distribuidores locais, tentando fazer com que alguém me dissesse quem era ele e o que estava fazendo. Os moleques estavam morrendo! – Jim parou porque sua voz estava embargada, e levou um segundo ou dois para continuar. – Eu ficava para cima e para baixo em Leavenworth todas as noites. Semana passada, um dos garotos me aparece, o amante de Blankenship, diz ele, dezesseis anos de idade, fugitivo, prostituto, viciado e que está morando com Blankenship naquela casa vitoriana. Instalei o garoto numa suíte no Hilton, oh, nada tão chique quanto isso aqui, mas mandei a conta para a mamãe, ela paga os meus extras, ele estava no vigésimo terceiro andar e eu imaginei que estivesse a salvo.

Novamente, Jim parou, visivelmente à beira das lágrimas. Seus lábios estavam descontrolados e então ele recomeçou:

– O nome do garoto era Jeff. Ele estava usando ecstasy e Super Bo, mas queria parar. E eu estava em cima da polícia e da DEA tentando fazer com que eles trabalhassem com ele, tentando fazer com que lhe arranjassem alguma proteção, ouvissem as declarações dele, colocassem um tira na porta do quarto do hotel. Mas ele estava drogado demais, muito pouco confiável para eles. Eles diziam: "Primeiro tira ele do vício e então nós teremos o suficiente para conseguir uma garantia para ele. No momento o moleque está num estado caótico." Bem, os homens do chefão pegaram ele ontem de tarde. Ele foi esfaqueado umas vinte e duas vezes. Eu *disse* a ele que não ligasse para ninguém... – A voz de Jim ficou novamente embargada. – Eu disse a ele!

Ele parou e encostou os dedos dobrados na boca por um segundo, e então recomeçou:

– Quando eu recebi a ligação do hotel, fui até lá imediatamente. E foi então que eles vieram atrás de mim e pegaram o padre que estava hospedado em meu apartamento, um cara inocente de Minneapolis passando um tempo na cidade a caminho do Havaí e que não sabia de coisa nenhuma. Um jovem inocente que queria conhecer a minha paróquia, a minha atividade sacerdotal! Um padre que eu mal conhecia.

– Eu entendo – disse Reuben. O calor em seu rosto estava insuportável e o formigamento tornara-se constante. Mas ele mantinha a mudança sob controle enquanto esperava, silenciosamente espantado com o fato de que uma sensação de raiva e de expectativa cristalinas poderia desencadeá-la como estava acontecendo agora. Espantado também com o que estava acontecendo, com o estrago que aquele incidente fizera com seu irmão. O rosto do irmão, suas lágrimas estavam partindo o coração de Reuben.

– Há mais coisas – disse Jim, fazendo um gesto com o dedo. – Eu conheci o filho da puta. Estive naquela casa. Logo após o garoto me procurar, os capangas de Blankenship me forçaram a entrar num carro e me levaram até lá para que eu me encontrasse com o homem em pessoa. Eles me levaram para o quarto andar daquela casa. É lá que ele mora, aquele, aquele sujeitinho metido a Scarface, aquele Pablo Escobar em fim de linha, aquele Al Capone com cara de rato com seus sonhos de grandeza. Ele é tão paranoico que se resguardou num apartamento no quarto andar daquela casa com uma entrada e apenas um punhado de capangas com permissão para entrar. O sujeito está lá sentado e me serve conhaque e me oferece charutos cubanos. Ele me propõe uma doação de um milhão de dólares para a minha igreja, tem a quantia ali mesmo dentro de uma mala e fala que nós podemos ser sócios, ele e eu, bastava eu contar para ele onde Jeff estava. Ele quer falar com Jeff, fazer as pazes com Jeff, trazê-lo de volta, acabar com o vício dele. – Mais uma vez sua voz ficou embargada, os olhos dançando no rosto à medida que ele olhava ao redor do recinto, obviamente lutando para permanecer calmo.

"Eu não desafiei o monstrinho. Fiquei lá sentado escutando, aspirando aquela revoltante fumaça de charuto enquanto ele falava sobre *Boardwalk Empire* e *Breaking Bad* e sobre como ele era o novo Nucky Thompson, e que San Francisco estava voltando a ser Barbary Coast. San Francisco é muito mais bonita do que Atlantic City jamais foi, diz ele. Ele usa sapatos bicolores iguais aos de Nucky Thompson. Tem um closet cheio de lindas camisas coloridas com colarinho branco. Ele dá vinte e cinco centavos por dólar gasto para obras de caridade, diz ele assim de cara. Nós temos um futuro juntos, diz ele, ele e eu. Ele financiaria uma clínica de reabilitação e de acolhimento na igreja, e eu poderia administrá-la do jeito que bem quisesse. Esse um milhão de dólares é apenas o começo. O coração dele está dedicado a seus clientes, diz ele. Algum dia, não vai demorar muito, e vão fazer um filme sobre ele, sobre ele e eu, e sobre esse albergue estilo Delancey Street que vou abrir com seu dinheiro. Se ele não vendesse para a choldra, outra pessoa o faria, diz ele. Eu sei disso, não sei, é o que me pergunta. Ele não quer que ninguém seja ferido, muito menos Jeff. Onde está Jeff? Ele quer que Jeff abandone o vício, quer mandá-lo para uma escola da Costa Leste, pois ele tem um talento artístico que eu talvez não saiba. Eu me levantei e fui embora."

– Estou te ouvindo.

– Eu saí daquele lugar e voltei para casa andando. E na manhã seguinte alguém me comunica uma doação anônima de um milhão de dólares para a St. Francis at Gubbio destinada à construção da clínica de reabilitação e do albergue. A quantia está no banco!

Ele balançou a cabeça. As lágrimas estavam fartas em seus olhos, um brilho vítreo.

– Eu não ousei procurar Jeff depois disso. Eu ligava para ele, todos os dias, duas vezes por dia. Não apareça. Não ligue para ninguém. Não saia de casa. E ele confirmou exatamente o que eu imaginava. Não mais do que cinco pessoas têm permissão para entrar naquela casa vitoriana. Paranoia alimenta a ganância e o desejo de serviços pessoais. Três capangas durões fazem tudo, e também tem o Fulton, eles fazem tudo exceto o trabalho de laboratório feito no porão. O concentrado de Super Bo é misturado lá embaixo por uma equipe que trabalha de dia sem uma fórmula mestre; entra qualquer tipo de GHB, oxicodona, escopolamina que aparece por lá. É um veneno! E eles estão produzindo quantidades exorbitantes, tudo saindo de lá em carrinhos de mão para ser colocado em caminhões de "perfume". Esse é o disfarce. Uma empresa de perfumaria. Os distribuidores das ruas misturam isso com refrigerante e vendem no mesmo dia em que recebem a mercadoria.

– Posso visualizar o processo – disse Reuben.

– Você percebe o que pode acontecer? – perguntou Jim. – Se eu for para casa? Percebe o que esses monstros podem fazer com qualquer pessoa que eles encontrem no caminho se vierem atrás de mim?

– Percebo – disse Reuben.

– E eu não consigo uma viatura de polícia para ficar parada em frente à minha casa!

Reuben assentiu com a cabeça.

– Estou visualizando todo o processo, como eu acabei de falar.

– Eu avisei a mamãe. Disse a ela para contratar um segurança particular. Eu não sei se ela me ouviu ou não.

– Estou entendendo.

– Eles são malucos, são suicidas, esse Blankenship e a gangue dele. São tão perigosos quanto cães raivosos.

– É o que parece – disse Reuben baixinho.

Mais uma vez Jim fez um gesto com o dedo para pedir atenção.

– Eu entrei no Google e mapeei o local – disse Jim. – Não tem acesso a veículos, nem na frente nem nos fundos. Os caminhões de perfume têm de parar na rua. Existe um pequeno quintal nos fundos.

Reuben assentiu com a cabeça.

– Eu entendo.

– Fico feliz que entenda – disse Jim com um sorriso amargo. – Mas como você vai fazer isso, como você pode pegar o cara sem que o mundo inteiro comece novamente a caçar o Lobo Homem?

– Facilmente – disse Reuben. – Mas deixe isso comigo.

– Eu não vejo como...

– Deixe isso comigo – repetiu Reuben, com um pouco mais de firmeza, ainda que calmamente. – Você não precisa mais pensar nesse assunto. Eu tenho outras pessoas para me ajudar a pensar nisso. Tome um banho. Vou pedir um jantar para nós dois. Quando você sair do banheiro, a comida já vai estar aqui, e teremos nosso plano traçado até os mínimos detalhes.

Jim ficou sentado em silêncio refletindo por um momento e então assentiu com a cabeça. Seus olhos eram como vidro, com as suas lágrimas lampejando na luz. Ele olhou para Reuben e sorriu amargamente, a boca tremendo apenas por um instante, e então se levantou e saiu do quarto.

Reuben foi até a janela.

A chuva estava um pouco mais forte agora, mas a vista do parque lá embaixo e a grande massa branca da Grace Cathedral do lado oposto eram impressionantes como sempre, embora alguma coisa em relação à fachada neogótica da igreja perturbasse Reuben profundamente e lhe causasse uma dor no coração. A visão agitou inesperadamente lembranças em Reuben, não tanto lembranças daquela igreja especificamente, mas lembranças de muitas outras igrejas como aquela, igrejas nas quais ele rezara em todos os cantos do mundo. Uma profunda sensação de pesar estava se apoderando dele. Reuben engoliu a sensação assim como engolira a mudança que tanta vontade sentira de se manifestar.

Quando Felix atendeu o telefone, Reuben descobriu por uma fração de segundo que não conseguia falar. Aquela dor se aprofundou e então ele ouviu sua própria voz, baixa e estranha, lentamente desenovelando a história inteira a Felix, seus olhos fixos firmemente nas distantes torres da catedral, tão reminiscente, de Reims, Noyon, Nantes.

– Eu estava pensando em reservar para vocês algumas suítes aqui – disse Reuben –, quer dizer, se vocês estivessem dispostos...

– Deixe-me reservá-las eu mesmo – disse Felix. – E é claro que nós estamos dispostos. Você não se dá conta de que estamos no Dia de Reis? Agora começou a temporada do Carnaval que vai até a Quaresma. Será nosso banquete de Dia de Reis.

– Mas o sigilo, a questão do sigilo...

– Meu menino, nós somos dez – disse Felix. – E Phil e Laura jamais saborearam carne humana. Não sobrará um pedacinho sequer.

– É claro.

Reuben sorriu apesar do esforço em contrário, apesar da dor em seu coração, apesar do grande contorno obscuro da catedral contra o céu do oeste. Agora era o lusco-fusco e, repentinamente, inesperadamente, as luzes decorativas da imensa catedral foram acesas, iluminando gloriosamente toda a fachada. Era assustador, o fantasma da igreja agora sólido e esplendidamente vivo, com suas torres gêmeas e janelas rosadas suavemente fulgurantes.

– Você está aí? – perguntou Felix.

– Estou, sim – disse Reuben. – E é isso o que eu estou pensando – disse Reuben. – Vamos comer cada pedacinho e depois lambemos os pratos.

Silêncio.

O quarto estava escuro. Ele deveria acender algumas luzes, pensou. Mas não se mexeu. Ao longe, ouviu um som terrível, o som de seu irmão Jim chorando.

A porta do quarto foi aberta.

Reuben sentiu o aroma de inocência, o aroma de sofrimento inocente.

Ele moveu-se em silêncio em direção à porta.

Jim, vestido num macio roupão atoalhado de hotel, estava ajoelhado ao lado da cama, a cabeça baixa, as mãos juntas em oração, os ombros trêmulos devido aos soluços.

Reuben afastou-se e voltou para a janela e para a reconfortante visão da catedral lindamente iluminada.

28

Foi planejado com antecedência. Eles usavam agasalhos e calças de moletom, carregavam máscaras pretas de esqui nos bolsos. Fácil o bastante para deslizar para fora dos três veículos e se aproximar da casa vitoriana através dos becos dos fundos. Margon lembrou os jovens antes do início da ação:

– Vocês estão agora mais fortes na forma humana do que jamais estiveram; pular cercas, derrubar portas, vocês acharão tudo isso muito fácil mesmo antes da transformação. – Quem podia saber o que a fuga acarretaria?

Frank, o sempre vistoso Frank, com sua aparência e voz de estrela hollywoodiana, foi escolhido para bater na porta da frente e, utilizando-se de seu charme, entrar na residência. Empurrando para o lado um capanga confuso e descontente, ele foi diretamente abrir a porta dos fundos da casa, e os lobos estavam no interior em questão de segundos.

Phil transformara-se assim que os outros começaram a se transformar, emergindo como um poderoso Lobo Homem de pelagem marrom, tão ansioso para matar quanto Laura. O local fedia a malignidade. O fedor impregnara-se nas próprias vigas e tábuas. Os horrorizados capangas rugiam e rosnavam eles próprios como animais, o ódio deliciosamente sedutor e finalmente irresistível.

Margon deu a Laura e a Phil uma vítima desesperada e descontente para que as despachassem por conta própria. Um terceiro habitante que dormia no segundo andar saltou da cama com uma faca na mão. Ele atacou Stuart seguidamente, que o abraçou antes de esmagar seu crânio.

Matanças misericordiosas aquelas, rápidas. Mas o banquete foi lento, esplêndido. Tempo para sugar o tutano dos ossos. A carne estava tão cálida, tão salgadinha, tão deliciosa, com uma divertida disputa pelos melhores "cortes". O corpo de Reuben parecia um motor, suas patas e têmporas latejando, sua língua sorvendo, por livre e espontânea vontade, ao que parecia, o sangue que esguichava.

Havia somente quatro ao todo, e os três primeiros foram devorados quase que completamente, com roupas e sapatos ensanguentados enfiados em sacos de lixo enquanto o líder do grupo, alheio a qualquer suspeita, andava de um lado para o outro no sótão, vociferando e cantando junto com sua música ensurdecedora.

Eles subiram a escada para pegar o chefe.

– Lobos Homens! E quantos! – berrou ele em seu deleite frenético.

Ele implorou, suplicou, tentou barganhar sua vida. Gritava ensandecidamente sobre o que poderia fazer por esse mundo se ao menos eles o poupassem. De um buraco na parede retirou bolos e mais bolos de dinheiro.

– Peguem! – gritou ele. – E tem mais, muito mais. Ouçam, eu sei que vocês defendem os inocentes. Sei quem vocês são. Eu sou inocente. Vocês estão olhando para a inocência em pessoa! Vocês estão ouvindo a inocência em pessoa. Nós podemos trabalhar juntos, vocês e eu! Eu não sou inimigo dos inocentes! – Foi Phil quem rasgou a garganta dele.

Reuben observou em silêncio enquanto Phil e Laura alimentavam-se dos restos. Ele sentiu um orgulho sutil em seus perfeitos instintos, em seus poderes fáceis. Uma paz sutil desceu sobre ele.

Ele não mais temia por eles como temera quando eram humanos. Lenta e suavemente, a ideia de que Laura era agora inatingível contra os inimigos mortais que se encontravam à espreita nas sombras atrás de cada fêmea humana começava a ganhar corpo nele. E Phil, Phil não estava mais morrendo, não se encontrava mais abandonado, ou sozinho. *Morphenkind*. Renascido. E como era inofensiva a noite ao redor deles, a enevoada noite grudada no vidro; como era transparente, facilmente sondável, como era positivamente agradável. Ele estava exaltado e curiosamente calmo. Será essa a calma que o cão sente quando emite aquele suspiro ruidoso e deita-se ao lado do fogo?

Como seria permanecer nesse corpo para sempre, desfrutar desse cérebro que jamais hesita, jamais duvida, jamais teme? Ele pensou em Jim chorando sozinho no quarto do Fairmont; não podia conceber a agonia que Jim suportara. Ele sabia o que ele sabia, mas a sensação agora era inexistente para ele. Ele sentia os singulares instintos da fera.

O bando inteiro desfrutava de uma fácil equanimidade. Em determinado ponto – enquanto eles voltavam para consumir cada pedacinho de carne e osso que sobrara – Frank e Berenice haviam se emaranhado, obviamente fazendo amor. O que aquilo importava naquele momento? Os outros desviaram o olhar respeitosamente ou simplesmente não repararam, Reuben não sabia exatamente dizer qual das duas opções. Mas Reuben foi consumido subitamente por um impulso passional. Ele queria possuir Laura, mas não conseguia suportar fazer isso na frente dos outros. Num canto escuro, ele a abraçou brusca e firmemente. A suave pelagem lanosa do pescoço dela deixava-o quase enlouquecido.

Depois, ele observou Phil espreitando a casa por meio do faro, encontrando ainda mais dinheiro em velhos baús e nas paredes de reboco. Seu pelo era marrom, mas havia faixas brancas na juba. Seus olhos eram grandes, claros e brilhavam intensamente. Como era fácil reconhecer cada *Morphenkind*, embora, aos olhos das tresloucadas vítimas, eles fossem sem dúvida nenhuma indiscerníveis. Será que o mundo já registrara descrições particulares? Provavelmente não.

Sua mente subitamente tomou a direção de um humor extravagante, imaginando um álbum de retratos do bando. Ele sentiu-se rindo e um pouquinho tonto, ainda que seguro de cada passo que dava.

Certamente Phil estava sentindo a força sublime do corpo lupino, tão bem protegido pela pelagem, e as almofadas nuas de seus pés movendo-se sobre o carpete ou o piso de tábuas indiferentemente. Certamente sentia o sutil calor percorrendo divinamente suas veias.

Uma fortuna foi por fim empacotada em outro saco de lixo. Como um tesouro de piratas, Reuben pensava, todo aquele dinheiro imundo proveniente das drogas – semelhante aos baús de pérolas, diamantes e ouro nos antigos filmes de pirata em Technicolor – e aqueles imundos traficantes, por acaso eles não eram os piratas de nossa época? Quem teria mais chances de levar aquilo, de ficar com aquele tesouro sem fazer uma única pergunta? A igreja de St. Francis at Gubbio, evidentemente.

Nunca antes Reuben vira vítimas devoradas daquela maneira. Nunca testemunhara tamanho banquete prolongado. Cabelos e cartilagens fáceis de engolir. Houvera tempo suficiente para sugar o tutano dos ossos. Nunca antes saboreara o macio purê de cérebros, os espessos músculos de corações. Consumir uma cabeça humana era um pouco como segurar o pedaço de uma fruta grande e de casca dura.

Em luxurioso silêncio, ele se deitou finalmente nas tábuas nuas do piso da sala de estar, a música do sótão pulsando em suas têmporas, deixando seu corpo continuar a transformar a carne e o sangue de outros em sua própria carne e seu próprio sangue. Laura deitou-se ao lado dele. Assim que virou a cabeça, viu a figura alta e desgrenhada de seu pai olhando através da longa e estreita janela da frente como que para as distantes estrelas. Quem sabe ele não produza alguma poesia disso tudo, pensou Reuben, algo que, até o momento, eu não fui capaz de fazer.

E somos todos parentes agora, pensou ele. Parentes *Morphenkinder*, simplesmente.

Um rosnado curto de Margon disse a eles que finalmente chegara a hora de partir.

Por um quarto de hora eles vagaram pela casa, juntando mais pilhas de dinheiro que encontravam ao acaso. Estavam escondidas atrás de livros nas estantes, no forno da cozinha, nos banheiros em sacos plásticos nas pias e até mesmo em maços debaixo das banheiras com pés de garras.

Gigantescas TVs de plasma sorriam e falavam sozinhas. Telefones celulares tocavam e não eram atendidos.

Novamente, eles lamberam o sangue derramado aqui e ali da melhor maneira possível. Nenhum ossinho ficou para contar a história. Nem um fio de cabelo. Pelos degraus dos fundos eles se esgueiraram para entrar no laboratório do porão, onde detruíram tudo o que encontraram pela frente.

Então eles se foram da mesma maneira que vieram, mais uma vez humanos, vestidos em seus trajes escuros, deslizando pelos becos escuros com seus grandes sacos, de volta aos carros. As casas estavam adormecidas ao redor deles. Seus ouvidos sobrenaturais ainda podiam ouvir aquele rock pesado no sótão distante. Mas a grande casa vitoriana era uma casca sem vida, sua porta da frente escancarada para a rua. Quanto tempo levaria até que alguém subisse aqueles degraus de granito?

29

Nas primeiras horas da segunda-feira, Jim deixara o hotel. O recepcionista lembrava-se: mais ou menos às quatro da manhã.

Reuben não teve chance de conversar com ele, de lhe dizer que as coisas haviam transcorrido esplendidamente, que ele agora não tinha mais motivo nenhum para se preocupar.

Melhor deixá-lo em paz, pensou Reuben. E foi dormir sozinho na cama king-size da suíte do Fairmont.

A invasão à residência já estava em todos os noticiários quando ele acordou.

Antes do meio-dia, alertada por dois entregadores diferentes acerca do problema das portas abertas e das manchas de sangue no corredor, a polícia deu uma busca na mansão, rapidamente descobrindo o laboratório de produção da droga destruído no andar inferior. Depósitos secretos de telefones celulares e computadores foram removidos pelos policiais, junto com inúmeros documentos e um pequeno arsenal de armas, incluindo pistolas semiautomáticas e facas. Os repórteres televisivos especulavam que Fulton Blakenship e seus sócios criminosos poderiam ter sido sequestrados e assassinados numa guerra pelo controle do mercado de drogas que se acreditava estar em curso na cidade.

Enquanto isso, Jim ligara para Grace e Phil para que eles soubessem que ele estava indo passar uns dias em Carmel para tentar esfriar a cabeça. Ele necessitava de um tempo de retiro e meditação, e precisava ficar totalmente sozinho. Grace ficou aliviada ao ouvir a notícia e ligou imediatamente para Reuben.

– Jim sempre vai para Carmel quando está chateado – disse Grace. – Eu não sei por quê. Ele se hospeda em alguma pousada sem acesso à TV ou internet e vai caminhar na praia. Foi isso que fez antes de se decidir pelo sacerdócio. Ele passou uma semana lá, e depois voltou determinado a dar a vida à igreja. – Havia algo triste na voz de Grace. – Mas a polícia está me dizendo que ele não precisa mais se preocupar com nada. O que você acha?

– Eu acho que é melhor que eu fique aqui por um tempo – disse Reuben. Ele confessou que estava no Fairmont. Queria esperar até que Jim voltasse.

– Graças a Deus – disse Grace.

E graças a Deus que ela não insistiu para que ele voltasse para a casa de Russian Hill.

Na terça-feira, a polícia já havia divulgado a ligação de Blakenship com o assassinato do jovem padre no Tenderloin com base em "provas abundantes retiradas dos computadores" e dos sapatos e armas salpicados de sangue encontrados na casa de Blakenship. O padre Jim Golding fora o alvo da gangue. Não havia dúvidas quanto a isso. Tampouco havia alguma dúvida agora quanto ao fato de que o laboratório do porão na Alamo Square vinha produzindo a devastadora droga Super Bo que estava inundando San Francisco e seus subúrbios de classe alta e que era responsável por tantas overdoses e mortes. Enquanto isso um estudo preliminar das manchas de sangue na mansão indicava que inúmeras vítimas haviam talvez morrido nas dependências da residência, embora todos os corpos tivessem sido retirados do local.

Reuben não queria perder mais tempo esperando por Jim. Ele estava preocupado. Entrou no carro e dirigiu até Carmel. Laura teria vindo do norte para juntar-se a ele, mas ele disse que não, que tinha de encontrar Jim e conversar com ele sozinho.

Naquela tarde e noite, Reuben percorreu de cima a baixo a Ocean Avenue, entrando e saindo de lojas e restaurantes, à procura de seu irmão sem conseguir encontrá-lo. Visitou todas as pousadas e hotéis que via pela frente. Visitou a igreja católica da localidade e a igreja da Missão. Nem sinal de Jim. Ele percorreu toda a praia açoitada pelo vento frio até o escurecer.

À medida que as luzes da cidade foram sendo acesas, uma grande névoa branca começou a se mover por sobre as areias brancas. Reuben sentia-se pequeno, enregelado e arrasado. Quando fechou os olhos, não escutou o vento, os sons do trânsito na rua ou o rugido das ondas batendo na praia. Ouvia apenas o som de Jim chorando miseravelmente naquela suíte do Fairmont antes do massacre, antes do banquete de Dia de Reis.

– Querido Deus, por favor, não deixe que ele sofra por isso, por nada disso – rezou Reuben. – Por favor, não deixe que isso o magoe, que magoe sua consciência ou sua disposição para seguir em frente.

Na manhã de quarta-feira, Grace telefonou para dizer que ninguém tivera notícia alguma de Jim, incluindo a paróquia e a arquidiocese. Todos estavam sendo bastante compreensivos. Mas ela estava quase enlouquecendo de tanta preocupação. Reuben continuou as buscas.

Billie ligou naquela noite para contar a Reuben sobre todos os boatos de que o padre Jim Golding da St. Francis at Gubbio estava inaugurando um hospício e uma clínica de reabilitação estilo Delancey Street para adolescentes.

– Agora me ouça, Reuben Golding – disse ela. – Você pode ser o mais brilhante articulista informal desde Charles Lamb, mas eu vou querer uma exclusiva sobre isso. Trata-se do seu irmão. Vá até ele e descubra se isso é mesmo verdade. Eu ouvi falar que ele recebeu uma doação de um milhão de dólares para fazer esse centro de reabilitação. Nós precisamos de um longo artigo sobre o programa inteiro.

– Bom, eu vou fazer isso, Billie, assim que encontrá-lo – disse Reuben. – Nesse exato momento ninguém sabe onde Jim está. Ah, meu Deus. Escute, eu preciso desligar.

– Qual é o problema?

– Nada – disse ele. – Ligo de volta. – Ele não podia dizer a ela que acabara de se lembrar do dinheiro das drogas no saco de lixo verde no porta-malas de seu Porsche.

E durante todo esse tempo o carro ficara estacionado em vários pontos das ruas de Carmel!

Na manhã de quinta-feira, bem antes do nascer do sol, ele voltou para San Francisco. Encontrava-se na sacristia da St. Francis at Gubbio assim que ela foi aberta. Depositou o pesado saco de lixo na mesa da recepcionista.

– Senhorita Mollie – disse ele à senhora idosa –, isso aqui é uma doação anônima para o centro de reabilitação. Eu gostaria que você não dissesse nada sobre isso a ninguém, mas isso é tudo o que posso falar.

– E isso é tudo o que você tem a dizer, Reuben – respondeu ela, não levantando sequer os olhos enquanto pegava o telefone.

– Eu vou ligar para o banco.

Que droga, eu sou um repórter, pensou Reuben enquanto saía da sala, rezando e na esperança de encontrar Jim na igreja. Eles não podem me obrigar a divulgar as minhas fontes. Ninguém sabia do paradeiro de Jim. E uma ligação para Grace logo confirmou que ninguém tivera notícias de Jim. Ela ficou aliviada ao ouvir que Reuben ficaria por enquanto em Fairmont.

Em algum momento depois do meio-dia, ele foi despertado na suíte do Fairmont por um telefonema de Felix.

– Escute, eu sei que o seu irmão está desaparecido e sei o quanto você está preocupado com isso – disse Felix. – Mas seria possível você voltar para casa agora?

– Por quê? O que aconteceu?

– Há uma menininha aqui, Reuben. Ela disse que fugiu de casa, que quer te ver. E recusa-se a falar com quem quer que seja além de você.

– Oh, meu Deus, é a Susie Blakely! – disse Reuben.

– Não, não é a Susie – disse Felix. – Essa menininha tem mais ou menos doze anos. Ela é inglesa. E possui um belo sotaque britânico, para falar a verdade. É simplesmente um prazer ouvir essa criança falar. Seu nome é Christine. Ela é uma pequena lady em todos os sentidos, embora esteja chorando desde que chegou aqui. Estava toda molhada como um gatinho abandonado! Ela tomou algo como quatro ônibus para chegar em Nideck, e então os Nobres da Floresta a encontraram caminhando pela estrada na chuva com a sua mochila e com as suas sapatilhas de couro legítimo. Elthram trouxe-a até aqui. Nós estamos fazendo o melhor possível para confortá-la. Ela estava na festa da Invernia, quero dizer, na festa do Natal, Reuben, e eu me lembro de fato de tê-la visto lá com uma professora, mas essa menininha recusa-se a falar seu sobrenome.

– Espere um minuto. Eu sei quem ela é. A professora, a mãe dela, estava usando um lindo chapéu antiquado na aldeia. Ela é loura, com cabelos compridos.

– Sim, essa é a mulher. Exatamente. Ela apareceu com uma turma inteira de alunos de San Rafael. Mas eu não sei o nome da escola. E ela estava usando o mais encantador terninho *vintage* Chanel. Uma mulher absolutamente inesquecível. Muito bonita. Quem é a menina, Reuben?

– Diga para ela não se preocupar. Mantenha-a aí, por favor, Felix, cuide dela, não a deixe sair. E diga a ela que eu logo, logo, estarei aí.

30

Foi a mais longa viagem entre San Francisco e Nideck realizada por Reuben até aquela data. E durante todo o trajeto ele rezara para que aquilo fosse, como parecia mesmo ser, uma dádiva de Deus a Jim.

Já estava escuro quando o Porsche encostou na porta da frente, e ele subiu os degraus correndo.

Christine estava na biblioteca, formalmente sentada na Chesterfield em frente ao fogo. Ela havia ceado, embora Lisa logo tivesse dito que a criança mal tocara na comida. E Christine estava chorando novamente, um lenço úmido enroscado nas mãos.

Tinha ossos pequenos, uma postura elegante e cabelos louros e lisos que lhe caíam pelas costas, adornados apenas por uma faixa de cabeça de gorgorão preta. Usava um bonitinho vestido trapézio azul-marinho, com mangas e gola brancas. Calçava sapatilhas pretas de couro legítimo e meias brancas. Lisa explicou que todas as roupas da menina haviam sido lavadas e passadas; por isso, é claro, ela agora estava bem seca.

– Ela é a criatura mais terna desse mundo – disse Lisa. – Há um quarto preparadinho para ela no andar de cima, mas pode dormir nos fundos conosco caso você assim prefira.

A menina não levantou os olhos quando Reuben entrou. Ele sentou-se silenciosamente na Chesterfield ao lado dela.

– Christine Maitland? – sussurrou Reuben.

– Sim! – disse ela, encarando-o. – Você sabe quem eu sou?

– Acho que sim. Mas por que você não me conta mais sobre quem você é?

Ela ficou absolutamente imóvel por um momento, e então desatou a chorar copiosamente. Por longo tempo, Reuben apenas a abraçou. Ela se virou e encostou o corpo nele, soluçando, e então, após um bom tempo, à medida que lhe acariciava os cabelos, Reuben começou a falar.

Disse-lhe delicadamente que imaginava conhecer a mãe dela, cujo nome, se estivesse se lembrando corretamente, era Lorraine.

Ela disse sim num vozinha embargada.

– Você pode me contar qualquer coisa, Christine – disse ele. – Estou do seu lado, querida. Você compreende?

– A minha mãe diz que nós nunca podemos falar com o meu pai, nunca podemos falar com ele sobre nós, sobre meu irmão e eu, mas sei que o meu pai quer saber!

Reuben não lhe fez a pergunta óbvia, "quem é o seu pai?", e deixou-a prosseguir.

Subitamente, ela começou a extravasar tudo: como ela queria ver o pai, como fugira de sua casa em San Rafael para ver o pai. Seu irmão gêmeo, Jamie, não dava a mínima para o pai deles. Jamie era tão "independente". Jamie sempre fora "independente". Jamie não precisava de um pai. Mas ela sim. Ela precisava de todo o coração. Ela vira o pai na festa de gala de Natal, e sabia que ele era padre, mas ainda assim ele era seu pai, e ela simplesmente precisava vê-lo, precisava muito vê-lo. E, no noticiário, coisas horríveis estavam sendo ditas sobre seu pai, que alguém tentara matá-lo. E se seu pai morresse sem que ela jamais tivesse falado com ele, sem que ele jamais tivesse sabido que tinha uma filha e um filho? Será que ela não podia ficar lá até que seu pai fosse encontrado?

– Eu rezava e rezava para que ele fosse encontrado.

Numa voz trêmula, ela expôs seus sonhos. Moraria em Nideck Point. Certamente haveria um quartinho onde poderiam instalá-la, e ela não causaria nenhum transtorno. Andaria até a escola. Faria determinadas tarefas para receber em troca seu alimento. Moraria ali naquela casa, se houvesse um lugarzinho para ela, e seu pai a veria, e ele ficaria feliz ao vê-la, ficaria feliz por saber que tinha gêmeos, uma filha e um filho. Ela sabia que ele ficaria feliz. E ela poderia morar ali e vê-lo em segredo, e ninguém jamais teria de saber que ele era um padre com dois filhos. Ela jamais contaria isso a alguma outra alma. Se houvesse ao menos um quartinho para ela, o menor quarto da casa no sótão ou no porão, ou na ala dos serviçais lá nos fundos... Eles fizeram um pequeno tour durante a festa e conheceram a ala dos serviçais. Talvez houvesse um quartinho pequeno, bem pequeno mesmo, que ninguém quisesse, ali naquela casa. Ela não causaria nenhum transtorno, não mesmo. Ela não esperava que ninguém a ajudasse. Se ao menos Reuben contasse para seu pai, apenas levasse isso ao conhecimento dele.

Reuben pensou por um longo momento em silêncio, abraçando-a com firmeza, ainda lhe acariciando os cabelos.

– É claro que você pode morar aqui, pode morar aqui para sempre – disse ele. – Vou dizer a seu pai que você está aqui. Seu pai é meu irmão, como você sabe muito bem. Vou dizer isso a ele assim que puder. Vou contar a ele tudo sobre você. E você tem razão. Ele vai ficar feliz ao saber que você está aqui, oh, mais feliz do que você possa imaginar. E vai ficar feliz ao ver o seu irmão Jamie. Não se preocupe com isso.

Ela estava imóvel, olhando fixamente para ele como se estivesse sem ar. Ela não se mexeu. Não falou nada. Estava perplexa. Ela era uma menininha adorável, para todos os efeitos, e ele estava novamente lutando para conter as lágrimas. Ela era preciosa, adorável... tudo isso. Ela incorporava essas palavras ternas e muito mais. Estava triste, entretanto, terrivelmente triste. Ele não conseguia se lembrar se a mãe dela possuía a metade daquela sua beleza. Se possuísse, então ela seria uma bela mulher.

– Você acha mesmo que ele vai ficar feliz? – disse ela numa voz tímida. – A minha mãe disse que ele é padre e que seria horrível para ele se as pessoas soubessem.

– Eu não acho que isso seja verdade, não acho mesmo – disse ele. – Você e seu irmão nasceram antes dele se tornar padre, certo?

– A minha avó quer que a gente volte para a Inglaterra – disse ela –, sem que a gente fale com o meu pai.

– Eu entendo – disse Reuben.

– Ela liga para a minha mãe toda semana, dizendo para ela nos levar de volta para a Inglaterra. E, se a gente voltar para a Inglaterra, nunca mais vou ver meu pai novamente.

– Bem, você vai vê-lo – disse Reuben. – E você tem avós aqui, os pais do seu pai, que também ficarão muito felizes em te conhecer.

Reuben e Christine ficaram lá sentados por um longo tempo em silêncio. Então, Reuben se levantou e remexeu a lenha na lareira. Houve uma forte explosão de fagulhas subindo em direção à chaminé e então uma chama alaranjada saltando equilibradamente.

Ele ajoelhou-se na frente de Christine, olhando-a bem nos olhos.

– Mas, querida – disse ele –, você precisa me deixar ligar para a sua mãe. Precisa me deixar avisar a ela que você está em segurança.

Ela assentiu com a cabeça. Então, abriu sua bolsinha de couro preto e tirou um iPhone. Apertou a tecla para ligar para a mãe e deu o aparelho para Reuben.

Como ele percebeu em seguida, Lorraine já estava a caminho de Nideck Point. Rezara muito e tinha esperança de encontrar Christine por lá.

— É tudo culpa minha, sr. Golding – disse ela num adorável sotaque inglês, tão cadenciado e fluido quanto o da filha. – Sinto muitíssimo. Estou dando uma passada aí agora para pegá-la. Pode deixar que eu vou cuidar de tudo.

— Aqui é o Reuben, sra. Maitland – disse ele –, e haverá uma ceia à sua espera aqui.

Enquanto isso, a situação de Jim piorou.

Grace ligou para dizer que a arquidiocese estava ficando alarmada. Eles admitiram a Grace que não sabiam seu paradeiro. O padre Jim Golding jamais desaparecera daquela maneira. Eles chamaram a polícia. O retrato de Jim aparecera no noticiário das seis da tarde.

Reuben sentiu um aperto no coração.

Ele entrara na escura estufa para atender o telefonema, sentando-se com Elthram e Phil à mesa de mármore.

Um pequeno fogo queimava no branco e esmaltado forno Franklin, e algumas velas espalhadas tremeluziam aqui e ali.

Elthram levantou-se sem dizer uma palavra, e saiu de lá obviamente para permitir que Phil e Reuben tivessem um pouco de privacidade.

Reuben tentou novamente entrar em contato com Jim, pronto para extravasar tudo, se ao menos a ligação entrasse na caixa postal. Nunca a ligação entrava na caixa postal, nunca desde que Jim desaparecera.

Phil queria apressar-se e contar a Grace tudo sobre Lorraine e as crianças.

Mas isso não pareceu justo a Reuben. Jim preciava saber antes.

— Se ao menos ele estiver bem, se ao menos...

— Agora escute – disse Phil. – Você está fazendo tudo ao seu alcance. Você foi até Carmel. Não conseguiu encontrá-lo. Se até amanhã nós não tivermos tido notícias dele, eu conto para a sua mãe. E por enquanto deixe tudo isso nas mãos de Deus.

Reuben balançou a cabeça.

— E se ele fizer alguma bobagem para se prejudicar, papai? E se estiver lá em Carmel, enchendo a cara em algum hotelzinho? Papai, muitas pessoas que cometem suicídio fazem isso quando estão bêbadas. Você sabe disso. Você não entende o que aconteceu? Ele me pediu para dar um fim àquele maldito Blankenship. Ele me pediu isso porque não tinha mais ninguém com quem contar! E agora ele está morrendo de culpa por isso. Eu sei que está. E essas crianças... caramba, ele imaginou que tivesse matado o bebê de Lorraine! Com Jim, é culpa e culpa em cima de culpa. Ele precisa ficar sabendo dessas crianças, precisa com certeza.

– Reuben, eu nunca acreditei nos velhos clichês que afirmam que há males que vêm pra bem – disse Phil. – Ou que essa ou aquela coincidência é um milagre. Mas se houve uma situação que pareceu ter sido um desígnio divino é essa aí. Ele agora está no fundo do poço e essas crianças aparecem...

– Mas papai, isso só vai funcionar se ele descobrir que as crianças existem antes de fazer alguma loucura consigo mesmo.

Finalmente, Reuben pediu para ficar sozinho. Precisava ficar sozinho para pensar em tudo aquilo. Phil compreendia, evidentemente. Ele iria ver como a pequena Christine estava indo. E deixaria a decisão a respeito de todas aquelas coisas para Reuben.

Reuben cruzou os braços sobre a mesa de mármore e nelas pousou a testa. Rezou. Rezou a Deus com todo o seu coração para que cuidasse de Jim. Rezou em voz alta:

– Senhor, por favor, não deixe que ele tire a própria vida por causa das coisas que eu fiz. Por favor. Por favor, não deixe que ele seja destruído por tudo isso. Por favor, traga-o de volta ao nosso convívio e ao convívio de seus filhos.

Ele recostou-se na cadeira. Proferiu suas preces em voz alta, numa desesperada tentativa de ter fé nelas.

– Eu não sei quem você é. Eu não sei o que você é – sussurrou ele. – Eu não sei se você quer preces ou se as ouve. Eu não sei se Marchent está com você e se ela ou qualquer outro poder entre o céu e a terra é capaz de interceder junto a você. Estou muito assustado com a situação de meu irmão. – Ele tentou pensar, pensar e rezar e pensar em tudo isso ao mesmo tempo. Mas seus pensamentos terminavam em confusão.

Por fim, abriu os olhos. À luz das velas tremeluzentes, à luz do fogo tremeluzente, ele viu as florações púrpuras das orquidáceas gotejando das sombras etéreas. Uma repentina sensação de paz tomou conta dele, exatamante como se alguém estivesse lhe dizendo que as coisas se acertariam. E por um momento pareceu não estar sozinho, mas ele não conseguia entender por que estava tendo aquela sensação. Certamente ele era a única pessoa naquele vasta estufa sombria, com seus vidros escuros e a tênue luminosidade das velas. Ou será que não?

Eram mais ou menos sete da noite quando Lorraine e Jamie apareceram na porta da frente. A essa altura, os quartos já haviam sido preparados para toda a família Maitland na frente e no lado leste da casa.

Lorraine era extremamente atraente, uma mulher alta e muito delicada, quem sabe excessivamente magra, com um rosto estreito e bastante doce. Era um desses rostos que parecem incapazes de qualquer espécie de perfídia ou maldade. Uma grande vitalidade nos olhos e uma boca generosa. Ela estava usando o que obviamente se tratava de um elegante terninho *vintage* de algum tipo de material cor de marfim à base de gorgorão, com detalhes em veludo preto nos bolsos. Seus longos e lisos cabelos louros estavam soltos sobre os ombros, e sua aparência era de uma menininha. Ela não usava chapéu.

Christine voou para os braços da mãe.

Ao lado delas encontrava-se Jamie, mais ou menos 1,65m de altura e um verdadeiro homem de doze anos em seu blazer azul e calça de lã cinza. Era louro como a mãe e tinha os cabelos curtos ao estilo Princeton, mas a semelhança com Jim era impressionante. Ele tinha o olhar puro e quase feroz de Jim, e de imediato estendeu a mão a Reuben.

– É um prazer conhecê-lo, senhor – disse ele com gravidade. – Tenho acompanhado os seus artigos no *Observer* já há algum tempo.

– O prazer é todo meu, Jamie – disse Reuben. – Você nem pode imaginar. E bem-vindos a esta casa, vocês dois.

Imediatamente, Lisa e Phil encorajaram as crianças a acompanhá-los, e a deixar que Reuben trocasse algumas palavras a sós com Lorraine.

– Sim, queridos, agora vocês dois vão com o sr. Golding, por favor – disse Lorraine. – Você não se lembra de mim, professor Golding, mas nós nos encontramos uma vez em Berkeley...

– Oh, é claro que me lembro – disse Phil imediatamente. – Lembro-me perfeitamente. Festa no jardim da casa do reitor. E nós conversamos, você e eu, sobre o poeta William Carlos Williams e a respeito do fato de ele também ter sido médico além de poeta. Eu me lembro muitíssimo bem.

Aquilo surpreendeu e alegrou Lorraine, tranquilizando-a imediatamente.

– Você realmente se lembra daquela tarde!

– Evidentemente que sim. Você era a mulher mais linda da festa – disse Phil. E usava um belo chapéu. Eu nunca me esqueci daquele chapéu. Você tinha uma aparência tão absolutamente britânica naquele chapéu de abas. Tão parecida com a rainha e com a rainha-mãe.

Lorraine enrubesceu enquanto ria.

– E o senhor é um perfeito cavalheiro – disse ela.

– Mas venha – disse Lisa –, vamos arranjar uma ceia para esse jovem, e Christine, querida, venha conosco também; temos chocolate quente na sala do café da manhã e deixe que mestre Reuben e a sra. Maitland conversem a sós.

Reuben conduziu Lorraine ao interior da biblioteca, ao inevitável sofá Chesterfield diante do fogo que todos na casa preferiam aos sofás e à lareira da cavernosa sala da frente.

Ele pegou a cadeira de braços, como sempre, como se Felix estivesse sentado na poltrona, quando na realidade não havia ninguém ali.

– Tudo isso é culpa minha, como lhe disse – comentou Lorraine. – Conduzi tudo isso de maneira desastrada.

– Lorraine, essas crianças são filhos de Jim, não são? Por favor, deixe-me assegurá-la desde já de que nós não estamos chocados e não desaprovamos coisa alguma. Estamos felizes, felizes por Jim, felizes por nós todos também. Meu pai e eu queremos que você entenda isso.

– Oh, você é muito gentil – disse ela, sua voz entristecendo ligeiramente devido ao sentimento. – Você é muito parecido com seu irmão. Mas, Reuben, Jamie, quero dizer Jim, desconhece a existência dessas crianças. Ele jamais deve saber disso.

– Mas por que cargas-d'água você diz uma coisa dessas?

Ela fez uma pausa por um instante, como se para recompor-se e para recompor seus pensamentos e então, na acelerada cadência de um cristalino sotaque britânico, gentilmente forneceu a explicação.

As crianças sabiam que Jim era o pai delas desde que completaram dez anos de idade. O professor Maitland, padrasto delas, antes de morrer, fizera Lorraine prometer que contaria a elas no momento propício. Elas tinham o direito de conhecer a identidade de seu pai verdadeiro. Mas elas sabiam que o pai delas era um padre católico e, por esse motivo, jamais poderiam se aproximar dele até que estivessem totalmente crescidas.

– As crianças entendem que qualquer conversa acerca de filhos seria a completa ruína do pai delas.

– Mas, Lorraine, é exatamente o oposto – disse Reuben imediatamente. – Ele precisa saber. Ele iria querer saber. Ele vai reconhecer essas crianças privadamente e fará isso imediatamente. Lorraine, ele nunca te esqueceu...

– Reuben – disse ela numa voz suave, colocando a mão delicadamente sobre a mão de Reuben. – Você não está entendendo. Seu irmão poderia ser forçado a deixar o sacerdócio se ficar sabendo dessas crianças. Ele teria de contar para o arcebispo. E o arcebispo poderia simplesmente retirar Jim de seu ministério. Isso poderia destruí-lo, você não percebe? Isso poderia destruir o homem que ele se tornou. – A voz dela estava baixa, urgente e sincera. – Acredite em mim, eu investiguei isso tudo. Estive na igreja do seu irmão. Ele não sabe disso, é claro. Mas o ouvi rezando a missa. Sei o que a vida dele significa agora para ele e, Reuben, eu o conhecia muito bem antes dele se tornar padre.

– Mas Lorraine, ele pode reconhecê-los sigilosamente...

– Não – disse ela. – Acredite em mim. Ele não pode. Meus próprios advogados investigaram a questão. O clima na Igreja hoje em dia jamais permitiria tal coisa. Tem havido muitos escândalos, muitas controvérsias em relação ao sacerdócio nos últimos anos, muitos padres famosos cujas vidas ficaram comprometidas pelas revelações de casos amorosos, famílias secretas, filhos e coisa e tal...

– Mas isso aqui é diferente...

— Eu gostaria muito que fosse diferente. Mas não é. Reuben, seu irmão escreveu para mim quando decidiu tornar-se padre. Eu sabia, na época, que, se lhe contasse sobre essas crianças, ele não seria aceito no seminário. Sabia que ele pensava que de alguma maneira havia sido o responsável pela interrupção da minha gravidez. Percebi tudo isso e avaliei toda a situação. Consultei meu próprio padre anglicano na Inglaterra sobre o assunto. Discuti a questão com o professor Maitland. E então tomei a decisão de deixar Jim continuar pensando que eu perdera o bebê. Não foi uma decisão perfeita, em hipótese alguma. Mas foi a melhor decisão que eu podia tomar em prol de Jim. Quando essas crianças estiverem mais velhas, quando estiverem adultas...

— Mas Lorraine, ele *precisa* saber. Eles precisam dele e ele precisa deles.

— Se você ama o seu irmão — disse ela suavemente —, certamente não deve contar para ele acerca dessas crianças. Conheço Jim. Eu não tenho nenhuma intenção de ofendê-lo quando digo que o conheço intimamente. Conheço Jim mais do que praticamente qualquer outra pessoa que eu já tenha conhecido em toda a minha vida. Conheço as batalhas que ele travou consigo mesmo. Sei o preço das vitórias que conquistou. Se ele for forçado a abandonar o sacerdócio, isso destruirá a vida dele.

— Escute. Entendo por que você está dizendo isso — disse Reuben. — Jim me contou o que aconteceu em Berkeley. Ele me contou o que fez...

— Reuben, você não tem como saber a história toda — insistiu ela delicadamente. — Nem o próprio Jamie sabe a história toda. Quando conheci Jamie, a minha vida estava em frangalhos. De um modo bastante real, seu irmão salvou a minha vida. Eu estava casada com um homem doente, um homem mais velho, e esse homem levou Jamie — quero dizer, Jim — para a nossa casa, para salvar a minha vida. Acho que em momento algum o seu irmão se deu conta de como foi manipulado por meu marido. Meu marido era um homem bom, mas teria feito qualquer coisa para me manter feliz ao lado dele, e levou Jim para nosso mundinho para que ele me amasse, e Jim o fez.

— Lorraine, eu sei disso.

– Mas você não pode saber o que isso significou para *mim*. Você não pode saber a respeito da depressão suicida que eu sofria antes de conhecer Jamie. Reuben, seu irmão é uma das pessoas mais gentis que já conheci em toda a minha vida. Nós fomos muitíssimos felizes juntos, você não pode imaginar. Seu irmão é o único homem que amei na vida.

Reuben estava silenciosamente perplexo.

– Oh, ele tinha lá os seus demônios – disse ela –, mas ele os derrotou a todos e descobriu-se no sacerdócio, isso é tudo o que importa, e eu não posso retribuir o amor que ele me deu destruindo sua vida agora, não com as crianças felizes, bem cuidadas, bem providas. E não com a decisão que eu tomei de não contar para ele sobre as crianças antes. Eu preciso suportar as consequências de tê-lo feito crer que nosso bebê morreu. Não, Jim não pode saber.

– Deve haver alguma solução para isso – disse Reuben. Ele sabia no fundo do coração que não tinha nenhuma intenção de esconder aquilo de Jim.

– Eu jamais deveria ter permitido que as crianças viessem para a festa de Natal nessa casa – disse Lorraine, balançando a cabeça. – Jamais. Mas, veja bem, a academia em San Rafael tinha três convites para a festa, e eu tinha de levar a turma do oitavo ano; Jamie e Christine ficaram simplesmente enlouquecidos de entusiasmo. Todos estavam falando do festival em Nideck Point e do banquete de Natal, do mistério do Lobo Homem e coisa e tal. Eles imploraram, fizeram promessas, choraram. Sabiam tudo sobre você por causa dos noticiários, é claro, e sabiam que você era irmão de Jim. Eles queriam muito vir, só para ver o pai em carne e osso, uma vez, e prometeram se comportar.

– Acredite em mim, Lorraine, eu entendo perfeitamente – disse Reuben. – É claro que eles queriam vir à festa. Eu também iria querer ir a uma festa como aquela.

– Mas eu não deveria tê-los trazido – disse ela, sua voz baixando até quase um sussurro. – Algum dia, quando eles não forem mais crianças, quando forem adultos, aí sim, eles vão poder conhecer o pai. Mas não agora. Ele agora está extremamente vulnerável para que possamos nos aproximar dele.

– Lorraine, não posso acreditar numa coisa dessas! Quero contar para a minha mãe sobre isso. Escute, não tenho a intenção de ser grosseiro, acredite em mim, mas a família Golding e a família Spangler, o pessoal da minha mãe, são patronos de peso da arquidiocese de San Francisco...

– Reuben, eu estou bem ciente disso. Tenho certeza de que a influência da sua família abriu caminho para que Jim pudesse ser ordenado. Ele me contou em sua carta que fora totalmente honesto e contrito com seus superiores a respeito de seu passado. E não duvido disso. Eles aprovaram a sinceridade dele, o arrependimento dele, e, sem dúvida, houve doações para suavizar o caminho. – A voz dela estava suavemente eloquente e persuasiva. Ela fazia tudo aquilo parecer bastante lógico e solene.

– Bem, eles podem suavizar o caminho agora para ele conhecer os filhos privadamente, droga! – disse Reuben. – Desculpe-me. Eu sinto muito. Enfim, tenho de ligar para a minha mãe. Ela vai ficar em êxtase. E preciso encontrar Jim. O problema nesse exato momento é que ninguém sabe onde ele está.

– Eu sei disso – disse Lorraine. – Tenho acompanhado os noticiários. Assim como as crianças. Estou tremendamente preocupada com Jim. Eu não fazia ideia de que a vida dele corria tanto risco. Oh, gostaria muito de não ter trazido esse problema para você num momento tão delicado.

– Mas Lorraine, esse é o melhor momento. Jim está arrasado agora em função da morte desse jovem padre no Tenderloin. – Como ele desejava poder contar mais detalhes para ela, mas jamais poderia, não só para ela, como para qualquer outra pessoa. – Escute, essas crianças vão ajudar a trazê-lo de volta a si mesmo.

Lorraine não estava convencida. Ela olhava para ele como quem busca algo, seus suaves olhos cheios de compaixão e preocupação. Que pessoa gentil ela era. Exatamente como Jim a descrevera. Lorraine suspirou e colocou as mãos no colo, mexendo na fivela da bolsa de um jeito bem similar ao de Christine mexendo obsessivamente em seu lenço.

– Então eu não sei o que fazer – disse ela. – Simplesmente não sei. Tudo é tão fantástico. Eles já estavam resignados. Queriam ver o pai apenas de longe. Queriam saber como era de fato a aparência dele. E não achei que isso pudesse causar algum mal. Nós fomos ao festival na aldeia e então viemos para o banquete aqui na casa. Jim olhou diretamente para nós e não nos reconheceu, não reparou a presença deles. Eu preparei as crianças para isso. Havia grande quantidade de crianças na festa. Havia crianças por todos os lados. Tentei ficar totalmente distante de Jim. A última coisa que eu queria era que ele me visse...

– Foi por isso que você não usou o chapéu; por isso, tirou o chapéu antes de chegar à festa.

– Perdão?

– Pouco importa. Não é nada. Continue. O que aconteceu?

– Bem, Christine ficou bastante chateada. Ela fica chateada com muita facilidade! Sempre fantasiou acerca do pai, sempre sonhou com ele. Escrevia histórias sobre ele. Ela começou a desenhar retratos dele assim que ouviu falar dele, embora não tivesse a menor ideia de como era sua aparência. Eu deveria ter sabido o quanto vê-lo de verdade, em carne e osso, a afetaria. E então, lá para o fim da festa, aconteceu esse pequeno incidente, um pequenino incidente. – Ela balançou a cabeça. Sua voz estava repleta de tristeza. – Christine viu Jim saindo do pavilhão com uma menininha. Ele estava segurando a mão dela. Conversava com ela e com uma mulher mais velha, quem sabe a avó da menininha. E quando Christine o viu com aquela menininha, enfim, sorrindo para a criança, e conversando com a criança...

Susie Blakely, é claro.

– Ah, sim, eu posso muito bem imaginar – disse Reuben. – Conheço essa menininha. Sim, eu a conheço. E consigo entender exatamente o que aconteceu, o que Christine sentiu naquela hora. Eu entendo tudo. Lorraine, vocês vão passar a noite aqui em casa, não vão? Por favor! Por favor, fiquem aqui enquanto eu falo com Phil e Grace, minha mãe e meu pai, sobre isso. Por favor. Nós mandamos preparar tudo lá em cima, tudo, pijamas, camisolas, escovas de dente, tudo o que vocês possam necessitar. Três quartos foram preparados. Fique aqui conosco enquanto avalio toda essa situação, por favor.

Era visível que ela não estava convencida. Seus olhos lacrimejavam.

— Reuben, sabia que você é muitíssimo parecido com seu irmão? Você é tão gentil quanto ele. Seus pais devem ser pessoas maravilhosas. Mas eu acabei sendo o veneno na vida de Jim.

— Não, não foi isso o que aconteceu, não de acordo com o que Jim me contou. Você não era nenhum veneno!

Reuben saiu de sua cadeira e sentou-se ao lado dela no sofá.

— Prometo a você que a coisa vai funcionar! Dou a minha palavra de honra — disse ele. E abraçou-a. — Por favor, fique conosco essa noite. E tenha confiança que eu vou resolver essa questão com Jim, certo? Por favor!

Após um longo momento, ela assentiu com a cabeça.

— Muito bem — sussurrou ela. Abriu a bolsa e retirou um pacotinho de papéis dobrados. — Esse é o DNA das crianças — disse ela. — Sua mãe é médica. Ela vai ser capaz de constatar o parentesco com Jim sem muito alarde.

— Lorraine, posso te pedir uma coisa?

— É claro que pode — disse ela.

— Em algum momento a sua gravidez correu risco? Você teve de ir para o hospital? Enfim, depois da última vez que você esteve com Jim.

— Não. Não mesmo. Houve uma briga. Foi horrível. Jamie... Bem, Jamie estava bêbado e me deu vários tapas. Mas não foi por mal. Ele não teria feito aquilo sóbrio. Ele fez vários cortes em meu rosto. Sangrou um bocado. E eu também bati nele e as coisas foram de mal a pior. Em determinado momento, bati com a cabeça em alguma coisa. E caí. Mas não, a gravidez jamais esteve em risco. Mas a briga foi horrorosa, isso eu devo confessar.

— Incrível — sussurrou Reuben.

— Tive alguns cortes nos lábios. E um corte no olho direito. — A mão dela pairou sobre o olho direito por um instante. — Fiquei com um talho na cabeça. E com o corpo cheio de hematomas. Várias partes do meu corpo ficaram inchadas depois da briga, mas a gravidez em momento algum correu risco. Com certeza Jim deve ter imaginado depois que eu perdera o bebê em decorrência da briga. Pude ler isso com muita clareza nas cartas dele. Devo confessar que talvez ainda estivesse com raiva quando recebi as primeiras cartas. Eu nunca respondi aquelas primeiras cartas...

– É claro que você estava com raiva – disse Reuben.

– Jamie não se lembrava do que qualquer médico sabe. Cortes no rosto sangram.

Reuben suspirou.

– Incrível, simplesmente incrível – sussurrou ele. – Obrigado por me confidenciar isso. Obrigado por me contar tudo isso.

– Reuben, eu sei o que você está pensando. Por que eu deixei Jamie acreditar que matara nosso filho? Mas, como tentei explicar, contar que ele não o matara, bem, contar isso para ele teria significado o fim das pretensões dele se tornar padre.

– Entendo isso.

– E as crianças eram felizes. Tenha isso em mente quando for me julgar. E também havia o professor Maitland. Ele não queria que eu contasse a Jamie sobre as crianças. As crianças me salvaram e o salvaram também. Elas nos deram nossos anos mais felizes juntos. Eu não teria como permanecer com o professor se não fosse a existência dessas crianças. E não podia me divorciar dele. Jamais poderia me divorciar dele. Eu teria literalmente tirado a minha própria vida antes de fazer isso.

31

Grace não decepcionou Reuben. Enquanto ele extravasava a história ao telefone, sua mãe ficou quieta por bem mais tempo do que ele jamais poderia imaginar que ela conseguisse ficar em conversas de qualquer espécie. Ele estava no telefone fixo quando contou para ela, e com seu iPhone enviava fotos de Christine, de Jamie e de Lorraine que acabara de tirar na sala de café da manhã.

Ele podia ouvir a mãe chorando, podia ouvi-la lutando para dizer que eles eram lindos, podia ouvi-la lutando para dizer: "Por favor, por favor, Jim, volte para casa."

Não havia a menor possibilidade de Grace subir até Nideck Point. Ela queria ir de todo o coração. "Diga isso aos meus netos", disse ela. Mas estava de plantão o fim de semana inteiro e tinha dois casos na UTI que não podia abandonar em nenhuma circunstância. Mas insistiu para falar com Lorraine ao telefone.

Elas conversaram por cerca de meia hora.

Por volta dessa hora o jovem Jamie encontrava-se no meio de uma feroz discussão com Phil a respeito de "violentos" esportes universitários e se era mesmo justo pressionar as crianças a jogar futebol ou futebol americano. Jamie recusava-se a se engajar em tais esportes, e, apesar de Phil pensar que eles serviam a um propósito e tentasse explicar a ele a história dos esportes, Jamie era irredutível em relação ao fato de que uma criança da idade dele tinha o direito de solicitar as autoridades escolares para permanecer fora dos esportes nos quais poderia vir a quebrar o pescoço, as costas ou fraturar a cabeça. Jamie pesquisara essa questão de maneira bastante profunda.

Era incrível, a jovem e rápida voz britânica, tão cristalina, tão infalivelmente educada, censurando Phil com tamanha velocidade. E Phil estava tentando com afinco manter o rosto impassível enquanto infligia a visão oposta:

– O que a diretoria da escola pode fazer com uma jovem população masculina transbordando de testosterona já na adolescência e absolutamente incapaz de lidar com seus efeitos ou... – Phil estava visivelmente louco por Jamie.

– Bem, certamente, eles não têm nenhum direito de nos dizimar através de mortes violentas e ferimentos graves – rebateu Jamie. – Escute, sr. Golding, o senhor com certeza sabe tão bem quanto eu que o Estado e todas as instituições a ele subordinadas encaram o mesmo problema com os jovens do sexo masculino de qualquer sociedade. Os serviços militares existem para filtrar a exuberância perigosa dos jovens...

– Bem, é bom saber que você conhece os alicerces de tudo isso – disse Phil. – Você demonstra possuir uma fantástica visão panorâmica da realidade.

Christine cochilava encostada à cadeira da sala de café da manhã. Phil tentou trazê-la para a conversa, mas ela disse sonolentamente:

– Jamie está bem por dentro de todas essas coisas.

– Vocês não fazem ideia – disse Jamie numa voz baixa e confidencial a Phil e Reuben – do que é ser irmão gêmeo de uma menina!

Na manhã seguinte, Lisa foi para o sul de carro comprar roupas e itens pessoais para a família Maitland, e Phil levou Lorraine, Christine e Jamie para dar um passeio na floresta assim que o sol saiu de trás das nuvens.

Reuben passou a manhã ligando para hospedarias e hotéis ao longo da cidadezinha de Carme, e não obteve êxito na localização de Jim. Grace descobriu que Jim não usara seus cartões de crédito ou de débito desde seu desaparecimento.

Felix e Sergei perguntaram a Reuben se ele queria se juntar à busca. Eles poderiam facilmente voar até a península de Monterey e começar a procurar Jim por lá.

– Se eu tivesse certeza de que ele estava por lá, diria que sim – disse Reuben. – Mas eu não tenho certeza. – Ele tinha uma hipótese. Começou a procurar em monastérios – comunidades monásticas isoladas que possuíam casas de hospedagem em qualquer lugar num raio de 150km de distância de San Francisco. Era frustrante fazer as ligações. Jim poderia muito bem ter feito o check-in sem usar seu nome verdadeiro. E ele estava procurando em lugares rurais e remotos que obviamente não sabiam nada a respeito dos noticiários diários de San Francisco ou do sumiço de Jim. Às vezes ele não conseguia entender o complicado sotaque da pessoa que atendia o telefone. Outras, ninguém atendia os telefonemas.

De tarde, Lorraine já parecia estar completamente apaixonada por Phil, rindo irresistivelmente de suas piadas e captando suas sacações sagazes e citações literárias mais obscuras.

Jamie estava tão atraído por Phil, tão ansioso para discutir um milhão de questões que Lorraine tentava delicadamente separá-los vez por outra, mas a iniciativa não funcionava, e Phil estava claramente impressionado com Jamie, e discutindo tudo, desde a superioridade do barroco à atual situação política em San Francisco. Laura e Felix levaram Christine para conhecer toda a estufa, explicando-lhe sobre todas as diversas plantas tropicais. Christine adorou as orquidáceas e as exóticas helicônias. Perguntou o que o padre Jim Golding achava daquelas plantas. Será que ele tinha uma favorita? Será que gostava de música? Ela adorava tocar piano. E estava tocando cada vez melhor, pelo menos era o que ela esperava.

Jamie não apenas se parecia com Jim, como também soava como Jim. Reuben pensou que também podia ver Jim em Christine. Ela era a tímida, a quieta, a triste, e Reuben sabia que seria assim até que Jim aparecesse e a abraçasse. Mas era uma menininha muito inteligente. Seu livro favorito era *Os miseráveis*.

– Porque ela assistiu ao musical! – disse Jamie, com desdém.

Christine apenas sorriu. Quem era o escritor favorito de seu pai, ela imaginava. Será que ele lera os poemas de Edgar Allan Poe? E quanto a Emily Dickinson?

Lisa preparou um colossal jantar na casa de hóspedes, e Reuben tentou exibir um rosto corajoso quando assegurou a todos que logo, logo, ouviriam boas notícias referentes a Jim. Ele saiu para ligar para Grace, apenas para confirmar que não havia novidade. A polícia confirmara que Jim estava a pé quando deixou o hotel Fairmont. Seu apartamento havia sofrido uma busca, e a pequena caixa de dinheiro debaixo da cama estava vazia.

– Isso significa que ele provavelmente tem consigo alguns milhares de dólares – disse Grace ao telefone – e nenhuma necessidade de usar os cartões de crédito. Seu irmão sempre manteve consigo essa quantia, só para poder ajudar as pessoas. Se ao menos ele soubesse o que está acontecendo. O fundo para o novo centro de reabilitação já atingiu a marca de dois milhões de dólares! As pessoas estão fazendo doações no nome dele, Reuben! E isso é um sonho de Jim, essa casa de acolhimento e reabilitação bem ao lado da igreja, onde ele possa oferecer acomodações decentes para os viciados em recuperação!

– Tudo bem, mamãe. Vou dar outra passada em Carmel amanhã de manhã e cobrir toda a área, mesmo que tiver de entrar em toda pousada ou hospedaria existente de Monterey ao Carmel Valley.

Reuben enviou uma mensagem com as últimas quatro ou cinco fotos de Lorraine e as crianças, tomando todo o cuidado para não incluir o robusto e radiante Phil em nenhuma delas.

Por um longo tempo, ele ficou parado do lado de fora da casa na fria escuridão olhando através das janelas multienvidraçadas da casa de hóspedes. Phil estava sentado ao lado do fogo lendo em voz alta para Jamie e Christine. Lorraine estava deitada, com uma almofada sob a cabeça, em cima do carpete e em frente ao fogo. Ele ouviu um passo nas sombras atrás de si, e então captou o aroma de Laura, dos cabelos de Laura e do seu perfume.

– Seja lá o que acontecer – disse Laura –, eles vão ficar bem.

– Essa parte eu sei – disse Reuben numa voz grossa. – Eles são parte de nossa família. – Ele se virou e tomou-a nos braços. – Gostaria muito que pudéssemos ficar a sós essa noite na floresta – disse ele. – Gostaria muito que pudéssemos subir naquelas árvores e simplesmente ficar lá sozinhos.

– Logo, logo – disse ela. – Logo, logo.

Dentro da casa quentinha e aconchegante, Lisa disponibilizou bandejas com canecas fumegantes. Reuben podia sentir o cheiro de chocolate. Ele encostou o rosto no cálido pescoço de Laura.

– Você ainda não me disse – sussurrou ela.

– Não disse o quê?

– Como foi o meu desempenho durante o Banquete do Dia de Reis?

Ele riu.

– Isso é uma piada? – disse ele. – Seus instintos estavam perfeitos. – Ele estava pensando, rememorando, e não conseguia realmente fazer com que suas atitudes humanas se relacionassem com o que havia se passado. Conseguia apenas rememorar cada segundo do que ocorrera; mas não conseguia sentir o que sentira quando o Banquete do Dia de Reis estava a todo vapor. *Esses são os monstros, esses são os repugnantes assassinos que chacinaram um rapaz e um padre, que envenenaram crianças, que tiveram a intenção de mutilar e assassinar Jim.* – Você era uma de nós – disse ele a Laura. – E não havia macho ou fêmea, de fato, ou jovem ou velho, ou amante e amante, ou pai e filho, nós éramos parentes. Apenas parentes. E você era parte daquilo, assim como nós todos éramos.

Ela assentiu com a cabeça.

– E como foi para você? – perguntou ele. – Como foi saborear pela primeira vez carne humana?

— Natural — disse ela. — Completamente natural. Acho que pensei muito nisso de antemão. E foi tranquilo. A palavra é essa. Nenhum conflito envolvido no processo.

Foi a vez dele assentir com a cabeça. E sorriu. Mas foi um sorriso lento e sério.

A pequena reunião encerrou-se mais ou menos às oito.

— Nós nos recolhemos cedo no campo — explicou Phil. Lorraine estava obviamente exausta. Mas Jamie queria saber se podia ficar acordado para assistir ao noticiário das 11 horas.

Eles escalaram a encosta até a casa e encontraram Felix em seu robe e pijama na biblioteca. Ele lançou a Reuben um olhar astuto. Phil se transformaria em algum momento perto da meia-noite. Era assim com novos *Morphenkinder*. E Felix não iria deixar Phil entrar na floresta sozinho.

No dia seguinte, a casa estava num agradável tumulto. Felix revelou seus planos de construir, com a aprovação de Reuben, evidentemente, "uma grande piscina cercada" na lateral norte da estufa, estendendo-se ao longo da parede oeste da casa. Os planos arquitetônicos já haviam sido projetados. Jamie obviamente pensou que aquela era a ideia mais fantástica que alguém poderia ter tido e ficou olhando os intricados desenhos com admiração, perguntando se aquilo havia sido feito no computador ou à mão. É claro que o cercamento seria uma extensão dramática e harmoniosa da estufa existente com diversas janelas de ferro, vistosas e em belos formatos. E mais plantas tropicais. E Felix estava observando a questão do calor geotérmico. Jamie sabia a respeito desta questão, pois andara lendo sobre o assunto na internet.

Margon observava tudo aquilo como se fosse um entretenimento, e Sergei chegou com Frank do café da manhã e exprimiu suas normalmente amigáveis, porém cínicas, críticas a Felix, que estava "sempre construindo alguma coisa, sempre fazendo planos, fazendo planos."

— E Sergei vai ser o primeiro — disse Berenice a Laura numa voz educada — a nadar toda a extensão da piscina, cinquenta vezes todas as manhãs, assim que estiver construída.

— Por acaso eu disse que não usaria a piscina? — perguntou Sergei.

— Mas que tal um heliporto ali atrás ou uma pista de pouso para jatinhos? Ou melhor ainda, um porto lá embaixo onde vamos poder atracar um iate de cem pés.

– Eu nunca pensei nisso – disse Felix com genuína exuberância. – Reuben, o que você acha? Imagine só, um porto. Poderíamos desobstruir o local e construir um pequeno porto, um embarcadouro para um iate.

– Acho que todas essas ideias são maravilhosas – disse Reuben. – O luxo de uma piscina interna, totalmente conectada à casa, é algo inimaginavelmente maravilhoso. Sim, vá em frente. Deixe eu pegar o meu talão de cheque.

– Que bobagem, meu rapaz – disse Felix. – Eu cuido disso, é claro. Mas a questão é a seguinte: Fazemos a extremidade norte desse novo espaço conectar-se com o antigo escritório dos empregados ao lado da cozinha? Acabamos com esse local, por assim dizer, e o substituímos por uma linda área de jantar na extremidade norte da piscina?

Reuben sentiu-se penetrado por uma espada. Marchent estava naquele escritório, trabalhando, quando seus irmãos, seus assassinos, invadiram a casa. De lá, ela saíra correndo para a cozinha, onde eles a esfaquearam perversa e brutalmente até a morte.

– Sim, vamos acabar com aquele cômodo – disse Reuben. – Enfim, vamos abrir aquele espaço e transformá-lo num novo recinto.

Hockan entrou silenciosamente, distante, mas sorrindo agradavelmente, e profundamente educado para com Lorraine e as crianças como sempre fora. Olhou fixamente para as plantas com uma admiração respeitosa, murmurando algo baixinho, do tipo:

– Felix e seus sonhos.

– Nós todos temos sonhos – murmurou Frank. Ele estivera à margem, tomando seu café em silêncio.

Hockan e Sergei puxaram Reuben de lado na primeira oportunidade.

– Quando é que você quer que comecemos a procurar seu irmão? – perguntou Hockan com óbvia sinceridade. – Sergei, Frank, o restante do grupo. Temos maneiras de encontrar pessoas que os outros não têm.

– Eu sei, mas onde procuraremos? – perguntou Reuben. – Poderíamos voltar a Carmel e começar por lá. – Mas ele tinha suas dúvidas.

– É só falar – disse Sergei.

– Se continuarmos sem notícias até amanhã, eu vou até lá com quem quer que esteja disposto a ajudar.

Aquela era noite de sábado, e a casa estava permeada por uma atmosfera comemorativa, com um farto jantar servido na sala principal e uma pletora de vinhos de safras extraordinárias. Todos estavam presentes, e a pequena família Maitland parecia deslumbrada com a luz das velas, a exibição de porcelanas e pratarias, as conversas empolgadas voando de um lado para o outro, e a suave música para piano flutuando da sala de estar onde Frank e Berenice revezavam-se tocando Mozart.

Pela primeira vez desde sua espetacular chegada, Hockan estava genuinamente falante, conversando sobre a beleza das ilhas Britânicas com Lorraine e Thibault. Ele estava tão atencioso e tão infalivelmente educado que Reuben ficou um pouco preocupado com isso, preocupado com a possibilidade de haver um quê de tristeza e humilhação nesse comportamento. Ele não tinha certeza.

Stuart estava embevecido com Hockan, mas não confiava nele. Reuben podia ver isso com clareza.

Hockan está tentando com muito afinco, pensou Reuben, fazer parte de tudo isso. Para outros, é uma coisa natural. Felix torna tudo bem natural. E Hockan está tentando verdadeiramente encaixar-se. Reube, porém, não podia deixar de perceber a desconfiança nos olhos de Berenice quando esta estudava a fisionomia de Hockan. Lisa também o observava de maneira bastante fria. Quem podia saber que histórias aquelas duas tinham a contar?

Todos os Distintos Cavalheiros e todas as Distintas Damas, sem exceção, faziam questão de engajar os recém-chegados nas conversas, de fazer perguntas educadas, ainda que ligeiramente incomuns, e de convidá-los a participar de discussões as mais ferrenhas. Phil e Jamie haviam acertado uma trégua em relação a determinadas diferenças irreconciliáveis a respeito de política, arte, música, literatura e o destino da civilização ocidental. Christine rolava os olhos quando Jamie mostrava-se insistente, e Jamie rolava os seus sempre que ela tinha ataques de riso diante de alguma piada de Sergei ou de alguma provocação divertida de Felix. Porém, Reuben detectava uma profunda ansiedade por trás do discurso e da expressão infalivelmente prazerosos de Lorraine. E ele próprio estava não somente feliz como também arrasado, mais feliz talvez do que jamais na vida, como se sua vida fosse uma escadaria que lhe conduzisse a uma felicidade perpétua. Ao mesmo tempo, porém, sentia-se tão assustado com a situação de Jim que mal conseguia suportar.

Felix levantou-se para fazer o brinde final.

– Essa noite, caras damas e caros cavalheiros, e adoradas crianças – disse ele, a taça erguida –, representa o fim da temporada natalina. Amanhã, domingo, será o último dia oficial com a igreja de Roma celebrando o Banquete do Batismo de Jesus Cristo. Então, o calendário da Igreja começará na segunda-feira o que sempre foi chamado, de maneira tão solene e bela, de "Tempo Comum". E devemos refletir essa noite a respeito do que o Natal significou para nós.

– Escutem, escutem – disse Sergei –, e nós todos refletiremos sobre isso o mais profundamente, o mais brevemente e o mais concisamente possível.

– Oh, deixe Felix prosseguir – disse Hockan. – Se amanhã à meia-noite, quando começar o "Tempo Comum", Felix já tiver conseguido terminar seu discurso, poderemos nos considerar sortudos.

– Ou então faremos um novo brinde amanhã à noite – disse Thibault – à medida que as últimas horas da temporada natalina escorregarem por nossos dedos!

– Talvez o que essa casa necessite seja de um sistema de alto-falantes eletrônico – sugeriu Sergei –, e Felix poderia assim fazer transmissões em intervalos regulares.

– E qualquer pessoa que desligasse o sistema de alto-falantes seria presa – disse Stuart – e confinada no calabouço aqui do subsolo.

– E nós imprimiríamos todo o calendário litúrgico – disse Sergei – e o colaríamos na parede da cozinha.

Felix riu jovialmente. Ele estava absolutamente desinibido.

– E eu devo dizer – continuou ele, levantando a taça mais uma vez –, que isso tudo, essa nossa primeira temporada natalina em Nideck Point, foi algo excepcional. Demos e recebemos presentes que jamais poderíamos ter previsto. Nosso velho e querido amigo Hockan encontra-se novamente conosco. E Jamie, Christine e Lorraine, vocês nos chegam como presentes, e você também, Berenice, presentes a nosso adorado Reuben, a seu adorado pai, Philip, e a toda a nossa casa. Nós os saudamos. Nós lhes damos as boas-vindas.

Palmas, vivas, abraços e beijos para Lorraine, Jamie e Christine.

– E uma oração para James – disse Felix por fim. – Que James volte em segurança para casa muito brevemente.

E então a companhia se desfez para as sobremesas e o café servidos no estilo bufê no grande salão da frente.

Cerca de uma hora depois, praticamente todos já haviam ido dormir, ler, assistir à TV, fazer quem sabe o quê? E a casa pareceu subitamente escura e vazia, embora os fogos crepitassem como sempre. Felix foi encontrar Reuben na biblioteca, onde este estava no computador da escrivaninha dando uma busca nos inúmeros hotéis e hospedarias que pretendia visitar pessoalmente no dia seguinte.

– Não se preocupe com o seu irmão – disse Felix com um sorriso franco.

– E por que cargas-d'água você diz uma coisa dessas? – perguntou Reuben delicadamente. – Já que você, de todos os meus amigos mais diletos, nunca diz nada que não tenha um significado.

– Eu sei que nada de ruim acontecerá com ele – disse Felix. Havia uma luz em seus olhos escuros. – Simplesmente sei. Tenho uma sensação. – Ele bebeu o vinho e pôs a taça na beirada da escrivaninha. – Eu tenho uma sensação – repetiu ele. – Eu não posso dizer mais nada, mas sei que seu irmão está bem nesse exato momento. E seja lá o que aconteça quando ele souber das crianças, bom, posso lhe dizer que ele vai continuar bem. E eles estão bem melhor agora do que jamais estiveram, sem o conhecimento e o apoio amorosos de sua família.

Reuben apenas sorriu. Ele mal conseguia exprimir seu pensamento em palavras.

– Bom, uma boa noite para você, meu rapaz – disse Felix. – E eu deveria levar essa taça para a cozinha, não deveria? Fico tão chateado quando as pessoas entopem essa casa de taças e copos!

– E foi tudo bem com o meu pai na floresta?

– Esplêndido – disse Felix. – Mas foi bom ele ter participado do Banquete do Dia de Reis. Os *Morphenkinder*, por instinto, querem caçar humanos. Acho que a floresta só é apreciada depois desse desejo inato ser saciado.

– Obrigado, Felix – disse Reuben. – Obrigado por tudo.

– Não foi nada. E não diga mais uma palavra sequer sobre isso – disse Felix. – Acho que eu vou descer a colina e visitar seu pai.

Por um momento bastante longo, Reuben ficou lá sentado, pensando, refletindo. Então, abriu outra página em branco em seu programa de computador e começou a digitar.

"Eu morri com a idade de 23 anos, na época do ano em que a Igreja chama 'Tempo Comum'", escreveu. "E, como estamos mais uma vez na época do 'Tempo Comum', quero escrever a história da minha vida desde aquele momento."

E por mais uma hora ele escreveu, parando apenas vez por outra por alguns instantes até finalmente preencher umas quinze páginas em espaço duplo. "E assim eu deixei de ser ordinário, terrivelmente ordinário, vergonhosamente ordinário, egresso de um 'Tempo Comum' e adentrei um mundo de excepcionais expectativas e revelações onde os milagres são abundantes. E embora o meu lugar me tenha sido dado nesse novo domínio, meu futuro está em minhas mãos, e deve ser esculpido por mim com um cuidado e uma reflexão infinitamente maiores do que jamais dediquei antes às minhas ações."

Por fim, Reuben parou e mirou a distante janela com suas inevitáveis gotas de água acumuladas. E pensou com um suspiro, Bem, isso nunca tirou a minha mente de coisa alguma. E se ele estiver morto em algum lugar, em cima da cama de um motel, bem, vou saber que eu o matei. Eu o matei. Matei sua alma antes de matar seu corpo. E ele é a primeira vítima no interior da minha família da coisa que eu me tornei. E se eu porventura revelar esse segredo a outro ser vivo que não seja um de nós, bem, provavelmente me tornarei também o assassino desse ser. E isso não pode acontecer.

Se ele não parasse de pensar nisso, acabaria enlouquecendo. Melhor subir e fazer as malas para o dia seguinte.

Três da manhã.

Algo o acordara.

Ele se virou na cama para pegar o iPhone.

E-mail de Jim.

Sentou-se na cama, rapidamente lendo a mensagem na tela.

Voltei para o meu apartamento. Acabei de chegar. Pode se encontrar comigo amanhã depois das nove da manhã? Missa na St. Francis, tudo bem? E obrigado por me mandar Elthram. Só Deus sabe como conseguiu me encontrar, mas, até ele bater na minha janela, eu não fazia a menor ideia de que havia alguém me procurando!

32

A missa começara havia algum tempo quando Reuben deslizou para um banquinho.

Ele deixara Lorraine e as crianças com sua mãe, esforçando-se ao máximo para evitar as indagações acerca do motivo pelo qual Phil não viera com eles e prometendo trazer Jim para a casa de Russian Hill assim que fosse possível.

Ele ficou tão aliviado quando viu Jim no altar que quase começou a chorar.

Jim estava usando suas esplêndidas vestes brancas e douradas para as festividades especiais do Banquete de Nosso Senhor e parecia estar absolutamente calmo ao seguir a liturgia, chegando por fim ao sermão e descendo do altar para andar para cima e para baixo diante dos banquinhos enquanto falava. Seu pequeno microfone acoplado à roupa amplificava sua voz à perfeição, como sempre, na vasta igreja lotada de fiéis. Apenas uma profunda vermelhidão nos olhos e uma distinta palidez no rosto revelavam que os últimos dias provavelmente tinham sido uma provação para ele.

De imediato, começou a discorrer sobre o mesmo tema que Felix mencionara na noite anterior.

Aquele era, apesar de muitas pessoas desconhecerem, o último dia da temporada natalina, e o dia seguinte seria o primeiro do que a Igreja tão poeticamente chamava de "Tempo Comum".

— O que é o batismo? – perguntou ele à congregação. – O que foi o batismo para Nosso Senhor Abençoado? Ele não tinha pecados, não é verdade? Portanto, não precisava ser batizado. Mas Ele fez isso por nós, não fez? Para dar um exemplo, da mesma forma que toda a vida Dele na Terra foi um exemplo, de Seu nascimento entre nós como um bebê, passando pela infância e pela vida adulta, até morrer como cada um de nós morre para chegar o momento em que ressuscitou dos mortos. Não, Ele não precisava ser batizado. Mas foi um momento culminante para Ele, um renascimento, o fim de Sua vida privada e o começo de Seu sacerdócio, e Ele foi para a natureza confrontar a tentação de Satanás como um "novo" ser. Tudo bem, então o que significa um ponto culminante? Qual é o significado de renascimento ou de renovação? Quantas vezes experimentamos isso em nossas vidas?

Sem delongas, ele entrou no tema do Natal, das festividades da Invernia, e em todas as velhas maneiras pelas quais a Igreja e os povos de todas as nações ocidentais comemoram a Festa de Natal.

— Vocês sabem que por séculos temos sido criticados por enxertarmos nossa festa sagrada num feriado pagão – disse Jim. – Tenho certeza de que vocês já ouviram os ataques. Ninguém sabe o dia verdadeiro em que Cristo nasceu. Mas o dia 25 de dezembro era uma grande festa para os pagãos do mundo antigo, o dia em que o sol se encontrava em posição mais baixa e as pessoas se reuniam nos campos, nas aldeias e nas profundezas das florestas para implorar que ele voltasse para nós com força total, para implorar que os dias ficassem extensos novamente. E para que o calor retornasse ao mundo, derretendo as neves mortíferas do inverno e delicadamente alimentando as colheitas dos campos mais uma vez.

"Bem, eu acho que foi um golpe de gênio colocar essas duas festas juntas", disse Jim. "Cristo, nascido nesse mundo, é um magnífico sinal de transformação, de completa renovação, renovação do mundo físico e renovação de nossas almas."

Era notavelmente semelhante – embora isso não se tratasse de uma surpresa – ao que Felix dissera acerca do Natal e da Invernia, e Reuben adorou. Ele estava sendo embalado pela voz de Jim à medida que, com tranquilidade e autoridade, o irmão continuava falando sobre a capacidade de renovação ser o mais importante presente que recebemos nessa vida.

— Pensem nisso por um minuto — insistiu Jim. Ele parou com os braços ligeiramente levantados, as mãos delicadamente apelando para a congregação. — Pensem no que significa renovar-se, arrepender-se, começar tudo outra vez. Nós humanos sempre temos essa capacidade. Independentemente do tamanho de nossos tombos, conseguimos nos levantar e tentar novamente. Independentemente do quanto falhamos com nós mesmos e com Deus, e com aqueles que estão ao nosso redor, podemos nos levantar e recomeçar tudo.

"Não há inverno tão frio e tão escuro que nos impeça de alcançar a luz brilhante com ambas as mãos."

Jim fez uma pausa por um momento como se tivesse de verificar suas próprias emoções, e então recomeçou lentamente, subindo, descendo e falando novamente.

— Esse é o significado de todas as velas de Natal — disse ele —, as brilhantes luzinhas elétricas que colocamos em nossas árvores de Natal. É o significado de todas as comemorações ao longo da temporada, o fato de nós termos sempre e para sempre a esperança de sermos melhores do que somos, de triunfarmos sobre a escuridão que pode nos ter derrotado no passado e de percebermos um brilho jamais imaginado antes.

Ele fez mais uma pausa, seus olhos movendo-se sobre a congregação, e quando viu Reuben sentado ali olhando para ele houve um tênue fulgor de reconhecimento em seus olhos, mas em seguida continuou:

— Bem, eu não vou retê-los aqui na igreja com uma longa exortação ao arrependimento. Precisamos refletir todos os dias de nossas vidas acerca do que somos, o que fazemos, o que deveríamos fazer. Precisamos fazer essa parte do tecido de nossas vidas. E é por isso que eu quero falar agora sobre a curiosa frase no calendário eclesiástico: "Tempo Comum." Há uma simplicidade e um brilho nesse título. Quando eu era menino e ouvi pela primeira primeira vez essa expressão, adorei de imediato: "Esse é o primeiro dia do Tempo Comum." Mas o motivo pelo qual eu adoro essa frase é que cada temporada, cada celebração, cada derrota, cada esperança e aspiração que tenhamos estão arraigadas no tempo, são dependentes do tempo, nos são reveladas no tempo.

"Nós não dedicamos tempo suficiente a pensar nisso. Passamos tempo demais falando mal do tempo: O tempo não espera por ninguém, só o tempo dirá, os estragos do tempo, o tempo voa! Nós não pensamos acerca da dádiva do tempo. O tempo nos dá a chance de cometer erros e de corrigi-los, de restaurar, de regenerar, de fazer melhor do que jamais fizemos no passado. O tempo nos dá a chance de nos arrependermos quando falhamos e a chance de tentar descobrir em nós mesmos um novo coração."

A voz dele ficara suave devido à emoção e, fazendo novamente uma pausa, encarou a congregação e disse:

– E assim, com o desmantelamento das manjedouras e com todas as árvores de Natal sendo retiradas e as luzes reempacotadas e guardadas no sótão, nós nos encontramos ao fim dessa temporada natalina e mais uma vez no glorioso milagre – eu me refiro ao puro e glorioso milagre – do "Tempo Comum". A forma como usamos esse tempo significa tudo. Será que aproveitaremos a oportunidade para nos transformarmos, para admitirmos nossos equívocos crassos, e para nos tornarmos, contra todas as expectativas, as pessoas que tanto sonhamos ser? É disso que se trata, correto? De tornarmo-nos as pessoas que tanto sonhamos ser.

Ao interromper o sermão, Jim deu a impressão de estar refletindo e de estar ligeiramente em dúvida. Então prosseguiu:

– Houve uma época em minha vida em que eu não estava sendo o homem que queria ser. Fiz algo indescritivelmente cruel com outro ser humano. E bem recentemente descobri-me nas garras da tentação de ser cruel mais uma vez. Acabei sucumbindo a essa tentação. Perdi a minha batalha com o ódio e com a raiva. Perdi a minha batalha com o amor, com o solene e inescapável mandamento: *Amarás!*

"Mas essa manhã, aqui com vocês, sou grato do fundo do coração pelo fato do tempo mais uma vez estar se estendendo diante de mim, fornecendo-me novamente a chance, de um certo modo – *de um certo modo* – de reparar as coisas que fiz. Deus coloca em nosso caminho tantas oportunidades para isso, não coloca? Ele nos dá pessoas a quem ajudar, pessoas a quem servir, pessoas a quem abraçar, pessoas a quem reconfortar, pessoas a quem amar. Enquanto eu estiver vivo e respirando, estarei cercado por essas ilimitadas oportunidades, abençoado por elas de todos os lados. Portanto, eu me afasto do Natal – e daquele grandioso e resplandecente banquete de riquezas – grato mais uma vez pelo absoluto milagre do Tempo Comum."

O sermão estava encerrado; a missa prosseguiu. Reuben estava lá sentado com os olhos fechados, oferecendo suas orações de agradecimento. Ele está inteiro novamente, está aqui novamente, ele é meu irmão, pensou. E, abrindo os olhos, deixou as intensas cores da igreja com seus grandiosos murais toscanos e pinturas de santos penetrarem nele e aquecerem sua alma. Eu não sei em que diabos acredito, pensou. Mas sou grato, grato pelo fato dele estar novamente nesse altar.

Quando o momento da comunhão chegou, Reuben deslizou do banco e saiu para tomar um pouco de ar frio no jardim e esperar por Jim.

Logo a congregação começou a sair da igreja, e finalmente seu irmão apareceu em sua comprida casula branca e dourada para apertar mãos, cumprimentar e receber agradecimentos.

Estava claro que Jim estava vendo Reuben esperando por ele pacientemente, mas ele não se apressou. E passaram-se uns bons vinte minutos até que eles puderam finalmente ficar a sós. O jardim estava frio e úmido, mas Reuben não se incomodava.

Jim estava sorrindo radiantemente quando Reuben abraçou-o.

– Estou muito contente por você ter vindo – disse ele. – Você sabe que quando eu te enviei aquele e-mail, bem, eu esqueço que são necessárias umas quatro horas para que você chegue aqui. Esqueço que você não pode entrar num bonde e cochilar até chegar aqui.

– Você está brincando ou o quê? – disse Reuben. – Estávamos preocupadíssimos com você!

– Mas diga-me, como é que Elthram conseguiu me encontrar? – perguntou Jim. – Eu estava no meio da floresta nas cercanias do Carmel Valley. Estava num pequeno local de retiro budista que não tem nem telefone.

– Bom, algum dia eu te explico tudo sobre Elthram – disse Reuben. – Agora o que importa é que estou tão contente por você estar de volta que nem consigo dizer o quanto. E caso você pense que a mamãe estava fora de si, bem, o que você acha que estava se passando na minha cabeça?

– Foi o que Elthram disse. Que você estava muito preocupado. Eu devia ter imaginado. Mas Reuben, eu precisava desse tempo para pensar.

– Eu sei que você precisava e sei que você está bem. Assim que eu me sentei naquele banco da igreja, soube que você estava bem. Isso era tudo o que as pessoas queriam saber, que você estava bem.

– Eu estou bem, Reuben – afirmou. – Mas vou abandonar o sacerdócio. – Ele disse isso de forma direta, sem emoção ou drama. – Isso agora é inevitável.

– Não...

– Espere. Escute-me antes de começar a se posicionar contra a minha decisão. Ninguém jamais vai saber o motivo real, mas você sabe, e quero que guarde esse segredo para mim como eu guardei o seu.

– Jim...

– Reuben, um homem não pode ser assassino e padre ao mesmo tempo – disse ele. Seu tom era paciente e resignado. – Isso é simplesmente impossível. Veja, anos atrás, eu fui aceito apesar do que havia feito com Lorraine, como já lhe contei. Mas eu era um bêbado quando espanquei Lorraine. Eu tinha essa desculpa. Uma desculpa não muito boa, entenda bem, na verdade uma desculpa fraquíssima, mas ainda assim uma forma de desculpa. O que eu fiz com aquele bebê não foi um assassinato a sangue-frio. Foi outra espécie de pecado, mas não um assassinato a sangue-frio, isso não. – Ele fez uma pausa. Baixou a voz enquanto se aproximava de Reuben. – Mas dessa vez eu não tinha desculpa, Reuben. Eu pedi para você matar Fulton Blankenship e seus comparsas; eu disse a você onde encontrá-lo; forneci a você um mapa.

– Jim, você não é um assassino, e aqueles homens...

– Pare. Agora, escute. Nós temos de ver a mamãe. E preciso de alguma forma aguentar todas as perguntas sobre onde estive esse tempo. E você precisa me prometer: não diga uma palavra a ela sobre isso enquanto eu estiver vivo. Eu guardo o seu segredo como me comprometi a fazer, como jurei fazer, e você precisa guardar o meu.

– É claro – disse Reuben. – Nem precisa falar!

– Vou me encontrar com o arcebispo essa semana e explicar por que estou pedindo para sair. E quando chegar o momento, o anúncio oficial será feito. Eu não posso contar a ele toda a história de como Blankenship e companhia partiram desse mundo, mas não preciso fazer isso. Preciso apenas contar o que eu mesmo desejava que acontecesse e que pedi a outras pessoas que fizessem isso acontecer. Além disso, nada mais direi. Posso dizer a ele que mandei umas pessoas assassinarem Fulton Blankenship e que essas pessoas não eram agentes da lei. E quando eu fizer isso contarei a ele em confissão, obrigando-o a manter as circunstâncias secretas, mas liberando-o a agir com as informações da maneira que bem entender.

Reuben suspirou.

– Jim, eles o marcaram para morrer. Eles poderiam ter matado a sua família!

– Eu sei disso, Reuben. Eu não sou tão duro comigo mesmo quanto talvez você imagine. Eu vi aquele padre ferido sendo carregado de meu apartamento numa maca. E eu tinha acabado de ver o cadáver do rapaz que eles tinham matado. Eu não sou nenhum santo, Reuben, já lhe disse isso. Mas tampouco sou um mentiroso.

– E se o arcebispo ficar entusiasmado, pensar que você contratou alguns mercenários, ou algo parecido, e chamar a polícia?

– Ele não vai fazer isso – afirmou Jim. – Eu vou cuidar disso. Vou contar a verdade. Mas nunca a verdade completa. Eu sei o que tenho de fazer. – Ele sorriu. Na realidade, sua postura estava quase esfuziante e certamente resignada. – Mas, se por algum milagre, ele me permitir ficar, bem, nesse caso, eu vou ficar. É isso o que eu quero, ficar, trabalhar aqui mesmo como tenho feito há anos, fazer reparos aqui. Mas eu não acho que isso vá acontecer, Reuben. Eu não acho que deveria.

De repente, ele parou e tateou embaixo de sua casula em busca do telefone.

– É a mamãe. Escute, venha comigo até a sacristia enquanto troco de roupa. Temos de dar um jeito de resolver isso. E deixe-me lhe dizer o que estou planejando.

Eles correram de volta à igreja, atravessaram a nave e entraram na sacristia, onde Jim rapidamente desfez-se de seus trajes e vestiu uma camisa branca. Em seguida, colocou o colarinho romano com a camisa preta sacerdotal e seu sempre impecavelmente bem passado casaco preto.

– Eu vou lhe dizer o que estou pensando, Reuben. Estou pensando que talvez eu possa, de um jeito ou de outro, administrar esse centro de reabilitação sem muito alarde como leigo. Eu não sei se você está sabendo do centro de reabilitação.

– Todo mundo está sabendo disso, Jim – disse Reuben. – Dois milhões de dólares em doações até o momento, quem sabe até mais.

– Exatamente. Bem, se eu não puder ser o administrador do projeto, existem outras pessoas que podem. Afinal de contas, eu não mereço ser o administrador do empreendimento, e se o arcebispo me tirar da paróquia, bem, é isso o que mereço. Portanto, o que estou pensando é o seguinte: talvez com algumas doações suas, quem sabe, irmãozinho, e da mamãe e do papai, quem sabe, e talvez de Felix também, por que não, talvez eu possa dar início a um tipo de operação estilo Delancey Street na minha cidade.

– Com toda certeza – disse Reuben. – Isso é totalmente viável. Jim, essa talvez seja a melhor opção.

Jim fez uma pausa, olhando bem nos olhos de Reuben. E só então Reuben sentiu a dor que existia ali, apenas o mais tênue vislumbre da dor que Jim estava sentindo ao deixar o sacerdócio.

– Eu sinto muito – sussurrou Reuben. – Eu não tive a intenção de fazer com que isso parecesse uma coisa simples.

Jim engoliu em seco e forçou um leve sorriso de aceitação. Colocou sua mão sobre a de Reuben como se dissesse, está tudo bem.

– Eu quero continuar trabalhando com viciados e alcoólatras, você sabe disso – disse Jim.

Enquanto eles atravessavam novamente a nave da igreja para ir embora, ele continuou falando sobre o assunto, sobre os meses que passara trabalhando na fundação Delancey Street, estudando o famoso programa deles, e sobre o que faria se viesse a ser efetivamente o capitão de seu próprio barquinho. Eles atravessaram o jardim e passaram pelo portão.

– Mas você sabe que mamãe e papai vão engolir com dificuldade a sua saída do sacerdócio – disse Reuben.

– Você acha? Quando foi que mamãe e papai se mostraram orgulhosos de eu me tornar padre?

– De repente você tem razão em relação a isso – murmurou Reuben.
– Mas eu sempre me orgulhei de você e também o vovô Spangler. E terei orgulho de você independentemente da atividade que escolher assumir.

– Escute, estou pensando, posso me oferecer novamente para trabalhar como voluntário por um tempo na Delancey Street ou em algum outro lugar. Há tantas oportunidades, e essa história toda vai demorar um bom tempo...

Eles estavam quase no carro de Reuben quando este levantou as mãos e exigiu ser ouvido.

– Espere um pouquinho! – disse Reuben. – Você está me dizendo que depois de todos esses anos você vai simplesmente ser expulso do sacerdócio porque me contou tudo sobre aquele verme, aquele indescritível verme, aquele verme que assassinou o jovem padre, aquele verme que assassinou o rapaz no Hilton, aquele verme que te jurou de morte...

– Ah, Reuben, por favor – disse ele. – Você sabe muito bem o que eu fiz. Eu não sou você. Eu não tenho como culpar alguma secreta metamorfose biológica pelo que sou! Eu incitei um assassinato na condição do homem que sou.

Reuben ficou em silêncio. Frustrado. Enraivecido.

– E se eu fizer isso novamente? – sussurrou Jim.

Reuben balançou a cabeça.

– E se algum outro indescritível verme começar a atacar as pessoas nas ruas, matando crianças e me ameaçando por interferir em seu trabalho?

– Bem, o que foi tudo aquilo lá na igreja sobre arrependimento, renovação, sobre o milagre do tempo?

– Reuben, arrependimento começa com aceitação do que foi feito. E, para um padre, começa com a confissão. Eu já fiz essa parte com meu confessor, mas agora o arcebispo precisa saber o que fiz.

– Certo, mas e se ninguém... ah, droga, eu não sei o que estou dizendo, pelo amor de Deus. Jim, você falou com a mamãe hoje de manhã?

– Não, e não estou disposto a falar por enquanto. Ela está furiosa comigo porque sumi. É por isso que estou contando com você para me acompanhar e de alguma forma dar uma guinada na conversa para

Celeste e o bebê e qualquer outra coisa que lhe venha à cabeça. Por favor.

Reuben ficou em silêncio por um momento. Então destrancou o Porsche e deu a volta para entrar.

Jim entrou e sentou-se ao seu lado. Ele continuou com aquela mesma energia falando sobre como estava resignado.

– É como qualquer fracasso, Reuben. É uma oportunidade – todos os fracassos são oportunidades – e eu preciso encarar a coisa dessa maneira.

– Bem, você vai ter de encarar um futuro ligeiramente mais complexo e interessante do que imagina – disse Reuben.

– Por quê? – perguntou ele. – Ei, vá mais devagar! Você dirige esse carro como se estivesse numa corrida.

Reuben deu um alívio no pedal, mas era manhã de domingo e as ruas, normalmente movimentadas, estavam relativamente vazias.

– Bem, o que você quis dizer com isso? – perguntou Jim. – Mamãe e papai não vão se divorciar, vão? Fale!

Reuben estava pensando, pensando em como abordar a questão, em como dar início àquele assunto. Sentiu o iPhone vibrando no bolso do casaco, mas o ignorou. Ele estava pensando em Christine, nos preciosos momentos que viriam a seguir nos quais ela olharia para Jim e Jim olharia para ela. Ela estaria tão vulnerável nesses momentos, porém esse homem não a abandonaria. E Jamie, Jamie andaria até seu pai exatamente como andara até Reuben e lhe estenderia a mão. Reuben suspirou.

– Nós estamos conversando ou não? – perguntou Jim. – O que é que você não está me contando?

O carro estava acelerando encosta acima em direção a Russian Hill.

– Você não interrompeu a gravidez de Lorraine – disse Reuben.

– Do que você está falando? – E então: – Como é que você sabe?

– Ela estava na festa de Natal – disse Reuben.

– Droga! Eu *imaginei* tê-la visto mesmo! – disse Jim. – Imaginei tê-la visto e procurei em todas as partes por ela, mas não consegui reencontrá-la. Você quer dizer que conversou com ela? Há quanto tempo você sabe que ela está aqui?

– Ela está na casa da mamãe agora mesmo te esperando.

Reuben decidiu não falar mais nada.

— Você está me dizendo que ela está lá e que eu tenho um filho? — demandou Jim. Ele ficou vermelho. — É isso o que você está me dizendo? Reuben, fale comigo. Você está querendo dizer que eu não matei o bebê! Você está dizendo que eu tenho um filho?

Jim atacou Reuben com outras vinte perguntas, mas Reuben não disse uma palavra sequer. Por fim, ele entrou na estreita estradinha da casa de Russian Hill e desligou o motor do carro.

Ele olhou para Jim.

— Eu não vou entrar com você — disse Reuben. — Esse momento é seu. E eu não preciso dizer a você que existem pessoas lá dentro que dependem de você, pessoas que esperam por você ansiosamente, e que elas vão te observar, vão observar as suas mais sutis expressões faciais, a sua voz, se você estender seus braços ou não.

Jim estava mudo.

— Eu sei que você vai conseguir lidar com essa situação — disse Reuben. — E também sei o seguinte: Esse é o melhor presente que o Natal poderia ter-lhe dado. E em todo o resto pode-se dar um jeito, de alguma forma pode-se dar um jeito... no "Tempo Comum".

Jim estava em estado de choque.

— Vá até lá — disse Reuben. — Saia desse carro e entre lá.

Jim não se mexia.

— E deixe-me dizer uma última coisa. Você não é nenhum assassino, Jim. Você não é nenhum criminoso. Blankenship era um criminoso, assim como os capangas dele. Você sabe que eles eram. Eu sou um criminoso, Jim. Você sabe disso. E sabe também que aqueles malditos safados estavam atrás de você. E quem sabe melhor do que você a extensão total do que eles fizeram e do que eles tinham intenção de fazer? E você tomou a melhor decisão que podia tomar. Mas agora vá. Você criou uns problemas para si mesmo, e eles certamente farão parte da maneira que você escolher para ajeitar tudo isso.

Reuben destravou a porta para ele.

— Saia do carro e entre lá — disse ele.

Grace apareceu no alto dos degraus da escada. Estava usando seu jaleco verde, os cabelos ruivos estavam soltos sobre os ombros, o rosto brilhava com uma irreprimível felicidade. Ela acenou entusiasticamente como se estivesse dando as boas-vindas a um navio regressando ao lar.

Jim finalmente saiu do carro. Ele mirou Reuben e então sua mãe.

Reuben ficou lá sentado por um momento observando Jim subir lentamente os degraus em direção a Grace. Ele estava com uma postura rígida e equilibrada, seus cabelos castanhos curtos como sempre muito bem penteados, seus trajes pretos clericais tão sóbrios e formais.

Reuben queria do fundo do coração subir lá com ele, estar com Jim quando ele depositasse os olhos em Lorraine, Jamie e Christine, mas ele não podia fazer isso. Aquele momento pertencia verdadeiramente a Jim, como ele mesmo dissera. Não faria bem algum Reuben estar presente, uma sombria e inescapável lembrança a Jim de tudo o que eles compartilhavam e que mais ninguém poderia jamais compartilhar.

Ele ligou o motor do Porsche e partiu em direção a Nideck Point.

33

Onze da noite em Nideck Point. A casa estava quieta, as lareiras apagadas. Fazia muito tempo que Laura partira para a floresta com Berenice. Felix e Phil haviam chegado cedo da floresta, e o primeiro já estava na cama.

Reuben desceu a colina sozinho na suave chuva silenciosa. Aproximou-se da casa de hóspedes parcamente iluminada, esperando e rezando para que seu pai estivesse acordado, para que pudessem talvez se sentar e ter uma conversa.

Sentia-se inquieto, ligeiramente faminto, com uma dorzinha no coração.

Ele sabia que estava tudo bem em San Francisco. Jamais duvidara que tudo acabaria bem. Lorraine e as crianças ficariam hospedadas na casa de Grace até o fim da semana. Grace não conseguira descrever em palavras o quanto tudo transcorrera maravilhosamente bem. Mas as muitas fotos que foram chegando ao longo do final da tarde contavam a história. A família inteira no almoço, incluindo o extasiado pai flanqueado pelos filhos e por uma feliz Lorraine ao lado de uma esfuziante e relaxada Celeste. Havia também uma pequena Christine sentada ao lado de seu radiante pai perto da lareira. Grace com ambos os netos. E Jamie na frente da mesma lareira, empertigado e alto para o inevitável registro ao lado de seu orgulhoso pai.

Ninguém se aventurava a fazer nenhuma especulação quanto ao futuro de Jim. Mas Reuben tinha toda a confiança de que o irmão estava de posse de um tesouro raro e inestimável que tornaria mais tranquilo o seu caminho, independentemente de qual caminho ele devesse seguir.

E Reuben estava inquieto e sozinho.

À medida que se aproximava da pequena casa de hóspedes, ele percebeu que havia duas figuras em seu interior, apenas parcamente iluminadas pelo fogo moribundo. Uma delas era seu pai, nu e descalço, e a outra era Lisa em um de seus característicos vestidos escuros com renda no pescoço.

Seu pai estava abraçando Lisa, beijando-a tão apaixonadamente como Reuben jamais vira um homem beijar uma mulher. Reuben esperou, fascinado, ciente de que não deveria permanecer ali, que deveria desviar o olhar, mas não o fez. Como era saudável, como era forte aquele homem que era seu pai, e como parecia dócil e convidativa aquela figura de Lisa enquanto Phil acariciava seus cabelos compridos.

Enquanto Reuben observava, os dois saíram de perto da luz amortecida do fogo e moveram-se em direção à escada em espiral que dava no sótão. Um sopro de vento atingiu as janelas multienvidraçadas. O vento gelado do mar remexia os galhos e as folhas recém-caídas que enchiam o terraço e a trilha.

Reuben sentiu-se subitamente abatido e estranhamente perturbado. Ele estava feliz por Phil. Sabia que o tempo de seus pais juntos estava encerrado. Percebera isso já havia um bom tempo. Contudo, encarar o fato daquela maneira tão aguda ainda o entristecia e, subitamente, sentiu-se extremamente solitário. Sabia do fundo do coração que Lisa era um macho, não uma fêmea, independentemente do quanto seus trajes fossem elaborados, e isso o divertia ligeiramente, e o fascinava – o fato de como esse detalhe parecia ter uma importância ínfima. *Não existe vida normal. Existe apenas vida.*

Ficou imóvel na escuridão, percebendo que estava com frio e molhado, que seus sapatos estavam ficando encharcados e que deveria voltar para casa. Levantou os olhos em direção às árvores escuras ao seu redor, em direção aos pinheiros que assomavam sobre os carvalhos, em direção às formas escuras e torturadas dos ciprestes de Monterey tentando eterna e desesperadamente alcançar o que jamais teriam condições de alcançar, e sentiu uma estranha vontade de rasgar suas roupas e de entrar sozinho na floresta, de romper a casca daquele desconforto demasiadamente humano e se bandear para um domínio diferente e selvagem.

Subitamente, Reuben ouviu uns leves sons perto dele, um suave farfalhar, um tênue estalar, e então o toque de um hálito quente em seu pescoço. Ele conhecia as garras que estavam agarrando seus ombros, e os dentes mordendo seu colarinho.

– Sim – sussurrou ele –, minha querida, arranque isso.

Num instante, ele se virou e entregou-se a ela, sentindo a pelagem dela grudada a seu corpo enquanto ela tirava sua camisa e seu paletó como se fosse papel de presente. Ele chutou para longe os sapatos enquanto ela arrancava sua calça. Sua cueca rasgada caiu enquanto as garras dela moviam-se sobre seu tórax e suas pernas despidas.

Reuben conteve a mudança, muito embora estivesse enregelado até os ossos, suas mãos percorrendo asperamente a juba e o pelo dela, e adorando a sensação daquela língua de encontro ao seu rosto nu. Ele podia ouvi-la rindo, um riso profundo e vibrante.

Ela o levantou do chão com o braço esquerdo, disparou encosta abaixo em direção à densa floresta fechada e então começou a subir nas árvores. Ele tinha de se segurar nela com os dois braços enquanto ela usava os dela para efetuar a escalada. Ele ria como uma criança. Prendeu com firmeza as pernas em torno dela, amando a sensação de seu fácil poder à medida que ela subia cada vez mais alto nas sequoias, nos pinheiros. De árvore em árvore, ela se aventurava. Ele não ousava olhar para baixo, mas, de qualquer maneira, não conseguia enxergar bem naquela escuridão, não até que se transformasse, e ele estava retendo a mudança com toda a força de que dispunha.

– E a fera viu o belo – rosnou ela de encontro à orelha dele – e o levou consigo com toda a sua força e com todo o seu poder.

Reuben nunca rira tanto em toda a sua vida. Ele beijou a pelagem macia e sedosa do rosto dela.

– Fera maldosa – disse ele. O formigamento não parava. Ele não estava mais conseguindo deter a transformação; a mudança foi furiosa. E ela estava rindo, lambendo-o como se isso apressasse a metamorfose. E talvez apressasse de fato.

Ela saltou, saltou em meio aos galhos que se partiam e se quebravam, e os dois caíram juntos suavemente na terra úmida e cheia de folhas. Ele estava agora com sua pelagem total, e eles começaram a lutar um com o outro, finalmente abraçando-se lado a lado, face a face, e o órgão dele batendo no corpo dela enquanto ela o provocava até finalmente permitir que a penetrasse.

Aquilo era o que ele era; aquilo era o que ele queria; aquilo era o que ele ansiava, e ele não sabia por que negara aquilo a si mesmo durante tanto tempo. Todas as vitórias e derrotas do mundo humano estavam bem distantes dele.

Os dois ficaram deitados em silêncio por um longo tempo, e então ele deu um salto para se levantar, instando-a a segui-lo, e eles subiram novamente nas árvores. Rapidamente, eles se moveram em meio à folhagem molhada em direção à adormecida cidade de Nideck Point.

Aqui e ali eles se alimentavam de seres selvagens, as abundantes formas de vida diminutas e serelepes que habitam o topo das árvores, e vez por outra desciam para bebericar a água das fontes reluzentes. Viajaram principalmente pelas copas das árvores até alcançarem o limite da cidade adormecida.

Bem abaixo podiam ser vistos os cintilantes telhados das casas, o fulgor amarelado de um ou outro poste de luz, e podia ser sentido o cheiro duradouro de lenha de carvalho no ar. Reuben podia facilmente distinguir o retângulo escuro do velho cemitério, e até mesmo a luminosidade sobre as lápides molhadas. Ele podia ver o pequeno telhado cintilante da cripta dos Nideck ali disposta, e, além, as adormecidas casas vitorianas, algumas das quais com luzinhas suaves ainda queimando em seu interior.

Laura e ele abraçaram-se, um grande e pesado galho sustentando-os facilmente. Ele sentia-se sem medo, como se nada no mundo pudesse lhes fazer mal algum, e a cidade abaixo com suas tênues faixas de luz tremeluzentes ao longo da rua principal parecia estar em paz.

Ó pequenina cidade de Bethlehem, como te encontras quieta. Acima de teu profundo sono sem sonho passam as silenciosas estrelas.

– Talvez estejam todas a salvo em algum lugar – disse Laura de encontro ao tórax dele –, todas as crianças perdidas do mundo, amadas, não amadas, jovens e velhas. Talvez estejam todas a salvo, de alguma maneira, em algum lugar, inclusive os meus filhos, em algum lugar, a salvo e acompanhados.

– Sim, eu acredito nisso – disse ele suavemente –, do fundo do meu coração.

Ele estava contente por eles permanecerem ali para sempre enquanto a chuva caía delicadamente ao redor deles.

– Escute, está ouvindo isso? – perguntou ela.

Abaixo, na cidadezinha, um relógio batia solenemente as doze badaladas.

– Sim – disse ele, de imediato visualizando um corredor envernizado, um saguão silencioso, uma escada atapetada. – O Natal está de fato concluído após a meia-noite – sussurrou ele –, e o "Tempo Comum" acaba de começar.

Todas as casas pareciam-lhe casas de brinquedo, e ele ouvia o coro das árvores elevando-se ao redor de si, seus olhos fechados, sua audição acentuando-se, atingindo distâncias cada vez maiores até que lhe pareceu que o mundo inteiro estava cantando. O mundo inteiro estava repleto da chuva que caía.

– Escute isso – disse ele no ouvido dela. – É como se a floresta estivesse rezando, como se a terra estivesse rezando, como se preces estivessem se elevando em direção ao céu, de cada folha e galho cintilante.

– Por que você está tão triste? – perguntou ela. Como a voz dela soava terna, mesmo profunda e áspera como estava.

— Porque nós estamos nos afastando das pessoas lá de baixo — disse ele. — E nós sabemos disso. E o meu filho, quando chegar a esse mundo, não vai mudar isso. E não há nada que a gente possa fazer para mudar isso. Por acaso um *Morphenkind* pode verter lágrimas?

— Sim, todos nós podemos verter lágrimas — respondeu ela. — Eu sei que podemos porque isso já aconteceu comigo. E você está certo. Nós estamos nos afastando deles, de todos eles, e estamos entrando cada vez mais fundo em nossa própria história, e talvez seja isso mesmo que deva acontecer. Felix fez tudo o que podia para nos ajudar, mas nós estamos nos afastando deles com muita velocidade. O que podemos fazer?

Reuben pensou em seu menininho, naquela pequenina criatura adormecida no útero de Celeste, naquele terno refém da sorte que era propriamente a sorte de Reuben. Será que ele cresceria naquela alegre casa em Russian Hill com Jamie e Christine? Será que conheceria a completa segurança e a completa felicidade de lá na qual Reuben confiara tão inteiramente tanto tempo atrás? Tudo aquilo lhe parecia tão distante de repente, tão cheio de tristeza, de pesar.

Sua mãe ainda era jovem, uma mulher no auge. Porém, quando Celeste lhe confiasse o recém-nascido, será que Lorraine também estaria lá para segurá-lo no colo? Ele viu seu irmão vividamente na foto que começava a brilhar cada vez com mais intensidade, ainda que bem longinquamente, em sua mente. Ouviu as palavras do sermão de Jim aos pés do altar: *Portanto, eu me afasto do Natal e daquele grandioso e resplandecente banquete de riquezas, grato mais uma vez pelo absoluto milagre do Tempo Comum.*

— Eu te amo, minha querida — disse a Laura.

— Eu também te amo, meu belo. Como seria a Dádiva do Lobo para mim sem você?

Fim

22 de junho de 2012
4 de fevereiro de 2013
Palm Desert, Califórnia

Impressão e Acabamento:
GRÁFICA STAMPPA LTDA.
Rua João Santana, 44 - Ramos - RJ